KB106550

중남미 문학사

HISTORIA DE LA LITERATURA HISPANOAMERICANA

by

KIM HYUN CHANG

MINUMSA

중남미 문학사

金顯場

민음사

책 머리에

　본 『중남미 문학사』는 북단의 멕시코로부터 남단의 아르헨티나까지 스페인어권 20여개국의 문학을 대상으로 하여 씌어졌다. 중남미 각국의 상이한 역사, 다양한 사회 발전 단계, 인종적 구성 및 문화적 다양성 등 이질적 요소를 고려하여 중남미 문학사라는 범주가 과연 가능한가라는 문제가 제기될 수 있다. 그러나 시몬 볼리바르에 의해 주창되었던 중남미 통합국가라는 개념을 계승하여 중남미의 일체성을 주장한 호세 마르띠, 뻬드로 엔리께스 우레냐 등의 관점의 역사적 타당성을 인정하면서 중남미를 바라볼 때, 이런 개별 국가의 다양성보다는 중남미 전체를 아우르는 보편적인 〈중남미〉라는 개념이 존재한다. 따라서 국가별 개별성을 넘어 중남미 문학사 전체를 관통하는 뚜렷한 흐름이 존재한다는 전제하에서 이 문학사를 기술하였다. 즉 정복 이후 중남미 대륙이 겪어 온 끝 없는 정치경제적 단절의 역사를 넘어 지속되어 온 문화적 연속성 속에서 중남미의 공통분모를 찾았고, 문화적 혼합mestizaje을 그 단일성의 본질적 요소로 보았다. 결국 이 책은 다양한 인종과 문화라는 여러 얼굴을 가진 중남미의 모습 그 자체를 있는 그대로 감싸안는 것, 즉 과거와 현재와 미래, 현실과 환상이 길항 없이 함께 어우러지는 상태 그 자체를 당당하게 받아들이는 태도가 중남미 문학의 정체성(正體性)을 규정하는 요인이라는 관점에서 기술되었다.

　한편 지금까지 중남미 문학은 아스뚜리아스, 마르께스, 네루다, 옥따비오 빠스 등 노벨문학상 수상 작가를 중심으로 국내에 알려졌으며 아울러 까를로스 푸엔떼스와 바르가스 요사, 보르헤스 등 주요작가들이 포스트모더니즘을 비롯한 최근의 문예이론과 관련해 단편저으로 소개되어 온 것이 현실이다. 이처럼 중남미 문학 소개가 현대의 몇몇 개별작가들에게 집중되어 왔던 점을 고려하여 중남미 문학 전반에 대한 체계적인 이해를 돕기 위해 이 책이 씌어졌다.

본 저서의 내용에 있어서는 세계문학사의 일부로서의 보편성도 고려하였지만 무엇보다 중남미 문학이 서구 문학의 일부가 아니라 분명한 자기 색깔을 지닌 문학이라는 관점에서 그 고유한 성격에 주목하고자 했다. 이를 위해 문학이 중남미의 일반적인 역사적 사실과는 어떤 의미망을 형성하느냐 하는 문제와 문학 자체의 발전과 관련된 문학성의 문제를 동시에 고려하는 균형 있는 관점을 견지했다.

여타 문학에 비해 중남미 문학에서는 현실과 문학이 보다 밀접한 관계를 이루고 있으며, 멕시코 혁명이나 쿠바 혁명과 같은 역사적 사건이 문학사의 흐름을 결정하는 중요한 의미를 지닌다. 따라서 중남미 문학은 두드러지게 정치지향적, 리얼리즘 지향적 성격을 보이는데 근본적으로 현실에 대한 총체적 접근이 가능한 소설 장르가 중남미 문학의 헤게모니를 이루고 있으며 시 장르의 경우에도 현실지향적 시가 많이 쓰여지고 있다는 사실도 이와 무관하지 않다. 결국 중남미의 작가들은 언제나 정치화와 탈정치화의 동시적 요구라는 고통스러운 상황 속에 던져졌으며 그러한 조건의 산물이 바로 풍성한 문학적 성취라는 견지에서 현실의 독특한 문학적 형상화에 주목하였다.

이 책은 전체적으로 8개의 장으로 이루어져 있다. 제1장에서는 신대륙 정복 이전의 원주민 문학을 다룬다. 지금까지는 대부분 정복 이후의 〈진정한〉 문학사를 위한 전사 prehistoria로서의 성격만을 부각시켰지만, 여기에서는 원주민 문화의 유산이 중남미 문학사의 전반적 성격을 규정하는 본질적 부분이며, 아직도 생생하게 살아있는 역사라는 사실에 주목하였다. 제2장에서는 〈식민화된 상상력〉이 지배하였던 식민지 시대의 르네상스 및 바로크 문학을 다룬다. 제3장에서는 신고전주의와 계몽주의가 지배하던 독립기의 문학을 다룬다. 정치적 독립과 함께 정신적 독립을 위한 프로그램들이 어떻게 제시되었는가에 주목하였다. 제4장에서는 국가 형성기인 19세기 중반에 절정을 맞는 낭만주의를 다루며, 긴박한 중남미의 현실 상황과 맞물린 낭만주의의 특수한 성격을 조명하고자 하였다. 강한 정치사회적 성격을 띠는 중남미의 낭만주의는 센티멘탈리즘보다는 사회적 낭만주의가 주류를 형성하면서 중남미 대륙의 정체성에 대한 본격적 탐색을 시작한다. 여기에서는 또한 중남미 문학이 낳은 독특한 문학 장르인 가우초 문학도 아울러 살펴본다. 제5장에서는 19세기 중후반기에 전개된 사실주의 및 자연주의 문학을 살펴본다. 중남미 문학에서는 신고전주의부터 모데르니스모에 이르기까지 여러가지 사조가 19세기를 통해 동시다발적으로 전개되는 양상을 보이며, 특히 사실주의 및 자연주의는 낭만주의와 뚜렷한 연속성을 보인다. 제6장에서는 중남미 문학이 처음으로 코스모폴리탄적 성격을 획득하면서 독특한 목소리를 찾게 되는 모데르니스모 문학을 살핀다. 19세기 말엽에 시작해 멕시코 혁명의 시기까지 이어진 모데르니스모는 시 중심의 문학운동으로 서구의 모방에 급급했던 전통 부재의 중남미 문학이 새로운 감수성의 혁명을 통해 진정한 의미의 근대성을 획득하는 시기이며, 또한 중남미 전 대륙을 관통하는 강력한 문학적 흐름을 형성함으로써 중남미 문학이 처음으로 단일성을 획득하는 시기이기도 하다. 제7장에서는 멕시코혁명을 전후해 대두된 후기 모데르니스모를 조명하는데, 이 시기에는 모데르니스모에 대한 저항으로 테마적 측면에서 지역주의적 성격이 강하게 부각돼 중남미의 자연과 현실을 다룬 사회적 사실주의 계열의 산문문학이 주류를 형성한다. 또한 서구 문학과의 차별성을 통해 처음으로 중남미 문학에 대한 본격적 관심을 불러일으킴으로써 이후의 〈붐소설〉을 예비한다. 제8장에서는 전위주의 이후의 중남미 현대문학을 다룬다. 중남미 현대문학은 서구문학의 침묵 앞에서 새로우면서도 동시에 보편성을 획득한 글쓰기 방식을 제시함으로써 황금기를 구가하며, 서구 문화전통의 창조적 수용을 통해 중남미 고유의 소설미학을 제시함으로써 문학적 정체성을 획득하게 된다.

끝으로 아르헨티나 문인협회 회장을 역임하였으며 현재 중남미의 중견시인으로 활발한 활동을 하고 있는 Rubén Vela님이 많은 도움과 자문을 아끼지 않은데 대하여 깊은 감사를 드리고, 이 책이 출판되기까지 애써준 연구조교들과 이 저서를 기꺼이 출판해주신 민음사의 朴孟浩 사장께도 이 자리를 빌어 사의를 표한다. 또한 이 연구는 서울대학교 발전기금 한전학술연구비의 지원에 의해 수행되었다.

1994. 2
관악山房에서
金顯瑒

차례

제3장 독립기 문학 : 신고전주의

제7장 후기 모데르니스모

제1장
원주민 문학

1 원주민의 언어와 문화

1492년 콜럼버스Cristóbal Colón에 의해 아메리카 신대륙이 발견되기 이전에 중남미 지역에는 멕시코와 페루뿐만 아니라 대륙의 최남단에 위치한 띠에라 데 푸에고 지역에 이르기까지 고도로 발달한 문화가 존재하고 있었다. 당시 제국주의적 팽창을 진행하고 있던 잉카족은 주위의 다른 종족들을 지배하고 있었으며 과라니족은 파라과이, 아르헨티나와 브라질의 접경 지역에서 높은 문화 수준을 유지하고 있었다. 그들은 통일된 국가를 형성하거나 체계화된 문자를 지니고 있지는 않았지만 정치적 · 경제적으로 다른 종족을 지배하는 입장이었다. 칠레의 아라우꼬족은 고도의 사회조직이나 문화는 없었으나 그들의 자유에의 열망과 숭고한 독립심은 새로운 침략자들에게 거센 저항을 하는 결과를 가져왔고, 콜롬비아 보고따 지방의 칩차족은 스페인인들이 들어왔을 때 대규모의 국가 조직을 형성하고 있었다. 또한 볼리비아의 아이마라족, 아르헨티나 남부의 오마구아까족, 코스타리카의 꼐따레스족 등도 상당히 높은 수준의 문화를 지니고 있었다.

신대륙 발견 당시의 원주민 언어는 그 수가 많고 서로 다른 계보를 갖고 있었기 때문에 정확하게 설명하기는 무척 어렵다. 안또니오 또바르 Antonio Tovar는 자신의 저서 『남아메리카 언어들의 목록 Catálogo de lenguas de América del Sur』의 서문에서 리베 Rivet와 로아코트크 Loakotk가 산출한 것을 기준으로 하여 원주민 언어의 어계수를 108개로 들고 있다. 그 중 대표적인 언어로 아라우꼬어, 아이마라어, 께추아어, 빠노어, 뚜삐-과라니어, 아라왁어, 까리베어, 융가뿌루어, 칩차어 등 9개를 들 수 있다. 한편 라파엘 라뻬사 Rafael Lapesa는 『스페인어의 역사 Historia de la Lengua Española』에서 원주민 언어의 숫자를 123어계로 보고 있으며 아라우아꼬어, 까리베어, 나우아뜰어, 께추아어, 아라우까어(마뿌체어)를 주요 언어로 들고 있다. 여하튼 신대륙에서 발견된 언어들은 상호 계통이 다르다는 것과 언어적으로 분파의 범위가 크다는 것을 특징으로 한다. 문법적, 음운론적 견지에서 아주 상이하지만, 음운체계에서 볼 때 이들 언어의 모음체계는 극히 단순하여 4개 또는 경우에 따라서는 3개의 모음 a, i, u만 가진 언어가 있음이 발견되었다.

아라우아꼬어는 쿠바, 자메이카, 산또 도밍고, 푸에르토리코 등의 대안띠야스제도에서 사용되었지만 오늘날에는 사라졌다. 토착언어들 중에서 이 언어는 어휘면에서 스페인어에 가장 큰 영향을 끼쳤다. 그것은 콜럼버스가 처음으로 도착한 곳이 안띠야스 지역이며, 그의 뒤를 이은 16세기 초의 스페인 정복자들이 중남미 신대륙의 자연과 생활, 문화 등을 안띠야스를 통해 알았고 이 지역이 중남미 정복을 위한 거점이 되었기 때문이다. 아라우아꼬어의 어휘는 남미와 여타 지역의 다른 언어에도 널리 전파되었으며 현재 몇몇 단어들은 전세계적으로 사용되고 있다. 까리베어는 소안띠야스 제도, 베네수엘라 일부, 과야나스와 브라질의 일부 지역에서 사용되었다. 나우아뜰어는 멕시코 고원 지역을 거점으로 생활하고 있었던 아스떼까인들이 사용하던 언어로서 현재 80만 명 가량의 원주민들이 사용하고 있다. 께추아어는 잉카 제국의 언어로서 현재 콜롬비아 남부지방, 에콰도르, 페루, 볼리비아 및 아르헨티나의 일부 지방에서 4백만명 이상의 원주민들이 사용하고 있으며 페루에서는 스페인어와 함께 공용어로 인정받고 있다. 아라우꼬어는 현재 칠레의 남부지방에서 20~30만 명의 원주민에 의해 사용되는 한편 아르헨티나와의 국경지대에서도 일부 사용되고 있다. 과라니어는 파라과이와 빠라나(아르헨티나 북부)에서 사용되었던 언어로서 현재 200만 명 이상의 사용인구를 갖고 있으며 파라과이에서는 스페인어와 함께 공식어로 사용되고 있다.

이상 열거한 원주민들의 주요 언어와 스페인어는 오늘날까지 수백 년이라는 장구한 세월을 두고 공존해 왔다. 비록 스페인어가 정복자의 언어로서 군림하였지만 지역에 따라 토착어와 이중적인 관계를 계속 유지해 왔고, 또 원주민들이 스페인어를 습득하고 배우는 과정에서 스페인어와 원주민의 토착어들은 상호 영향을 끼치게 되었다. 원주민 언어는 여러 가지 면에서 스페인어에 영향을 끼쳤으며 특히 어휘면에서 아주 큰 영향을 끼쳐 현재 많은 단어들이 스페인어에 흡수되어 사용되고 있다.

아메리카 신대륙이 발견되었을 당시에 멕시코를 포함한 중남미 지역의 원주민 수는 대략 천 이백만명으로 추산되고 있다. 실제로 높은 수준의 문화를 향유하고 있었던 이들 중남미 대륙의 원주민 문화 분포도는 세 개의 그룹을 중심으로 하여 살펴볼 수 있다. 첫째는 멕시코의 중부와 남부, 둘째는 유카탄 반도, 과테말라, 온두라스, 엘살바도르, 셋째는 루, 에콰도르, 볼리비아 등이다. 마야 문명은 아주 뛰어난 것으로 평가받고 있다. 유카탄 반도, 벨리세, 과테말라, 엘살바도르, 온두라스, 니카라과를 문화권으로 하고 있었던 마야족은 천문학에 대한 광범위한 지식을 지니고 있어 16세기 유럽보다 우월했으며 그들의 수학은 상당한 수준에 올라 있었다. 유명한 사원인 치첸 이짜를 비롯한 유적들, 『뽀뽈-부』 등에서 살펴볼 수 있듯이 경제, 사회, 문화 수준은 거의 완벽한 체계를 갖추고 있었다. 아스떼까인들에게는 자연숭배를 중심으로 하는 종교적 생활의 특징이 있는데, 그들은 장대한 피라미드를 건축하고 철강, 회화, 조각, 직조법 등을 알고 있었으며 세분화된 형태의 시문학을 지니고 있었다. 또한 교육제도를 정비하여 학교에서 천문학, 역사, 법, 의학, 종교, 음악, 전술 등을 기르쳤다. 그들은 식물원, 동물원과 함께 오늘날 멕시코 국립박물관에 보존되어 있는 금성의 움직임에 근거한 거대한 달력도 갖고 있었는데 가장 대표적인 유적지는 떼노츠띠뜰란(현재의 멕시코시티 부근)이다.

안띠야스 지역은 여러 섬들로 이루어진 문화권으로서 항상 그보다 광대한 영토를 지닌 대륙에로의 진출을 꾀하는 호전적인 성향을 지니고 있었다. 이 지역에서는 남미에서 안띠야스로 왔던 평화로운 아라와족, 중미에서 안띠야스로 이주해 온 전투적인 따이노족, 안띠야스 출신의 아주 포악하고 용맹스런 까리베족이 서로 상존하고 있었으며 수장cacique을 중심으로 하여 문화권을 형성하였다. 까리베족의 일부는 후에 페루와 브라질로 진출하였으며 콜롬비아의 산따 마르따와 같은 고산 지대에는 아라와족이 이주하여 지하수로를 만들어서 5000미터 이상 떨어진 지역에도 수원공급이 가능하도록 하였다.

콜롬비아 지역은 세 문화권, 즉 마야와 아스떼까에 의한 중미의 영향, 카리브 연안의 영향, 잉카 제국을 위시한 남미의 영향을 수용하였던 곳으로서 거석문화권에 속해 있었다. 이 지역에서 칩차족은 절대적인 권력을 지닌 족장들의 영도 아래 꾼디나마르까(오늘날의 보고타 지역)에서 생활하였다. 그들의 언어는 칩차어였으며 여러 가지 동물, 식물들을 이용한 경제활동, 광산물의 이용과 금화를 사용한 상품교역을 행하고 있었다. 종교 생활 역시 사후의 세계를 믿었으며 보치까(또는 바까따로서 왕들의 수호자로 여겼음)를 정점으로 하여 태양, 물, 달 등 여러 신들을 숭배하였다.

잉카 문명은 시기별, 지역별로 상당히 포괄적인데 여기에서는 잉카족에게 정복당하기 이전의 다른 종족들의 문화권과 잉카족의 문화권으로 대별하여 살펴보고자 한다. 안데스 산지에서는 잉카족에 의해 통합을 이루게 될 때까지 여러 종족들이 고유의 문화적 토양을 지니고 거주하고 있었다. 이들 중 몇몇 중요한 것을 들어보면 거석문화권에 속하는 차빈과 띠아우아나꼬, 진흙문화권에 속하는 모치까스-치무와 나스까 등을 꼽을 수 있다.

차빈은 우아리, 앙까쉬에 자리하고 있었던 안데스 최초의 문화(B.C. 1000~100)로서 동물을 숭배하는 토템신앙과 함께 관개, 배수에 의한 경작을 하였다. 삼림지대에서 이주해 온 것으로 추정되는 차빈족은 돌을 사용하는 데 능숙하였으며 께추아어의 원형으로 짐작되는 언어를 사용하였던 것으로 알려져 있다.

띠아우아나꼬는 티티카카 호수를 중심으로 형성된 종족으로 아이마라어를 사용하였으며 알파카, 야마 등의 동물을 사육하고 금성의 움직임에 따라서 만든 달력을 갖고 있었다. 기념비적인 거석문화를 형성하였던 이 종족의 장대함은 높은 산지에 건조한 성벽 등을 통해서 잘 알 수 있다.

A.D.100~800년경 람바예께로부터 우아르메이에 이르는 지역에서 문화권을 형성하고 있었던 모치까스족은 전형적인 고대 계급사회를 이루고 있었다. 무장, 사제, 농부, 어부로 구별된 사회에서 이들은 우아까 델 솔, 우아까 델 라 루나와 같은 피라미드 사원을 건조하고 진흙을 이용한 도자기업을 발전시켰는데, 여러 가지 형상으로 빚어놓은 토기들을 통해서 그들 일상생활의 진솔한 면모를 살펴볼 수 있다. 모치까스 문화는 우아리스에 의해 정복당했다가 1200년경 뚬베스와 리마까지를 포함하는 광대한 영토를 지녔던 치무족에 의해 계승되었다. 찬찬(오늘날의 페루 북부)을 중심으로 번성을 누렸던 그들 역시 인간, 동물, 초목을 나타내는 도기의 제작 등 훌륭한 요업기술을 발전시켰는데 특히 주형에 의한 검정색 자기가 유명하였다.

또한 치무족은 모치까어를 사용하였으며 야금술에 의한 수공예업을 발전시키는 등 상당한 수준의 문화를 보유하고 있다가 1450년 잉카의 뚜빡 유빵끼 왕자에 의해 정복당하였다. 나스까(A.D.100~700)는 빠라까스 문화(B.C.800~200)를 전승한 것으로서 이까를 중심으로 하여 점성학, 자수, 도자기업을 발전시켰다. 나스까 평원에서 흔적을 찾아볼 수 있는 거대한 표시들은 비행물체의 이착륙 장소였음직한 의혹을 간직한 채 어지껏 밝혀지지 않은 신비로움에 싸여 있다. 또한 그들은 수력학을 이용한 농업분야와 직물공업에서 두각을 나타냈으며 태양, 달, 금성의 움직임에 근거를 둔 세 가지 달력을 사용하였다.

잉카 문명은 에콰도르, 페루, 볼리비아, 칠레 북부, 아르헨티나, 콜롬비아 남부 등 실로 광대한 지역을 점유하고 있었으며 그 수도는 꾸스꼬였다. 잉카 Inca는 현자들에 의한 투표—후에는 장자 상속으로 이어짐—에 의해 선출된 왕으로 〈태양의 아들〉, 〈신성한 권력〉을 뜻하였으며 정치적 · 군사적인 안정을 위해 적절한 통치수단을 강구하였다. 잉카족은 공용어로 께추아어를 사용하였으며 교통과 상업상의 교역을 위하여 대규모의 도로와 통로를 건설하고 객주집을 설치하였다. 족장 curaca을 정점으로 하는 공동체 ayllu는 공동경작지와 함께 수확물의 저장소를 갖추고 있었는데 대략 4천에서 5천개가 잉카 제국을 형성하고 있었다. 잉카의 윤리관은 매우 엄격하였으며 전국민에 대한 초등교육 및 꾸스꼬의 귀족 계층을 위한 고등교육을 실시하고 학식이 높은 현인들을 숭앙하였다. 종교관은 다신교로서 우주와 전방위를 상징하는 위라꼬차신, 태양의 신 인띠, 대지의 여신 마마 빠차, 달의 신, 바다의 신 등 여러 숭배 대상에게 공물을 바쳤으며 결혼관 또한 엄격한 일부일처제—잉카는 제외—로서 이혼이 허락되지 않았다. 경제생활은 교역체계를 기본으로 하여 인구가 많은 곳에 상설시장을 두었으며 금화가 사용되었다. 잉카의 과학수준은 이미 상당한 경지에 올라 있었다. 천문학에서는 나스까와 같이 세 가지 달력을 이용하여 날씨를 예보하고 농산물의 수확량을 증대시켰으며 건축술에서는 띠아우아나꼬를 계승하여 장대한 요새인 마추 삐추를 건설하고 멀리 떨어진 지역에까지 돌, 나무 등을 이용한 수리사업을 벌였다. 또한 죽은 이들의 사체를 미이라 형태로 부패하지 않게 보존하는 처리

기술이나 인체의 뇌수술, 키니네의 사용 등 놀랄 만한 의학수준을 지니고 있었다.

이상에서 살펴본 대로 다양한 중남미 원주민의 언어와 문화는 스페인에 의한 식민통치 시기에 접어들면서 퇴색 또는 잔존하는 양상을 보였다. 그 이후 19세기에 들어와 중남미 지역이 독립국으로 발돋움하기 시작하면서 중남미인들의 사상적 토대, 문화적 원류에 대한 관심이 증대되어 다시금 부각되었으며 문학 분야에서도 이에 대한 반향이 꾸준히 이루어졌다. 그 결과 오늘날 중남미 문학은 다양한 토대와 풍부한 감성으로 전세계의 문단에서 폭넓은 공감과 확고한 지지력을 보유하게 되었으며 제3세계 문학의 기수라는 중요한 위치를 차지하고 있다. 이러한 의미에서 원주민 문학을 언어권, 문화군에 따라 분류하여 살펴보는 것은 중남미 문학사의 원형 및 정체성의 추구와 아울러 스페인 문학의 단순한 추종자가 되는 일이 아니라 독창적인 영역을 확보하고 있었던 문학적 토양의 전통성을 인식한다는 커다란 의의가 있다고 하겠다.

2 나우아뜰Náhuatl 문학

2.1 개관

똘떼까족, 오또미족, 치치메까족에서 파생해 나온 아스떼까인들은 13세기를 전후하여 차뿔떼뻭에 정착하였으며 점차 남쪽으로 세력을 뻗쳐 떼노츠띠뜰란을 건설하였다. 15세기에 접어들면서 다른 종족들을 합병하여 제국을 형성하기에 이르렀는데, 아스떼까 제국의 언어가 나우아뜰어였다. 이런 연유에서 볼 때 나우아뜰 문화는 달리 말해서 고대 멕시코 문화, 또는 아스떼까 문화라고 할 수 있을 것이다. 나우아뜰 문화는 스페인 정복자들이 침입해 온 목떼수마 Ⅱ세의 통치시기까지 멕시코 중앙

지역과 멕시코 계곡 등을 중심으로 하여 마야 문화의 영향권 아래 놓여 있었던 중미까지 세력을 확장시켜 나갔다.

　나우아뜰 문학에 대한 최초의 연구는 1558~1560년에 떼뻬뿔꼬에 있었던 베르나르디노 데 사아군 Bernardino de Sahagún 수사의 『20편의 의례시 Veinte poemas rituales』로 알려져 있다. 그 후 시구엔사 Sigüenza와 공고라 Góngora, 보뚜리니 Boturini와 끌라비헤로 Clavijero 등이 중남미 식민지에서 들여온 고대 멕시코 시문학에 대한 자료들에 접촉하였을 가능성으로 보아 극히 제한적인 형태로 다음 세기로 이어졌음을 알 수 있다. 근대적인 관심은 1880년에 멕시코 국립도서관장으로 재직하던 호세 마리아 비힐 José María Vigil에 의해서 『멕시코 시가집 Cantares mexicanos』으로 나타났는데 아마도 16세기 후반에 수집된 것들의 사본인 듯싶다. 이와 비슷한 시기에 필라델피아에서 다니엘 브린톤 Daniel G. Brinton이 멕시코 옛시가집 『고대 나우아뜰시 Ancient Nahuatl Poetry』(1887)를 영어로 펴냈다. 이 외에도 『멕시코 귀족들의 로만세에 대한 필사본 Manuscrito de los Romances de los Señores de la Nueva España』, 『시가집에 관한 필사본 Manuscrito de Cantares』이 출현하였다. 나우아뜰 시문학의 대부분은 종교적인 의미에 관련되어있는 성찬가로서 시와 음악, 무용이 하나의 예술형태로 나타나는 의례적 성격이 강한 것이 특징이었다. 『나우아뜰 문학사 Historia de la literatura náhuatl』를 써서 커다란 공헌을 남긴 앙헬 마리아 가리바이 Angel María Garibay는 나우아뜰 시가의 특징이, 시어의 안팎에 드러나 있거나 숨겨져 있는 형태로 담겨 있는 리듬감과 탁월한 기교라고 설파하고 있다. 가리바이의 저서는 두 부분으로 나누어져 있는데, 전반부는 나우아뜰 문학의 기원에서부터 1521년의 스페인에 의한 정복시기까지이고, 후반부는 정복에서 1750년에 이르는 기간을 다루고 있다. 이 저서를 통해서 전반적인 문학사의 흐름과 시가의 분류, 성격 등을 상세히 접할 수 있다. 그 후 1967년에 출판된 『아스떼까 세계의 13시인들 Trece poetas del mundo azteca』은 미겔 레온-뽀르띠야의 역작으로서 고대 멕시코인들의 우주관, 사고의 토대, 예술에 대한 가치인식, 진부하고 덧없는 삶에 대한 회의, 전쟁에 대한 테마 등을 담고 있다.

2.2 서사시

고대 아스떼까인들의 역사에 대한 소명의식은 아주 강렬하였기 때문에 회화나 구전시가에 나타나 있던 무용담이나 영웅들의 놀랄 만한 공적을 기리고자 하는 시도는 일찍부터 있어왔다. 하지만 노래와 무용이 혼합된 의례적 성격이 강하고 신화적 요소가 상당 부분 가미되어 있어 장르의 분류가 명확하지 않다. 나우아뜰어로 씌어진 서사시는 대략 지역별로 떼스꼬꼬와 떼노츠띠뜰란, 그리고 촐룰루와 우에호찡고를 포함하는 뜰락스깔라 등 세 가지로 나누어 살펴볼 수 있다.

떼스꼬꼬계는 익스뜰릴호치뜰과 두란의 작품을 주된 원천으로 삼고 있으며, 작품으로는 『께찰꼬아뜰의 시 *Poema de Quetzalcóatl*』, 『익스뜰릴호치뜰의 시 *Poema de Ixtlilxóchitl*』, 『박해받은 네사왈꼬요뜰 *Nezahualcóyotl persequido*』, 『찰꼬에서의 이차소뜰랄로아찐의 행적 *Andanzas de Ichazotlaloatzin en Chalco*』이 있다. 떼노츠띠뜰란계는 좀더 풍부하고 확대된 면모를 보여주는데 주된 형태는 『꾸아우띠뜰란의 연대기 *Anales de Cuauhtitlán*』와 사아군에 의해 씌어진 자료들에서 따온 『께찰꼬아뜰의 시 *Poema de Quetzalcóatl*』이다. 그 외에 『믹스꼬아뜰의 시 *Poema de Mixcóatl*』, 『아스떼까인들의 순례기 *Peregrinación de los aztecas*』, 『우이칠로뽀츠뜰리의 시 *Poema de Huitzilopochtli*』, 『목떼수마 일루이까미나의 순환기 *Ciclo de Moctezuma Ilhuicamina*』와 『목떼수마 소꼬요찐의 순환기 *Ciclo de Moctezuma Xocoyotzin*』 등이 있다. 뜰락스깔라계는 자료가 매우 빈약하여 이 지역 출신의 메스티조 역사가였던 무뇨스 까마르고가 발굴해 낸 특출난 전사 뜰라우이꼴레의 모험담만이 남아 있다. 나우아뜰 서사시에서 가장 뚜렷한 존재로 부각되는 인물은 께찰꼬아뜰이다. 인간의 창조자, 인류의 재건자, 인간이라는 종족의 열망과 나약함을 상징하는 인물로서 께찰꼬아뜰은 역사의 드라마틱한 움직임을 보여준다. 곧 그가 행하는 갖가지 일화, 모험 들은 객관적 시각에 의해 궁구적으로 공동체의 선을 지향하는 영웅의 전형적인 면모를 담고 있다.

2.3 종교시

아스떼까인들의 종교적 감성은 자신이 태어나는 순간부터 사제들이 그의 시신을 불태우고 타고 남은 재를 땅에 묻는 순간까지 그들의 의식을 지배하고 있었다. 즉 아스떼까인의 삶은 우주진화론에 바탕을 둔 제례의식과 아주 밀접한 관계를 맺고 있었으며 여러 신들에 대한 숭배의식을 통하여 그들의 신앙심과 자연에 대한 경외감을 피력하였던 것이다. 따라서 종교시 역시 다신교적인 사회의 측면을 충분히 반영하고 있다. 태양을 숭배하였던 아스떼까인들은 하늘의 신을 위시하여 삶과 죽음을 관장하는 여신, 생명의 원천으로서 인간의 삶에 활력을 불러일으키는 옥수수의 신, 냉혹하고 엄격한 신들과는 달리 풍요함과 비옥한 토양을 가져다주는 비의 신, 비와 농업의 신 등을 시가와 음악, 무용이 어우러진 의식에서 경배하였다.

2.4 서정시

제례의식과 관련된 공동체적인 일체감과는 달리 개인적인 정서, 내면에 흐르는 감정을 노래한 서정시 또한 나우아뜰 문학에서 빈번히 출현하였다. 서정시인들이 즐겨 다룬 테마는 자신의 감성에서 솟구쳐 나오는 삶의 허무함, 죽음이 지닌 수수께끼, 진부한 생에서 잡을 수 있는 일시적 기쁨, 봄날의 아름다움, 불운에 대한 회의, 초자연적인 힘 앞에서 느끼는 왜소하고 비련한 심정, 대지에 발을 딛고 있는 인간의 사명 등 일상생활이나 자연, 본질에 대한 애절한 탐구에서 나온 것들이다. 또한 지상에서의 생애를 마감한 수장들에 대한 칭송, 전쟁, 군주들에 대한 시가 등 서사시적인 성향을 띤 것도 출현하였다. 이미 앞에서 언급한 대로 나우아뜰 서정시의 문체적 특징은 시어의 리듬 있는 조형에 있어서 탁월한 기교를 담고 있어 주목의 대상이 된다. 단어들의 리듬감을 보다 더 생생하게 구현시키기 위해 적절한 운율단위, 중간 휴지, 악센트, 음소 및 음절배합을 구사하고 시행 또는 시연에 많은 수의 대구형식과 후렴구를 사용하고 있다. 또한 의미의 순간적인 돌출이나 감정의 순탄한 흐름을 저지하기 위한 파격구, 엉뚱한 뜻을 지닌 시어를 삽입하기도 한다. 이들 서정시에 드러나 있는 이미지와 은유는 아스떼까인들의 자연에 관한 사고방식에 접목되어 있다. 곧 시인의 깊숙한 내면의식 속에서 다듬어진 정서는 리듬을 통해 시어로 상징화되면서 자연의 신비한 고동소리, 신화적 차원의 원초적인 세계와 호흡을 같이하고자 하는 모습을 띤다고 할 수 있다.

서정시 분야에서 두드러진 시인들은 삶의 쾌락과 여인, 죽음을 즐겨 노래한 뜰랄떼까찐 데 꾸아우치난꼬Tlaltecatzin de Cuauhchínanco, 시간의 덧없음과 현세적 부의 허무함을 주된 테마로 삼은 네사우알꼬요뜰Nezahualcóyotl, 그의 아들 네사우알삘리Nezahualpilli와 손자 까까마찐을 꼽을 수 있다. 특히 네사우알꼬요뜰은 떼스꼬꼬의 현명하고 덕망 높은 왕으로서 학문과 예술을 진흥시키고 숭고한 이념이 감도는 격조높은 시를 쓴 인물로서 후세에 전해 오고 있다.

2.5 극시

다른 문화권과 마찬가지로 아스떼까인들에게는 음악과 노래를 곁들인 공연극이 존재하였다. 희곡작품으로 보존되어 있는 것은 없지만 가리바이가 분류한 바에 의하면 극 상연을 목적으로 한, 시형태로 파악될 수 있는 것으로는 『우엑소칭꼬의 사절단 Embajada de Huexotzinco』, 『뜰라까우에빤의 죽음에 대한 극무용 Bailete de la muerte de Tlacahuepan』, 『께찰꼬아뜰의 도피 Huida de Quetzalcóatl』 등이다. 민중들의 무용으로 끝나게 되는 연극의 형태로 추정해 볼 수 있는 다른 하나는 장미의 여신 호치께짤리 Xochiquetzalli에 대한 찬양의식에서 나타난다. 장미의 여신에 관련된 시가는 『멕시코 시가집 Cantares mexicanos』에서 30편 정도 찾을 수 있는데 멜로드라마적인 요소가 보여지며 음악적 리듬, 인물들과 상황의 변화가 드러나 있다. 결국 나우아뜰 문학에서 살펴볼 수 있는 극시는 희곡의 단계까지는 나아가지 못하였지만 종교적 의식을 중심으로 하여 일반 민중에게 상연하기에 보다 적합한 형태를 추구하려 했음을 알 수 있다. 또한 16세기에는 기독교에 관한 『그리스도의 수난 Pasión de Cristo』, 『최후의 심판 El Juicio Final』, 『이삭의 희생 El sacrificio de Isaac』, 『동방박사들의 아기 예수에 대한 경배 Adoración de los Reyes』 등의 희곡작품들이 나우아뜰어로 씌어지기도 하였다.

2.6 역사 산문

나우아뜰 문학에서 살펴볼 수 있는 산문은 여느 문학에서와 마찬가지로 시보다 늦은 시기에 출현하였으며 『우에우에뜰라똘리 Huehuetlatolli』와 『연대기 Anales』를 통해서 그 형태를 파악할 수 있다. 『우에우에뜰라똘리』는 『노인들의 설교 Pláticas de los ancianos』라고 불려지기도 하며 안드레스 데 올모스 수사에 의해 편찬되었는데, 연장자가 젊은 세대에게 전해주는 교훈이나 규범을 담고 있다. 즉 아버지가 아들에게 좋은 사람이 되라고 충고하거나 훈계하는 설교와 아버지에 대한 아들의 답변, 어머니가 딸에게 훈계하는 설교와 고마움을 표하는 딸의 답변 등이다. 여기에는 또한 신들을 향해 행하는 종교적인 논설, 투표자들의 새로 선출된 왕에 대한 논설과 왕의 투표인과 민중들에 대한 논설, 가정의 제반문제와 왕실의 의식에 관한 논설이 실려 있다. 곧 도덕적이며 사회적인 규율과 교훈을 고양시키고 의식에 관련된 사항들에 대한 지식을 습득시키고자 하는 의도로 씌어졌음을 알 수 있다.

이보다 더욱 커다란 비중을 차지하고 있는 것은 역사에 관한 산문으로 시적인 형태와 혼합되어 있다. 종교에 대한 지나친 열의와 역사에 관한 인식의 부족으로 멕시코 자신의 과거를 담고 있는 자료를 간과할 만큼 무수한 흥망성쇠를 겪었음에도 불구하고 아스떼까인들은 생생한 목소리를 지닌 역사에 관련된 시가들을 보유하고 있었다. 그 중에서도 가장 주목을 끄는 것은 스페인에 의한 정복과 그들의 몰락이다. 떼스꼬꼬의 귀족인 까까마찐은 네사우알삘리의 아들이며 목떼수마의 조카로서, 스페인 정복자들이 대도시로 접근하는 것을 막기 위해 떼노츠띠뜰란에 그들이 들어오기 전에 면담을 벌이게 된다. 정복자들은 까까마찐을 포로로 잡았고 뻬드로 데 알바라도는 아스떼까의 보물을 인도해 줄 것을 강요하다가 끝내는 그를 암살하고 말았다. 까까마찐은 시적인 감정으로 정복자의 끔찍하고 광포한 행위와 패배당한 자들의 애닮은 심정을 서술한 짧막한 글을 남겼는데, 그 글의 마지막 부분은 아마도 알바라도의 명령에 의해 대학살이 자행된 똑스까뜰 축제에 대해서 언급하고 있는 듯싶다.

미겔 레온-뽀르띠야는 『패배자들의 시각 Visión de los vencidos』이라고 이름을 붙인 책에서 까까마찐의 경우와 비슷한 증거들을 수집하였는데 몇몇 중요한 것을 들어보면 다음과 같다. 떼노츠띠뜰란의 포위와 함락에 대한 구슬픈 노래들은 시적 표현이 두드러지며 『멕시코 민족의 연대기 Anales históricos de la nación mexicana』(1528)는 산따 끄루스 학교가 설립되기 이전에 알파벳을 잘 알고 있었던 뜰라뗄롤꼬의 무명작가들이 나우아뜰어로 쓴 것이다. 1585년에는 사아군의 지도 아래 뜰라뗄롤꼬의 원주민 학생들이 편집한 기록이 있고 그림문자의 형태로 되어 있는 유명한 것들은 『플로렌스 사본 Códice Florentino』, 16세기 중엽의 『뜰락스깔라 그림

Lienzo de Tlaxcala』, 『아우빈 사본 *Códice Aubin*』, 『1576년의 필사본 *Manuscrito de 1576*』, 『라미레스 사본 *Códice Ramírez*』(1580) 등이다. 그 외에도 16세기 중반 무렵 역사가 무뇨스 까미르고에 의해『뜰락스깔라의 역사 *Historia de Tlaxcala*』가 스페인어로 편집되었으며, 페르난도 데 알바 익스뜰릴호치뜰은 멕시코시티와 뜰라뗄롤꼬의 역사가들과는 다른 기준에 의해서 나름대로의 역사적 기술을 하였다. 이상에서 열거한 역사 산문들은 스페인 정복자들의 시점에서 씌어진 것들과는 상당히 거리 있는 시각으로 사실적인 측면과 서술상황의 긴박감이 극적으로 잘 부각되어 있다. 특히 떼노츠띠뜰란을 둘러싸고 벌어진 치열한 공방전, 패배로 인해 함락될지도 모른다는 두려움, 불길한 전조, 불길에 휩싸인 폐허 앞에서 느끼는 절망감 등 정복자들에게 유린당하게 되는 상황을 시시각각 사실적으로 그려내고 있어 독자들에게 생생한 느낌과 함께 가슴 벅찬 감동을 안겨준다.

3 마야 Maya 문학

3.1 개관

아스떼까족보다 진보된 문화를 갖고 있었던 것으로 평가되는 마야 문화(또는 마야-끼체)는 B.C. 328년경에 출현하여 스페인 정복자들에 의해 쇠퇴의 길을 걷게 되는 A.D. 1525년까지 계속되었다. 스페인의 정복이 이루어질 즈음에 마야인들은 유카탄 반도와 깜뻬체, 따바스꼬, 치아빠스 등에서 생활하고 있었다. 이전에 그들은 과테말라, 온두라스 일부, 벨리스, 엘살바도르에까지 세력을 확장하며 네 개의 문화권과 접촉했었다. 중요한 거점도시 몬떼 알반을 갖고 있었던 사뽀떼꼬족, 떼오띠우아깐족, 라 벤따족, 따힌족과 문화교류를 하면서 마야인들은 띠깔, 초빤, 끼리구아, 빨렌께와 같은 웅장한 제전도시를 세웠다. 마야인들의 전성기는 A.D. 625년 경으로 기록되어 있는데 그들의 건축, 조각, 상형문자, 도자기, 보석세공, 회화는 뛰어난 수준에 올라 있었으며 특히 제전의식이 거행된 대규모의 피라미드 사원과 기념석주 등에서 살펴볼 수 있는 천문학, 기하학의 경지는 매우 우수한 것으로 평가되고 있다. 10세기경에 서쪽으로부터 아스떼까인들에 의해 거점도시들이 황폐해지기 시작했는데, 이러한 사실은 최고의 유적지로 꼽히는 치첸 이짜의 경우가 증명해 주고 있다. 마야 문화의 쇠퇴는 인간을 제물로 바치는 의식과 전쟁에 더욱 탐닉하고 종교적인 제례까지 일부 변경시켰던 나오아족의 야만성과 호전성에 기인한 바 크다.

마야의 상형문자는 극히 일부분만 판독되어 문학적 자산은 거의 알려지지 않은 채 남아 있었다. 그러다가 16세기에서 18세기에 걸쳐 마야 출신의 저술가들이 구전으로 내려오던 전통적 사실들에 기초하여 라틴어로 기록한 것에 힘입어 문화의 상당 부분이 밝혀지게 되었다. 하지만 설명이 극히 난해한 경우에서는 기독교적이거나 서구적인 인식과 기준이 가미되었을 가능성을 배제할 수 없으므로 그 본질에 접근하는 조심스러움이 필요하다. 마야의 텍스트들은 대부분 종교나 역사에 관련된 것이 많지만 문학적으로 귀중한 가치를 지닌 작품들에 대한 발굴이 이루어져 오늘에 이르고 있는데 예를 들면 유카탄 반도에 살았던 마야족에 대한 『칠람 발람의 서적들 *Libros de Chilam Balam*』, 과테말라 지역에 살았던 끼체족에 관한 『뽀뽈-부 *Popol-Vuh*』와 『라비날-아치 *Rabinal-Achí*』, 『또또니까빤 귀족들의 직함 *Título de los Señores de Totonicapan*』 등이 있다.

3.2 『뽀뽈-부』

『뽀뽈-부 *Poplo-Vuh*』는 『조언서 *Libro de Consejo*』라고도 불리며 스페인에 의한 정복이 이루어진 얼마 후 끼체족의 한 원주민이 구전되어 오던 전통을 라틴어로 기록해 놓은 자료이다. 그 원주민이 누구인지는 알 수 없지만 라틴어를 배운 최초의 사람들 중 하나였을 것으로 짐작되며, 아마도 1544년경에 기록을 끝낸 것으로 알려져 있다. 그 후 1701~1703년에 안달루시아 에시하 출신의 도미니크 교단의 수사이며 과테말라 산또 또마스 치치까스떼난고의 주임신부였던 프란시스꼬 히메네스가 필사본을 발견하여 상당히 훌륭한 스페인어로 번역하였다. 히메네스 신부는 탁월한 인문학자이자 역사가여서 끼체어로 문법서를 쓰고 예술에 관한 어휘집을 작성하기도 했으며 각 지역에 산재해 있던 방언들을 연구하는 등 원주민들에 대한 교화에 힘썼다. 그가 발견하여 번역했던 필사본 원본이 사라져버린 것은 애석한 일인데 일설에 의하면 시카고의 뉴베리 도서관에 소장되어 있다가 화재로 소실되고 다른 승려가 필사본을 만들었다고 한다. 1772년경에 쓴 방대한 분량의 『치아빠의 성 비센떼 지방과 과테말라의 역사 *Historia de la Provincia de San Vicente de Chiapa y Guatemala*』의 첫번째 권에 치치까스떼난고의 필사본에 대한 번역이 포함되어 있다.

또한 그는 『깍치겔, 끼체, 추뚜일 언어사전 *Tesoro de las lenguas cacchiquel, quiché y tzutuhil*』을 써서 각 언어의 어휘와 문법을 정리하기도 하였다. 히메네스 신부의 번역에 대한 역서는 여러 편이 존재하고 있다. 오르도녜스 이 아기아르의 번역서를 비롯하여 1857년 빈에서 출판된 칼 쉐르쩨르 Carl Scherzer의 독일어판 『과테말라 지방 원주민의 기원에 관한 역사 *Historia del origen de los indios de esta provincia de Guatemala*』와 1861년 파리에서 브라쇠르 드 부르부르 Brasseur de Bourbourg 사제의 번역서가 출판되었다. 특히 후자는 끼체어로 된 텍스트와 프랑스어 번역, 상당한 분량의 주해를 곁들임과 함께 〈뽀뿔-부〉라는 명칭을 처음으로 사용하였다. 그후 이에 대한 관심이 점차로 고조되어 1925년 게오르게 레이노에 의해 두번째의 프랑스어 번역판이 파리에서 나왔는데 이것은 2년 후에 곤살레스 데 멘도사와 미겔 앙헬 아스뚜리아스에 의해 스페인어로 번역되었다. 1927년에 과테말라에서는 안또니오 비야꼬르따와 플라비오 로다스에 의해 스페인어 직역판이 나왔으며, 1947년에는 과테말라 출신의 뛰어난 역사언어학자인 안드리안 레시노스 Adrián Recinos가 『뽀뿔-부, 끼체족의 고대역사 Popol-Vuh, Las antiguas historias del Quiché』를 썼는데 이 저서는 영어와 일본어로 번역되기도 하였다.

『뽀뿔-부』는 마야 문화-끼체족-의 역사적 자료, 신화적인 전통, 설화, 여러 종족들의 이동 및 발전과정을 담고 있는데 세 부분으로 나누어 살펴볼 수 있다. 처음 부분은 이 세계의 생성과 인간의 창조를 다루고 있다. 공허만이 감도는 텅 빈 공간에 우라깐을 비롯한 신들이 등장하여 세상을 창조한다. 인간이 관련된 첫번째 창조에서는 신들이 이 세계의 물질적 기반이 되는 대지와 초목을 창조하고 동물들을 만들어 각각 하나씩의 언어를 주고서 대지에 살게 한다. 아직 인간은 출현하지 않았으며 동물들은 신들의 의지에 흡족할 만큼 성스러운 이름을 나타낼 수 없었기에 파괴되었다. 두번째 창조에서 신들은 진흙으로 인간의 형상을 만든다. 진흙인간은 말은 하지만 사고력이 부족하고 머리를 움직일 수 없기 때문에 얼굴은 늘 한쪽 면만 향하게 되었다. 결국 신들은 인간을 파괴하기로 결심한다. 세번째 창조를 통해서 신들은 인간의 모습을 한 나무인 형들을 만든다. 나무로 만들어진 인간들은 말을 하고 동물을 길들이며 생식능력을 지니고 있었지만 피가 부족할 때면 말라버렸다. 사육하는 동물들을 비롯하여 여러 가지 것들로부터 나무인간들이 반란을 겪게 되자 결국 신들은 대홍수를 일으켜 이들을 파괴하였고 살아남은 나무인간들은 산으로 도망치게 된다. 네번째 창조에서 신들은 의논을 벌인 끝에 옥수수로 인간을 만든다. 이렇게 만들어진 4인의 옥수수인간들은 말을 하고 위험한 존재로서 서로 결투할 때도 있었지만, 우주의 존재와 신비를 이해할 수 있는 현명함과 창조자에 대한 경배를 올릴 수 있는 자질을 갖추었기에 신들은 만족하게 되었다.

둘째 부분은 신화적인 인물들이 벌이는 모험에 대해서 다루고 있다. 이야기는 우나뿌, 익스발랑께 형제를 중심으로 하여 그들이 악인을 비롯하여 온갖 신들, 예언자들, 현자들과 접하면서 겪는 진기한 일화와 견디기 힘든 시련 등으로 구성되어 있다. 우나뿌, 익스발랑께 형제는 살아남기 위해 피의 강과 괴어 있는 물을 건너고 악마들을 죽이기 위해 정적만이 있는 어둠의 집, 얼음집, 호랑이 우리, 흡혈박쥐들의 소굴, 무수한 검들이 위협하는 집을 통과하기도 한다. 여기에 동물과 나무들을 비롯하여 갖가지 일화가 삽입되어 있으며 인간의 삶에 영향을 끼치는 초자연적인 현상, 주술적인 행태가 빈번히 등장하고 권선징악의 면모가 두드러진다. 셋째 부분은 옛 마야 제국의 붕괴 이후에 끼체족이 정착할 때까지 이동하며 겪었던 생활사를 중심으로 왕, 사제, 촌락들의 이름이 나온다. 이 부분을 통해서 우리는 끼체-마야족의 의식주 생활과 함께 정치제도, 종교규율, 사회관습 등을 추론해 볼 수 있다.

위에서 살펴본 바대로 『뽀뽈-부』는 현재의 과테말라에 살았던 끼체족의 옛 역사에 관한 종합판으로서 그들의 우주관, 사고방식, 정치·사회·경제의 변천과정, 생활형태 등을 총망라하고 있다. 일례로 인간의 창조에 나타나 있는 네 단계는 상징적인 형태로 그들의 변천사를 적나라하게 보여준다. 곧 언술행위를 하는 집단간에 상이한 점이 존재하지 않았고 수렵이나 채집상태에 있었던 단계에서 출발하여 농업의 초기형태와 토기를 사용했음을 보여주는 진흙인간, 본격적인 농업의 실시와 가축사육·대가족 형태로 정착되었음을 알게 해주는 나무인간, 정치·사회·종교 조직에서 커다란 진전이 이루어지고 주식과 경제력의 원천이었음을 확연하게 보여주는 옥수수인간에 이르기까지 전반적인 변천과정이 서술되어 있는 것이다. 여기에 진화론에 기초한 우주관이라든지 종교의식, 사회적 관습, 당시 그 지역에서 거주하였던 동물, 마야인들이 식품으로 사용하였던 것들, 건축술, 즐겨 행하였던 운동 등을 알 수 있다. 또한 시적 표현이 엿보이는 문체는 상징성과 함께 은유와 유추를 많이 구사하고 있으며, 직설적이고 단선적인 표현보다는 이미지를 사용하여 암시성을 강하게 띤다. 그리하여 상징적인 은유와 더불어 함축적 다의미를 산출하여 일화나 신화의 상상적인 측면을 더욱 다양하게 확장시켜 주고 있다.

3.3 『칠람 발람의 서적들』

『칠람 발람의 서적들 Libros de Chilam Balam』은 중남미의 원주민 문학에서 중요한 위치를 차지하는 것들 가운데 하나로 평가되고 있다. 이것은 스페인에 의해 정복당한 후 편집되었으며 문학 이외에도 종교, 역사, 의학, 천문학, 제례 등 다양한 면모를 갖추고 있다. 책의 명칭은 정복이 이루어지기 얼마 전 마니에서 살았던 사제 칠람 발람의 이름에서 유래하는데, 그는 새로운 종교의 도래를 예언했던 기이한 인물이었다. 여러 지역에 산재해 있는 서적들은 출처에 따라서 추마엘, 마니, 띠시민, 까우아 익실 등으로 구별된다. 그 중에서 가장 잘 알려져 있는 것은 추마엘 서적인데 1930년에는 안또니오 멘디스 볼리오에 의해 스페인어로, 그 후 3년 뒤에는 로이 Roy에 의해 영어로 번역되었다. 일설에 의하면 추마엘 서적은 이웃 동료인 환 호세 오일에 의해 1782년에 편집되었다고 하는데, 19세기 중반 끄레센시오 까리요 이 앙꼬나 주교의 세심한 주의 아래 첫번째의 필사가 이루어졌다. 까리요 이 앙꼬나가 죽은 후 필사본은 여러 사람의 손을 거쳐 베네수엘라 메리다의 세뻬다 도서관에 보관되어 있었다. 그 후 누군가가 그것을 훔쳐 미국으로 가져가버렸는데 다행스럽게도 얼마 전 필라델피아 대학이 필사를 거쳐 사진판으로 발간하였다.

『칠람 발람의 서적들』의 내용은 특히 종교적인 면이 두드러지며 그에 대한 평가도 다양하다. 추마엘의 텍스트 중에서 세번째 부분만이 예언적인 성격을 띠고 있음에도 불구하고, 필사본들에 그러한 제명이 포함되어 있기 때문에 많은 사람들이 주술적·예언적인 측면을 중시하고 있다. 텍스트에는 〈탐욕의 제국〉 종족들의 분열과 멸망이 예언되어 있으며, 장중한 어조로 탐욕자들이 오기 이전에 원주민들이 누렸던 현명한 지식과 신에 대한 소명, 건강한 삶을 일깨워준다. 또한 〈중남미인들은 이제 두려움을 배웠고, 꽃과 나무들은 시들어버렸고 그들의 자손들은 힘겨운 고통을 받게 될 것이다〉 등의 앞날에 대한 예언이 영감이 넘치는 필치로 씌어져 있다. 그래서 이 책을 최초로 번역하였던 멘디스 볼리오는, 역사학자나 고고학자에게보다는 신비주의나 종교문학에 조예가 깊은 사람들의 관심을 끈다고 판단하기도 하였다.

3.4 『사일족의 연대기』

깍치켈어로 씌어진 『사일족의 연대기 Anales de los Xahil』는 1844년 가바레떼 Gavarrete에 의해 과테말라의 산 프란시스꼬 수도원의 문서보관실에서 발견되었다. 그 후 1855년경 산 프란시스꼬에 여행 온 브라쇠르 드 부르부르 사제에 의해서 프랑스어로 첫 번역이 이루어지면서 원본은 그의 수중에 남겨졌다. 가바레떼는 스페인어로 해석하기 위해 그 번역의 초고를 사용하였는데 이것이 1873년부터 『과테말라 경제사회에 대한 공보 Boletín de la Sociedad Económica de Guatemala』로 알려지게 되었다. 브라쇠르 역시 자료들을 총괄하여 『깍치켈 필사본 Manuscrito cakchiquel』, 또는 다른 이름으로 『떽빤-아띠뜰란의 청원서 Memorial de Tecpan-Atitlán』, 『솔롤라의 청원서 Memorial de Sololá』라고 명명하였다. 브라쇠르가 사망한 후 필사본은 필라델피아 박물관의 서고에 안치될 때까지 여러 사람의 수중에 있었다. 그후 우수한 중남미 연구가들의 자료에 대한 해석을 거쳐 마침내 게오르게 레이노 교수에 의해 새로운 번역으로 파리에서 1928년에 출판되었는데, 『뽀뿔-부』의 경우에서처럼 곤살레스 데 멘도사와 아스뚜리아스가 레이노의 지도 아래 스페인어로 해석하는 역할을 담당하였다.

『사일족의 연대기』는 소송을 위한 소유권의 사법적인 증거에 대한 자료로 판단된다. 그들은 소유권을 되찾기 위하여 역사적 자료와 계보의 내력을 밝혀가면서 대지에 관한 권리를 증명하는데, 아마도 그 땅은 뻬드로 데 알바라도 총독이 1524년에 과테말라를 지나면서 정복자들에게 도움을 주었던 부족들에게 분배해 준 듯하다. 작품은 네 개의 자료로 이루어져 있다. 첫번째는 전향한 원주민의 증언을 담고 있고, 두번째에는 옛 부족들에 대한 전설적인 이야기가 실려 있다. 세번째는 역사적인 사실에 대해 쓰고 있으며, 네번째는 사일족의 일상생활과 관련된 사건들에 대해 다루고 있다. 작품의 내용을 살펴보면 『뽀뿔-부』에서와 같이 최초의 인간들에 대한 이야기를 비롯하여 자연재해나 다른 종족들의 위협과 옥수수가 잘 자라는 적절한 장소를 찾기 위해서 그들이 겪었던 고난과 투쟁이 나타난다. 또한 인간이 생존하는 데 도움을 주는 동물들에 대한 중요성, 자연의 신비스러운 힘이나 질병과의 싸움, 역사적인 사실들에 관한 이야기가 전개되어 있다. 스페인 정복자들이 도래하기 이전 커다란 혼란과 재앙이 밀어닥치고, 알바라도는 공포로서 깍치켄족을 굴복시킨다. 조세를 거두어들이는 것은 재난의 시초일 뿐이며 종족 전체는 죽음의 벼랑에 서 있게 된다. 도시들이 불타고 족장과 귀족들은 교수형을 당하거나 포로로 잡히는 신세가 된다. 마침내 도미니크 교단의 신부들이 도착하여 가르침을 주고 그들의 땅에 정복이 가져온 변화가 자리잡게 된다.

3.5 고대극 『라비날-아치』

마야 문화 역시 종교적인 제례의식과 밀접한 관계가 있는 초보적인 극 형태를 가지고 있었다. 직접적인 자료는 없지만 연극과 유사한 장면이 남아 있는 것으로 니카라과의 무용극인 『거인들의 춤 *Baile de los gigantes*』, 『마초-라똔 *Macho-Ratón*』이 있다. 그러나 끼체-마야족의 가장 중요한 극작품은 말할 것도 없이 『라비날-아치 *Rabinal-Achí*』이며, 이것은 『나무북의 춤 *Baile del tun*』 또는 『신성한 북의 춤 *Baile del tambor sagrado*』이라고도 불린다.

중남미의 원주민들이 극 상연을 즐겼다는 증거는 많이 있으며, 제례 의식을 드리는 특정한 장소가 그 무대였음도 알려져 있다. 역사가들의 기술에 의하면 스페인의 정복 이후에도 음악과 무용을 곁들인 상연물, 특히 희극적인 성격을 띤 모방극이나 소극이 줄곧 공연되었음을 알 수 있다. 한편으로는 스페인인들이 원주민들에게 카톨릭 교리를 전파하기 위한 목적에서 그들이 갖고 있던 극 형태를 이용했을 가능성과 함께 다른 한편으로는 그들에게 이미 식상해버린 공연물 대신에 카톨릭적 성격을 지닌 극작품이 활용되었을 가능성이 상존하고 있다. 그러한 모든 상황에도 불구하고 『라비날-아치』는 정복 이후에도 구전을 통해 꾸준히 전승되어 오다가 1850년에 원주민 바르똘로 시스에 의해 기록되었다. 그후 라비날의 산 빠블로 도시의 주임사제였던 브라쇠르에 의해 끼체어로 씌어진 텍스트가 발견되어 1862년에 프랑스어로 다시 번역되었다. 금세기에 들어와 레이노가 세밀한 해설을 곁들인 또 다른 역서를 내놓았는데, 그는 거기서 작품에 드러나 있는 노래와 무용이 지닌 상징적인 기능의 중요성을 역설하고 동일하거나 아주 유사한 사상을 관객들에게 되풀이해서 표현하는 대구형식을 가장 특징적인 문체로서 파악하고 있다.

『라비날-아치』는 음악이 가미된 4막극으로서 간단한 줄거리로 되어 있다. 주인공인 두 전사 끼체와 가비날은 목숨을 건 싸움을 벌인다. 승자와 패자는 무대에서 대화를 하며 음악에 맞추어 춤을 춘다. 결국 패배한 끼체족 젊은이는 체포되어 죽음을 당하게 되는데, 그의 마지막 노래는 삶의 상실과 신비롭고도 아름다운 세계의 소멸을 한탄하는 뼈저린 애상감으로 비극적인 정서를 고취시킨다. 이 작품에서는 종교적인 색채가 거의 없는 것으로 보아 현재 전해지고 있는 텍스트는 구전전통에서 일부가 삭제되었을 가능성이 농후하지만 끼체-마야족의 표현방식이 뛰어나게 구사되어 있는 것으로 평가받고 있다.

4 잉카 Inca 문학

4.1 개관

잉카 제국은 따우안띤수요라고도 불리며 오늘날의 콜롬비아, 에콰도르, 페루, 칠레 북부, 볼리비아 서부와 아르헨티나 북부에 걸치는 광대한 영토를 장악하였다. 찬찬, 나스까, 치무, 띠아우아나꼬 등 여러 문화권을 합쳐서 세력을 확장한 후에 께추아어를 공용어로 하여 신정정치를 기본으로 하는 강력한 제국을 건설하였다. 그래서 잉카 문학은 달리 말해서 께추아 문학이라고 부를 수 있다. 잉카인들은 글쓰기나 문법, 그림문자를 알지 못하였으므로 그들의 신화와 전설, 역사에 관련된 기술, 문학적인 자료들은 정복 이후 스페인인들에 의해서 알려지게 되었다. 잉카 문화의 보고를 발굴해 내는 데 공헌하였던 초기의 역사가들로는 스페인에서 건너온 블라스 데 발레라, 시에사 데 레온, 끄리스또발 데 몰리나와 원주민 출신의 후안 데 산따 끄루스 빠차꾸띠, 펠리뻬 구아만 뽀마 데 아얄라 등을 꼽을 수 있다.

『사실의 기록 *Comentarios Reales*』을 쓴 잉까 가르실라소 데 라 베가 Inca Garcilaso de la Vega는 수준 높은 문체와 격조를 갖춘 희극과 비극들이 잉카 문학에 존재하고 있었음을 언급하고 있지만 극작품으로 보존되어 있는 것은 없다. 중남미 고대문학에서 가장 많이 알려져 있는 작품들 중의 하나인 『오얀따이 *Ollántay*』(페루, 17세기경)를 비롯하여 『아리꾸치꼬족 *Los aricuchicos*』(에콰도르, 16세기), 『아따우 왈빠의 종말에 대한 비극 *Tragedia del fin de Atau Walpa*』(페루, 16세기), 성찬신비극 작가 우스까 빠우까르 Uska Paukar의 『꼬빠까바나의 우리 성모님 마리아의 원조 *Patrocinio de María Señora de Copacabana*』(볼리비아, 18세기) 등 께추아어의 구전전통에 의해 씌어진 것들은 모두 스페인의 정복 이후에 출현하였다. 17세기에 께추아어로 극작품을 쓴 메스티조 작가들로서 저명한 인물로는 종교색채가 짙은 3막극 『방탕한 아들 *El hijo pródigo*』을 쓴 후안 에스뻬노사 메드라노, 희극성이 돋보이는 『가련한 부자양반 *El pobre rico*』의 가브리엘 센떼노 데 오스마를 꼽을 수 있다. 헌새도 께추아 문학에 대한 인식을 깊이 갖추고 더욱 체계적으로 보급하고자 호르헤 바사드레, 헤수스 라라, 루이스 발까르셀 Luis E.Valcárcel 등과 같은 작가들이 노력을 경주하고 있다.

4.2 시

잉카 문학에서 시는 현자와 일반 평민이라는 두 계층으로 나누어 살펴볼 수 있다. 서정시가 주류를 이루는 가운데 철학적 소양과 학식을 갖춘 현자들은 주로 종교심을 부각시키거나 영웅적인 테마를 다룬 시를 즐겨 썼으며, 평민계층은 애수가 깃들어 있는 목가나 애가를 선호하였다. 시에 대한 분류도 매우 다양해서 종교적 주제나 용맹스런 전사들에 대한 찬가를 하일리 jailli, 농업에 관련된 축제를 노래한 것은 아이모라이 aymoray, 애상감이 돋보이는 서정시를 왕까 wanka, 음악을 곁들여 장단을 맞추는 우울한 목가를 아르위 arwi, 에로틱한 성격이 나타나는 시를 우르뻬 urpi, 와이노 waino라고 했던 것으로 보아 상당히 높은 경지에 올라 있었던 것으로 평가된다. 시작법은 주로 3~8음절의 아르떼 메노르 arte menor로 된 시행들을 다양하게 결합하여 풍부한 서정미를 표현하고 있으며 가끔 파격적으로 9음절 시행이 엿보이기도 한다. 또한 대구형식과 아울러 시인과 합창단의 대화가 나타나 제전의식의 성격을 보여주고 있다. 그 후 19세기에 페루의 시인 마리아노 멜가르는 자신의 애조띤 시에 야라비 yaraví라는 이름을 붙여 잉카의 전통을 계승하였다.

4.3 『오얀따이』

4.3.1 작품의 기원

잉카 문학의 최고봉에 빛나는 『오얀따이 Ollántay』는 스페인에 의한 정복이 있기 전 극시의 형태로 구전전통에 머물러 있었던 것으로 추측된다. 그 후 1770년경 안또니오 발데스 신부에 의해 추끼사까에서 필사본이 발견되었으며 1868년에 스페인어로 번역되었다. 『오얀따이』는 작자미상으로서 17~18세기 경에 씌어진 작품으로 추정하고 있으나 정확한 기원에 대해서는 많은 논란이 있어왔다. 스페인인들이 중남미 대륙에 발을 붙이기 전에 이미 작품이 구성되었다는 주장과 함께 스페인인의 영향 아래 재구성되었을 것이라는 의견이 서로 대립되었다.

전자의 경우에는 작품의 배경과 등장인물이 잉카 제국의 역사적 기록과 일치하고 당시에 『오얀따이』와 유사한 구전문학이 존재했다는 것과 께추아어로 작성된 필사본, 아르와이 arwai 형태로 작품에 나타나는 노래들의 애조 띤 정서 등을 주장의 근거로 내세운다. 반면에 후자의 경우에는 작품의 구성과 문체가 8음절의 시행, 세련된 언어 사용, 황금시대 극의 익살꾼 등장, 지문의 설정, 여러 장으로의 구분 등으로 스페인 희곡과 유사하고 잉카인들의 사고방식과 부합되지 않는 절대권위에 대한 반역, 군주에 대한 충성보다 여인에 대한 사랑을 앞세우는 행위 등을 근거로 내세운다.

여기에서 추정해 볼 수 있는 것은 시꾸아니에서 신부로 재직하였던 안또니오 발데스의 서류에서 께추아어로 번역된 필사본이 발견된 것과 비슷한 시기인 1780년 꾸스꼬 근처의 띤따 마을에서 희곡이 공연되었다는 사실이다. 공연은 뚜빡 아마루Ⅱ세 앞에서 이루어졌는데, 그가 식민지 위정자들에 대항하여 반란을 일으켰던 인물임에 비추어볼 때 당국의 억압적 분위기 아래서 작자가 신분을 감추었을 개연성이 높다. 따라서 일부 비평가들이 『오얀따이』의 저자로 발데스 신부를 거론하지만, 그가 작가로 활동했다는 사실에 대한 근거가 극히 희박하므로 단지 작품을 베꼈을 것으로 짐작되고 있다. 결국 께추아어에 토대를 두고 있는 희곡작품 『오얀따이』는 구전을 통해 전승되어 오디가 여러 필사본으로 옮겨졌는데 그 중 하나가 안또니오 발데스 신부에 의해 작성된 듯하다. 그의 필사본은 현재 꾸스꼬의 산또 도밍고 수도원에 보존되어 있다.

4.3.2 내용

『오얀따이』는 잉카 제국의 역사적 사실과 밀접한 관계를 지니고 있는 구비문학으로 내용은 다음과 같다.

왕실의 총애를 받는 장군 오얀따이는 평민의 신분으로 왕족과는 결혼할 수 없는 처지에도 불구하고 공주 꾸시-꼬이유르를 사랑하게 된다. 이 사실을 안 빠차꾸떽 왕은 분노하고 연인들은 항거한다. 오얀따이는 반란을 일으키고 모종의 군사적 조치를 실행에 옮기게 된다. 우여곡절 끝에 빠차꾸떽의 뒤를 이어 즉위한 뚜빡 유빵끼 왕이 관용을 베풀어 두 사람의 죄를 용서하고, 그들 사이에 태어난 딸 이마 수마흐도 부모 품에 돌아오게 된다.

안또니오 발데스로 추정되는 인물에 의해 희곡작품으로 각색된 『오얀따이』는 잉카의 전통에 스페인의 극작법이 가미된 혼혈문학으로서 치밀한 구성과 세련된 필치를 보여주는데 공주를 에스뜨레야(별), 딸을 베야(아름다움)로 등장시키고 있다. 작품의 내용을 상세하게 살펴보면 다음과 같다.

오얀따이는 꾸스꼬 왕국의 장군으로 빛나는 전공을 쌓아올려 빠차꾸떽 왕의 총애를 받는다. 그는 공주 에스뜨레야와 사랑하는 사이가 되고 왕에게 청혼하지만 왕은 신분이 다르다는 이유로 단호하게 거절한다. 에스뜨레야 역시 아버지의 명령에 의해 라스 비르헤네스 에스꼬히다스 수녀원에 감금당하는 신세가 되고 만다. 사랑하는 여인을 만날 수 없다는 깊은 절망감과 그 동안의 공로에 대한 왕의 비정한 조치에 모멸감과 함께 심한 분노를 느낀 오얀따이는 꾸스꼬 왕국을 이탈하여 새로운 왕국을 수립한다. 수많은 전쟁에 시달려온 병사들 또한 그의 자유주의와 평등사상을 적극 추종하여 강력한 왕국이 건설되기에 이른다. 한편 빠차꾸떽 왕은 오호 데 뻬에드라 장군에게 명을 내려 오얀따이를 체포하도록 하지만 참패를 당하게 된다. 얼마 후 빠차꾸떽 왕이 사망하고 뚜빡 유빵끼 왕자가 잉카의 자리에 오르게 된다. 오호 데 뻬에드라 장군은 대패를 당했던 것에 대한 복수와 아울러 실추된 명예를 회복하기 위해 부상을 가장한 채 오얀따이의 진중으로 잠입한다. 오얀따이는 그의 흉계를 간파하지 못하고 우의와 친절을 보이며 태양의 축제일을 맞아 성대히 축제를 거행한다. 오얀따이를 비롯하여 모두가 만취하여 잠들어 있을 때 이를 노리고 미리 잠복해 있던 오호 데 뻬에드라의 병사들에 의해 그와 부하들은 모두 체포된다. 이렇게 하여 뚜빡 유빵끼 왕 앞에 포로로 잡혀오게 되는데 왕은 관용과 자비를 베풀어 모든 사람들의 죄를 용서하고 오얀따이에게 꾸스꼬 왕국을 물려주기로 공표한다. 왕의 크나큰 도량과 은혜에 모두가 칭송을 드리고 있을 때 베야라는 소녀가 왕을 알현하고자 궁전에 나타난다. 그녀는 사실 오얀따이와 에스뜨레야 사이에서 태어난 딸이었는데, 그 때까지 부모가 누구인지도 전혀 모른 채 격리되어 성장하다가 하녀의 도움으로 동굴에 갇혀 있는 에스뜨레야를 극적으로 상봉하여 어머니임을 알게 되고 에스뜨레야의 구원을 간청하기 위해 찾아온 것이다. 이리하여 오얀따이, 뚜빡 유빵끼 왕을 비롯하여 모든 신하들이 그 동굴로 급히 달려간다. 오얀따이와 에스뜨레야는 기쁨의 눈물과 함께 오랜만의 해후를 나누고 왕은 에스뜨레야가 자신의 누이동생임을 알게 된다. 결국 왕의 선행과 자비로 세 사람은 죽음의 위험과 불행을 딛고 일어나 가족으로 행복한 재회를 가진다.

4.3.3 평가

극시의 형태를 띠고 있는 작품 『오얀따이』는 표현의 아름다움과 높은 수준의 상징적 기법으로 인해 고대문학의 정수로 꼽힌다. 자연물에 대한 의인화와 함께 색채감이 부각되어 있으며 서정시에서 즐겨 사용하던 심미적 표현들이 은유, 상징 수법과 결합하여 작품에 풍부함과 깊이를 더해 주고 있다. 각색된 희곡작품에서도 역시 감성적 용어, 연상적 효과를 주는 용어의 구사와 함께 독백을 많이 사용하여 심미적·심리적인 측면을 강화하고 있으며 합창을 통한 미래예언이나 주술적인 표현을 가미하여 상징성을 높이고 있다.

『오얀따이』에서는 왕국에 대한 충성과 여인에 대한 사랑 사이의 갈등이 새로운 시대의 도래와 관용과 도량을 베푸는 왕의 온정에 의해 극복된다. 이러한 온정을 통해서 작가는 의도적으로 또 다른 주제를 암시하고 있다. 역사적으로 볼 때 잉카 왕국의 세력을 크게 떨쳤던 빠차꾸멕 왕과 뚜빡 유빵끼 왕을 등장시키고 유빵끼 왕자(왕자 시절에 치무 정복)으로 하여금 오얀따이에게 자비를 베풀게 하는 작품 말미의 구도는 평화로운 제국 건설을 지향하는 왕의 희망과 의지를 뚜렷하게 나타낸다. 이는 잉카 제국이 마야 문명이나 아스떼까 왕국에 비해서 덜 혹독한 통치를 하였다는 역사적 사실에 부합됨과 아울러 당시 중남미를 식민지화하여 억압 일변도의 정책을 펴고 있던 스페인 정복자들에 대한 거부의 몸짓을 곁들인 상징적 표현이었던 것이다.

4.4 산문

께추아 산문은 페루의 역사에 관한 기록서들에서 단편적인 형태로 존재가 알려져 왔다. 하지만 옛 잉카 제국의 한 지방에서는 신대륙 발견 이전의 신화, 제례의식, 관습에 대한 완벽한 텍스트가 이미 16세기에 라틴어 육필서로 기록되어 있었다. 육필서의 원본이 발견된 지명을 따서 이름을 붙인 『우아로치리의 께추아 필사본 *Manuscrito Quechua de Huarochirí*』에 대한 번역은 스페인어를 비롯하여 프랑스어, 독일어, 라틴어 등 여러 언어로 이루어졌다. 그 중에서 최초의 스페인어 완역으로 호평을 받은 것이 1966년 리마에서 출판된 호세 마리아 아르게다스 José María Arguedas의 『우아로치리의 인간들과 신들 Hombres y dioses de Huarochirí』이다. 이 저서에서는 우상숭배와 제전행렬을 비롯한 종교적인 사실과 함께 사회제도와 정치체제 등을 소상하게 기술하고 있다.

5 과라니 Guaraní 문학

신대륙 발견 이전에 아마존의 셀바 지역과 라플라타강 유역에서는 과라니족과 과라니어를 말하는 뚜피족이 생활하고 있었다. 그에 속한 부족들은 므브야, 이리빠, 빠이-까이오바 등이었으며 서정성이 짙고 종교적 색채가 강한 문학을 지니고 있었다. 과라니어와 그 문화에 대한 보호는 파라과이에 진출한 예수회 선교사들의 자구적인 노력과 오늘날의 볼리비아에 해당하는 목소스, 치끼또스의 분리로 인해 가능하게 되었다. 이미 오래전에 스페인 출신의 예수회파 안또니오 루이스 데 몬또야에 의해 『과라니어 사전 El Tesoro de la lengua guaraní』이 씌어졌는데 이 책은 단순한 사전이 아니라 민속학에 대한 전문적인 저술로 1639년 마드리드에서 출판되었다. 과라니어는 정복 이전은 물론 현재까지도 사용되는 생생한 언어임에도 불구하고 그것에 대한 문학적인 조명은 비교적 늦게 시작되었다. 19세기 초엽에 들어와서부터 과라니 문학이라고 명명할 수 있을 만한 것들이 라틴어로 번역되기에 이르렀으며, 스페인어에 의한 번역 및 대단위 연구는 금세기에야 빛을 보게 되었다. 대표적인 연구가로는 이탈리아계 파라과이인 모이세스 베르또니와 파라과이 출신의 레온 까도간을 들 수 있다. 특히 후자는 『과라니족의 문학 La literatura de los Guaraníes』의 저자로 우리에게 흥미있고 진기한 자료를 제공해 준다. 옛 과라니족의 한 분파인 므브야족이 소유한 굳은 신앙심, 태초의 어둠을 통해 출현한 창조주 신 냔데 루, 대지의 중심에서 탄생하여 과라니족의 태두가 된 빠이 레떼 꾸아라이 등으로 여기에서 과라니 문화와 문학의 직접적인 모태를 찾아볼 수 있다. 즉 냔데 루가 인간의 언어체계를 세우고 네 명의 신에게 위임한 것과 빠이가 창조주 신에 의하여 태어나 인간들에게 종교적인 노래, 무용, 윤리제도, 농업과 아울러 가축의 사육, 양봉 등을 가르쳤다는 사실을 통해서 과라니족의 원시 제전의식에 구현되어 있는 시와 극의 최초 형태를 추측할 수 있다. 현재 과라니 문학으로서 복원된 자료들은 단편적인 형태로 고대인들의 종교의식, 신화, 전설, 일화와 함께 주술적인 노래, 형이상학적이며 교훈적인 시가나 순진무구한 정서가 감도는 서정시의 모습을 보여준다. 그것들은 각각 여러 장르의 텍스트들이 혼재되어 있는 형태로서 므브야 텍스트, 악세 텍스트, 니바끌레 텍스트, 마까 텍스트 등으로 알려져 있다. 한편 현대작가 훌리오 꼬레아와 같은 몇몇 파라과이 작가들 역시 과라니어로 우수한 작품들을 양산하여 폭넓은 지지와 반향을 얻어왔다.

제2장
식민지 시대 문학

1 시대 개관

1.1 신대륙의 발견과 정복

콜럼버스에 의한 신대륙의 발견은 스페인 카톨릭 양왕의 후원 아래 이루어졌다. 1492년 1월 1일 그라나다의 항복과 함께 8세기에 스페인을 침략하여 그 동안 세력을 누려온 아랍인들의 세계는 완전히 종말을 고했다. 이어서 카톨릭 양왕은 제노아 출신의 선원 콜럼버스의 새로운 항해 계획에 대한 즉각적인 원조를 결정하였다. 콜럼버스의 항해는 8월 3일 빨로스항을 출발하여 산따 마리아호를 비롯한 세 척의 배가 10월 12일 산 살바도르섬(원주민들은 과나아니라 불렀으며 오늘날의 와틀링섬으로 추정됨)에 도착하였다. 그러나 구하려던 향료는 얻지 못하고 쿠바와 라 에스빠뇰라(산또 도밍고 부근) 사이에 산재해 있는 몇몇 섬들만 발견하였다. 산또 도밍고에서 편성되어 출발한 1493년의 두번째 항해는 상업적인 개척단의 성격을 띠고 있었으며 푸에르토리코와 자메이카를 발견하였다. 1498년의 세번째 항해에서 남미 대륙(베네수엘라 해안으로 추정됨)을 발견하였으나 그때까지는 도미니카 주변의 섬들과 카리브 지역에 국한된 활동을 벌였을 따름이었다. 16세기에 접어들면서 새로운 상황이 전개되어 콜럼버스를 비롯한 많은 탐험가들이 대서양을 건너와 신대륙이 유럽과 아시아 사이에 위치하고 있음을 증명하였다. 아메리카라는 이름은 플로렌스 태생의 아메리꼬 베스풋치의 명성에서 비롯되었다. 그는 남미 대륙의 여행에 대해 기록한 서신들에서 최초로 새로 발견된 대륙을 아시아와는 다른 〈신세계〉라고 부를 수 있음을 표명하였다. 그 후 베로나의 건축가이며 저명한 학자였던 후안 지오꼰도수사가 베스풋치의 편지들을 라틴어로 번역하였으며, 프랑스 로렌의 인문학자와 지리학자들의 동호회인 김나시오 보스겐세가 새로운 지리지를 편찬하는 과정에서 신대륙의 명칭을 그에 대한 경의를 표하는 의미에서 아메리카라고 붙였던 것이다.

스페인에 의한 식민개척 시기를 아베얀의 견해를 중심으로 하여 살펴보면 다음 세 단계로 구분된다.

첫번째 단계는 위대한 발견의 시기이다. 1513년에 바스꼬 누네스 데 발보아는 파나마의 산 미겔만에서 태평양을 발견하였는데, 당시 그는 스페인으로부터 아시아에 이르는 교통로를 개척하고자 하는 열망을 지니고 있었다. 이 계획은 2년 후 디아스 데 솔리스에 의해 실행에 옮겨졌는데 그가 원정 도중 라플라타강 유역에서 사망함으로써 무산되고 말았다. 또한 마젤란과 후안 세바스띠안 엘까노 Juan Sebastián Elcano에 의한 세계일주(1519~1521)는 대단히 획기적인 사건이었다.

두번째 단계는 정복의 본격적인 시기로서 대략 1520~1550년에 해당한다. 물론 이전에도 초보적인 정복행위들이 이루어졌다. 콜럼버스는 해외 파견대의 거점, 사금의 여과장, 요새 등을 건설하였고 오반도 Ovando 장군이 라 에스빠뇰라의 원주민들을 통치하는 것을 돕기 위해 파견되었다. 뒤를 이어 1508년에는 뽄세 데 레온이 푸에르토리코 정복에 착수하였고 뻬드로 데 에스끼벨의 자메이카, 디에고 벨라스께스의 쿠바 정복이 각각

1509년, 1511년에 시작되었다. 같은 무렵 알론소 데 오혜다에 의해 우라베를 통한 대륙 진출이 시작되어 파나마 정복의 심장부가 된 산따 마리아 라 안띠구아가 건설되었다. 또한 라 에스빠놀라 지역은 베네수엘라의 꾸마나에 대한 포교활동과 쿠바구아의 진주채굴에 중요한 역할을 담당하였다. 초기에 획득한 지역은 새로운 정복을 위한 전진기지로 활용되었다. 푸에르토리코로부터 플로리다 반도에 이르는 탐험(1521)이 이루어졌고, 1519년 쿠바의 에르난 꼬르떼스에 의한 멕시코 정복이 착수되었으며, 여러 섬의 원주민들은 대륙으로 이주당했다. 마르가리따(1525), 산따마르따(1526), 꼬로(1527), 까르따헤나(1530) 등의 정복으로 대륙 침입은 본격적인 단계에 접어들었다. 멕시코와 파나마의 정복은 대규모의 식민지 획득을 위한 중요한 포석이 되었다. 멕시코에서 시작하여 북쪽으로는 미국의 남부 건조지역(1540년 꼬로나도 정복), 남쪽으로는 과테말라, 엘살바도르를 거쳐 온두라스, 니카라과에 이르는 지역을 정복한 후 중미로부터 올라온 세력과 조우하였다. 파나마에서 삐사로는 페루 정복(1532)에 대한 계획을 세웠으며, 스페인 군대는 계속 남쪽으로 진군하여 끼또(1534), 칠레(1541)를 정복하고 파라과이 통치(1537)를 위해 라플라타강 유역으로 침입하였다. 또한 볼리비아의 고원지대는 페루와 파라과이에서 출진한 군대에 의해 점령되었으며 콜롬비아 고원지대는 산따 마르따, 꼬로, 끼또에서 파견한 세 원정대에 의해 1538년에 정복되었다.

세번째 단계는 식민활동의 시기로서 1550년 이후에 해당된다. 스페인의 신대륙 발견과 정복의 최초 목적은 원주민들을 카톨릭교도로 개종하려는 것으로 짐작되고 있다. 초기에 신대륙으로부터 들어온 자원은 약간의 금과 진주, 염료용 목재들로서 그리 신통치 않았는데 카톨릭 양왕, 특히 이사벨 여왕은 이교도 원주민들을 카톨릭교도화하는 것으로 그 대가를 원하였다. 그러나 원정대의 파견에 드는 막대한 경제적 비용과 선교사들의 안전 및 활동보호를 구실로 곧 신대륙의 식민통치를 통한 부의 축적과 광범위하고 효율적인 복음 전도를 꾀하게 되었다. 스페인은 이미 8세기에 걸친 아랍인들과의 전투를 통해서 군사적인 경험의 축적과 식민지 경영을 해본 적이 있었다. 원주민에 대한 식민정책은 라 에스빠뇰라에 대한 오반도 장군의 통치에서 최초의 원형을 찾아볼 수 있다. 그는 원주민들을 나누어 농경·목축·사금채취 등에 대규모로 투입하였으나, 프란시스코 교단이나 도미니크 교단의 선교사들은 정복의 여하한 과정보다는 이교도들에 대한 복음을 최우선적인 목표로 설정하였다.

중남미 각 지역에 대한 정복은 한마디로 말할 수 없는 복합적인 요소를 지니고 있었다. 새로운 땅에 대한 기대와 모험심, 복음에 대한 열망, 국왕에 대한 충성, 부와 명예에 대한 갈망 등 여러 가지 요인이 정복을 부추겼던 것으로 판단할 수 있다. 정복에 가담하는 군대는 주로 규모가 작은 사조직으로 각각의 병사는 자발적으로 참여하였다. 전리품에 대한 선택권으로 기병은 2배, 화승총을 가진 병사는 1.5배, 보병은 1배를 취하도록 되어 있었으며 그들의 목적은 승리의 대가로 주어지는 토지에 있었다. 이와 같은 군사정책과 선교사들의 방관적인 자세로 인해 무차별한 형태로 잔인하고도 혹독한 학대행위와 살육이 자행되었던 것이다. 이에 대하여 원주민들의 인간으로서의 정당한 권리를 주창하고, 정복자들의 극악무도한 행동을 통렬히 비판하였던 바르똘로메 데 라스 까사스 신부 등의 탄원에 힘입어 1550년 까를로스 V세는 일체의 정복행위를 중단할 것을 명령하였다. 이로써 중남미 대륙은 정복에 뒤이어 식민활동이 본격적인 체계를 갖추게 되었던 것이다.

1.2 식민활동과 교화사업

16세기 중반을 전후하여 식민체제를 정비한 스페인인들은 열성적으로 도시와 촌락, 마을을 건설하고 상업거래망을 구축하였으며 농업, 목축, 광산채굴에 원주민의 노동력을 이용하였다. 또한 복잡한 형태의 조세제도를 수립하고 산또 도밍고, 멕시코, 과테말라, 파나마, 보고타, 끼또, 리마, 차르까스, 산띠아고 데 칠레에 재판소를 설립하였다. 한편 이미 1535년에 누에바 에스빠냐 부왕관구를 두어 멕시코와 중미를, 1542년에는 페루 부왕관구로서 남미와 파나마를 관할하게 하여 정치·경제·사회면에 걸친 통치체제를 구축하였다. 이 시기의 식민활동은 시대상황을 중심으로 하여 살펴볼 수 있다. 중남미 원주민에 대한 식민활동의 두 가지 과제는 정복과 그들을 식민사회로 통합시키는 것이었다.

정복과정에서 수많은 학살, 잔학행위와 함께 원주민들에게 치명적인 참변이 거듭되었다. 스페인 본국으로부터 권한을 위임받은 식민지 위정자들은 까를로스 V세의 칙령을 무시하고 착취와 탄압행위를 멈추지 않았으며, 배고픔과 억압통치에 억눌린 원주민들의 반란을 무자비하게 진압하였다. 심지어 그들은 식민지 지분에 대한 내부적인 갈등과 함께 본국의 정책에 반기를 들고 항거하기도 했다. 페루에서 잉카 제국의 정복 후에 벌어졌던 프란시스꼬 삐사로와 디에고 데 알마그로 간의 내분에 이은 곤살로 삐사로의 스페인 왕정에 대한 반란(1544~1548), 멕시코에서 에르난 꼬르떼스의 아들 마르띤 꼬르떼스의 주도 아래 일어났던 바예 후작의 음모(1565~1568), 아마존강 유역의 밀림을 중심으로 하여 펠리페 II세에게 항거하였던 로뻬 데 아기레의 반란(1560~1561), 포토시를 비롯한 각 지역에서 일어난 내전 등이 그 실례들이다. 또한 스페인인들의 도래는 그들이 데려온 흑인들과 함께 저항력이 전혀 없었던 원주민들에게 무서운 질병을 야기시켰다. 이미 1520년을 전후하여 멕시코에서 페루에 이르는 전지역을 강타했던 천연두를 비롯하여 홍역(1529), 티푸스(1545), 독감(1558), 유행성 괴질(1576), 1588년과 1595년의 천연두 등 참담한 재해가 계속되었다. 여기에 정복자들의 혹독한 탄압과 무거운 조세부담을 피하고자 행해진 유아살해, 채굴작업 등의 고된 노동을 통해 희생된 사람들을 합쳐, 보라Borah의 의견에 따르면 1570년경까지 원주민 인구의 60~70% 정도가 감소되었고 다음 세기까지 나머지의 25%에 해당하는 인구가 줄어들었다. 이러한 원주민 인구의 감소는 노동력의 심각한 부족현상을 야기시켰는데 스페인에서의 이민은 별 도움이 되지 못하였다. 보우만Bowman에 의하면 16세기에 걸쳐 신대륙에 들어온 스페인 이민자의 수는 대략 20만 명으로 안달루시아(37.5%), 까스띠야(26.7%), 에스뜨레마두라(14.7%) 출신이 주류를 이루었다. 이들의 신분은 선원, 군인, 상인, 하녀, 성직자 등으로 신대륙에서 필요한 노동력을 밑받침해 줄 만한 농부 출신은 극히 드물었고, 주로 도시나 마을에서 거주하였다. 중남미의 제3인종이라 할 수 있는 흑인의 유입은 탐험가나 정복자들과 함께 이미 있어왔는데, 노예에 의한 채굴작업은 1505년 페르난도 왕에 의해 라 에스빠뇰라섬에서 시작되었다. 흑인노예들은 주로 기니, 세네갈, 콩고 출신으로서 강인한 체질과 적응능력을 지닌 자들만이 열악한 환경에서 살아남을 수 있었으며 - 포획과 항해, 적응과정에서 50%가 희생되었다고 함 - 꾸르띤Curtin의 통계에 의하면 까르따헤나를 중심으로 하여 16세기 동안 7만 5천 명 정도의 노예가 유입되었다. 흑인들은 신분에 대한 불만과 함께 비참한 현실에 항거하였는데, 최초의 봉기는 1522년경 산또 도밍고에서 일어났으며 무자비하게 진압당한 이후에도 까르따헤나, 놈브레 데 디오스 등지에서 잦은 반란을 일으켰다.

한편 스페인 왕정이 본국인과 원주민의 2개 축에 의한 사회구도를 생각했음에도 불구하고 인종간의 혼혈문제가 곧바로 발생되었다. 혼혈에 대한 스페인인들의 편견이 작고, 스페인 출신 여성들의 절대적 부족, 원주민 문화의 자유로운 성습관 등으로 인해 혼혈이 쉽사리 이루어졌다. 그리하여 스페인 출신의 백인과 원주민의 혼혈인 메스티조, 백인과 흑인의 혼혈에서 물라토, 원주민과 흑인의 혼혈에서 잠보가 출현하였다. 메스티조는 곧바로 스페인인과 거의 동등한 위치로 격상되었으며 물라토는 서서히 자유인으로서의 신분을 획득해 가고 있었다. 식민 지배체제가 공고해지는 가운데 스페인인들은 행정을 비롯하여 대규모의 상권과 광산을 지배하면서 신대륙 출신의 2세들인 끄리오요Criollo에게 경제적인 토대를 넘겨주기 시작하였다. 메스티조 그룹은 낮은 직급의 관리, 원주민 부락에 파견되는 성직자나 전도사, 소상인, 광산의 감독 등 말단 지배계층의 위치에 있었고, 물라토 그룹은 운송업과 제철업 등 육체적으로 힘든 노동집단을 통제하기에 이르렀으며 원주민과 노예들의 사회적 위치는 답보상태를 계속하였다.

16세기의 식민지 경제는 광산업의 주도 아래 이루어졌다. 신대륙의 발견에 뒤이은 라 에스빠뇰라섬의 통치에서 원주민의 노동력을 이용한 농경·목축·사금채취를 실시하였던 것을 시초로 하여 수립된 경제정책은 대규모의 광산 발견과 함께 광업 위주로 펼쳐지게 되었다. 최초의 채굴작업은 금을 중심으로 전개되었지만 곧이어 은으로 바뀌었다. 1531년에 멕시코의 미초아깐에서 은광이 발견되고 얼마 후 페루의 뽀르꼬 은광이 빛을 보게 되었다. 1545년에는 페루의 포토시에서 놀랄 만한 대규모의 광산이 발견되었으며 멕시코에서도 사빠떼까스, 과나후아또 은광이 속속 개발되었다. 금채굴은 섬지역의 매장량이 고갈됨에 따라 칠레의 중부지역과 콜롬비아의 북서부지역을 중심으로 전개되었다. 이렇게 하여 스페인 본국에 유입된 막대한 양의 금과 은은 물가앙등과 아울러 산업 전반에 인플레이션 효과를 촉발시켜 유럽의 근대자본주의의 형성에 한 요인이 되었다. 한편 스페인 왕정은 이들 광물을 산업선진국인 플랑드르, 프랑스, 이탈리아, 영국에 보내는 중개무역을 독점운영함으로써 막대한 부를 소유함과 동시에 전세계 최강의 제국주의 패권을 유지할 수 있었던 것이다. 식민체제 아래서의 농업개발은 광산업을 밑받침해 주는 역할에서 시작되어 점차 그 비중이 커지게 되었다. 1515년경 신대륙으로부터 최초의 설탕을 스페인으로 들여온 이후 옥수수, 호박, 강낭콩, 감자, 유가 등의 중남미 원산물의 반입과 밀, 보리, 쌀, 사탕수수, 올리브, 포도 등 유럽 농산물의 중남미에 대한 이식이 활발하게 추진되었다. 16세기 말에 중남미는 이미 곡물과 가죽을 비롯하여 설탕, 생강, 카시아나무, 브라질산 다목나무 등 농업생산량과 수출에 있어서 중요한 위치를 점하게 되었다. 목축업은 초기에 말과 돼지를 중심으로 하여 전개되었다. 그 후 노새를 교통수단, 숫소를 운송수단으로 이용하기 위하여 또한 식용을 위해 암소와 돼지를 주로 사육하였다. 당시의 산업은 보잘것없는 수준에 머물러 있었는데, 스페인인들을 위시한 지배계층은 주로 본국에서 수입한 물품들을 사용하였고 원주민들은 자급자족하는 단계에 만족할 수밖에 없었다. 이는 중남미 신대륙이 원료 공급지로서의 역할이라는 극히 한정된 위치에 있었고, 숙련된 노동력의 태부족과 함께 적절한 소비시장이 갖춰져 있지 않았기 때문이었다. 상업활동은 처음에는 무역거래에 대한 독점권을 행사하고자 한 스페인 왕정의 적극적인 정책에 힘입어 활발하게 추진되었다. 그러나 수출입되는 물품들의 조정에 실패한 이후부터 특정인물들이 위임권을 행사하고 정부는 관세수입과 함께 노예와, 수은과 같은 중요한 품목만 직접 관할하게 되었다. 상거래는 1503년 세비야에 설립된 무역거래소 Casa de Contratación에서 총괄하였으며 운송업자 등의 주요한 조직과 연계를 갖추고 있었다. 스페인 본국과 식민지를 오가는 상선들은 1564년경부터 여러 척으로 구성되어 무장경호선의 호위를 받는 선대형식을 취하게 되었다.

식민지에 대한 교화사업은 이사벨 여왕의 원주민들을 카톨릭교도화하려는 희망에 의해 신대륙에 파견된 선교사들로부터 비롯되었다고 할 수 있다. 까를로스 V세 역시 프란시스코 교단 성직자들의 옹호 아래 원주민들을 개종시키는 사업을 계속하였다. 원주민에 대한 복음전도를 용이하게 하고 그들의 노동력을 보다 효율적으로 관리하기 위해 부락별로 나누어 운영하였으며, 선교사들은 토착어를 배워 교화사업에 응용하였다. 이러한 형태는 멕시코에서 16세기 중반 무렵, 페루에는 이보다 조금 뒤에 나타났으며 과테말라의 알따 베라 빠스에서는 바르똘로메 데 라스 까사스 신부에 의해 원주민 도시가 설립되기도 하였다. 베르나르디노 데 사아군 수사는 왕성한 인문주의 정신으로 멕시코 아스떼까인들에 관한 자료와 정보를 수집하고 유창한 나우아뜰어로 그들 앞에서 우상 타파와 카톨릭 복음을 역설하였으며, 고대의 종교, 윤리 철학, 사회제도, 정복의 역사, 나우아뜰어 사전 등을 총망라한 1569년의 결정판 역시 원주민언어 역문에 의한 것이었다. 그러나 1555년에 즉위한 펠리페 Ⅱ세는 반종교개혁의 기치를 높이 들고 원주민들에 대한 개종화작업을 독려하였으며, 어떠한 형태의 토착적인 이교도 신앙표현도 금할 것을 천명함으로써 사아군의 작품은 1578년 몰수명령을 받게 되고 말았다. 한편 중남미 원주민들에 대한 교화사업은 광범위한 지역에 걸쳐 커다란 어려움에 직면하였다. 식민지 전역에 걸쳐 카톨릭교와 선교사들에 대한 적개심이 갖가지 형태로 표출되고 적극적인 저항운동이 전개되었다. 페루에서는 따끼 온꾸오이에 의한 메시아 운동이 일어났고 멕시코의 뜰랄떼난고 계곡에서는 십자가와 교회를 불태우고 신성을 모독하는 행위가 벌어지는 등 16세기 내내 성직자들은 카톨릭교도로 개종한 원주민이 다시금 우상숭배에 빠지지 않도록 항상 세심한 주의를 기울여야만 했다. 하지만 그것은 식민통치의 전시기 동안, 어쩌면 오늘날까지도 계속 남아 있는 토속신앙의 형태로서 교화사업에 막대한 지장을 초래하였다고 말할 수 있다.

프란시스코 교단에 의해 주도된 복음 전도는 트렌토 종교회의를 기점으로 하여 도미니크 교단, 아우구스틴 교단의 성직자들이 합세하여 활발히 진행되었다. 1572년 이후에는 예수회파의 선교사들이 두드러진 활약을 보이며 전사회계층 특히 중남미 태생의 스페인인들인 끄리오요를 대상으로 혁신적인 교육에 나섰다. 멕시코에 설립되었던 예수회파 학교의 예에서 볼 수 있듯이, 그들은 투철한 종교정신을 사회를 주도하는 엘리트계층의 자녀들에게 접목시키는 교육방식으로 유효적절하게 택하였다. 교육 체제가 급속한 속도로 진보되어 정비되었고 학교에서는 신학과 함께 학예, 수사학 등이 강의되었다. 예수회파는 남미대륙에서 더욱 세력을 떨쳤는데 그 중에서도 가장 알려진 곳은 볼리비아, 아르헨티나, 파라과이에 걸쳐 있는 지역에 위치해 있었던 전도 구역으로서 청빈한 신앙생활과 규율에 근거한 일종의 종교 낙원을 건설하였던 것이다. 이 시기에 문화·교육 발전을 위해 도입된 중요한 제도로는 인쇄사업과 대학교육을 꼽을 수 있다. 인쇄소는 1535년 멕시코에 최초로 설립된 이래 1583년 리마에도 설치를 완료하여 보존가치가 있는 자료와 교훈적인 텍스트를 주로 출판하였다. 대학은 1538년 산또 도밍고의 산또 또마스 대학을 시발로 하여 1551년 리마와 멕시코에 설립되었는데 이 중 멕시코대학은 곧바로 인문주의 운동의 중심지가 되었다.

1.3 17세기의 위기와 18세기의 변화

17세기는 스페인의 정치적·경제적 쇠퇴기로서 펠리뻬 Ⅲ세, 펠리뻬 Ⅳ세, 까를로스 Ⅱ세의 치세는 다음 세기의 부르봉 왕조로 전환하기 위한 합스부르크 왕조의 무기력한 통치기간에 해당된다. 신대륙에 대한 스페인의 무역독점은 군사·정치면의 쇠퇴와 함께 위기를 맞기 시작하였다. 스페인이 추구하던 보호무역징책 역시 자유무역을 통해 자국의 경제적 이익을 늘리려는 프랑스, 영국, 네덜란드 등 유럽 각국의 적개심을 부추겨 위태로운 상황이 연출되었다. 이러한 본국의 상황은 식민지에도 영향을 미쳐 쇠퇴·위기의 시대를 맞이하게 되었다. 쇠퇴의 증상은 인구감소추세의 지속, 광산업의 커다란 위기, 해안지역에 대한 해적들의 끊임없는 습격, 스페인 본국과의 무역량 감소, 밀수의 증가 등으로 나타났다.

통치체제면에서 누에바 에스빠냐(멕시코)와 페루의 부왕관구는 그대로 유지되었으며 칠레의 산띠아고(1609), 끼또(1661), 부에노스 아이레스(1661)에 새로이 재판소가 설립되었다. 유럽 열강들의 협공으로 자메이카(1665)가 영국의 수중에, 꾸라사오가 네덜란드의 수중으로, 께벡, 누이시아나, 아이티, 과달루뻬, 마르띠니까가 프랑스의 점령 아래 들어가고 해안지방에 해적선이 줄곧 출몰함에 따라 산 아구스띤(플로리다), 라 아바나, 푸에르토리코의 산 후안 등의 요새화작업과 아울러 각 지역의 성채가 강화되었다. 17세기 전반기까지 계속 감소추세를 보이던 인구는 중반 이후 증가하기 시작했지만 노동력의 심각한 부족상태는 여전하였다. 인종간의 혼혈로 인해 메스티조와 물라토가 증가하고 자유인이 양산됨으로써 식민지 경제를 밑받침할 노동력의 절대적 부족이 야기되었으며 원주민계층 역시 원래의 농업경작보다는 목장이나 광산, 도시의 일급노동자로 전환하는 경우가 많아져 심각한 불균형을 초래하게 되었다. 그러한 사실은 엔리께따 빌라Enriqueta Vila의 통계에 의해 1600~1640년의 기간 동안 중남미에 유입된 막대한 수의 흑인노예들(27만 명 정도)의 경우를 보면 잘 알 수 있다. 한편 이 시기의 사회계층에서 나타난 두드러진 현상은 끄리오요의 세력이 가시화되었다는 사실이다. 그들은 정복세대가 누렸던 경제적 부를 고스란히 상속받았으며 광산과 농장 등의 운영권을 거의 장악하였고 특히 성당과 학교에 막대한 영향력을 행사하게 되었다. 관료층 역시 상위 극소수만을 본국에서 임명된 스페인인이 차지했을 뿐 행정의 부패와 관직매수에 힘입어 대다수는 끄리오요가 장악하게 되었다.

경제적인 위기는 여러 가지 복합적 요인에 의해 나타났는데 왕권을 둘러싸고 벌어진 싸움으로 인한 스페인 본국의 권력 약화, 농업의 몰락, 대토지 소유자의 증가, 노동력의 고갈, 식민지에 대한 무기력한 통치, 기생적인 관료체제 유지가 곧 그것들이다. 하지만 해밀톤Earl J. Hamilton은 이상에서 열거한 스페인인인 요인들에 치우친 것보다 오히려 식민지 내적 상황에 기인하는 요소를 핵심으로 내세운다. 그는 1640년부터 급격한 하강세를 보였던 금과 은의 채굴량을 들어 광산업의 갑작스런 쇠퇴가 식민지 경제를 위기에 처하게 한 가장 커다란 요인으로 본다. 금·은의 고갈과 함께 식료품의 가격과 수요가 급등하고 경제체제 역시 광산업에서 농업과 축산업 위주로 급격한 전환이 이루어졌으며, 노동력의 부족과 대토지 소유자의 증가로 대규모의 플랜테이션 경작이 행해지게 되었다. 한편 해적선이나 각국의 무장선에 의한 손해도 적지 않았는데 이로 인해 스페인 본국과의 교역량이 현저히 줄어들었다. 이미 1596년 드레이크에 의해 놈브레 데 디오스가 점령·파괴당했던 경험도 있었지만 해적선에 의한 피해는 더욱 늘어 30% 정도의 막대한 손실과 함께 밀수 증가를 야기시켰고 경제적 위기상황을 가중시켰던 것이다.

중남미의 18세기는 다음 세기 초반에 획득하게 되는 독립을 준비하는 기간으로 새로운 변화를 추구하던 시기였다. 계몽주의 사상에 입각한 국가개념이 유럽에서 유입되고 조세개혁과 무역 자유화계획이 실행되었지만 절대적인 지배통치 아래서 1780년대에 집중적인 반란과 혁명 운동이 일어났다. 또한 식민지 전역에 걸쳐 메스티조 세력이 주류를 이루게 되었으며 급격한 경제성장과 함께 1750년을 전후로 하여 폭발적인 인구증가가 가시화되었다.

18세기에 스페인은 절대주의 군주제에 입각한 부르봉 왕조에 의해 새로운 국가체계를 갖추게 되었으며, 중남미 식민지의 통치체제 역시 많은 변화가 있었다. 우선 먼저 두 개의 새로운 부왕관구의 출현을 들 수 있다. 신그라나다 부왕관구는 1719년 산따페 데 보고타를 수도로 신설되어 콜롬비아, 베네수엘라, 에콰도르, 파나마를 관할하였으며 리오 데 라 플라타 부왕관구는 1776년 부에노스 아이레스를 수도로 아르헨티나, 우루과이, 파라과이 및 볼리비아와 칠레의 일부를 통치하게 되었다. 그와 비슷한 시기에 내륙지방에 사령부(멕시코 북부)와 베네수엘라에 지구사령부를 창설하여 중남미는 4개의 부왕관구(누에바 에스빠냐, 페루, 신그라나다, 리오 데 라 플라타)와 4개의 지구사령부(쿠바, 과테말라, 베네수엘라, 칠레)로 정비되었다. 행정제도상의 가장 중요한 변화는 프랑스를 모델로 만든 관할구의 창설로서 부왕의 권리를 제한하려는 목적을 지니고 있었다. 정책상으로 고려해야 할 중요한 사항은 1777년 갈베스에 의해 명령된 조세개혁이었다. 중남미인들에 대한 조세강화를 명한 이 개혁조치에 대한 저항은 페루에서 시작되어 아레끼빠, 라 빠스, 꼬차밤바, 오루로에서 조세 거부운동으로 일어났다. 특히 뚜빡 아마루의 반란은 안데스 전지역에 걸쳐 반향을 불러일으켰으며 그가 체포되어 죽음을 당한 후에도 스페인 공권력에 대한 항거는 계속되었다. 이러한 상황이 18세기 후반부터 19세기 전반까지 페루, 베네수엘라, 칠레, 누에보 레이노, 끼또 등에서 벌어졌지만 스페인 당국은 무기력하기만 하였다. 또한 아랑후에스의 폭동에 의해 야기된 스페인 정국의 위기, 까를로스 Ⅳ세와 그의 아들 페르난도 간에 벌어졌던 내분의 와중에서 개입한 나폴레옹의 스페인 점령은 식민지의 독립을 향한 행보에 보탬이 되었다.

한편 중남미의 인구는 도시지역을 중심으로 하여 급속한 증가추세를 보였으며 콜롬비아와 칠레를 중심으로 하여 메스티조 세력이 크게 신장되었다. 18세기 말엽 여러 지역에서 창궐하였던 티푸스, 천연두, 유행성 괴질로 인해 상당수의 희생자를 내기도 했지만 1803년의 왁찐 도입과 주민들에 대한 건강홍보로 인해 인구증가는 계속되어 경제활동의 풍부한 노동력을 공급했다. 이 시기의 중남미 경제는 농업·목축·광산업·공업·무역 등 전부문에 걸쳐 크게 신장되었는데 그 원동력은 바로 대륙의 내부에 이미 갖추어져 있었다. 17세기의 경제위기는 농장·목장주와 상인들에게 아주 적절한 기회를 제공해 주었다. 농장·목장주는 도시 지역에 식료품을 공급하는 역할을 담당하였는데 이제 인구의 급속한 증가와 노동력의 팽창으로 인한 엄청난 수요량의 증가는 그들에게 막대한 이익을 안겨주었다.

또한 대토지 소유가 가능해져 기후와 토양에 적합한 플랜테이션 농법을 보편화시킴으로써 수확량을 획기적으로 증진할 수 있게 되었다. 상인들 역시 식민지 내부의 상거래를 독점하고 스페인 본국을 비롯한 외부와의 무역규모를 늘림으로써 상업적 기반을 더욱 확고하게 다질 수 있었다. 상인들이 획득한 자본은 광산업을 중흥시키는 데 쓰여졌는데, 여기에는 페르난도 Ⅵ세와 까를로스 Ⅲ세가 수은의 판매를 적절한 정책을 통해 보호해 준 조치와 채굴기술의 향상이 커다란 보탬이 되었다. 농업·상업·광산업의 확대생산은 산업의 발전을 가져와 설탕·직물 등 제분야가 비약적으로 신장되었다. 또한 1778년에는 자유무역규약 Reglamento de Libre Comercio이 발효되어 누에바 에스빠냐와 베네수엘라를 제외한 전 지역이 스페인 본국과 자유로운 상거래를 할 수 있게 되어 급속도로 무역량이 증가하였다. 또한 물품을 수출하는 항구들도 전문화되어 더욱 근대화된 체계와 설비를 갖추게 되었다. 한편 스페인이 영국, 프랑스 등과 벌일 수밖에 없었던 잦은 전쟁으로 인해 중남미 대륙으로 수입되던 물품들의 반입이 어렵게 되자 산업능력을 가속화시키려는 노력이 경주되었다. 그리하여 공업 생산량의 증가와 아울러 본국으로 정기적인 유출사태를 빚어왔던 금과 은이 새로운 부를 위해 재투자됨으로써 경제적 여건을 향상시키게 되었다.

2 문예사조적 특성

2.1 스페인 문학의 유입

스페인 문학은 신대륙의 발견과 함께 새로운 전기를 맞이하게 되었다. 원주민들의 문화적·문학적 유산을 스페인어로 수용할 수 있는 계기를 획득함과 아울러 자국의 종교와 교육체계를 식민지에 이식함으로써 문학의 영역을 크게 확장시켰다. 이런 의미에서 식민지 시대의 중남미 문학은 스페인 문학의 절대적 영향을 받았다고 할 수 있다. 스페인 문학은 16, 17세기의 황금시대를 거쳐, 18세기에 들어와 프랑스의 영향에 의한 신고전주의 시대에 이를 때까지 식민지의 문학적 토대형성에 전적으로 기여했으며, 특히 17세기 바로크 시대의 문학은 정치·군사적 쇠퇴에도 불구하고 전세계적인 주도권을 행사한 시기였다.

스페인어로 씌어진 중남미 문학은 신대륙을 발견한 콜럼버스의 『항해일지 Diario de a bordo』로부터 시작된다. 그 이후 정복에 참여한 지휘관과 병사들은 대부분 문맹자였던 것으로 알려져 있다. 하지만 그들은 구전전통에 입각한 광범위한 분야의 문화기반을 지니고 있었으며, 그 대표적인 것으로는 스페인의 전통 로만세를 들 수 있다. 로만세는 중세적 전통에다 오락적인 요소가 가미된 것으로 군인계층에 의해 식민지 각 지역에 유포되었다. 에르난 꼬르떼스, 알론소 데 에르시야를 비롯한 식자층과 연대기 작가들은 르네상스 정신에 충실한 인물들이었다. 비슷한 시기에 신대륙에 들어온 성직자들은 처음에는 프란시스코 교단, 도미니크 교단 등 전통 스콜라 철학에 입각한 인물들이었지만, 사아군 수사와 같이 인문주의적 성향을 띤 다수의 선교사들과 함께 16세기 후반 이후부터 예수회파의 대거 진출로 인해 그 성격이 강화되기에 이르렀다.

스페인으로부터 식민지로 이주해 온 작가들 또한 당시 문단을 풍미하고 있었던 르네상스 문학의 성향을 보여주었다. 곧 멕시코의 구띠에레 데 세띠나 Gutierre de Cetina, 환 데 라 꾸에바 Juan de la Cueva, 에우헤니오 살라사르 데 알라르꼰 Eugenio Salazar de Alarcón과 리마의 디에고 다발로스 Diego Dávalos, 디에고 메히아 Diego Mexía, 포르투갈인 엔리께 가르세스 Enrique Garcés 등의 작가들에 의해 이탈리아, 스페인, 포르투갈의 르네상스 문학이 도입되었다. 페트라르카, 아리오스또, 까모에스, 탓소와 함께 가르실라소, 에레라, 힐 뽈로, 산 후안 데 라 끄루스 등 국내외 유명한 작가들의 작품이 신대륙에 건너와 명성을 얻었다. 따라서 스콜라 철학과 함께 중남미 문학에서 나타나는 최초의 문예사조적 경향은 르네상스였다. 새로운 지역의 정복과 식민개척사업이 진전됨에 따라 르네상스적 성격을 띤 문학작품들은 안띠야스 제도, 아마존강 유역, 캘리포니아, 플로리다, 파타고니아 등 변두리 지역으로 유포되었다.

17세기에 접어들면서 식민지의 문학형태는 부왕관구의 수도를 중심으로 하여 본격적인 정착단계에 들어섰다. 세르반테스와 로뻬 데 베가와 같은 거장들의 작품이 커다란 반향을 불러일으켰으며 곧이어 바로크 문학의 쌍벽을 이루는 공고라, 께베도를 비롯하여 극작가 깔데론 데 라 바르까, 산문의 대가 그라시안 등이 신대륙에 소개되었다. 특히 공고라의 과식주의 문체와 그라시안의 기지주의 산문은 많은 중남미 작가들에 의해 모방되기도 하였다. 이렇게 하여 중반 이후의 문단은 바로크 문하 일색으로 되었다.

또한 특기할 만한 사실은 중남미 출신의 끄리오요 작가들이 다수 출현하여 본국의 영향 아래 독자적인 영역을 추구하게 되었으며, 스페인적인 것에 중남미의 문학적 유산을 결부시켜 전통적인 맥락을 더듬어보려는 노력이 본격화되었다는 것이다. 이러한 경향은 18세기에 들어와 스페인의 정치와 문학이 세력을 잃어버린 후에도 계속되었는데, 바로크적인 특성이 약화되고 정치적·역사적인 면의 강화와 함께 간결한 표현을 지향하게 되었음을 그 특징으로 들 수 있다.

2.2 르네상스 문학

중세의 기독교적인 세계관에서 탈피하여 인간에 대한 새로운 자각과 존중을 부르짖었던 르네상스 운동은 유럽 전역에서 커다란 반향을 가져왔다. 로테르담의 인문주의자 에라스무스를 위시하며 수많은 르네상스인들이 신 중심의 문화에서 인간 중심의 문화로 전환을 주장하였다. 그리하여 자연의 아름다움과 그 안에서 누리는 조화로운 인생을 예찬하는 까르뻬 디엠 Carpe diem, 베아뚜스 일레 Beatus ille 등의 내용이 많이 등장하였다. 신플라톤 사상 역시 커다란 영향을 끼쳤다. 플라톤의 사상과 아리스토텔레스의 철학을 절충시켜 현상과 완전히 유리되었던 이데아의 세계를 가능한 현실 앞에 드러낸 신플라톤주의는 르네상스인에게 이상향에 대한 꿈을 제시해 주었다. 플라톤, 세네카 등이 말했던 아틀란티스 Atlantis, 울띠마 뚤레 Ultima Thule 등을 찾아 새로운 대륙, 이상향의 세계를 찾고자 하는 호기심과 자연인으로서의 부와 명예, 영광을 드높이려는 열망에서 지리상의 발견이 이루어졌다. 또한 대학교육의 활성화와 도서관의 설립, 인쇄술의 발달로 인해 사상의 보급이 급속도로 확장될 수 있었다. 에라스무스의 인본주의 사상, 곧 휴머니즘은 후안 루이스 비베스를 비롯한 스페인의 인문주의자들에게 많은 영향을 주었으며, 카톨릭 양왕의 적극적인 해외문물 수용정책에 힘입어 국내외 지식인층의 활발한 교류와 함께 르네상스 문물이 섭취되었다. 그러나 유럽 전역이 종교개혁의 회오리바람 속에 휩싸이게 되는 와중에서 스페인이 취한 반종교개혁으로 인문주의 사상은 엄격한 제재의 대상이 되었으며, 에라스무스에 의해 씌어진 작품의 발간이 1536년경 금지되었다.

중남미의 르네상스 문학은 시기적으로 16세기에서 17세기 초반에 해당된다. 스페인 본국에서 식민지로 유입된 작가들과 작품들을 통하여 최초의 문학적인 토양이 이식되었으며 그리스·라틴 풍의 시, 가르실라소의 페트라르카풍의 시, 목가소설, 악자소설 『라사리요 데 또르메스 *El Lazarillo de Tormes*』, 신비주의 문학과 세르반테스, 로뻬 데 베가에 의해 씌어진 걸작 등이 속속 도입되었다. 하지만 스페인과 다른 점은 식민지의 성격상 서사적이며 교훈적인 측면이 특히 강조되어 있다는 것이다. 초기의 사가들은 신대륙의 자연경관, 신기한 풍물에 대한 이국적인 취향, 사실성에 입각한 정복의 역사를 기술하였다. 그러나 복음전도를 담당하였던 프란시스코 교단을 비롯한 정통 카톨릭 성직자들은 스콜라 사상에 투철한 인물들로서 르네상스의 인문주의 사상에 대치되는 입장에 있었다. 더욱이 펠리뻬 Ⅱ세의 즉위 후 원주민들에 대한 개종화 작업이 가속화되면서 교훈적 경향은 더욱 강화되었다. 이 시기에 나타난 최고의 작품 『라 아라우까나 *La Araucana*』는 서사적인 전통과 르네상스의 이상향 정신이 멋진 조화를 이룬 것으로 평가받고 있다. 결국 중남미의 르네상스 문학은 조화와 균형미에 바탕을 둔 시작법과 문체 등 풍부한 문학적 토대에 기반하고 있었음에도 불구하고 상당히 제한적인 면모만을 보여주고 있다고 할 수 있다.

한편, 인문주의 정신은 예수회파의 발자취에서 그 흔적을 살펴볼 수 있다. 프란시스꼬 데 비또리아에 의해 성 토마스의 사상이 살라망까 대학에 전파된 후 예수회 학자들은 프로테스탄트에 대항하기 위해 그것을 채택하였다. 그러니 성 토마스의 법사상을 뛰어넘어 신교에 반대하는 논증에 치우친 나머지 신과 법을 완전히 분리시켜 버리고 말았는데, 이런 점에서 예수회파의 사상은 인문주의의 영향을 받은 흔적이 보일 뿐만 아니라 장차 이성주의에의 길을 열어놓게 된다. 예수회파는 16세기 중반을 전후하여 중남미에 본격적으로 진출하기 시작했으며, 1767년 까를로스 III세의 명에 의해서 축출될 때까지 전도 및 교육사업에서 두드러진 활동을 벌였다. 그들은 펠리뻬 II세에 의해 엄격히 금지된 원주민들의 이교도적인 전통과 역사에 관한 자료들을 수집하고 소위 유럽주의라는 미명 아래 중남미에서 자행되었던 정복자들의 식민활동과 원주민에 대한 부당한 편견 등을 신랄하게 비판하였다. 이러한 활동은 특히 18세기 후반에 두드러졌으며 주로 역사적 사실과 체험을 바탕으로 한 서사적인 작품들이 많이 남아 있다. 문학적으로 아주 중요한 가치를 지닌 작품은 라파엘 란디바르Rafael Landívar에 의해 완벽한 6음절 라틴시어로 씌어진 『멕시코 전원시 Rusticatio mexicana』인데, 이것은 베르나르도 데 발부에나의 『멕시코의 위대함 Grandeza mexicana』과 앙드레스 베요의 『아메리카 시가집 Silvas americanas』 사이에 위치해 있는 우수한 시로서 발부에나에서 시작된 바로크 문학을 완결시킨 것으로 평가받고 있다.

2.3 바로크 문학

바로크 문학은 강렬한 감각과 감성의 분출을 순수미학적인 측면에서 표현하려 애썼다. 르네상스 시대의 낙관적인 꿈, 통일과 조화를 지향하는 균형미를 떨쳐버리고 바로크 예술은 삶과 예술에 대한 동적 개념과 사실이나 행동에 있어서의 과장된 표현에 치중하면서 장식적 기교와 복합적 구도로서 다양성을 추구하였다. 스페인의 바로크 문학은 과식주의와 기지주의를 중심으로 하여 눈부시게 발전함으로써 황금세기의 후반부를 화려하게 장식하였다. 과식주의 Culteranismo는 공고라에 의해 시작되었으며 감각적인 가치에 관심을 두면서 절대미의 세계를 다양함으로 창조하려는 열망을 지니고 있었다. 과식주의자들의 표현기법은 전위된 비유법과 은유, 라틴어에 바탕을 둔 교양시어, 신조어, 부적절한 형용사의 남용, 신화에 대한 언급, 도치법, 과장법 등으로 현실의 피상적이고 진부한 형태를 과감하게 타파하려는 강렬한 의지의 소산이었다. 비현실적인 절대미의 세계를 시에 도입하고 고전적인 분위기를 고취시키기 위해 신화를 자주 언급하는 등, 감각의 아름다움을 절실히 표현하기 위해 지나치게 많은 장식어구를 사용하였다. 대담한 은유법과 도치법, 과장법은 이미지의 비약을 통해 상상력의 공간을 널리 확장시켜 주었다. 과식주의 문체는 고도의 난해성을 보임으로써 일반민중에게 널리 읽혀지지는 못하였으나 장중한 어조, 화려한 수사, 멋들어진 표현은 다양성의 추구와 함께 풍부한 미학을 제공해 주었다. 기지주의 Conceptismo는 관념이나 단어의 교묘한 조합을 그 기본목표로 설정하였다. 사고와 표현에 있어서의 예리함을 추구하는 기지주의는 가능한 한 적은 수의 단어로서 보다 다양한 의미를 세련되게 산출해 내는 면모를 지니고 있었다. 께베도에 의해 비롯된 기지주의는 사고의 섬세함과 예리한 문구가 돋보이는 간결하고 날카로운 필치로 난해하고 복합적인 개념을 보여주고자 하였으므로 처음에는 주로 산문에 치중된 모습을 띠고 있었다. 기지주의 문체에는 수많은 반명제, 역설, 대조, 경구, 비교, 대구 등 다양한 수사기법이 사용되어 난해성을 증가시켰다. 신화에 대한 언급은 패러디적인 의도나 관념적·도덕적 알레고리로 전환되기도 하였으며, 내용의 빠른 전개와 간결하고 명료한 표현으로 불의와 부정에 가득 찬 사회현실을 신랄하게 공격하였던 것이다.

중남미의 바로크 문학은 17세기 초반의 발부에나로부터 시작되어 18세기 중반 이후까지 이어진 것으로 알려져 있다. 이 시기에 소르 화나

이네스 데 라 끄루스 Sor Juana Inés de la Cruz, 알라르꼰 Juan Ruiz de Alarcón 과 같은 위대한 시인, 극작가들이 배출되었으며 아메리카주의가 싹트기 시작하였다. 부왕관구의 궁정을 중심으로 전개되는 문화적 양태, 식민활동의 본격적인 단계 이후에 파생된 인종간의 혼혈문제, 중남미 태생 끄리오요의 부각, 원주민의 문학적 유산, 스페인 본국에서 유입되는 작가와 작품들, 스페인과 중남미를 오가며 작품활동을 했던 신대륙의 작가들 등 실로 다양한 모습을 띠고 있었던 시대상황은 바로크의 속성과 부합되는 면을 많이 갖추고 있었다. 바로크 건축양식이 왕궁과 식민도시 건설에 적용되었으며, 궁정문화는 식자층의 양산과 함께 바로크 문학이 꽃을 피울 터전을 마련하는 데 안성맞춤이었다. 이러한 상황에서 스페인 대가들의 작품이 속속 유입되어 커다란 반향을 일으켰으며, 다양함과 복합성을 추구하는 바로크적 시각을 통해서 작가들은 중남미 대륙 자신들의 내부로 눈을 돌리게 되었던 것이다. 그리하여 원주민 문학과 스페인 문학을 시대정신에 비추어 절충한 형태의 아메리카주의가 출현하게 되었으며 다가올 독립에 대비할 수 있었던 것이다.

3 초기의 역사가들

3.1 일반적 성향

콜럼버스에 의해 시작된 신대륙에 대한 기술은 그의 뒤를 이은 많은 정복자와 선교사들에 의해 계속되었다. 식민화작업을 위해 중남미 대륙에 진출하였던 정복자들은 눈앞에 전개되는 자연의 경이로운 모습과 신기하기만 한 원주민들의 생활상을 보고 커다란 감명을 받아 그들이 경험하고 느낀 바를 편지나 일기 등의 형태로 남겼으며, 식민지 인디오들에게 전도사업을 벌이기 위해 왔던 선교사들도 많은 작품을 썼다. 이들의 작품은 일종의 연대기로서 신대륙의 초기 역사적 상황, 풍물, 관습 등을 알려주고 있다. 콜럼버스는 카톨릭 양왕에게 바치는 『발견에 관한 서신들 Cartas del Descubrimiento』에서 라 에스빠뇰라섬을 비현실적이고 이상적인 것으로, 곧 그곳이 지상의 낙원인 것처럼 묘사하였다. 이 작품은 유럽에 커다란 반향을 불러일으킴과 동시에 다른 작가들에게 신대륙에 대한 이미지를 심어주었다. 새로 발견한 신대륙에 대한 이미지는 성경이나 고전, 중세 때 존재하였던 전설, 상상과 아울러 신뢰할 만한 이야기나 꿈으로 인식되기에 이르렀다. 황금, 영광, 복음을 구하러 새로운 대륙을 향해 떠나는 사람들에게 있어서 솔로몬 왕의 금광, 아마존의 여인 왕국, 엘 도라도, 거인들의 땅, 영원한 젊음이 있는 곳, 식인 종족 등의 이야기는 호기심과 함께 가능성 있는 꿈으로 비추어졌던 것이다. 신대륙에 관한 초기의 경향은 이와 같이 현실과 상상, 역사적 사실과 문학적 허구가 살아 숨쉬는 것으로 플라톤이 『띠메오 Timeo』에서 언급한 아틀란티스, 세네카가 『메데아 Medea』에서 인용한 울띠마 뚤레 Ultima Thule로서 인식되었다. 곧 중세의 전설, 고대사회의 신화, 상상력이 함께 어우러진 가운데 최초의 발견이 이루어진 서인도제도는 토마스 모어, 캄파넬라, 베이컨 등이 말한 이상향에 비견되었으며, 특히 프랑스에서 〈선한 야만인 buen salvaje〉의 이미지로서 몽테뉴, 볼테르, 루소, 샤토브리앙 등에 의해 작품으로 재현되었다.

이러한 초기 경향은 정복과 식민활동이 본격화되면서 색채를 달리하게 된다. 점차로 역사적 사실에 대한 비중이 높아지면서 스페인에 의한 정복의 역사와 정복 이전의 원주민들의 고유한 역사가 분리 또는 혼합되어 있는 형태로 나타났다. 역사서를 쓴 초기의 작가들 대부분이 스페인 출신으로 유럽적인 시각과 의식을 갖고 있었던 데 비해 잉카 가르실라소 데 라 베가와 같은 작가는 스페인적인 것과 인디오적인 것을 함께 지니고 있어 상이한 측면을 엿볼 수 있다. 또한 인디오들에 대한 복음전도를 용이하게 하기 위해 그들의 언어와 문화에 관해서 깊은 애정과 관심을 보였던 성직자들 중 인간애적인 양심을 외치지 않을 수 없었던 몇몇 사제들, 특히 바르똘로메 데 라스 까사스 신부의 예에서 다른 경우를 살펴볼 수 있다. 그는 정복자 위주의 역사 기술이 아니라 압제와 억눌림에 신음하는 피정복민, 곧 인디오의 편에 서서 스페인 정복자들의 학살행위와 잔인한 만행을 낱낱이 고발하고 신랄하게 비판을 가하는 작품을 썼던 것이다.

3.2 유형별 분류

신대륙에 대한 연대기는 연대순으로 이루어진 역사적 사건들에 관한 서술로 지리·민속·학술 등 광범위한 분야에 걸쳐 다루고 있다. 연대기의 목적은 상당히 실용적인 것으로 원주민들의 실상을 더욱 잘 이해하고 복음전도를 용이하게 하는 데 목적이 있었으며, 에스떼베 바르바의 견해에 따라서 그 유형을 살펴보면 다음과 같다. 첫째, 전문 역사가가 아닌 자발적으로 참여한 작가에 의해 주로 씌어진 것들로 베르날 디아스 델 까스띠요 Bernal Díaz del Castillo가 쓴 작품이 신대륙의 정복에 관한 것들 중에서 가장 비중 있는 것으로 평가받고 있다. 둘째, 인문주의 색채가 짙은 연대기들의 작가는 광범위한 문화·학술적 지식을 갖춘 르네상스 인텔리로 그리스·로마의 역사서를 따르고 있다. 이는 카톨릭 양왕 시대의 유명한 인문주의자 앙글레리아 Pedro Mártir de Anglería에 의해 라틴어로 씌어진 『신세계의 10년 Décadas de Orbe Novo』에 잘 나타나 있다. 셋째, 선교사, 수사, 전도사들에 의해 씌어진 연대기 중 일부는 신대륙의 발견과 정복에서의 실상을 밝히고 있어 주목을 끈다. 라스 까사스 신부, 프란시스코 교단의 또리비오 데 베나벤떼와 같은 성직자들은 경우에 따라서는 과장된 형태로 정복자와 식민지 위정자들의 범법행위를 고발하고 있다. 넷째, 적은 수로서 상당히 높은 수준의 교양을 지니고 있었던 원주민 출신의 연대기 작가들을 들 수 있는데, 이들은 스페인 작가들을 모방하는 작품을 주로 썼다. 다섯째, 인디오 문화와 스페인 문화를 각각 공유하고 있는 메스티조 작가들로서 잉까 가르실라소 델 라 베가를 대표적 인물로 꼽을 수 있다. 그의 작품은 문학적·사료적인 관점에서 가장 가치있는 연대기로 평가받고 있어 주목의 대상이 된다. 여섯째, 신대륙에서 겪은 체험이나 발생하였던 사건에 대해 기술한 것으로 일종의 연대기라고 할 수 있는 꼬르떼스의 『보고 편지 *Cartas de Relación*』, 콜럼버스의 『항해일지 *Diario de a bordo*』는 그 예들이다.

또한 연대기는 다루는 주제에 따라서 분류되기도 한다. 한 지역의 정복만을 다룬 마리뇨 데 로베라 Pedro Mariño de Lobera의 『칠레 왕국의 연대기 *Crónica del reino de Chile*』와 같은 특수한 연대기와 오비에도 Gonzalo Fernández de Oviedo의 『아메리카 일반사와 자연사 *Historia General y Natural de las Indias*』와 같은 보편적인 연대기, 발견에 관한 연대기와 정복에 관한 연대기, 에스삐노사 Antonio Vázquez de Espinosa 수사의 『서인도 제도에 관한 요약기술 *Compendio y descripción de las Indias occidentales*』과 같이 지리와 민속적 측면이 두드러진 자연에 관한 연대기와 라스 까사스 신부의 『아메리카의 파괴에 관한 간략한 기술 *Brevísima relación de la destrucción de las Indias*』과 같이 원주민의 상황과 정복자의 행동이 중요한 위치를 차지하는 도덕에 관한 연대기로 구분할 수 있다. 그 외에도 공적인 연대기와 사적인 연대기, 직접적인 증거들에 의해 쓴 연대기와 간접적인 증거들에 의해 쓴 연대기 등으로 구별된다.

3.3 콜럼버스

이탈리아의 제노바에서 태어난 콜럼버스 Cristóbal Colón(1451~1506)는 하층계급 출신이었다. 그의 아버지는 양털상인이었으며 어렸을 적에는 매우 어려운 생활을 했던 것으로 알려져 있다. 25세에서 34세 때는 포르투갈에 거주하면서 그곳 여인과 결혼까지 하였으나 글쓰기로서의 언어는 스페인어가 최초였던 것 같다. 콜럼버스는 1492년 카톨릭 양왕의 후원 아래 신대륙의 산 살바도르에 도착하여 새로운 역사의 장을 펼치게 되었으며 신대륙에서 보고 경험한 바를 포르투갈에서 배웠던 스페인어로 완전하지는 않지만 생생한 필체로서 전달해 주었다.

『항해일지 Diario de a bordo』와 『발견에 관한 서신들 Cartas del Descubrimiento』에서 그는 여행과 탐험을 통해서 자신이 본 것을 스페인 왕에게 상세하게 보고하고 있으며 신대륙의 원주민들과 풍경·식물·동물 및 그곳에서 일어났던 모든 일들을 호기심에 가득찬 시선으로 재미있게 서술하였다. 콜럼버스의 명료하고 생동감 넘치는 문체는 독자에게 신선한 감동을 주며 지리·민속·식물학 등에 관해서는 한정된 지식밖에 지니지 못하였지만 날카로운 관찰력과 함께 그와 동승하였던 산 헤로니모과 라몬 빠네 Ramón Pané 수사의 도움에 힘입어, 신대륙의 경이로운 풍물과 신비스런 모습을 다소 과장한 면이 있기는 하지만 예리함이 깃든 사실적 필치로 보여준다. 특히 원주민들의 모습과 생활관습에 대해서 받은 인상은 자연경관에 대한 것보다 훨씬 더 진하였으며 이러한 인간에 대한 애착과 휴머니즘적 성향은 모든 탐험가들이 지니고 있던 전형적인 것이었다. 곧 콜럼버스는 그의 작품을 통해 유럽인들이 신대륙의 발견과 탐험에 대해 갖고 있었던 호기심과 르네상스적 이상주의를 충분히 만족시킬 수 있었다. 그가 서술해 놓은 신대륙의 풍경은 지상낙원의 한 유형으로 미화되었으며 인디오들의 자연에 동화된 듯한 건강한 삶은 〈선한 야만인 buen salvaje〉, 〈고귀한 야만인 noble salvaje〉으로 유럽인의 시각에 비춰졌던 것이다. 한편 콜럼버스는 까시께 cacique, 아마까 hamaca, 띠부론 tiburón 등의 원주민 언어를 그대로 기술하고 있어 전유럽을 통해 중남미 방언을 최초로 사용한 작가로서 그 사료적 가치 또한 높다고 할 수 있다.

3.4 바르똘로메 데 라스 까사스

3.4.1 생애

바르똘로메 데 라스 까사스 Bartolomé de las Casas(1474~1566)는 세비야에서 한 상인의 아들로 출생하여 살라망까 대학에서 라틴어와 인문학을 공부하였다. 1502년 오반도가 이끄는 대규모의 원정대와 함께 신대륙의 라 에스빠뇰라섬으로 가 개인적인 토지할당을 받게 되었는데, 이 시기는 인디오에 대한 착취와 학살행위가 시작되던 때였다. 그 후 1511년, 인디오들은 인간으로서의 대우를 받아야 한다는 안또니오 몬떼시노 신부의 설교에 접하게 되고 2년 후에는 빤필로 데 나르바에스가 이끄는 군대와 함께 사제로서 쿠바에 갔다. 그곳에서 토지할당을 받고 지내는 동안 정복자들의 부당한 착취와 비인간성을 목격하고 식민지화에 따른 폐해를 점차 인식하게 되면서 그의 의식에 변화를 가져오게 되었다. 1515년 할당받은 영토에 대한 소유권을 포기하고 왕에게 식민사업의 폐단을 보고하기 위해 스페인으로 돌아와 개인영토 소유제를 공동체 소유로 전환, 노예를 아프리카 흑인으로 대체, 복음선교에 의한 평화적 식민활동 등 여러 조치들을 구상하고 활동을 전개하지만 척무원 Consejo de Indias과 많은 사람들의 반발에 부딪히게 되었다.

1520년 신대륙으로 다시 돌아가 도미니크 수도회에 입회한 후 법률과 신학에 관한 폭넓은 지식을 쌓고 『아메리카의 역사 Historia de las Indias』와 『호교론 역사 Apologética Historia』를 쓰기 시작하였다. 1536년 인디오들을 교화시키기 위해 과테말라로 가서 뚜수뜰란족의 촌락을 건설함과 동시에 원주민 언어를 통한 복음전도와 교육사업을 벌였다. 1539년 도미니크 교단의 프란시스꼬 데 비또리아 신부가 살라망까의 강연에서 식민지 정복자들의 비합법성을 폭로하자 까사스는 1년 후 스페인으로 돌아와 자신이 경험하고 느낀 바를 작품으로 편집하기에 이른다. 그 뒤 1544년 치스빠스의 주교로 임명받아 신대륙으로 돌아간 까사스 신부는 스페인인들의 많은 불만과 저항에 직면하게 되었다. 곧 새 법령의 선포와 뒤이은 아메리카 식민지에 대한 개혁에도 불구하고, 정복자들의 담합 아래 법령이 무시되고 개인영토 소유제가 폐지되지 않았으며 본국 정부에 대한 반역까지 일어났던 것이다.

1547년에는 본국에서의 투쟁을 전개하기 위해 스페인으로 귀국하여 바야돌리드에 거주하였다. 1550~1551년에 일어났던 유명한 바야돌리드 논쟁은 그와 세뿔베다Gines de Sepúlveda 사이에 벌어진 것으로서 두 가지 상반된 견해에 대하여 수많은 논의와 변호, 항변이 있었다. 세뿔베다는 까사스 신부의 논리에 반론을 제기하면서 인디오들의 야만성과 이교도적인 신앙심을 근거로 하여 정복의 합법성을 주장하였다. 이에 반해 까사스는 휴머니즘과 인도주의에 입각하여 강한 반론을 전개하였다. 그 결과 더 이상의 정복행위 금지와 원주민들의 공격과 반란을 제외하고는 무장을 해제할 것 등을 명하는 까를로스 V세의 칙령으로 인해 그가 노력한 성과가 일부 나타나게 되었다. 1550년 주교직을 사임한 후에는 식민지에 대한 통치를 개혁할 것을 계속 주장하며 1566년 세상을 떠날 때까지 집필활동을 벌였다.

3.4.2 작품 및 사상

까사스는 상당한 양의 저술을 남겼으며 그 중 몇몇은 커다란 반향을 일으켰다. 그는 많은 소작품들과 서간들, 역사서, 법률에 관한 저서, 신학 또는 정치적 저술들, 식민지의 개혁에 관한 기술과 비망록을 통해 신대륙의 실상과 정복자들의 비합법성과 비인도적인 처사를 고발하여 원주민들을 방어하고자 했으며, 문체 역시 당시에 유행하던 복잡하고 화려한 것을 배제하고 직접적이며 명확한 스타일을 택하였다. 1552년에 발간된 『아메리카의 파괴에 관한 간략한 기술 *Brevísima relación de la destrucción de las Indias*』은 가장 대표적인 작품으로 정복자들의 포학성에 대한 고발과 증오심을 피력하고 있다.

작품의 구조는 매우 단순하여 학살과 파괴, 야만적인 행위들에 대한 실례들이 연속적으로 펼쳐지며 식민활동의 연대기적인 서술에 일치하는 지리적 순서대로 전개된다. 라 에스빠뇰라섬과 안띠야스 제도, 누에바 에스빠냐(멕시코), 페루, 누에바 그라나다로 이어지는 식민정복 활동은 인디오들의 순수하고 선량한 심성과 스페인인들의 잔인하고 흉포한 마음씨와 절대적 대칭구조를 이루며 비교에 의한 대비효과를 거두고 있다. 또한 작품이 갖는 고발성과 비난적 어조를 강화하기 위한 대담한 표현과 함께 비판적인 어휘의 선택, 반복, 최상급에 의한 강조표현 등이 나타나며 경우에 따라서는 과장된 면모가 드러나기도 한다.

　까사스 신부는 인도주의적 견지에서 정복자들의 만행을 고발하고 피정복자 원주민들에 대한 보호를 촉구하기 위해 이 작품을 썼다. 하지만 많은 사람들, 당시 세계 최강으로 군림하고 있던 스페인을 질시하며 기회를 노리던 영국, 프랑스와 더불어 경제적 부와 식민활동만을 고집하고 있던 스페인 내의 반대파들은 각기 다른 입장에서 비판적 견해를 전개하였다. 특히 영국과 프랑스는 식민지의 정복과 경영에서 스페인의 잔학성을 고발함으로써 자신들의 입지를 강화하고자 하는 의도를 지니고 있었기 때문에 까사스의 작품에 잘 나타나 있는 스페인의 이념적·도덕적 타락을 정치적인 위상의 격하로 이끌어낼 수 있는 좋은 기회로 이용하였다. 이로부터 중남미 역사와 문학, 문화에 짙은 그림자를 드리우고 있는 〈흑색 전설 Leyenda negra〉이 등장하여 스페인에 대한 부정적 이미지와 적대감정을 부추기게 되었던 것이다.

　『아메리카의 역사』는 16세기에 씌어진 신대륙의 발견과 정복에 관한 전반적인 이야기들 중의 하나로 1527년에 쓰기 시작하였으나 죽기 얼마 전에야 끝맺을 수 있었으며 1875년까지 출판되지 않았다. 까사스 신부의 생생한 체험과 직접 연구한 신빙성 있는 자료들에 기초해서 쓴 이 작품은 작가 자신의 성향에 대한 내력을 비롯하여 콜럼버스의 여행과 그에 관련된 정치적 사실을 포함한 여러 가지 역사적 자료가 수록되어 있다.

하지만 이 작품의 중요한 가치는, 발견과 정복 초기의 가장 풍부하고도 신뢰할 수 있는 전기적인 자료와 연대기적인 측면 그리고 알려지지 않은 진실을 세상에 고발하는 명백하고 뚜렷한 목적성에 있다. 양심과 이성을 지닌 한 인간의 의무를 통해 인디오들이 겪은 수많은 상처와 불행, 처참한 실상을 진실되게 밝혀야 한다는 궁극적인 필요성을 정복자들이 자행한 모든 비합법적인 행위에 대한 증거자료와 함께 체계적인 구성에 의하여 역설하고 있다.

『호교론 역사』는 『아메리카의 역사』의 한 부분으로 여겨질 수 있지만 작가가 별개의 작품으로 구분하고자 했으므로 제목 그대로 널리 알려지게 되었다. 호교론의 의도는 인디오들을 하등인간으로 간주하였던 사람들에 반대하여 부당하게 대우받는 그들의 자유를 되찾아주고 본래 지니고 있던 지적 능력과 진리를 파악하는 이성적 자질을 재건하고자 하는 데 있었다. 주관적인 척도가 상당부분에서 드러나기는 하지만 작가의 오랜 경험과 풍성하고 다양한 자료들에 기초하고 있는 이 작품은 인간성의 본질에 대한 애착과 함께 박애주의 사상을 강력하게 보여준다. 곧 인디오들의 현재 상황에서 볼 수 있는 단점은 역사적 발전단계가 늦다는 점뿐이므로 그들에 대한 사랑과 인류애로서 온화한 정책을 추구, 발전과정에 동참시킬 것을 촉구하고 있다.

이와 비슷한 것으로 바야돌리드 논쟁 중에 세뿔베다 앞에서 주장하였던 『세뿔베다에 반대하는 변호 Apología latina contra Sepúlveda』를 들 수 있다. 여기에서는 정복의 합법성에 대한 여하간의 모든 이유들, 즉 인디오의 야만성, 우상숭배에 대한 응징, 복음전도를 위한 불가피한 조치, 스페인인들의 무고한 희생에 대한 방어차원 등에 의해서도 인디오에 대한 정복전쟁의 합법성을 정당화할 수 없다는 역사적 예들과 이론적 내용을 피력하면서 진정한 믿음에 기초한 평화적 방법을 제시한다.

그 외의 작품들로는 개인영토 소유제로 인해 빚어지는 착취의 부당함과 비인도적인 처사를 성토하는 『여덟번째 조치 Octavo Remedio』, 노예제로 야기되는 모든 폐단과 해악을 고발하는『노예로 전락한 인디오들에 관한 논문 *Tratado de los indios que se han hecho escalvos*』, 신대륙에서 복음사업을 벌이는 성직자들을 위해 쓴『고해 신부들을 위한 주의와 계율 *Avisos y reglas para los confesores*』, 인디오의 해방을 주장하는 그의 사상을 나타낸『20가지 이론 *Veinte razones*』과 정치, 신학, 역사에 관한 저술들을 들 수 있다.

3.4.3 평가 및 의의

16세기 신대륙에 관련된 많은 연대기 작가들 중에서 까사스는 시대상황에 비추어본 역사적 위치와 작품의 특이한 경향으로 해서 매우 중요한 인물로 거론되고 있다. 그는 콜럼버스와 멕시코의 정복자 꼬르떼스 같은 선교사의 입장에 있었던 사아군 수사와 더불어 중남미 대륙의 새로운 역사를 방향짓게 하는 중대한 역할을 하였다. 그의 식민지와 인종에 대한 인도주의적 사상은 정복자의 시각이 아닌 피정복민의 시각에 접근해 있었으며, 스페인 치하의 신대륙에서 일어난 모든 비리를 상세하게 고발하고 있다. 생전에는 물론 그의 사후에도 계속해서 진행되는 반스페인적인 〈흑색전설〉을 통하여 수많은 논란을 불러일으켰던 작품들은 유럽 각국어로 번역되었다. 그리하여 콜럼버스의 이상주의적 시각이나 꼬르떼스류의 정복자들과는 매우 상이한 시각에 의한 연대기의 출현 및 정치적 색채가 짙은 논쟁을 유발하게 되었던 것이다.

까사스에 대한 비판은, 그가 스페인 사람들의 잔혹성에 대해 지나칠 정도로 때로 과장을 섞어서 공격하는 이유는 광신과 편애에 기인하는 것이며, 고발에 대한 목적성에 너무 집착한 나머지 주관적이고 의도적인 견해를 상당 부분에서 노출시키고 있음을 지적한다. 또한 까사스 자신도 나중에 참회하였듯이 당시 노예로 있던 인디오들을 무인도로 이주시키고 아프리카에서 흑인노예를 데려와 그들과 대체할 것을 주장하였던 사실은 두고두고 그의 인도주의적 견지를 약화시키는 요인이 되었다. 하지만 이러한 사실에도 불구하고 그의 진실성에 기초한 역사의식과 휴머니즘에 근거하고 있는 박애주의 사상은 오늘날까지 끊임없이 이어져 내려오는 커다란 맥락 속에 엄연히 존재하고 있음을 평가하지 않을 수 없다.

3.5 베르날 디아스 델 까스띠요

메디나 델 깜뽀에서 태어난 디아스 델 까스띠요 Bernal Díaz del Castillo (1496~1584)는 모험에 대한 열망과 경제적 부를 꿈꾸며 신대륙에 당도하였다. 1514년 이후 멕시코, 유카탄 반도 등지를 돌아다니다가 꼬르떼스의 병사가 되어 아스떼까 제국을 정복함에 따라 그의 욕망과 목적을 달성할 기회에 접하게 되었다. 스페인에 돌아왔다가 1540년에 과테말라 한 지역의 시장직을 맡게 되어 1년 후 신대륙으로 돌아갔다. 그 후 개인소유 영지를 개선시킬 목적으로 잠시 귀국하기도 했으나 1551년에는 괴테말라에 정착하여 녹축업에 종사하면서 저술에 힘썼다.

디아스 델 까스띠요는 교양을 많이 갖추거나 작가수업을 받은 적은 없지만 중세의 기사소설, 로만세, 전통 시가들을 많이 읽었던 것으로 알려져 있다. 이러한 점이 그로 하여금 대작 『멕시코 정복에 대한 정사 (正史) *Historia verdadera de la conquista de la Nueva España*』를 남기는 데 커다란 역할을 했다고 볼 수 있다. 그는 강렬하고 간결, 직접적인 문체로 거의 순간순간을 그대로 재생시켰으며, 현실과 허구를 조화롭게 혼합하면서 과거의 사실을 묘사하여, 독자들에게 읽는 재미와 함께 역사적 사실을 뛰어넘는 상상의 광장을 제공해 준다. 많은 신화와 전설들이 정복에 관련된 명백한 사실과 혼동을 일으킬 정도로 배합되어 있어 마치 오늘날의 중남미 소설을 읽는 듯한 착각에 빠져들게 한다. 그의 작품에서는 당시의 작가들이 지니고 있었던 화려한 기교를 볼 수 없기에 베르날의 작품을 무미건조하다고 보는 사람이 상당수 있지만, 유연하고 소박한 문체는 신선한 느낌과 아울러 진솔성으로 인해 더욱 호감을 갖게 해준다.

그에게 있어 정복은 위험을 무릅쓰고 투쟁한 영웅적 과업의 값진 산물이었지만 지휘관들의 공적에 대해서는 별로 관심을 기울이지 않고 다만 자신의 맡은 바 소임에 전심전력으로 몰두하는 인간의 강인한 모습만을 제한적으로 보여주고 있다. 작품에 등장하는 두 인물 꼬르떼스와 목떼수마는 대립하며 투쟁하는 두 개의 세력, 곧 유럽과 신대륙을 대표하는 상징적 존재들이다. 꼬르떼스의 용맹함과 기지, 제국의 멸망을 앞당기는 목떼수마의 우유부단한 행동은 그들이 지닌 존재의 상징성을 뛰어넘지 않고 각각 동일한 인간유형에 접목되어 있다. 이제 정복은 한 개인의 위업이 아니라 지휘관과 병사들의 합작에 의해 이루어진 총체적 산물인 것이다.

이런 의미에서 베르날의 작품 『멕시코 정복에 대한 정사』는 꼬르떼스의 『보고편지』나 로뻬스 데 고마라 López de Gómara의 『아메리카의 역사와 멕시코의 정복 Historia de las Indias y conquista de México』과는 상반된 시각에서 쓴 것임을 알 수 있다. 현재 이 작품은 다른 연대기들에 비해 역사적 사건의 기술에 대한 충실성이 좀더 떨어진다는 평을 받고 있으나, 특이한 서술방식에 의한 문학적 가치의 월등함과 함께 후세에 끼친 영향이 더욱 커다란 비중을 차지하고 있다.

3.6 베르나르디노 데 사아군

살라망까에서 수학하고 1529년 멕시코에 온 사아군 Bernardino de Sahagún(1499~1590) 수사는 원주민 언어에 대하여 남다른 애착과 열성을 보였다. 대학을 졸업한 후 뜰라뗄롤꼬 신학교에서 라틴어 교수로 있으면서 10년간에 걸쳐 나우아뜰어로 된 자료들을 수집, 분석, 해석하는 일에 전념하였다. 떼뻬꿀꼬, 뜰라뗄롤꼬, 멕시코 등 세 지역에서 모은 자료들에 근거한 그의 저서 『멕시코에서의 일들에 대한 일반사 Historia general de las cosas de Nueva España』는 원주민의 역사는 물론 언어학, 문헌학적으로도 높은 가치를 지닌다. 나우아뜰어로 씌어진 작품은 12권에 이르는 방대한 분량으로 되어 있으며 그 후 나우아뜰어, 스페인어, 라틴어로 출판되었다. 번역은 성직자, 신학교 학생, 원주민 출신 등 세 가지 언어권에 속하는 사람들에 의해 이루어진 만큼 신빙성의 확보와 문헌의 충실도를 위해 노력하였던 흔적이 여러 부분에서 발견된다.

이 작품은 스페인인들이 도래하기 이전에 멕시코에서 거주하였던 아스떼까족의 예술, 문화, 역사, 종교, 사회관습 등 모든 분야의 자료들을 총망라하고 있어 민속학적인 성격을 띤 하나의 백과사전이라 할 수 있다. 원주민 언어를 완벽하게 구사하며 학술활동과 복음전도에 심혈을 기울였던 사아군 수사의 학문, 교육, 인류학에 걸친 연구조사의 결실인 이 작품은 아스떼까 문화를 인식하는 데 있어서 가장 중요하고 신뢰할 만한 자료로 꼽히고 있다. 또한 인종적인 편견이나 스페인인으로서의 애국적 입장과 문화적 우월성에서 벗어나 유럽 문화와는 상이한 시각으로 원주민의 역사와 문화를 객관적으로 엄정하게 소명하고 있다는 사실은 작가 자신의 강렬한 인문주의 정신과 아울러 원주민에 대한 올바른 이해와 복음전도에 종사하는 성직자의 꿋꿋한 양심을 잘 대변해 주고 있다. 이러한 이유에서 그의 작품은 펠리뻬 Ⅱ세에 의해 몰수령이 내려지는 등 심한 고초를 겪기도 하였지만, 오늘날 신대륙에 대한 가장 중요한 연대기들 중의 하나로 평가받고 있다.

3.7 라몬 빠네

산 헤로니모파의 승려 라몬 빠네Ramón Pané는 1493년에 콜럼버스의 두번째 항해를 따라 신대륙에 도착하였다. 카리브해 지역 언어에 능통한 그에게 콜럼버스가 인디오 부족들에 관련된 고대의 제례의식과 종교에 대한 기술을 담당하게 하여 따이노족의 신앙관에 대한 자료들을 편집하는 등 복음전도 사업과 저술활동을 병행하였다. 1498년에 끝낸 『아메리카 원주민의 상고사에 관한 보고서 *Relación acerca de las antigüedades de los indios*』는 스페인인에 의해 씌어진 최초의 연대기로 알려져 있다. 그 이후 까사스 신부나 앙글레리아 같은 연대기 작가들이 빠네가 보고 느꼈던 바를 더욱 확장시켰다. 20세기에 들어와 중남미의 원류에 대한 언어학, 사회학, 인류학의 연구 붐이 활발해지면서 아메리카에 관한 최초의 인종학자이자 민속학자로서의 빠네의 작품이 갖는 중요성은 크게 부각되었다.

3.8 잉카 가르실라소 델 라 베가

3.8.1 생애와 작품

페루의 꾸스꼬에서 태어난 가르실라소 Inca Garcilaso de la Vega(1539~1616)는 위대한 시인 가르실라소의 사촌조카로서 원래 이름은 고메스 수아레스 데 피게로아 Gómez Suárez de Figueroa였다. 아버지는 바다호스 출신의 귀족으로서 일찍이 형제들과 함께 군인의 신분으로 뻬드로 데 알바라도를 따라 페루에 왔으며 디에고 데 알마르고와 프란시스꼬 삐사로의 내분, 곤살로 삐사로에 의한 반란으로 인해 형제들이 죽는 가운데에서도 큰 피해 없이 지낼 수 있었다. 그의 어머니 치무 오끄요는 잉카 제국 뚜빡 유빵끼의 손녀이자 우알빠 뚜빡의 공주로서 마지막 왕인 아따우알빠와 사촌지간이었다. 어린 가르실라소는 유년시절을 몰락해 버린 잉카 제국 꾸시빠따의 대저택에서 보냈는데, 정치·군사적인 이유로 자주 집을 비워야만 했던 아버지로 인해 자연히 어머니 품에서 잉카의 옛유산을 접하게 되었고 자연히 께추아어를 모국어로 습득하게 되었던 듯하다. 그후 부모의 별거로 인해 아버지와 함께 지내면서 꾸스꼬의 스페인인 사회에 출입하면서 양쪽 문화에 쉽게 접근할 수 있게 되었다. 그는 예리한 관찰력으로 이 시기에 보고 들었던 전통적인 관습 및 자신이 자랐던 환경의 특징적인 것들을 포착하여 작품을 통해 독자들에게 상세히 전달해

주고 있다. 아버지의 죽음 이후 1560년에 재산상속을 받고서 공부를 할 목적으로 스페인에 왔지만 척무원에 의해 상속에 관한 수속이 좌절되었고, 안달루시아의 몬띠야와 꼬르도바 등지에서 거주하였다. 처음에는 군대에 들어가 이탈리아를 비롯하여 각 지역을 돌아다녔으며, 그 후 사제의 길로 들어서 인문학 연구에 종사하기도 했다. 결국 페루에 돌아가지 않은 채 1616년 4월 24일 꼬르도바에서 56년간에 걸친 스페인에서의 삶을 마감하였다.

인본주의의 질서와 조화에 심취하였던 가르실라소는 1590년 신플라톤 학파에 속하는 레온 에브레오 León Hebreo의 작품 『사랑에 관한 대화 Dialoghi d'amore』를 스페인어 『Diálogos de amor』로 번역하였으며 3년 후에는 『가르시 페레스 데 바르가스 가계에 대한 보고서 Relación de la descendencia de Garci Pérez de Vargas』를 썼다. 1605년에는 플로리다를 발견한 에르난도 데 소또의 이야기를 다룬 『잉카의 플로리다 또는 에르난도 데 소또 총독 이야기 La Florida del Inca o Historia del Adelantado Hernando de Soto』를 포르투갈의 리스본에서 발간하였다. 1609년 역시 리스본에서 출판된 제1편 『사실의 기록』과 그가 죽은 후인 1617년에 꼬르도바에서 출판된 제2편 『페루 일반사 Historia general del Perú』는 유럽 전역에 걸쳐 명성을 얻게 하였다. 제1편에서는 간결하고 명확한 필체로 잉카족의 기원과 전설, 문화적 토대와 함께 연대기 순서에 의한 잉카 제국의 역사적 사실을 훌륭하게 총망라하고 있으며, 제2편에서는 스페인에 의한 페루 정복과 꾸스꼬 전쟁에 대해 이야기하면서 그의 아버지를 위대한 인물로 부각시키고 있다.

3.8.2 『사실의 기록』
가르실라소의 대표작 『사실의 기록 Comentarios Reales』은 잉카 제국의 정치형태, 사회조직, 관습, 법률체제, 지식층의 생활, 역사적 사실뿐만 아니라 그가 아니면 세상에 빛을 보지 못하였을 시가와 기도문까지 포함하고 있는, 잉카 문화에 대한 가장 귀중한 자료로 평가되고 있다.

이 작품에서는 정복자들의 앞에 서 있는 피정복자의 시각이 최초로 분명하게 드러나 있다. 스페인 귀족과 잉카 제국의 왕녀 사이에서 태어난 가르실라소는 양세계의 복합적인 요소를 가질 수 밖에 없었던 메스티조였다. 그는 잉카 제국의 찬란했던 옛 유산을 칭송하고 그 문화를 보존해야 하는 한편, 스페인인들에 의해 이루어진 행위들 또한 찬미하는 입장에 처해 있었다. 이런 의미에서 잉카 문화에 대한 신화적인 숭앙과 스페인의 정복에 대한 찬사를 같이 설정하였던 것이다. 『사실의 기록』은 9권으로 포르투갈의 왕녀 도냐 까딸리나에게 바치는 헌사, 독자에 대한 서문, 페루 원주민들의 언어 일반에 대한 조항들이 앞에 수록되어 있다.

각권의 내용을 간략하게 살펴보면 다음과 같다.

1권은 새로운 대륙의 발견과 페루Perú라는 명칭의 유래, 잉카족 이전의 생활과 꾸스꼬의 건설, 태양의 아들이며 첫번째 잉카인 망꼬 까빡의 치세를 담고 있으며, 2권은 잉카족의 태양숭배와 우주에 활력을 불어넣어주는 신인 빠차까막에 대한 경배, 제국의 분리와 정치법률, 제2·3대 잉카에 관한 이야기, 학문과 예술, 천문, 지리, 음악, 현자들의 시를 다루고 있다. 3권은 4대 잉카 마이따 까빡의 생애와 업적, 공학기술의 산물, 태양신전의 웅장한 광경, 티티카카 사원, 티티카카 호수에서 창조된 한쌍의 인간에 관한 설화를 담고 있다. 4권은 태양처녀들의 집, 왕가의 가정교육, 사람들의 관습, 잉카 로까의 법령, 학교의 설립, 로까 야우알 우아깍 잉카의 생애를 이야기한다. 5권은 제국영토의 분배, 잉카에 대한 공물, 전쟁에 대비한 무기 비축, 신하들을 위한 법률과 규정, 비라꼬차왕자의 승리, 스페인인들의 수중에 제국이 멸망하리라는 예언과 꿈, 1560년 작가의 눈에 비친 죽은 왕들의 시신을 담고 있다. 6권은 왕궁의 장식품과 설비, 왕들의 사냥, 빠차꾸떽 잉카의 법률과 통치, 제1회 태양축제 등이 실려 있다. 7권은 잉카족의 식민활동, 일반인들의 언어와 조신들이 사용하는 특별한 언어, 제국의 수도 꾸스꼬의 전경과 건설의 역사를 이야기한다. 8권은 뚜빡 유빵끼 왕의 정복, 아들 우아이나 까빡의 결혼, 옥수수에 관한 역사와 전설, 옥수수와 채소의 재배, 유실수, 용설란, 코카, 담배, 동물들, 보석들, 금과 은 등 각종 산물에 대해서 다루고 있다. 9권은 우아이나 까빡의 위대함, 정복전쟁, 스페인인들의 도래에 대한 통보, 불길한 예언을 확인시키는 혜성과 잉카의 질병, 우아스까르와 아따우알빠 형제의 내전을 담고 있다.

가르실라소는 각권마다 24~40장에 이르는 방대한 분량의 자료들을 향수어린 어조로 조화롭게 기술하고 있다. 작품의 내용은 자신이 어렸을 적에 직접 경험하고 느꼈던 사실들, 기억 속에 남아 있는 갖가지 사건들, 구전전통으로 전해 내려오는 이야기들을 비롯하여 블라스 발레라, 시에사 데 레온, 에르시야, 로뻬스 데 고마라 등 여러 작가들에 의해 씌어진 증거들을 토대로 하여 쓴 것이다. 잉카 문화에 관한 귀중한 보고라 할 수 있는 『사실의 기록』은 께추아어의 발음·구조·어휘에 대한 상세한 언급 등 언어학적인 가치와 함께 창조력이 돋보이는 서술능력, 뛰어난 상상력, 사실에 근거하고 있는 자료들과 허구에 바탕을 둔 자료들의 뛰어난 배합, 논리적 사고와 마술적 사고의 조화를 보여준다. 이에 메넨데스 뻴라요Menéndez Pelayo는 역사기술서가 아닌 일종의 공상소설로 평하고 있으며, 아스뚜리아스는 현대 중남미 소설에서 나타나는 자료의 전개방식과 서술기교의 원천을 가르실라소의 작품에서 찾고 있다. 또한 몇몇 비평가들은 유럽에 비해 문화적, 예술적 기반이 매우 취약하였던 아메리카 신대륙의 사정을 감안하여 가르실라소의 작품은 모든 경향이 혼합되어 있는 모습, 곧 유럽의 고전, 중세, 르네상스 문학이 서로 어우러져 있는 특이한 형태와 시각을 갖게 되었다고 말한다.

3.8.3 평가

작가, 군인, 사제로서의 다양한 삶을 경험한 잉카 가르실라소 델 라 베가는 메스티조 신분으로서 스페인적인 요소와 인디오적인 요소를 공유하고 있었다. 그의 작품에는 콜럼버스나 꼬르떼스 등 초기의 역사가들이 가졌던 이국적인 감동이나 호기심, 바르똘로메 데 라스 까사스의 인도주의적 견지에서 나온 박애주의, 로뻬스 데 고마라류의 스페인 정복자에 대한 일방적인 찬사 같은 것을 볼 수 없으며 항상 양측의 입장에 서서 중립적인 태도를 표명하였다. 대표작 『사실의 기록』은 리스본에서 발간된 즉시 전유럽에 엄청난 반향을 불러일으켰는데, 18세기 후반 신대륙에서 원주민들의 스페인 당국에 대한 봉기가 자주 일어나게 되자 까를로스 Ⅲ세는 이 책을 읽는 것을 금지시키기도 하였다. 오늘날 가르실라소는 신대륙 아메리카에서 진정한 의미의 문학을 산출한 최초의 작가로 평가되고 있다. 이는 복합적인 요소를 지니고 있는 그의 시각이 중남미의 본질에 접목되어 있을 뿐만 아니라 문학적 소재로 삼은 갖가지 전설과 자료들을 탁월한 서술능력을 통해 신화적이고 시적인 창조작품으로 고양시키고 있기 때문이다.

4 식민지 시대의 시

4.1 서사시

4.1.1 일반적 성향

스페인의 16세기 특히 펠리뻬 Ⅱ세의 통치시기에는 서사적인 문학장르가 위세를 떨치고 있었다. 르네상스의 인문주의 정신에 따라 그리스·로마 시대의 고전문학이 활발히 연구되고 이탈리아 문학이 유입되었으며, 스페인 자국의 고전에 대한 관심이 팽배되었다. 여기에 신대륙의 정복과 그에 대한 무용담은 다양하고도 적절한 소재를 제공해 줄 수 있었다. 1519년 이후 환 데 메나에 의해 스페인어로 번역된 『로만세로 쓴 호머의 일리아드 Ilíada de Homero en romance』가 널리 유포되고, 『오딧세이』

역시 1550년 곤살로 뻬레스에 의해 번역된 이래 급속도로 전파되었다. 로마시인 비르질리우스의 『에네이다 *Eneida*』에 대한 역서는 1555년 똘레도에서 에르난네스 데 벨라스꼬에 의해 발간되었으며, 루까노 Lucano의 『파르살리아 *La Farsalia*』는 1530년경 마르띤 라소 데 오로뻬사에 의해 번역된 후 스페인 전역에 알려지게 되었다.

이탈리아는 교양 서사시의 창작에 있어서 유럽의 다른 국가들보다 앞섰으므로 상당수의 작품이 스페인으로 유입되었다. 그 중에서도 많은 영향을 끼친 아리오스또 의 『성난 오를란도 *Orlando furioso*』는 이탈리아어 원본과 1549년의 헤로니모 데 우레아에 의한 번역본이 활발히 읽혀졌으며, 탓소 Torcuato Tasso의 『해방된 예루살렘 *Gerusalemme liberata*』은 1587년 환 세데뇨에 의해 번역되었다. 스페인 고전에 대한 연구 역시 활발하였는데 중세의 무훈시 「엘 시드의 노래 Poema del Cid」가 유럽 다른 국가들의 서사문학-「아더 왕 이야기」, 「롤랑의 노래」, 「니벨룽겐의 노래」 등-과 비교되고 국토회복전쟁에 관련된 무용담들에 대한 자료들이 수집되었다. 특히 16, 17세기의 영웅서사시에 영향을 준 작품으로는 환 데 메나의 『운명의 미로 *Laberinto de Fortuna*』와 국수주의적 경향이 엿보이는 가스빠르 데 비야그라의 『신멕시코의 역사 *Historia de Nueva México*』(1610)를 꼽을 수 있다. 이와 같은 스페인 본국의 문화적 토양에 힘입어 식민지 시대의 서사시는 걸작 『라 아라우까나』를 비롯하여 상당수의 작품을 산출하게 되었다. 곧 광대하고 다양한 장면을 연출하고 있는 중남미 대륙을 무대로 하여 웅장한 서사문학을 펼쳤던 것이다.

이 시기의 서사시에 나타나는 일반적 성향을 몇몇 분야로 나누어 살펴보면 다음과 같다.

시인들의 면모에서는 크게 두 가지 성향이 나타난다. 17세기를 전후로 하여 르네상스, 바로크 경향으로 나눌 수 있는데 『라 아라우까나』를 남긴 에르시야와 『길들인 아라우꼬족 *Arauco domado*』의 작가 뻬드로 데 오냐 등이 전자에 속하며 영웅·역사에 관한 서사시를 주로 썼다. 후자에 속하는 시인들로는 『멕시코의 위대함』을 쓴 발부에나, 『그리스도 수 난사 *La Cristíada*』를 남긴 디에고 데 오헤다 Diego de Hojeda 등으로 환상적 이고 소설적인 색채가 짙어지고 종교적인 경향이 가미되기도 하였다. 시 형태는 옥따바 레알 octava real (11음절 8행시)을 기조로 하여 꾸아르떼따 cuarteta (8음절 4행시), 낀띠야 quintilla (8음절 5행시), 실바 silva (7, 11음절이 혼합된 시형식) 등이 혼합되었는데 11음절의 시행 endecasílabo 역시, 사포 풍의 11음절 시 endecasílabo sáfico (그리스 여류시인 사포풍으로 4, 8, 10 음 절에 악센트가 옴), 영웅적 11음절 시 endecasílabo heroico (2, 6, 10 음절에 악센트가 있음)가 주종을 이루는 가운데, 음악적인 11음절 시 endecasílabo melódico (3, 6, 10음절에 악센트가 있음), 강조적인 11음절 시 endecasílabo enfático (1, 6, 10 음절에 악센트가 옴)를 사용하였다.

시행의 전개에 있어서는 비르질리우스와 탓소의 영향을 받은 듯 시의 목적과 주제가 처음 부분에 도입되는 방식이 즐겨 사용되고, 서술상의 단조로움을 피하기 위해 역사적 사실에 시적·상상적 요소가 가미되었 다. 그리하여 신대륙 정복을 둘러싼 영웅들의 위업이 이야기를 이끌어가 는 가운데 신화·전설적인 사건과 시간이 혼재되어 있다.

시에서 다루는 것은 전쟁에 관한 내용, 사랑의 테마, 종교적인 소재 로 대별할 수 있으며 간혹 드물게 스페인의 중세 역사에 대한 회상조의 서사시가 등장하기도 하였다. 그 중에서 전쟁에 관한 소재는 많은 작품 에서 나타나는데 특히 『라 아라우까나』와 가브리엘 로보 라쏘 데 라 베 가의 『멕시코 여인 *Mexicana*』에서 두드러진다. 사랑의 테마는 역사, 전쟁 에 관한 이야기들 속에 삽입되어 있는 형태로 주로 나타난다. 에르시야 의 『라 아라우까나』에서는 라우따로와 구아꼴다, 떼구알다와 끄레뻬 도, 글라우라와 까릴란, 라우까와 그녀 남편의 사랑에 대한 이야기가 전개되어 있으며 뻬드로 데 오냐의 『길들인 아라우꼬족』에는 까우뽈리깐 과 프레시아, 뚜까뻴과 구알레바, 딸게노와 끼도라의 사랑을 삽입시키 고 있다.

4.1.2 알론소 데 에르시야 이 수뉘가

마드리드에서 태어난 에르시야 Alonso de Ercilla y Zúñiga(1533~1594)는 왕궁에서 어린 시절을 보냈나. 뻴리뻬 Ⅱ세가 왕자였던 당시, 수행원으로서 이탈리아와 독일을 여행하였으며, 21세가 되던 해에 페루의 부왕 안드레스 우르따도 데 멘도사를 따라 신대륙에 왔다. 그 후 칠레의 원주민 아라우꼬족과의 전투에 참여하게 되었는데 결코 굴복하지 않는 아라우꼬족의 자유에 대한 열망과 개인주의에 커다란 감동을 받은 에르시야는 그들의 용맹성을 서사시로 표현하였다.

걸작 『라 아라우까나』는 아메리카 최초의 서사시로서 명확하고 사실적인 문체와 독특한 서술기교를 구사하여 전쟁의 박진감 넘치는 상황을 훌륭하게 묘사하고 있으며 스페인 정복자들에 항거하는 불굴의 투지와 함께 지배와 예속을 단호히 배격하는 아라우꼬족의 자유에 대한 의지와 저항을 잘 표현하고 있다. 시인은 아라우꼬족의 대장들인 까우뽈리깐, 라우따로, 갈바리노, 꼴로꼴로 등을 서사시의 전형적인 영웅들로 이상화하여 독자를 그리스·로마·중세의 신화적 시간으로 인도해 간다. 그가 아라우꼬족의 강인한 힘과 용기, 숭고한 정신을 찬양하고 있는 이면에는, 스페인 병사들의 사기를 진작시키고 신과 국왕을 위해 세력을 확장하고자 죽음을 무릅쓰고 정복전에 임하는 그들의 강력한 의지를 기리고 있다는 것을 추측할 수 있다. 일례로 젊은 대장 까우뽈리깐을 묘사함에 있어서 시인은 이상적인 스페인 기사가 갖춰야 할 모든 미덕과 장점을 그에게 부여하고 있으며, 특히 아라우꼬족 영웅이 죽기 전에 카톨릭교로 개종하는 장면은 원주민들을 옹호하기보다는 스페인의 전투에서의 승리와 함께 정신적인 승리를 축복하고자 하는 의도를 짐작하게 한다.

결국 에르시야는, 신대륙에 진출한 스페인인들의 목적은 무자비한 정복 그 자체에 있는 것이 아니고, 양 세계의 좋은 점만을 혼합하여 필연적인 역사과정을 통해서 새로운 종족과 문화를 창조하는 데 있음을 시사하고 있다.

8음절 시행으로 씌어진 『라 아라우까나』는 세 편으로 나누어져 있으며 각각 1569년, 1578년, 1589년에 발간되었다. 제1편은 15장으로 이루어져 있는데, 스페인의 정복자들이 오기 이전의 아라우꼬족이 누렸던 평화로운 생활과 칠레 발견 후의 초기 전쟁에 대해 서술하고 있다. 제2편과 제3편은 각각 14장, 8장으로 되어 있으며 정복자와 인디오들간의 치열한 전쟁과정과, 스페인 병사들과 아라우꼬족의 용기와 업적을 그리고 있다. 자유에 대한 숭고한 의지와 투쟁이 이 작품의 중심테마를 이루고 있으므로 단일 인물을 주인공으로 내세우지 않고 복합적인 구성에 의해 이야기를 전개시키고 있다. 아라우꼬족이 최초로 거둔 승리, 전사들의 불운, 까우뽈리깐의 결정적인 패배, 스페인 정복자들에 의해 자행되는 잔인한 사형장면 등을 간결하고 명료한 문체로 그리는 시인에게 있어서 역사는 허구도 환상도 아닌 실제 사건에 대한 시적인 서술이었다. 그리하여 칠레 정복의 역사에 담겨 있는 서사적인 소재를 발췌하여 시인의 감성과 르네상스의 조화, 균형이 함께 어우러져 있는 우수한 작품을 산출한 것이다.

몇몇 비평가들은 오랫동안 이 작품을 탓소의 『해방된 예루살렘』에서 많은 영향을 받은 것으로 간주해 왔다. 하지만 지우세뻬 벨리니 Giuseppe Bellini는 에르시야가 스페인으로 다시 귀국할 때까지 탓소의 작품을 읽을 기회를 갖지 못했다고 주장하면서 그때는 이미 『라 아라우까나』가 거의 다 완성되어 있었을 것이라고 말하였다. 오히려 에르시야가 즐겨 접했던 비르질리우스의 작품과 성서, 그리고 아리오스또의 『성난 오를란도』가 영향을 주었을 가능성을 강조하고 있다. 『라 아라우까나』가 출판되자마자 중남미는 물론 스페인에서 커다란 반향을 불러일으켰다. 아메리카에 관련된 테마, 생소한 단어와 인물들에도 불구하고 로뻬 데 베가는 자신의 『아폴로의 월계관 Laurel de Apolo』에서 에르시야의 서사시에 뜨거운 찬사를 아끼지 않았으며, 신대륙에서는 그의 영향을 받은 많은 서사시가 출현하였는데 가장 유명한 것으로 뻬드로 데 오냐의 『길들인 아라우꼬』를 들 수 있다.

4.1.3 베르나르도 데 발부에나

스페인의 발데뻬냐스에서 태어난 발부에나 Bernardo de Balbuena (1562~1627)는 멕시코에 이주하여 그곳에서 교육을 받고 사제로 서품되었다. 그 후 시군엔사 대학에서 신학박사 학위를 취득하였으며 자메이카, 푸에르토리코에서 성직자로 있었다. 두 편의 서사시와 한 편의 목가소설을 남긴 그는 독특한 바로크 작가로 알려져 있다.

1624년에 발간된 『베르나르도 또는 롱세바예의 승리 *El Bernardo o la victoria de Roncesvalles*』는 교양서사시의 성격을 띤 중남미 바로크 서사문학의 결정판이라 할 수 있다. 24장, 40, 000행에 이르는 방대한 서사시는 프랑스군을 격파한 베르나르도 델 까르삐오의 위업을 화려한 문체와 풍부한 상상력으로 기술하고 있다. 이 작품에서는 아리오스또의 영향이 엿보이기도 하는데 루드비히 판들Ludwig Pfandle은 스페인의 위대한 역사를 환상적으로 서술해 놓은 승리찬가라 평하고 있다. 다른 서사시 『멕시코의 위대함 *Grandeza mexicana*』은 1604년에 발간된 것으로 멕시코시의 아름다움을 이야기한다.

시 형태를 살펴보면 첫부분에는 하나의 8음절 시를 통해 작품의 목적과 진행계획을 알리고, 11음절 3행시 terceto와 11음절 4행시 cuarteto가 혼합되어 있는 전통적 운율로 내용을 전개시킨다. 이사벨 데 또발 이 구스만에게 바쳐진 이 작품은 9장으로 나누어져 있다. 1장은 아름다운 멕시코시티 지역에 대해서, 2장은 건물들의 유래와 그 웅장함을, 3장은 기병들과 거리풍경, 사람들의 예의와 대접을 이야기한다. 4장은 학문과 미덕, 직업의 다양함을 다루고, 5장은 선물을 주고받는 것과 같은 즐거운 경우를, 6장은 종교와 사회안정을 예찬한다. 7장은 영원한 봄날씨와 아름다운 광경을, 8장은 고결한 정부를, 9장은 왕궁도시의 영화로움에 대하여 찬미하고 있다. 시적인 서술과 서간체가 잘 조화되어 있는 이 서사시에서 작가는 아스떼까 왕국의 고도로서 지닌 화려함과 멋스러움에 부왕령의 수도로서 지니고 있는 신선한 색채미를 적절하게 가미시키고 있다. 목가소설 『에리필레 밀림지역의 황금세기 *Siglo de oro en las selvas de Erfile*』는 레모스 백작에게 바쳐진 것으로 작가에게 행운을 가져다준 작품이었다.

발부에나는 17세기 전반부를 장식한 바로크 작가로서 그의 문체는 독창적이며 색다른 특색을 지닌다. 당시 스페인은 물론이고 신대륙을 풍미하고 있던 공고라류의 파격적인 은유와 도치법의 남용이 그의 작품에는 드물며, 오히려 이미지들의 비약과 충돌이 더욱 커다란 비중을 차지한다. 이것은 그가 아스떼까 문화에 바탕을 둔 원주민 문학전통을 재생시켜 스페인과는 상이한 시각에서 의해 시를 형상화시켰기 때문인 듯하다. 이러한 의미에서 몇몇 비평가들은 『멕시코의 위대함』을 아메리카 시의 진정한 시발점으로 평가하기도 한다.

4.2 서정시

4.2.1 서정시의 분류 및 특성

식민지 시대의 서정시는 16~18세기 말에 이르는 방대한 시기에 해당하기 때문에 명확하게 규정하기는 불가능하다. 여기에서는 에밀리오 까리야의 논지에 따라서 르네상스, 매너리즘, 바로크, 로코코, 신고전주의 시기로 분류하여 각각의 특성과 주요 시인들의 목록을 살펴보기로 한다.

르네상스 시기는 이미 앞에서 언급하였듯이 신대륙의 발견과 정복에 아주 밀접한 관계를 맺고 있었다. 곧 인본주의의 이상향에 대한 동경과 물질적인 부와 명예를 추구하는 열망 아래 신대륙은 정치·사회·경제·철학 등 제분야에서 하나의 시대상을 조명해 볼 수 있는 대상이 되었으며 유럽의 르네상스 사조는 곧바로 신천지에 유입되었던 것이다. 르네상스의 문예사조적인 특징은 고전에 대한 취향, 객관주의, 균형과 조화, 영웅적 사상, 예증과 교훈주의 등으로 파악된다.

신대륙에서 살펴볼 수 있는 이 시기의 서정시는 탐험가와 정복자, 성직자들에 의해 주도된 초기 과정의 영웅적이고 종교적인 경향으로 인해 연대기나 서사시보다는 조금 늦은 출발을 보였다. 테마는 에로틱한 정감을 느끼게 하는 것에서부터 신화적인 것, 도덕적인 성찰, 재기 넘치는 유희, 풍자 등을 포함하고 있다. 유럽에서 유입된 시풍 또한 그리스 · 라틴 고전풍과 이탈리아풍을 비롯하여 스페인 전통에 바탕을 둔 다양한 모습을 연출하였으며 소네트, 떼르세또, 리라, 옥따바 레알 등이 시형태로서 자리잡게 되었다. 스페인 전통에 근거하고 있는 로만세나 시가는 주로 평민계층 출신의 정복자들에 의해 유포되었으며 멕시코, 페루 정복과 페루 내전에 관련된 일화들에서 그 예를 상당수 찾아볼 수 있다. 로만세는 그 성격상 서사적인 면과 서정적인 면을 골고루 갖추고 있었으며 시가나 짧은 속요coplas는 애조나 향수를 띤 서정적 측면이 두드러졌다. 르네상스 시기에 중남미 대륙에서 활동했던 서정시인들로는 구띠에레 데 세띠나, 살라사르 이 알라르꼰, 후안 데 라 꾸에바, 프란시스꼬 데 떼라사스 등을 들 수 있다.

매너리즘 시기는 르네상스와 바로크 사이에 위치해 있어 과도기적인 성격을 띠고 있으며 그 특징은 반고전적 성향, 주지주의와 주관성, 세련미를 겸비한 귀족주의, 과도한 장식, 움직임과 왜곡에 바탕을 둔 동적 구조, 고딕성 추구로 요약될 수 있다. 그레꼬의 그림에서 볼 수 있듯이 반종교개혁의 영향 아래 특히 신비주의적, 환상적 색채가 두드러진 스페인의 매너리즘 미학이 신대륙에 유입되는 시기는 식민활동이 본격적으로 추진되고, 인종간의 혼혈이 다양하게 이루어지는 등 갖가지 사회적인 문제들이 밖으로 분출되던 때였다. 그리하여 서정시 분야에서도 새로운 미학에 대한 관심과 아울러 풍자적인 측면이 우세하였다. 주요 시인들로는 페르난 곤살레스 데 에슬라바, 마떼오 로사스 데 오껜도, 베르나르도 데 발부에나 등을 들 수 있다.

신대륙의 바로크 시기는 정치적·사회적 체계가 확립되고 광대한 지역에 걸쳐 원주민 문화와 스페인 문화가 혼합을 이루는 가운데 중남미 문학에 대한 새로운 토대가 형성되었던 때와 일치하고 있다. 대략 17세기 초반으로부터 18세기 전반부에 걸쳐 풍미하였던 이 사조의 특징은 고전적 성향과 반고전적 성향의 한계가 불분명하고 종교적인 측면의 강화, 동적 구조의 활성화, 화려한 기교와 기념비적인 구도, 정치적·종교적인 갈등에서 빚어지는 내분 양상, 추하고 그로테스크한 면이 혼합된 사실주의적 시각, 일반계층에 접목되어 있는 통속성 등으로 규정지을 수 있다. 이 시기에 공고라, 께베도, 깔데론, 그라시안과 같은 스페인 바로크 대가들과 세르반테스, 로뻬 데 베가, 가르실라소 데 라 베가, 에레라는 물론이고 호라시오, 비르질리우스, 오비디오 등이 지대한 관심을 끌며 서정시의 발달에 크게 기여하였다. 바로크 서정시인들로는 루이스 데 떼헤아, 에르난도 도밍게스 까마르고, 환 델 바예 까비에데스, 소르 화나 이네스 데 라 끄루스를 들 수 있는데 이들은 사랑에 대한 과장된 형태의 감정, 종교적인 성찰, 특정한 윤곽을 지닌 자연경관, 익살과 재치가 넘치는 유희, 사회의 단면을 시사해 주는 풍자를 즐겨 썼다.

로코코 시기에는 바로크적인 특성이 우세한 가운데 신고전주의적 경향이 엿보인다. 바로크의 성격을 답습하는 데 있어 고상한 취미, 쾌락주의가 가미되고 신화에 대한 언급과 함께 의고적인 성향이 짙어졌다. 그리하여 섬세한 세공품, 아기자기한 소도구 등 귀족계층의 유미주의적 취향이 이를 통해 구현되었던 것이다. 이 시기에 활동하였던 시인으로는 환 바우띠스따 아기레 신부, 호세 마누엘 마르띠네스 데 나바레떼를 들 수 있다.

중남미의 신고전주의 시기는 18세기 후반, 독립을 위한 저항의 시기에 해당되는데 이는 유럽에서 유행되던 사조가 스페인을 거쳐 대서양을 건너오기까지 상당한 기간이 소요되기 때문이었다. 특징적인 요소들로는 이성과 보편성에 바탕을 둔 고전주의적 취향, 비개성적인 객관주의, 조화와 균형 추구, 진보와 박애주의, 정치적·사회적인 측면의 강조, 아메리카주의의 초보적 단계 구축, 풍자문학의 번성을 꼽을 수 있다. 대표적인 시인들은 빠블로 데 올라비데, 마누엘 호세 데 라바르덴이다.

4.2.2 소르 화나 이네스 델 라 끄루스

멕시코시티 근처의 조그만 마을인 산 미겔 데 네빤뜰라에서 태어난 소르 화나 Sor Juana Inés de la Cruz(1651~1695)의 본명은 화나 라미레스 데 아스바헤 Juana Ramírez de Asbaje이며 어려서부터 지적 호기심이 대단하였던 것으로 알려져 있다. 외조부 뻬드로 라미레스로부터 최초의 가르침을 받은 그녀는 아메까메까 초등교육기관에서 3세 때 읽기를 배웠으며 독학으로 라틴어, 신학, 철학을 공부하였다. 그 후 아름다운 시구를 구사하는 여류시인, 박학다식한 현자로 명성을 떨쳐 15세 때 당시 부왕이었던 만세라 후작 부인의 초청을 받아 왕궁에 가게 되었다. 그때 부왕은 그녀의 지식을 시험해 보고자 하여 40명의 유명한 철학자, 신학자, 인문학자들 앞에서 공개 구두시험을 실시했는데 그녀의 명확하고 예리한 답변은 모든 사람들을 탄복게 하였다는 일화가 있다. 이러한 놀랄 만한 지성에 미모까지 갖춘 그녀는 곧바로 수많은 귀족들의 관심을 끌었지만 스페인 군인 신분의 뻬드로 마누엘 데 아스바헤와 끄리오요 신분의 이사벨 라미레스 데 산띠아나를 부모로 둔 사생아라는 자격지심과 조용한 삶을 향유하며 계속 공부에 정진하고자 하는 욕망은 그녀로 하여금 성직자의 길로 나아가게 하였다.

16세에 그녀는 까르멜 수녀회에 들어갔으나 규율의 지나친 혹독함으로 인해 다시 궁전으로 돌아와 다음해에 산 헤로니모 교단에 투신하게 된다. 소르 화나의 종교적 성향은 조금의 굽힘도 없이 꿋꿋하여 수녀원장, 고해신부를 비롯하여 뿌에블라의 주교와도 사이가 원만하지 못했다. 그녀의 끊임없는 지적 탐구와 방대한 시작활동, 특히 수녀로서는 과다할 정도의 활동력은 찬사와 명성, 질시어린 비난을 동시에 가져다주었다. 결국 세상사람들과 일부 성직자의 잦은 비판에도 불구하고 작품활동을 계속하였던 소르 화나는 당시 멕시코를 휩쓸던 전염병에 걸려 1695년 4월 17일 숨을 거두게 된다. 그녀가 죽기 수년 전에 전작집의 1권 『뮤즈의 충만 *Inundación castálida*』을 스페인에서 펴낸 만세라공은 〈멕시코의 열번째 뮤즈여신 Décima Musa de México〉이라고 그녀를 높이 칭송하였다.

바로크 작가 소르 화나의 작품은 서정시, 비얀시꼬 villancico, 산문, 극으로 분류하여 살펴볼 수 있다. 서정시는 100여 편에 이르는 짧은 시들과 그녀의 대표작이라 할 만한 「꿈 Sueño」과 비얀시꼬들에서 나타난다. 「꿈」은 실바형식으로 씌어진 장시로 975행으로 이루어져 있다. 진리를 추구하는 생동감 넘치는 모험과 이 세상의 물질적인 실상을 인식하기 위해 벌이는 내면적 투쟁이 전개되어 있는 이 시는 인간과 우주의 본질에 관한 깊이 있는 탐구, 다양하고 풍부한 시각, 지적이고 신화적인 주제와 아울러 바로크적인 명암과 농도로서 높은 가치를 인정받고 있다. 세상을 버리고 수녀원의 승방에 기거하는 여류시인에게 있어서 유일한 위안이자 기쁨은 올바른 지성이었다. 곧 그녀에게 있어 세상은 비현실적인 것이며 실재하는 것은 내적인 생활이었다. 꿈을 통하여 세상과 멀어지고 진리를 명상하면서 깨어나는 상태, 즉 혼자서 하는 지적인 활동이 그녀의 이상이며 추구하는 바였다.

짧은 서정시들은 테마에 따라서 상황에 대한 시, 철학적인 시, 종교적인 시, 사랑에 관한 시로 구분될 수 있다. 상황에 대한 것은 다양한 시형식을 구사하여 존경에의 표시, 장례에 대한 추모 등을 표현하고 있다. 철학적인 시들은 소네트를 위주로 하여 데시마 décima(8음절 10행시), 레돈디야 redondilla(8음절 4행시) 등이 나타나는데 세상사의 허무함에 대한 슬픔, 고독, 환멸 그리고 그녀의 사상적 측면이 드러나기도 한다. 곧 「여자에 대해서 말할 때의 남성들의 불의에 대하여 Contra las injusticias de los hombres al hablar de las mujeres」라는 시는 여자들을 부당하게 얽매고 있는 사회적 관습과 편견에 분연히 일어나 항거하는 페미니스트의 면모를 보여준다. 종교적인 시는 전통 로만세의 형식과 소네트로 구성되어 있으며 신약성서나 카톨릭의 교리에 관련된 내용을 주로 다루고 있다. 사랑에 관한 서정시는 다양한 운율과 소재를 사용하여 여성 특유의 섬세한 감각을 예리하게 표출하고 있다. 특히 바로크적인 색채가 짙은 시에는 반명제, 역설, 비교에 의한 표현이 빈번히 등장하여 내면적인 감정의 기복과 지적 사랑을 갈구하는 격정어린 모습을 한층 더 강화하고 있다. 비얀시꼬는 합창을 전제로 만들어진 것으로 12편 가량이 남아 있는데 그것들은 1676~1691년 사이에 멕시코, 뿌에블라, 오악사까 성당의 요청에 의해 씌어졌다. 이것들은 정치권력, 경제, 서적 등 다양한 소재들에서 느끼는 종교적 정서와 존재에의 기쁨이 주된 내용을 이루고 있다. 넨데스 쁘랑까르떼는 그녀의 비안시꼬를 높이 평가하면서 심오한 사고와 보편적인 재능이 소박하고 우아하게 결합되어 있는 점을 주시하였다.

산문작품으로는 우선 먼저 포르투갈 출신의 예수회파 안또니오 데 비에이라 Antonio de Vieira의 설교에 대해 논평한 「아테네의 현명함에 필적하는 편지 Carta atenagórica」를 들 수 있다. 소르 화나 자신은 원래 「어떤 설교의 위기 Crisis de un sermón」라고 명명하였는데 1690년 뿌에블라의 주교가 〈소르 필로떼아 데 라 끄루스 Sor Filotea de la Cruz〉라는 필명으로 서명된 서문형태의 편지와 함께 이 작품을 발간하면서 수정하였던 것이다. 그 외에 스페인어로 씌어진 가장 훌륭한 자전적 수필의 하나로 손꼽히는 「소르 필로떼아 델 라 끄루스에게 보내는 답변 Respuesta a Sor Filotea de la Cruz」과 1680년에 새로운 부왕으로 멕시코에 온 라구나 후작에 대해 칭송하는 내용을 담고 있는 「넵튠신에 비유함 Neptuno alegórico」이 있는데, 이 작품은 시적 형태가 가미되기도 하였다. 극작품으로는 수십 편의 서사(序辭)와 세 편의 성찬신비극, 두 편의 희극 등이 남아 있는데 뒷부분에서 다루기로 하겠다.

소르 화나의 작품에서 나타나는 바로크 문체는 당시에 유행하던 공고라의 영향이 크게 눈에 띄지 않는다. 그녀가 쓴 시들 대부분에서 우리는 환상과 추상적인 것을 별로 볼 수 없고 실제적이고 구체적이며, 사랑과 고통, 기쁨을 지닌 인간의 감정을 느끼게 되는 한편 이성과 감정 사이에서 번민하는 섬세한 영혼을 느끼게 된다. 공고라의 『고독 Soledades』과 유사한 방식을 취하고 있는 대표작 「꿈」에 드러나는 심오한 지성과 정련된 표현을 통한 진실성은 아주 탁월한 것으로 평가되고 있다. 그래서 그녀의 종교성 짙은 시에서는 신비주의와 내면적 감성이 섬세하게 혼합되어 있는 형상을 통해 위대한 신비주의 시인 산 환 데 라 끄루스의 흔적에 쉽사리 접할 수 있다. 한편 소르 화나가 후세에 끼친 영향은 적지 않았다. 그녀의 깊이 있고, 사색적인 시들은 아마도 네르보 Amado Nervo, 호세 가오스 José Gaos 등을 거쳐 옥따비오 빠스에 이어지고 있으며 아메리카 흑인들의 목소리에 귀기울였던 자비어린 태도는 인도주의, 박애사상과 함께 에밀리오 바야가스 Emilio Ballagas, 니꼴라스 기옌 Nicolás Guillén에 접목되었다.

4.2.3 환 델 바예 이 까비에데스

안달루시아 지방의 뽀르꾸나에서 태어난 바예 이 까비에데스 Juan del Valle y Caviedes(1653~1692)는 어렸을 적에 신대륙 페루 부왕관구의 리마로 이주하였다. 대학교육은 받지 않았지만 비상한 관찰력과 직관을 지녔던 인물로 알려져 있는 그는 〈리마의 께베도〉라 불렸으며 당시의 사회관습에 대해서 신랄한 비판을 가하였다. 곧 지우세뻬 벨리니가 평하였듯이 그는 독자적인 정신의 소유자로서 혹평가였으며, 자존심이 유달리 강하고 제반 문화의 수용과 윤리적인 측면에 아주 예민한 인물이었다. 그는 정치가, 지식인, 성직자, 의사 들의 경박함과 무능력 또한 말만 앞세우는 그들의 비열한 통속성을 힐난에 가까운 어조로 비판하였다. 이는 지도계층으로서 모범을 보여야 하는 인사들이 그의 눈에 정반대의 모습을 연출해 내면서 사회의 온갖 부문에 걸쳐 퍼져 있는 해악들의 주범으로 비추어진 까닭이다.

대표작 「파르나소스산의 이 Diente del Parnaso」는 기지주의에 의한 풍자와 신랄한 해학이 잘 나타나 있는 시집으로서 그의 명성을 높여주었다. 그는 이 작품에서 리마 거리에 우글대는 사이비 지도계층에 날카로운 메스를 가했다. 여기서 눈여겨볼 만한 사실은 그가 당시 교양계층의 틀에 박히고 현학적인 것만을 추구하는 진부한 바로크주의에 염증을 느꼈으며, 일반계층의 그것에 대한 반발을 예리한 풍자를 통해 반영하고 있다는 점이다. 곧 그는 끄리오요적인 시각을 통해서 께베도의 기지주의를 구현시키고자 하였던 것이다. 그 외의 시작품으로는 소네트, 엔데차스 endechas(각행 6, 7음절 4행시의 일종), 로만세 형식에 의해 쓴 사랑에 관한 시, 종교적인 시, 갖가지 사건과 일화에 대한 시들이 있는데 그것들은 사후에 『다양한 시 Poesías diversas』라는 이름으로 발간되었다. 또한 그는 세 편의 막간극을 썼는데 「사랑이 곧 시장 Entremés del amor alcalde」, 「사기꾼 사랑의 춤 Baile del amor tahur」, 「사랑이 묘약인 춤 Baile del amor médico」을 들 수 있다.

5 바로크 산문

5.1 일반적 성향

신대륙에서 진행된 산문의 초기 모습은 연대기 작가들의 작품을 통해서 살펴볼 수 있다. 그러나 제대로 된 형태와 구성을 갖춘 근대소설의 출현은 더욱 많은 세월을 필요로 하였다. 신대륙에서 산문의 발달이 매우 느렸던 것은 몇 가지 원인에서 기인하고 있다. 1531년 4월 4일 이사벨 여왕의 칙명서 이후 1532~1543년의 기간 중 까를로스 V세는 두 번에 걸쳐서 기사소설 『아마디스 데 가울라 Amadís de Gaula』와 같은 이상주의 등 황당무계한 이야기를 다루고 있는 작품들의 편찬과 발간, 유포를 금지시켰다. 이는 식민지의 원주민들이 소설에 나타난 허구들, 특히 영웅의 모험을 감동적이고 열광적인 필치로 그려내는 기사소설을 기정사실화하여 그들 자신의 열악한 현실에 반영하지 않을까 하는 두려움에서였다. 또한 카톨릭 성직자와 선교사들에 의한 교화사업과 문학작품의 교훈적 측면을 중시하는 경향에 비추어보아 그와 같은 소설류는 바람직하지 않은 것으로 생각되었다. 한편 인쇄소의 부족 등으로 해서 작품의 발간이 용이하지 않았으며 식민지의 개척과 활동, 지역의 특성상 서적들을 단시일 내에 널리 유포시키기 어려웠던 점을 들 수 있다. 여기에 유럽 전역이 종교개혁의 소용돌이에 빠지게 되고 스페인 본국이 반종교개혁의 기치를 높이 들어 식민지에도 그 혹독한 여파가 밀려오게 되었다. 곧 펠리뻬 II세의 즉위와 함께 더욱 강화된 종교재판과 검열제도에 의해 문학활동은 커다란 영향을 받지 않을 수 없었던 것이다. 이와 같은 정치·사회·문화적 분위기에서 출발하여 17세기로부터 18세기 후반부에 이르는 바로크 산문의 일반적 성향을 파악해 볼 수 있다.

이 시기의 산문은 크게 두 가지 부류, 즉 연대기와 문학적 픽션으로 나누어볼 수 있다. 연대기는 초기의 사가들을 이어받아 역사적 관점과 철학적 측면이 가미된 역사서와 문화서로서 중남미에 대해 심도 있는 조명을 하고 있으며, 문학적 픽션은 급격한 사회적 변동과 스페인과 중남미 두 문화의 융합과 스페인 본국에서 들어오는 소설들의 영향을 받아 나타났는데 특히 『라사리요 데 또르메스』와 같은 악자소설이 끼친 영향은 아주 지대하였다. 그 외에 종교적인 내용이나 점증하는 정치적 관심에 따라 풍자적인 요소가 짙은 산문들이 다수 출현하였다. 특기할만한 점은 정치적 요소와 사회의 제반 문제를 반영하고 있는 산문들이 18세기 후반에 들어와서 독립을 위한 본격적인 움직임을 보이기 시작한 무렵에 더욱 빈번해졌다는 사실이다. 이 시기의 산문에서 나타나는 문체는 공고라풍의 과식주의와 함께 께베도의 신랄한 기지주의, 그라시안의 이지적이고 냉철한 필치 등으로 다양하게 볼 수 있다. 과식주의는 연대기나 종교적인 내용의 산문에 주로 쓰여 표현의 화려함을 드러냈으며 께베도풍의 기지주의는 격렬한 어조로 상대방을 풍자, 비난하여 신랄한 맛을 주었고 그라시안의 경우에는 좀더 간결하고 집약적인 산문으로서 고도의 해학성과 함께 다양하고 풍부한 사상적·미학적·도덕적 의미를 부여하였다.

5.2 주요 작가들

식민지 시대에 활동했던 바로크 산문작가들의 면모를 간략하게 살펴보면 다음과 같다.

환 로드리게스 프레일레 Juan Rodríguez Freyle(1566~1639)는 콜롬비아에서 태어났으며 1630년대에 누에바 그라나다 부왕관구에 대한 연대기『양 *El Carnero*』을 썼는데 이 작품은 훨씬 뒤인 1859년 보고따에서 발간되었다.『양』은 생생한 필치로 일화, 우화, 악당들의 모험, 마녀에 관한 이야기, 사랑을 둘러싼 추문 등 다방면에 걸친 자료들을 역사적 사실과 함께 서술하고 있어 복카치오의『데카메론』과 종종 비교된다.

환 데 에스삐노사 메드라노 Juan de Espinosa Medrano(1639?~1688)는 얼굴에 사마귀가 많아 〈얼룩이 El Lunarejo〉라고 불렸고 꾸스꼬 대학에서 박사학위를 받은 후 신학교수로 재직하였으며 17세기 최고의 산문작가이자 연설가로서 명성을 떨쳤다. 메스티조였던 그는 자연히 스페인어, 께추아어를 구사하였으며 작품활동 또한 두 언어를 사용하였다. 가장 많이 알려진 산문『포르투갈 신사 마누엘 데 파리아 이 소우사에 대항한 스페인 시인들의 왕자, 돈 루이스 데 공고라를 위한 예찬론 *Apologético en favor de don Luis de Góngora, príncipe de los poetas de España contra Manuel de Faria y Souza, caballero portugués*』은 미학과 문예사조에 관한 논쟁을 담고 있다. 이 작품에서 공고라의 시형태와 구문론적인 입장에 동조하면서 그는 포르투갈 시인 까모에스의 르네상스 시학을 옹호하였던 파리아 이 소우사에 대하여 반론을 전개하였다. 다른 산문작품으로는 설교모음집인 『학문연구의 보호를 위한 찬양연설 *Panegírica declamación por la protección de las ciencias y estudios*』, 『제9의 기적 *La novena maravilla*』이 남아 있다. 그는 또한 극작품을 쓰기도 하여 스페인어로 『자신의 죽음을 사랑하기 *Amar su propia muerte*』, 『쁘로세르피나의 유괴와 엔디미온의 꿈에 대한 성찬신비극 *Auto sacramental del rapto de Proserpina y sueño de Endimión*』 등을 남겼다.

까를로스 데 시구엔사 이 공고라 Carlos de Sigüenza y Góngora (1645~1700)는 멕시코 태생의 예수회파 성직자로서 공고라의 추종자였으며 다방면에 걸쳐 뛰어난 활동을 보였다. 그의 대표작이라고 할 만한 『알론소 라미레스의 불운 *Infortunios de Alonso Ramírez*』은 악자소설적인 구성과 기법에 의해 씌어진 일종의 모험서로서 마떼오 알레만 Mateo Alemán의 영향이 엿보인다. 『구스만 데 알파라체 *Guzmán de Alfarache*』의 저자인 알레만이 말년에 재산을 탕진하고 멕시코에 건너와 생을 마쳤던 것을 생각해 보면 이를 쉽사리 수긍할 수 있다. 더욱이 중남미 최초의 소설가로 공인되는 『뻬리끼요 사르니엔또 *El Periquillo Sarniento*』의 작가 페르난데스 리사르디 Fernández Lizardi 역시 멕시코 출신임을 염두에 두면 알레만의 악자소설이 끼쳤던 영향을 추론해 볼 수 있다. 시구엔사 이 공고라의 작품에 등장하는 인물 알론소 라미레스는 소설적인 영웅이며 푸에리토리코의 풍운아로서 멕시코에서부터 필리핀 제도에 이르기까지 파란만장한 모험을 펼친다. 여기에서 작가는 일인칭 시점의 서술로 뛰어난 문체를 보여주고 있다. 그는 또한 자신을 포함하여 50명의 작가들이 쓴 시를 모은 시선집 『파르테논의 승리 *Triunfo parténico*』와 함께 천문학, 철학에 관한 몇 편의 산문을 남겼다.

이 외에도 바르똘로메 아르산스 데 오르수아 Bartolomé Arzáns de Orsúa y Vela(1676~1736), 안또니오 빠스 이 살가도 Antonio Paz y Salgado(17세기 말~1757), 알론소 끼리오 데 라 반데라 Alonso Carrió de la Vandera(1715? ~1778?), 프란시스꼬 에우헤니오 데 산따 끄루스 이 에스뻬호 Francisco Eugenio de Santa Cruz y Espejo(1747~1795), 빠블로 데 올라비데 이 하우레기 Pablo de Olavide y Jáuregui(1725~1804), 세르반도 떼레사 데 미에르 Servando Teresa de Mier(1763~1827) 등이 있다.

6 식민지 시대의 극

6.1 극의 동향

6.1.1 16세기의 연극

신대륙에서 진행되었던 16세기의 연극 경향은 선교사들에 의한 극, 학교에서 진행되던 극, 끄리오요에 의한 극으로 분류하여 살펴볼 수 있다. 물론 이미 존재하고 있었던 과테말라 마야-끼체족의 음악과 무용이 곁들인 『라비날-아치 Rabinal-Achí』와 함께 스페인에서 들어온 작가나 작품들에 의한 영향을 무시할 수는 없다. 선교사들의 극은 주로 신대륙 초기에 정복자들과 함께 발을 내디뎠던 프란시스코 교단이나 도미니크 교단의 사제와 성직자들에 의해서 주도되었다. 그들의 주된 목적은 복음전도와 원주민에 대한 개종화작업이었으므로 스페인 본국에서는 이미 쇠퇴일로를 걷고 있었던 종교극을 식민지 대륙에 이식하는 데 박차를 가했다. 원주민들에게 더욱 쉽게 교리를 가르치고 극 상연의 효과를 높이기 위해 라틴어, 스페인어와 나우아뜰어, 께추아어, 과라니어 등의 원주민어와 고대극 『라비날-아치』에서와 같은 연출기법을 사용하였으며, 스페인 작가들에 의해 씌어진 희곡을 신대륙의 지역적 상황에 맞게 각색하기도 하였다. 연극의 공연은 성당은 물론 식민지를 관할하는 관청의 후원 아래 주로 성당의 안마당이나 현관 앞의 넓은 공터, 경우에 따라서는 원주민들의 부락에서 이루어졌다. 성탄절, 동방박사들을 기념하는 주현절, 예수수난일, 성인들의 탄생일 등 카톨릭의 축제일과 인디오들의 대대적인 영세식이 이루어지는 날에는 좀더 규모가 크고 세련된 연극을 상연하였다. 극의 형식은 간단한 시극이나 음악, 무용, 지옥의 불을 상징하는 장치 등의 효과를 가미한「최후의 심판 El Juicio Final」과 같은 성찬신비극이었으며 점차로 세속적인 형태의 극과 혼합되는 양상을 보이게 되었다. 어떤 의미에서 선교사들에 의한 극은 순수한 연극이라기보다는 카톨릭 교리의 전파를 위한 수단으로서, 스페인적인 것과 중남미적인 요소들이 혼합된 절충형태를 지닌다고 할 수 있다.

학교에서의 연극은 주로 예수회파에 속한 교육기관의 학생들에 의해 공연되었다. 예수회파 성직자들은 16세기 중반 이후 신대륙에 진출하였으며, 신성한 주제나 윤리적인 소재에 근거한 교훈적 색채가 강한 극을 보급하고자 하였다. 이들은 극의 사실성을 높이기 위해 진짜 해골을 등장시켜 죽은 자의 부활을 표현하려고도 했다. 그러나 라틴어에 의한 극상연과 소수 계층에 국한된 관객, 교훈적인 측면에 치우친 편협성과 지리한 인상 등으로 해서 점차 세속적인 경향의 극에 밀려나게 되었다.

끄리오요극은 스페인으로부터 유입된 작가와 작품들에서 직접적인 영향을 받았다. 16세기 전시기에 걸쳐 스페인의 전통극과 르네상스풍의 연극이 위세를 떨쳤으며 목가적인 분위기가 물씬 풍기는 후안 델 엔시나, 루까스 페르난데스의 극작품, 힐 비센떼, 또레스 나아로, 로뻬 데 루에다, 후안 데 라 꾸에바의 극이 소개되었다. 그러나 신대륙에서 출생한 끄리오요에 의한 극작품은 식민활동의 전개과정상 이 세기의 후반부에 출현하였다. 끄리오요 신분의 극작가와 신대륙에 체류하였던 스페인 출신 작가들을 함께 묶어서 살펴볼 때 극의 일반적 경향은 막간극의 개발, 아메리카에 기원을 두고 있는 단어들의 출현, 지역관습에 대한 언급, 종교적인 경향에 희극적 요소가 가미된 점을 들 수 있다. 교회나 학교에서 공연되던 종교적 색채가 짙은 극작품들은 이제 세속적인 색채와 혼합되기에 이르렀으며, 연극을 상연하는 노천극장 〈꼬랄 corral〉의 설립과 함께 그러한 경향은 가시화되었다. 꼬랄은 1597년 멕시코를 필두로 하여 다음해에는 포토시, 보고타의 산따 페, 아순시온과 같은 도시들로 확장되어 주로 해학과 풍자를 담은 유쾌한 희극을 상연하였다. 16세기 말엽에 나타난 끄리오요극은 페르난 곤살레스 데 에슬라바, 후안 뻬레스 라미레스, 끄리스또발 데 예레나 등의 작품과 작가가 불분명한 짧은 분량의 극작품 「성자들의 승리 Triunfo de los santos」, 「멕시코 뜰락스칼라의 네 왕들의 새로운 개종과 영세에 관한 대화 Coloquio de la nueva conversión y bautismo de los cuatro reyes de Tlaxcala en la Nueva España」를 통해서 살펴볼 수 있다.

후안 뻬레스 라미레스 Juan Pérez Ramírez(1545~?)는 멕시코에서 태어났으며 1574년 모야 데 꼰뜨레라스 대주교의 멕시코 도착에 대하여 「사도 베드로와 멕시코 교회의 정신적인 결혼 Desposorio espiritual entre el pastor Pedro y la Iglesia Mexicana」을 써서 공연하였다. 이 작품은 풍부한 알레고리를 사용하여 선과 악을 효과적으로 대비시켜 종교적 감성을 드높이고 있다. 끄리스또발 데 예레나(1540~1610)는 산또 도밍고 태생으로 현재 남아 있는 것은 한 편이지만 상당량의 극작품을 썼을 것으로 추측된다. 그의 작품 「예레나의 막간극 Entremés de Llerena」은 고르혼 대학생들을 배우로 출연시키는 등 학교극의 인물들과 언어를 보편적인 테마에 연결하고 있으며 상징과 풍자성이 돋보인다. 「성자들의 승리」는 5막으로 된 종교극으로서 다양한 시작법에 의해 씌어졌다. 1577년 멕시코시티의 산 뻬드로와 산 빠블로 학교에서 유물전시회를 열었을 때 공연된 이 작품은 믿음, 잔인함, 우상숭배 등의 추상명사들을 의인화시켜 알레고리한 면모를 그대로 보여주고 있다. 마지막 작품 「멕시코 뜰락스칼라의 제왕들의 새로운 개종과 영세에 관한 대화」는 앞의 것들과는 달리 역사적 사실을 바탕으로 하여 극화한 것이다.

6.1.2 17세기에서 18세기 전반기의 연극

이 시기는 바로크 시대에 해당하며 스페인에서 유입된 로뻬 데 베가, 깔데론 데 라 바르까 등 위대한 극작가들의 영향과 끄리오요 극작가들의 눈부신 활약이 이루어졌던 때였다. 이전의 선교사들에 의한 극은 성직자들에 의해 계승되어 철학적, 종교적인 심오함과 함께 극의 기교와 무대장치의 발달을 보여주었으며, 예수회파의 학생극 역시 극히 제한된 형태로 존속되고 있었다. 그러나 스페인 황금세기의 국민극을 이어받아 가장 찬란한 업적을 남긴 것은 환 루이스 데 알라르꼰으로 대표되는 세속적인 경향을 띤 작가들이었다.

이 시기의 연극 동향에서 특기할 만한 사항을 들어보면 첫째, 연극공연을 목적으로 하는 꼬랄의 설립이 중남미 전역으로 확대되어 일반민중에게 유머와 해학이 깃든 희극을 많이 보급할 수 있었다는 사실이다. 때마침 불어닥친 로뻬 데 베가의 영향은 연극의 저변확대에 크게 기여하였다. 둘째, 상류계층의 연극은 17세기 중반 이후 부왕의 궁전을 중심으로 하여 발전하였다. 이러한 궁중극은 깔데론의 유입과 함께 더욱 강화되어 화려한 무대장치, 음악과 대규모 인원이 동원되는 중후한 바로크극을 보여주었으며 주로 역사, 전설, 신화를 소재로 다루고 있다. 셋째, 사랑과 질투를 주된 내용으로 복잡한 구성을 지닌 〈망또와 검의 연극 comedias de capa y espada〉이 많은 작품에서 나타난다는 점이다. 궁중 및 귀족사회의 풍속도를 보여주는 이러한 경향은 익살꾼인 그라시오소 gra-cioso의 등장으로 인해 해학성과 풍자성이 증가되고 있다. 넷째, 18세기 초반에 음악이 가미된 경희가극 〈사르수엘라 zarzuela〉가 등장하였다는 점이다. 중남미의 사르수엘라는 깔데론의 극에 전통적인 요소들과 이탈리아 오페라의 영향이 혼합된 모습을 띠고 있으며 전설과 신화가 접목된 가운데 복잡한 구조를 가지고 있다.

6.1.3 18세기 후반기의 연극

이 시기는 식민지 대륙이 커다란 개혁과 동시에 경제적 발전을 이루던 때였다. 스페인과 식민지를 오가던 무역선단의 폐지(1748)와 자유무역규약의 체결(1778)로 인해 무역량이 급속도로 증가하였으며 광산업의 중흥과 산업기술의 배양으로 경제력이 놀랄 만큼 향상되었다. 이에 중남미 거의 전역에 걸쳐 새로운 건물들의 신축과 공공사업에 재정을 투자하게 되어 연극계에도 발전의 기틀이 마련되었다. 멕시코시티는 1753년에 새로운 전용극장 꼴리세오 Coliseo를 건축하여 1790년 다시 이를 확장시켰으며, 이러한 경향은 문화적 · 상업적으로 중요한 도시들에서 공통된 현상으로 아바나(1776), 부에노스 아이레스(1783), 까라까스(1784), 리마(1789, 옛 극장의 개축), 몬테비데오(1793), 보고타(1793), 과테말라(1794) 등지에 대규모의 근대적 설비를 갖춘 극장이 세워지게 되었다. 또한 계몽전제군주를 자처한 까를로스 Ⅲ세의 문화 예술 진흥정책과 도시의 중산계층으로 자리를 굳힌 끄리오요 엘리트들의 성장으로 인해 높은 잠재력을 지니게 되었다. 그럼에도 불구하고 이 시기의 연극은 매우 빈약한데, 그 원인으로는 교회에서 행하는 종교극과 부왕의 궁전에서 연극공연을 위해 개최하였던 모임들이 급격히 약화된 점 등을 들 수 있다.

스페인적인 전통에 바탕을 둔 민중극과 공공극만이 명맥을 유지하고 있었던 1750~1789년에는 40여 편 정도의 서사 loa와 낮은 수준의 역사극 『관대한 사랑에 굴복당한 위대한 스페인인 떼오도시오 *El gran español Teodosio rendido a amor generoso*』(1766)가 출현하였으며 그 이후에는 1편의 신고전주의 비극, 사회적 테마에 대한 서사 1편, 풍속성이 짙은 4편의 사이네떼, 판토마임과도 같은 무용극 몇 편 정도가 나왔을 따름이었다. 여기에 께추아어로 씌어진 세 편의 극작품 『오얀따이』, 『우스까빠우까르』, 『아따왈파의 비극 *Tragedia de Atahuallpa*』을 추가할 수 있는데 이것들은 스페인으로부터 독립하고자 하는 열망을 내포하고 있었다.

18세기 후반부에 산출된 극작품들에 영향을 미친 것은 두 가지 계열로 나누어 살펴볼 수 있다. 하나는 대극장에서 행해졌던 공공극으로서 깔데론과 모레또 Agustín Moreto y Cavana를 절충한 형태가 주종을 이루었다. 여기에 신고전주의의 초기 경향이 엿보이는 스페인극, 프랑스나 이탈리아 희극의 번역극과 아울러 특히 라몬 데 라 끄루스 Ramón de la Cruz의 사이네떼가 관객들의 상당한 호응을 얻었다. 다른 하나는 외국에서 유입된 극과 1737년 루산 Ignacio de Luzán 에 의해 『시학 Poética』이 출판된 이래 스페인에서 벌어진 시학논쟁을 들 수 있는데, 공공극에 비해 그 영향은 현저히 적었다고 할 수 있다.

이 시기에 활동한 극작가로는 마누엘 호세 데 라바르덴 Manuel José de Lavardén(1754~1809?), 환 바우띠스따 마시엘 Juan Bautista Maciel(?), 아구스띤 데 까스뜨로 Agustín de Castro(1730~1814), 베나벤뚜라 빠스꾸알 페레르 Buenaventura Pascual Ferrer(1772~1851) 등이 있다.

6.2 페르난 곤살레스 데 에슬라바

스페인의 안달루시아 지방에서 태어난 에슬라바 Fernán González de Eslava(1534?~1601?)는 24세가 되던 해에 멕시코로 이주하였다. 사제가 된 그는 행상인들의 매상세 부과를 비판하는 막간극을 썼다는 이유로 감옥에 갇히기도 하였다. 극작가이자 시인으로서의 면모는 그의 사후에 친구 베요 데 부스따만떼 Fernando Vello de Bustamante 신부가 발간한 작품집에 나타나 있는데 극작품으로는 1567~1600년에 씌어진 것으로 추측되는 16편의 대화극, 4편의 막간극, 8편의 서사, 2편의 비얀시꼬가 있다. 그의 작품은 신대륙에서 진행된 연극의 초기 모습을 알려주는 문학적 가치를 포함하여 역사적, 언어학적 측면에서 중요한 가치를 지닌다. 곧 등장인물들이 구사하는 언어에 드러나 있는 지방색과 나우아뜰어의 잔재, 중남미 스페인어의 변천사를 더듬어볼 수 있는 철자법 등과 함께 당시의 누에바 에스빠냐(멕시코)에 거주하고 있던 사람들의 사고방식과 생활습관을 일러준다.

에슬라바의 작품은 알레고리한 성격이 짙게 드리운 중세의 종교극과 로뻬의 초기극 형태에서 영향을 받은 것으로 추정된다. 대표적인 16편의 『대화극』은 스페인의 알레고리한 종교극을 모방한 것으로 새로운 부왕이나 주교의 도착을 축하하는 것 등 여러 상황에 신학적인 해석을 첨부한 것인데, 그 중에서도 『대화극VII』의 「요나 El Jonás」와 『대화극XVI』의 「신성한 숲 El bosque divino」이 유명하다. 해학과 풍자성은 막간극에 잘 나타나 있는데 「악당들의 막간극 Entremés de los rufianes」은 『대화극IX』의 뒷부분에, 「디에고와 떼레사의 막간극 Entremés de Diego y Teresa」는 『대화극VII』의 앞에, 「사기꾼들의 막간극 Entremés de los fulleros」은 『대화극VI』의 중간에 위치하여 당시의 풍습과 사회실상을 보여준다. 그의 극에서 살펴볼 수 있는 특징은 유연한 필치와 대화의 민첩성, 역사 · 지리 · 관습에 대한 풍부한 묘사, 등장인물들의 대중적 성격 등이다. 특히 진지하고 익살스런 어조를 교차시켜 가면서 유머와 풍자를 자아내게 하는 극기교는 상당한 수준으로 평가되고 있다. 그러나 구성의 단순함과 세련되지 못한 대사로 인해 비교적 초보적인 수준의 해학에 그치고 있어 아쉬움을 던져준다.

6.3 환 루이스 데 알라르꼰

6.3.1 생애

멕시코에서 태어난 위대한 극작가 알라르꼰 Juan Ruiz de Alarcón y Men-doza(1581?~1639)의 출생기록에 대해서는 분명하게 밝혀져 있지 않다. 그의 부친은 멕시코시티에서 가까운 곳에 위치해 있는 따스꼬 은광과 관련을 맺고 있었던 듯하며 모친 역시 스페인인이었다. 셋째아들이었던 그는 멕시코 대학에서 수학하던 중 스페인으로 건너가 1602년 살라망까 대학에서 학위를 받았으며, 법학을 공부하여 세비야에서 변호사로 개업하였다. 그 후 1608년 멕시코에 돌아와 학업을 마무리짓고 대학강단에 자리를 마련해 보고자 하였으나 결국 좌절되었으며, 법률사무에 종사하다가 1614년에 다시 마드리드로 돌아가게 되었다. 이때부터 그는 본격적인 문학활동을 벌이게 되었다. 로뻬, 공고라, 께베도 등 문학상의 적들은 불구인 그를 조롱하며 신랄하게 공격하였다. 알라르꼰은 작은 키에 곱사등, 주홍색 수염에 X자형 다리를 지닌 인물로서 당시의 냉소적인 문학 풍토와 급격한 정치적 변동이 빈번한 사회변혁기에 아주 불리한 입장에 처하지 않을 수 없었다. 또한 식민지에서 태어난 끄리오요의 신분 때문에 스페인의 수많은 사람들에게 멸시를 당해야만 하는 상황에 처하게 되었고 정신적으로도 매우 큰 상처를 받았다. 그러나 알라르꼰은 이에 개의치 않고 창작에 더욱 전념하여 우수한 작품들을 남겼으며, 경제적으로 유복한 생활을 영위하다가 서녀 도냐 앙헬라 세르반떼스에게 상당량의 재산을 물려준 뒤 마드리드에서 생애를 마쳤다. 애석한 점은 그가 1626년 세비야에 있던 척무원의 기록관으로 임명된 후 문학활동을 중지하게 되었다는 사실이다.

6.3.2 극의 성격과 작품

로뻬, 띠르소 데 몰리나, 깔데론과 함께 스페인 황금세기의 4대 극작가로 꼽히는 알라르꼰은 자신이 자라온 환경과 체험한 사회적, 문학적 분위기로 인해 독특한 경향을 보여주고 있다. 알라르꼰의 극에 나타나 있는 성격을 세 가지로 요약하여 살펴보면 다음과 같다. 첫째, 그는 강한 도덕성을 테마로 삼아 당시의 스페인 연극에서 새로운 면모를 보였다. 정신적인 정화의 차원에서 일탈된 장면들을 극을 통해 연출하고 불의와 죄악에 대하여 심한 질책을 가함으로써, 진정한 윤리와 아름다움은 육신의 쾌락이나 물질적 부가 아니라 깨끗하고 숭고한 정신 속에서 창출된다는 점을 강력하게 시사하였다. 둘째, 등장인물들에 대한 성격의 부각과 함께 고도의 심리묘사를 들 수 있다. 알라르꼰은 갖가지 성격을 지닌 인간의 유형을 관객들이 쉽게 파악할 수 있도록 단순화, 추상화 시켜서 극의 전개와 전반저인 이해에 많은 도움을 수었다. 거짓말쟁이, 무뢰한, 험담가, 익살꾼 등 성격극에 등장하는 인물들은 추상화된 형태로 인간의 전형적인 모습을 부각시키고 있다. 이러한 성향은 로뻬의 영향에 힘입은 바 크지만 일면으로는 지나치게 비현실적이고 단선적인 구도에 한정된 듯한 느낌을 주기도 한다. 알라르꼰은 여기서 한걸음 더 나아가 인간의 은밀한 감성과 복잡한 심리구조에 바탕을 둔 고도의 수법을 구사하고 있다. 대표작이라 할 수 있는 『의심스러운 진실 La verdad sospechosa』에서 잘 나타나는 이러한 고도의 심리묘사는 그의 삶에 대한 깊이 있는 통찰, 인간의 중층적인 심리에 관한 치밀한 연구에서 비롯된 것이다. 셋째, 신중하고 절제된 문체를 꼽을 수 있다. 당시의 스페인 극작가들이 수많은 작품을 양산해 낸 것에 비해 그는 20여편 정도의 과작으로 로뻬풍의 즉흥적 재치와는 달리 정선된 어구의 사용과 완벽한 구성을 추구하고자 하였다.

알라르꼰이 쓴 극작품의 대다수는 그의 생전에 2부로 나누어 발간되었다. 1부는 1628년 마드리드에서 출판되었으며 8편의 작품이 실려 있었다. 2부는 1634년 바르셀로나에서 12편의 작품을 실어 출판되었다. 주요 작품으로는 사랑에 대한 책략극으로서 도덕적인 내용을 다루고 있는 「벽에도 귀가 있다 Las paredes oyen」, 「모두가 행운 Todo es ventura」, 「남편 고르는 시험 Examen de maridos」을 비롯하여 역사적 사실과 전설에 바탕을 둔 극작품들인 「친구를 얻는 법 Ganar amigos」, 「세고비아의 직물공 El tejedor de Segovia」, 「별들의 주인 El dueño de las estrellas」, 「처벌받은 우정 La amistad castigada」, 「특권을 부여받은 가슴들 Los pechos privilegiados」, 「명예를 추구하는 잔혹성 La crueldad por el honor」, 14세기 돈 환 마누엘의 「루까노르 백작 El conde Lucanor」에서 영감을 얻은 것으로 마술의 세계가 혼합되어 있는 「약속의 증거 La prueba de las promesas」, 권선징

악이 돋보이는 윤리적인 내용의 「선에 의해 징벌당하지 않는 악은 없다 No hay mal que por bien no venga」 등이 있다. 특히 「벽에도 귀가 있다」는 일종의 성격극으로서 한 숙녀가 외모는 멋있지만 타인을 험담하는 못된 버릇을 가진 미남자 대신 외모는 추하나 높은 인격과 고상한 정신을 지닌 다른 남자에게 사랑을 느끼게 된다는 내용을 그리고 있으며, 「명예를 추구하는 잔혹성」은 〈망또와 검의 연극류〉에 속하는 것으로서 역사적 사건을 토대로 하여 상류계층의 풍속을 치밀하게 보여주고 있다. 그러나 알라르꼰의 가장 유명한 작품은 앞에서 밝혔듯이 1630년에 씌어진 「의심스러운 진실」이다. 남녀간의 사랑을 둘러싸고 벌어지는 도덕적인 내용을 당시의 시대상황과 궁정문화에 비추어 세련된 필치로 풍자해 놓은 이 작품은 거짓말을 잘하는 돈 가르시아가 도덕성의 결여와 부친에 대한 불효, 자신이 만들어내는 오해와 착각으로 말미암아 스스로 불행을 자초하게 되며 결국 사랑하는 여인을 잃고 마음에도 없는 결혼을 하게 된다는 줄거리를 지니고 있다. 여기에서 작가는 주인공의 빈번한 거짓말과 함께 허영심, 자만심을 부각시켜 당시의 스페인 궁정을 위시한 상류 귀족계층의 타락한 도덕적·윤리적 모습과 몰락해 버린 시대상황을 예리하게 파헤치고 있다.

「의심스러운 진실」은 시극의 형태를 취하고 있으며 레돈디야 redon-dilla, 낀띠야 quintilla, 로만세 romance, 실바 silva 형식이 나타난다. 8음절 시행이 대종을 이루는 이 작품의 플롯은 대립과 갈등구조에 의해 치밀하게 설정되어 있으며 주인공의 거짓말과 착각은 고도의 심리적 측면을 부각시키고 위기감에 대한 상승작용을 가속화한다. 바로크 문학의 전형적인 모습을 띠고 있는 문체는 신화에 대한 언급이나 고전적이고 역사적인 인물들에 관한 기술에서 나타나는 교양어의 구사를 비롯하여 논리에 맞지 않는 단어들을 결합하여 강한 예시와 함께 상징성을 보여주는 옥시모론 oximorón, 극적 아이러니를 산출하게 되는 치아스무스 chiasmus, 대립하는 요소들을 등장시키는 반명제, 역설, 도치, 대조, 화려한 수식어, 과감한 은유의 사용 등이 나타나 있다. 이 작품은 그의 명성을 높여줌과 아울러 커다란 영향을 끼쳐 코르네유는 1643년에 개작한 작품 「거짓말쟁이 Menteur」를 쓰기도 하였다.

6.3.3 평가

스페인에서 극작활동을 벌였던 알라르꼰에 대한 평가는 당시의 다른 작가들과 구별되는 극경향과, 멕시코에서 태어난 끄리오요의 신분으로서 그의 작품이 지니고 있던 경향을 중심으로 전개되어 왔다. 알라르꼰의 극은 로뻬의 국민극과는 성격과 취향면에서 상당한 거리를 보이고 있으며 윤리적, 정신적인 측면에 치우쳐 있다. 그러나 그는 정치적인 소재나 당시에 유행하던 성찬신비극을 쓰지 않았던 것으로 알려져 있어 신학자 띠르소 데 몰리나나 강인한 스콜라 철학자의 인상을 풍기는 깔데론과 동일한 공감대를 형성할 수는 없었다. 이러한 의미에서 알라르꼰의 도덕적 주제를 담고 있는 도회지풍의 세련된 극은 고도로 정련된 심리묘사와 함께 독특한 면모를 보여줄 수 있었던 것이다. 그의 작품은 스페인과 중남미는 물론 유럽 전역에 걸쳐 대단한 반향을 불러일으켰다. 코르네이유에게 직접적인 영향을 주었으며 몰리에르, 이탈리아 극작가 골도니에게 간접적으로 영향을 끼쳤다. 또한 모라띤을 비롯하여 이후의 풍속극, 심리극에 선구자적인 역할을 담당하였다.

한편 그의 작품에 관련된 멕시코적 경향에 대하여 메넨데스 뻴라요는 중남미적인 색채를 전혀 감지할 수 없다고 평하였다. 그러나 엔리께스 우레냐Pedro Henríquez Ureña는 몇몇 어휘의 지역적 특성, 역사적 사실을 소재로 한 극작품에서 드러나는 영웅들에 관한 기술 등에서 멕시코적 경향을 찾고 있으며 알폰소 레예스Alfonso Reyes는 멕시코 정신이라 부를 수 있는 최초의 국제적인 작품으로 파악하였다. 곧 중남미 문학이 스페인의 문학과 대등한 위치에 올라설 수 있는 가능성을 처음으로 보여주었던 극작가로서, 알라르꼰에 의해서 중남미극은 비약적인 발전의 기틀을 마련하였으며 끄리오요를 주축으로 하는 새로운 문학풍토가 구축될 수 있었던 것이다.

6.4 소르 화나 이네스 델 라 끄루스

17세기 후반의 바로크시인이자 산문작가였던 소르 화나 Sor Juana Inés de la Cruz(1651~1695)는 극작에도 열성을 보여 2편의 희극, 2편의 사이네떼, 3편의 성찬신비극과 18편의 서사를 남겼다. 「집보증 Los empeños de una casa」은 운문으로 쓴 3막의 희극으로서 1683년 부왕의 궁전에서 공연되었다. 이 극은 깔데론풍의 〈망또와 검의 연극〉에 속하며 여주인공 레오노르를 통하여 작가의 자전적인 면모를 엿볼 수 있다. 1689년에 공연된 「사랑은 차라리 미로 Amor es más laberinto」 역시 신화를 소재로 한 3막극인데, 2막은 그녀의 사촌 후안 데 게바라 Juan de Guevara에 의해 씌어졌다. 이 작품은 고전극의 규범을 따르고 있어 르네상스와 바로크 성향이 동시에 나타난다. 2편의 사이네떼 중 하나는 사랑, 존경, 희망, 환대, 선물 등 등장인물들간의 경연에 대한 「궁전의 사이네떼 Sainete de Palacio」이고, 다른 하나는 풍자성을 짙게 한 소극(笑劇)이다. 「성스러운 나르시소스 El divino Narciso」는 알레고리가 풍부한 성찬신비극으로서 그리스도가 인류에게 느끼는 사랑을 나르시소스 신화와 접목시키고 있다. 이 작품은 스페인어로 씌어진 가장 훌륭한 성찬신비극들 중의 하나로 평가된다. 「사끄라멘토의 순교자, 성자 에르메네힐도 El mártir del Sacramento, San Hermenegildo」도 성서에서 소재를 취한 성찬신비극이다.

소르 화나 이네스 데 라 끄루스는 뛰어난 서정시인이자 극작가로서 그녀의 명성은 생전은 물론 사후에도 멕시코, 스페인과 함께 중남미 전역에 널리 알려졌다. 특히 종교적인 경향이 짙은 성찬신비극 「성스러운 나르시소스」는 1689년경 마드리드에서 공연되어 호평을 받았으며 스페인어권 전지역에서 커다란 감동을 자아내었다. 그녀의 극에서는 성직자로서의 신앙적인 측면, 성서에 대한 깊이 있는 고찰과 함께 익살과 해학을 띤 세속적인 면모를 동시에 살펴볼 수 있어 아주 흥미롭다. 이러한 면모는 유무으로 씌어진 극작품에 그대로 반영되어 있어 바로크 문체에 의한 심리적 갈등, 아이러니한 상황, 반어적 표현이 종종 나타나고 있다.

제3장
독립기 문학 : 신고전주의

1 시대 개관

1.1 새로운 역사적 상황의 도래

중남미에서 독립기 문학의 시기는 대략 1800~1830년에 해당된다. 이 시기에 스페인에 의해 구축되었던 식민지체계는 붕괴되었으며 중남미의 각 지역은 독립을 이룩하고 점차 독자적인 정치체제를 갖추게 된다. 스페인에 대한 항거와 독립의 기운은 이미 이전 시대부터 있어 왔다. 1725년에 호세 데 안떼께라 José de Antequera가 주도한 투쟁이 파라과이에서 일어났으며, 1740년에는 잉까 펠리뻬 델 뻬루 Inca Felipe del Perú에 의해 스페인 왕의 권력을 대체하려는 해방운동이 남미로 파급되었다. 1765년 에콰도르에서는 관세의 과다징수에서 비롯된 민중들의 소요가 산따 끄루스 이 에스뻬호 Francisco Eugenio Santa Cruz y Espejo의 주도하에 식민지 해방운동으로 전화되었고, 1780년에 들어와서는 각 지역에서 정치적 색채가 짙은 혁명운동이 일어났다. 그 중에서도 가브리엘 꼰도르깐끼 José Gabriel Condorcanqui의 항거와 페루의 황제임을 선포하였던 뚜빡 아마루

115

Túpac Amaru의 반란은 대단한 혼란을 야기시켰다. 또한 카라카스에서는 미란다 Francisco de Miranda가 이끄는 독립운동이 파급되어 미국식의 공화제를 주장하기도 했다.

한편 18세기 말의 인종분포를 살펴볼 때 인디오 46%, 백인 20%, 메스티조 26%, 흑인 8% 정도의 비율을 보이고 있어서 흑인들의 노예제와, 인디오·메스티조들의 조세에 대한 불만이 팽배해 있었다. 이러한 원주민들의 소요사태와 미국의 독립에 자극을 받은 해방운동의 와중에서 아란다 백작은 1783년, 까를로스Ⅲ세에게 왕자들을 식민지 대륙의 왕으로 봉하도록 하여 세 개의 왕국으로 통치할 것을 건의하기도 하였으나 받아들여지지 않았다. 그 후 식민지의 독립운동에 결정적인 영향을 끼치게 되는 세 가지 역사적 사건이 발생하였는데 프랑스 혁명(1789), 아이티의 독립(1803), 나폴레옹의 스페인과 포르투갈 침공(1807)이 그것들이다. 나폴레옹의 침입 이후 포르투갈 왕 후안세는 브라질로 궁정을 옮기고 영국군대의 조언 아래 저항운동을 전개하였다. 리오 데 자네이로에 망명정부를 둔 포르투갈의 정치, 사회, 문화 조직은 자연스럽게 영국의 입헌군주제를 모델로 하여 새로이 정비되었다. 1821년, 13간에 걸친 망명생활을 청산하고 리스본으로 돌아가게 된 후안세는 장자 뻬드로를 식민지의 통치자로 남겨 두었다. 그 후 뻬드로 왕자는 1822년 9월 7일 브라질제국의 독립을 선언하였다.

18세기 후반기에서 19세기 초엽에 이르는 유럽의 정치, 경제, 사상적인 변혁 역시 중남미의 독립운동에 지대한 영향을 주었다. 유럽에서 진행되고 있던 학문과 기술의 커다란 진보는 식민지의 법률체계, 문화, 사상에 파급되었다. 학문연구의 새로운 기준으로 자리잡은 이성주의, 인식의 토대로서 구축된 경험주의, 진리의 효용론에 입각한 실용주의가 절대적인 권위를 무너뜨리기 위해 사용되었으며 개인의 자유, 천부인권론, 다수의 의지에 바탕을 둔 정부형태가 새로이 주창되었다. 영국에서 시작되었던 산업혁명 역시 부르주아 사회의 확립과 시민혁명의 분위기를 북돋아주었다. 이제 봉건군주제와 나폴레옹식의 제국주의는 민주주의를 열망하는 각국의 시민계층에 의해 배척당하게 되었다. 미국의 독립선언과 뒤이은 독립쟁취는 중남미에 자유주의사상을 이식시키는 강력한 힘으로 작용하여 앞서 언급한 대로 베네수엘라 지역에서 미란다가 조지 워싱턴과 라파이예트를 본받아 식민지 저항운동을 전개하였고, 그 후 결실을 맺어 1819년 해방자 시몬 볼리바르가 공화국의 첫 대통령으로 선출될 수 있었던 것이다.

식민체제의 커다란 위기는 1808년 바요나 의회에서 본격적인 움직임과 맞부딪치게 되었다. 이 의회에서 중남미 대표들은 중남미인과 스페인의 평등, 농업·산업·상업의 완전한 자유보장, 독점과 특권의 금지, 노예매매와 인디오·메스티조에 대한 조세의 폐지를 요구하는 청원서를 작성하였다. 1810년을 전후하여 독립사상은 멕시코를 비롯하여 아르헨티나, 칠레, 누에바 그라나다, 베네수엘라 등 중남미 전역에 급속도로 파급되었다. 멕시코에서는 〈고통의 외침 Grito de Dolores〉을 주창한 이달고 Miguel Hidalgo 사제에 의해 해방운동이 시작되어 모렐로스 Morelos 신부로 이어졌으며 결국 1811년 미초꼰에서 아메리카 국가최고회의가 창설되었다. 콜롬비아 각 지역에서는 미란다의 저항운동을 이어받아 독립운동이 무르익었으며 신그라나다 왕국 최고회의가 결성되었다. 이어서 1819년 볼리바르는 누에바 그라나다, 베네수엘라, 끼또를 포함하는 콜롬비아 공화국의 대통령이 되었다.

아르헨티나 역시 1810년 제헌회의 Primera Junta를 결성하여 1816년 7월 9일 뚜꾸만 의회는 독립을 공표하기에 이르렀다. 1811년 파라과이 혁명회의는 스페인에서 파견된 집정관을 해임하고 독립의 채비를 서둘렀다. 1817년에 산 마르띤은 안데스 산맥을 넘어 차까부꼬와 마이뿌에 있던 잔류병력을 격파한 후 칠레의 독립을 선언하였다. 1821년 이뚜르비데 대령은 멕시코의 독립을 내외에 선포하였으며, 2년 후 중앙아메리카에서도 이에 편승하여 중미연합지역으로 독립을 선언하였는데 특히 연합군의 총사령관이었던 모라산 José Francisco Morazán의 활약이 두드러졌다. 마침내 1824년 호세 데 수끄레 Antonio José de Sucre가 아야꾸초 전투에서 라 세르나 부왕이 이끄는 스페인 군대를 격파함으로써 중남미의 독립이 완결되었다.

그러나 스페인에 대항하여 싸운 독립전쟁 중에 벌어진 분열상은 독립을 성취한 후에도 계속되었다. 지도자들을 위시하여 당시의 독립투쟁에 관심과 열성을 보였던 모든 사람들에게 있어서 정치적 쟁점은 항상 존재하고 있었다. 가장 첨예하게 대립을 보였던 문제는 국민주권과 정부형태에 관한 것이었다. 볼리바르는 프랑스나 미국을 모델로 하는 공화정을 주장하였고, 산 마르띤과 같은 지도자들은 입헌군주제를 지지하였으며, 마누엘 벨그라노 Manuel Belgrano는 잉카의 후손에 의해 통치되는 아메리카식의 왕정을 제안하였다. 여기에 군사력을 보유한 각 파벌들 간에 치열한 갈등과 암투가 벌어져서 점차로 분리되는 양상을 띠게 되었다. 1826년에 파나마에서 결성된 아메리카 국가간 의회 이래 볼리바르가 꿈꾸어오던 원대한 포부였던 중남미 국가연합을 통한 중남미의 통일이념은 좌절되었으며, 결국 1839년 경 중미연합지역은 각각 베네수엘라, 콜롬비아, 에콰도르, 과테말라, 엘살바도르, 온두라스, 니까라구아, 코스타리카로 분리되었다. 그리하여 중남미 각 지역은 독립된 정치체제를 지닌 국가들로 새로운 출발을 하게 되었다.

1.2 계몽주의 사상의 정립

이 시기의 중남미 문학은 신고전주의 경향에 속하며, 국민들에게 자유주의이념을 심어주는 것을 그 신조로 삼았다. 이성과 균형을 중요한 요소로 삼는 이러한 경향은 식민지 시대의 왜곡된 상황에 강력하게 반발하면서 독립운동을 주도하였다. 당시 중남미의 작가, 정치가를 비롯한 모든 지식층에게 절대적인 영향을 미쳤던 사상은 계몽주의였다. 이미 18

세기에 들어서자마자 유럽에서는 부르주아계층에 의한 본격적인 투쟁이 시작되었고, 인간 이성에 대한 자각과 함께 계몽주의가 도래하였다. 또한 지난 시대의 이념, 예술, 문화를 논의하는 서적, 신문, 잡지 들이 출판되기 시작하였다. 프랑스혁명에 사상적인 토대를 제공하였던 디드로, 달랑베르 등 백과사전파는 합리주의 원리에 바탕을 두고 인간의 모든 지식을 편집하고자 하였다. 국가와 교회의 분리가 요구되고 종교적 회의주의와 함께 이성을 믿는 이신론이 대두하였다. 계몽주의에 반대하였던 예수회 성직자들은 프랑스, 스페인은 물론 중남미대륙에서 추방당하게 되었다. 계몽전제군주들에 의해 교육, 문화, 예술이 진흥되고 한림원, 도서관, 박물관 들의 건축과 함께 공공산업이 육성되었다. 스페인 역시 부르봉 왕조의 도래와 함께 불리한 여건 속에서도 프랑스어 서적의 번역, 페이호의 활약, 합리주의 철학과 이신론의 유입 등으로 인해 서서히 계몽주의 문화가 보급되었으며 특히 까를로스Ⅲ세의 치세 때(1759~1788)는 매우 중요한 개혁이 이루어졌다.

중남미에 유입된 유럽의 신사상은 주로 지식층의 구미여행을 통한 경험의 축적이나 외국서적들의 도입과 번역에 의해서 전파되었다. 스페인에 대한 항거와 함께 이미 18세기 말엽, 실리주의와 이신론, 무신론, 기술의 진보에 대한 믿음을 기본이념으로 삶은 백과사전파에 심취한 중남미의 계몽주의자들, 예를 들면 미란다Francisco de Miranda, 깔다스 Francisco José de Caldas, 에스뻬호 Francisco Eugenio Espejo, 나리뇨 Don Antonio Nariño 등은 끄리오요의 정치적·경제적 자유와 자신의 땅을 빼앗긴 인디오들의 권리회복, 국민주권, 식민지 각 지역의 독립을 예고하였다. 독일의 저명한 학자 훔볼트Humboldt의 사상 역시 앙드레스 베요는 물론 볼리바르에게 간접적인 영향을 주었다. 또한 18세기의 발전과 아울러 경제적인 부를 확보하게 된 끄리오요와 메스티조 계층을 중심으로 구미선진국의 대학에서 공부하거나 여러 사상가와 정치가들을 접하고 그들의 서적을 읽을 수 있는 기회가 늘어남에 따라서 유럽의 사조인 계몽주의문화가 직접 도입되었으며, 스페인과 식민지 간에 체결된 자유무역규약에 의한 무역량과 경제적인 수입의 증가로 그러한 추세는 더욱 가속화된다. 여기에 더하여 까를로스 Ⅲ세가 빈번히 일어나는 저항운동을 무마하기 위하여 취한 정책은 시기적으로도 늦고 중남미인들의 정서에 도무지 맞지 않는 것이어서 오히려 반감을 자아내었다. 스페인에서 계몽군주를 자처하였던 까를로스 Ⅲ세는 원주민들의 반란이 잦아지자 잉카 가르실라소의 『사실의 기록』을 읽지 못하게 하고, 원주민어에 의한 연극의 공연을 폐지시켰다. 억압정책은 더욱 심해져 반란자의 가족이나 친구, 친척들을 같이 처벌하고 리마 대학을 비롯한 몇몇 대학들에서는 원주민 학생의 입학이 금지되었다. 그러나 잉카 가르실라소의 작품은 세르반도 떼레사 데 미에르나 빠울라 까스따녜다와 같은 사제들, 까스떼이와 마리아노 모레노와 같은 정치가들, 산 마르띤과 같은 군인들에게 널리 읽혀져 지대한 영향을 주었으며 원주민의 문화와 유산에 대한 관심이 재창출되 있다.

한편 이 시기에 빠른 속도로 진행된 교육, 문화사업 역시 계몽주의의 보급에 커다란 기여를 하였다. 엔리께스 우레냐가 말했듯이 이 짧은 시기에 식민기의 나머지 전시기보다 훨씬 더 많은 신문이 창간되었으며 새로운 대학, 아카데미, 기술학교, 공공도서관 들이 세워졌다. 독립운동을 이끄는 사람들은 거의 모두 신문에 관여하고 있었다. 까밀로 엔리께스 수사는, 《칠레의 여명 La Aurora de Chile》 신문, 모레노는 《부에노스 아이레스》 신문, 멕시코인 미겔 이달고와 세베로 말도나도는 《아메리까를 깨우는 자》 신문을 주도 내지는 그곳에 투고함으로써 참여하였다. 영국의 런던을 중심으로 하여 외국도시들에서도 신문과 잡지를 발행하였는데 미란다의 《콜롬비아인》, 이리사리에 의한 《과테말라인》 신문과 앙드레스 베요의 《아메리카 도서관》, 콜롬비아 출신 가르시아 델 리오의 《아메리카 목록》 잡지가 곧 그것들이다. 또한 중남미 전역에 걸쳐 일어났던 지식인들의 활발한 이동은 사상 및 교육의 보급과 시행에 상당한 도움이 되었다. 칠레의 초대 대통령이 된 마누엘 블랑꼬 엔 깔라다는 라플라타 지방 출신이었고, 앙드레스 베요는 베네수엘라인으로서 칠레 민법의 주요 기초자였으며, 온두라스 출신 세실리오 델 바예는 멕시코의 외무장관으로 활동하였다. 한편 라플라타강 지역에서는 계몽정신을 발전시키고 자유의 엄숙한 터전을 구축하기 위하여 1812년 애국사회단이 발족되어 새로운 사상의 보급과 애국심의 고취에 힘썼다.

계몽주의 사상의 정립과 중남미 신대륙의 독립운동에 절대적인 영향을 끼친 인물은 베네수엘라에서 태어난 미란다(1750~1816), 볼리바르(1771~1854)를 들 수 있다. 전자는 선구자라고 불리우며 낭만적 성향을 지니고 있었다. 그는 미국의 독립을 위해 투쟁하였으며, 프랑스혁명시에는 장군의 직위를 갖고 참여하여 뛰어난 전공을 세웠다. 터키, 러시아, 스웨덴 등 유럽 전역을 편력하다가 두 번에 걸쳐 베네수엘라에 군사원정을 감행하였으나 실패하고 결국 그는 스페인 까디스항의 한 요새에서 투옥 중 사망한다. 볼리바르, 오이긴스 O'Higgins, 산 마르띤 등에게 영향을 주었던 그의 문학적 성과는 상당량에 달하는 서간문을 통해 알 수 있다. 후자인 볼리바르는 해방자의 스승이라는 칭호를 가졌던 인물로 샤토브리앙의 소설 『아딸라 Atala』를 스페인어로 번역하였다. 그는 룻소의 교육 사상에 동화되어 그것을 새로운 남미대륙에 적용하고자 하였다. 철저한 공화주의자로서 미국과 유럽에서 20년 이상의 외국생활을 한 후에 1823년 아메리카에 온 그는 독창적인 교육 방식, 곧 유럽을 모방하지 않고 신생독립국으로 탄생한 중남미에서 경제혁명을 통해 독립완수가 이루어지도록 하는 실용주의 이념과 실천방안을 제시하였다. 그의 사상은 1828년 추끼사까에서 쓴 『남아메리카의 해방자와 사회운동을 하는 친구에 의해 보호받는 전쟁동료들 El Libertador del Mediodía de América y sus compañeros de armas, defendidos por un amigo de la causa social』에 잘 나타나 있다.

이와 같이 계몽주의는 시대의 흐름에 맞추어 스페인 왕정을 타도하고 독립을 쟁취하기 위한 정치적·사상적 밑거름으로 작용하였으며 이 시기의 문학은 애국적인 찬가, 수필, 연극, 저널리즘 등 전분야를 통하여 중남미 민중들을 계도하고 혁명을 주진하는 매개체 역할을 담당하였다.

2 중남미 신고전주의의 특징

2.1 일반적 성격

정치, 사상적인 측면에서의 계몽주의와 함께 문학, 예술 분야에서는 신고전주의가 이 시기를 장식하였다. 사조의 유입은 주로 스페인과 프랑스를 통해서 이루어졌으며 고전에 대한 관심이 다시금 팽배하였다. 바로크적인 시각에서 탈피하여 이성과 명백한 분석을 통한 조화와 균형을 주장하게 되었고, 예술의 법칙과 규범들이 존중되었다. 과거에 축적된 산물에서 영원한 보편성을 추출하여 엄밀한 관찰에 의한 하나의 정전을 만들어내고자 하였으므로 자연히 교훈적이며 윤리적인 경향을 보이게 되었다. 문학작품은 이제 고전과 규범에 바탕을 두고서 도덕과 윤리, 교양인의 올바른 자세를 역설하기에 이르렀다. 18세기 중반 이후 급격하게 쇠퇴하기 시작한 스페인의 중남미 대륙에 대한 정치·경제·문화적인 영향력과 함께 급속도로 유입된 유럽의 계몽주의 사상과 신고전주의 경향은 중남미 사회의 곳곳에 파고 들어 독립투쟁의 밑거름이 되었다.

유럽과는 상이한 중남미 문학에 나타난 신고전주의의 일반적인 성격을 살펴보면 다음과 같다.

첫째는 작품에 드러난 정치적인 의도가 유난히 강렬하다는 점이다. 1814년 로드리게스 Cayetano Rodríguez 사제가 독립투쟁을 고무하는 애국적 성향의 시작품에 대해 정의하면서 〈국가는 성스럽게 영감을 주는 새로운 뮤즈신〉이라고 소리 높여 역설하였듯이 중남미의 신고전주의 문학은 독립쟁취라는 사명감 아래 강렬한 색채와 의지를 보였던 것이다.

둘째는 끄리오요 작가들에 의해 유럽과는 다른 사회적 측면을 드러냈다는 사실이다. 식민체제 하의 더딘 사회발전으로 인해 도덕률과, 윤리법칙에 바탕을 둔 작품들의 이면에는 식민봉건제로부터 근대에로 옮아가는 시대정신이 표출되어 있다. 독특한 면모를 보여주는 이러한 예로서 바르똘로메 이달고의 향토색 짙은 가우초 시, 멕시코 작가 페르난데스 데 리사르디의 소설, 에콰도르의 가르시아 고예나의 우화시, 귀화한 페루인 에스떼반 데 떼라야 이 란다의 풍자시를 들 수 있다.

셋째는 중남미인으로서의 민족성에 대한 재평가를 들 수 있다. 이것은 유럽의 경향과는 완전히 동떨어진 모습으로서 영웅시나 장엄한 무대장치를 곁들인 연극을 통하여 그리스·라틴의 옛 시대배경은 원주민의 찬란한 과거 역사로 전환되어, 중남미의 본질과 정체성에 관한 심도있는 분석을 추구하고자 하였다.

넷째는 중남미의 자연에 대해서 깊은 관심과 애정을 보이고 있다는 사실이다. 문학의 실용적인 측면에서, 중남미 경제발전의 토대와 사회적 삶의 터전인 광대한 자연에 대한 예찬과 아울러 그 속에서 꿋꿋이 생활해 나가는 전형적인 인간의 모습은 많은 작가들에게 매력적인 소재였던 것이다. 앙드레스 베요나 마누엘 호세 데 라바르덴 Manuel José de Lavardén의 경우에서 이러한 예를 여실히 살펴볼 수 있다.

2.2 주요 테마

이 시기에는 간단한 경구로부터 신랄한 풍자에 이르기까지 사회현상과 관련된 해학적인 테마가 많이 등장하였다. 곧 열악한 사회현실과 관료들을 비판하려는 시도가 여러 형태로 모색되었다. 정치적·사회적인 의도를 물씬 풍기고 있는 이들의 대부분은 익명에 의해 소책자, 선전물로 꾸며졌는데 일반민중들의 경우에서는 권력층과 관료계급에 대한 조롱과 풍자가, 식자층의 경우에 있어서는 독립을 위한 혁명정신의 고양이 두드러졌다. 그리하여 당시의 멕시코, 페루, 라플라타강 유역을 비롯하여 중남미 각 지역의 신문과 잡지들에는 익명의 제보자에 의한 기사들이 활발하게 게재되었다. 또한 중남미의 진보와 문화, 박애사상에 바탕을 둔 인류애 사상과 함께 개인, 사회, 자연법사상에 기초한 도덕윤리개념들이 많은 부문에 걸쳐 강조되었다. 이에 더하여 신고전주의의 기본적인 테마들인 전원 풍경, 아나크레온풍의 사랑 이야기, 라 퐁텐의 우화, 이리아르떼나 사마니에고류의 풍자 등이 독립기 시대를 풍미하였다.

애국적인 테마와 중남미 고유의 광대하고 아름다운 자연경관에 대한 테마는 초기에 미미한 경향을 보이다가 독립을 전후하여 가장 중요한 것 중의 하나로 부각되었다. 특히 각 지역의 신생공화국 국가(國歌)에 나타나는 유형은 아주 전형적인 모습으로 파악할 수 있다. 원주민과 그들의 찬연하였던 옛 문화 역시 많은 작가들의 관심을 끌어들인 테마였으며, 인디오에 대한 관심과 열정은 그후 낭만주의자들에 의해 인디오주의 Indionismo로 결실을 맺게 되기도 한다. 신고전주의 시기를 통하여 쿠바에서는 에레디아가 『아나왁의 주민들에게 A los habitantes de Anáhuac』를 썼으며, 콜롬비아에서는 페르난데스 마드리드에 의해 비극적인 『과띠목 Guatimoc』과 바르가스 떼하다의 『수가무히 Sugamuxi』가 씌어졌고, 칠레에서는 까밀로 엔리께스의 희곡 『라우따로 Lautaro』, 멕시코에서는 모레노 José María Moreno에 의해서 『히꼬뗀까뜰 Xicotencatl』과 『믹스꼬악 Mixcoac』이 산출되었다. 또한 아르헨티나에서는 라바르덴의 비극 『시리뽀 Siripo』가 커다란 반향을 불러 일으켰으며, 칠레의 호세 마누엘 산체스 José Manuel Sánchez는 『새로운 까우폴리깐 El nuevo Caupolicán』을 썼다. 결국 이 시기의 문학작품에 나타난 주요 테마는 당시의 정치적, 사회적 측면을 반영하고 있는 가운데 중남미 고유의 목소리에 귀기울이는 독창적인 면모와 신고전주의 문학의 보편적 경향을 같이 지니고 있다고 말할 수 있다.

2.3 문체적 특성

문학작품들의 문체적 성격을 살펴볼 때 이 시기는 유럽이나 스페인보다 반세기 가량 늦은 신고전주의의 모습을 띠고 있다 할 수 있다. 특히 바로크 문체의 잔재가 극히 미미한 형태로 남아 있던 산문에 비해 시분야에서는 더욱 뚜렷한 모습으로 나타나게 되었다. 시인들은 낀따나 Quintana, 가예고스 Juan Nicasio Gallegos, 호베야노스 Jovellanos 등 스페인 작가들에게서 받은 영향을 통해 신고전주의 규범과 법칙들을 이용하기 시작하였는데 여기에는 프랑스 비올로 Bioleau의 『시학 L'art poétique』를 소개한 이그나시오 루산 Ignacio de Luzán의 업적이 매우 크다. 이제 중남미 시인들은 균형과 조화, 사회의 질서와 규율을 강조하기에 이르렀으며 간결하고 명료한 필치와 논리적인 틀에 적합한 형태를 선호하게 되었다.

한편 신고전주의 시기에 선호되었던 시형태들 중의 하나인 실바 silva는 7음절, 11음절 시행이 서로 혼합되어 있는 형태로서 고전보다는 스페인 르네상스의 시에서 그 모델을 취한 것이었다. 라틴어 사용과 함께 수사적인 면모가 돋보이는 형용사의 구사, 고전작품에서 흔히 등장하였던 신화적 소재들에서 따온 은유의 풍부함 등은 중남미의 찬란한 옛 문화와 유구한 역사를 재편하기 위해 다시금 모습을 드러내었다. 산문에서는 사회풍자적인 요소가 많았던 만큼 초기에는 기지주의의 면모가 다분히 드러나기도 했지만, 새로운 국가의 건설과 올바른 교양인의 창출을 위한 교훈적, 윤리적인 측면이 두드러지면서 바로크 경향은 점차 수그러들고 이성과 규칙에 바탕을 둔 신고전주의 경향이 자리를 굳히게 되었다. 극분야에서는 스페인 황금세기의 전통을 이어받은 민중극과 사이네떼에 이어 스페인과 프랑스의 신고전주의극이 유입되면서 연극에서의 시간, 장소, 행동의 삼위일체가 엄격하게 지켜지고 문체 또한 그러한 경향으로 나아가게 되었다.

2.4 주요 문학장르

중남미의 신고전주의 문학기에 해당되는 이 시기는 시 장르가 우세한 가운데 산문과 희곡이 전개되는 양상을 보였는데 각각의 면모를 살펴보면 다음과 같다. 신고전주의 시는 바로크 경향에 대한 반동과 함께 새로운 규범에 적응하는 윤리적, 교훈적인 측면이 엿보인다. 수사법적인 기교는 특히 독립쟁취를 위한 투쟁을 노래하는 애국적이며 묘사적인 작품들에서 두드러지며, 단순한 개인감정을 노래한 서정시보다는 정치적·문화적 색채가 완연히 드러나 있는 시들이 우세한 경향을 보였다.

첫째, 아르카디아풍 또는 목가적인 색채의 시는 18세기 말엽부터 19세기 초반에 걸쳐 나타났다. 에콰도르 태생 마르띠네스 데 나바레떼 (1768~1809) 수사의 『시의 유희 *Entretenimientos poéticos*』는 내면적인 감성이 두드러지며 아기레 Juan Bautista Aguirre(1725~1786)는 르네상스와 바로크 경향이 함께 어우러져 있는 에로틱한 서정시를 즐겨 썼다. 예수회 신부이며 『성자 익나시오의 역동적인 생애에 대한 영웅시 *Poema heroico sobre las acciones y vida de San Ignacio*』의 저자인 아기레의 서정시는 1937년 『초기작품집 *Versos castellanos, obras juveniles, misceláneas*』이라는 이름으로 발굴되었다. 그의 시에서는 바로크의 과다한 수식어구가 프랑스의 영향 아래 완화된 듯한 과식주의 경향이 보이며, 『과야낄과 끼토의 도시들에 대한 간단한 소묘 *Breve diseño de las ciudades de Guayaquil y Quito*』라는 운문형식으로 씌어진 서간문에는 지역적인 주제들에 대한 깊은 관심과 애착이 잘 나타나 있다.

둘째, 영웅적이거나 애국적인 시에서는 낀따나, 가예고스, 시엔푸에고스, 에레라 등 스페인 시인들의 영향이 드러나며 독립투쟁에서 벌이는 불굴의 투지와 함께 찬란한 업적을 기리고 있다. 또한 국가(國歌)들

126

에서는 서사적인 면모가 현저하게 나타나기도 한다.

셋째, 아메리카의 자연에 관한 서술시에서는 지역적인 주제를 뛰어넘어 대륙 전체에 대해 기술하고 있으며 교훈적인 측면이 두드러진다. 『아메리카 시가집 *Silvas americanas*』의 저자 앙드레스 베요로 대표되는 이러한 경향의 시는 라바르덴(아르헨티나, 1754~1809), 마누엘 데 세게이라 이 아랑고(쿠바, 1746~1846), 호세 마리아 데 에레디아(쿠바, 1803~1839) 등과 함께 18세기 말의 시인 라파엘 란디바르(1731~1793)에게서 나타난다. 특히 란디바르는 과테말라 출신의 성직자로서 『멕시코 전원시 *Rusticatio Mexicana*』을 썼는데, 이 시는 르네상스 전통을 단절하고 신대륙에서 자연의 특징적인 면모를 발견한 최초의 작품으로 평가받고 있다. 원래 라틴어로 씌어졌으나 곧이어 스페인어, 이탈리아어, 영어, 독일어뿐만 아니라 과테말라에서는 끼체어와 깍치껜어로 번역되었다.

넷째, 민중적인 색채가 강렬한 시는 라플라타강 지역에서 바르똘로메 이달고에 의해 비롯된 가우초 시와 함께 사마니에고 Samaniego, 이리아르떼 Iriarte, 라 퐁뗀 La Fontaine의 계승자들에 의해 개발된 우화시의 기원을 이루었다. 라파엘 가르시아 고예나(에콰도르, 1766~1821)로 대표되는 우화시는 동물들간에 벌어지는 대화를 통해서 윤리적인 교훈이나 정치상의 도덕을 제시해주고 있다. 이러한 경향의 시를 쓴 작가들로는 호세 누녜스 까세레스(1772~1846), 도밍고 데 아꾸에나가(1758~1821), 마띠아스 데 꼬르도바(1768~1828)를 포함시킬 수 있다.

산문에서는 정치·문화적인 색채와 교훈적인 측면이 현저하였다. 신고전주의 경향을 지닌 식자계층은 근대국가의 정치이념을 분석하고 중남미 대륙에서 자유주의 사상을 확립하기 위한 기준을 설립하고자 하였다. 이러한 성향을 띤 주요작가들은 교훈적이며 정치적인 면모가 돋보이는 작품들을 사설조로 썼던 18세기 말의 프란시스꼬 에우헤니오 데 산따 끄루스 이 에스뻬호(1747~1795), 독립을 위해 정치·종교 논쟁을 활발히 벌였던 세르반도 떼레사 데 미에르 Servando Teresa de Mier 수사

(1763~1827), 신문기자이자 정치가였던 프란시스꼬 데 미란다, 베르나르도 데 몬떼아구도 Bernardo de Monteagudo(1785~1825) 등이다.

극분야에서는 고전비극, 코르네유, 라신, 몰리에르 등의 프랑스 연극과 까를로, 골도니, 비또리오 알피에리에 의한 이탈리아의 극작법, 페르난데스 데 모라띤 등 스페인 극작가들의 작품이 식민지 대륙에 유입되어 까를로스Ⅲ세의 치세에 끄리오요 극이 새로운 전기를 마련하게 되었다. 18세기 말엽에는 고도로 세련된 극형태가 상류계층의 선호를 받게 되었으며, 명망있는 배우들이 신문에 화려하게 모습을 드러내게 되었고 그 중에서도 미까엘라 비예가스 Micaela Villegas는 특히 유명하였다.

스페인 황금세기 대가들의 극작품과 프랑스의 비극, 끄리오요 극작가들의 활동이 이어졌던 시기는 신고전주의 경향과 맞물리면서 고전적인 유형의 극과 민중적인 색채를 띤 극으로 양분되었다. 고전극의 유형은 고로스띠사 Manuel Eduardo de Goroztiza(1789~1851), 빠르도 이 알리아가 (1806~1868), 떼하다 Luis Vargas Tejada(1802~1829), 발레라 Juan Cruz Varela (1794~1839) 등 주로 식자층에 의해 씌어졌으며 민중극은 사이네떼, 서사, 막간극의 형태로 등장하여 신고전주의적인 수사학이나 언어체계와 상이한 모습을 보여주었다. 이러한 민중극에서 살펴볼 수 있는 가우초적인 테마와 끄리오요 작가들에 의해 사용된 토착어는 중남미극의 독창적인 면모를 상당히 보여주고 있다고 할 수 있다. 또한 당시의 여러 도시들에서는 극공연의 수준향상과 우수한 외국작품들의 번역을 위하여 연극 애호가 buen gusto del teatro류의 사교모임이 결성되어 전반적인 극의 자질개선을 도모함과 아울러 풍속의 교정, 계몽사상의 전달, 정치적인 목적을 추구하였다.

3 신고전주의 시

3.1 일반적 성향

앞 부분에서 살펴본 바와 같이 신고전주의 시는 목가적인 전원시, 영웅적인 애국시, 자연에 관한 서술시, 민중시 등 경향과 주제에 따라서 분류할 수 있다. 자유주의 이념과 독립을 쟁취하기 위한 투쟁에서 쌓아올린 업적들을 찬양하기 위한 애국적인 성향의 시들이 초반부를 장식하였고, 곧이어 새로운 공화국의 건설과 대동단결을 노래하는 시들이 주된 흐름을 형성하여 중남미 대륙의 아름답고 광활한 자연과 원주민의 옛 문화에 대한 자각을 보여준다. 이 시기에는 짧은 기간임에도 불구하고 호아낀 올메도, 앙드레스 베요, 에레디아 등 뛰어난 시인들을 등장했으며, 사조적인 측면에서도 신고전주의가 우세한 가운데 바로크의 잔재와 함께 낭만주의의 초기 경향이 엿보이고 있다. 곧 정치, 사회적으로 커다란 변혁기를 겪는 가운데 다양한 사상 및 문예사조가 유입되었으며 시인들 역시 그들 자신의 이상과 목표에 따라 마음껏 활동을 구가하였던 시기라고 할 수 있다.

중남미의 찬란하였던 과거에 대한 향수와 자신들의 올바른 정체성을 밝혀보고자 하는 열망은 원주민과 그들의 문화에 대한 재평가로 이어졌으며, 독립쟁취를 위한 위대한 행보는 영웅적·서사적인 모습을 띤 애국시와 신생공화국의 국가(國歌)에 그대로 구현되었다. 시형태는 실바와 소네트 형식이 주류를 이루는 가운데 갖가지 모습이 나타나고 있으며 신고전주의 색채는 아나크레온풍의 시와 전원시에서 잘 드러난다. 또한 애국시에서는 화려한 수사어구와 함께 과식주의의 잔재가 나타나며 전기 낭만주의의 경향이 엿보이는 시에서는 강렬한 정서의 분출과 함께 두드러진 음성상징이 표현되고 있어 주목을 끈다.

3.2 국가

국가(國歌)는 엄밀하게 말해서 문학적인 범주라기보다는 한 나라의 정서적 유산이며 민중의 정신적인 구심체에 속한다고 할 수 있다. 중남미에서 탄생한 신생공화국의 국가는 운문으로 씌어져 있으며 음악적인 어조의 두드러짐과 함께 독립항쟁에 참여하였던 각 개개인의 경험, 회상이 국가 역사의 중대한 순간에 접목되어 있다. 이러한 함축적 테마와 시어의 상이한 면모로 인해 국가는 19세기의 중남미 문학에서 독특한 모습을 보여주고 있다. 각국의 국가가 만들어진 시기가 1813년부터 1911년까지 이어지고 있는 관계로 독립전쟁의 시기에는 신고전주의 경향이, 그 후의 혼란과 내전이 벌어졌던 시기에는 낭만주의 경향이 드러나 있기도 한다. 또한 국가가 창작된 이래 즉각적으로 수용된 경우와, 일반민중들의 전통적 정서에 맞는지를 시험해 본 경우, 정부의 의지에 따라 대체된 경우 등 여러가지를 생각해 볼 때 신생공화국 나름대로의 상황과 국민감정에 의하여 차이점을 나타낸다고 할 수 있다.

중남미 각국의 국가에는 공통적으로 자유의 이상과 함께 역사적 순간에 대한 특정한 경험이 담겨 있으며 그 속에는 애국적인 열망과 감정을 고양시키는 영웅 찬가가 혼합되어 있다. 가장 많이 나타난 운문형식은 장엄하고 울림성이 강한 10음절 시행으로서 독립투쟁을 직접적으로 시사하고 있다. 과테말라, 온두라스, 파나마 등 몇몇 국가에서는 영웅적, 서사적인 어조 대신에 고유의 자연을 부드러운 서정성으로 묘사하기도 한다. 국가에 사용된 어휘를 살펴보면 19세기 전반기에는 이전 시기에 사용되었던 라틴식 구문의 영향이 엿보이는 신화적인 어휘가 나타나며, 점차로 투쟁정신을 고무하는 낭만주의 색채가 짙은 어휘로 변천을 겪게 되었다. 각국의 국가를 간략하게 살펴보면 다음과 같다.

아르헨티나의 국가는 비센떼 로뻬스 이 쁠라네스 Vicente López y Planes가 쓴 「애국행진 Marcha Patriótica」으로서 10음절로 된 8행시 형식의 9개

130

연과 하나의 합창으로 구성되어 있다. 라플라타강으로부터 멕시코에 이르는 독립투쟁을 거쳐서 아메리카 신대륙의 승리를 장엄하게 펼치고 있는 이 시에서는 전쟁의 신 마르떼가 승리자들을 격려하고 스페인을 상징하는 〈이베리아의 사자 león ibérico〉가 신생국의 발치에 쓰러져 있으며, 잉카의 왕들이 무덤에서 감동하는 장면이 연출되고 있다.

볼리비아의 국가는 산히네스J. Sanjinés의 애국시로서 10음절 8행시 형식의 세 연과 하나의 합창으로 이루어져 있다. 여기에서는 시몬 볼리바르의 위업과 새로이 획득한 조화로운 이상으로서의 자유를 크게 부각시킨다.

콜롬비아의 경우는 1880~1881년, 1884~1886년에 콜롬비아 연방국의 대통령을 지낸 누네스Rafael Núñez에 의해 1887년 국가가 씌어졌다. 원래는 7음절 시행 11개 연과 하나의 합창으로 이루어져 있었으며 해방자 볼리바르, 애국자 나리뇨의 이름과 보야까, 까르따헤나, 아야꾸초에서 벌어졌던 독립항쟁을 담고 있다.

코스타리카의 국가는 시인 살레돈José María Zeledón의 시가로서 10음절 시행의 4개 연으로 되어 있으며, 흰색·남색이 배합된 국기의 비호 아래서 느끼는 근로와 평화에 대한 환희를 노래한다. 피게레도Pedro Figueredo가 쓴 쿠바의 국가는 10음절 4행시 네 개로 되어 있으며 독립투쟁에 대한 강렬한 외침을 담았다.

칠레의 경우는 에우세비오 리요Eusebio Lillo에 의해 10음절 시행 6개 연으로 씌어졌으며 여기에 언급된 엘 시드, 아라우꼬족 등은 스페인과 중남미적인 색채가 혼합되어 있는 듯한 인상을 준다. 또한 독립전쟁을 통하여 획득한 자유의 구가와 안데스 산맥의 장엄함, 바다의 멋진 광경이 삽입되어 있다.

도미니카 공화국의 국가는 시인 펠릭스 마리아 델 몬떼Félix María del Monte에 의해 씌어진 것을 시인 에밀리오 쁘라도메Emilio Prod'Homme (1852~1932)가 쓴 것으로 대체하였다. 4행시 12개 연으로 이루어진 이 시가는 영웅주의에 대한 뜨거운 열망을 보여준다.

엘살바도르의 국가는 살디바르 대통령의 의뢰에 의해 1879년 9월 15일에 최초로 불려졌다. 시인이며 군인이었던 후안 호세 까냐스Juan José Cañas의 작시와 이탈리아 작곡가 아베를레Juan Aberle의 음악으로 형성된 이 국가는 10음절 4행시 3개 연으로써 신념, 용기, 희생을 강조하고 있다.

에콰도르의 경우는 문인이자 소설가로 알려진 메라Juan León Mera에 의해 10음절 시행 6개 연의 조국찬가가 만들어졌다. 이 국가에서는 독립의 영웅들에 대한 부각과 함께 스페인의 압제를 비판하고, 희생당한 피의 헌신을 처절한 어조로 부르짖고 있다.

과테말라의 국가는 1823년 스페인과 멕시코에서 독립한 후에 호세 후아낀 빨마José Joaquín Palma에 의해 씌어졌다. 여기에서는 희생 없이 획득한 자유를 축하함과 아울러 평화와 행복에 대한 서정적인 어조가 두드러져 있으며 전통적인 새이자 국가의 상징인 께짤quetzal을 노래한다.

온두라스의 국가는 꼬에요Augusto C. Coello에 의해 씌어졌으며 중남미 대륙의 역사를 상징적으로 표현하고 있다. 스페인에 의해 지배받은 3세기 간에 걸친 역사에 종지부를 찍은 프랑스의 개입, 이성의 여신의 창조를 선언하고서 벌였던 영웅적 행위과 자유의 획득 등이 잘 나타나 있어 주목을 끈다.

멕시코의 국가는 보까네그라 González Bocanegra에 의해 10음절 시행 5개 연으로 씌어졌으며, 1854년 9월 16일에 하이메 누노의 음악과 함께 선을 보였다. 여기에서는 승리와 영광, 자국의 국가이념, 후손들에 대한 긍지과 자부심을 고취시키고 있다.

니카라과의 국가는 10음절 4행시 두 연으로 이루어져 있으며, 시인 마요르가Salomón Ibarra Mayorga에 의해 간략한 시어와 조국찬가가 돋보이는 모습으로 씌어졌다.

파나마의 경우는 자국 출신의 시인 헤로니모 데 라 오사 Jerónimo de la

Ossa(1847~1907)에 의해 10음절 4행시로 씌어졌다. 주제와 영감이 뛰어난 것으로 평가받고 있는 이 국가는 영웅적 색채보다는 서정성이 더욱 두드러지며, 콜럼버스에 의해 발견된 비옥한 대륙에서 느끼는 진보와 평화에 대한 이상을 조화 있게 서술하고 있다.

파라과이의 국가는 로뻬스 대통령의 의뢰에 의해 시인 피게로아 Francisco Acuña de Figueroa가 썼다. 7개 연으로 구성되어 있는 이 국가는 로뻬스 대통령과 초기의 통치자들을 로마 제국의 로물루스와 레무스에 비교하며, 합창 부분은 후손들에게 값진 자유를 끝까지 지켜줄 것을 당부하고 있다. 또한 3세기에 걸친 식민생활의 언급과 아울러 독립운동에서 드러난 신고전주의적 색채가 당당한 모습으로 표출되고 있다.

페루의 국가는 1821년 산 마르띤 장군의 요청에 의해 알세도 Bernardo Alcedo가 썼다. 10음절 시행 7개 연으로 되어 있는 이 시가는 스페인에 대항하여 전개한 투쟁을 담고 있는 초기의 국가들과 같이 자유에 대한 열망과 압제자들에 항거하는 강력한 불굴의 의지를 나타낸다. 특기할 만한 점은 산 마르띤을 해방자로, 잉카인들을 전사로, 야곱의 하나님을 자유를 맹세하는 증인으로 설정하고 있다는 사실이다.

우루과이의 국가는 피게로아의 시로서 4행시의 합창곡 형태를 취하고 있다. 여기에서는 뛰어난 리듬감이 돋보이며 애국적인 정서의 발로와 자유와 영웅정신의 구현을 강조하고 있다.

베네수엘라의 국가는 비센떼 살리아스 Vicente Salias에 의해 7음절 시행으로 씌어졌으며 아메리카 신대륙의 신생공화국들이 획득한 영광과 아울러, 압제에서 풀려난 모든 사람들을 하나의 신념으로 결속시키고자 하는 이상을 잘 표현하고 있다.

3.3 마누엘 데 세께이라 이 아랑고

쿠바의 시인 세께이라 이 아랑고 Manuel de Zequeira y Arango(1760~1846)
는 아바나에서 태어났다. 산 까를로스 아카데미에서 수학한 뒤 그는
1793년 스페인 군대에 입대하여 프랑스군과 싸웠다. 19세기에 접어들면
서 문학활동과 정치일선에 뛰어들었던 그는 경제학회의 대표자, 누에바
그라나다의 리오 아차 집정관을 역임하고 1810~1817년에는 산따 마르따
를 통치하기도 하였다. 1821년, 다시 쿠바로 돌아온 그는 칩거생활을 하
던 중 정신이상 증세를 보이게 되어 불운한 말년을 보냈다. 1796~1810년
에 세께이라는 모든 문학장르에 손을 댔는데 그 중에서도 시가 유명하
다. 그는 여러 잡지와 신문에 필명을 사용하여 작품을 기고하였다. 시작
품의 첫번째 간행은 1829년 뉴욕에서 이루어졌으며 두번째는 그의 사후
1852년 아들 마누엘 세께이라 이 까로에 의해 발간되었다. 그의 시는 신
고전주의 경향이 농후하며 앙드레스 베요의 마찬가지로 자신의 조국이
지닌 자연경관과 경제적인 부를 창출할 수 있는 산출물을 서술하고 있
다. 여기에서는 교훈성에 입각한 서정주의와 무한한 가능성을 지닌 축복
받은 대지에 대한 예찬이 나타난다.

3.4 라파엘 가르시아 고예나

에콰도르에서 태어난 고예나 Rafael García Goyena(1766~1823)는 과테말
라에 오랫동안 체류하였으며 당대 제일의 우화시인으로 유명하였다. 그
의 시들은 1846년 구띠에레스가 펴낸 『아메리까 시학 *América Poética*』에
수록되어 있는데 라 퐁뗀, 사마니에고, 이리아르떼 등 유럽 작가들의
영향이 엿보인다. 고예나는 기교가 뛰어난 시인으로서 당시의 사회풍습
과 정치사상을 풍자적이고 해학적으로 그리고 있으며, 그의 시에는 투
철한 계몽주의와 교양인으로서의 도덕윤리가 강조되어 있다.

그 밖의 우화시인들로는 누녜스 까세레스, 도밍고 데 아수꾸에나가, 마띠아스 데 꼬르도바 수사, 아구스띤 데 까스뜨로 등을 들 수 있는데 주로 철학적 개념을 담은 윤리관이나 정치동향을 다루고 있다.

3.5 호세 페르난데스 마드리드

콜롬비아의 시인 페르난데스 마드리드 José Fernández Madrid(1789~1830)는 까르따헤나에서 태어나 영국의 런던 근처에서 숨을 거두었다. 보고타에서 인문과학을 공부하고 법률과 의학에서 박사학위를 취득한 그는 열광적인 자유주의자로서 독립유공자가 되었다. 국민의회의 임원으로 선출된 그는 문학활동에도 꾸준히 관심을 가져 〈애호가 모임 Círculo del Buen Gusto〉이라는 명칭의 동호인 모임에 참여하였다. 그는 모리요 Morillo에 의해 추방된 후 쿠바에 체류하면서 시작활동과 두 편의 희곡을 쓰기 시작하였다. 1825년 시몬 볼리바르 정부의 대리인으로 런던에 파견된 그는 영사관이 서기였던 앙드레스 베요와 함께 정치, 학술 및 문학활동에 동참하였다. 대표적인 시작품집 『국민시가 Canción Nacional』는 1814년에 씌어진 것으로 애국적인 찬가의 일종으로 파악되며, 내면적인 감성을 표현하고 있는 시들에서는 가정적인 포근한 분위기와 함께 신고전주의 정신에 입각한 형태 속에 담겨져 있는 낭만주의적 요소들을 예견해볼 수 있다. 마드리드는 또한 고전극의 유형을 충실하게 따르고 있는 비극 「아딸라 Atala」, 「구아띠목 Guatimoc」을 쓰기도 하였는데 이 작품들은 독립쟁취 후에 보고타에서 공연되었다. 특히 후자의 작품은 멕시코 아스떼까 최후의 황제였던 구아띠목의 생애를 장엄한 형상과 애조띤 어조로 연출하고 있어 관객들에게 가슴 깊은 곳에서 우러나오는 감동을 자아내었다.

3.6 마리아노 멜가르

페루 시인 멜가르 Mariano Melgar(1791~1815)는 어린 나이에도 불구하고 독립투쟁에 참여하여 우마치리 전투에서 영웅적인 활약을 보였으나, 반란군의 패배 후 24세의 나이로 총살당하였다. 그의 시세계는 비르질리우스, 오비디우스 등 고전시인들에 대한 번역시, 5편의 우화시, 여러 편에 이르는 송가 oda, 소네트, 애가(哀歌)와 함께 대표작이라 할 수 있는 10편의 야라비 yaraví를 통해서 살펴볼 수 있다. 1812년 경부터 시작된 문학활동은 스페인인들에 항거하여 투쟁하면서 그 애국적인 경향과 색채가 짙어졌다. 이러한 면모는 자유에 대한 찬가에서 잘 나타나며, 전제독재정치에 반대하는 격렬한 어조의 외침이 거리낌 없이 구사되어 있다.

에밀리오 까리야 Emilio Carilla는 멜가르의 시에 대하여 당시의 교양시 분야에 독창적이고도 확고한 요소를 제공해 주었다고 평하면서 야라비는 물론 애가와 소네트를 높게 평가하고 있다. 그중에서도 「실비아에게 보내는 소네트 Soneto a Silvia」는 멜가르가 사랑했던 아레끼빠의 소녀 마리아 산또스 꼬랄레스에 대한 애조띤 서정시로서 눈물어린 비애감이 영탄과 의문의 어조로서 너무나 잘 표현되어 있다. 그러나 멜가르에게 명성을 안겨준 시작품은 유럽풍의 신고전주의 경향이 아니라 아메리카 신대륙의 독립을 쟁취한 후에 새로운 주제와 형태를 갖추게 된 야라비였다. 이 명칭은 잉카족의 구전되어 오던 전통적 서정시가에서 따온 것으로 그것에 대한 정확한 분류나 멜가르가 채택한 이유에 대해서는 분명하지 않다. 이미 소르 화나 이네스 데 라 끄루스도 멕시코의 전통시가에 바탕을 둔 시를 썼음에 유의해 볼 때 아마도 중남미 원주민의 전통에 기초하여 새로운 서정시를 창조하고자 한 것으로 생각할 수 있다. 멜가르는 자신이 남긴 10편의 야라비를 통하여 사랑의 감정이나 사랑하는 여인을 잃은 불행을 주로 노래하였다. 야라비를 연구했던 까리야는 그 속에서 18세기 말엽과 19세기 초반의 중남미 시에 흐르는 분명한 형태의 메아리를 감지하고 특히 음악성이 돋보이는 시와 멜렌데스 발데스의 아나크레온풍의 시에서 동일한 맥락을 찾고 있다. 결국 마리아노 멜가르의 시는 당대의 현실에 뛰어들어 애국적 감정을 분출시킨 신고전주의 경향의 시들과 함께 사랑과 슬픔에 관련된 정서를 다정다감하고 애수 띤 표현에 의해 짙은 색조로 나타내는 전기 낭만주의 경향을 띤 시들이 자리하고 있음을 알 수 있다. 강렬하고 짙은 서정성이 돋보이는 시, 유럽식의 모델을 모방하지 않고 고유의 전통적 요소로서 새로운 감성적인 주제를 훌륭하게 소화해 낸 참신성으로 인해 멜가르는 중남미의 낭만주의 문학을 앞당긴 시인으로 평가되고 있다.

3.7 호세 뜨리니닫 레예스

온두라스의 시인 레예스 José Trinidad Reyes(1797~1855)는 떼구시갈빠의 비천한 집안에서 출생하여, 니카라과에서 종교에 관한 학문을 닦은 후 사제로 임명되어 1825년 과테말라에 거주하였다. 1828년 온두라스에 돌아온 그는 메르세드 교단의 수도원에서 성직자로서의 생활과 함께 본격적으로 문학과 예술활동을 벌이게 되었다. 1845년 규정에 반대하는 공모에 가담하였다는 혐의로 감옥생활을 한 후에 아카데미에서 활동하기 시작했는데 이 아카데미는 1847년에 대학으로 승격되었다. 1852년에 그는 떼구시갈파에서 결성된 중미의회의 대표사제가 되는 영예를 누렸다. 일생동안 그가 교육가, 인문학자, 시인으로서 쌓은 방대한 업적은 〈온두라스의 국민시인〉이라는 칭호를 부여받게 하였다.

3.8 호세 호아낀 올메도

에콰도르의 신고전주의 시인 호아낀 올메도 José Joaquín Olmedo (1780~1847)는 독립기에 활동하였던 다른 작가들과 마찬가지로 중요한 정치적 역할을 담당하였다. 구아야낄에서 태어난 그는 1806년 리마에서 법학박사 학위를 받은 후 에콰도르에 돌아와 관직을 맡게 되었다. 1810~1814년에는 까디스 국회의 대의원으로 임명되어 스페인에 거주하면서, 스페인인이나 끄리오요 신분의 주인에게 원주민들이 의무적으로 제공해야만 하였던 강제노역제도를 공격하는 연설을 발표하기도 했다. 4년간에 걸친 스페인 체류는 올메도에게 있어서 문학적으로 매우 유익한 시간이 되었다. 그는 당시의 뛰어난 시인, 작가 들과 친분관계를 맺었으며 고전작품, 스페인 작품과 함께 유럽 각국의 우수한 작품들을 접할 수 있었다. 1820년 구아야낄이 독립을 획득하게 되자 정부위원회를 구성하고 시몬 볼리바르와의 우의를 두텁게 하였다. 그 후 볼리바르에 의해 영국 주재 특명전권공사로 임명되어 런던에서 앙드레스 베요 등과 함께 중남미의 권익옹호를 위해 힘썼으며, 대표작 『후닌의 승리 La victoria de Junín』(1824)는 이 시기에 쓰여졌다. 조국에 돌아온 뒤 공화국의 부통령으로 임명되었고 얼마 후에는 대통령에 입후보하였지만 선거에서 고배를 마시기도 하였다. 말년에는 그가 꿈꾸어 왔던 아메리카의 통합이 상호간의 반목과 질시, 지역 패권주의에 물든 토호들의 맹목적인 야심에 의해 무산되는 것을 슬픈 심정으로 바라보다가 1847년 2월 10일 고향에서 숨을 거두었다.

올메도의 작품은 세 가지 유형으로 분류해볼 수 있는데 서정적이며 영웅적인 시, 그리스·라틴 고전작가와 영국시인들에 대한 번역시, 산문으로 쓰어진 작품이 곧 그것들이다. 그에게 영향을 주었던 작가들은 올메도 자신이 고백하였듯이 호머, 핀다로스, 비르질리우스, 호라티우스, 오비디우스 등 그리스·라틴 고전시인들과 리처드슨, 포프 등 영국 시인들을 비롯하여 페르난도 데 에레라, 낀따나, 멜렌데스 발데스 같은 스페인 시인들, 프랑스 작가 샤토브리앙 등 스페인 체류기간 중에 책에서 대했거나 직접 또는 간접으로 접했던 인물들이었다. 그에게 시인으로서의 불후의 명성을 가져다 준 두 편의 작품은 『후닌의 승리』와 『미냐리까의 승리자, 플로레스 장군에게 *Al general Flores, vencedor de Miñarica*』(1835)라는 영웅적 색채를 띤 시가이다. 두번째 작품은 앞의 작품에 버금갈 만한 작품이지만 불운하게도 세인의 관심을 끌지 못하고 말았다. 그 이유는 플로레스 장군의 영광이 한 지역에 국한된 것이었다는 점과 작품에 표현되어 있는 이상이 아메리카인들의 시각과는 상당한 거리를 지녔기 때문이었다. 번역시에는 신고전주의적 색채가 뚜렷하게 나타나 있어 그의 취향을 알게 해준다. 산문작품으로는 정치적인 성명서나 연설문, 메시지와 아울러 당시의 상황을 이해하는데 도움을 주는 매우 흥미있는 편지들이 남아 있는데 시작품에 비해 질적인 면에서 조금 뒤떨어진다.

올메도의 대표작으로 손꼽히는 『후닌의 승리』는 스페인어로 씌어진 가장 우수한 작품들 중의 하나로 평가받고 있으며 『볼리바르에게 바치는 노래 *Canto a Bolívar*』라고도 불리운다. 906개의 시행으로 이루어진 이 시에는 신고전주의의 특징이 잘 나타나 있으며 조금씩 낭만주의적인 요소가 보이기도 한다. 서정적, 서사적, 서술적인 면모와 아울러 호라티우스의 영향이 엿보이며, 신화적인 언급과 역사적인 사실의 배합을 통해 풍부함을 더해 주고 있다. 시작법과 문체 면에서도 리듬의 풍부함, 표현 기교의 탁월함, 청각을 통한 이미지의 함축성이 두드러지며 사자후를 토하는 듯한 열광적인 어조가 나타나는 구문, 전쟁터에서 벌이는 투쟁의 생동감 넘치는 묘사, 음악성이 돋보이는 운율이 어우러져 장엄한 광경을 연출하고 있다. 이러한 모습을 통해서 스페인어로 씌어진 영웅적 서정시의 전형, 즉 낀따나와 시엔푸에고스의 웅변적인 시에 접목된 형상을 대하게 된다.

다양한 이야기를 담고 있는 『후닌의 승리』는 처음 부분에서 볼리바르의 군대가 후닌에서 승리를 거둘 것임을 예고한다. 이어서 시인의 기원과 후닌에서 벌어진 전투에 관한 묘사가 나오는데 여기에는 볼리바르의 연설, 트로이 전쟁에 관련된 신화적인 언급이 포함되어 있다. 다음에는 애국투사들의 승리찬가에 이어서 잉카의 마지막왕 우아나 까빡 Huayna-

Cápac의 연설이 나오는데 그는 스페인인들에 대한 한탄과 아야꾸초의 승리를 예고해 준다. 마지막 부분은 태양축제에서의 성처녀들에 의한 노래와 승리찬가를 이야기한다. 이 작품은 발표되자마자 중남미 전역에 걸쳐 커다란 반향을 불러 일으켰으며 시선집이나 수많은 연구, 비평을 통해서 널리 알려지게 되었다. 원래 볼리바르의 요청에 의해 씌어진 것으로 알려지고 있는 이 작품은 1825년 6월 27일과 7월 12일자로 볼리바르가 올메도에게 보낸 편지에서 알 수 있듯이 주변에서 상당한 비판과 질책을 받기도 하였다. 하지만 그의 뛰어난 문학적 자질과 시어의 구사 능력, 남미 대륙의 구심점이었던 잉카의 마지막 왕을 등장시켜 원주민들의 해방과 함께 아메리카 국가들의 통합을 넌지시 시사하고 있는 원대한 이상은 그 모든 것을 뛰어넘어 19세기 최고의 영웅찬가로 평가되기에 손색이 없다. 또한 중남미의 독립전쟁에 대하여 쓴 수많은 시들 가운데 애국적인 정서뿐만 아니라 진정한 의미에서의 시적 가치를 확고하게 지니고 있는 유일한 작품으로 간주되고 있다.

3.9 앙드레스 베요

3.9.1 생애

19세기 중남미 최대의 인문주의자이며 다방면의 작가로 평가받고 있는 앙드레스 베요Andrés Bello(1781~1865)는 베네수엘라의 카라카스에서 태어났다. 그의 집안은 교육에 열성적이었던 관계로 베요는 아주 어렸을 적부터 스페인 및 라틴 고전작품들을 접할 수 있었다. 또한 라틴어를 숙달하고 프랑스어, 영어를 공부하여 고전은 물론 유럽 각국의 문학에 친숙하게 되었다. 1799년 독일학자 훔볼트가 카라카스에 온 후 그의 학문적 노선에 깊이 동조하게 되었다. 1810년에는 산문으로 씌어진 최초의 저서 『베네수엘라 역사의 개략 *Resumen de la Historia de Venezuela*』을 발간하였다. 같은 해, 카라카스 혁명회의 대의원이었던 볼리바르와 로뻬스 멜렌데스의 보좌역으로서 영국을 여행하였던 그는 귀국을 포기하고 이후 19년간에 걸쳐 거기에서 체류하였다. 런던에서 그는 영사관의 서기, 스페인어 및 고전문학의 강사 등으로 생활을 꾸려나가는 한편 1814년에는 메리 앤 보이랜드Mary Ann Boyland와 결혼하였다. 이 시기에 유럽의 많은 작가, 사상가, 예술가와 친분을 나누었으며 특히 1812년 까디스 국회 이후 추방당했던 블랑꼬-화이트, 뿌익블랑쉬, 호세 호아낀 데 모라 등 스페인의 자유주의자들과 접하게 되면서 낭만주의의 싹틈을 목격할 수 있었다.

베요는 1820년 〈아메리카의 비평자 El Censor Americano〉에 공동참여 하고, 〈아메리카 학회 Sociedad de Americanistas〉를 결성하였다. 또한 중남미 신생국들이 독립과 문화발전을 위한 교육사업의 일환으로 ≪아메리카 도서관 La Biblioteca Americana≫, ≪아메리카 목록 El Repertorio Americano≫ 이라는 잡지들을 간행하였다. 그리하여 1823년에는 ≪아메리카 도서관≫에서 『시에 대한 훈시 Alocución a la Poesía』를, 1826년에는 ≪아메리카 목록≫에서 『열대 농업에 관한 시 Silva a la agricultura de la zona tórrida』가 나오게 되었다. 1829년 칠레정부의 초청에 응한 그는 인문주의자, 연구가, 법학자, 저술가로서 왕성한 활동을 벌이게 되었다. 각 방면에서 베요가 보였던 뛰어난 능력은, 『인권의 원리 Principios de Derechos de Gentes』(1832), 『까스띠야어의 철자법과 운율의 원리 Principios de la ortología y métrica de la lengua castellana』(1835), 『까스띠야어 활용시제의 이념적 분석 Análisis ideológico de los tiempos de la conjugación castellana』(1841), 『국제법 원리Principio de Derecho Internacional』(1844), 『라틴어 문법 Gramática de la lengua latina』(1846), 『우주 형상지 또는 최근의 발견들에 따른 우주기술서 Cosmografía o Descripción del Universo conforme a loa últimos descubrimientos』(1848), 『문학사 요약 Compendio de la Historia de la literatura』(1850) 등을 통하여 쉽게 파악할 수 있다. 그의 비평작품들은 ≪황혼 El Crepúsculo≫, ≪엘 아라우까노 El Araucano≫, ≪산띠아고 잡지

Revista de Santiago≫, ≪칠레 대학 연대기 *Anales de la Universidad de Chile*≫
와 같은 신문과 정기간행물을 통해 발표되었다.

베요는 외교업무에시 칠레정부의 법률고문 역할을 담당하였으며, 문
화사업을 육성하고 공공교육을 재편성하였다. 이러한 공로에 대하여 칠
레 정부는 1843년 그를 대학총장으로 임명하였으며 스페인 한림원은 그
를 회원으로 받아들였다. 끊임없는 학구열과 진리에의 탐구를 위해 헌신
하였던 그는 1865년 칠레에서 생을 마감하였다.

3.9.2 작품과 사상

다방면 작가로서 앙드레스 베요가 지닌 면모는 몇몇 분야로 나누어 살
펴볼 수 있다. 시인, 산문가, 문법학자, 교육가, 사상가, 정치가, 법률
학자로서 그가 보여준 탁월한 식견과 능력은 타의 추종을 불허할 정도로
대단한 것이었다. 여기에서는 문학작품, 특히 시를 중심으로 살펴보고
자 한다.

앙드레스 베요의 문학작품은 그리 많지는 않지만 신대륙의 지적 독립
을 선언하기에는 부족함이 없었다. 대표적인 시작품『아메리카 시가집
Silvas americanas』은 런던에서 발간되었다. 1부는 앞부분에서 밝혔듯이
1823년『시에 대한 훈시』라는 이름으로 나왔으며 중남미 대륙의 역사, 지
리, 사상에 대해 피력하고 있다. 이 시는 실바 형식으로 씌어져 있으
며, 800개 이상의 시행을 26부분으로 나누고 있다.

1부에서는 시(詩)로 하여금 유럽을 저버리고 콜럼버스에 의해 발견된
신대륙을 찾아주도록 초청하고 있다. 시는 아메리카 대륙에서 때묻지 않
은 순수함과 건강한 야생미를 발견하고는 문화의 퇴락을 통해 음습해져
버린 유럽의 실상과 견주어 본다. 베요에게 있어서 19세기의 유럽은 철
학이 시를 밀어내고 대신 그 자리를 차지해 버린 사회였으며 오직 신대
륙만이 호라티우스와 비르질리우스 같은 고대시인들이 전원의 순수한
평온함에서 추구하였던 자유에 대한 희망을 줄 수 있는 곳으로 여겨졌

다. 이런 의미에서 그는 전쟁터에서 벌였던 투쟁을 통해 획득한 정치적 독립과 함께 지적인 면에서의 완전한 독립을 위해 나아갈 방향을 제시하면서 아메리카와 유럽을 비교하고 있다. 여기에서 중남미 대륙의 광대하고 아름다운 자연과 함께 자유를 위해 투쟁하였던 국가와 도시들, 스페인에 정복당하기 이전의 찬연하였던 과거와 평화에 대한 숭고한 이념을 서술하면서 작가자신의 전쟁에 대한 고통과 두려움, 평화에 대한 꿈을 피력한다. 『시에 대한 훈시』는 도치법, 반어적 표현, 알레고리 등 신고전주의 경향에 대치되는 면이 보이기도 하지만 정확하고 분명한 필치는 미적 조화와 절제된 모습을 추구하고자 노력한 흔적을 역력히 보여준다. 그에게 있어서 시는 교훈적 기능을 담당해야 하며, 감정의 격앙된 분출이라기보다는 사려깊은 규칙에서 비롯된 산물이었던 것이다.

2부는 1826년에 발간된 『열대농업에 관한 시』로서 7부분으로 나누어진 374시행으로 이루어져 있다. 이 시는 전원에 대한 묘사와 윤리적 측면이 두드러지며 아메리카 신생공화국들의 경제, 사회조직의 근간이 농업에 있음을 강조한다. 시인은 지리적 위치, 열대기후 등 베네수엘라의 여건과 상황을 직시한 후 그곳에서 산출되는 사탕수수, 커피, 야자수, 목화, 옥수수, 바나나 등 풍부한 산물을 열거한다. 1부에서 유럽과 아메리카를 비교하였듯이, 여기에서는 전원과 도시를 견주어 보면서 자연과 벗삼아 땀흘리며 농업에 종사하는 사람들을 칭송한다. 도시의 사악함과 복잡한 소음은 농촌의 순박함과 평화로운 안온함에 비교되면서 전원생활의 우월성이 강조된다. 이 시는 신생독립국들의 자유와 윤리의식의 고양을 위하여 건강한 자연인으로서 누리는 농부의 소박한 삶과 함께 아메리카 민중들의 평화를 신에게 기원하는 것으로 끝맺고 있다. 결국 『아메리카의 시』는 베요의 정치 · 경제 사상과 미학이 결집되어 있는 작품으로서 중남미의 자연이나 독립투사들의 업적과 원주민의 유산뿐만 아니라 평화, 미덕, 근로의식에 대한 열망, 스페인과의 화해, 정치제도와 경제개발에서의 균형추구 등이 담겨져 있다. 여기에서 그가 가장 중요하게 생각하였던 선결조건은 유럽으로부터 벗어나 정신적인 독립을 획득하는 데 있었다.

베요가 올메도에게 보낸 서간문「런던에서 파리로 어느 아메리카인에 의해서 다른 아메리카인에게 씌어진 편지 Carta escrita desde Londres a París por un americano a otro」에서는 신대륙에서 멀리 떨어져 타국에서 지내는 쓸쓸한 심정과 고독감을 이야기하고 있으며, 그의 윤리와 도덕관념에 대한 강한 집착을 살펴볼 수 있다. 고전 및 당시 유럽작가들의 작품에 대한 번역 또한 중요하다. 베요는 일찌기 비르질리우스의 시작품을 번역하였고 그 뒤 벨리 Belli의 역문으로 된 보이아르도 Boiardo의『사랑에 빠진 오를란도 Orlando innamorato』의 일부분을 번역하였다. 또한 바이런과 빅토르 위고의 낭만주의 시들을 번역하여 칠레의 몇몇 신문에 싣기도 하였다. 문법학자로서 그가 지닌 면모는 앞에서 언급한『까스띠야어의 발음학과 운율학의 원리』,『까스띠야어 활용시제의 이념적 분석』,『라틴어 문법』과 아울러 1847년에 발간된『아메리카인들의 용법에 따른 까스띠야어 문법 Gramática de la lengua castellana destinada al uso de los americanos』을 통해서 알 수 있다. 특히 마지막 작품은 1945년, 엔리께스 우레냐 Pedro Henríquez Ureña가 스페인어에 대해 가장 완벽하게 기술한 것으로서 근대 언어에 대한 어떤 다른 훌륭한 저서들에 비해서도 결코 손색이 없는 것으로 평가하였듯이 오늘날까지 뛰어난 가치를 지니고 있다. 이 작품의 서문에서 베요는 신생공화국들의 단결과 화합을 위한 연결고리로서 스페인어가 지닌 유용성을 강조하고, 아메리카의 독자적 언어사용을 주장하던 사르미엔또 같은 낭만주의자들에 반대하였다. 곧 문법의 교육적인 측면을 중시하는 계몽주의 입장에 서서 기존의 스페인어에 의한 각국의 우호적 관계를 희망하였으며 언어의 순수한 측면을 지키고자 노력하였다. 그는 당시 스페인 본국에서 활발히 진행되고 있던 언어·문법상의 변화에 대해 극히 수동적인 자세를 견지하였으며, 기존의 단어에 새로이 부여된 의미를 유보하는 입장에 서는 등 중남미 스페인어의 순수성과 단일성을 위해 힘을 기울였다.

교육가로서 베요는 공공교육의 재편과 함께 일반민중에 대한 교육을 강화했으며 인문과학과 문학을 병행하여 가르쳤다. 또한 윤리의식의 고양과 아울러 신체의 단련을 강조하고 카톨릭 사상에 입각한 종교교육을 역설하였다. 정치사상가, 법률학자로서의 면모를 살펴볼 때 그는 국제법에 정통하였으며, 스페인의 사법제도를 타파하고 인간의 보편적 권리에 입각한 민법을 주장하였고 평화와 질서를 존중하였다. 저서『인권의 원리』,『국제법 원리』등과 함께 베요는 1852년에 제정된『칠레 공화국을 위한 민법 *Código Civil para la República de Chile*』의 기초자로서 중요한 역할을 담당하였다. 그밖에도 산문으로 쓴『베네수엘라 역사의 개략』과 『판단력 철학 *Filosofía del entendimiento*』이 남아 있다.

아메리카 신생공화국들과 스페인에 대한 베요의 사상은 중도노선을 택한 인문주의자의 모습을 보여주고 있다. 그는 스페인의 정복을 서구의 문화적, 사상적 전통의 흐름에 관련된 것으로 파악하면서 중남미의 독립에 의해 비로소 진정한 형제애를 느끼게 되었다고 말했다. 또한 스페인어의 순수성을 잘 보존함으로써 스페인과 중나미 각국의 단결과 우의를 다질 수 있다고 믿었다. 그는 일부 낭만주의자들이 주장하는 것처럼 식민지 종주국이었던 스페인의 사회적, 문화적 유대를 단절하는 것은 그 속에 내재되어 있는 고귀하고 중요한 유산들까지 말살시키는 우를 범하는 것이라고 보았다. 이와 같이 앙드레스 베요는 절충적인 형태를 제시하면서 급진적·전면적인 변혁이 아닌 점진적 개혁을 주장함으로써 스페인적인 전통에 뿌리를 둔 중남미 지식인의 면모를 보여주고 있다.

3.9.3 평가

앙드레스 베요에 대한 평가는 여러가지 측면에서 다양하게 이루어져 왔다. 시인으로서 그가 썼던 작품들의 경향과 정치가·교육가로서 지녔던 사상, 낭만주의자·아메리카주의자들과의 차이점, 문법학자로서 보였던 뛰어난 자질과 능력 등이 항상 비평가들의 주목을 끌었다. 그의 시 작품『아메리카 시가집』를 볼 때 시인의 감각과 표현된 정서는 신고전주의와 낭만주의를 넘나들고 있다. 앞에서 언급히었듯이 그가 낭만주의 삭가들의 시를 번역했음에 유의해 보면 이러한 경향은 자연스럽게 보이기도 한다. 결국 베요는 신고전주의 경향으로부터 출발하였지만 낭만주의에 결코 거부감을 느끼지 않았으며 중남미의 상황과 정서에 맞는 독자적인 문학, 보편적인 문학을 함께 추구하였던 것으로 파악해 볼 수 있다.

한편 작품에 드러나 있는 전원생활의 우월성과 도시화에 대한 부정적인 시각은 사르미엔또와 같은 개혁파 낭만주의자들에 의해 심각한 문제점으로 제기되었다. 이미『베네수엘라 역사의 개략』에서 유럽식의 시장제도를 우려한 바 있었던 베요 이후에 〈문명과 야만 civilización y barbarie〉의 문제는 중요한 테마로 자리잡게 되었다. 그리하여 낭만주의, 모데르니스모를 거쳐 오늘날에 이르는 동안 중남미의 자연, 풍경, 인간을 다룬 루벤 다리오의『아르헨티나 찬가 Canto a la Argentina』, 초까노 José Santos Chocano의『아메리카 정신 Alma América』, 루고네스 Leopoldo Lugones의『세속적인 찬가 Odas seculares』, 네루다 Pablo Neruda의『모든 노래 Canto general』 등이 산출되었던 것이다.

신대륙의 자연과 전원생활에 대한 예찬, 서구적인 보편성에 입각한 인권개념에도 불구하고 베요의 인디오에 대한 무관심, 원주민 문화에 대한 인식 부족은 아메리카주의자들로부터 비판의 대상이 되었다. 또한 스페인으로부터 독립을 쟁취한 신생공화국의 열렬한 애국투사들에게 있어서 스페인 전통에 바탕을 둔 점진적인 개혁을 주장한 그의 중남미 지식인으로서의 면모는 거센 반발과 논란을 일으켰다. 그리하여 스페인 전통 고수파와 거부파를 둘러싸고 뜨거운 논쟁이 금세기까지 이어져 내려오게 되었던 것이다. 곧 스페인의 신대륙 정복 이후에 바르똘로메 데 라스 까사스 신부에 의해 폭로되어 형성된 반스페인적인 〈흑색 전설〉과 상대적인 입장에 서 있는 스페인 옹호주의 Hispanidad(또는 백색 전설 leyenda blanca, 장미빛 전설 leyenda rosa)는 중남미의 사상과 문학에 중요한 조류를 형성하여 왔다고 할 수 있다. 그러나 문법학자로서 베요가 보여준 탁월한 식견과 인문주의자로서의 진리탐구 노력, 열성적인 교육이념은 전환기의 상황에서 중남미 각국의 유대 강화와 학문과 사상의 발전을 위하여 커다란 공헌을 남겼다.

3.10 호세 마리아 데 에레디아

쿠바의 산띠아고에서 판사의 아들로 태어난 에레디아 José María de Heredia(1803~1839)는 이미 어려서부터 라틴 고전작가들의 작품을 읽으면서 문학수업을 시작하였다. 스페인 시인들을 모방하고 이탈리아, 영국, 프랑스 시인들의 작품을 번역하였던 그는 카라카스 대학에서 고전을 배웠으며 1818년 라 아바나 대학에 입학하여 법률학을 공부하기도 하였다. 그의 사상은 계몽주의로서 개인의 자유, 사회의 평화, 규칙과 진보를 믿었으며 쿠바의 독립을 위해 노력하였다. 쿠바의 스페인 정부체제에 대항하여 공모했다는 혐의로 기소된 그는 미국(1823~1825)으로 도피하였으며, 얼마 후 멕시코(1825~1839)로 건너갔다. 그곳에서 시민권을 얻어 정치활동에 참여하고 변호사, 대법원판사 등 몇몇 분야의 관리로 지내던 에레디아는 1836년 쿠바로 돌아왔으나 곧이어 다시 멕시코로 떠나지 않을 수 없게 되었다. 결국 그는 1839년 5월 7일 숨을 거둘 때까지 저널리즘에 종사하면서 문필활동을 계속하였다.

에레디아는 스페인 전제정부의 억압 아래 놓여 있던 당시 쿠바 지식층의 운명을 대표한다고 할 수 있다. 자신의 조국에서 오랫동안 살 수 없었던 그는 쿠바로부터 단절되었다는 느낌을 항상 지니고 있었으므로 조국을 이상화하는 모습이 작품에 배여 있다. 이는 열광적인 애국심이라기보다는 조국에 대한 진한 사랑, 향수어린 강렬한 정감으로서 그의 작품에 독창성을 부여하고 있음을 감지할 수 있다. 에레디아의 시작품은

1825년 뉴욕에서 발간한 『시 Poesías』에 주로 수록되어 있다. 여기에는 「우울함의 즐거움 Placeres de la melancolía」, 「남쪽으로의 귀환 Vuelta al sur」, 「비너스 별에 부쳐 A la estrella de Venus」, 「태양 찬가 Himno al sol」, 「유배자의 찬가 Himno del desterrado」 등이 실려 있지만 가장 유명한 것은 「촐룰라의 사원에서 En el teocali de Cholula」와 「나이아가라 Niágara」이다.

17살에 쓴 「촐룰라의 사원에서」는 스페인에 낭만주의가 등장하기 10년 전에 나타난, 중남미 최초의 낭만주의 시라고 할 수 있다. 많은 비평가들은 이 작품에서 우수어린 정감, 향수어린 서정미, 정열에 불타오르는 어조로 역사의 위대함과 자연의 아름다움을 나타내는 표현 등 낭만주의 시의 전형적인 면모를 지적하고 있다. 이 시는 1820년에 처음 92시행으로 발표되었을 때 「어느 멕시코 시에 대한 묘사적 단편들 Fragmentos descriptivos de un poema mexicano」이라는 제목을 갖고 있었는데 1832년 150시행으로 완결지으면서 오늘날과 같은 이름을 붙이게 되었다. 떼오깔리 El teocali는 아스떼까인들에 의해 건축된 피라미드로서 일부분이 손상되어 있다. 시인 에레디아는 피라미드에 올라 그곳으로부터 내려다보이는 자연을 조망한다. 곧이어 황혼이 지고 밤이 찾아오며 과거에로의 몽상여행을 떠나게 된다. 시간과 공간을 거슬러 올라가 아스떼까 제국의 여러 왕들의 생활과 그들의 제례의식, 신앙에 대한 굳건한 행태를 서술하면서 새로운 역사인식이 펼쳐진다. 곧 과거에 찬란하였던 문명의 소산, 그 유적의 폐허 위에서 에레디아는 아스떼까 문화를 회상하며 고대 원주민의 미신적인 측면과 잔혹한 의식을 비판한다. 이러한 시각은 그후에 쓴 「아나왁의 주민들에게 A los habitantes de Anáhuac」라는 시에서 일부 수정되어 아스떼까인들을 스페인의 억압통치에 분연히 투쟁하는 상징으로 추앙하기도 했다. 임버트 Anderson Imbert는 그의 시가 지니는 독창성을 국가에 대한 사랑보다는, 그보다 더욱 강렬한 형태로 드러나 있는 향수에서 파악한다. 에레디아의 작품에 나타나 있는 자연경관과 애국심은 향수를 통해서 일깨워지며 그 궁극점은 멀리 떨어져 있는 조국 쿠바인 것이다. 결국 조국에 대한 애틋한 정서가 자연의 장엄한 풍경, 신비스러운 밤의 정경, 과거의 한순간에 펼쳐진 영광과 비극적 감정, 자유에 대한 꿋꿋한 의지와 함께 시의 내면에 흐르고 있음을 살펴볼 수 있다.

「나이아가라」는 1824년 그의 나이 20세 때에 널리 알려져 있던 유명한 폭포를 보고 자연의 위대하고도 장엄한 광경에 사로잡혀 쓴 시이다. 낭만주의의 열정에 가득 찬 그의 시적 재능은 눈에 보이는 현실에 대한 주관적인 감성의 폭발적인 분출과 함께, 거대함과 신비로움으로 사람을 압도하는 나이아가라 폭포의 장쾌한 모습을 표현하기에 충분하였다. 시의 초반부에서부터 쉴새없이 이어지는 영탄과 음성상징에 의한 반복, 열변을 토하는 듯한 시행의 장대한 리듬, 무수히 나타나는 의성어와 첩운법 등이 고조된 흐름을 따라서 폭포의 물보라와 거품이 소용돌이치는 소리를 생생하게 표현하고 있다. 시인의 영혼 속에 파고 들어온 감성을 낭만주의적 열망으로 표출하고 있는 탁월한 시적 기교는 독자에게 생동감 넘치는 감동을 주며, 그가 망명지에서 느끼는 슬픔과 고독을 전해주는 부분에서는 자연의 장엄한 광경과 대비되는 현실의 애조띤 면모가 부각되어 더욱 커다란 호소력으로 다가옴을 느낄 수 있다.

에레디아는 시작품 외에도 단편, 희곡, 문학비평을 남겼다. 『보편적인 이야기를 담은 독서집 Lecciones de Historia universal』은 그가 변호사로 있던 1832년에 발간되었으며, 가장 우수한 단편으로는 「어느 이탈리아 들치기꾼의 이야기 Historia de un salteador italiano」를 꼽을 수 있다. 이것은 낭만주의 성향이 엿보이는 작품으로서 결코 이탈리아에서는 일어나지 않았던 모험에 관한 이야기를 다루고 있는데, 이국적인 정서와 한 개인의 자유에 대한 열망이 전개된다. 극작품으로 우수한 것은 별로 없고 프랑스나 이탈리아 작가들에게서 받은 영향이 엿보인다. 곧 세니에, 알피에리, 볼테르의 작품들을 즐겨 읽었던 그의 면모가 모방성이 짙은 극작품에 반영되어 있다고 할 수 있다. 비평가로서 에레디아가 차지하고 있는 위치는 매우 중요하며 베네수엘라의 앙드레스 베요, 아르헨티나의 호세 마리아 구띠에레스와 함께 19세기 중남미의 3대 문학비평가로 손꼽힌다. 그의 비평작품들은 수준 차이가 심한 것이 단점으로 지적되는데, 우수한 것으로서 중후한 수필이 돋보이는 「루소 Rousseau」, 특히 바이런에 대한 깊이 있는 분석이 담겨 있는 「현대 영국시인들 Poetas ingleses contemporáneos」과 「소설에 관한 에세이 Ensayo sobre la novela」를 들 수 있다.

4 계몽주의 산문

4.1 일반적 성향

이 시기의 산문은 시대상황과 정치활동에 관련된 것들이 주류를 이루었다. 계몽주의와 자유주의 사상의 전파와 민중계도를 비롯하여 정치적인 중상모략, 흑색선전 등이 전환기에 편승하여 갖가지 행태로 난무하였다. 스페인 왕정에 의한 식민통치로부터 독립을 쟁취하고 새로운 공화국을 건설해 나가는 시점에서 사상의 정립과 교육이념의 고취는 아주 중요한 것이었다. 산문 역시 그러한 측면을 충분히 반영하고자 하였으나, 당시의 급변하는 정세와 공화국들의 내외에서 벌어진 갈등과 암투로 인해 폭넓은 사고와 깊이를 지닌 위대한 작품에는 이르지 못하고 주로 정치적 면모에 치중된 경향이 보인다. 산문은 초기에는 팜플렛과 소책자를 중심으로 작품 활동이 이루어지다가 신문, 잡지와 같은 저널리즘의 활성화와 함께 꽃을 피우게 되었다. 작가들의 신분은 신문기자, 정치가, 법률가, 논쟁가, 교육자, 군인 등으로서 그들의 글에는 신고전주의 경향이 잘 나타나 있다. 신문이나 잡지에 수록되는 기사, 논문, 수필, 서간문과 함께 산문체로 씌어진 서적들에서는 정치사상이나 정부형태에 관한 의견과 주장, 역사에 관련된 내용, 사회현상에 대한 비판, 문법에 관한 내용, 문학비평, 법률체제 등을 다루고 있다.

산문의 발전과 아울러 특기할 만한 사실은 이 시기에 중남미 최초의 소설이 발간되었다는 점이다. 곧 페르난데스 데 리사르디에 의해 1816년 일종의 악자소설인 『뻬리끼요 사르니엔또』가 씌어짐으로써 중남미 문학은 새로운 전기를 맞게 되었다. 앞 부분의 식민지시대의 문학에서 살펴보았듯이 19세기 이전까지 산문의 진행 속도는 매우 느렸으며 여러 가지 제약으로 인해 답보상태를 벗어나지 못하고 있었다. 1531년에 이사벨 여왕이 취했던 종교적인 내용을 제외한 모든 기사소설, 세속적인 이야기의 반입·유포 금지조치와 그 후의 일관된 정책과 검열 제도로 인해 산문은 연대기나 단순한 문학적 픽션, 풍자성을 띤 수필 등으로 명맥을 유지할 수밖에 없었다. 여기에 전반적인 문학의 흐름이 카톨릭 교리나 윤리적 측면을 강조하는 이념적, 교훈적인 경향을 추구하였기 때문에 독자들에게 단순한 유희나 쾌락을 제공해 주는 요소는 상대적으로 매우 적었다.

한편 유럽의 경우에서 나타나는 소설의 출현과 사회발전단계를 살펴보면 부르주아계급이 소설의 독자층을 형성하게 됨을 알 수 있으며, 도시화의 진행과정과 집중현상에서 빚어지는 개인과 사회의 갈등을 반영하고 있음이 드러난다. 이러한 사실에 주목해 보면 중남미의 경우, 18세기 후반부의 비약적인 산업발전과 도시화로 인해 소설이 제 모습을 드러낼 수 있는 여건을 이미 갖추고 있었다. 이러한 상황 속에서 서서히 발전해 온 중남미의 산문은 1810년 스페인의 까디스 국회에서 인쇄출판의 자유를 허용하게 되자 그 몇 년 후에 『뻬리끼요 사르니엔또』의 출현을 맞이하게 된 것이다. 중남미 소설의 초기 모습은 부르주아 사회의 유희나 쾌락을 위한 유럽의 소설들과는 다른 면모를 보였다. 전환기 시대의 복잡한 상황에 결단코 둔감할 수 없었던 소설은 갈등을 야기시키는 정치적·사회적 현실에 대한 폭로, 증언과 함께 인간과 사회를 둘러싸고 벌어지게 되는 문제들을 분석하였다. 곧 급격하게 변동하는 사회를 충분히 반영하고자 하는 의도 아래 일정하게 풍속주의적인 면모를 보여주었다고 할 수 있다.

4.2 호세 호아낀 페르난데스 데 리사르디

멕시코는 물론 중남미 최초의 수설가로 알려진 페르난데스 데 리사르디 José Joaquín Fernández de Lizardi(1776~1827)는 멕시코시티에서 태어났다. 떼뽀쫄뜰란에서 초등교육을 받은 그는 성 일데폰소 고등학교Máximo Colegio San Ildefonso에 들어가 철학과 라틴어를 공부하였다. 의사의 아들로서 중류계층에 속하였지만 남다른 학구열을 가져서 라틴 고전작품과 스페인 작가들의 작품을 열심히 읽었으며 계몽주의 사상에 눈뜨게 되었다. 그 후 미겔 이달고Miguel Hidalgo 신부가 이끄는 독립운동 단원으로 활약하였으며, 문필활동에 참여하기 시작하여 ≪멕시코 신문 Diario de México≫에 풍자성이 짙은 글을 게재하기에 이르렀다. 그는 1812년에 ≪멕시코 사상가 El Pensador Mexicano≫신문을 간행하였지만 정부를 신랄하게 비판했던 기사로 인해 체포되어 감옥생활을 하게 되었다. 이를 계기로 시인, 정치 풍자가, 우화작가로 활약하던 그는 비교적 검열의 위험이 적은 소설로서 스페인 왕정과 식민지 위정자들을 공격하기 위하여 소설가로 전향하게 되었다. 대표작 『뻬리끼요 사르니엔또 El Periquillo Sarniento』를 위시하여 『구슬픈 밤들과 유쾌한 날 Noches tristes y día alegre』, 『끼호띠따와 그녀의 사촌 La Quijotita y su prima』, 사후에 발간된 『파첸다의 돈 까뜨린 Don Catrín de la Fachenda』 등 그의 모든 소설작품은 독립 이전에 씌어진 것으로 알려져 있으며, 독립이 되어 검열제도가 폐지된 후에는 다시 신문으로 복귀하였다. 정부 기관지 ≪정부 관보 La Gaceta del Gobierno≫의 편집장을 역임하고, 1826년에는 자신의 신문 ≪주간지 El Correo Semanario≫를 간행하였으며, 마침내 1827년 6월 27일 당시의 정치적·사회적 부조리에 대한 그의 개혁의지를 천명한 소책자 『유언과 작별 Testamento y despedida』를 남겨 놓고 숨을 거두었다. 그는 자유주의 정신에 가장 충실한 독립사상가로서 존경받았으며 백인, 인디오, 흑인 등 모든 인종을 초월한 인간의 평등과 권리 존중을 역설하고 전계층을 대표하는 의회의 설립과 여성해방, 종교의 완전한 자유, 교육기회의 균등을 주장하였다.

리사르디의 작품은 주로 중간계층에 속하는 인물을 주인공으로 설정하고 있으며, 모든 특권이 배제된 수령 caudillo의 실상과 가치를 새롭게 조명하기도 한다. 이러한 면모는 피카레스크 문학형태로 표현되고 있으며 18세기 후반에서 19세기 초엽에 이르는 격동의 전환기 사회에서 주인공이 식민제도, 교회, 수도원, 학교, 재판소, 군대라는 테두리 안에서 몰락해가는 양상을 사실적으로 그려내고 있다. 그의 작품으로는 신문이나 잡지에 썼던 풍자성을 띤 기사나 정치적 색채가 농후한 산문, 소책자 등과 아울러 앞에서 언급한 4편의 소설을 들 수 있다. 가장 많이 알려진 작품 『뻬리끼요 사르니엔또』는 1816년 최초로 발간되었을 때 노예제도를 극히 부정적인 시각으로 그렸다는 이유로 검열에서 일부가 삭제되었으며, 결국 1831년에야 완결편으로 나올 수 있었다.

이 작품의 제목은 식민제도의 희생물이 된 주인공 뻬드로 사르니엔또의 별명으로 식민지 사회의 쇠퇴한 면모를 닮은 나약한 정신을 상징하고 있다. 1인칭 서술자 시점으로 씌어져 있으며 주인공이 노년에 들어서 후손들에게 자신의 경험을 교훈삼아 전해주기 위해 집필하는 형식을 취하고 있는 이 소설은 『라사리요 데 또르메스 El Lazarillo de Tormes』와 유사한 형태를 보여주고 있다. 주인공의 가정, 학교생활, 그후에 모시게 된 주인들, 판사, 의사, 변호사, 범죄자, 성직자 등 작품에 나타나는 상황과 인물들은 식민지 사회의 모든 면을 생생하게 드러내고 있다. 뻬드로 사르니엔또는 악자소설의 주인공답게 혼란기 사회에서 냉소적인 기회주의자로서의 면모를 보이며 스페인인과 인디오 간의 차별대우, 지도층과 지식계급의 추악한 윤리의식, 계몽주의 사상에 아랑곳하지 않고 엄격한 규율만 강조하는 스콜라 철학자와 성직자들의 교육방식등을 비판하고 있다. 그의 활동 무대는 여행과 모험을 하면서 편력하였던 멕시코시티와 인근지역, 뚤라, 아까뿔꼬, 필리핀과 미지의 신비스러운 섬에 이르기까지 다양하며 등장하는 인물들이 구사하는 통속어 사용과, 그들이 속해 있는 위선과 부조리가 판치는 사회에 대한 사실적인 묘사와 함께 풍속주의적인 측면을 강하게 부각시키고 있다. 이 작품에 대해 비평가들은 구성과 인물설정에 있어서의 치밀성 부족, 구태의연함을 들어 비판을 가하기도 하였는데 에밀리오 까리야는 기자로서의 리사르디가 지니고 있는 성향을 들어 세련되고 완벽한 산문체와 구성보다는 식민사회의 불합리한 상황에 대한 폭로와 독자들에게 흥미를 유발시킬 수 있는 빠른 내용전개에 더욱 커다란 비중이 주어져 있음을 지적하였다. 여기에서 특기할만한 사항은 스페인의 악자소설과 다른 모습이다. 이 작품의 주인공은 스페인의 경우와는 달리 중간계층에 속해 있으며, 그의 아버지는 사회에 봉사할 수 있는 보다 유익한 직업을 갖게 하고자 아들을 학교나 수도원으로 보내는 정직하고 명예로운 인물이자 올바른 윤리관을 갖춘 인물로서 설정되어 있다. 따라서 주인공의 악자적인 면모는 잘못된 교육제도와 쇠퇴해 가는 식민사회의 부조리한 시대상황에 접목되어 있다는 인상을 준다.

다른 작품『끼호띠따와 그녀의 사촌』(1819, 1831)은 교훈적인 소설로서 남성위주의 억압적 사회현실에서 여성들에게 가해지는 교육의 폐단을 다루고 있다. 이 작품에서는 루소의『에밀』에서 받은 영향이 보여지며, 당시의 멕시코 여성들이 받는 교육을 신랄하게 비난하면서 올바른 교육이념을 촉구한다. 1832년 발간된『파첸다의 돈 까뜨린』은 몰락해 가는 식민지 귀족사회의 모습을 상징적으로 그리고 있다. 주인공 돈 까뜨린은 모든 특권을 잃어버린 귀족계층의 대변자로서, 오만하고 비타협적이며 말만 앞세우고 일하는 것을 천시하는 인물로 그려져 있다. 그는 급변해 가는 상황 속에서 불평과 비판으로 나날을 보내다가 정신적인 혼란을 거듭한 끝에 결국 자살로 자신의 생을 마감하게 된다.

리사르디는 인종차별과 노예제를 반대한 자유주의자로서 그가 살았던 사회의 시대상을 작품에 반영하였다. 그의 작품에는 진보주의, 박애사상, 합리주의, 자유와 이성의 가치에 대한 신념, 사회개혁에 대한 고귀한 열망, 불합리하고 부조리한 사회를 구제하기 위한 유일한 수단으로 믿은 교육에 대한 굳건한 의지가 짙게 깔려 있다. 또한 그는 중남미 문학사에서 풍속주의적인 장르를 개척한 선구자들 중의 중요한 인물로 평가된다. 『뻬리끼요 사르니엔또』이후 수많은 작품들이 악자 pícaro를 주인공으로 설정하여 시대상황와 사회현실을 사실적으로 그려냈으며 그러한 풍속주의적 측면과 함께 소설장르가 더욱 발전되고 풍부해지는 경향을 띠게 되었다. 그 중 몇몇 작품을 들어보면 아르헨티나 작가 빠이로 Roberto José Payró(1867~1928)의 『라우차의 결혼 El casamiento de Laucha』, 『환 모레이라 손자의 유쾌한 모험들 Las divertidas aventuras del nieto de Juan Moreira』, 『빠고 치꼬 Pago Chico』를 비롯하여 볼리비아의 현대작가 뜨리스딴 마로프 Tristán Marof(1898~1979)의 『수에또니오 삐미엔따 Suetonio Pimienta』, 멕시코 작가 루벤 로메로 José Rubén Romero의 『삐토 뻬레스의 무익한 생애 La vida inútil de Pito Pérez』등을 꼽을 수 있다.

4.3 비센떼 빠소스 칸키

볼리비아 라 빠스 관할구의 일라바야 마을에서 아이마라족 원주민을 부모로 하여 태어난 빠소스 칸키 Vicente Pazos KanKi(1779~1845)는 꾸스꼬 대학에서 신학과 법학을 공부하였다. 계몽주의 사상과 혁명투쟁 이념에 깊이 동조하였던 그는 스페인에 의한 식민통치에 반기를 들고 항거하였다. 1810년경 조국을 떠나 부에노스 아이레스로 가서 마리아노 모레노와 함께 《라 가세따 La Gaceta》 신문에 공동으로 참여하였으며 1817~1821년에는 뉴욕에서 체류하였고, 얼마 후에는 유럽으로 건너가게 되었다. 1829년 산따 끄루스 Santa Cruz장군이 통치권을 인수하게 되자 그는 런던 주재 볼리비아 영사로 임명되었으며 거기에서 숨을 거두게 될 때까지 정치적·외교적 활약과 문필활동을 벌였다. 칸키의 산문작품은 신문기자, 역사가로서의 면모와 부합되고 있다. 그는 잘 알려진 작품 『역사적 · 정치적인 비망록 Memorias histórico-poéticas』과 『예수 그리스도의 복음서 El Evangelio de Jesucristo』에 대한 스페인어, 아이마라어 역문을 남겼다. 그에 대해서 오떼로 Gustavo Adolfo Otero는 유서 깊은 아메리카 명문 출신의 시인으로서 자유를 주창한 인물, 볼리비아 정신을 형성한 선구자로 평하고 있다.

4.4 시몬 볼리바르

카라카스에서 태어난 중남미 독립의 영웅으로서, 해방자로 잘 알려져 있는 볼리바르 Simón Bolívar(1783~1830)의 산문가로서의 면모는 그가 남긴 「침보라소산에 대한 나의 황홀경 Mi delirio sobre el Chimborazo」, 「자메이카에서의 편지 Carta de Jamaica」, 앙고스뚜라 헌법 Constitución de Angostura의 서론, 올메도에게 보낸 2통의 편지를 통해서 살펴볼 수 있다. 루소의 계몽주의, 몽테스키외의 정치사상에 깊은 영향을 받은 볼리바르의 글에 대하여 그의 전기작가들 중의 한 사람인 살바도르 데 마다리아가 Salvador de Madariaga는 사고의 예리함, 감미롭고 유쾌하며 자연스러운 형태로 흘러나오는 필치를 지적하고 있다. 이러한 면모는 『후닌의 승리』를 읽은 후 올메도에게 보냈던 1825년 6월 27일, 7월 12일자로 된 두 통의 편지에서 잘 나타난다. 곧 비평에 임하는 진지한 자세와 명쾌한 시각, 예리함이 돋보이는 분석, 고전과 신화에 대한 해박한 지식은 그가 인문주의 교육을 충실히 받은 인물로서 폭넓고 깊은 독서활동을 해왔음을 유추할 수 있게 한다.

가장 많이 알려진 산문작품 「자메이카에서의 편지」는 1815년 9월, 스페인 군대에게 일시적으로 패배당한 볼리바르가 자메이카로 망명하여 공화국의 설립에 관심을 갖는 자마이카의 총독인 만체스터 공작으로 추정되는 한 신사에게 보낸 편지이다. 그 내용은 중남미 대륙의 해방에 대한 당위성과 스페인 왕정과 식민지 위정자들에 대한 끄리오요의 분노, 독립 이후의 공화국 설립에 대한 정치적인 예견 등을 담고 있다. 중남미 해방에 대한 영국의 관심을 자극하고 군사원조 및 정치적 토대를 다지기 위해 씌어진 이 편지에서는 새로운 국가의 정부형태로서 중앙집권제를 통한 공화국 설립, 끄리오요 엘리트에 의한 세습적 상원제, 일반민중들에 대한 선출적 하원제를 주장하고 있으며 마지막 부분에서는 범아메리카 Pan-América의 원대한 포부를 피력한다. 볼리바르는 중남미 각 공화국의 대표들로 구성될 국제기구를 목표로 하여 파나마에서 전쟁과 평화문제에 대한 협상과 함께 전대륙의 통일을 추구하고자 했으나 결국 지역패권주의와 연방주의자들에 밀려 그의 이상은 실현되지 못하고 말았다.

볼리바르의 산문에 나타나는 문체에서는 정치가로서의 선동적인 면모와 신문기자와도 같은 예리함이 엿보인다. 그는 일반민중이 주로 사용하는 구어체를 작품에 사용하여 정치상의 경쟁자나 자신과 반대되는 사상을 지닌 인물들을 유효적절하게 풍자하고 공격하였다. 이에 몇몇 비평가들은 볼리바르의 글에 나타난 사상이 18세기의 인문주의 전통에 확고히 뿌리박고 있지만 표현방식은 일반민중에 접목되어 있음을 지적하면서 여기에 그의 문체가 지니는 독특한 색조가 있다고 파악하고 있다.

4.5 기타 산문작가들

이 시기에 활약하였던 다른 산문작가들의 숫자는 시인들에 비해 상대적으로 적었다. 그것은 시장르의 우세함과 함께 산문의 주된 활동무대였던 신문이나 잡지 등에 실렸던 작품 중에 작가의 이름을 알 수 없는 익명의 작품이 많았기 때문이다.

호세 세실리오 델 바예 José Cecilio del Valle(1780~1834)는 온두라스에서 태어났으며 정치가와 문인으로 이름을 떨쳤다. 계몽주의 사상에 투철하였던 그는 두 개의 신문사를 설립하였으며, 멕시코의 외무장관을 역임하기도 했다. 몇 번의 선거전 끝에 1834년 연방대통령에 당선되었으나 취임 전에 생을 마쳤다. 산문작품으로 정치, 역사, 사회 현안에 대한 몇 편의 수필이 있으며, 대표작은 중앙아메리카의 연방제를 옹호하는 내용을 담은 『단일연방의 필요성에 대한 에세이 *Ensayo sobre la necesidad de una federación*』를 꼽을 수 있다.

그 밖의 산문가로는 독립투쟁에 헌신적으로 뛰어들어 신문지상에서 정치·종교 논쟁을 활발히 벌였던 멕시코 태생의 세르반도 떼레사 데 미에르 Servando Teresa de Mier 수사(1763~1827)와 중남미의 혁명투사들을 위해 정치가와 신문기자로 활약하였던 아르헨티나 출신의 베르나르도 데 몬떼아구도 Bernardo de Monteagudo(1785~1825) 등을 들 수 있다.

제4장
낭만주의

1 낭만주의 문학의 일반적 성격

낭만주의는 19세기 초기에 나타나 유럽 전역에 빠르게 퍼져나간 문예사조로, 신고전주의에 의하여 이루어진 문학의 경직성과 규범성에서 탈피하여 감성과 인간의 창의성에 중점을 둠으로써 프랑스, 영국, 독일, 이탈리아, 스페인 및 중남미 문학에 매우 중요한 영향을 끼친다. 낭만적이라는 말은 감성적인 이야기들을 지칭하기 위하여 18세기 초기에 독일에서 나타난 단어이다. 이 말이 문학사가들에 의하여, 신고전주의와 구별되는 유럽에서 문학의 새로운 가치를 표방하는 흐름을 가리키는 데 사용되기 시작한 것은 1800년경의 일이었다. 이 새로운 문학흐름은 1815년부터 1830년까지 있었던 많은 논쟁을 통해 새롭게 정의되고 문예사조로서 정착된다. 낭만주의 시대에는 예술과 인간성의 자유는 항상 추구되는 가치였다. 따라서 〈자아〉는 낭만주의에서 가장 중요한 중심으로 주장되었으며 외부의 어떤 규칙에도 복종하려 하지 않았다. 이 시대에는 보편적 가치보다는 개별적 가치가 더 중요시되었으며, 그에 따라 민족성이 각 지역의 독자성과 결합하여 나타나게 되었다. 또한 사랑이 자유, 영광, 진보 등의 개념과 함께 낭만주의의 중요한 개념으로 등장한다.

문학에서의 낭만주의는 역사저, 정치적, 지리적 및 정신직 이정표를 의미한다. 즉, 이것은 19세기라는 시간과 자유주의라는 정치적 이상, 유럽과 아메리카라는 지역, 그리고 새로운 감성이라는 정신적 가치로 나타났다. 이러한 낭만주의는 사회적 낭만주의와 감상적 낭만주의로 나뉘어서 설명되는데, 사회적 낭만주의는 민족주의나 자유주의와 연관된 정치적 의미를 강하게 내포한 경향을 지시하며, 감상적 낭만주의는 그것보다는 인간의 감성을 보다 중요시하는 흐름을 말한다. 호세 마르몰의 『아말리아』와 호르헤 이삭스의 『마리아』는 바로 중남미 문학에서 이 두 가지 낭만주의의 좋은 예가 되고 있다. 마르몰은 자기의 역사소설에 플라타강 유역의 주민 사회의 정치적인 요소를 끌어들여 이 문제에 대한 자신의 견해를 나타내고 있는 반면에 이삭스는 에프라인의 사랑을 통해 개인의 감성을 성공적으로 그려내고 있다.

18세기 유럽의 이성 중심적 태도에 대한 반작용으로 등장한 낭만주의는 자기 중심주의, 개성 중시, 독창성, 개인주의, 영감 등을 강조한다. 낭만주의 시대의 영웅은 정신적, 육체적 및 감성적 측면에서 모든 사람들보다 우월하여, 주변 사람들과 구별되는 하나의 특별한 인간으로 인식되었다. 낭만적 영웅은 곧 젊고 감성이 풍부하면서 동시에 아름다운 존재로 주변 사람들의 시선을 끌고, 그들을 매혹시키면서, 또 그들로부터 찬양을 받는 인간이었다. 정열적인 삶을 살며, 때때로 작가와 동일인으로 묘사되기도 했다. 또한 낭만주의 작품들에서 나타난 자연의 이미지는 이 시대 작가들의 특징을 잘 나타내준다. 낭만주의 시인들은 인간 세계로부터 떠나, 자연 속에서 자신의 감성에 대한 해답을 찾고 있다. 낭만주의의 슬픔은 바로 회색빛 풍경이며, 공터는 상실감으로 가득 찬 우울을 나타낸다. 그리고 이러한 모든 느낌들의 근원에는 자연이 존재했다. 따라서 낭만주의자들에게 있어 자연은 신이 인간들에게 자신을 실현해 보이는 수단으로 종교적 의미까지 띠게 되었다. 인간은 그 자연을 찬양하며, 풍요로운 신으로 생각했다. 인간은 구름과 파도, 나무들과도 대화가 가능했고, 밤을 명상과 고독 그리고 꿈을 위한 시간으로 생각하게 되었다. 자연을 신이자 신뢰하는 친구로 생각하는 이러한 태도로 하여 작품에 황혼이나 밤 또는 달이나 태풍 등의 주제가 자주 등장하게 된다. 낭만주의는 문명의 이기를 벗어나 자연 속에서 안식과 피안을 찾는 열정이었다. 이러한 낭만주의적 인간의 도피는 이국적인 것의 추구와 미지의 세계로의 여행으로 이어졌다.

이러한 경향은 베르나르딘, 샤토브리앙, 바이런경이나 빅토르 위고 등의 작품에서도 나타나는데, 여기서 역사의 근원은 바로 아프리카나 아메리카의 밀림이라고 생각되어 과거에 있었던 탐험이 작품 속에서 재현되었다. 월트 스코트, 알레한드로 두마스, 빅토르 위고 또는 그 밖의 독일 낭만주의 작가들은 역사소설을 통해 그 이국성을 표현하였다. 더불어 감성과 느낌을 문학을 통하여 자유로이 표현할 수 있게 됨으로써 이상적인 사랑이 낭만주의에서 매우 중요하게 대두되었다.

2 중남미 낭만주의 문학

2.1 역사 및 문학적 배경

문학운동으로서의 중남미 낭만주의는 정치적으로 무정부 시대로 알려진 1830년부터 1860년까지에 해당한다. 이 시기는 중남미 각국에 있어서 내란 그리고 독재정치로 인한 사회적, 정치적 혼란기라 할 수 있다. 이러한 정치적 혼란기를 틈타서 각 종족의 수장들이 국가적 질서보다는 자기 지역과 종족의 이익을 더 중요시했고 이 와중에 몇몇 독재자들이 나타나 자신의 정적들을 억압하면서 정권을 장악했다. 환 마누엘 데 로사스 Juan Manual de Rosas가 1829년부터 1852년까지 정치권력을 장악하여 아르헨티나 전역을 통치하던 때도 이 시기였다. 플라타강 유역의 여러 지방들이 몬테비데오를 중심으로 우루과이로부터 분리독립운동을 10년간 펼친 것도 바로 이 시기였다. 에콰도르에서는 가브리엘 가르시아 모레노 Gabriel García Moreno가 나타나 1854년부터 1861년까지 신정정치를 폈다. 볼리비아와 페루도 각각 독립하기 위하여 싸웠고, 페루의 경우에는 1862년 수장인 라몬 까스띠야 Ramón Castilla라는 인물이 나왔다. 베네수엘라에서는 안또니오 구스만 블랑꼬 Antonio Guzmán Blanco가 나타나 1870년부터 1887년까지 독재정치를 했으며, 파라과이에서도 프란시아 Francía 박사가 권력을 쥐고서 1814년부터 그가 죽던 해인 1840년까지 독재정치를 했다. 멕시코에서는 1822년의 이뚜르비데 Iturbide 사건이나 합스부르크 왕가의 막시밀리아노 Maximiliano 사건과 같은 왕정복고운동도 있었다. 특히 후자의 경우는 프랑스가 무력으로 이 운동을 지원했으나 1867년 베니또 후아레스 Benito Juárez에 의해 좌절되었다. 이러한 수년간의 내란과 혼란을 거친 뒤에 중남미 대륙에는 새로운 정치적 안정이 찾아왔다. 이것은 하나의 긴 기다림이었으며 국가적 체계가 잡혀가기 시작하는 계기가 되었다.

중남미 각국의 형성은 무정부 시대와 국가 형성 사이에 시간적 차이점이 있기는 하지만, 두 가지로 나누어 이해가 가능한 낭만주의 문학의 흐름과 일치한다. 이 두 가지는 먼저 초기에 해당하는 사회적 낭만주의 (1830~1860)와 두번째 시기인 감상적 낭만주의(1860~1890)이다.

사회적 낭만주의는 18세기의 민주주의 이상과 백과사전파와 함께 자라난 자유주의 사상에 근간을 두고 있다. 이 시기의 작가들은 이전 시대에는 볼 수 없었던 소수 집단들이 사회 전면에 나섬으로써 야기된 혼란 속에서 자유와 진보의 진정한 의미가 무엇인지 밝히려고 애썼다. 이 시기에 정치적 책임감을 떠맡고 나선 것은 시인이나 소설가, 혹은 수필가들이었고, 이들은 작가로서 국가라는 것이 무엇인가 하는 문제를 그들의 문학작품 속에서 해결하려 했다.

특히 이러한 낭만주의가 갖는 정치적 의미는 멕시코의 경우에 극명하게 드러난다. 보수파들은 식민지 시대의 제도와 문화, 사회적·경제적 구조를 그대로 유지하려고 했고, 자유주의자들은 과거의 청산을 주장했다. 이 투쟁이 오랫동안 지속됨에 따라 멕시코는 독재와 무정부 시대를 번갈아 겪은 끝에 마침내 내란이 발생하고, 여기에서 개혁파가 승리함에 따라 막시밀리아노 황제의 제국은 무너지고 자유주의적 규범들이 실현되었다. 또 포르피리오 디아스 Porfirio Díaz 장군이 외형적으로는 적법한 장기 독재를 하는 가운데 국가적 체계가 정비되었다. 이 시기에 많은 작가들이 내란에 참가했다. 즉 고전작가들은 보수주의 진영에 가담했고 낭만주의 작가들은 자유주의 대열에 가담하여 그들의 정치적 이상을 위해 투쟁했다. 고전작가들은 먼 과거로는 그리스·라틴 문명을, 가까운 과거로는 식민지 시대적 전통을 옹호했으며, 낭만주의 작가들은 프랑스, 영국 및 스페인에서 비롯한 낭만주의적 예술과 사상적 혁신을 주장했다.

감상적 낭만주의에 해당하는 두번째 시기에는 정치적 문제와 낭만주의가 분리되어서, 보다 순수하고 개인적인 낭만주의가 형성되었다. 이 시기의 문학작품들은 독자들에게 감명을 주는 것이 보다 중요하다고 생각했으며 작가의 주관적 세계를 드러내려고 했다. 내면의 정서가 주로 그려지고 있으며 이상적인 경치의 묘사를 통한 지방색의 표현이 보다 중요시되었다.

2.2 문학장르 및 경향에 따른 시대구분

낭만주의 문학은 장르별로는 시, 소설, 수필로 구분할 수 있으며, 시대적으로는 전기에 해당하는 사회적 낭만주의와 후기에 해당하는 감상적 낭만주의로 구분할 수 있다.

시의 경우에 전기 낭만주의 시인으로서 아르헨티나의 에스테반 에체베리아와 콜롬비아의 호세 에우세비오 까로가 있고, 후기의 시인으로서는 베네수엘라의 호세 안또니오 마이띤꾀 휜 인또니오 페레쓰 보날데, 콜롬비아의 그레고리오 구띠에레스 곤살레스와 라파엘 뽐보, 멕시코의 마누엘 아꾸냐, 아르헨티나의 올레가리오 빅토르 안드라데와 우루과이의 환 소리야야 데 산 마르띤이 있다. 소설의 경우에, 전기의 작가로는 쿠바의 헤르뜨루디스 고메스 데 아베야네다와 아르헨티나의 호세 마르몰이 있고, 후기의 작가로는 칠레의 호세 블레스트 가나, 콜롬비아의 호르헤 이삭스, 멕시코의 마누엘 알따미라노, 에콰도르의 환 레온 메라, 그리고 산또 도밍고의 마누엘 데 헤수스 갈반이 있다. 수필에서 사회적 낭만주의 작가로는 아르헨티나의 도밍고 파우스띠노 사르미엔또가 있고, 감상적 낭만주의 작가로는 페루의 리까르도 팔마, 에콰도르의 환 몬딸보, 푸에르토리코의 에우헤니오 마리아 데 오스또스 및 쿠바의 엔리께 호세 바로나가 있다.

3 낭만주의 시

낭만주의자란 곧 시인을 가리킨다고 말할 수 있을 정도로 낭만주의에서 시는 매우 중요한 역할을 하였다. 따라서 이 시대에는 인간의 영혼이 느끼는 감동을 가장 잘 표현할 수 있는 중간 매개체가 시라고 생각했을 정도로 시 분야가 전성기를 이루었다. 낭만주의 시인은 자신의 감정과 감동을 직접적으로 노래하였고 느낌을 생동감 있게 표현할 수 있어서 독차들과 깊은 교감을 나눌 수 있었다. 시인은 쓸쓸함과 우울함을 노래함으로써 내면세계의 슬픔과 고통을 승화시켜 표현했다. 이 시기에는 주관적이고 서정적인 시가 유행하였고 인간의 사랑이 서정시의 중요한 테마가 되었다. 낭만주의 시는 사랑, 종교 등의 내면세계를 다룬 감상시

Poema sentimental, 풍경묘사를 중심으로 한 묘사시 Poema descriptivo, 역사적 일화를 주된 테마로 한 서술시 Poema narrativo로 분류할 수 있다.

3.1 에스떼반 에체베리아

3.1.1 생애와 작품

에체베리아 Esteban Echeverría(1805~1851)는 아르헨티나 낭만주의의 개척자이면서 중남미 낭만주의의 선구자로서 1805년 9월 2일에 부에노스 아이레스에서 태어났다. 그는 산 펠모 학교에서 공부했고 1822년에 대학 예비과정에 등록하여 라틴어와 철학을 공부했다. 그는 형제가 많은 대가족을 부양해 오던 자신의 어머니의 죽음으로 인한 고통과 비애로 가득찬 젊은 시절을 학업에 전념함으로써 극복하려고 했다. 1825년 그는 잠시 공부를 그만두고 상업에 종사하기도 했지만, 학문에 대한 열정으로 곧 그만두고 유럽여행을 떠나게 되었다. 이 여행은 나중에 낭만주의자가 된 그에게 매우 중요한 의미를 지니게 된다. 그는 1830년까지 파리에서 머물면서 소르본 대학을 비롯하여 그 당시에 일고 있던 낭만주의 사상과 접할 수 있는 모든 곳을 찾아다녔다. 1830년 그는 유럽에서 접했던 이 새로운 예술과 사상을 낭만주의 열매와 함께 가지고 부에노스 아이레스로 돌아왔다. 이때부터 에체베리아는 창작의 길을 걷기 시작하면서 첫 작품 『엘비라, 플라타의 연인 Elvira o la novia del Plata』(1832)를 발표하였다. 이것은 스페인 낭만주의의 효시로 알려진 앙헬 사아베드라 Angel Saavedra의 시 『버려진 모로인 El moro expósito』보다 한 해가 앞섰다. 에체베리아는 낭만주의 예술이론을 세우고 자기의 작품에 적용했으며 또 정치이론을 정립하기도 했는데, 그 내용이 『사회주의 교리』의 핵심내용이 되었다.

또 그는 정치적 활동으로서 〈오월 협회 Asociación de Mayo〉를 1837년에 조직하여 로사스 Rosas 정권을 무너뜨리기 위하여 노력하였으나 독재는 더욱 강화되고 반대파들에 대한 박해가 강화되어 1847년에 몬테비데오로 망명하였다. 그의 생애는 세 단계로 나누어볼 수 있는데 1805년부터 1820년까지의 부에노스 아이레스에서의 생활이 첫단계이고, 파리에서 공부하던 1825년부터 1830년까지가 두번째 단계이며, 낭만주의의 대가로 활동하던 1831년부터 몬테비데오에서 죽던 1851년까지를 마지막 단계로 볼 수 있다. 예술의 사회적 기능과 한 민족의 표현으로서의 시에 관한 에체베리아의 미학적 사상은 그의 문학작품과 다른 교리적 저서 속에 잘 나타나 있다. 첫번째 경우에 속하는 작품으로서는 1837년의 『포로 여인』, 1839년의 『도살장』이 있는데 이 작품들 속에는 사회적 낭만주의가 잘 나타나고 있다. 두번째 경우에 해당하는 작품으로는 1839년에 발표된 후, 1846년 몬테비데오에서 망명생활 중에 다시 새로운 제목으로 출간되었던 『사회주의 교리 Dogma socialista』가 있다. 이 『사회주의 교리』는 자유주의적 정치적 사상의 핵심을 담은 작품으로 당시의 아르헨티나를 보다 잘 이해하고 더 나아가서 아르헨티나의 현실을 19세기의 진보된 사회로 바꾸어보려는 노력에서 나왔다.

3.1.2 『포로 여인』

이 시는 아홉 개의 노래와 2142행의 에필로그로 이루어져 있고, 그 속에는 6행시와 10행시 및 로만세 형식의 시와 함께 6음절 또는 8음절 형식이 주로 사용되었다. 이 작품에서 1장부터 4장까지의 노래 속에는 사막, 습격 그리고 죽음의 장면이 주로 묘사되어 있고, 5장부터 9장까지의 노래 속에는 브리안이나 여걸이었던 마리아와 같은 주인공들에 대한 이야기를 기술하고 있다. 에체베리아는 이 작품에서 중남미의 현실을 표현하는 데 낭만적 전설을 가미하고 있으며, 사막은 유목생활을 하는 원주민들이 거주하는 지역으로 나타난다. 에체베리아는 자신의 시를 사막에 위치시켰는데 그 이유는 그가 아르헨티나의 평원지대를 민족성의 근거지로 생각했기 때문이다. 1837년에 발간된 잡지인 《경고 Advertencia》에서 그는 사막에 대하여 〈사막은 가장 풍부한 우리의 문화유산이다. 우리는 이 사막 속에서부터 우리의 번영과 발전을 위하여 부를 이끌어 내어야 할 뿐 아니라, 우리 민족문학을 육성하고 도덕성을 키우기 위하여 시를 찾아내어야 한다〉라고 말하고 있다.

『포로 여인 *La Cautiva*』은 당시 아르헨티나의 지리적, 사회적 환경의 묘사 위에 원주민의 마리아 납치와 낭만적 주인공인 브리안의 활약을 극적으로 묘사하고 있다. 특히 이 작품 속에는 아직 원시상태에 가까운 원주민 생활과 풍습과 자연경관이 8음절 시행과 함께 때때로 나타나는 산문적 서술 속에서 낭만적으로 표현되고 있다. 이 작품에는 낭만성과 향토성이 특히 잘 조화를 이루고 있다. 작가의 감성은 시각적 상상을 통하여 자연경관을 묘사하였고, 이것은 나아가서 시간적으로 전개되는 시 전개의 시간성에 생명을 불어넣어주고 있다. 평원은 어둠침침하게 묘사되고, 밤은 슬프고 어두우며, 두 주인공 브리안과 마리아는 고독에 휩싸인 영혼의 눈으로 어두운 소외감이나 그늘진 희망을 보고 있다. 호랑이는 새로운 운명을 가져오고 해오라기는 불행을 알리는 불길한 징조의 새로 나타난다. 짚단은 장례식을 연상시키고 바람과 폭풍 등 자연의 요소들은 주인공들의 심적 상태에 깊이 반영된다. 이 작품에는 객관적 대상으로서의 자연과 사랑의 무대로서의 자연이라는 자연의 두 가지 모습이 대조를 이룬다.

작품의 뒷부분에는 평원이 죽은 자들의 평화로운 삶으로 채워진다. 커다란 나무들은 이제 은혜로운 지붕이며 사막의 새들에게는 피난처로 묘사된다. 마리아 무덤의 십자가 곁에 자라기 시작한 나무는 동물들과 기독교인들에게는 풍요롭고 유익하지만 주인공들을 죽인 원주민들에게는 가시나무로 묘사되어 작품이 이중성을 더한다. 에체베리아에 따르면 『포로 여인』에서 작가의 주된 의도는 사막의 외형에서 잡아낼 수 있는 시적인 면들을 그리는 데 있다고 한다. 즉 자기의 작품을 단순한 자연의 묘사에 그치는 것이 아니라, 생명을 불어넣기 위하여 광활하고도 외로운 평원 속에 두 명의 이상적인 인간을 설정했으며, 이 두 영혼은 사랑과 불행이라는 두 개의 멍에를 똑같이 나누고 있다.

3.2 훌리오 아르볼레다

콜롬비아의 낭만주의는 호세 호아낀 오르띠스 José Joaquín Ortiz와 훌리오 아르볼레다 Julio Arboleda (1817~1862)에 의하여 시작되었다. 그 절정기에는 대표적 작가로서 라파엘 뽐보 Rafael Pombo나 그레고리오 구띠에레스 곤살레스 Gregorio Gutierrez González가 있고, 대표적인 잡지로는 보고타 시인들이 주도하던 ≪엘 모사이꼬 El Mosaico≫와 안띠오끼아 시인들이 주도하던 ≪오아시스 Oasis≫가 있다. 민족시인으로 유명했던 오르띠스는 호세 에우세비오 까로 José Eusebio Caro와 함께 1836년 ≪민족의 별 La Estrella Nacional≫을 설립했는데 여기에 초기의 낭만주의 작품과 「식민지인 Los Colonos」과 같은 그의 유명한 작품이 발표되었다.

훌리오 아르볼레다는 콜롬비아의 정치가, 연설가, 출판업자, 그리고 시인으로, 태평양 연안의 뗌비끼 지방에서 태어나 베르루에꼬 산맥 지방에서 비극적으로 죽었다. 그는 공화국 대통령이 된 후 얼마 안 되어 암살당해 정치적 범죄의 희생물로 알려졌다. 그는 부호의 아들로 태어나 영국 런던에서 공부했고 프랑스와 이탈리아로 여행한 뒤에 1838년 뽀빠얀으로 되돌아와서 이곳에서 법학박사 학위를 받았다. 타고난 문학적 재능과 함께 다양한 문화와의 접촉을 통해 당시의 문학에 대한 광범위한 지식을 갖추고 있으며 매우 젊어서부터 정치적 논쟁이나 전투에 참가했다. 그는 자신의 재능을 인정받아 공화파의 장군이 되어 호세 마리아 멜로 José María Melo 장군의 독재정치에 맞섰다. 일단 내란이 끝나자 그는 1854년 이후 잠시 동안 파리로 돌아가 머물기도 했다. 콜롬비아에서 자유혁명이 발발하자 그는 다시 프랑스로부터 불려왔고, 혁명전쟁에서 많은 공을 세움으로써 마침내 국가자문회의에 참가하게 되고 더 나아가 조국의 대통령이 된다.

그는 콜롬비아와 페루에 낭만주의를 도입한 사람 중의 하나로서 1853년 리마에서 망명생활을 하는 동안 벌써 영국과 이탈리아의 문학을 강의하였으며 스페인 낭만주의 시들을 유포시켰다. 페루의 유명한 전통문학가인 리까르도 빨마도 전통과 향토적 주제를 중시했던 아르볼레다의 제자였다. 아르볼레다는 평민들의 사랑의 시를 많이 썼으며 낭만주의 시대에 중요시되었던 서사적 시의 창시자이기도 하다. 그의 시 『곤살로 데 오욘 *Gonzalo de Oyón*』은 한 낭만주의자의 삶을 노래한 작품으로서 메넨데스 뻴라요는 남미 시의 정수라고 평했다. 작품의 원본에서 지금 남아 있는 것은 단편적으로 간행되었던 일부분과 그의 가족들이 보관해 온 일부분뿐이고 대부분은 그의 정적들에 의하여 파괴되었다. 이 작품은 그가 파리에서 머무는 동안 쓴 것으로 포빠얀 지방을 스페인인들이 점령할 당시의 한 군인의 활약과 추장 푸벤의 딸과의 사랑을 노래했다. 이 추장의 딸은 작품에서 천사와 같이 아름답게 묘사되어 낭만주의 시대의 상징적 여인으로 나타난다. 또 주인공들의 묘사와 함께 남미 자연풍경을 아름답게 묘사함으로써 아르볼레다의 문학적 민족주의를 엿보게 한다.

3.3 리까르도 호세 부스따만떼

부스따만떼 Ricardo José Bustamante(1821~1886)는 볼리비아 최초의 낭만주의 시인으로 라 빠스에서 태어나 아레끼빠에서 사망하였다. 그는 부에노스 아이레스에서 인문주의를 공부했고 아르헨티나의 로사스 독재정치를 피하여 온 아르헨티나 이주민들과 함께 몬테비데오에서 망명생활을 했다. 우루과이의 신문을 통해서 작품활동을 한 후 파리로 건너가 소르본 대학에서 공부했다. 호세 발리비안 José Ballivián의 정부 아래서는 주 브라질 및 주 페루 영사로 임명되기도 했으며, 1850년 그는 조국 볼리비아로 돌아와 외교적 정치적 일에 관여하기도 했다.

부스따만떼는 『눈먼 여인 *La Ciega*』이라는 자서전적 시로 유명한 마리아 호세파 무히아와 마누엘 호세 또바르와 함께 볼리비아 낭만주의 3대 시인 중 한명으로, 볼리비아의 작가로서는 최초로 스페인 왕립 학술원의 회원이 되었다. 1860년 가브리엘 레네-모레노 Gabriel René-Moreno가 볼리비아 시인들의 작품을 모아서 시선집을 만들 때 여러 출판물에 실렸던 부스따만떼의 작품을 모았다. 그의 작품에는 개인적인 체험이나 가정의 일 또는 국가적인 문제를 주제로 한 서정시들이 많은데, 그 중에서도 레네-모레노는 「발리비안 장군의 장례식을 위하여」, 「절망의 절규」, 그리고 「1809년 7월 16일의 영웅가」와 같은 작품들이 중요하다고 평가한다. 그 후에 출판된 시선집 『마모레의 전주곡 *Preludio al Mamoré*』에는 아름다운 은유법으로 장식된 시 「은빛 강」이 실려 있는데 이 작품은 추방되었다가 고국으로 되돌아간 사람들의 희망을 노래했다. 향토색의 고취를 통하여 민족적 결단을 추구했던 이 낭만주의 시인에게 강은 특히 섬세한 이미지로서 활력과 생동감의 근거로 묘사된다. 또 자연의 끝없는 고독과 아름다운 새, 호랑이나 악어와 같은 야생동물을 시에 묘사하기도 했다. 『마모레의 전주곡』은 추방되었던 이 시인이 조국 볼리비아로 돌아와서 볼리비아의 영광을 노래한 것이다.

3.4 환 끌레멘떼 세네아

환 끌레멘떼 세네아 Juan Clemente Zenea(1831~1871)는 안띠야스 제도의 낭만주의 서정시인들 가운데 한 명으로 민족시인이면서 동시에 쿠바의 농민학교에서의 학업을 통해 자연주의적 경향도 가지고 있다. 그는 1832년 바야모에서 태어나 1871년 스페인인들에 의하여 총살되었으며 『오후의 노래 *Cantos de la tarde*』가 대표적인 작품이다. 시보네예 지방의 시인이었던 호세 포르나리스의 영향을 받아서 그는 매우 젊어서부터 신문이나 문학에 관심이 많았으며, 조국의 독립을 고취하기 위한 신문을 발간한 죄로 누에바 오를레앙에서 망명생활을 하는 가운데 궐석재판으로 사형이 언도되었다. 1854년 사면이 내려진 후에 세네아는 쿠바로 돌아와서 적극적인 문학활동을 통해 가장 훌륭한 낭만주의 시인 가운데 하나가 된다. 1860년 아바나에서 자신의 시를 모아 『오후의 노래』라는 제목으로 시집을 출간했다. 1865년 다시 미국으로 이민을 가서 뉴욕에서 1869년 새로운 시집 『노예의 날들 En días de esclavitud』을 발간하였고, 또 감옥에서 쓴 시들은 『순교자의 일기 Diario de un mártir』라는 제목으로 출간하게 되는데 이 마지막 시집은 그의 사후 일 년 만에 뉴욕에서 빛을 보게 되었다.

세네아의 시의 특징은 사랑과 애조를 주조로 하여 19세기 영국의 고전주의와 낭만주의의 주요한 테마를 다루면서, 8음절 시와 여러 유형들의 시를 결합하여 행복과 향수를 자아내는 서민적인 색채를 달콤하게 표현하는 데 있다. 그의 시는 서정적이면서도 서민적이며, 베께르 이후에 시에 자주 등장하는 새인 제비를 통하여 감옥에 갇힌 죄수의 잃어버린 사랑과 주제를 암담한 어조로 표현하고 있다. 그의 시집 『노예의 날들』에서 세네아는 조국을 떠나 망명생활을 하는 자가 섬의 푸른 바다와 땅을 생각나게 하는 사랑하는 연인의 앞에서 눈물을 흘리는 장면을 통해 잃어버린 자유로 인한 깊은 슬픔을 노래하고 있다. 세네아의 시는 아름답고도 짜임새 있으며 애수어린 정서 뒤에 민족적 주제를 감추고 있다.

3.5 훌리오 살둠비데와 나딸리시오 딸라베라

살둠비데 Julio Zaldumbide(1833~1887)는 에콰도르의 끼또에서 태어났으며 철학자 시인이라고도 불리었고 조국의 정치에 깊숙이 관여하기도 하였다. 1864년부터 1868년까지 국회의원을 했고 공화국 교육위원이었으며 공화국 대통령 후보로 나서기도 했다. 그의 첫 문필활동은 1851년 「음악에의 노래 Canto a la música」를 발표하면서 시작되었는데 이 시는 낭만적이면서도 인생의 신비를 깊이 성찰하는 철학적 내용을 가지고 있다. 그는 라틴어뿐 아니라 유럽의 여러 언어를 알고 있어서 영국과 이탈리이의 낭만주의를 그의 조국에 소개하였다. 그의 사후에 그의 작품을 모아 책으로 낸 아우구스토 아리아스 Augusto Arias는 그의 작품을 사랑의 시, 애수의 시, 서술적 시의 세 가지로 분류한다. 이 시인에게 있어서 자연은 영혼의 안식처이다. 그의 시 「내일 La mañana」에서 농부의 가정과 들은 세속적인 열정에 더러워진 영혼을 씻어주는 샘으로 표현되고 있다. 서술적 시에서는 하루의 시간들이 낭만적인 경치의 묘사와 함께 서정적으로 잘 결합하고 있다.

파라과이의 낭만주의 시인 나딸리시오 딸라베라 Natalicio Talavera는 철학을 공부했고 프랑스 시인 라마르띤의 시를 번역했으며 스페인 시인 에스쁘론세다의 시를 즐겨 읽었다. 딸라베라의 시의 특징은 애국적 성격을 많이 가지고 있는 것으로 그의 시 「전투 전야의 초병의 회상 Reflexiones de un centinela en la víspera del combate」에 잘 나타나 있다. 이 작품에서는 낭만적인 문체 속에 조국에 대한 사랑과 여인에 대한 사랑의 정열이 독백 속에 잘 조화되어 나온다.

4 낭만주의 수필

4.1 도밍고 파우스띠노 사르미엔또

4.1.1 생애와 작품

사르미엔또 Domingo Faustino Sarmiento(1811~1888)는 아르헨티나의 산 환에서 1811년 2월 15일에 태어나 1888년 9월 11일 파라과이의 아순시온에서 사망했다. 그는 좌우명이 〈일을 하라. 그 일이 잘못될지라도 하라〉일 정도로 대단히 활동적인 사람이었다. 그는 교사, 작가, 신문기자, 군인, 장관, 외교관, 교육가 및 공화정 하의 아르헨티나 대통령을 지냈으며 국가 조직을 정비하는 과정에서 위대한 업적을 남겼다. 젊은 시절에는 상업에 종사하면서도 독서에 열중하였고, 에체베리아가 주도하던 〈오월 협회〉의 자유주의 사상의 영향을 받아 로사스 독재에 항거하다가 투옥되었으며, 사형될 위기에서는 칠레로 도피하기도 했다. 다시 고향으로 돌아와서 교육사업과 신문제작에 관여하다가 로사스 정권의 독재가 더욱 강화되어 다시 칠레로 망명하기도 했다.

아르헨티나 역사상 위대한 정치가이면서 작가였던 그는 뛰어난 문학작품을 남겼는데, 그의 문체는 낭만주의적 산문작품에서 볼 수 있듯이 어떤 체계적 형태를 띤 것이 아니라 불안정한 스타일로 나타난다. 그는 고향인 산 환에서 문학 동우회를 만들고 에체베리아가 부에노스 아이레스에서 고양한 자유와 사회의식을 전파했으며 대중교육을 위해 열심히 일했다. 사르미엔또는 초기교육을 자신의 삼촌이었던 호세 데 오로 신부 밑에서 받았고, 그 후에 빠스 장군의 병사가 되었다가 1828년 칠레로 건너가 교사, 상인, 광부 등을 전전하였다. 고향으로 돌아온 뒤에는 신문 ≪엘 손다 El Zonda≫를 창간하였으나 독재정치의 박해를 받아 1849년 다시 칠레로 망명하여 작가로서의 활동을 시작하였는데 이때 아르헨티나의 현실을 더욱 깊이 깨닫게 되었다. 칠레에서 1842년 『체계적 독서 방법론』을 펴냈고, 일 년 뒤에는 『나의 방어 Mi Defensa』를 발표하였다. 두 번째 작품은 그 후에 『시골의 추억 Recuerdos de provincia』으로 다시 출판되었다. 1845년 『장군 펠릭스 알다오 신부님의 생애 Vida del general fray Félix Aldao』를 출간하였으며 같은 해에 칠레에서의 그의 문학활동 가운데 가장 대표작인 『파꾼도』를 발표하였다. 1855년 부에노스 아이레스에 정착하여 민중교육을 위하여 헌신하였으며 나중에 부에노스 아이레스의 지방 장관, 고향인 산 환의 지사를 지냈고 1868년 마침내 대통령이 되었다. 1883년 『아메리카의 인종투쟁과 화합 Conflictos y armonías de las razas en América』을 발표하였는데 이 작품은 격앙된 어조의 대화체가 그대로 표현되어 신세계의 인종문제를 잘 나타내준다. 내란이 끝난 뒤에 사르미엔 또는 비로소 자기 동포로부터 인정을 받기 시작하였다. 그의 삶은 아르 헨티나 공화국을 위한 끊임없는 투쟁 그 자체였다.

4.1.2 『파꾼도』

『파꾼도 Facundo』는 1845년 5월 5일 칠레의 산띠아고에서 신문 ≪진보 *El progreso*≫에 발표되기 시작했는데 당시에는 『문명과 야만 : 환 파꾼도 끼로가의 생애 *Civilización y barbarie : vida de Juan Facundo Quiroga*』라는 제목 하에 소책자 형태로 발간되었다. 이 원제목은 당시의 낭만주의자들의 취 향에는 어울렸으나 지방 족장들에 대항하여 싸우던 작가의 생각과는 대 조를 이룬다. 파리에서 1874년에 간행된 제4판에서 사르미엔또는 『파꾼 도, 문명과 야만 *Facundo o Civilización y barbarie*』이라는 새로운 제목을 붙 였다. 이 작품의 출판에는 두 가지 목적이 있었다. 첫번째 목적은 주 칠 레 아르헨티나 대사관에 대한 저항이었다. 당시에 아르헨티나의 로사스 독재정권은 칠레에 망명해 있는 사르미엔또에게 대사관을 통하여 여러 가지 압박을 가하고 있었고 작가 본인은 칠레의 일간신문을 통하여 로사 스 정권의 부당성을 격렬히 비난했다. 또 다른 목적은 칠레에 망명해 있 던 많은 아르헨티나인들에게 로사스 독재정치를 무너뜨려야 할 당위성 을 널리 전파함으로써 자유주의적 정치, 사회, 역사적 토양을 마련하기 위해서 였다.

『파꾼도』에서 작가는 문명과 야만이라는 두 가지 상반된 문제를 해결 하기 위한 이상적인 계획, 파꾼도 끼로가의 생애, 그리고 아르헨티나의 역사적 발전 연구라는 세 가지 개념을 병렬적으로 전개시키고 있다. 이 세 가지는 서로 다른 성격으로 말미암아 위와 같이 구별할 수 있으나 작 품 속에서는 1장에서 4장까지 시골과 도시의 대조 속에 나타난 아르헨티 나의 전반적인 모습과 이러한 분위기 속에서 나타난 사회현실을 그리고 있으며, 풍경은 연극의 무대처럼 인식된다. 5장에서 13장까지는 환 파꾼도 끼로가의 생애를, 마지막에는 아르헨티나 망명인들에 의하여 발표된 〈오월 협회〉의 정치노선을 그리는 구조로 되어 있다.

사회학적인 측면에서 볼 때 이 작품은 당시 주민들의 생활방식을 결정해 주는 원인이 무엇인가를 규명하려고 하였다. 즉 그는 끼로가를 통하여 로사스에게 이야기하고, 끼로가에게는 아르헨티나의 사람들이 어떻게 살아야 정상적인 생활이 되는지를 설명함으로써 이 문제에 관해 이야기하고 있다. 작품의 중심인물인 파꾼도 끼로가는 비극적이면서 수수께끼 같은 영웅으로 묘사됨과 동시에 아르헨티나 민중의 성향을 대변해 주고 있으며, 작품에 나타난 문명과 야만의 대조는 바로 발전과 무지를 대조시키고 또 인간의 자유와 전제정치를 대조시켜 준다. 사르미엔또의 개화사상은 그의 삶과 작품의 기본축으로서 민중교육을 위한 그의 활동에서 끊임없이 나타난다. 이 작품 전체에 나타나고 있는 사회적·정치적 성찰, 인간과 환경과의 관계는 이론적이고 객관적인 수준을 넘어서 상상과 일화 그리고 이야기를 통하여 문학적으로 형상화되고 있다. 자연은 처음에는 객관적이고 사실적으로 묘사되지만 내용이 전개되어 감에 따라 주관적으로 나타나면서 작가는 자신의 낭만주의적 정서를 그 위에 표현했다. 또한 객관적 사실의 묘사와 주관적이며 문학적 묘사의 공존을 통해, 그 속에 담긴 이질성과 당시 사회적 수준을 넘어서는 내용에도 불구하고 객관적 환경의 묘사, 시대배경이 되는 역사성 그리고 교훈성을 조화시켜 내고 있다. 객관적 환경의 묘사는 넓은 평원과 그곳에 살고 있는 가우초의 다양한 생활을 그리고 있다. 즉 가우초의 생활모습에 따라서 고기장수인 가우초, 길안내자인 가우초, 노래를 직업으로 하는 가우초의 모습과 하층민으로서 그들의 생활모습 그리고 평화로운 때에는 조그마한 잡화상으로 장사를 하지만 전쟁이 나면 반란군에 가담하는 삶을 그리고 있다. 시대배경이 되는 역사성은 그 지방의 전제정치 아래서 그늘진 삶을 이어가는 주인공 파꾼도 끼로가를 통하여 당시의 로사스 정권을 고발하고 있다. 마지막으로 교훈성은 아르헨티나의 국가조직이 민주

시민사회의 규범에 따라서 장래에 어떻게 형성되어야 하는가를 예언자적 표현으로 나타내준다.

이 작품은 이론적으로는 다음의 시간적 세 단계로 계속 전개된다. 거역할 수 없는 유산이라고 할 수 있는 과거로부터 주어져 온 역사적 환경, 주인공의 삶과 성격 속에 반영된 전제정치 하의 혼란된 현실, 그리고 위기에 처한 민족의 장래에 대한 우려라는 세 단계로 시간이 전개 된다. 이렇게 하여 문체와 시대배경, 그리고 파꾼도의 인간성을 통하여 이 작품은 그 당시의 사회적, 시대적 한계를 넘어서 문학 고유의 가치를 얻게 되었다. 이 작품에 나타난 사르미엔또의 독창성은 낭만주의 수필로는 처음으로 민족언어의 중요성을 부각시킨 점이다. 작품에 나타난 대화체는 일상생활에서 언어의 표현력이 중요함을 보여주었다. 또 신조어들이 그 시대의 복잡하고 갈등이 심한 정치적 상황을 잘 표현하기 위하여 만들어졌고, 현실의 극적 변화를 나타내기 위하여 새로운 형용사들도 많이 사용되었다. 또 열거법과 생략, 시각 영상의 표현을 사용함으로써 언어표현의 새로운 면을 보여주었다.

5 낭만주의 소설

낭만주의 시대에 소설은 눈부신 발전을 했다. 소설가들 중에는 현실을 그대로 기록하던 신문기자들이 많았던 까닭에 그들은 소설을 통하여 모순된 현실을 어떻게 개선해야 하는가 하는 방향을 제시하곤 했다. 또 독자의 흥미를 불러일으키기 위하여 내용의 극적 구성과 반전을 꾀하기도 하였다. 1830년경 프랑스의 신문소설에서 영향받아 아르헨티나 문학에서도 수필 『파꾼도』가 칠레의 산띠아고에서 일간지 ≪진보≫에, 에체베리아의 『사회주의 교리』는 몬테비데오의 일간지 ≪창시자 *El Iniciador*≫에 단편적으로 실렸으며 마르몰의 『아말리아』도 몬테비데오의 신문 ≪주

La Semana≫에 실렸다.

소설은 그 내용에 따라 역사소설, 감상소설, 사회·정치소설, 이국적 소설, 그리고 지방 풍습을 다룬 풍속소설로 구별해 볼 수 있다. 역사소설은 과거의 인물을 재구성하여 이야기를 구성하는 것으로 이러한 형태의 소설을 처음 시작한 사람은 영국의 월트 스코트이며 뒤이어 알렉산더 뒤마, 빅토르 위고와 에우헤니오 수에가 유럽과 중남미 낭만주의 소설가들의 모델이 되었다. 중남미의 작가들도 역시 과거 식민지 정복의 시대와 식민지 통치 시대로 눈을 돌려서 당시의 인물과 상황을 재구성하고 과거의 기록을 참고로 하여 많은 역사소설을 썼다. 이러한 소설들 가운데 많은 작품에서 원주민이 이상적인 주인공으로 등장한다.

5.1 헤르뜨루디스 고메스 데 아베야네다

영국의 소설가 월터 스코트의 소설은 중남미에서도 번역되어 19세기에 널리 읽혔다. 그의 소설은 과거에 실존했던 인물들과 허구적 인물들의 모험과 과거를 재구성함으로써 향토색을 고취함과 동시에 소설적 감동을 불러일으키는 내용이었다. 이러한 유형의 최초의 작품은 쿠바의 여류시인 헤르뜨루디스 고메스 데 아베야네다 Gertrudis Gómez de Avellaneda가 쓴 『멕시코의 마지막 황제, 과띠모씬 *Guatimozín, último emperador de México*』으로 1846년 스페인에서 출판되었다. 이 소설의 중심내용은 식민지 정복 시대의 멕시코에서 정복가 에르난 꼬르떼스와 꽈우떼목 사이의 투쟁을 그린 것으로서 베르날 디아스 데 까스띠요가 쓴 역사책 『멕시코 정복 정사』를 바탕으로 하여 씌어졌다. 주인공들은 낭만적 인물로 묘사되었고 원주민들도 작품에서는 스페인인들처럼 웅변적인 어투를 사용했으며 유럽 낭만주의의 시각에 알맞은 행동을 하는 것으로 묘사되었다.

주인공 꽈우떼목은 피부가 하얗고 맑고 검은 눈동자를 가진 청년으로 머리는 부드럽고 가는 머리털로 덮여 있으며 큰 키에 엷고 하얀 이마는 머리카락으로 부드럽게 덮여 있어 어딘지 우수의 그림자가 드리워져 있는 것처럼 보인다고 묘사하고 있다. 이 시기의 가장 훌륭한 여류시인 가운데 하나로 알려진 이 작가는 이 작품 외에도 몇 개의 희곡과 소설을 썼는데, 그 중에서 『삽 *Sab*』, 『두 여인 *Dos Mujeres*』, 『에스빠똘리노 *Espatolino*』 등이 알려져 있다.

5.2 에스떼반 에체베리아 : 『도살장』

『도살장 *El matadero*』은 1871년 ≪플라타강의 잡지 *Revista del Río de la Plata*≫에 처음 발표된 후 작가 사후 20년 만에 환 마리아 구띠에레스가 에체베리아의 전집을 1874년 발간할 때 다시 간행되었다. 이 작품은 구띠에레스가 지적했듯이 중남미 낭만주의의 새로운 전개를 보여주는 것으로 알려져 있다. 작품의 전반적 구성은 직업적인 백정들의 거칠고 비천한 대화와 이들이 한 젊은 교조주의자를 희생제물로 삼는 과정에서 인간 내면에 잠재되어 있는 야수적 본성을 드러냄으로써 로사스 독재정치를 고발하고 있다.

이 작품의 전개는 세 단계로 나누어볼 수 있다. 먼저 증인의 고백이 시작되는데 증인의 고백은 콘발렌시아 도살장을 묘사하기 시작하는 순간까지 두 가지 역할을 한다. 즉 증인으로 참석하여 당시의 사회·정치적 상황을 판단하면서 동시에 비가 내리는 부에노스 아이레스의 모습과 고기의 공급 부족으로 일어나는 사태를 묘사하고 있다. 이때 증인은 풍자적인 비유를 통하여 로사스의 독재정부와 교회의 역할을 비웃는다. 이러한 풍자는 증인이 마치 독재정부의 한 구성원인 것처럼 하여 독재정치 내부에서부터 현실을 비웃는 모습으로 묘사되고 있다. 제1부에서의 증인의 역할은 그 시대 정치적, 사회적 현실을 풍자할 뿐 아니라 시대 상황을 그대로 묘사하는 이중역할을 수행한다. 제1부의 구성은 시간적으로는 과거이고, 일반적인 등장인물로는 수도승, 연방주의자, 어린아이들, 환자, 미국인, 고기장수, 백정 그리고 호기심 많은 구경꾼이 나오며, 개인적인 인물로는 부흥사가 있다. 사건의 동기는 비이며 도살장의 묘사에서 열거되고 있는 것은 쥐떼, 괴물처럼 무심한 어두운 마음의 사람들, 갈매기, 강아지 그리고 허약한 늙은이들이다. 풍자를 통하여 비난을 받고 있는 대상으로는 교회, 정부, 그리고 양심과 탐욕의 내면적 갈등을 겪고 있는 의사들이 나온다.

두번째 전개 단계는 도살장의 전경을 묘사하는 데 있다. 도살장의 모습도 역시 이중적으로 묘사되고 있다. 가까이서 보면 지저분하면서도 활력이 가득 차 있다. 이것은 아르헨티나의 현실을 그대로 풍자한 무대로 도살장의 재판관이 이 〈작은 공화국〉 안에서 독재를 행사하는 데서 상징적으로 드러난다. 계속해서 증인의 이야기는 흑인 여자들의 투쟁, 소년들의 도박, 도망치는 투우, 목이 잘려 살해된 소년, 영국인의 사고, 그리고 동물과 싸워 이긴 마타시에떼Matasiete의 이야기로 전개된다. 직접 화법, 감탄사, 천박한 말투, 지방색, 비꼬는 표현 등은 아직 문명화되지 못한 하류층의 투박한 냉소를 보여준다. 작품의 인물들도 몇 개의 그룹으로 나누어볼 수 있다. 먼저 아프리카의 여자들인 소위 천한 여자들의 그룹과 소년들의 그룹으로 이 가운데 두 명의 소년은 칼 다루는 방법을 익히고 있다. 세번째 그룹은 백정 그룹으로서 마타시에떼라고 불리는 집단이다. 고기의 내장을 가지고 장난치거나, 얼굴에 피를 뒤집어쓴 할머니의 모습, 그리고 밧줄에 묶인 목 잘린 소년의 모습 등 잔인한 장면의 묘사도 두드러진다. 증인은 도살장의 모습을 눈에 보듯이 자세히 묘사하며 천박하고도 잔인한 광경을 연상하는 불쾌한 인상을 잘 표현한다. 시간은 현재이며, 이 장면은 낮 12시에 끝난다.

마지막 세번째 단계는 이야기와 연설로 이루어져 있다. 마타시에떼로 대표되는 연방 백정들과 자신의 자존심을 지키기 위하여 죽게 되는 젊은 교조주의자 사이의 대립이 전개된다. 하얀 얼굴, 감성적인 성격 그리고 섬세한 감각을 지닌 낭만적 성향의 이 젊은이의 대화는 부흥사에 대항하는 연설로 나타난다. 이 연설은 끝부분에서 증인의 의견에 의하여 지지 받게 되는데 증인은 처음부터 연방주의자들과 그들의 야만성을 비난하기 위하여 풍자적인 표현을 사용한다. 이러한 풍자는 때때로 분노로 변하기도 하며 사실과 허구가 소설 속에서 조화를 이루면서 당시의 야만적인 범죄를 고발하고 있다.

5.3 호세 마르몰

5.3.1 생애와 작품

호세 마르몰José Marmol(1817~1871)은 로사스의 독재정치에 대항하여 싸운 전형적인 시인 중 한 명으로 그의 낭만주의는 문학적 색채에 자서전적인 이야기가 잘 조화를 이루고 있다. 박해와 망명 그리고 고난으로 가득 찬 여행으로 말미암아 그의 생애는 낭만주의 문학에서나 나올 법한 전설상의 영웅의 고난어린 삶과 비슷했고, 따라서 그의 삶이 서정적 허구와 결합하여 작품화되기도 하였다. 아르헨티나의 다른 망명인들과 함께 몬테비데오에 거주하는 동안 신문의 사설과 시를 통하여 로사스 정권을 격렬히 비난함으로써 곧 유명해졌다. 리오 데 자네이로에서 얼마 동안 조용한 삶을 보낸 후에 그는 다시 칠레로 돌아가고 싶어했으나 도중에 오르노Horno만에서 폭풍우를 만나 되돌아와야만 했다. 그러나 이 경험은 상상력과 서정성을 통하여 그의 가장 유명한 시 『순례자의 노래 Cantos del Peregrino』를 쓰게 한다. 이 작품은 마르몰이 다시 몬테비데오에 돌아온 1847년에 출판되었다. 1851년에 나온 시집 『조화 Armonías』는 독재에 항거한 〈오월 협회〉의 이상을 고취하기 위하여 때때로 쓴 시들과 정치적, 사회적으로 암담한 현실을 고발한 신문 사설들을 모은 것이다. 마르몰의 두 편의 극작품으로 『시인 El Poeta』(1842)과 『십자가에 처형된 자 El Cruzado』(1851)가 있다. 이 두 편의 극작품은 모두 자유에 대한 사랑과 전제정치 하의 조국에 대한 연민으로 씌어져 있고, 작가의 생활고와 앞날에 대한 불안과 불확실 및 고향에 대한 향수가 담겨 있다. 또 그의 소설 『아말리아』는 최초의 아르헨티나 낭만주의 소설로 간주된다.

5. 3. 2 『아말리아』

『아말리아 Amalia』는 아르헨티나 최초의 소설로 작가의 감정을 당시의 낭만주의적 분위기와 잘 조화시키면서, 당시의 혼란한 사회 분위기 속에서의 작가 자신의 충실한 삶을 반영하고 있다. 소책자 형식에 의한 발표는 독자들의 관심을 더욱 불러일으켰고 실존인물들조차도 허구의 인물로 느끼게 할 정도로 소설기법의 활용이 탁월하다. 부에노스 아이레스의 밑바닥은 아직 인간성이 살아 있는 공간으로 묘사되며, 그 안에서 조국 현실에 대한 고뇌와 희망 그리고 깊은 사색을 하는 한 인간의 모습을 그리고 있다. 언어는 일반 민중이 사용하는 거친 말투와 표준어, 즉 중산층 사회의 사람들이 사용하는 말투가 조화를 이루고 있다. 작중 인물의 성격은 비록 유럽식 낭만주의의 틀에서 벗어나지는 못하고 있지만 중남미 고유의 의식을 고양하기 위한 흔적이 보인다. 또 마르몰은 미래의 세대에 대하여 그의 작품 속에서 날카로운 비판을 하고 있다.

『아말리아』는 작가 자신의 사고방식과 전형적인 낭만주의의 형식 아래서 국가의 근본은 어떠해야 하며 부강의 방법은 무엇인가라고 하는 장래에 대한 비전을 제시하고 있다. 따라서 비평가들은 이 작품을 역사소설이면서도 자서전적 소설이며, 감성적 소설이면서 동시에 사회적 낭만주의 소설로 간주한다. 게다가 낭만적 요소 외에도 사실주의적 요소가 상당히 포함되어 있다.

이 작품 속에서 대화나 장면에 나타나는 인물들은 실존 인물과 허구적 인물로 구별할 수 있다. 물론 작품에 등장하는 수많은 역사적 인물들을 이러한 두 가지 분류로 구별할 수 없을 수도 있다. 독자에게 직접적으로 나타나지 않는 많은 역사적 인물 가운데 작품의 진행상 중요한 역할을 하고 있는 한 사람이 있다. 그는 환 라바예로서 부에노스 아이레스로 진격했다가 나중에 후퇴하게 되는데, 이 사건은 소설 속에서 중요한 의미를 가진다. 실존 인물로는 마리아 호세파 에스꾸르라, 마누엘리따 로사스, 환 마누엘 데 로사스, 디에고 일꼬르따 및 플로렌시오 바렐라 가 있으며, 허구의 인물로는 다니엘 베요, 아말리아, 에두아르도 벨그라노, 플로렌시아 두빠스끼에르가 있다. 이 외에도 작품 속의 인물들을 성격상 몇 가지로 분류할 수 있다. 먼저 낭만주의적 인물로 검은 눈, 창백한 얼굴, 가늘고 긴 손, 얇고 지적인 이마 등 외적인 아름다움뿐 아니라 섬세한 감정을 갖춘 인물로서 에두아르도 벨그라노, 아말리아 및 플로렌시아 두빠스끼에르가 있다. 이 사람들은 감성적이면서 눈물을 잘 흘리고, 현실에 대하여 잘 흥분하는 성격으로서 남성적 성격과 여성적 성격을 함께 갖추고 있다. 광대적인 인물은 두 명의 작중 인물이 작품의 주제와는 관계 없이 코믹한 역할을 하고 있는데, 초급학교의 선생인 깐디도 로드리게스와 뚜쟁이로 나오는 마르셀리나이다. 이 두 사람은 신고전주의가 끝나버림으로써 이미 지나가버린 역사적, 언어적 환경 속에 아직도 얽매여 새롭게 전개되는 시대를 완전히 이해하지 못하고 걱정과 우려 속에 살면서 유머스런 분위기를 나타낸다. 또한 불길한 인물군이 있는데 이들은 로사스의 추종자들로서 명령에 순종하는 살인자 집단으로 인간의 탈을 쓴 악마로 표현되고, 이들 가운데 음산한 얼굴을 한 꾸이띠뇨 소령과 마리아 호세파 아스꾸르라가 두드러지며 이 두 사람의 인상에는 언제나 피 그림자가 드리워져 있다. 작가는 이들을 인간 단두대 Guillotina humana, 또는 기계 칼 Máquina de cuchillos로 표현한다.

아말리아와 호세파 에스꾸르라는 낭만주의 시대의 전형적인 두 성격인 천사 같은 여인과 악마 같은 여인으로 대조되어 나타난다. 아말리아는 현실과 꿈의 중간에 위치한 생활을 하는 여자로서, 정열적이면서 순수하고, 고독하거나 흥분된 순간에는 섬세한 감정을 표현하는 여자로 나타난다. 다니엘 베요와 로사스는 작중 인물 가운데 가장 교활하면서도 분명한 자신의 삶을 사는 사람으로 자신의 의지와 뜻을 다른 사람들에게 강요하는 인물형이다. 이 두 사람은 나머지 사람들을 억압하는 운명의 끈을 가지고 있다. 다니엘 베요는 이성이나 감성이 거의 없는 인물로서 작품 내에서 단지 몇 번만 낭만주의적 행동을 행한다. 지성과 열정 사이에서 다니엘 베요는 이중 성격의 소유자로서 가정적인 분위기에서는 감성적으로 행동하지만 정치문제에 대하여는 매우 이성적으로 차갑게 행동한다.

문체는 사실주의적 언어와 낭만주의적 언어를 함께 사용하고 있다. 이 두 가지 언어 스타일은 소설 문체의 특징을 이루는데 작가는 이 두 스타일을 통하여 작품세계를 교양어를 사용하는 계층과 통속어를 사용하는 계층으로 나눈다. 문학적인 표현 속에는 낭만주의의 모든 특징이 들어 있으며 대화체의 표현은 플라타강 유역 주민의 어투를 모방하고 있다.

5.4 호르헤 이삭스

5.4.1 생애와 작품

감상적 소설의 작가 호르헤 이삭스 Jorge Isaacs(1837~1895)는 콜롬비아의 칼리에서 1837년 4월 1일에 태어났다. 그는 이 지역의 아름다운 자연 속에서 행복한 유년시절을 보냈다. 경제적인 부유함과 까우까 강변의 아름다운 경치는 장래에 소설 『마리아 María』의 작가가 될 이 젊은이에게 유년시절과 청년시절에 가장 큰 영향을 끼친 요소들이다. 그는 유년시절을 아버지가 남겨준 유산인 낙원 El Paraíso이라는 곳에서 보내게 되고, 이곳은 작품 속의 주인공 에프라인과 마리아의 이야기의 무대가 되었다. 작가는 보고타에서 공부를 마친 뒤에 다시 이곳으로 돌아오게 되는데 소설 속에서도 이곳의 경치를 묘사할 때에는 자서전적인 요소가 풍부하게 드러난다. 이때 쓴 몇 편의 시는 그의 젊은 시절의 습작으로 보고타 문학 동우회에서 발표되기도 했다. 1864년 결혼도 하고 내란에 참전했다가 돌아온 뒤 〈엘 모사이꼬 El Mosaico〉라는 보고타의 문학 동우회는 그의 낭만적 기풍의 시를 출판했다. 이 시에서 그는 이미 그의 소설 『마리아』에서 나오는 아름다운 경치에 대한 서술적인 묘사를 보여주고 있는데, 유년시절에 느꼈던 감정과 인상을 유연한 표현으로 나타내고 있다.

1864년 말 다구아Dagua도로를 개통할 때 작업장의 부감독으로 임명되었는데 이때부터 그는 『마리아』를 쓰기 시작했다. 다구아에서 말라리아에 걸린 후 칼리 가까운 페논의 한 별장에서 휴식을 취하면서 원고를 계속 썼다. 1867년 이 소설의 초판이 출판되었는데, 곧 남미 전역에서 가장 많이 읽히는 소설이 되었을 뿐 아니라 영어, 프랑스어, 이탈리아어 및 포르투갈어로 번역되었다. 이때 호르헤 이삭스는 서른 살의 나이가 되었고 그의 명성은 중남미 대륙 전역에 퍼졌다. 그러나 그의 문학 인생은 이때부터 그가 정치와 신문에 치중하고 자유주의 이상을 위하여 조국의 내란에 참전하게 됨으로써 시들어가기 시작했다. 말년에는 경제적 어려움도 닥쳐왔다. 그는 당대의 뛰어난 인물들과 교제를 나누었는데 그들 중에는 이삭스가 리마에서 알게 되었거나 여행 중에 알게 된 호세 아순시온 실바와 리까르도 빨마 같은 작가들이 있었다. 이삭스는 이 두 사람을 통하여 중남미의 작가와 시인들을 알게 되었지만 말년의 투쟁적이고도 희생적인 그의 삶을 포기하지 않았다.

5.4.2 『마리아』

『마리아 María』(1867)는 서정적 소설로서 첫사랑의 모습과 죽음으로 인한 이별 그리고 추억을 통하여 구성된 이야기이다. 소설의 전개형식은 주인공인 에프라인의 추억을 담은 책을 통하여 제삼자가 주인공의 형제들에게 그의 사랑의 이야기를 해주는 것으로 되어 있다.

작품의 내용은 먼저 유년기와 청년기로 구별할 수 있다. 에프라인은 보고타에서 공부하기 위하여 까우까 계곡에 있는 부모의 집을 떠나게 된다. 그가 다시 고향에 되돌아왔을 때 세월은 이미 6년이 흘렀고, 멀리 고향 계곡이 다시 보이기 시작하자 그의 마음이 고향에 대한 사랑으로 넘쳐흐름을 느낀다. 그 고향이란 까우까 지역이지만 이야기가 전개됨에 따라 넓은 개념의 까우까, 즉 콜롬비아를 의미하기도 한다. 어렸을 때에는 제한된 감성만으로 그 풍경의 일부만을 보고 들었을 뿐이었지만, 젊은이로서 고향에 돌아왔을 때는 그의 감성은 보다 넓어져 있었고, 어린 시절에 느꼈던 아득한 기억 속의 감동과 함께 그 경치를 바라볼 수 있게 되었다.

고향에 돌아온 뒤 에프라인은 마리아를 사랑하게 되고, 그의 감성은 사랑하는 여인과 조국의 경치를 동일시하게까지 된다. 이 주인공에게는 부모의 집이 세상의 중심이 된다. 부모의 엄격함은 그로 하여금 두 번 고향을 떠나 보고타에서, 그리고 런던에서 공부하도록 한다. 이러한 두 번의 고향 이별은 언제나 그를 기다리는 부모와 형제가 있는 집으로의 귀향을 내포하고 있었고 볼 때마다 커가는 마리아의 모습을 보여주고 있다. 마리아의 이러한 모습은 가정의 분위기 속에만 있었던 에프라인의 마음 한가운데로 조금씩 자리잡기 시작했다. 이 작품 속에서 중심축의 역할을 하는 주인공의 사랑은 완벽하게 짜여진 구도 속에서 조국에 대한 사랑에서 마리아에 대한 사랑으로 이어진다. 즉, 조국에 대한 사랑, 가족에 대한 사랑, 풍경에 대한 사랑의 총체적 형태로서 마리아에 대한 사랑이 표현되고 있다. 에프라인과 마리아의 사랑의 속삭임 속에는 까우까 지역, 즉 고향의 경치가 부모의 집을 중심으로 펼쳐진다. 그리고 마리아의 죽음으로 다가온 결정적인 고향과의 이별은, 곧 유년시절의 끝을 의미하면서 동시에 행복했던 젊은 시절의 마지막을 의미한다.

조국에 대한 사랑은 고향 풍경에 대한 경탄으로 나타난다. 에프라인은 자연을 창조의 위대한 아름다움이라고 생각하며, 고요한 시간이나 그 지방으로 여행할 때 이 경치에 넋을 잃고 바라보고는 하였다. 31장에서 자연은 숭고한 가르침을 준다고 언급하고 있으며, 이러한 느낌은 어린시절과 청년기에 각각 다르다고 한다. 유년시절 자연경관에 대한 느낌은 일종의 경이였으며, 청년기의 느낌은 낙원의 기쁨 속에서 현실과 꿈의 교감으로 표현된다. 자연의 묘사 가운데는 언제나 주인공의 고요한 사색과 사랑의 공간이 있다. 자연에 매혹되어 있었으므로 주인공은 어려서부터 새들의 노랫소리를 들을 줄 알았고 오렌지 향기를 맡을 줄 알았으며 숲의 정취와 늑대의 울부짖음을 느낄 줄 알았다. 자연의 묘사는 섬세하고, 색깔, 소리, 향기 등 모든 것이 경이로움으로 표현된다.

가족에 대한 사랑은 가정생활의 기쁨으로 나타난다. 에프라인이 집에 돌아와 식탁에 앉게 되었을 때 그의 아버지는 상석에 앉고 에프라인은 그의 오른쪽에, 어머니는 왼쪽에 앉았고, 에프라인의 정면에 마리아가 앉는다. 이것이 소설 전체에 흐르는 가족적 분위기의 시작이다. 23장에서는 헤로니모씨와 까를로스가 이 식탁에 함께 앉게 된다. 까를로스의 아버지는 오른편에, 그리고 에프라인의 아버지는 상석에 앉는다. 이것은 소설상의 가정의 또 다른 모습이다. 이런 두 가지 모습의 가정 속에서 아버지는 언제나 중심적 위치에 앉는다. 아버지는 주변의 광대한 농장의 주인이자, 그곳의 토착민들과 하인들에 대하여 가부장적 권위를 행사하며 동시에 그들로부터 사랑과 존경을 받는다. 아버지는 마리아를 식구처럼 대하고 또 아들의 유학을 결정한 사람이다. 아버지의 존재는 곧 즐거움과 평안을 의미했고, 그가 건강할 때는 집안은 언제나 기쁨으로 가득 차 있었다. 이러한 수직적 구조의 가정의 모습은 고향의 풍습과 잘 조화되어 묘사되었다. 또한 마리아의 존재는 지주들과 하인들 사이의 사회적 관계에서 갈등적인 상황을 제거해 준다.

풍경에 대한 사랑은 에프라인이 까우까 계곡을 언제나 실락원 에덴으로 생각하는 데 잘 나타난다. 별장이나 과수원의 나무와 꽃들에서 나는 향기와, 하루에도 시시각각으로 변하는 풍경의 변화를 통하여 주인공의 심리변화를 암시하고 있다.

마리아에 대한 사랑은 이 작품의 핵심으로, 이야기는 현재 시제로 과

거의 일을 회상하는 형식으로 진행된다. 주인공은 이러한 회상하는 형식을 숨기지 않지만, 작가는 소설적 구성형식을 빌려서 내적 구조를 갖추어나간다. 죽음으로 이 사랑이 끝나게 되리라는 징조는 소설 여러 곳에서 발견된다. 샤토브리앙의 소설 『아딸라 *Atala*』는 복선으로 사용되고 있다. 이 작품에는 마리아의 죽음을 예견하는 내용이 있으며 동시에 이 소설의 주인공 차따스가 나중에 사랑하는 연인의 무덤 앞에서 오열하게 되는 장면은 에프라인과 비슷하다. 또한 소설의 여러 곳에서 불길한 징조의 새가 언급되고 있다는 점이다.

또한 이 첫사랑의 이야기는 옛날부터 전해 오는 일화의 삽입을 통해 내용전개에 긴박감을 부여하고 있다. 이렇게 삽입된 일화로는 에프라인의 아버지가 해준 유대 소녀 에스더의 이야기, 호랑이 사냥, 농장의 방문, 마리아의 구혼자인 카를로스의 방문, 아버지의 병, 그리고 나이 Nay와 시나르 Sinar의 이상한 이야기 등이 있다.

5.5 이그나시오 마누엘 알따미라노

이그나시오 마누엘 알따미라노 Ignacio Manuel Altamirano(1834~1893)는 멕시코의 틱스뜰라에서 1834년에 태어난 작가로, 14세까지 스페인어를 말할 줄 모를 정도로 순수한 원주민 혈통의 태생이었다. 그는 장학금으로 톨루까에서 공부했으며, 그 후에 멕시코시티의 꼴레히오 데 산 환 데 레뜨란에서 스승 이그나시오 라미레스의 보호 아래 공부하였다. 젊은 시절에는 아우뜰라 Autla 혁명과 1857년의 내전에 가담하였다. 그는 후아레스 Juárez의 승리와 독립으로 인하여 1861년 연합의회 Congreso de la Unión의 의원으로 선출되었다. 막시밀리아노 제국이 무너지고 공화국이 건설되자, 알따미라노는 민족문화의 진흥을 위하여 여러 신문과 잡지의 기자로 활약하였다. 특히 잡지 ≪부흥 *El Renacimiento*≫에는 멕시코 낭만주의의 초기 소설 가운데 하나인 그의 유명한 소설 『끌레멘시아 *Clemen-*

cia』가 발표되기 시작하였다. 1889년 스페인과 파리의 총영사로 임명되었으며 건강의 악화로 이탈리아에서 요양하던 중에 1893년 2월 13일에 사망하였다. 그이 작품은 방대하여 시, 소설, 수필 등 그 시대 낭만주의 작가들이 좋아하던 모든 문학장르에 걸쳐 글을 발표하였다. 그는 또한 사설을 통하여 조국의 이익을 중시하고 조국의 아름다움을 찬양하며 멕시코의 역사와 예술을 중요시하였다.

그의 중요한 소설은 『끌레멘시아』와 『엘 사르꼬 *El zarco*』로서 주제는 아메리카 민족의 당면문제를 현실 속에서 해결하고자 한 것이며, 유럽의 중세시대 전설이나 왕실의 전통 또는 유럽적 풍조를 경시하였다. 이러한 사상과 조국의 경치와 역사에 대한 열정적인 찬양은 아르헨티나의 에체베리아와 사르미엔또, 온두라스의 호세 세실리오 델 바예, 칠레의 호세 라스따리아, 베네수엘라의 앙드레스 베요, 그리고 중남미의 지적 독립시기에 활동하던 모든 애국지사와 사상가들에 의하여 고취된 사회적 낭만주의 정신과 일치한다. 알따미라노 소설의 주인공들은 프랑스의 막시밀리아노 황제의 통치 아래서 자기 조국 멕시코의 아름다운 지방을 무대로 하여 묘사된다. 소설 『끌레멘시아』는 여주인공의 이름을 딴 것으로 줄거리는 끌레멘시아와 공화파에 충성하는 한 장교 간의 실패로 끝난 사랑이며, 배경이 된 과달라하라의 전경은 작가에 의하여 매우 자세하게 묘사되어 있다. 이 도시와 주변 시골 지역이 이 슬프고도 감동적인 사랑의 중심무대이고 이들의 사랑은 남자 주인공이 총살되고 여주인공은 수녀원에 들어가게 됨으로써 끝을 맺는다.

5.6 환 레온 데 메라

5.6.1 생애와 작품

아메리카 대륙의 원주민 사회는 초기의 탐험가나 정복자들의 시대부터 이미 알려져 있었으며, 콜럼버스 이래로 원주민에 관한 주제는 현재까지도 계속되는 테마이다. 인디오에게서 이상하고도 먼 나라의 야생 귀족 모습을 보았던 유럽인들을 통하여, 낭만주의는 야생의 아름다운 경치 속에서 펼쳐지는 감동적인 이야기의 주인공들을 찾았다. 이렇게 소위 인디오 소설 또는 토착 소설이라고 불리는 문학의 발전에 기여한 작가로는 샤토브리앙, 루소, 생 피에르와 유명한 소설 『마지막 모히칸 *El último de los mohicanos*』의 작가 제임스 페닌모어 쿠퍼 등이 있다.

중남미 낭만주의 시대에서 이 인디오 소설을 처음 쓰기 시작한 작가 가운데 한 명이 레온 데 메라 Juan León de Mera(1832~1894)이다. 그는 안데스 산맥 속의 암바또에서 태어나, 에콰도르의 인디오를 찬양하는 몇 편의 시와 전설적 이야기를 1858년 발표함으로써 작품활동을 시작하였다. 그는 에콰도르의 시에 관한 평론을 쓰기도 했지만 나중에 소설을 쓰기 시작했다. 1879년에 그는 자신의 걸작 『꾸만다 혹은 야만인들의 이야기 *Cumandá o Un drama entre salvajes*』를 발표했는데 이 작품은 에콰도르의 첫 소설이었다.

5. 6. 2 『꾸만다』

낭만주의 소설 대부분의 주인공들처럼 『꾸만다 *Cumandá*(1879)』의 주인공 역시 꾸만다라는 이름의 소녀로서, 원주민 통가나와 원주민 마법사인 어머니 포나 사이에 태어났다. 원시적인 부족생활을 하는 마을에 사는 아름다운 꾸만다는 늙은 추장 아유라르마끼에게 시집가기로 되어 있었다. 결혼식날 밤에 일어난 이 추장의 갑작스런 죽음은 백인 청년 까를로스에게 반해 있던 꾸만다에게 스페인 사람들이 살고 있는 마을로 도망할 수 있는 절호의 기회를 주게 된다. 그러나 까를로스는 인디오들의 포로가 되어 아름다운 꾸만다와 포로교환이 이루어지고, 꾸만다는 자기의 연인을 구하기 위하여 이 포로교환에 나가서 인디오 마을로 돌아간 뒤에 희생의 제물이 된다.

이 작품의 중요한 세 가지 구성요소로는 밀림, 원주민 부족 및 식민지 개척자들이 있다. 동쪽 밀림지대의 지리적 모습이 아주 자세하게 묘사되어 낭만주의의 내적 구성요소인 자연에 대한 찬양이 강조되고 있다. 18세기 말과 19세기 초에 동쪽 밀림에 살았던 수많은 원주민 부족들 가운데 작가는 소설의 중심 무대로 지바라 부족과 싸빠라 부족을 택했다. 지바라 부족은 사나웠고 싸빠라 부족은 온순한 사람들이었는데, 이 두 부족에는 예수회 신부들의 문명화작업이 가속화되고 있었다. 이 예수회 신부들이 1767년 8월 19일 그 땅에서 추방되고 난 뒤에 이 원주민 부족들은 식민지 개척자들의 불법적 만행에 시달리기 시작했고, 그 결과 무력충돌이 시작되었다. 추장들 중의 한 명인 야우아르마끼는 이러한 상황 속에서 주인공 역할을 한다. 한 늙은 추장의 역할과 꾸만다에 대한 그의 감정 등이 야만적인 원주민 풍습과 대조를 이루면서 자세히 묘사된다. 유목생활을 하는 원주민 부족에게 카톨릭 선교와 함께 찾아온 행복한 생활은 예수회 신부들이 추방되면서 끝난다. 원주민인 인디오들은 비인간적인 식민화 과정을 통하여 식민지 개척자들에 대하여 점차 적대감을 갖게 되고 결국은 스페인인들에 대항하여 피비린내나는 전쟁을 시작한다. 1790년 과모뗴와 꼴룸베 인디오들은 호세 도밍고 데 오로스꼬의 농장을 그가 집을 비운 사이에 섬멸시킨다. 이 습격으로 호세 도밍고는 자녀들과 부인 카르멘을 잃는다. 그는 이 슬픔을 삭이기 위하여 도미니크 수도원에 들어가게 되고 후에 오로스꼬 신부가 되어 유일하게 살아남은 아들 까를로스를 돌보며 안도아스 마을에서 살게 된다.

이 비극적 낭만주의 소설 속에서 작가는 꾸만다와 까를로스의 이야기를 두 가지 단계로 구조화시킨다. 먼저 사건의 극적 반전인데 원주민들과 식민지 개척자들 사이에서 벌어진 전쟁의 위기는 주인공들의 운명을 바꾸어놓는다. 두번째는 대단원에 나타나는 주인공들의 진정한 신분을 확인하는 것이다. 소설의 대단원에서 오로스꼬 신부는 죽은 원주민 소녀 꾸만다를 인디오들이 자기의 농장을 습격했을 때 사라진 딸들 중의 하나로 통가나와 포나가 데려와 양녀로 삼았음을 알게 된다.

5.7 마누엘 데 헤수스 갈반

마누엘 데 헤수스 갈반 Manuel de Jesús Galván (1834~1910)은 안띠야스 제
도 역사소설의 최고 작가이면서 마지막 작품으로 『엔리끼요 *Enriquillo*』
(1879)를 썼다. 갈반은 카리브해 지역을 점령한 스페인 식민지 개척자들
에 의하여 점령된 원주민 부족들의 노예생활을 고발하는 작품을 아메리
카에 대한 깊은 사랑으로 썼다. 소설의 시대 배경은 디에고 데 꼴론
Diego de Colón이 지배하던 시대이며, 주인공인 엔리끼요라는 청년은 원
주민 부족의 선량하고 평화로운 가치관을 대변한다. 식민지 정복 시대의
서류에도 나타나듯이 이러한 역사소설에는 실존인물과 허구의 인물이
함께 등장하여 원주민 부족들과 함께 실재의 백인 정복자들에 대항하여
싸운다. 소설에 등장하는 실존인물인 바르똘로메 데 라스 까사스나 몬떼
시노 신부는 노예와 같은 비참한 생활을 하고 있는 카리브 연안의 원주
민들의 모험담을 그린 소설 내용 속에서 자신들의 실제 생각을 대화의
형식으로 표현하고 있다. 작가인 갈반의 정신세계가 원주민들의 세계와
스페인 정복자의 세계 사이에서 그 중심이 때때로 흔들리고 있음도 작품
속에서 감지할 수 있다. 젊은 추장 엔리끼요의 반란과 소설의 마지막 부
분에서 전개되는 바오루꼬의 전투에서 승리는 바로 라스 까사스 신부의
비호 아래 이루어지고 인디오들은 그를 인디오의 천사라고 부르면서 환
호와 종려나무 잎으로 맞이한다.

작가 갈반은 매우 이성적인 사람이었다. 그는 작품 구성에 있어서 균
형을 잃지 않았으며, 다른 낭만주의 작가들처럼 격동적인 표현을 삼가
했다. 그는 감동을 표현할 때에도 절제할 줄 알았으므로 사건의 구성과
묘사에 있어서도 객관성을 유지할 수 있었다.

6 가우초 시

6.1 일반적 특징

19세기 플라타강 유역에는 가우초 시 La poesía guachesca라는 매우 독특한 문학장르가 나타났다. 이 가우초 시와 낭만주의와의 관계는 풍경, 지역적 환경, 가우초와 인디오의 사회적 조직 등 향토색의 추구와 그 지방의 독특한 풍습을 반영한 민족적 정신의 추구에 그 유사성이 있다. 이러한 유사성은 비록 제한된 형식으로 나타나고 있기는 하지만 에체베리아의 『포로 여인』에서부터 나타나기 시작했다. 시골지방의 사투리나 가우초 시의 또 다른 중요한 요소들이 바르똘로메 이달고의 『조국의 작은 하늘 Cielitos patrióticos』이나 발따사르 마시엘의 작품에서 나타나기 시작했다. 가우초 경향의 초기 문학작품들은 이미 극작품, 즉 『목장 여주인의 사랑 El amor de la estanciera』(1790)이나 『치비꼬와 판차의 결혼식 Las bodas de Chivico y Pancha』(1826)과 같은 사이네떼 형식의 희곡에서 발견된다. 희곡에서 가우초 문학의 절정기는 아스까수비, 에스따니스라오 델 깜포 및 호세 에르난데스 등이 활약하던 시기라고 할 수 있다.

가장 훌륭하고 오랫동안 읽혔던 가우초 시의 작가들도 가우초와 같은 시골 출신이 아니라 도시에서 문학수업을 하고 많은 책을 읽은 지식인 계층이었으므로 가우초 문학 속에는 이러한 이중적 요소들이 혼재한다. 즉 가우초 시에는 교양어적인 표현과 사투리적인 표현이 대조를 이루고 사용되고 있으며 이 대조는 도시의 문명인과 시골의 문맹인의 노래 속에 더욱 잘 드러난다. 가우초 시에는 대화와 묘사라는 두 가지 문체를 구성하게 되는 두 가지 종류의 시가 있다. 대화 형식을 주로 사용한 가우초 시에는 정치적 문제가 주제로 사용되는데 바르똘로메 이달고와 일라리오 아스까수비의 작품이 대표적이다. 묘사 형식을 중요시한 가우초 문학으로는 거의 대부분의 가우초 시가 여기에 속한다. 묘사 형식의 가우초 시에는 가우초가 생활하던 지리적 환경과 19세기의 아르헨티나 사회에서 가우초의 사회적 위치가 언급될 뿐 아니라 항상 그들과 적대적 관계에 있던 인디오와의 관계까지도 언급이 된다.

가우초란 일종의 사회적 계층을 말하면서, 동시에 스페인인들과 인디오 사이에 태어난 사람들을 가리키는 말로서, 그 기원은 식민지 시대부터 생겨나기 시작한 혼혈인들을 가리키는 말에서 시작되었다. 그런데 플라타강 유역에는 유목업이 주된 산업이었으므로, 이 유목업이 더욱 발달함에 따라서 여기에 종사하는 사람들이 사회적인 한 계층으로까지 성장하게 되는데 바로 이들을 가우초라고 불렀다. 어원적으로 살펴보면 가우초gaucho라는 말은 께추아어에서 고아를 뜻하는 〈huacho〉에서 유래했다고 주장하는 학자들도 있고, 또 칠레 토착어로서 일정한 직업이 없이 떠돌아다니는 떠돌이를 가리키는 〈guaso〉나 〈gauderio〉에서 유래했다고 주장하는 학자들도 있다. 사회계층으로서의 가우초는 반란이나 자유, 사랑, 우정, 그리고 인디오와의 투쟁을 특징으로 하는 집단이었다. 따라서 가우초 문학의 대표적 작가들은 이러한 가우초 사회의 성격을 자신의 작품 속에서 두드러지게 나타낸다.

중남미 문학에서 인디오의 테마는 서로 다른 두 가지 관점에서 다루어져 왔다. 콜럼버스 이전 시대에 고도의 문명사회를 이루었던 지역에서는 인디오의 단결과 위대함이 문학의 주제가 되었지만, 가우초 시에서는 이와는 반대로 인디오는 곧 악의 상징이요 대표적인 야만인으로 다루어졌다. 이렇게 가우초의 인디오에 대한 나쁜 인상은 다음 두 가지 이유 때문으로 알려져 있다. 먼저 역사적 관점에서 볼 때 인디오들은 언제나 기독교 문명인들에게는 위험한 존재였다. 두번째로 문학적인 관점에서 볼 때 당시의 문학에는 사르미엔또의 작품에서 볼 수 있듯이 문명과 야만의 대립적 구성이 중요했는데 인디오들은 이 야만성을 대표하는 존재로서 낭만주의의 세계에 대한 부정적 요소로 기술되었던 것이다. 이런 구성을 가진 대표적 작품이 『포로 여인』과 『마르띤 피에르』이다.

가우초 시는 아르헨티나 역사 속에서 그들의 위치가 어떻게 변화되었
는가에 따라서 독립투쟁기의 가우초, 내란기의 가우초, 국가조직 내의
가우초, 문명에서 버림받은 가우초로 분류해 볼 수 있으며, 대표적인
작가로 각각 바르똘로메 이달고, 일라리오 아스까수비, 에스따니스라오
델 깜뽀, 에르난데스를 들 수 있다.

6.2 바르똘로메 이달고

바르똘로메 이달고 Bartolomé Hidalgo(1788~1822)는 플라타강 지방의 최
초의 가우초 시인이다. 그는 1788년 몬테비데오에서 태어나 1818년부터
부에노스 아이레스에서 거주하였으며 1822년 부에노스 아이레스에서 사
망하였다.

그의 작품세계는 두 단계로 나누어진다. 첫번째 시기의 작품에는 조
국의 독립을 방해하는 세력을 조소하는 내용의 시들이 있다. 이런 형태
의 대중적인 시는 민요나 4 또는 7행시 그리고 로만세 형식으로 씌어졌
다. 따라서 이달고의 작품은 환 괄베르또 고도이 Juan Gualberto Godoy의
『가우초의 시 Los versos guachescos』나 『목장 여주인의 사랑 El amor de la
estanciera』 이후 대중적 로만세 형식을 사용한 시들의 효시가 되었다. 두
번째 시기의 이달고는 가우초 문학을 더욱 발전시켰다. 그의 작품 『가우
초 꼰뜨레라스의 관계 Relación del gaucho Contreras』를 살펴보면 독립을 위
하여 적들을 비방하던 시의 내용이 혁명기 이후에 벌어지는 일들에 대하
여 한 가우초의 눈을 통하여 비판하는 내용으로 바뀐다.

가우초에게 있어 자연은 그들의 일터이자 자신들의 고유한 풍습을 유
지하며 살 수 있는 세계로서, 문명화된 도시세계와 대조를 이룬다. 이달
고는 그의 작품 『가우초 꼰뜨레라스의 관계』 속에서 한 가우초가 도시생
활에서 겪는 어려움을 다루고 있는데 이 주제는 에스따니스라오 델 깜뽀
가 그의 작품 『파우스또 Fausto』에서도 다루게 된다. 작가 이달고는 가우

초가 문명사회에서 소외될 수밖에 없음을 그의 시 『조국의 작은 하늘』에서도 분명히 하고 있다. 가우초 문학의 작가들은 서민적 전통 편에 서서 교양문학에 반기를 든 사람들이며 이달고 역시 이 점을 분명히 하고 있다.

6.3 일라리오 아스까수비

지식층의 문학이 꽃피던 낭만주의 시대 한편에는 팜파 Pampa 지대의 서민적인 삶과 가우초의 내면세계와 모험을 서사적이고 서정적인 형태로 표현한 시가 존재한다. 시의 내용은 독립전쟁 때는 투사로서, 내란 때는 한 당파의 군인으로서, 그리고 평화가 찾아왔을 때는 문명에 동화하지 못하는 이방인의 존재로 나타나는 시대적 변화에 따른 가우초의 역할 변화에 따라 약간씩 변한다. 일라리오 아스까수비 Hilario Ascasubi (1807~?)는 모험적인 삶을 살다 간 작가로 1807년 꼬르도바에서 부에노스 아이레스로 팜파 지대를 횡단하여 가고 있던 마차 속에서 태어났다. 14세가 되던 해에 그는 북미와 유럽으로 여행을 떠났으며 1823년 칠레를 거쳐서 되돌아왔다. 1824년 살따로 가서 호세 마리아 빠스 José María Paz 장군 휘하에 들어갔다가 나중에 라마드릿 Lamadrid 장군과 함께 엘 딸라 전투와 바야다레스 전투에 참가하였고 여기서 파꾼도 끼로가 Facundo Quiroga를 알게 되었다. 부에노스 아이레스의 연방정부의 포로가 되어 2년간 옥고를 치렀고, 후에 탈출하여 몬테비데오에서 파울리노 루세로 Paulino Lucero라는 가명으로 작품활동을 시작하였다.

아스까수비의 작품 가운데 정치적 동기에서 쓴 시집으로는 『파울리노 루세로 Paulino Lucero』(1853)와 『아니세또 엘 가요 Aniceto el Gallo』(1854)가 있는데 첫째 작품은 로사스 정권을 비판한 것이고 두번째 작품은 우르끼사 Urquiza를 비판한 작품이다. 팜파 지대의 가우초의 생활을 노래한 시집으로는 『산또스 베가 Santos Vega』(1872)가 있다. 작품의 내용은 팜파

지대의 경치와 그곳에 살고 있는 사람들의 원시적이고 투박한 삶을 그리고 있다. 언어적인 측면에서 볼 때도 가우초 고유의 언어와 표현을 사용함으로써 자유와 문명이라는 두 가지 문제에 대한 그들의 고뇌를 표현하려고 했다. 광대한 초원지대에 펼쳐지는 새벽의 서광과 폭풍우, 축제와 전투, 일과 즐거움, 도둑질과 습격, 사랑과 초원에서의 야영 등 팜파지대의 모든 것을 사용했으며, 초원지대의 도둑이면서 노래꾼인 산또스 베가의 노래에 기초한 이 작품은 그 자체가 하나의 시이면서 동시에 이야기라고 작가 자신이 말하고 있다. 가우초의 생활풍습과 정신세계를 섬세하게 표현한 이 작품은 그 전개방식에 있어서는 산또스 베가가 친구인 루포 폴로사에게 라 플로르의 쌍둥이 형제의 초원에서의 삶과 사랑, 인디오들과의 전투 등을 팜파 지대의 경치 묘사와 함께 서정적인 표현으로 이야기하고 있다.

6.4 에스따니스라오 델 깜뽀

에스따니스라오 델 깜뽀 Estanislao del Campo(1834~1880)는 1834년 2월 7일 부에노스 아이레스에서 태어나 포르떼뇨-페데랄 아카데미에서 공부하였다. 그 후에 가게의 점원 노릇도 하고 친구들과 함께 경찰에 투신하기도 했으며 나중에는 지방의회 서기로 일하기도 했다. 1857년부터 아나스따시오 델 뽀요 Anastasio el Pollo라는 가명을 사용하여 부에노스 아이레스의 일간신문에 시를 발표하기 시작했다. 그리고 1866년 그의 유명한 시 『파우스또 Fausto』를 발표했고 후에 시의원이 되어 자유당을 지원하는 신문을 창간하여 대통령 후보였던 사르미엔또를 지원하기도 하였다.

아스까수비의 시가 가우초의 삶을 섬세하게 묘사하고 있고, 에르난데스의 시가 극적인 구성을 통하여 나타내고 있다면, 에스따니스라오 델 깜뽀의 시에는 가우초의 삶이 가우초의 눈에 비친 문명과의 대조를 통하여 즐겁고 경쾌하게 표현되고 있다고 할 수 있다. 대표작 『파우스또』는 1866년 여름 부에노스 아이레스에서 실재로 공연된 오페라『파우스또』를 구경하게 된 시골 농부인 아나스따시오 엘 뽀요의 느낌을 노래한 작품이다. 작가는 이 시골 농부의 느낌을 가우초의 어투로 경쾌하면서도 냉소적으로 표현했다. 작품의 구성은 이야기 진행자인 아나스따시오 엘 뽀요가 주인공이고 그의 상대자로서 시골 농부인 라구나가 나타나 이야기를 나누는 형식으로 구성되어 있다. 이 작가의 뛰어난 점은 축제에 대한 한 가우초의 단순한 놀라움과 인상을 표현하는 데 그친 것이 아니라, 그의 정신세계에까지 들어가서 그 속에 잠재되어 있는 팜파 지역의 경치와 이야기가 오페라의 이야기와 인물들과 혼용되어 가는 과정을 묘사했다는 점이다. 『파우스또』는 가우초 문학의 역사상 마지막 시기에 해당하는 작품은 아니지만 이 장르의 쇠퇴기에 해당하는 몇 가지 특징들인 조롱, 비난 및 냉소적 표현 등이 나타나고 있다. 주인공은 때때로 환상의 세계에 빠져들기도 함으로써 비현실적 세계가 현실세계와 가볍게 혼동되기도 한다.

6.5 호세 에르난데스

6.5.1 생애와 작품

호세 에르난데스 José Hernández del Campo(1834~1886)는 1834년 11월 10일 부에노스 아이레스 근교 목축업을 하는 집안에서 태어나 1886년 10월 21일 사망하였다. 그가 다섯 살 되던 해에 그의 부모는 로사스 정권의 박해를 피하여 외할아버지가 살고 있는 바라카스로 이주하였다. 열두 살때 건강이 악화되어 시골로 내려가 생활하게 되었고 이때 그는 가우초의 생활을 보게 되었으며 그 자신도 가우초의 일을 배웠다. 가우초 생활을 직접 경험함으로써 그는 초급교육 외에는 특별한 교육을 받지 못한 상태에서 아르헨티나의 내란시에 연방주의자 편에 가담하였고 로사스 정권이 무너지자 미트레 Mitre 정권에 반기를 들고 세뻬다 Cepeda 전투에 참가하였다. 그 후에 연방정부의 수도였던 빠라나에서 거주하면서 상원의 속기사로 일하는 한편 일간신문 ≪아르헨티나인 El Argentino≫의 편집을 맡았다. 그는 1863년 이 신문에 이로하 지방의 한 속장의 삶을 이야기한 「차초의 삶 Vida del Chacho」을 발표하였는데 그 내용은 사르미엔또 정권을 비판한 것이었다. 1867년 호세 에르난데스는 꼬리엔떼 지방의 연방검사로 임명되었고 그 이듬해에는 대법원 배심원으로 임명되었다. 2년 후에 부에노스 아이레스에서 신문 ≪플라타강 El Río de la Plata≫을 발간하였으며 이 신문에서 그는 정치적 사회적 개혁의 필요성을 주장하였다. 그는 군인이었으며, 정치가였고, 기자였으며, 시인이었던 것이다. 그의 삶을 통해 볼 때 그는 행동가이면서 동시에 섬세한 감정을 소유한 사람이었다. 선하고 사교적인 성격의 이 작가는 서민들이 거리나 시장에서 나누는 투박한 말투의 대화를 좋아했고 이것은 작품 속에 나타나는 가우초 삶의 묘사에 그대로 반영되었다.

호세 에르난데스가 가우초의 삶을 노래한 시 『마르띤 피에로』를 쓰기 시작한 때는 정치가로서의 그의 삶에 어려움이 많은 시기였다. 1870년 우르끼사 Urquiza의 암살사건이 발생하자 사르미엔또 정부에 대항하여 로페스 호르단이 반란을 일으켰고 에르난데스도 이 반란에 가담하였다. 그 결과 사르미엔또 정부는 그가 창간한 신문 ≪플라타강≫을 폐간하였고 반란이 진압된 뒤에 에르난데스는 브라질로 피신하였다. 이듬해 그는 부에노스 아이레스로 돌아왔고 1872년 『마르띤 피에로』의 제1부 「떠남 La Ida」으로 알려진 부분을 발표하였다. 그리고 7년이 지난 1879년에 「돌아옴 La Vuelta」으로 알려진 제2부를 발표하였다. 1880년 국회의원에 당선된 뒤에 가우초를 옹호하기 위한 『목장주의 가르침 Instrucción del estanciero』을 발표하였다. 작품 『마르띤 피에로』에서 그는 가우초의 삶과 19세기의 아르헨티나 사회를 옹호하였다. 또 혁명에 가담해야 했던 그의 정치적 신념과 이데올로기가 그의 문학적 재능으로 말미암아 역사적, 시간적 한계를 나타내고 있다. 결국 그의 삶과 시는 정치적 투쟁의

뉘앙스를 띠면서도 당시의 사회적 현실과 타협할 수밖에 없었던 상황을
보여준다.

6.5.2 『마르띤 피에로』

가우초 문학은 작가에 따라서 강조되는 면이 서로 다를 수 있다. 아
스까수비가 가우초가 살고 있는 환경을 그의 시에서 중요시하였다면 에
르난데스는 가우초라는 인간 자체를 중요시하였다. 또 전자가 가우초의
삶을 섬세하게 묘사한 시인이라면 후자는 그것을 극적인 구성으로 표현
한 시인이라고 할 수 있다.

에르난데스의 대표작 『마르띤 피에로 *Martín Fierro*』는 열세 개의 노래
와 2316행의 시로 구성되어 있다. 이 작품에는 한 가우초의 국경 수비대
원으로서의 삶과 인디오와의 전투, 완전히 파괴되어 버린 가정으로의
귀향, 그리고 산적생활 등을 줄거리로 하고 있다. 10장에서는 지금까지
이야기 진행자로 나오던 주인공 마르띤 피에로와 가우초 끄루스의 역할
이 바뀌게 된다. 끄루스는 자신의 불운했던 과거를 모두 털어놓은 뒤에
주인공과 함께 인디오 마을로 찾아가게 된다. 제1부 「떠남」의 주요내용
은 주인공이 인디오와의 국경지대에서 군인으로 근무할 때에 군인들의
부정을 알게 되고 이에 반기를 들게 된다. 이 사건은 곧 주인공을 군에
서 떠나게 함과 동시에 문명인들이 만든 법에 의하여 추격을 당하는 산
적과 같은 신세, 소위 나쁜 가우초 gaucho malo가 되고 만다. 경찰의 추
격은 계속되고 이 경찰들과의 전투의 와중에서 끄루스 경사는 주인공의
편이 된다. 추격은 더욱 심해지고 주인공은 이 추격의 공포 속에서 동료
인 끄루스 경사와 함께 마침내 인디오들이 살고 있는 사막으로 피신하게
된다. 사회의 부정에 반기를 든 가우초의 시는 여기서 끝나고, 제1부는
전체적으로 물질문명에 짓밟힌 한 가우초의 삶을 극적으로 표현하고 있
다. 이 가우초에게는 물질문명은 곧 억압, 박해 그리고 인간성의 상실을
의미할 뿐이었다.

제1부에 대한 독자들의 높은 인기에 자극받은 에르난데스는 제2부 「돌아옴」을 쓰게 되었다. 제2부는 33수의 노래와 4894행의 시로 되어 있다. 내용은 주인공이 독자들에게 제1부의 내용을 다시 더듬어 나감으로써 시작된다. 주인공은 사막을 가로질러서 인디오 마을에 도착하게 되고 그곳에서 함께 살면서 인디오들의 생활모습을 묘사하게 된다. 친구인 끄루스 경사가 전염병으로 죽은 뒤에도 이곳에서의 생활은 계속되지만 어느 날 한 여자가 인디오의 포로로 잡혀오게 되고 주인공은 이 여자를 구하여 함께 기독교인들의 문명사회로 다시 돌아오게 된다. 제1부와 제2부 사이의 연관성은 우선 두 가지 면에서 찾을 수 있다. 첫번째 연관성은 문체와 언어로 이 시의 비슷하고도 독특한 가치를 구성하며, 두번째 연관성은 제2부에서 제1부의 인물들이 다시 나타나며 또 아들들을 다시 만나는 장면에서 볼 수 있다.

이 시에서 가우초 마르띤 피에로는 서정성과 극적인 구성이라는 두 가지 요소를 통하여 자신의 과거를 전개하고 있는데, 서정성은 특히 행복했던 시절을 회상할 때 두드러지고, 극적 구성은 행동이나 모든 악의 근원이 되고 있는 현재의 부정부패를 묘사할 때 나타난다. 1장부터 9장까지 화자로는 주인공이 직접 나와서 사람들에게 이야기를 하는 형식으로 전개되고 10장에서부터 끄루스 경사가 등장하게 됨에 따라 화자는 두 사람이 된다. 그리고 제1부의 마지막 노래에서는 제3의 인물이 나타나서 이 두 사람이 사막을 향해 가는 여행 중에 어떻게 숙식하는지를 묘사하고 있다. 제2부에서는 새로운 화자들이 나타나서 주인공의 이야기가 끝난 뒤에 각자 자신의 과거를 이야기한다. 제1부와 제2부의 차이점은 앞에서는 행동을 묘사한 구절이 많은 반면에 뒤에서는 과거의 회상이 많다는 점이다. 시간적으로는 제1부와 제2부의 구성은 과거의 회상 형식으로 연결되어 있다. 이렇게 희미한 먼 과거에 대한 회상은 현재 주인공의 상태를 규정하지 않은 채 진행됨으로써 시 전체에 애수어린 신비감을 더해 준다.

이 시에 사용된 언어적 특징은 작가인 에르난데스가 가우초들이 사용하는 표현을 많이 사용했다는 점이며 또 이러한 표현들을 통하여 가우초들의 습관과 풍습, 사고방식 그리고 그들이 즐기는 오락을 보다 잘 묘사할 수 있었다. 또 시골지역에서 인디오들 사이에서 사용되어 오던 토착어도 때때로 나타난다. 이 시에 사용된 어휘나 문장 구조, 은유 및 비유는 가우초들이 살고 있던 지방에서 널리 쓰이는 표현을 사용했는데 이것은 에르난데스가 어렸을 때 시골농장에서 직접 가우초들과 어울리며 그들의 일을 함께 했던 경험에서 비롯되었다.

이 작품을 통하여 나타내려는 작가의 의도는 물질문명 속에서 소외되어 가는 가우초들의 생활방식과 사고방식을 그들이 사용하는 언어로 나타내려는 데 있다. 작품의 인물들을 살펴보면 먼저 마르띤 피에로는 부정부패로 얼룩진 사회권력 계층으로부터 추격을 받는 가난한 가우초로 노래를 통해 위안을 받는다. 그는 과거를 행복한 시절로, 가정을 잃어버린 선으로, 법을 악의 근본으로 생각하고 있으며 또 인디오들을 야만적이고 악한 집단으로 생각하고 있다. 끄루스 경사는 주인공의 친구로서 함께 역경을 겪는다. 그는 자신이 겪는 역경을 남자가 당연히 거쳐야 할 하나의 과정으로 생각하면서 여자들에 대해서는 많은 염려와 관심으로 대한다. 제2부의 주요인물 가운데 하나인 비스까챠는 인생이란 어두운 터널과 같으며 지혜는 살아남기 위한 방편으로 생각한다. 마르띤 피에로의 큰아들은 감옥에 수감되어 있었다. 따라서 고독과 적막감이 그에게 고통을 더해 주었다. 그는 운명이란 고통으로만 이루어져 있으며 인간은 자유 없이는 살아갈 수 없는 존재로 생각한다. 또 마르띤 피에로의 둘째 아들은 고아가 되어 이집 저집으로 떠돌아다니며 여러 사람을 주인으로 섬긴다. 그는 늙은 비스까챠 곁에서 세상을 배우게 되고, 가정은 안식처이며 자유를 소중하게 생각한다. 작품 중에 등장하는 악당은 끄루스의 아들로서 국경지대 생활방식의 희생물이며 가난한 도박꾼으로 타락하고만 인물로 묘사되고 있다. 그에게는 인간이란 고생을 당연시하면서 참고 살아야 하는 존재로서 환경에 잘 적응해야 살아남을 수 있다고 생각한다. 작가 에르난데스는 이러한 작중인물들을 통하여 서로 다른 생활방식과 사고방식을 가지고 살아가는 사람들의 모습을 보여줌과 동시에 가우초에 대해서도 각각 다르게 생각하고 있음도 함께 보여준다. 이것을 통해 아르헨티나의 문명화에 따른 사회변화에 시골지역의 하층민들이 어떻게 적응해 가는가를 보여주려고 하였다.

이 작품의 주제는 등장인물들의 모습에서 이미 짐작이 가능하다. 소리꾼이나 가우초의 가난함, 잃어버린 과거와 불행, 그리고 당시 사회의 갖가지 문제점, 예를 들어 국경 문제, 인디오 문제, 떠돌이 가우초들이 도둑이 되어버린 문제를 제시하고 있다. 이 시에 내포된 정치적 문제에 대한 작가의 견해는 일간지인 ≪플라타 강≫에서 그가 직접 주장했듯이 지방자치제를 옹호하며 시 관리의 선거제, 국경 수비대의 폐지, 재판관과 군 지휘관 및 학교의 고문은 일반 사람들의 선거로 뽑을 것을 주장하고 있다. 또 개혁적 연방론자로서 정부의 부정에 대항하면서 원주민들을 옹호하였고 시골 하층민들의 삶과 노동을 귀중하게 생각하였다. 그는 가우초가 아르헨티나 낙농업뿐 아니라 새로운 문명화로 나아가는 사회 발전을 위하여서도 필요불가결한 존재라고 생각하였다. 그에게 있어 주인공 마르띤 피에로의 불행은 한 가우초의 단순한 불행이 아니라 가우초라는 한 사회계층의 불행이었으므로 그는 정치가로서, 신문기자로서, 그리고 작가로서 이들을 위하여 헌신적인 노력을 다하였다. 결국 『마르띤 피에로』는 가우초 문학의 걸작이라고 할 수 있다. 가우초라는 한 인간의 묘사를 통하여 모든 시대의 소외된 인간의 모습을 투영해 보려는 작가의 의도에서 보편적 가치를 찾아볼 수 있다. 이 시의 복잡한 구성은 한 개인의 모습을 통하여 한 계층의 보편적 모습을 투영하였고 한 지역의 모습을 통하여 일반적인 시골지역의 모습을 보여주고 있는 것에서 알 수 있다.

6.6 라파엘 오블리가도

라파엘 오블리가도 Rafael Obligado(1851~1920)는 부에노스 아이레스에서 1851년에 태어나 멘도사에서 1920년에 사망하였다. 그는 작가이면서 부에노스 아이레스 대학 문학교수였으며 또한 스페인 한림원의 회원이었다. 그는 호아낀 곤살레스가 그의 작품과 아르헨티나의 전설을 함께 연구하여 그의 문학적 업적을 높게 평가한 이후에 민족시인으로 불리어진다.

1885년 그는 유일한 시집 『시 Poesías』를 파리에서 출판하였는데 여기에 『산또스 베가 Santos Vega』의 1장, 2장 및 4장이 들어 있다. 이때부터 그의 시는 널리 유포되어 읽히기 시작하였다. 「부모님 집 El hogar paterno」, 「검둥이 팔루초 El negro Falucho」, 「소몰이꾼의 움막 El nido de boyeros」 등의 시들은 가족과 민족을 주제로 한 낭만주의적 작품들로서 자연과 조국을 찬양하고 있다. 루벤 다리오, 까를로스 기도 이 스빠노, 루시오 만시야, 리까르도 구띠에레스, 호아낀 곤살레스 등 당대의 유명한 작가들이 정기적으로 모임을 가지던 산따마리아 강변 그의 집과 빠라나 강변 부모님의 집을 오가면서 그는 조국과 조국의 전설을 소재로 매우 아름다운 시를 썼다. 오블리가도는 감성적 표현방식이나 그가 속한 시대적 배경을 기준으로 하여 살펴보면 낭만주의적 작가임이 틀림없다. 그러나 섬세한 감정을 가진 작가이면서도 낭만적 표현을 사용할 때는 절제되고 조심스럽게 표현함으로써 낭만주의적 색채는 보다 약화되고, 오히려 모데르니스모적 색채가 드러나는 것 같다. 그의 다른 시에서와 마찬가지로 『산또스 베가』에서도 전기 모데르니스모적 색채가 드러난다.

7 가우초 소설과 연극

가우초를 주제로 한 시가 널리 유포되어 읽히게 되면서 소설에서도 이 주제를 사용한 작품들이 나타나 일반대중에게 읽히기 시작하였다. 에두아르도 구띠에레스 Eduardo Gutiérrez는 뛰어난 가우초 소설가 중 한 사람이었다. 그는 30편 이상의 가우초 소설을 썼는데 그 주인공들은 대부분이 정부 당국으로부터 추격을 받았던 전설적으로 유명한 가우초 영웅인 환 모레이라, 환 꾸에요, 산또스 베가, 그리고 오르미가 네그라이다. 이러한 소설들은 소책자로 발간되어 수많은 사람들 사이에서 읽혔는데, 특별한 형식이나 소설의 기법에 구애됨이 없이 가우초의 마지막 시기, 즉 정부에 대항하여 반란을 일으키고 그 결과 경찰에 쫓기면서 영웅적으로 투쟁하는 모습을 주된 내용으로 하였다. 가우초 소설은 당시에 서커스에서 주로 공연되던 무언극 대신에 새롭게 각광받기 시작하였던 연극의 중요한 내용이 되었다. 가우초 연극의 연출가로서 유명한 사람은 포데스따 Podestá로 소설가 구띠에레스의 친구였다. 1886년경 연극「환 모레이라 Juan Moreira」가 공연되어 폭발적인 인기를 끌게 되자 연극은 초기의 서툰 공연 형태를 벗어나 더욱 발전하기 시작하였다. 가우초를 테마로 한 극작가로서는 마르띤 꼬로나도 Martín Coronado도 들 수 있는데 그의 작품으로는 『추문의 돌 La piedra de escándalo』과 『돈 로렌소의 밭 La chacra de Don Rorenzo』 등이 유명하다. 특히 『돈 로렌소의 밭』에서는 사실주의 색채가 두드러지지만 일반적인 꼬로나도의 작품 경향은 원주민들의 생활을 낭만적으로 묘사하였다.

그 밖에 마르띠니아노 레기사몬 Martiniano Leguizamón은 그의 소설 『몬따라스 Montaraz』에서 시골 농부들의 생활 모습을 그렸고, 가우초의 생활을 시적으로 묘사한 희곡 『종달새 Calandria』를 발표하였다. 이 희곡에서 그는 전통적 생활양식을 가진 한 가우초가 어떻게 문화사회의 규범에 적응해 가며 가우초 고유의 순박성을 상실해 가는가를 나타내고 있다.

제5장
사실주의 및 자연주의

1 역사 및 문화적 배경

19세기 후반에 유럽에서는 사회의 변화로 말미암아 새로운 사조가 생겨났다. 사회주의, 무정부주의, 공산주의 등의 정치적 이념들과 철학에서의 실증주의가 나타났고 문학에서는 낭만주의에 반발한 사실주의가 꽃피기 시작하였다. 사실주의는 당시의 사회에 대한 직접적인 관찰을 기초로 한 사조로서 주로 소설에서 유행하였다. 낭만주의가 사물에 대한 주관적 해석을 중요시하였다면 사실주의는 이러한 주관적 해석의 허구성을 버리고 사물의 객관적 사실성을 묘사하려는 사조로서 등장인물도 일상생활 속에서 직접 만날 수 있는 사람들이었다. 사실주의의 선구자로 프랑스의 발자크, 영국의 디킨스, 러시아의 톨스토이와 고골리, 스페인의 알라르꼰, 뻬레다, 환 발레라 및 갈도스를 거치면서 사실주의는 유럽뿐 아니라 중남미에서도 퍼졌다. 중남미 문학의 경우에 전통적으로 주관적 묘사보다는 객관적 묘사를 중요시하였는데 사실주의의 유입으로 인하여 중남미 작가들은 마침내 전통적 객관성으로 돌아갈 수 있었다.

에체베리아의 『도살장』에서부터 시작하여 낭만주의의 전형적인 소설인 호세 마르몰의 『아말리아』와 호르헤 이삭스의 『마리아』에 이르기까지 중남미 문학에는 역사적으로 볼 때 사실직인 인물이 등장하였고, 또 소설의 배경으로 묘사되는 지방도 사실적인 요소를 가지고 있었다. 따라서 중남미 소설의 사실주의는 잉태 초기부터 지방의 사실적 풍습을 담고 있었다고 할 수 있다.

19세기의 중남미 대륙은 정치적 · 역사적으로 볼 때, 독립운동의 시기 (1800~1830), 무정부 시기로 지방의 유력한 족장들이 통치하던 시기 (1830~1860) 및 국가체제를 정비하던 시기(1860~1890)로 나눌 수 있으며, 이것은 식민지 체제의 붕괴와 함께 독립되기 시작한 모든 국가들에게 공통적인 현상이었다. 정치적 · 역사적으로 구분된 이러한 시기에 문학적으로도 서로 다른 사조가 유행하였다.

제1기인 독립운동기에서는 신고전주의가 유행하였고, 제2기의 무정부 시기에는 낭만주의가, 그리고 마지막 제3기에는 사실주의와 자연주의가 꽃피었다. 제2기에 속하는 낭만주의 시기에는 민족적 특색을 중요시하였고, 낭만주의에서 사실주의로 이행하면서 식민지 시대를 벗어나 각국이 국가적 형태를 정비하게 되었으며 각 민족의 풍습을 중요시하였다. 이 시기의 또 하나의 특색은 산업시대로 넘어가기 위한 전초적 개혁이 일어났고, 많은 사람들이 중남미로 이민했다는 점이다. 모데르니스모의 전단계인 이 시기에는 한편으로 소리야Zorilla의 『따바레 Tabaré』와 같은 낭만주의 말기의 시들이 발표되었고, 다른 한편으로는 사실주의와 자연주의가 소설이나 단편작품의 주된 사조가 되었다. 이러한 문학적 전개는 모든 나라에서 똑같이 일어난 것은 아니고 일부 국가에서는 사실주의와 자연주의가 다른 나라에 비하여 늦게 시작되기도 하였는데 이 경우에는 정치적, 역사적 전개도 역시 주변 다른 나라에 비하여 늦었다.

1810년부터 기나긴 독립 투쟁을 마친 1903년까지 중남미의 각 민족들은 아르헨티나에서 파나마에 이르기까지 공화국으로서 국가체제를 정비해 나갔다. 중앙아메리카 연방과 같은 연방제의 철폐, 1898년 카리브에서 시작된 미서전쟁, 남미 독립국들 사이의 국경선 분쟁, 그리고 아직도 철권정치를 계속하던 일부 독재 보수파들의 존재는 새로운 국가들의 정치에 커다란 변화를 가져왔다. 문학에서는 에콰도르의 환 몬딸보, 푸에르토리코의 에우헤니오 마리아 데 오스또스, 페루의 마누엘 곤살레스 쁘라다, 멕시코의 후스또 시에라 및 쿠바의 엔리께 호세 바로나 등이 실증주의 철학을 바탕으로 남미의 신생국가들의 장래를 논하였다.

2 낭만주의에서 풍속적 사실주의 시로의 전이

중남미 문학에서의 낭만주의 운동은 감상적 소설과 서정시의 두 장르에서 활발하게 전개되었다. 19세기 말엽에 감상적 소설은 사실주의와 자연주의 소설로 대체되어 갔지만, 서정시는 세기말에 모데르니스모가 나타날 때까지 낭만주의적 색채를 유지하였다.

19세기 후반기에 낭만주의 시에서 유행하였던 주제는 감성적 테마, 가족과 가정의 테마, 민족적 의식을 고취한 테마, 종교적 테마, 자연의 아름다움을 찬양한 테마 등으로 분류해 볼 수 있다. 초원, 밀림, 강 등은 중남미 자연의 아름다움 그 자체였으며 신고전주의 시대에는 앙드레스 베요와 같은 사람에 의하여 찬양되었고 이제는 지방 향토색을 중요시하는 그레고리오 구띠에레스 곤살레스와 호세 호아낀 오르띠스 등 풍속주의적 서정시인들에 의하여 찬양되었다. 시골 경치와 그곳의 농부들의 생활풍습 그리고 활기찬 전원생활은 베네수엘라의 호세 라몬 예뻬스와 같은 낭만주의 시인에게는 아직도 중요한 소재가 되었다. 소설에서는 이미 낭만주의가 쇠퇴하고 있었지만 시에서는 아직도 고향을 등진 슬픔과 유년시절의 아름다웠던 추억, 쓸쓸함과 고독 등의 정서가 살아 있었다.

낭만주의와 사실주의의 전환기에 있었던 작가들 가운데 한 사람으로 칠레의 알베르또 블레스트 가나가 있다. 그는 당시의 도시 생활의 풍습을 사실적으로 묘사히였다. 특히 대표적인 『마르띤 리바스 *Martín Rivas*』에는 당시의 생활 풍습이 잘 나타난다. 한편 원주민들의 생활 풍습 묘사를 통하여 당시의 아르헨티나 사회를 날카롭게 비판한 작가로는 로베르또 빠이로가 있으며 작품으로는 『라우차의 결혼 *El casamiento de Laucha*』, 『빠고 치꼬 *Pago Chico*』 등이 있다. 빠이로의 사실주의는 당대의 정치가들이 부정한 방법으로 그들의 주장을 관철시키는 모습을 유우머와 비유를 통하여 비판하는 형태로 나타난다.

2.1 호세 안또니오 마이띤

베네수엘라의 낭만주의는 1840년대의 40세대와 1870년대의 70세대를 포함한다. 이 두 세대는 주제와 시의 표현기법에 있어서 차이점이 있다. 40세대의 낭만주의는 에스쁘론세다에게서 볼 수 있는 삶의 고통이나 비관을 강조하였다면, 70세대에서는 이러한 정서가 독일 낭만주의의 영향을 받아 보다 순화되어 서정성이 뛰어난 작품이 주로 발표되었다. 이러한 경향의 70세대 작가들 가운데 뛰어난 사람으로는 호세 안또니오 마이띤 José Antonio Maitín(1814~1874)과, 조국과 가족에 대한 그리움을 낭만적으로 노래한 작품 『귀국 *Vuelta a la patria*』의 작가 안또니오 뻬레스 보날데가 있다.

마이띤은 까베요 항구도시에서 1814년에 태어나 쿠바에서 공부하였다. 그는 외교관으로서 영국에 머무는 동안 영국 낭만주의 작품을 읽게 되어 이것이 훗날 그의 작품 경향을 결정짓는 동기가 되었다. 조국에 돌아온 그는 고향 초르니에서 살면서 아름다운 경치를 낭만적으로 노래하였다. 그의 대표작은, 부인이 죽자 이것을 애도하여 쓴 『루이사 안또니아 데 마이띤 부인을 기념한 장례곡 *Canto fúnebre a la memoria de la Señora*

*Luisa Antonia de Maitín*을 들 수 있다. 모두 16편의 시로 이루어진 이 작품은 슬픔을 절제하면서도 내면적으로 은은히 흐르는 고통을 표현함으로써 지난날의 아름다운 추억을 통하여 삶과 죽음에 대한 철학적 사색까지 곁들이고 있다.

2.2 그레고리오 구띠에레스 곤살레스

콜롬비아에서는 호세 에우세비오 까로가 낭만주의를 소개한 이후에 그레고리오 구띠에레스 곤살레스Gregorio Gutiérrez González(1826~1872)와 라파엘 뽐보가 나타나 여러 문학지를 통하여 낭만주의를 더욱 보급하였다. 안띠오끼아 지역 출신의 최고의 시인이라 할 수 있는 구띠에레스 곤살레스는 1826년 세하 델 땀보에서 태어나 1872년 메델린에서 사망하였다. 초기에는 소리야와 에스쁘론세다의 영향을 받아 시를 썼지만 나중에는 현실을 비관하는 어조를 버리고 아름답고도 개성있는 시를 썼다. 그도 당시에 유행하던 민족성을 찬양하는 시를 쓰기는 하였으나, 그의 이름은 향토색을 강조한 시『안띠오끼아에서 옥수수 재배의 추억*Memoria sobre el cultivo del maíz en Antioquia*』을 1866년 발표하고서 유명해졌다. 이 시는 작가 자신이 학문적 추억이라고 소개한 시로서 각운법을 잘 사용한 632행의 11음절 시이다. 시의 내용은 옥수수 재배를 중심 테마로 하면서도 고향의 자연경관, 시골 사람들의 가난하고 담백한 생활모습 등 향토색 짙은 내용을 4장에 걸쳐 전개하고 있다. 이 시로 인하여 안띠오끼아 출신의 이 시인은 낭만주의에서 사실주의로 넘어가는 이정표 역할을 하였다. 주관적이고 이상적인 내면세계를 노래하던 낭만주의와, 옥수수 재배의 추억을 노래한 이 시 사이에는 큰 차이점이 존재한다. 인간 영혼의 깊은 곳까지 알 수 있었던 하늘의 천사 대신 척박한 땅에서 생계를 위하여 열심히 일해야 하는 시골 처녀가 나타난다. 이 시의 각연은 그 자체가 들에서 일하고 있는 남녀들, 즉 마을 주민들을 그대로 그린 그림과 같다고 할 수 있다. 안띠오끼아 지방의 어느 마을의 한 소녀가 일의 여왕이 된 모습이 이 시에서 묘사되고 있다.

낭만주의적 시인에서 풍속주의적 시인에로의 이러한 변화는 한 친구에게 편지 형식으로 써보낸 「쇠퇴한 낭만주의」라는 제목의 시에 분명하게 나타난 쇠퇴한 낭만주의에 대한 시인의 비판적 견해와, 아메리카의 자연과 역사상의 영웅 및 독립운동가들을 찬양함으로써 아메리카의 역사적, 지리적 과제를 제시한 데서 명확하게 보여진다. 이러한 내용은 그의 시 『옥수수 재배의 추억』에서도 향토색을 중요시하는 형태로 나타난다. 이 시인의 당시 사회에 대한 비판적 시각은 앙드레스 베요의 『아메리카 시가집 *Silvas Americanas*』에 비견된다.

2.3 라파엘 뽐보

계관시인인 라파엘 뽐보 Rafael Pombo(1833~1912)는 콜롬비아 낭만주의 전성기 때의 가장 중요한 시인으로서 수많은 서정시를 발표하였다. 미국에서 20년 이상을 살고 난 뒤 1905년 그는 마침내 조국으로 돌아가서 그의 노년기에 국민들이 준 월계관을 받았다. 그는 젊은 시절에 주로 썼던 낭만주의 시에서부터 노년기의 철학적이고 사색적인 시에 이르기까지 수많은 작품을 발표하였다. 그는 교육자, 비평가, 잡지 출판업자 및 시인으로 활동하였고, 동시에 영국, 프랑스, 독일, 이탈리아 및 그리스·라틴 시인들의 작품을 번역하였다. 그의 이러한 노력으로 콜롬비아뿐 아니라 이웃의 다른 중남미 각국에서 바이런, 롱펠우, 테니슨, 라마르틴, 레오파르디, 괴테, 뮈셋 등 중남미 낭만주의의 모델이 되었던 수많은 작가들의 시가 유행하였다.

그는 사랑을 노래한 시인이었고, 앙헬리나, 파울라, 에다와 같은 시속의 여인들을 이상적인 여인으로 미화시켰다. 특히 에다라는 이름은 라파엘 뽐보 자신이 자기의 시에서 만들어낸 가상적인 보고타의 여류시인의 이름이었다. 그는 이 이름으로 「나의 사랑 Mi amor」이라는 작품을 발표하기도 하였다. 에다의 인기는 매우 높았고, 따라서 라파엘 뽐보는 이 이름이 그가 만들어낸 가상의 여류시인이었음이 드러날 때까지 계속해서 고백적인 서정시를 발표하였다. 또한 시골 농촌의 모습과 민요 속에 나타나는 춤과 음악도 그의 작품의 소재가 되었고, 대표작으로는 「밤부꼬 Bambuco」가 있다.

그 밖에 그의 작품으로는 『착한 아이를 위한 과장된 이야기와 도덕적인 이야기 Cuentos pintados y cuentos morales para niños formales』가 1854년에 발표되었고, 『우화와 진실 Fábulas y Verdades』이 1916년에 발표되었다. 그리고 1890년에 그의 유명한 소네트 작품인 「밤에 대하여 De noche」를 발표하였는데, 콜롬비아의 비평가 안또니오 고메스 레스뜨레뽀는 노년기의 적적함과 쓸쓸함을 뛰어나게 표현하였다고 하여 서정시의 백미라고 극찬하였다. 1864년에 발표된 『어둠의 시간 La hora de las tinieblas』은 이성과 감성 사이의 갈등을 잘 표현한 작품으로 알려져 있다. 라파엘 뽐보는 비록 시작법상에 있어서 운율을 잘 맞추지 못하는 등 여러 가지 결점이 있었지만, 탁월한 재능으로 인하여 하층민의 생활습관에서부터 철학, 애국심 더 나아가서 어린아이의 교육문제에 이르기까지 다양한 소재를 바탕으로 시를 발표하였다. 그는 낭만주의에서 시작하여 마침내 철학적이고 깊은 사색의 시를 발표하였다.

2.4 마누엘 아꾸냐

1867년의 멕시코 낭만주의 세대에는 가장 유명한 시인인 마누엘 아꾸냐 Manuel Acuña(1849~1873) 외에 이그나시오 마누엘 알따미라오 Ignacio Manuel Altamirano, 마누엘 플로레스 Manuel M. Flores 및 환 데 디오스 뻬사 Juan de Dios Peza 등이 있다.

마누엘 아꾸냐는 1849년 8월 27일 살띠요에서 태어나 1873년 12월 6일

24세의 젊은 나이로 자살하였다. 그는 이룰 수 없는 연인인 로사리오 데 라 뻬냐에게 바치는 아름다운 사랑의 시를 모은 『로사리오에게 바치는 밤의 노래 Nocturno a Rosario』를 남겨놓았다. 그는 16세 되던 해에 고향을 떠나서 멕시코시티로 가 당시에 1867년 세대에 속하는 시인들이 활동하던 ≪문학의 방랑자 Bohemia Literaria≫와 ≪네차왈꼬요틀 사회 La Sociedad Netzahualcóyotl≫라는 잡지에 자신의 시를 발표하기 시작하면서 활동을 시작했다. 환 데 디오스 뻬사의 친구이면서 의학도였던 아꾸냐는 로사리오 데 라 뻬냐의 사무실을 빈번하게 출입하면서 자신의 시를 발표하였고, 이때 발표한 시들로 말미암아 멕시코의 전설을 노래한 낭만주의 시인으로서의 명성을 얻게 되었다. 그는 조숙하였고 당시의 시대상황과 타협할 줄 몰랐으므로 낭만주의적 시를 쓰면서도 그 속에는 염세주의적 고뇌와 눈물이 담겨 있었다.

2.5 호세 호아낀 뻬레스

호세 호아낀 뻬레스 José Joaquín Pérez는 도미니카 공화국 최고의 시인들 가운데 한 사람으로서 그의 『마리엔 성녀들의 춤 Areito de las Vírgenes de Marién』을 통하여 원주민 끼스께야 부족의 과거를 복구하였다. 1868년부터 6년동안 베네수엘라에서의 망명생활을 끝낸 뒤 조국으로 돌아와 교육과 신문에 종사하였다. ≪국가 El Nacional≫와 ≪유익한 지식과 문학 연구지 Revista Científica Literaria y de Conocimientos Utiles≫는 그가 이때 주도하였던 신문과 잡지였다. 1877년에 『원주민의 환상 Fantasías indígenas』과 1882년에 농업을 찬양한 『농업 La Industria agrícola』을 출판하였다.

호세 호아낀 뻬레스는 안띠야스 지역 출신의 시인들이 좋아하던 순례자나 망명객 등을 주제로 시를 썼는데 대표적인 작품으로는 『망향의 소리 Ecos del destierro』와 『귀향 La vuelta al hogar』이 있다. 또한 그의 시 『초록색 수선화 El junco verde』는 콜럼버스의 시대를 회상하면서 쓴 시로서 조국 원주민의 노래와 춤 등을 소재로 하고 있다. 그는 살로메 우레냐 데 엔리께스Salomé Ureña de Henríquez와 가스똔 페르난도 델리그네Gastón Fernando Deligne등과 함께 도미니카의 3대 시인으로 일컬어진다.

2.6 비센떼 아꼬스따

비센떼 아꼬스따 Vicente Acosta(1867~1908)는 엘살바도르에서 태어난 시인으로 낭만주의에서 모데르니스모로 이행하던 전환기에 토착민의 생활풍습을 테마로 하여 작품활동을 하였다. 소네트 형식과 시작법에 능숙하였던 아꼬스따는 고전시가적 율조를 사용하여 프랑스 고답파처럼 때때로 정적인 요소가 강하게 두드러지던 당시의 시풍을 배격하고 시에 음악성을 가하여 다채롭게 꾸몄다.

그의 시「옥수수밭El maizal」은 부드러운 감정으로 전원의 아름다움을 노래한 작품이며 이꼬스따의 시를 모은『시선집 Poesías selectas』는 1924년에 출판되었다.

2.7 세기말의 세 여류시인

중남미 역사에서 여류작가들이 처음으로 나타나 활동하기 시작한 시기는 식민지 개척시대까지 거슬러 올라가며 오늘날에는 여류작가들이 문학의 큰 흐름을 이루고 있다고 할 수 있다. 이러한 분위기 속에서 남미 대륙의 첫 노벨 문학상 수상자인 가브리엘라 미스뜨랄이 나올 수 있었다.

19세기가 끝나갈 무렵에 감상적이고 서정적인 시, 애수의 노래, 그리고 조국을 찬양하는 목소리는 세 명의 여류시인들에 의하여 발표되었는데 그들은 아델라 사무디오Adela Zamudio, 루이사 뻬레스 데 삼브라나Luisa Pérez de Zambrana 및 살로메 우레냐 데 엔리께스Salomé Ureña de

Henríquez이다. 먼저 아델라 사무디오는 1854년 10월 11일 코차밤바에서 태어나 1926년 볼리비아 정부로부터 소설가, 교육자 및 시인으로서의 공적을 인정받아 계관시인이 되었다. 시인으로서 사무디오가 활발하게 활동하던 시기는 볼리비아 낭만주의 제2기가 꽃피던 시기였으며, 그녀의 일부 시, 특히 서사시는 당시의 비평가들에 의하여 극찬을 받았다. 작품으로는 1887년의 『시적 수필 Ensayos Poéticos』, 1890년의 『오랑캐꽃, 푸른 공주 Violeta o la princesa azul』, 1906년의 『검은 성 El castillo negro』, 1913년의 『친구들 Intimas』 및 1914년의 『돌풍 Ráfagas』 등이 있다. 그녀의 작품 「세기말 Fin de Siglo」에서 보여지듯이 그녀의 시에는 현대 문명에 대한 비판적이면서 절망적인 자세가 잘 나타나 있다.

쿠바의 여류시인 루이사 뻬레사 데 삼브라나는 1835년에 태어나 17세에 아바나에서 시를 발표하기 시작하였다. 비극적인 삶을 살았던 이 시인은 유년시절을 고아로 보냈으며 문학적 재능은 인정받았지만 행복한 결혼생활은 오래 지속되지 못했다. 남편과 자녀들의 죽음으로 시작된 불행은 가난과 함께 이 서정시인의 삶에 어두운 그림자를 드리웠다. 그녀가 쓴 가장 감동적인 시 『극한 고통 Dolor supremo』은 세 딸을 잃은 뒤에 쓴 작품이며, 『순교 Martirio』는 그녀의 아들 헤수스를 잃은 뒤에 쓴 작품이었다. 이 작품들은 나중에 호세 바로나가 서문을 쓰고 호세 마르띠가 연구 분석한 내용을 포함한 작품집 『가족의 애가 Elegías familiares』 속에 편집되었다. 그녀의 시에 나타난 고통은 죽음의 그림자를 문제삼은 애가로 변하였고, 인생의 후반에는 외로움과 쓸쓸함으로 변하여 작품 속에 나타난다.

도미니카 공화국의 민족시인인 살로메 우레냐 데 엔리께스는 대대로 지식인이었던 집안에서 1850년에 태어났다. 그녀의 아버지 니꼴라스 우레냐 데 멘도사는 시인이면서 동시에 당시에 고위 관직에서 일하였고, 남편인 프란시스꼬 엔리께스 이 까르바할은 1916년 도미니카 공화국의 대통령이 되었으며, 두 아들 막스와 뻬드로는 비평과 교육 분야에서 가문의 이름을 빛내었다. 살로메의 작품은 호세 까스떼야노스의 『라 리 마 끼스께야나 *La Lima Quisqueyana*』에 처음 실린 이후, 페르난도 아르뚜 로 데 메리뇨의 서문과 호세 라마르체의 생애 소개의 글이 실린 시집 『시 *Poesías*』가 1880년 간행되었다. 그녀는 시에서 조국을 찬양함으로써 명성을 얻었으며, 교육적 기능에도 관심을 기울여 그녀의 영감어린 시 들은 교육의 자료로 사용되었다. 민족의 영광스럽고 찬란했던 과거를 노 래했던 이 여류시인은 1897년 전국민의 애도 속에서 사망하였다.

3 후기 낭만주의

1880년대에는 국가 형성기로부터 계속되어 오던 사회적, 정치적 혼란 이 진정되어 가고 소설에서는 사실주의가 중심사조가 되어갔다. 그러나 시에서는 여전히 낭만주의가 지속되고 있었다. 이러한 후기 낭만주의는 특히 우루과이에서 번성하여 소리야 데 산 마르띤 Zorrilla de San Martín, 아세베도 디아스 Acevedo Díaz 및 바우사 Bauzá와 같은 작가가 나왔다. 우 루과이의 후기 낭만주의 시인들의 모임은 이념적인 이유로 인하여 아떼 네오와 카톨릭 클럽이라는 성격이 다른 두 모임이 중심이 되었다. 전자 의 경우는 당시로서는 약간 혁신적이라고 할 수 있는 자유주의적 이상을 가진 사람들의 모임이었고, 후자는 전통적, 보수적 사고방식을 가진 사 람들의 모임이었다. 그리고 이러한 모임의 결성은 루벤 다리오가 모데르 니스모 양식을 처음으로 도입한 『푸르름 *Azul*』을 발표하던 때와 거의 일 치한다. 당시의 우루과이에서는 다른 중남미 국가에서와 마찬가지로 사 실주의와 내면적인 감정과 웅변적인 문구의 낭만주의가 공존하고 있었 다. 아떼네오에 속한 작가들은 정치적 이유로 많지는 않았지만 기관지인 ≪아떼네오 연대기 *Anales de Ateneo*≫에 주로 정치적이고 철학적 경향의 작품을 발표하였다. 이와는 대조적으로 카톨릭 그룹의 전통주의자들은 서정적인 감성이나 과거의 영광을 노래하였다.

19세기 말의 낭만주의자들의 이상주의와 종교적 정신은, 근대 과학 발전과 문학에서 자연주의의 토대가 되었던 실증주의와 마찰을 빚게 되었다. 낭만적 이상주의와 실증적 물질주의 사이의 이러한 갈등은 후기 낭만주의 작가들의 작품에 그대로 반영되곤 하였다.

3.1 환 소리야 데 산 마르띤

3.1.1 생애와 작품

환 소리야 데 산 마르띤Juan Zorrilla de San Martín(1855~1931)은 이삭스의 소설 『마리아』에 비교될 정도로 훌륭한 낭만주의 작품 『따바레』의 작가로 유명하다. 그는 1855년 12월 28일 우루과이 몬테비데오의 카톨릭적인 분위기를 지닌 집안에서 태어났다. 그의 가족들은 당시의 몬테비데오에서 유행하던 극단적인 자유주의를 싫어하여 그를 아르헨티나와 칠레에서 공부하도록 하였다. 그는 칠레에서 인류학과 법학을 공부하였으며 이때 처음으로 시를 쓰기 시작하였다. 1878년 조국으로 돌아온 뒤에 신문기자, 보수파의 이념을 지지하는 정치가, 국회의원 그리고 프랑스와 스페인 주재 외교관 등을 지냈고, 교수와 공무원으로 일하는 등 다채로운 경력의 소유자였다.

그의 첫 작품은 젊은 시절의 습작인 『어느 찬송가의 악보 Notas de un himno』로서, 그가 특히 좋아하였던 시인 베께르의 『웅장하고 신비로운 찬송가 Himno gigante y extraño』를 모방한 시였다. 1879년 발표된 『조국의 전설 Leyenda Patria』은 서사시적 테마를 사용하여 조국의 독립을 웅변적으로 찬양한 서정시로, 시인으로서의 그의 명성이 알려지는 계기가 되었다. 그의 최고 걸작인 『따바레』는 그가 몬테비데오 대학 교수로 재직하던 1880년부터 1885년 사이에 쓰기 시작했으며, 우루과이의 막시모 산또스 군사정부에 반대하는 계획에 가담하였다가 발각되어 아르헨티나로 망명한 뒤, 그곳에서 완성한 작품이다. 이 작품은 파리에서 1888년에 처음 출판된 뒤에 1923년까지 재판을 거듭할 정도로 인기가 높았다. 1894년에 발표된 『여로의 반향 *Resonancias del camino*』은 가족들에게 보냈던 편지를 모아 다듬은 작품으로 유럽에 대한 인상을 노래한 작품이다. 정부의 의뢰로 쓰게 되었던 『아르띠가스의 서사시 *La epopeya de Artigas*』는 우루과이 영웅의 찬가로서 시적이면서도 수필식으로 씌어진 산문이다. 그 외에 『폐쇄된 과수원 *Huerto cerrado*』과 『평화의 설교 *El sermón de la paz*』와 같은 작품들이 있으나 소리야 데 산 마르띤에게는 언제나 남미의 역사가 작품의 주요한 소재가 되었다. 우루과이에 새로운 정부가 탄생하게 되면서, 그는 다시 각료로 임명되었고 시인으로서의 명성은 남미뿐 아니라 스페인에도 알려져 1891년 스페인 한림원의 회원으로 피선되었다. 1898년 몬테비데오 대학 강단으로 되돌아온 그는 일간신문 ≪대중의 행복 *El Bien Público*≫을 맡아서 일하기도 하였으며 1925년 전국민의 경의 속에서 민족 시인 Poeta de la Patria이라는 칭호를 받기에 이르렀다.

3.1.2 『따바레』

『따바레 *Tabaré*』(1888)는 작가가 칠레에서 머무는 동안 아라우까 종족 사이에 전해 오던 전설을 듣고서 오랫동안 역사적, 지리적 고증을 통하여 완성된 작품이다. 차루아족의 추장과 밀림에서 잡혀온 스페인 어머니 막달레나 사이에 태어난 혼혈아 따바레는 어머니의 영향으로 기독교인이 되었다. 그 후 따바레는 스페인 사람들의 포로가 되어 백인 마을로 잡혀가게 되고, 그곳에서 자기의 어머니를 닮은 한 처녀를 마음속으로 좋아하게 된다. 그녀는 그곳 지사의 여동생으로 원주민들의 습격을 당했을 때 야만두족 추장의 포로로 잡혀간다. 주인공 따바레는 포로로 잡혀간 그녀를 구출해 내지만 스페인 추격대는 그를 납치범으로 오인하여 죽이게 된다. 이 작품의 초판은 1888년 파리에서 고급스런 표지로 장정되어 출판되었으며, 그 내용은 이미 10년 이상 작가가 준비해 왔다는 소문으로 인하여 선풍적인 인기를 끌었다. 따바레라는 이름은 16세기의 여러 가지 역사책과 연대기에 실재로 나오는 이름으로서, 이 시인은 울리꼬 시미들의 저서 『플라타강과 파라과이 여행기』외 루이 디아스 데 구스만의 저서 『아르헨티나의 역사』에서 이 이름을 인용하였다고 밝혔다. 소리야 데 산 마르띤 자신에 따르면 따바레는 과거에 실재로 살았던 한 추장의 이름으로 뚜삐족의 말로 〈부족과는 멀리 떨어져 혼자 살아가는 자〉를 뜻하는 말이라고 한다.

이 작품의 구조는 한 연이 네 개의 행으로 이루어져 있고 각행은 11음절 또는 7음절로 각운법을 준수하고 있다. 작가는 이 시를 통하여 차루아족의 생존자와 정복자인 스페인 사람들 사이의 관계를 이상적으로 묘사하려고 하였다. 이 시는 서론부와 3부로 나누어진 본론부로 구성되어 있다. 서론부에서는 전지적 작가 시점의 시인이 멸종된 한 종족의 슬픈 역사를 재조명하기 위해서 이 작품을 쓴다라는 작품의 동기를 밝히고 있다. 본론 부분의 제1부에서는 우루과이의 아름다운 자연과 원주민 부족들의 모습이 묘사되고 있으며, 추장 까라세가 백인 처녀 막달레나를 생포하는 장면이 나타난다. 또한 「꽃잎은 강물 위에 떨어지고」라는 시가 막달레나와 푸른 눈을 가진 그녀의 아들인 혼혈아 따바레와의 모자간의 사랑을 더욱 정감 있게 묘사한다. 제2부에서는 환 오르띠스 데 사라떼가 거느리는 정복자들과의 전투에서 죽은 추장들이 그림자처럼 나타나 방황한다. 돈 곤살로 데 오르가스와 그의 부인 도냐 루스 및 여동생 블랑까는 스페인 사람들에게 잡혀온 푸른 눈동자의 한 인디오 청년의 외롭고 쓸쓸해 보이는 행동을 이상하게 여기기 시작한다. 이 미친 듯이 보이는 인디오 청년은 스페인 정복자들의 마을에서 쓸쓸함을 이기지 못하여 방황한다. 블랑까는 그의 이러한 슬픔을 알아차린다. 이 인디오 청년 따바레는 돈 곤살로에 의하여 자유의 몸이 되어 고향으로 되돌아간다. 그러나 마음속의 연인 블랑까에 대한 환상을 떨치기 위하여 밀림 속으로 더욱 깊이 들어간다. 제3부에서는 숲의 요정들과 정령들이 밤이면 고독한 따바레를 둘러싼다. 용감한 추장 야만두가 이방인들에 대항하여 전쟁을 일으키고, 인디오의 습격으로 마을은 파괴된다. 이 약탈에서 야만두는 아름다운 블랑까를 붙잡아서 도망친다. 따바레는 이 야만두를 죽이고 그녀를 구출하게 되고 블랑까는 그의 사랑을 이해하고 따바레와 영혼으로 서로 통하고 있음을 깨닫게 된다. 사랑에 빠진 이 인디오 청년은 블랑까와 함께 스페인인들의 마을로 되돌아가지만 돈 곤살로 데 오르가스는 그를 범인으로 착각하고 죽이게 된다.

이 작품에는 낭만주의와 결합한 전기 모데르니스모적 요소가 강하게 드러나고 있다. 에체베리아의 『포로 여인』 이후 정복자인 백인들과 투쟁하는 인디오의 모습은 낭만주의 문학의 중요한 테마였다. 에르시야의 『라 아라우까나』는 16세기에 이러한 인종적 분쟁의 출현을 예고한 작품이었으며, 소리야 데 산 마르띤의 시는 스페인인의 기독교적 정신과 인디오의 정신세계 사이의 마찰을 표현하고 있다. 푸른 눈동자의 인디오 따바레와 돈 곤살로 데 오르가스가 만나게 되면서부터 하느님의 신성 앞에서 차루아족의 인간으로서의 가치문제가 제기된다. 이러한 문제 제기에서 시작하여 작가는 중남미 원주민의 운명에 대한 해답을 추구한다. 또한 자연에 대한 느낌을 묘사한 부분은 이 시에서 찾아볼 수 있는 가장 낭만적인 요소이다. 그 밖의 낭만주의 요소로는 주인공들의 이상적인 성격, 외부세계와 동떨어져 살면서 관조하는 주인공의 정신세계, 천사와 같은 여인에 대한 사랑, 그리고 초인간적인 힘의 존재를 암시하는 예감 등이 있다.

이 시는 이와 같은 낭만주의적 요소들을 전기 모데르니스모적인 색채를 띠는 문체로 표현하고 있다. 그 밖에 음악적 이미지와 매우 수사적인 비유 및 감동적인 상징은 이 시의 생명력에 빛을 더해 주고 있다. 비록 한 인디오의 전설적인 이야기가 작품의 소재가 되기는 하였으나, 역사적이고 사실적인 어떤 자료에 대한 언급이 전혀 없어 이 작품을 서사시라고 볼 수는 없고, 작가의 낭만주의적 정신이 주인공의 비극적 사랑을 통하여 시로 투영되고 있다. 이 시에 나타나는 풍경이나 원주민들의 풍습 묘사에서 사실적인 요소도 보이기는 하지만 중요한 요소는 아니다. 결국 이 시의 가장 중요한 본질은 작가의 낭만주의적 정신이 전기 모데르니스모적인 요소로 구체화되었다는 점이다.

3.2 에두아르도 아세베도 디아스

우루과이의 후기 낭만주의 소설가였던 아세베도 디아스 Eduardo Acevedo Díaz(1851~1924)는 전기 낭만주의의 나약한 표현방식을 극복한 작가로서, 두번씩이나 조국을 등져야 하는 등 정치적으로도 파란만장한 인생을 살았다. 그는 조국의 역사와 사회구조에 대한 깊은 통찰을 통하여 소설 속에서 조국이 나아가야 할 길을 제시하였다. 그의 낭만주의는 지나친 이상주의에서 벗어나 사건과 인물 및 분위기의 설정에 있어서 사실성을 도입하였다. 그의 소설은 그 당시의 시대상황을 충실하게 반영했다는 점에서 역사적으로 중요하지만 보다 중요한 점은 시대적 상황과 허구적인 인물의 삶을 빈틈없이 조화시켰다는 데 있다. 그는 젊은 시절의 수필집 『브렌다 Brenda』를 발표한 뒤 1880년대에 아르헨티나에서 첫번째 망명생활을 하였다. 그는 이곳에서 그의 중요한 작품들을 준비하게 되는데, 대표적인 작품으로는 1888년에 발표한 『이스마엘 Ismael』, 1890년의 『원주민 여인 Nativa』 및 1893년에 발표한 『영광의 외침 Grito de gloria』이 있다. 『이스마엘』에서는 원시적 생활을 하는 인간의 영혼, 즉 가우초의 영혼을 소박한 문체로 묘사한다. 작품의 내용은 애인을 보호하기 위하여 주인공이 질투심 많고 잔인한 목장주와 결투를 벌이게 되고, 그 결과 마을을 도망쳐서 산적생활을 하게 되는 것으로 시작된다. 다시 마을로 돌아와 보니 그 목장주로 인하여 연인인 엘리사는 이미 이 세상 사람이 아니었다. 그는 자신의 불행과 엘리사의 죽음을 가져다준 목장주와 결투를 벌여 마침내 원수를 갚는다. 이 작품은 식민지 시대가 끝난 뒤의 몬테비데오의 사회상뿐만 아니라 자연 속에 묻혀 살아가는 농부들의 생활모습까지 잘 묘사하고 있다. 또 목장에서, 숲속에서, 그리고 아르떠가스의 권위와 명령으로 쫓기게 된 반란군의 야영지나 행군 속에서 나타나는 전투적이면서도 불안한 분위기가 잘 묘사되어 있다.

다른 두 작품의 경우에도 이와 비슷한 구조를 가지고 있으며, 당시의 사회적, 역사적 분위기를 무대로 하여 몬테비데오의 한 젊은이인 루이스 마리아 베론이 두 명의 소녀와 삼각관계의 사랑에 빠지게 되는 내용으로 되어 있다. 시대배경은 포르투갈인의 통치 때부터 시작하여 33인의 무공으로 인하여 시대상황이 변하는 때까지가 배경이 되고 있다. 무대는 다시 시골이 되고, 주인공의 행동은 당시의 전쟁으로 인하여 겪게 되는 암담한 상황 속에서 투쟁적인 삶을 계속한다. 그러나『원주민 여인』에서는 주인공의 개인적인 인생이 내용의 기본이 되는 반면에, 『영광의 외침』에서는 작품의 배경이 되는 역사성이 보다 중요하게 다루어지고 있다. 3부작으로 된 이 소설들은 영국이나 프랑스식의 역사소설이라기보다는 감성적 낭만주의 소설로 보아야 하는데, 이것은 등장인물들의 성격이나 행동양식 속에 특히 잘 드러난다. 또한 역사적으로 실존했던 정치가나 군인이 등장인물로 나타나며, 역사에 있었던 사건들이 배경을 이루고 있다.

그의 이러한 소설양식은 1914년에 발표한『창과 검 *Lanza y sable*』에서도 그대로 유지된다. 그 밖의 작품으로는 전원생활을 시적으로 읊은『고독 *Soledad*』이 있는데, 작가의 독특한 소설양식이 더욱 세련되었음을 보여준다.

4 사실주의 시

19세기 후반 중남미 각국의 후기 낭만주의는 모데르니스모적 경향의 후기 낭만주의 시인들이 나타나면서 각국의 후기 낭만주의 작가들은 분열되어 가기 시작하였다. 이 경향은 1872년 아르헨티나와 페루에서 거의 동시에 두 편의 유명한 작품이 발표됨으로써 낭만주의의 개인적인 서정시를 사실상 대체하기 시작했다. 호세 에르난데스의 『마르띤 피에로』는 문명화 과정에서 소외된 원주민의 사회적 문제점을 다룬 사회적인 시이며, 리까르도 빨마의 『페루의 전통』은 페루인의 풍습을 다룬 작품으로 이 두 편의 작품은 중남미 문학세계에 새로운 장을 열기 시작하였다. 낭만주의와 이상주의가 그 힘을 다하자 일어나기 시작한 이러한 변화는 사실주의와 풍속주의Costumbrismo의 태동과 일치했다. 낭만주의로부터 사실주의에로의 이러한 이동은 낭만주의의 개인적 서정시가 절정에 달한 뒤 시들기 시작하였고, 풍속주의가 등장하기 시작하면서부터라고 할 수 있다.

낭만주의 문학에서의 향토색의 추구와 농촌이나 시골의 다채로운 생활상의 묘사는 에체베리아의 유명한 작품 『도살장』에서부터 나타나기 시작한 풍속주의의 기원이 되었다. 넓은 의미에서 볼 때 중남미 문학은 스페인 문학의 극이나 단막극 또는 16세기의 악자소설에 포함되어 있던 풍속주의적 영향을 이어받았다고 볼 수 있다. 일상생활 속의 가정생활을 묘사한 풍속주의는 16세기의 중남미 연대기 작가들의 글에서도 그 발자취가 드러난다. 한편으로 낭만주의적 풍속주의가 존재하였는데 초기 풍속주의의 가장 유명한 소설이나 이야기 속에서 찾아볼 수 있다. 서정적인 첫사랑의 이야기나 시골생활의 풍습 및 농부의 일 등은 호르헤 이삭스의 소설 『마리아』에서 볼 수 있듯이 낭만주의적 풍속주의 작가들의 좋은 소재가 되었다.

19세기 후반에 들어오면서 실증주의와 사실주의의 대두는 당대 사회의 거울로서 나타난 소위 풍속적 사실주의의 발전을 가져왔다. 당시의 사회현실은 직접적 관찰이나 객관적 회상 또는 자서전적 고백의 형식으로 단편 문학작품에 많이 반영되었다. 풍속주의가 중남미 각국에서 널리 유행하면서 베네수엘라의 니카노르 볼렛 뻬라사 Nicanor Bolet Peraza의 『까라까스인의 풍속도 Cuadros caraqueños』, 멕시코의 호세 호아낀 뻬사도 José Joaquín Pesado의 『들과 마을의 모습 Escenas del campo y de la aldea』, 엘살바도르의 시인 호아낀 아라곤 Joaquín Aragón의 『민족 전설 Leyendas nacionales』, 온두라스의 라몬 로사 Ramón Rosa의 자서전적 소설인 『엄격한 내 여선생님 Mi maestra Escolástica』 및 에콰도르의 호세 모데스또 에스피노사의 『풍습에 대한 글들 Artículos de Costumbres』 등이 출판되었다.

4.1 호세 바뜨레스 몬뚜파르

호세 바뜨레스 몬뚜파르 José Batres Montúfar(1809~1844)는 산 살바도르에서 태어났지만 국적은 과테말라이다. 군인으로서 내란에 참가하기도 하였으며 그 밖의 정치적 사건에 개입하기도 하였다. 그는 니카라과의 산환강 상류지역의 지명을 연구하기 위하여 동생과 함께 탐험하던 중 동생을 잃고, 탐험이 실패함에 따라 자책감에서 우울증과 불안정한 성격을 갖게 되었다. 생활의 어려움은 이러한 그의 우울증을 더욱 심화시켰고, 그 결과 그의 작품에는 당시의 풍습이 냉소적인 풍자로 표현되어 있다. 이런 점에서 그는 식민지 시대에 많았던 풍자적인 작품 경향을 이어받았다고 할 수 있다.

그의 작품 가운데 가장 유명한 것은 『과테말라의 전통 Tradiciones de Guatemala』으로, 돈 빠블로, 거짓된 모습 및 엘레록스라는 소제목을 가진 세 개의 이야기로 구성되었으며 낭만주의적 전설을 풍자적으로 재해석하고 있다. 이 작품에는 환 바우띠사 까스띠 Juan Bautisa Casti의 영향뿐 아니라 호세 에스쁘론세다나 바이런의 영향도 찾아볼 수 있다. 바뜨레스는 이 작품을 쓰게 된 동기가 까스띠의 작품을 번역하면서 시작되었다고 고백한 적이 있다. 그러나 그의 시적 재능으로 말미암아 이 작품은 소박한 내용, 즉 여러 종류의 인간의 모습과 일반 서민들의 축제 때 모습을 간결하면서도 평이한 운문형식으로 표현하였다. 바뜨레스는 서정시도 여러 편 썼는데, 그 중에서 「나는 그대를 생각하오 Yo pienso en tí」가 유명하다. 이 작품에는 그의 우울한 성격이 유쾌한 내용의 시 속에서 재미있게 조화되고 있음을 찾아볼 수 있다.

4.2 마누엘 곤살레스 셀레돈

마누엘 곤살레스 셀레돈 Manuel González Zeledón(1864~1936)은 1864년에 코스타리카의 산환에서 태어났다. 그는 코스타리카 풍속주의의 창시자인 마곤 Magón의 이름을 가명으로 사용하면서 조국의 풍습을 유쾌하고 풍자적인 어조로 표현하였다. 특히 지방이나 시골 서민들의 풍습을 이야기할 때는 그들이 사용하는 말투를 사용하여 표현함으로써 토속적인 정취를 매우 잘 나타내었다. 작품 속에서 그는 자기 고향 사람들의 생활모습, 즉 클럽이나 카페에서부터 평원이나 계곡에서의 생활모습까지를 즐겁고도 풍자적인 어조로 표현하였다. 그는 정치에도 적극적으로 참여하여 보고타, 뉴욕 및 워싱턴에서 외교관으로 일하기도 하였다. 곤살레스 셀레돈의 풍속주의는 방언이 섞인 대화체로 표현되어 있어 당시 니카라과의 도시와 시골 모습이 다채롭게 묘사되었다. 보고타에서 그는 문학토론에 자주 참가하면서 호세 아순시온 실바, 호르헤 이삭스 등 당시의 유명한 작가들과 사귀게 되었고 동시에 여러 신문과 잡지의 발행에도 관여하였다. 대표작으로는 자신의 작품을 모아서 1909년 발행한 『라 쁘로삐아 La Propia』가 있다.

4.3 훌리오 루까스 하이메스

레네 모레노 구스만 René Moreno Guzmán과 함께 볼리비아의 가장 훌륭한 작가들 가운데 하나로 간주되는 훌리오 루까스 하이메스 Julio Lucas

Jaimes(1845~1914)는 포토시에서 1845년 태어나 1914년 부에노스 아이레스에서 사망하였다. 작가, 신문기자, 교수로서의 그의 명성은 볼리비아뿐 아니라 정치적으로 새로운 시대에 비교적 개방적이었던 모든 나라에까지 알려졌다. 그의 가명 브로차 고르다 Brocha Gorda는 그의 글과 함께 많은 독자들에게 알려져 있었다. 모데르니스모의 시인인 리까르도 하이메스 프레이레 Ricardo Jaimes Freyre의 아버지이기도 한 루까스 하이메스는 리마에서 살면서 리까르도 빨마와 함께 ≪농담 La broma≫이라는 신문을 창간하기도 하였으며, 또 부에노스 아이레스에서는 일간신문 ≪국가 La Nación≫에 관여하였고 국립대학에서 미학을 가르치기도 하였다. 그가 다룬 볼리비아의 전통 가운데 가장 중요한 테마 중 하나는 고향 사람들의 생활모습을 재창조하는 것이었으며, 이것은 1905년 부에노스 아이레스에서 발간된 그의 대표작『제국의 마을 포토시 La Villa Imperial Potosí』에 잘 나타나 있다. 그는 이 책에서 고향 포토시에 전해 내려오는 일화, 전통 및 환상적인 전설뿐 아니라 고향의 유복한 사회생활과 아름다움을 이야기하고 있다.

4.4 호세 호아낀 바예호

호세 호아낀 바예호 José Joaquín Vallejo(1811~1858)는 칠레의 풍속주의의 창시자로서 1811년 코피아뽀에서 태어나 1858년 포토라리요에서 사망하였다. 그는 그의 고향에서 재담가로 유명한 한 아르헨티나인의 이름의 첫 글자를 따서 만든 호따베체 Jotabeche라는 가명을 사용하였다. 1840년 산띠아고에 머물면서 ≪엘 메르꾸리오 El Mercurio≫에 자신의 글들을 싣기 시작하면서 그의 가명은 알려지기 시작하였다. 바예호는 낭만주의적 과장법을 매우 싫어하였고 칠레의 풍습을 냉소적, 풍자적으로 묘사하였다. 19세기에 스페인어권의 모든 나라에 널리 퍼져 있던 마리아노 호세 데 라라의 영향을 받아 바예호는 당시의 칠레 사회, 특히 북부지방의 광산지대 주민들의 축제 모습을 날카로운 눈으로 관찰한 뒤에 풍자적으로 묘사하였다. 대부분의 풍속주의적인 그의 작품들은 단편인데 대표작들로는 「시골사람 Provinciano」, 「힘담하는 사람들 Los chismosos」, 「어리석은 자들에 대한 이야기 Algo sobre los tontos」 등이 있다. 칠레의 라라로 알려졌던 이 작가는 점차 라라의 영향을 벗어나 칠레의 지방 원주민들의 생활을 독특한 문체로 더욱 심도 있게 묘사하고 있음을 1847년 산띠아고에서 발표한 『호따베체 전집 Colección de los artículos de jotabeche』에서 찾아볼 수 있다. 은과 동을 캐던 광산지대인 그의 고향 코피아뽀의 생활은 그의 대표작들의 중심 테마가 되었다.

바예호의 풍속주의 작품 속에서 발견할 수 있는 또 하나의 특징은 시간적 순서에 따른 전개보다는, 어떤 주어진 순간의 사회상을 그리고 있다는 점이다. 낭만주의자들의 현실에 대한 우수에 가득 찬 시각은 이제 좀더 지적이면서 사실적인 시각으로 바뀌었다. 이러한 바예호의 문체에 대하여 당시 중남미 문학의 신세대의 대표적 작가였던 아르헨티나의 루시오 만시야 Lucio V. Mansilla는 그의 문체가 어떤 규범에 얽매이지 않고 자유분방하며, 이것은 마치 어떤 사교모임에서 여러 사람과 다양한 이야기를 즉흥적으로 늘어놓은 것 같다고 말하였다. 한편, 리까르도 빨마는 그의 글 속에 나타나는 역사적, 전통적 이야기에 관하여 언급하면서, 그의 문체는 경쾌하면서도 독자들로 하여금 강한 호기심을 가지도록 이끌며 동시에 빠른 전개 속에 풍자가 가득하다고 말하였다.

5 사실주의 수필

독립전쟁 기간 동안 새로운 정치사상들과 자유주의 사상이 각종 서간문, 신문, 잡지뿐만 아니라 혁명 정치가들이나 사상가들의 번역작품에 널리 퍼져 있었다. 독립이 되자 중남미 각국에서는 수필이라는 문학장르를 통하여 서로 다른 각도에서 중남미의 근본적 공통점과 개별 국가들의 정치철학 및 19세기 철학적 사상을 정의하려고 하였다. 수필은 일반적으로 사회적 수필, 철학적 수필 및 문학적 수필의 세 가지로 구분된다.

사회적 수필은 사르미엔또의 소설 『파꾼도』가 그 효시로서 사회 현실에 대한 이론과 해석을 제공함으로써 19세기 문화에 커다란 영향을 끼쳤다. 알베르또 숨 펠데Alberto Zum Felde에 따르면 중남미 수필은 다음과 같은 세 가지 전제 위에 서 있다고 한다. 먼저, 식민지화에 의해 사회가 구성되기 시작함으로써 사회적 구조의 공통성이 생겨났고, 이것은 식민지 시대에서부터 공화국 시대에 이르기까지 공통적인 역사적 요인이 되었다. 둘째, 안데스 산맥과 밀림, 평원과 해안이라는 지역적 다양성과 인디오, 스페인인, 흑인, 혼혈인 및 이민 온 사람들 등 인종적 다양성 속에서도 중남미의 공통된 풍토적 환경의 영향이 있었고, 마지막으로 스페인어라는 하나의 공통된 언어사회를 형성하였다는 점이다. 수필작품은 초기에서부터 오늘날에 이르기까지 중남미 대륙의 사회적 현실과 밀접하게 연관되어 있다. 지역성과 향토성을 중요시하였던 수필가들은 특히 각국의 민족성을 고취하는 글을 많이 발표하였다. 작가나 정부 관료, 대학교수에서부터 국회의원, 신문기자에 이르기까지 이들 모두에게 있어서 가장 중요한 문제는 중남미인이란 무엇인가였다. 앙드레스 베요, 사르미엔또, 에우헤니오 마리아 데 오스또스, 호세 바로나, 환 몬딸보 및 호세 엔리께 로도는 오늘날까지 계속되어 오는 이러한 경향을 19세기에 시작한 작가들이었다. 근대 수필가였던 뻬드로 엔리께스 우레냐Pedro Enríquez Ureña는 아메리카주의가 무엇인가를 그의 수필집 『우리의 표현을 추구하면서 쓴 수필 Ensayos en busca de nuestra expresión』에 정의하고 있다. 그는 아메리카주의에는 자연, 즉 중남미 대륙의 지정학적 환경과 원주민이면서 식민지 이전에 높은 문명의 창시자였던 인디오, 역사적인 고립에서 벗어나기 위하여 발생한 유럽화의 열정, 그리고 그들의 언어 속에 담겨 있는 독특한 억양에서 나타나는 타고난 힘, 즉 에너지 등의 요소가 있다라고 말한다.

철학적 수필에는 서로 다른 철학적 관념에 기초한 두 가지 단계가 있다. 첫번째 단계는 역사적 자유주의와 이상주의에 기초한 낭만주의 시대의 수필이며, 두번째 단계는 실증주의에 기초한 사실주의 수필이 있다. 유럽 철학자들의 사상을 받아들이면서, 위 두 단계의 수필은 중남미각국의 독립과 민족성의 정의가 필요했던 시기에 철학 이론을 중남미 현실에 어떻게 적용해야 하는가를 연구하게 되었다. 문학적 수필은 낭만주의 시대에 주로 민족문학과 그 테마의 한계에 대한 고찰을 하면서 시작되었다. 에체베리아나 환 마리아 구띠에레스의 초기 문학수필은 콜롬비아의 루피노 호세 꾸에르보 Rufino José Cuervo와 미겔 안또니오 까로 Miguel Antonio Caro의 순수 비평적 문헌적 연구서로 바뀌어갔다.

5.1 리까르도 빨마

5.1.1 생애와 작품

리까르도 빨마 Ricardo Palma(1833~1919)는 식민지 시대 부왕의 영토였던 옛 리마의 땅에서 1833년 2월 7일에 태어났다. 그가 태어난 해는 중남미에서 낭만주의가 시작되었던 때였고, 젊은 시절의 유랑생활은 그를 낭만주의의 대열에 끼도록 했다. 그는 그 당시에 유행하고 있던 낭만주의적 자유주의의 이상에 몰두하여 전제주의적 고전주의의 모든 유산을 경멸했으며, 빅토르 위고, 바이런, 에스쁘론세다, 가르시아 따사라 및 엔리께 힐의 작품을 읽었다. 스무 살이 되기 전인 1852년 이미 그의 극작품 「로딜 Rodil」의 공연에 참가했었고, 다시 3년 뒤에는 첫 시집 『시 Poesías』를 발표하는 한편 리마의 여러 신문에 역사적 이야기나 시 또는 자서전적 글들을 발표하였다. 1860년 까스띠야 대통령에 대항하는 사건에 가담하였다가 발각되어 칠레 공사관으로 피신한 후, 다시 산띠아고로 탈출하여 문학활동을 계속하였다. 그는 이곳에서 1862년 『리마 종교

재판의 연대기 *Los anales de la Inquisición en Lima*』를 발표했는데, 이 작품은 나중에 그의 대표작이 된『페루의 전통』의 앞부분에 해당하는 역사적 내용으로 되어 있다. 고향 리마로 다시 돌아오자마자 그는 파리 주재 공사로 임명되어, 그곳으로 부임하면서 유럽여행을 하였다. 파리에서 그는 아스까수비와 라마르띤 등 낭만주의 여러 작가와 교제를 나누었다. 그는 파리에서 새로운 두 권의 시집을 발표했는데, 한 권은 콜롬비아인 또레스 까이세도 Torres Caicedo가 서문을 쓴『조화 *Armonía*』이고, 다른 한 권은 시선집인『아메리카의 서정시 *Lira Americana*』이다. 다시 페루로 돌아오게 된 후, 호세 발따 대통령을 도와 정치활동에 적극적으로 나서게 되었고 로레또 지방의 상원의원이 되기도 하였으나 말년에 가서는 정치를 경원시하였다. 1870년 엘 아브레에서 시집『시계풀 *Pasionaria*』을 발표했고, 그 2년 뒤에『페루의 전통』제1부를 발표하였다. 대통령 호세 발따가 살해되자, 그는 정치일선에서 물러나 1873년 시인 환 델 바예 까비에데스 Juan del Valle Caviedes에 관한 수필 한 편을 발표하였고, 그 다음해에『페루의 전통』의 제2부를 발표하였다. 1876년 크리스티나 로만과 결혼하였고 젊은 시인들을 위하여『부부의 일부 *Parte de matrimonio*』를 발표하였는데, 이 작품 속에는 방황하던 그의 삶이 안정을 찾았음을 보여주고 있다. 따라서 그의 시에는 풍자적이지만 활기찬 어조가 눈에 띄게 나타나기 시작하는데, 이때의 대표작으로는 1877년에 발표한『동사와 동명사 *Verbos y gerundios*』이다. 페루와 칠레 간의 전쟁이 끝나자 그는 다시 국립도서관에서 일하게 되었고, 여기에서 과거의 역사적 이야기와 민족 전통에 관하여 깊은 연구를 했던 그의 저서들이 나오게 되었다. 1887년 그의 모든 시들을 모아서『시 *Poesías*』라는 한 권의 시집으로 발표한 뒤, 낭만주의적 과거와 결별을 선언하였다. 이때 그는 페루 정부의 대표로 마드리드에서 거행된 신대륙 발견 400주년 기념행사에 참석하여 스페인의 저명한 문인들로부터 많은 칭송을 받았다. 이때의 스페인 방문을 기억하여 1898년『스페인의 추억 *Recuerdos de España*』이라는 책을 발표하였다. 19세기가 끝나자 그는 작가로서의 삶에서 은퇴하겠다고 발표하기도 했지만 그가 죽는 날까지 펜을 놓지는 못하였다. 1919년 미라플로레스에서 죽게 되자 전국민이 그의 죽음을 애도하였다. 평생에 걸쳐서 풍자적인 글을 잘 썼던 그의 묘비에는 〈여기 대령도 박사도 되지 못했던 한 페루 글쟁이가 잠들다〉라고 적혀 있다.

리까르도 빨마는 반카톨릭적 무신론자이면서 인생 회의론자였다. 그는 민족의 현재를 이해하고 국민성을 이해하기 위해서는 살아 있는 과거로서의 역사를 다시 발굴해야 한다고 믿었다. 그는 평소에 많은 역사적 자료를 연구했고, 따라서 칠레 망명 때 『리마 종교 재판의 역사』를 발표하였다. 그는 자기 민족의 언어에도 깊은 관심이 있어서, 1903년에는 2700여 개에 달하는 아메리카 단어를 모아 『어휘 모음집 Papeles lexicográficos』을 써 1896년부터 회원으로 있던 스페인 한림원에 보내기도 하였다. 또 1896년 그는 『신조어와 아메리카어 Neologismos y americanismos』를 발표하였다. 이 두 편의 연구서를 기초로 하여 그는 서민의 역사와 말투에 더욱 관심을 가지게 되었고, 그 영향은 그의 대표작 『페루의 전통』에 나타난다. 그는 낭만주의 작가들의 영향을 받아 풍속주의 글에 관심이 많았고, 또 영국의 월터 스코트, 프랑스의 뒤마 및 스페인의 소리야에 의하여 재평가되어 온 역사적 전설에도 관심이 많았다. 그러나 이 작가들과는 달리 빨마는 언제나 과거의 이야기들을 서민 속에서 찾으려고 하였으므로, 『페루의 전통』에서 보듯이 순수한 토착민들의 냄새가 가득한 새롭고도 매우 독창적인 글을 쓰게 되었다.

비평가 로버트 바신 Robert Bazin은 낭만적 전설과 풍속주의 그리고 국수주의를 결합한 것이 〈전통 Tradición〉이라고 그의 글을 평가했다. 처음에는 페루 서민들 사이에서 구전되어 오던 전통을 모아 쓴 『페루의 전통』은 시간이 지남에 따라 더 많은 자료로 보완되었고, 그 결과 불멸의 수필이 나오게 되었다. 구조는 유연하면서도 간략하고, 풍속주의적인 이야기와 과거와 현재의 일들, 역사적으로 중요한 자료들이 풍자와 빈

정거림 속에서도 현실성과 상상력으로 채색되어 묘사되었다. 루이스 알베르또 산체스Luis Alberto Sánchez에 따르면, 453개의 이야기 가운데 오직 6개만이 잉카 제국의 전설을 이야기하고 있고, 식민지 시대 대통령 즉 식민지를 스페인 왕국이 임명한 부왕이나 총독이 지배하던 시절의 이야기는 339개이며, 독립전쟁 때의 이야기는 43개이고, 49개의 이야기는 공화국이 건설된 이후의 이야기들이며 나머지는 시간적으로 어느 시대의 이야기인지를 확인할 수 없다. 식민지 시대의 339개의 전설 가운데 3분의 2가 빨마 자신이 특히 좋아했던 식민지 시대의 이야기로 구성되어 있다. 그 중심 테마는 아스뜨리아스 제국 치하의 총독 안드레스 우르따도 데 멘도사 Andrés Hurtado de Mendoza 시대에서부터 18세기에 이르기까지의 내용으로 구성되어 있다. 리까르도 빨마가 특히 이 시대를 좋아하고 있었음을 지적한 여러 비평가들 가운데, 환 까를로스 마리아떼기 Juan Carlos Mariategui는 그 원인을 식민지 사회를 비판하기 위한 작가의 의도 때문이라고 지적하였다. 그에 따르면 작품 속에는 식민지 총독과 귀족들을 경쾌하게 조롱하고 있다고 한다.

5.1.2 새로운 장르 〈전통 Tradición〉

『페루의 전통』은 3부와 에필로그로 구성되어 있으며 그 각부에는 전개될 내용에 따라서 작가 자신이 소제목을 붙여두었다. 이렇게 소제목을 사용함으로써, 독자들의 관심과 주의를 작품의 중심내용으로 이끈다.

〈빨또하스 Pantojas 자매들 가운데 하나가 어떻게 나로 하여금 착각하게 만드는가를 설명하기 위하여〉라는 소제목이 붙여진 제1부는 제4부에 가서야 비로소 설명이 될 내용에 대한 첫번째 열쇠를 숨겨두고 있다. 이제1부에는 이야기 진행자가 빨또하스의 세 자매를 재미있게 묘사한 뒤에, 그 자신의 유년시절을 이야기함으로써 회상적이면서도 자서전적인 멋을 가지고 있다. 빨또하스의 세 자매와 작가 자신이 빠스꾸알 게레로 선생과 함께 과거 시간의 회상을 내용으로 하는 제1부의 중심인물들이다. 장난감 가게의 여주인들과 선생님에 대한 회상 속에서 제일 먼저 떠오른 이름은 위대한 차바리아 El Gran Chavarría였다. 이 사람은 현자로서이 작품의 제목에서부터 나티나지만 독사들에게는 계속해서 하나의 수수께끼로 남는다. 제2부는 시간적으로 볼 때 1790년에 해당하며, 좀더정확하게 말한다면 크리스마스 다음날이 배경이 되고 있다. 여기서는 이야기의 중심이 두 개로 나타난다. 첫번째 중심 이야기는 리마인들에게는위대한 혁신이라고 할 수 있는 차바리아의 행동에 대한 것이고, 두번째이야기는 과거의 자료 속에서 찾아낸 것으로 관대했던 총독 아맛Amat치하의 리마에서 첫번째 카페가 개업하던 날에 대한 것이다. 첫번째 이야기는 리마의 카페에서 살다시피 하는 사람들, 즉 학생들과 신부들 및노동자들 사이에서 대담형식으로 벌어진다. 두번째 이야기는 식민지 시대의 사교장이었던 카페의 개업이 언제 있었는가에 대한 작가의 박식한추론이 풍자적인 어투로 전개된다. 어린 빤또하스의 세 자매의 입을 통하여 들었던 속담들, 즉 〈너는 차바리아보다 더 많이 아는구나〉, 〈차바리아처럼 현명하구나〉와 같은 속담이 제3부에서 밝혀진다. 그러나 작가 자신이 직접적으로 이것을 밝히지 않고, 1790년 12월 25일자 《리마 신문》을 통하여 밝혀지게 함으로써 당시의 리마인들에게 깊은 인상을 남긴다.에필로그인 제4부에서는 자신의 재능을 강아지의 재능에 비유했던 빤또하스의 자매들에 대하여 다른 사람들이 이제 해결하도록 한 가지 의문을제시하면서 끝을 맺는다.

1872년 제1부를 발표한 뒤, 그가 죽을 때까지 계속해서 후편 형식으로 발표되었던 이 작품은 16세기에서부터 20세기까지의 페루인들의 삶을묘사하고 있다. 이 작품 속에는 서정적 요소, 역사적 요소, 소설적 요소등을 과거에 대한 이야기라는 사실주의적 요소를 사용하여 총체적으로결합하고 있다. 중심인물들은 실제로 있었던 인물일 수도 있고, 전설적인 인물일 수도 있으며, 사건 역시 역사적인 이야기일 수도 있고 아닐수도 있다. 사용된 언어는 아메리카어, 신조어, 고어 및 한 부족이 사용하는 단어도 나오고 있고 표현은 귀족이 사용하던 고상한 표현에서부터 서민들의 투박한 표현에 이르기까지 다양하다.

5.2 루시오 만시야

5.2.1 생애와 작품

루시오 만시야Lucio V. Mansilla(1831~1913)는 80세대의 대표적 작가들 중 하나로 아르헨티나 항구 지방의 전형적인 지식인이었다. 그는 1831년 12월 23일 부에노스 아이레스에서 장군이었던 루시오 만시야와 환 마누엘 데 로사스의 여동생이었던 아구스띠나 오르띠스 데 로사스 사이에 태어났다. 아주 젊은 시절부터 그는 유럽과 동양의 여러 나라들을 여행했고, 이집트와 콘스탄티노플, 파리와 영국을 여행했다. 스무 살에 부에노스 아이레스로 돌아왔으나, 카세로스 전투에서 외삼촌 환 마누엘 데 로사스가 패배함으로써 벌어진 정치적 변혁은 그로 하여금 다시 고향을 떠나도록 하였다. 그는 스페인과 프랑스의 상류사회를 드나들다가, 1852년 부에노스 아이레스로 돌아가서 사촌 까딸리나와 결혼하였다. 1870년 그는 인디오 부족 란껜 마을을 향하여 사막으로 여행을 떠났고, 돌아와서 일간지 ≪라 뜨리부나 *La Tribuna*≫에 그의 대표작 『인디오 란켈 부족에로의 여행 *Una excursión a los indios ranqueles*』을 서간문 형식으로 발표하기 시작하였다. 1880년 로까Roca 대통령은 공적인 일로 그를 다시 유럽으로 보냈는데, 그의 자서전을 연구한 한 작가에 따르면 군사적 목적을 띤 비밀업무를 수행하기 위해서였다고 한다. 1892년 그의 막내딸이 죽고 조금 뒤에 다시 그의 아내마저 죽자 그의 행복은 끝이 났다. 그는 다시 정치와 신문에 뛰어들었고, 공직자의 길을 걷는 한편으로 『초상화와 추억 *Retratos y recuerdos*』이라는 새로운 작품도 발표하였다. 노년에 그는 모니카와 런던에서 재혼한 뒤 파리에서 살았다.

작가로서의 루시오 만시야는 리까르도 로하스 Ricardo Rojas가 80년도의 단편작가 그룹이라고 명명한 모임에 속하였다. 이 그룹의 작가들은 지속적인 작품활동보다는 다분히 여담적인 작품을 이따금씩 발표하곤 했는데, 대부분의 작품내용은 클럽회원으로서의 여담과 유럽과 아르헨티나 사이에 깊게 존재하는 현실적 차이점에 대한 날카로운 관찰이 조화를 이루면서 묘사되어 있다. 자서전적 요소와 수필에 대한 그의 재능은 단편작품에 다양성과 다채로움을 살려주면서, 동시에 한 민족의 일상 생활 속의 언어문제를 잘 나타낸다. 만시야의 단편작품에는 문체에 대한 강박관념이나 염려 없이 그가 보고 들었던 것을 분명한 어조로 자유롭게 표현하고 있다.

5.3 환 몬딸보

환 몬딸보 Juan Montalvo(1832~1889)는 안데스 산맥 속의 한 외진 마을 암바또에서 1832년에 태어났다. 그는 처음 철학과 라틴 문학을 공부하였고 나중에 끼또에서 법률을 공부하다가 중도에 그만두었다. 그는 이때부터 그의 전생애에 걸쳐 계속되었던 독서를 시작하였는데, 그 대상은 역사와 철학뿐 아니라 고전작품과 근대작품에 이르기까지 매우 다양하였다. 외교관으로서 1857년부터 1860년까지 파리와 로마에서 체류한 후, 다시 에콰도르로 돌아와 당시의 독재자 가브리엘 가르시아 모레노에게 정치적 자유를 요구하면서 민중의 권리를 옹호하는 편지를 보냄으로써 독재에 항거하는 기나긴 그의 투쟁을 시작하였다. 독재에 항거하는 그의 투쟁은 곧 그가 주간하던 잡지의 폐간으로 이어졌고, 독재자 가르시아 모레노가 죽을 때까지 콜롬비아의 국경 마을인 이피알레스에서 망명생활을 해야 했다. 그는 이곳에서 그의 문학생애에서 가장 중요한 작품들을 썼는데, 『일곱 개의 조약 Siete Tratados』, 『세르반테스에게 잊혀진 장 Capítulos que se le olvidaron a Cervantes』 및 『도덕의 기하학 Geometría Moral』 등이 그것이다. 몬딸보는 쉬지 않는 투쟁가요 활동가였으며 자아가 강한 작가였다. 그의 두번째 망명생활은 끼또로 돌아온 몇년 뒤에 일간신문 ≪혁신지 El Regenerador≫에 이그나시오 베인떼미야스 Ignacio Veintemillas 장군을 새로운 독재자라고 비난함으로써 시작되었다. 이 두번째 망명생활은 그가 죽을 때까지 계속되었는데, 먼저 이피알레스로 가서 다시 파나마를 거쳐 파리로 건너가 1889년에 사망하였다. 파나마에서 로마 시대에 카틸리나를 비난했던 키케로의 연설을 흉내낸 『까띨리나리아스 Catilinarias』라는 작품을 발표한다. 이 두번째의 유럽 망명 생활에서 프랑스의 문인들은 비로소 그의 재능을 인정하기 시작하였고, 따라서 그의 대표작들을 다시 출판할 수 있었으며, 당시의 유명한 작가들과 교제를 나누게 되었다. 특히 스페인에서는 당시의 대표적 작가였던 환 발레라, 끌라린, 에밀리오 까스뗄라르, 누네스 데 아르세 및 깜뽀아모르 등으로부터 극진한 환영을 받았고, 이들은 그를 스페인어권의 가장 훌륭한 낭만적 수필가요 소설가 가운데 한 사람으로 대접하였다. 몬딸보의 투쟁가적이고 논쟁적인 기질은 『까띨리나리아스』에서 잘 나타난다. 이 작품은 12개의 수필로 구성되어 있는데, 독재정치의 조급성과 폭정에서 야기되는 모든 죄악들을 비난하고 있다. 1882년 발표된 『일곱 개의 조약』은 여러 가지 제목의 다양한 논설이 몽뗀느 Montaigne 방식으로 표현되어 있다. 그 대표적인 제목들로는 귀족들에 관하여, 인간성 속의 아름다움에 관하여, 가짜 카톨릭 궤변론자들에 대한 대답, 재능에 관하여, 남미 노예해방의 영웅들, 암시 등이 있다. 특히 이 마지막 소제목은 그의 또 하나의 작품인 『세르반테스에게 잊혀진 장』에도 포함되어 있다. 몬딸보의 가장 훌륭한 작품으로 알려진 이 두 작품의 테마는 그의 뛰어난 문체와 구성으로 잘 표현되었다.

몬딸보의 작품은 크게 네 분야, 즉 신문 사설, 수필, 논쟁 그리고 풍자로 나눌 수 있다. 신문 사설의 경우는 당시의 실존 인물들이나 사건들에 대한 비평을 연재물 형식으로 발표하였으며, 그러한 연재물에 제목을 붙이기도 하였다. 1866년부터 4년간 연재된 『세계인 El cosmopo-

lita』, 1876년부터 3년간 연재된 『혁신가 *El Regenerador*』 및 1886년부터 역시 3년간 연재된 『관객 *El Espectador*』이 대표적인 연재물들이다. 이 연재물에는 가르시아 모레노, 이그나시오 베인떼미야와 같은 독재자들에 대한 비판이 중심 테마로 실려 있고 그 결과 그는 망명생활을 자주 하여야 했다. 대표적인 수필집으로는 『일곱개의 조약』이 있고, 대표적인 논쟁의 글로는 가르시아 모레노에 대항하여 쓴 「영원한 독재 La dictadura perpetua」와, 『일곱 개의 조약』을 읽지 못하도록 금지한 오르도네스 주교에 반발하여 쓴 「교회 내의 수난 Mercurial Eclesiástica」 등이 있다.

몬딸보의 문체는 사르미엔또의 문체와는 대조적으로 객관적 예술성이 뛰어나 중남미 수필문학에서 최초의 유미주의자라고 불리기도 한다. 그가 사르미엔또와 마찬가지로 독재와 전제정치 그리고 무지에 대항했던 투사였다는 점은 오르도네스 주교가 꽃바구니 속의 독사라고까지 혹평했던 그의 작품 『일곱 개의 조약』에 잘 나타난다. 이 작품은 낭만주의적 요소와 고전주의적 요소를 한 영혼 속에서 동시에 조화시켜 보려는 작품이었다는 점에서 문체적으로는 매우 혁신적이었다. 고전주의적 요소란 앙드레스 베요의 영향을 말하는 것으로 스페인어를 작품에서 분명하고도 정확한 용법에 따라서 사용하는 것을 일컫는다. 영국과 프랑스의 고전작품을 읽고 번역하였던 경험을 살려서 몬딸보는 세르반테스와 산따 떼레사의 고전작품에서 발견한 아름다운 표현을 그의 문학작품에 사용하였다. 고독한 망명생활 속에서 작성하였던 선전문구의 경험은 체계적인 산문을 쓰게 하였고, 자기의 생각을 전개할 때도 완벽한 통사구조를 사용하게 하였다. 유럽 문화의 토대를 이해하고, 또 선호했던 그는 시몬 볼리바르의 전기의 주석에서 보여주듯이 특별한 미학적 성향을 중남미 문학에 적용하려고 하였다.

5.4 에우헤니오 마리아 데 오스또스

오스또스 Eugenio María de Hostos (1839~1903)는 1839년 1월 11일 푸에르
토리코의 남쪽에 위치한 마야구에스 지방에서 태어나 산또 도밍고에서
1903년 8월 11일 사망하였다. 그는 1841년부터 1869년까지 스페인에 살
았으며, 조국으로 돌아간 뒤에는 이스빠노-안띠야스 Hispano - Antillana 연
방정부 창설을 위하여 일하였다. 그러나 첫번째 스페인 공화국 República
Española이 선포되었을 때, 비록 연방정부일지라도 안띠야스 주의 독립
성을 유지하려던 그의 생각이 전혀 수용될 수 없음을 알고서 환멸에 빠
졌다. 이후 미국으로 이민 갔다가 다시 칠레에서 살았으며, 그 후에는
아르헨티나, 쿠바, 베네수엘라 및 남미 대륙의 여러 나라로 여행하였
고, 말년에는 산또 도밍고로 돌아와서 교육에 힘썼다. 특히 1879년부터
10년간은 산또 도밍고에서 젊은이들에게 실증주의 철학을 가르쳤다. 이
때의 그의 강의는 그 자신이 설립한 학교에서 행해졌는데 매우 인기가
있었다. 쿠바의 독립전쟁이 끝나자 아메리카 연방 속에서 자기의 조국이
독립적인 국가로 재건될 수 있으리라는 희망 속에서 1899년 대표단의 일
원으로 워싱턴을 방문하여 당시의 미국 대통령 매킨리에게 푸에르토리
코의 정치적 독립을 요청하였다. 이 일이 실패로 끝난 뒤 오스또스는 산
또 도밍고로 돌아가 각 지방을 순회하면서 젊은이들의 교육에 전념하였
다. 스무 권에 달하는 그의 전집은 헌법, 정치, 경제, 사회적 윤리
관, 심리학 개론 등에 관한 그의 저서를 모아서 만든 것으로 여러 나라
에서 그가 행한 모든 강론을 모은 것이다.

이 전집 속에서 특히 알려진 작품으로는 1863년 발표한 『바요안의 순
례 La peregrinación de Bayoán』와 1888년 발표한 『사회적 윤리관 Moral
Social』이 있다. 전자의 경우는 정치적 소설로서 안띠야스의 독립을 주장
하였다. 실증주의 철학에 기반을 둔 그의 사고방식과 사회 속의 개개인
의 윤리를 중요시한 그의 확고한 도덕관은 인간성을 향상시키고 도덕성

을 부각시키지 못한 문학작품에 대해서는 경멸적으로 바라보게 하였다. 그 당시 대부분의 수필가들처럼 오스또스도 정치이론가로서 조국의 독립을 위해 투쟁하였다. 그는 특히 남미 대륙 모든 국가의 정치적 사회적 문제에 관심을 가졌던 지식인으로서 인간의 기본권에 기초한 자유주의자였다.

5.5 엔리께 호세 바로나

1849년 쿠바에서 태어난 바로나 Enrique José Varona(1849~1933)는 타고난 날카로운 분석력으로 그 당시의 정치, 사회, 문학을 비판함으로써 19세기 최고의 비평가로 알려져 있다. 그는 처음에는 시를 쓰기 시작하였지만 나중에는 쿠바 최고의 실증주의 학자로서 수필을 쓰기 시작하였다. 1880년까지는 주로 시를 쓰면서 문학에 열중하였으나, 이때부터는 당시의 쿠바의 정치적 상황에 자극을 받아 철학과 사회학 및 심리학에 관한 학회를 열면서 쿠바의 사상가로서 두각을 나타내기 시작하였다. 특히 그는 《쿠바 잡지 *Revista Cubana*》에서 정치, 사회적 문제점을 문학비평 속에서 함께 비평하였다. 1906년 쿠바 내란이 발생하고 대외적으로는 제1차 세계대전이 발발하자, 정치적 회의가 깊어지면서 다시 문학에만 열중하였다. 다시 고답파 형식의 시와 수필 등을 쓰면서 말년에는 깊은 허무주의자로 변해 갔다. 방대하고 다양한 바로나의 작품세계는 본질적으로 비판적이었으며, 따라서 그는 당대의 인물과 작품 및 제도를 사회학적 관점에서 비평하였다. 비판의 소재로는 문학작품 외에 사회적 정치적 민족적 문제점과 중남미의 문제점 등이었으며, 중심관점도 역사, 경제, 철학 등에서 출발하여 식민지체제의 붕괴와 부정부패, 독재정치 및 공화정의 실패까지 확대되었다.

1878년 발표된 『아메리카 지식인 운동의 고찰 *Ojeada sobre el movimiento intelectual de América*』은 쿠바의 아바나의 철학 학회에 발표했던 글을 모아서 엮은 것으로 이 글 속에는 밀이나 스펜서의 사상이 잘 나타난다. 대표적 문학작품으로는 1917년에 발표한 『오랑캐꽃과 억새풀 *Violetas y ortigas*』이 있다. 바로나의 작품 속에서 그의 회의주의적 사상이 세월이 지남에 따라 더욱 깊어지는 것을 볼 수 있으며, 그의 글 속의 문체도 간결하면서도 분명한 표현을 더욱 선호하게 되어가는 과정을 볼 수 있다. 내란으로 인하여 쿠바가 분열되자, 그는 유명한 수필 「스페인 식민정책의 실패 El fracaso colonial de España」를 1897년 발표하였다. 1899년 그는 조국 쿠바로 돌아가서 지방정부의 고위관료로서 일하기도 했으며, 호세 마르띠와 더불어 쿠바 자유의 선구자로 알려져 있다.

5.6 마누엘 곤살레스 쁘라다

마누엘 곤살레스 쁘라다 Manuel González Prada(1848~1918)는 페루의 보수적 카톨릭 집안에서 태어났다. 그는 어려서부터 세기말의 과학적이고 실증주의적인 교육을 받았기 때문에 급진적 사회발전의 신봉자가 되었다. 페루와 칠레 간의 전쟁이 끝나자, 곤살레스 쁘라다는 조국 페루가 독재와 무정부상태가 반복되는 원인이 정치가들에게 있다고 보고, 당시의 정치체제를 격렬하게 비난하면서 정계에 입문하였다. 그는 당시로서는 매우 혁신적인 사상가로서 정치체제뿐 아니라 사회질서와 제도까지도 급진적 개혁이 필요하다고 주장하였고, 따라서 극단적 보수주의자의 적이 되었다. 그의 이러한 정치사상의 영향은 당대에는 빛을 보지 못하였으나, 사후에 더 큰 영향을 페루 사회에 남겼다.

1891년 그는 인문주의, 반군벌주의, 급진적 페루주의 및 향토주의를 이상으로 하는 민족연합당을 창설하여 과거의 보수주의와 식민지적 예속주의에 맞섰다. 특히 뽈리테아마의 연설로 알려져 있는 그의 명연설은 낭만주의를 배척하고 선동적 전투적 문학을 옹호한 것으로 유명하다. 칠레와의 전쟁 이후에, 문학 서클 Circulo Literario이나 국민연합당에서 두드러진 활동으로 그는 전후 최고의 사상적 지도자로 부상하게 되었으나, 곧 모든 정치적 활동을 그만두고 유럽으로 떠났다. 몇 년간의 유럽 생활을 마치고 다시 페루로 돌아온 쁘라다는 문학활동에 전념하기 시작하였다.

그는 전생애에 걸쳐서 자신의 행동이 아무리 과격할지라도 옳다고 믿었으며, 자신의 사고방식은 모두 선에 기초하고 있다고 믿었다. 그의 산문이나 시는 매우 많고 다양하지만 대부분 그의 사후에 발표되었다. 그의 생전에 발표된 작품은 『자유로운 페이지 *Páginas libres*』와 『투쟁의 시간 *Horas de lucha*』이 있다. 전자의 경우에는 그의 다양한 글과 수필 및 연설이 담겨 있으며, 특히 뽈리테아마의 연설이 실려 있다. 이 연설 속에서 그는 신대륙 발견 후 300년 동안의 문명화과정에서 철저하게 소외되어 왔던 페루 및 아메리카 전체의 원주민들을 위하여 혁명적인 선언을 하고 있다. 그의 이러한 연설과 사상은 원주민 소설이 잉태되는 근거가 되었다. 그의 제자였던 끌로린다 마또 데 뚜르네르 Clorinda Matto de Turner 는 원주민의 생활을 매우 사실적으로 묘사한 『둥지 없는 새 *Aves sin nido*』를 발표하기도 하였다. 또 그의 사상은 20세기의 작가나 정치가에게도 영향을 끼쳐서, 세사르 바예호의 시나, 페루 공산당의 창설자인 호세 까를로스 마리아떼기의 사회학적 수필 및 아메리카 혁명 인민전선 창설자인 아야 데 라 또르레 Haya de la Torre의 정치사상에 그 영향이 나타난다. 『자유로운 페이지』에 포함된 수필 속에 나타난 그의 사상은 19세기의 가장 특징적인 진보적 사상으로, 실증주의와 과학적 진보를 옹호하고 있으며 정치적으로는 극단적 자유주의자였다. 문학에 대한 그의 입장도 〈민주적 언어〉를 기본으로 하고 있다.

6 사실주의 연극

사실주의 시대부터 중남미의 연극은 19세기 전반기의 유럽식 낭만주의의 틀을 극복하기 시작하였으며, 외국 작품의 번역도 중남미 작가들의 작품으로 대체되기 시작하였다. 연극의 내용도 단순한 오락적인 내용이 아니라, 그 당시의 사회적 문제점, 인물 및 과제가 무엇인가를 다루기 시작함으로써, 전시대의 감성적 낭만적 내용이 사라져 갔다. 무정부적 투쟁의 시대가 지나가고, 각 지역에서 헌법적 기관들이 제모습을 갖추어 가게 됨에 따라 중남미 각국에서는 전에 없던 안정기가 도래하였고, 그 결과로 연극 공연을 위한 새로운 극장들이 나타나게 되었다. 이러한 분위기는 다시 문학의 부흥을 불러와서 새로운 많은 중남미 출신 작가들이 나타나게 되었다. 이들은 당시의 사회적 안정과 경제적 부흥에 힘입어, 도시 시민들을 위하여 많은 극작품을 발표하였다.

6.1 플로렌시오 산체스

산체스 Florencio Sánchez(1875~1910)는 리오강 유역 출신의 작가들 가운데 가장 유명한 극작가이다. 그는 1875년 몬테비데오에서 태어나 청소년기까지 그곳에서 살았다. 그의 가정은 가난하고 형제가 많았으므로 어려서부터 신문팔이나 동사무소 같은 곳의 하급직 심부름꾼으로 일하였다. 따라서 청년이 되었을 때는 사회적 문학적으로 매우 혁신적인 사상을 가진 모임에 참석하기 시작하였다. 산체스의 작품을 이해하지 못하는 사람은 그의 작품을 서툰 직관을 표현한 것에 불과하다고 생각하였으나, 그의 천재성은 20세기의 중남미 극작품을 더욱 풍성하게 장식하였으며, 극작품의 수준을 끌어올렸다. 그는 자신의 극작품 속에서 당시의 사람들과 그 생활모습을 자세하게 묘사하였다. 무정부주의와 사회주의에 반기를 들면서, 니체적인 염세주의에 젖어 있던 그는 사회질서 속의 부정과 위선에 대항하여 의식개혁을 혁명적으로 추진하려 하였다. 이러한 산체스의 사상은 1903년에 발표한 『나의 박사 아들 M'hijo el dotor』에 잘 나다난다. 그의 대표작인 『나의 박사 아들』은 그의 자서전에 따르면 몇 시간만에 쓴 작품으로, 1903년 8월 13일 극장 라 꼬메디아에서 공연되기 시작하였으며 나중에는 책으로도 출판되었다. 이 작품은 당시의 유명한 연출가였던 헤로니모 뽀데스따Jerónimo Podestá에 의하여 무대에 올려져 38회에 걸쳐 연속공연되는 당시로서는 전대미문의 기록을 세웠다. 작품의 내용은 사상적 문화적으로 서로 다른 세계에 속해 있던 아버지 돈 올레가리오와 아들 훌리오 사이의 갈등을 다루고 있다. 이 두 사람은 삶에 대하여 서로 다른 두 시각을 가졌던 당시의 사람들을 대변하였다. 아버지는 낡고 오래된 원주민 생활 속의 전통적 규범을 중요시하는 사람들을 대변하고 있으며, 아들은 이러한 사회에서 출생하였으나 새로운 교육을 통하여 낡은 풍습과 가치관을 경시하게 된 젊은이들을 대변하고 있다. 이 작품이 성공을 거둘 수 있었던 가장 큰 원인은 당시의 사회상을 매우 정확하면서도 사실적으로 묘사했기 때문이었다.

그 밖의 중요한 작품으로는 1904년에 발표한 『미국 여인 La Gringa』과 도시생활을 소재로 한 『가족 En familia』, 『죽은 자들 Los muertos』, 『건강세 Los derechos de la salud』 및 『우리들의 자녀들 Nuestros hijos』 등이 있다. 『미국 여인』의 내용은 이탈리아에서 이민 온 사람들과 가우초 사이의 갈등을 소재로 하였다. 전자들은 활동적이면서도 엉큼한 침입자로 묘사되어 있고, 후자들은 게으른 전통주의자로 묘사되어 있다. 특히 이 두 계층의 자녀들이 결혼함으로써 빚어지는 사회적 심리적 문제를 이 작품에서는 잘 다루고 있다. 『가족』은 도시생활을 소재로 한 산체스의 대표적 극작품 가운데 하나이다. 내용은 당시의 중산층의 갈등과 상실된 가정 속의 사람들의 심리상태를 희극적이면서도 침울하게 묘사하였다.

7 자연주의 소설

1870년경 유럽의 문단에는 자연주의라고 불리는 사실주의에서 유래한 새로운 문학운동이 나타났다. 이 자연주의는 자연과학의 분석적 관찰을 통하여 현실을 반영하는 운동으로 대표적인 이론가는 프랑스의 소설가 에밀 졸라이다. 사실주의가 매우 객관적인 시각으로 일상생활을 관찰하여 문학에 반영하였다면, 자연주의는 생물학적 해부의 과학적 탐구방법을 통하여 퇴폐적이고 황폐한 분위기 속에서 빠져 있는 병든 인간의 모습을 묘사하였다. 이 문학이론에 따르면 인간은 완전히 자유로운 존재가 아니라 태어날 때부터 운명적으로 두 가지 요소, 즉 사회환경과 생물학적 유전인자의 지배 아래 있는 존재라는 것이다. 자연주의적 소설, 즉 실험소설의 이론은 주관적 시각의 낭만주의로 인하여 외면되었던 현실사회의 모습을 제대로 보여주면서 일시적으로 성공을 거두기도 하였다.

중남미에서도 이 운동은 19세기의 많은 작가들에 의하여 표방되었다. 이 작가들은 실험소설의 이론을 통하여 사회악을 폭로하고, 각국의 정치현실을 분석하려고 하였다. 일부 국가에서의 백인과 인디오 간의 대립으로 인한 인종분규, 인종의 구성에 변화를 가져온 이민족의 유입, 시골지역의 원주민들의 이동 및 도시의 변화는 현실을 세부적으로 묘사하려던 자연주의 작가들에게 많은 소재를 주었다. 중남미의 대표적인 자연주의 작가들로는 아르헨티나의 에우헤니오 깜바세레스, 멕시코의 페데리꼬 감보아, 우루과이의 까를로스 레일레스, 칠레의 루이스 오레고 루꼬, 푸에르토리코의 마누엘 세노간디아, 쿠바의 까를로스 로베이다, 페루의 끌로린다 마또 데 뚜르네르, 베네수엘라의 미겔 에두아르도 빠르도, 볼리비아의 아르만도 치르베체스 및 에콰도르의 루이스 마르띠네스 등이 있다.

7. 1 에우헤니오 깜바세레스

에우헤니오 깜바세레스 Eugenio Cambaccres(1843~1888)는 부에노스 아이레스에서 태어났다. 그는 대학에서 법률을 전공한 뒤 잠시 동안 이 분야에서 일하기도 하였다. 그는 경제적으로 유복하였으므로 파리를 비롯한 외국의 여러 도시로 자주 여행을 할 수 있었고, 이때 사실주의와 자연주의라는 새로운 문학 조류의 작가들과 접촉할 수 있었다. 그는 주로 파리나 그란 알데아 그리고 시골에 머물면서 생활했는데, 이 세 장소는 그의 정신적 세계이기도 하여 그의 소설 속에 자주 등장하며, 1880년대 아르헨티나의 변화기의 사회상을 잘 보여준다.

깜바세레스는 1870년부터 10년간 국회의원 생활을 하였으며 국회에서 부정선거를 격렬히 규탄하기도 하였다. 이때의 부정선거는 1874년에 발생한 혁명의 원인이 되었다. 자유주의자이면서 반카톨릭주의자였던 그는 정계에서도 악명을 떨쳤으나 혁명 2년 뒤에 정계를 은퇴하였다. 그는 1880년부터 ≪남아메리카≫라는 신문에 로렌소 디아스라는 가명으로 작품을 발표하기 시작하면서 문학활동을 시작하였다. 이듬해, 그는 파리에서 『신변잡기 Pot-pourri』와 『한 건달의 휘파람 Silbidos de un vago』을 발표하였다. 가장 유명한 그의 대표작은 1885년에 발표한 『방향도 없이 Sin Rumbo』로 그가 본명으로 발표한 최초의 작품이기도 하다. 그의 소설속에 나타난 자연주의적 요소는 당대 아르헨티나의 사회적 갈등의 묘사에 주로 나타난다. 당시의 아르헨티나 사회에는 대표적인 두 가지 갈등이 존재하는데, 첫번째 갈등은 인간 사이의 갈등으로서, 세월이 지남에 따라서 더욱 부를 축적해 가던 중상층과 사회계층상 가난하지만 언제나 신분의 상승을 원하고 있던 외국인 또는 이주해 온 다른 지방 사람들 사이의 갈등을 말하며, 두번째는 지리적 공간의 갈등으로서, 중상층이 거주하던 도시와 외국인 또는 다른 지방 사람들이 거주하던 시골 사이의 갈등을 말한다. 그의 작품 속의 도시는 부에노스 아이레스의 그란 알데아

뿐 아니라 프랑스의 파리도 함께 나타난다. 소설 속에서 푸에르또 지방의 중상층과 다른 지방 출신의 사람들 사이의 갈등은 그의 소설 『피 속에서 En la sangre』(1887)에서는 이 하층계급의 이민족에 대한 공격으로 발전된다. 예를 들면 이 하층계급의 중심인물 가운데 하나인 헤나로는 전통적 아르헨티나 사회의 악과 부정부패, 도덕의 실종 등의 원인을 뒤집어쓰게 된다. 외국인 혐오감으로 묘사된 이러한 갈등은 이 작가의 사상적 위치를 보여줌과 동시에 20세기의 자연주의로 발전되어 간 사실적 경향의 문학 속에서 다루어져온 깊은 사회적 문제점이 무엇인지를 적나라하게 보여준다. 도시와 시골 사이의 갈등 역시 하나의 전개과정을 겪는다. 작품 『신변잡기』에서 도시는 부와 문화발전의 공간이며, 시골은 신이 창조한 가장 저속하고 단조로운 한 조각의 땅덩어리로 묘사된다. 작품 『방향도 없이』에서는 중심인물 안드레스가 거친 팜파지대에 대한 향수 속에서 도시의 부패된 분위기를 벗어나 시골의 자유롭고 안락했던 고향집으로 돌아가고 싶어하며 회상에 잠기는 모습을 보여준다. 깜바세레스도 어느 정도까지는 이질적 요소로 혼합된 거대한 도시 중심가의 생활과는 대조적으로 전원생활이 전통적으로 사람들의 안식의 피난처라고 미화하고 있다. 이렇게 전개되어 갔던 자연주의는 아르헨티나의 베니또 린치나, 우루과이의 엔리께 아모린과 같은 20세기의 향토적 작가를 통해 발전적으로 수용되게 된다.

7.2 페데리꼬 감보아

페데리꼬 감보아 Federico Gamboa(1864~1939)는 멕시코의 대표적인 자연주의 소설가이다. 그는 1864년 멕시코시티에서 태어나 25세에 단편소설 「본능에 대하여 Del natural」를 발표함으로써 문단에 등장하였다. 이 작품을 발표하기 1년 전인 1888년에 외무성에도 취직하였는데, 그의 소설이 점차 명성을 얻어가는 한편으로 외교관으로서도 승승장구하여 나중에는 중남미와 유럽에서 대사로 활약하기도 하였다. 그는 과테말라, 워싱턴, 부에노스 아이레스, 브루셀 등지에서 근무하면서 여러 편의 소설을 집필하였다. 대표작으로는 아르헨티나에서 1896년 발표한 『최고법 Suprema ley』과 과테말라에서 1899년과 1903년에 각각 발표한 『변형 Metamórfosis』과 『성녀 Santa』가 있다. 프랑스 작가 에밀 졸라처럼 감보아도 소설의 주인공을 주로 여자로 택하고 있으며, 작품 경향은 심리적 분석과 섬세한 묘사를 통하여 현실을 매우 완벽하게 포착하려고 노력하였다. 작품 『성녀』는 개인주의와 잘못된 사회구조로 인하여 윤락행위를 해야 하는 슬픈 운명에 빠져들어가는 한 여인의 모습을 통하여 사회적 모순과 인간이라는 종을 해부하고 있다. 이 작품 속의 향토색, 대중적 분위기 및 인종의 구성은 당시의 멕시코 모습을 전형적으로 보여준다. 또 작가는 이 작품에서 사회악과 유전적으로 내려오는 사회적 상처 및 분위기를 과학적인 엄격함을 가지고 분석하고 있다. 그의 또 다른 대표작으로는 1910년에 발표한 『상처 Llaga』가 있는데, 그 내용은 격세유전으로 인하여 치료할 수 없는 운명에 빠진 인간의 모습을 통하여 정신적 문제를 사회적 문제와 결부시키고 있다.

제6장
모데르니스모

1 모데르니스모의 특징

19세기 말의 20여 년은 중남미에서 새로운 문학 동향을 보이는 중요한 시기이다. 이 같은 혁신적 동향을 지칭하기 위해 사용된 용어가 바로 모데르니스모이다. 19세기 후반 유럽에서는 문학과 예술에서 혁신적인 경향들이 나타났으며, 이들 각각의 경향은 상징주의, 인상주의 등 각기 나름의 명칭으로 불리었다. 그때까지 이들을 단일한 명칭 아래, 더구나 모더니즘이라는 이름 아래 분류하려는 노력은 이루어지지 않았다. 후에 유럽의 카톨릭교 내에서 표명되었던 한 경향을 지칭하기 위해 모더니즘이라는 용어가 사용되기도 했으나 이는 중남미의 모데르니스모와는 전혀 무관하다. 특히, 제1차 세계대전 이후 서구문화 및 서구예술의 전통적 토대와의 근본적인 결별을 선언하며 대두되었던 영미문학의 모더니즘은 새로운 문학개념 및 새로운 감수성이라는 측면에서 공통분모를 찾아볼 수도 있지만 중남미의 모데르니스모와 구별되며, 오히려 이는 중남미 문학사에서 전위주의의 시기와 일치한다.

페데리꼬 데 오니스Federico de Onís가 적절하게 지적하였듯이, 모데르니스모는 그 자체로서 엄격한 순수성을 지닌 하나의 문예사조나 학파로 보기는 어렵다. 모데르니스모는 애초부터 어떠한 선언문도 채택하지 않았으며, 루벤 다리오의 작품에 나타나는 고답파적 성격부터 호세 아순시온 실바의 때늦은 낭만주의, 레오뽈도 루고네스와 훌리오 에레라 이 레이식의 전위주의적 접근에 이르기까지 서로 모순되는 다양한 양상을 보여주기 때문에 오히려 1880년대부터 1920년대까지의 많은 작가들을 포괄하는 시대 개념으로 보아야 한다.

때로 공고리즘이나 호세 소리야 같은 스페인 낭만주의자들의 영향이 눈에 띄기도 하나, 일반적으로 모데르니스모는 스페인에 근원을 두고 있지 않다. 오히려, 모데르니스모에서 우리는 고답파, 상징주의, 인상주의, 사실주의, 자연주의 등 19세기 프랑스를 지배했던 모든 문학적 경향들을 찾아볼 수 있으며, 나아가 프랑스 낭만주의의 영향 역시 배제할 수 없다. 모데르니스모의 선구자들을 논할 때, 마누엘 구띠에레스 나혜라가 뮈세Musset의 자취를 따랐으며 루벤 다리오가 젊은 시절 빅토르 위고에게 송가를 헌정했고 그의 죽음에 애가를 바쳤다는 것은 중요한 사실이다. 그 밖에 빅토르 위고를 번역한 이들도 다수 있다. 그렇다면, 낭만주의에 대한 모데르니스모의 반동은 본질 그 자체에 대한 것이 아니라 그 과도함, 특히 형식의 통속성과 보편화된 공간, 낡은 이미지의 반복에 대한 것이라고 볼 수 있다. 마찬가지로 문학의 유용성을 거부하고 현실도피의 문학을 추구한다는 점에서는 사실주의 및 자연주의와 대립되지만, 이국 지향을 벗어나 중남미를 발견하는 후기의 흐름에 이르면 이러한 대립관계도 의미를 잃게 된다.

모데르니스모는 프랑스의 고답파로부터 완벽한 형식에 대한 열망을 받아들였으며, 여기에 시적 표현의 혁신에 대한 의지가 합쳐졌다. 이 의지는 전통적 수사학이 강제했던, 그러나 낭만주의자가 채 청산하지 못했던 많은 규범들을 뛰어넘은 상징주의의 영향 아래 점차 강화되었다.

그리하여 산문은 보다 경쾌하고 풍부한 리듬을 갖게 되었으며, 시는 새로운 틀, 새로운 운율 및 어휘의 조합을 갖게 되었다.

한편, 스페인 고전주의자들이 사용했던 시형식은 많은 경우 새로운 형식으로 변형되었다. 루벤 다리오가 사용한 바 있는 4음절에 강세가 오는 11음절 시는 환 보스깐에게서 이미 발견되며, 본래는 이탈리아 시의 전통에서 유래한 것이다. 또한 모데르니스모 시인들이 즐겨 사용하는 단일운율도 곤살로 데 베르세오에게서 그 기원을 찾을 수 있다. 그러나 모데르니스모는 옛것을 부활시키는 데 그치지 않았다. 스페인어에서 사용되던 시행의 수를 늘렸으며, 10, 11, 12, 15 혹은 그 이상의 음절의 새로운 운율과 운율조합이 출현했다. 게다가 강세의 분배에 대한 정확한 인식 덕분에 이미 사용되고 있던 운율은 최대의 유연성과 조화를 획득하게 되었다. 예컨대, 9음절 시는 호세 아순시온 실바와 훌리안 델 까살, 그리고 그 밖의 모데르니스따들에 의해 음악성을 갖추게 되었다.

결국, 모데르니스모의 정열은 새로운 것과 형식의 완성에 대한 열망 속에서 빛을 발했다. 그러나 모든 형식상의 혁신은 대개 새로운 감각에 어울리는 표현의 탐색을 동반했다는 사실을 기억해야 한다. 루벤 다리오는 까뛸 멘데스에 대한 글에서 〈사물로 영혼을 붙드는 것과 마찬가지로 소리로 채색하고 천체로 향기를 색칠하는〉 경향을 찬양하였다. 이 같은 공감각의 유희에는 프랑스의 인상주의의 흔적이 보인다. 시인은 감각의 변형으로 곡예를 하고 자신의 내면적 삶의 불안과 갈망을 표명하기 위해 감각을 혼합한다. 공감각은 몇몇 모데르니스따, 특히 에레라 이 레이식이 선호하는 수단이었다. 그러나 일반적으로 모데르니스모에서는 인상주의적 처리가 드물지 않았으며, 여기에서는 사물 자체보다 그 사물이 유발하는 인상을 다루었다.

모데르니스모는 새로운 감각을 제시했는데, 이는 마누엘 디아스 로드리게스Manuel Díaz Rodríguez가 〈현대의 고뇌하는 복잡한 우리 영혼의 격정적 삶〉이라고 불렀던 것이다. 그 같은 불안하고 복잡한 영혼 속에서는

19세기의 특징으로 여길 수 있는 삶의 고뇌가 지배적이다. 낭만주의 시대에는 그 같은 정신적 위기가 뮈세와 더불어 처절한 표현에 도달하게 된다. 보들레르의 끔찍한 저주에서 새로운 양식으로 부활되는 그 같은 영혼의 떨림은 자신의 감정을 적나라하게 드러내서는 안 된다는 규율에 충실한 고답파 시인들 사이에서는 발견할 수 없으며, 이는 상징주의자들과 더불어 정제된 형태로 재현된다. 모데르니스따들의 주의를 빼앗는 것은 죽음에 대한 두려움이 아니며 불가피한 것에 대한 공포도 아니다. 그것은 영원한 신비 앞에서 느끼는 동요이다. 모데르니스모에 강렬히 표현된 이같은 현대인의 의구심과 불안은 모든 미의 근원인 자연으로의 회귀, 소박하고 단순한 것으로의 회귀를 배제하지 않는다. 정제되고 세련된 표현 역시 근원적 자연으로 돌아가는 데 방해가 되지 않는다. 디아스 로드리게스에 따르면, 자연으로 돌아가려는 경향은 형식의 완성 속에서 성취되기 때문이다. 19세기의 다른 문학적 동향과 마찬가지로 사실주의와 자연주의가 모데르니스모에 영향을 줄 수 있었다면, 이는 자연의 소박함으로 회귀하려는 의도를 대표하기 때문이다. 그러나 표현형태가 정제된 것이기만 하면 모데르니스모 운동에는 모든 경향이 포함될 수 있다는 것을 잊고 자연주의와 모데르니스모가 서로 적대적인 관계에 놓여 있다고 생각하는 이들이 많았다.

〈정제된 언어〉라는 모데르니스모의 주된 양상에 또 다른 특징을 첨가할 수 있는데 대개 고답파의 영향에서 유래하는 고대 그리스에 대한 빈번한 회상이 바로 이것이다. 그리스에 대한 회상과 더불어 또 다른 다양한 시대에 대한 회상이 이루어졌는데, 가령 리까르도 하이메스 프레이레의 『야만의 까스딸리아 Castalia bárbara』는 북구의 신화에 기초하며, 기예르모 발렌시아의 두 편의 기독교적 인상의 시는 우리를 중세에 머물게 한다. 루이 왕 시대의 프랑스, 특히 18세기 궁정시대에 대한 회상은 베를렌과 사맹 Albert Samain의 영향으로 인해 더욱 빈번하다. 모데르니스모에서 빈번히 나타나는 또 다른 이국 취향은 극동지방, 즉 중국과 일본에서 영감의 소재를 찾는 것이었다. 프랑스에서는 그 같은 동양적 기호의 추종자가 많았다. 루이 부이예 Louis Bouilhet나 에드몽 드 공꾸르, 쥬디스 고띠에, 삐에르 로띠가 바로 그들로, 루벤 다리오의 산문「중국 여제의 죽음 La muerte de la emperatriz de la China」에 영감을 준 것은 바로 동양적인 것에 대한 그들의 기호였다. 그 밖에 훌리안 델 까살, 호세 환 따블라다, 에프렌 레보예도 등도 동양에 지대한 관심을 보였으며, 일시적이나마 레오뽈도 루고네스, 기예르모 발렌시아 역시 마찬가지였다. 특히, 따블라다는 소재적 차원에 머물지 않고 에즈라 파운드를 비롯한 서구의 이미지즘 시에 많은 영향을 끼쳤던 일본의 전통적인 시형식인 하이쿠를 중남미 시에 도입하기도 했다.

모데르니스모의 또 다른 특징은 조형미의 상징들을 사용한다는 것이다. 우선 일찍부터 시에 사용되었던 〈백조 cisne〉는 그 대표적 예이다. 프랑스 시에서 백조는 고답파와 더불어 부활되어 상징주의로 이어졌다. 이 상징적 새는 보들레르에게서는 고향에 대한 향수를 느끼는 절망적 존재로 나타난다. 반면, 프루동은 호수 위를 미끄러져 가는 백조를 그렸다. 말라르메는 무기력한 이상에 대한 암시로 갇혀 있는 백조를 소개했으며, 벨기에의 시인 로덴바흐 Georges Rodenbach의 시작품에서는 죽은 어린 시인의 영혼으로 나타난다. 모데르니스모 운동에서 초기 시인들 중 한 사람인 호세 마르띠가 지고의 상징인 푸른빛을 부여함으로써 순수한 환상의 유희 속에서 백조를 회상하였다는 것은 중요한 사실이다. 이후 루벤 다리오는 1888년에 씌어진 산문에 백조를 등장시키고 이를 모데르니스모 미학의 레이모티브로 구성하기에 이르렀다. 루벤 다리오에게 백조는 단순한 장식적 요소가 아니라 영원한 예술미의 상징이었다. 백조는 아름다움, 우아함, 순백, 꿈, 이상, 외적 현실에 대한 무관심의 상징이었다. 그러나 백조가 모데르니스따들이 우아함과 정제의 표현으로 사용한 유일한 상징은 아니었다. 백조처럼 초월적 범주로 격상시키지는 않았지만 다리오는 백합과 공작을 장식적 요소로 사용하기도 하였다.

모데르니스따들은 고티에Théophile Gautier에게서, 문장에 빛과 색채를 부여하는 어휘를 통해 현혹의 효과를 창출하는 경향을 물려받았으며, 후에 랭보에게서 소리를 색채로 융해시키는 것을 배웠다. 여기서 본질적인 것은 각각의 모음의 소리가 상이한 색채감을 유발한다는 것이며, 색채는 소리가 야기하는 인상의 결과물일 뿐이라는 것이다. 이는 인상주의적 공감각 기법의 절정이며, 여기서 중요한 것은 사물 자체가 아니라 그것이 유발하는 인상이다. 모데르니스모 운동에서 색채의 효과는 구띠에레스 나헤라에게서 처음으로 나타난다. 이후 루벤 다리오가 자신의 책에 〈푸름〉이라는 제목을 부여한다. 또 호세 산또스 초까노는 『마을에서 En la aldea』에서 「푸른 전주곡 Preludio azul」을 썼으며, 마누엘 디아스 로드리게스는 『색깔 있는 이야기들 Cuentos de color』을 펴냈다. 그런데 중요한 것은 무수한 연과 행 안에서 모데르니스따들은 다른 범주의 느낌을 유발하기 위해 색채의 인상을 이용함으로써 유사한 효과를 추구했다는 것이다. 이러한 효과를 내는 데는 불문학의 영향이 압도적이었으나, 다른 영향도 찾아볼 수 있다. 공고라, 바이런, 에드가 앨런 포 역시 적지 않은 영향을 미쳤던 것이다.

포는 뻬레스 보날데 J. A. Pérez Bonalde가 16음절 운율을 이용해 그의 작품 「까마귀 The raven」를 번역한 이래 중남미에서 대단한 인기를 누렸다. 이후 많은 번역이 나왔으나 그의 것을 능가할 만한 것은 없었다. 과테말라의 도밍고 에스뜨라다의 「종 Las campanas」은 영어 원본의 의성효과를 가능한 한 살린 번역이었다. 이후 다른 중남미 시인들이 포의 작품 완역을 시도하였다. 모데르니스따들이 보들레르나 말라르메를 통해 포를 알게 되었다고 주장하는 이들도 있다. 포에 대한 보들레르와 말라르메의 기호는 모데르니스따들에게 하나의 자극이 될 수 있었다. 그러나 중남미에서 포의 작품이 붐을 일으킨 데는 뻬레스 보날데의 역할이 결정적이었다.

그 밖에 뻬레스 보날데는 하이네를 보급시켰으며, 호세 마르띠는 월트 휘트먼을 널리 알렸다. 휘트먼은 특히 자유시의 채택에 영향을 미쳤다. 물론 이 같은 양상에는 포르투갈 시인 까스뜨로 Eugenio de Castro의 영향도 적지 않았다. 까스뜨로의 탄력 있는 율격의 영향은 루벤 다리오와 리까르도 하이메스 프레이레에서 명백히 나타난다. 1890년대에는 다눈치오 또한 모데르니스따들에게 상당한 영향을 미쳤으며, 이 같은 영향은 시보다 산문에서 더욱 두드러졌다. 다눈치오의 산문의 리듬은 중남미에서 널리 모방되었으나 모두가 성공적인 것은 아니었다. 그의 영향이 가장 두드러지는 작품으로 마누엘 디아스 로드리게스의 『깨어진 우상 Idolos rotos』과 『귀족혈통 Sangre patricia』을 들 수 있다.

모데르니스따들은 근대 부르주아 사회의 주변인으로서의 예술가의 특수한 상황을 인식하고, 이 사회의 세속성을 경멸하고 그에 도전했다. 그들은 자연을 거부하고 도시를 선택하며, 대중적이고 기계화되어 가는 세계에서 귀족이 될 권리를 갈망한다. 그들은 또한 자신이 태어난 조국의 열악한 현실과 개인적 자유의 제약을 미적으로 거부했다. 그래서 모데르니스따는 세계주의자로 불렸고, 그들의 정신적 조국은 파리였다. 그러나 절박한 역사적 상황은 새로운 문제를 제기하며 변화를 가져왔다. 문학적 중남미성의 부흥이 이국 취향과, 타민족, 타문명의 과거에 대한 지속적인 회상에서 출발한 경향들을 밀어낸 것이다. 푸에르토리코와 쿠바 식민지에서의 독립전쟁은 대다수의 작가들로 하여금 대륙의 통합에 대한 〈볼리바르의 꿈〉을 되찾도록 했으며, 다른 한편으로는 미제국주의의 침략에 대항해 스페인을 모국으로 재인식하는 개방된 스페인성을 드러내기도 한다. 모데르니스모와 스페인의 98세대는 형식적 차원에서의 미학적 공통분모에도 불구하고 각각 세계주의와 민족주의를 표방한다는 점에서 크게 달라 보이지만, 사실상 1898년의 미서전쟁과 미제국주의의 중남미 침투라는 역사적 배경을 공히 반영하고 있다. 현실적 상황변화와 함께 『세속적 영송 Prosas profanas』의 출판을 계기로 루벤 다리오를 가리켜 〈그는 아메리카의 시인이 아니다〉라고 외쳤던 호세 엔리께 로도의 말이 이러한 변화에 어느 정도 영향을 미쳤을 것이다. 분명한 것은 젊은 시절부터 중남미적 테마를 개척해 왔던 루벤 다리오가 갈수록 더 중남미에서 영감의 소재를 찾았으며, 신대륙에서 중남미인의 염원과 우려의 대변자가 되었다는 사실이다. 또한 호세 산또스 초까노는 『아메리카의 영혼 *Alma América*』에서 중남미의 단편서사시를 시도하였으며, 레오뽈도 루고네스는 중남미적 소재를 다룬 다른 많은 저서와 더불어 『세속적 송가 *Odas seculares*』를 출판하였다. 이 같은 경향은 시에 국한된 것이 아니었다. 산문작가들이 더욱더 열정적으로 이러한 경향을 수용했다. 호세 엔리께 로도의 『아리엘 *Ariel*』(1900)과 같이 아메리카의 삶과 사상의 문제에 대한 수필이 많이 등장하여 대단한 호응을 얻었다. 또한 희곡과 소설, 단편에서도 아메리카 대륙의 문제를 다루려는 경향이 압도적이었다. 문학적 중남미성은 분명 혁신이었다. 이 같은 특성은 중남미에서 몇몇 형태로 표출되어 왔다. 첫번째로 19세기 전반의 휴머니즘, 다음으로 인디헤니즘, 세번째로 모데르니스모를 들 수 있는데 모데르니스모는 한때 이국 취향으로 중남미적 경향을 멀리하는 듯했으나 결국은 방향전환을 가져왔다.

이처럼 모데르니스모에서는 두 가지 단계를 살펴볼 수 있다. 첫번째 단계에서, 세련된 형식에 대한 예찬은 기교적 정제와 더불어 문체를 불가피한 매너리즘으로 몰고 갔다. 백조, 공작, 백합과 같은 우아한 상징이 사용되었고 과거시대 혹은 이국적 문명의 테마가 보편화되었으며, 다양한 색채를 통한 시작이 행해졌다. 문학적 표현은 단지 형식적 독창성과 귀족성을 추구하는 재능의 유희로 전락했다. 그러나 모데르니스따들이 보다 심오한 영감에서 나온 다른 소재들을 멀리한 것은 아니었다. 현대인의 영혼의 고통이 항상 강렬한 반향을 일으켰으며, 중남미적 테마의 경우 이를 완전히 도외시한 모데르니스따 시인이나 작가는 드물었다. 그러나 때때로 경박할 정도의 세련미를 추구하는 열망이 모데르니스모의 주조를 이루었다는 것은 분명하다.

두번째 단계에서는 반대현상이 일어난다. 즉, 개인적 서정성이 삶과 죽음의 영원한 신비 앞에서 강렬한 시위의 수준에 이르며, 진정으로 중남미적인 의미를 갖는 예술적 표현을 달성하려는 열망이 지배하게 된다. 중남미인들의 삶과 환경을 포착하고 그들의 우려와 이상과 희망을 전달하는 것, 그러나 그로 인해 모데르니스모의 특징적 양상인 언어의 예술적 활용을 저버리지 않는 것이 바로 이 단계의 주된 경향이었다.

결국, 모데르니스모는 상아탑에 안주하려는 예술지상주의의 단계와 아메리카의 현실에 참여하려는 신대륙 지향의 단계로 대별되며, 현실/도피, 아메리카/유럽, 기교주의적 형식/간결성 등 다양한 모순 사이에 존재한다. 이러한 이중성을 고려할 때 모데르니스모가 그 본질 자체에 있어서 발전을 거듭해 왔고 백조로 상징되는 장식미의 숭배보다 더 높은 갈망을 지니게 된 것은 사실이었다. 하지만, 이미 모데르니스따들 사이에서 일반화되어 버린 방법에 대항하는 혁신과 거부의 바람이 불고 있었다. 1910년 엔리께 곤살레스 마르띠네스는 자신의 소네트에서 〈백조의 목을 비틀어라〉라고 외치면서, 어둠 속에서 현실을 응시하는 〈부엉이 búho〉를 백조의 대안으로 제시하였다. 이는 모데르니스모의 형식적이고 심미주의적인 가치에 대한 실증을 드러냄과 동시에 보다 심오한 문학으로의 복귀에 대한 소망을 담고 있다. 그것은 미서전쟁 및 멕시코 혁명으로 대변되는 현실의 변화와 더불어 모데르니스모가 황혼기에 접어들었음을 알리고 있다. 죽어가는 백조는 이미 최후의 노래를 부르고 있었다. 비록 유럽적 경향으로부터 파생되었고 진정 독창적인 스타일에 이르지는 못했지만, 식민화된 상상력의 뿌리깊은 구각을 벗어버리고 스페인 본토의 98세대 문학에 처음으로 영향력을 행사하는 등 전통 부재의 중남미 문학이 정체성을 찾아가는 첫걸음으로서 모데르니스모가 이후의 문학에 미친 영향은 지대하다.

2 모데르니스모 시

2.1 마누엘 곤살레스 쁘라다

곤살레스 쁘라다 Manuel González Prada(1848~1918)는 일찍이 어머니의 권유로 성직을 희망, 얼마간 발빠라이소의 학교에서 지냈으며, 그곳에서 실증주의적 이념과 그가 일생 동안 계속할 학문에의 흥미를 얻었다. 그러나 그는 계획했던 성직을 포기하였으며, 리마의 보수적 분위기에서는 자신이 흥미를 가지고 있는 분야에 종사하기가 불가능하다는 것을 깨닫고 8년간 집안에서 경영하는 농장의 일에 몸담고 있으면서 공부와 글쓰기에 몰두했다. 페루-칠레 전쟁이 발발했을 때 그의 나이는 서른한 살이었으며 그때까지 그는 인생에서 일정한 방향을 잡지 못한 아마추어 예술가에 지나지 않았다. 그러나 칠레의 리마 정복과 페루 사회의 위기는 그로 하여금 보다 진지한 태도를 취하도록 하였다. 그는 지도계층이 민중과 아무런 연계가 없다는 사실을 인식하였으며, 원주민들이 국가의 삶에 통합되고 교육받지 못하는 한 페루는 진정한 의미의 국가가 될 수 없음을 깨달았다. 결국 그는 「뽈리떼아마 강연 Discurso del Politeama」(1888)이라는 유명한 글에서 낭만주의자들을 비판하면서 〈선전과 공격 Propaganda y Ataque〉의 문학을 제창한다. 이 글에서 그는 300년 동안 문명의 열등한 단계에 정체되어 있었던 조국과 중남미의 원주민들을 옹호하는 혁명적 선언을 한다.

곤살레스 쁘라다는 과학을 해방의 힘으로, 교육을 미래에의 문으로, 그리고 교회를 중남미의 발전을 가져올 과학정신의 장애물로 파악하였다. 그는 과학을 일컬어 우리로 하여금 자연의 폭정을 완화시키도록 가르쳐주는 구세주라고 하였다. 그럼에도 불구하고 멕시코의 과학자들과는 달리 과학교육이 정치, 사회적 개혁에 우선해야 한다고 믿지는 않았다. 페루 정부의 우선 과제 중 하나는 원주민들을 〈치안판사, 총독, 사제의 사나운 삼총사〉로부터 해방시키는 것이었기 때문이다.

또한 곤살레스 쁘라다는 페루 사회의 성격에 대한 혁명적 견해와 더불어 〈작가는 현실참여적이어야 하고 작가의 근본은 민중이며 문학과 언어는 민중의 문화와 일체가 되어야 한다〉는 당시로서는 혁신적인 신념을 가지고 있었다. 이러한 이유로 그는 스페인에 대한 굴종적 모방을 신랄하게 공격하였으며, 새롭고 활기찬 문학언어의 긴급한 필요성을 주장했다. 그러나 이러한 〈선전과 공격〉의 시기 이후 그는 한번 더 국가무대에서 물러나게 된다. 그는 프랑스 여인과 결혼하여 1887부터 1894년까지 파리에 거주하였으며 그 기간에 르낭의 수업에 참가하였다. 그 사이 그가 결성하였던 국민연합 Unión Nacional은 해체되었다. 페루로 되돌아온 곤살레스 쁘라다는 급진적이고 무정부주의적인 성향을 띠고 노동자 운동조직에 동조하였으며, 1905년 직공들의 모임에 의해 창설된 월간지 ≪천민들 Los Parias≫에 글을 기고하였고, 1908년에는 이끼께의 파업에서 노동자들에게 발포한 것에 대해 항거하였다. 이처럼 종교적 전통의 반대자이자 과학적 진보의 옹호자로서 과거의 보수주의와 식민정신에 저항하는 휴머니즘, 인디헤니즘, 반군국주의를 고양시켰던 곤살레스 쁘라다의 파란만장한 삶은 여러 세대에 영향을 미쳐 끌로린다 마또 데 뚜르네르의 『둥지 없는 새들 Aves sin nido』(1889)과 같은 인디헤니즘 소설의 도래를 가져왔으며, 20세기에는 세사르 바예호와 페루 공산당의 창시자인 마리아떼기 José Carlos Mariátegui의 사회사상, 그리고 아메리카 민중혁명동맹(APRA)의 창시자인 아야 데 라 또레 Haya de la Torre의 정치사상에 커다란 영향을 주었다.

문학과 혁명을 공동선상의 문제로 이해하는 곤살레스 쁘라다는 때로 전투적인 창작태도를 보였지만, 시와 산문에 있어서 마르띠보다는 덜 혁명적이었다. 그의 산문은 마르띠의 것보다 조잡하였고 조형성도 떨어졌으며, 그의 시작품에서는 형식적 측면에 대한 관심이 드러난다. 예외적인 작품으로는 1871~1879년에 씌어진 초기시 『페루의 발라드 Baladas *peruanas*』를 들 수 있는데, 이들 대부분의 시는 그의 사후에 발행되며 주로 사회의 불의를 주제로 다루었다. 『소문자 *Minúsculas*』(1900)와 『이국적인 것 *Exóticas*』(1911)에서는 일종의 용어의 세련주의가 엿보인다. 그는 트리올렛 triolet, 론디넬 rondinel, 가셀라스 gacelas(아랍의 시형식) 같은 옛 시작 형태의 부활과 자유시 실험에 깊은 관심을 보였다. 그러나 형식의 독창성에도 불구하고 종종 생동감이 결여되어 있다. 종종 억지 낙관론으로 귀결되긴 하지만, 그의 가장 훌륭한 시는 대개 존재의 불합리성을 다루고 있다. 내용에 있어서도 곤살레스 쁘라다는 호세 마르띠와 흥미로운 대조를 보이는데, 마르띠가 자신의 개인적, 정치적, 문학적 삶을 확고하게 단일적인 전체 속에 용해시켰다면, 그는 한 번도 이러한 일관성에 이른 적이 없다. 그래서 그의 산문은 논쟁적인 반면, 그의 시는 유희적인 색채를 띠는지도 모른다.

2.2 호세 마르띠

1853년 아바나에서 출생한 호세 마르띠 José Martí(1853~1895)는 어린 시절부터 쿠바 독립에의 꿈을 품었다. 1869년에는 독립을 옹호하는 조직에 가담한 죄로 6년간의 징역을 선고받았다. 그때 그는 시인이자 교육자이며 동시에 자유를 위해 투쟁했던 라파엘 마리아 멘디베를 알게 되었는데, 그는 19세기 쿠바의 위대한 인도주의자 중 한 사람으로 젊은 마르띠에게 지대한 영향을 주었다. 그러나 무엇보다 마르띠로 하여금 평범한 이상주의적 학생의 길을 버리고 그의 온 생애를 독립에 바치도록 한 것은 그가 받은 강제노역형 선고였다. 그는 추방되기 이전의 몇 개월 동안 같은 형벌을 받은 동료들과 더불어 뜨거운 태양 아래서 노예처럼 일했고, 이때 겪은 불의와 억압의 체험은 그의 기억 속에 깊이 자리잡았다. 그가 유형생활을 한 스페인에 도착했을 때 한 최초의 작업들 중 하나는 수필 『쿠바에서의 정치범 생활 *El presidio político en Cuba*』(1871)을 쓰는 것이었다. 그는 이 책에서 그와 이웃들이 겪은 고통을 폭로하였고 그 책임을 스페인인들의 것으로 돌렸으며, 스페인에 공화정이 선포되자 쿠바의 독립을 지지하는 글 「쿠바 혁명 앞에서의 스페인 공화국 La República Española ante la revolución cubana」(1873)을 발표하였다.

유형기간 동안 법학과 문학석사 학위를 취득한 그는 1년 후 스페인을 떠나 프랑스와 영국을 거쳐 다시 신대륙으로 향했다. 1873년에는 멕시코에서 ≪세계지 Revista Universal≫를 주도하였고, 1877년에는 과테말라 대학의 교수로 임명되었다. 이후 조국 쿠바로 돌아갔으나 얼마 지나지 않아 다시 스페인으로 추방되었다. 1881년에는 중남미로 돌아와 카라카스에서 ≪베네수엘라지 Revista Venezolana≫를 창간했다. 그는 베네수엘라에 정착하려 했으나 멕시코나 과테말라에서처럼 정치적 현실에 부딪쳐 그곳을 떠나게 되었고, 그때 이후 뉴욕이 그의 정치적 활동의 본거지가 되면서 미국에서 여생의 대부분을 보내게 되는데, 이때 많은 작품이 탄생되었다.

마르띠가 정치활동에 몰두하는 가운데서도 상당수의 가치 있는 작품들을 탄생시킨 것은 놀라운 일이 아닐 수 없다. 그의 전작품 가운데 시만이 자신의 즐거움을 위해 씌어진 것이다. 사후에 출간된 『자유시 Versos libres』에서 그는 〈빵을 벌어놓았으니 시를 써라〉하고 말했다. 첫 시집은 그의 정신의 신장의 필요에서 나온 것이다. 1877년 아내 까르멘 데 사야스 바산과의 사이에서 아들이 태어났다. 1881년 카라카스에 거주하고 있을 때 세 살이던 그의 아들은 열다섯 편의 시작품에 영감을 제공하였으며 이 시들은 이듬해 뉴욕에서 『이스마엘리요 Ismaelillo』(1882)라는 이름의 시집으로 출판되었다. 마르띠의 시에서는 종종 빛의 힘과 어둠의 힘 간의 미묘한 상호작용이 눈에 띄는데 이 시가 그 탁월한 예이다. 이 시는 어린아이의 유약함, 천진난만함, 의존성은 아버지의 내부에 가장 좋은 것, 가장 고귀한 것을 일깨우기 때문에 큰 힘을 이룬다는 역설에 기초하고 있다. 이 얇은 책은 스페인어권의 시에 새로운 지평을 열었으며, 모데르니스모의 초기 작품으로 중요한 문학사적 위치를 점한다. 『이스마엘리요』에서는 어떤 운율의 혁신 같은 것은 찾아보기 어렵다. 직가는 5, 6, 7음절을 사용히는 데 그쳤을 뿐이다. 신조어 역시 풍부하지 않다. 이처럼 외적 면모는 자연스럽고 단순하지만 새로운 이미지와 토운을 통해 새로운 감각을 보여준다.

후에 마르띠가 펴낸 또 다른 시집 『단시 *Versos sencillos*』(1891)에서도 마찬가지로 어휘 탐색에 대한 무관심과 표현의 자연스러움이 나타난다. 여기에서 시인은 자연과의 접촉에서 느끼는 기쁨과 복잡한 문명의 악을 대비시키는 소박한 인간으로 등장하며, 시행들은 종종 환상적이다. 이 시집에서도 오로지 8음절만이 사용되고 있으므로 운율의 혁신은 찾아보기 힘들지만 운의 분배는 새로운 것이었다. 한편 모데르니스모의 특징으로 지적되는 세련된 용어의 매너리즘은 보이지 않는다. 그러나 모데르니스모 문체를 대변하다시피 했던 용어의 세련주의가 마르띠에게서도 얼마간 발견되는데, 가령 구띠에레스 나헤라의 딸을 위해 쓴 시가 좋은 예이다.

『이스마엘리요』와 『단시』, 그리고 여기저기 문예지에 흩어져 실린 몇몇 시 외에 마르띠는 유고시집으로 『자유시』를 남기고 있다. 여기에서 시인은 자신의 투쟁과 개인적인 신념을 직접적으로 드러내면서 인간의 진정한 가치에 대한 자신의 사상과 시의 역할에 대해 집요하게 다루고 있다. 이 시집에는 또한 활기 넘치는 표현과 운 없는 시형태가 아주 인상적인 적지 않은 작품들, 이를테면 「멍에와 별 Yugo y estrella」, 「날개 달린 컵 Copa con alas」, 「무쇠 Hierro」가 실려 있다. 그러나 「하얀 독수리 Águila blanca」, 「새로운 연 Estrofa nueva」과 같은 작품들은 미완성으로 시인이 미처 채우지 못한 여백을 보여준다. 이 시들은 자유에 대한 두려움과 희망, 그리고 아름다움에 대한 사랑을 가지고 태어났다. 이 시들의 이미지는 이상적인 동시에 현실적이고, 정신적인 동시에 물질적이며, 진실인 동시에 거짓이고, 의식의 빛인 동시에 무의식의 어둠인 이

중의 시각 속에 용해되어 있다. 날개, 산정, 구름, 소나무, 비둘기, 태양, 독수리, 빛은 빈번히 반복되는 이상의 상징이며, 동굴, 개미, 구더기, 독은 심연을 암시한다. 또한 초록, 은빛, 노랑, 검정, 연지색 등 상징적인 색채들은 각기 다른 강도와 뉘앙스를 나타낸다. 마르띠의 시 상당수에는 이처럼 빛의 힘과 어둠의 힘의 섬세한 상호작용이 있다. 그러나 모데르니스모의 진행에 영향을 줄 수 있었던 것은 『자유시』의 마르띠가 아니다. 이 시집이 출판되었을 때는 이미 20세기가 시작되고 있었으며 모데르니스모는 거의 종착지에 이를 즈음이었다.

따라서 모데르니스모와 관련하여 고려할 만한 작품집은 『이스마엘리요』와 『단시』뿐이다. 이 두 권의 시집은 시적 표현에 있어서 심오한 전환을 대표한다. 시에 있어서 마르띠는 형식에 혁신을 가져왔다기보다는 단순, 소박함을 되찾은 인물로 평가된다. 그는 소박함을 추구하면서도 동시에 지나치게 속된 표현에 이르지 않도록 노력했다. 호머 이후 마르띠에 이르기까지 시에서 가장 어려운 작업은 속되지 않은 소박함을 이루어내는 것이라는 것은 주지의 사실이다.

문학언어에 대한 마르띠의 개념은 대부분의 동시대인들보다 훨씬 더 복잡한 것이었다. 그는 단어를 상징적인 것으로 보았던 미국의 작가 에머슨 Ralph Waldo Emerson의 영향을 받았다. 에머슨에 따르면, 우리는 단지 메타포를 통해서 말을 하는데, 그것은 일체의 자연이 바로 인간정신의 메타포이기 때문이다. 공허한 말잔치의 시대에 마르띠는 에머슨이 주장하는, 심오한 진실에 뿌리박은 시어를 택한다. 마르띠에게 있어, 가장 강렬한 언어는 종종 가장 간결하고 소박한 언어이다. 글쓰기의 기술은 축약에 있으며, 할 말이 너무 많으므로 최소한의 단어로 말해야 한다고 주장하는 마르띠가 보기에 각각의 단어는 〈날개〉와 〈색채〉를 지니고 있다. 날개와 색채는 수사적 과장이 결코 포착할 수 없는 자질인 단어의 상상적 요소와 암시적 가능성을 일컫는다. 마르띠는 동시대의 어느 누구보다도 언어의 잠재력을 잘 알고 있었다. 그러나 그는 에머슨처럼, 이러한 잠재력은 민중의 인간적 자질과 밀접히 연관되어 있으며, 바로 여기에서 시와 시어가 만들어진다고 보았다. 이러한 원천으로부터 작가에게 영감이 일어나며, 따라서 민중 없는 개인은 전혀 무의미하다. 그러므로 그의 시개념에서 진실성은 중요한 의미를 지닌다. 그는 진리를 자신의 당대 상황 및 인간의 존엄성과 관련된 것으로 이해한다. 결국 그에게 있어 문학은 자연의 자발적인 조언이자 가르침이고, 외적인 모순이 해결될 수 있는 텍스트이며, 또한 사회적, 종교적 의미를 지닌다.

마르띠의 언어관을 살펴보면 사회와 인간과 시는 자연의 개념에 뿌리박고 있다는 것을 알 수 있다. 그 중에서도 인간을 중심에 두고 있으며, 인간은 자기교육을 통해 차츰 진보해 간다고 생각했다. 그는 길게는 인류의 개선, 짧게는 쿠바의 해방이라는 목적을 가진 낙관론자였는데, 이를 위해 그의 모든 노력을 바쳤다. 이는 그가 시를 그토록 사랑하였음에도 불구하고 왜 그의 대부분의 작품이 실제적인 성격을 띠고 있는가를 설명해 준다. 따라서 마르띠의 시는 그의 생애와 연관되어 연구되어야 한다. 인간 마르띠와 정치가 마르띠는 분리될 수 없다. 마르띠를 보편적인 모데르니스모 흐름으로부터 분리시키는 근본적인 요인도 인간을 사회의 일원이자 역사발전의 동인으로 보는 그의 시각이다. 그는 인간은 역사를 부정할 수도, 자신의 행위의 결과로부터 도피할 수도 없다고 믿었다. 인간은 진실의 화신이어야 하며, 이로 인해 수반되는 많은 고난을 통해 신념으로 화해야 한다. 그러나 마르띠에게 있어서 시의 개념은 정치적 행위의 대체물이 아니다. 시는 가면도 의식도 아닌 긍정인 것이다. 마르띠를 진정한 〈아메리카의 목소리〉라고 평가하는 이유도 바로 여기에 있다.

1895년 마르띠는 미국을 떠나 막시모 고메스 장군이 지휘하는 해방원정에 참가하였으며, 조국 쿠바의 독립을 보지 못한 채 그해 5월 보까 데 도스 리오스 전투에서 사망하였다.

2.3 호세 아순시온 실바

호세 아순시온 실바 José Asunción Silva(1865~1896)는 1865년 보고타에서 태어났다. 상업에 종사했던 그의 아버지 리까르도 실바는 문학에 호감을 가지고 있었으며, 그의 집에서는 호르헤 이삭스, 라파엘 뽐보, 호세 마누엘 마로낀 등 문인들의 모임이 잦았다. 이처럼 지극히 문학적인 환경에서 자란 실바는 일찍부터 시를 쓰기 시작했다. 처녀작은 그가 겨우 열살이었을 때 쓴 「첫 영성체 Primera comunión」(1875)로, 이 작품에서는 베께르의 영향이 엿보인다. 실바는 중학교를 채 마치지 못한 채 아버지의 장사를 돕게 되었다. 1878년부터 1883년까지 그는 낮에는 일을 하고 밤에는 독서로 시간을 보내는 생활을 계속했다. 이때 그는 프랑스의 낭만주의 작품을 읽었으며, 베랑제 Béranger, 빅토르 위고, 모리스 드 게렝의 작품을 번역하였다. 그럼에도 불구하고 그의 초기 시에 지배적인 영향을 미쳤던 것은 프랑스 작가가 아니라 스페인 작가, 특히 베께르였다. 이러한 영향은 때때로 하이네의 영향과 결합되어 얼마간 지속되었으며, 「움직이지 않는 별들 Estrellas fijas」, 「웃음과 눈물 Risa y llanto」, 「독자의 귀에 Al oído del lector」, 「황혼 Crepúsculo」 등의 시에서 그 흔적을 찾아볼 수 있다. 그 밖에 또 다른 스페인 작가의 영향이 실바의 시에서 발견되는데, 다름아닌 호아낀 마리아 바르뜨리나 Joaquín María Bartrina(1850~1880)의 영향이었다. 바르뜨리나는 심오한 비극적 감정과 더불어 시에서 학술용어의 사용을 유행시킨 인물이었으며, 「고통스러운 물방울들 Gotas amargas」에서 실바는 그의 흔적을 두드러지게 보여준다.

18세에 실바는 유럽으로 향했으며 파리와 런던, 그리고 스위스의 여러 도시들을 두루 방문했다. 2년 후 콜롬비아로 돌아왔을 때 그의 짐 속에는 스탕달, 플로베르, 공쿠르 형제, 에밀 졸라 등 프랑스 현대작가들의 책이 상당수 들어 있었다. 이렇게 해서 그는 프랑스의 당대 문학조류를 수용하게 된다.

또한 프랑스의 영향에 영어권 작가들의 영향을 덧붙일 수 있다. 이는 실바의 정확한 영어 구사능력 덕분이었다. 영어권 시인이 그의 시에 깊이 영향을 미쳤다면 다름아닌 에드가 앨런 포일 것이다. 실바의 「고인의 날 Día de difuntos」에는 포의 「종 The Bells」의 영향이 나타나 있다. 기본적인 사유의 전개에 있어서 두 작품은 상당히 흡사하다. 그러나 율격에 있어서는 차이를 보인다. 즉 「종」에서는 고정된 운율이 사용되고 있으나 「고인의 날」에서는 14음절에서 16음절까지 다양한 운율의 조합을 볼 수 있다. 이 같은 운율의 변화는 의성효과를 가져와 각각의 종의 상이한 토운을 느끼게 하였는데, 포는 이러한 효과를 다른 방식으로 이루어 냈다. 이처럼 포와 실바의 외적인 시형식에서 발견되는 상이한 결과는 두 시인을 연결시킬 수 있는 정신적, 이념적 친연성과 대조를 이룬다. 포는 밤의 시인이었다. 그의 대다수의 시에 밤이 나타나 있기 때문이기도 하지만 무엇보다 그의 시에 그림자와 신비가 드리워져 있기 때문이다. 마찬가지의 그림자와 신비를 실바의 시에서도 발견할 수 있다. 「야상곡 Nocturno」, 「야경 Ronda」, 「소야곡 Serenata」, 「달빛 Luz de luna」, 「한밤의 꿈 Midnight dreams」, 「고인의 날」은 그 대표적 예이며, 이들 시에서 시인은 자연과 운명의 영원한 신비에 대해 별과 대화를 시도한다.

1886년 실바가 유럽에서 돌아왔을 때 그의 아버지의 사업은 1885년 내란의 피해로 심각한 상황에 처해 있었다. 그래서 실바는 아버지를 도와 다시 가게에서 일하게 되었다. 그러나 그의 아버지는 1887년 사업을 거의 파산의 상태로 남겨둔 채 세상을 떠났고 실바는 스물둘의 나이에 집안의 가장이 되었다. 그 사업도 실바의 수완 부족으로 7년 후 그의 재산이 압류됨으로써 파국을 맞았다. 이후 그는 라파엘 누네스와 미겔 안또니오 까로의 도움으로 베네수엘라 주재 콜롬비아 공사의 서기직을 얻었다. 사업에 몰두했던 7년은 실바의 생애에서 가장 활발한 작품활동이 이루어진 시기였다. 이 시기에 그는 시뿐만 아니라 산문에도 손을 대 톨스토이, 피에르 로티, 아나톨 프랑스에 대한 글을 남기고 있다. 사업에 대한 우려에서 벗어난 후 카라카스에서의 짧은 체류기간 동안 실바는 정열적으로 글쓰기에 몰두했으나 출판된 것은 거의 없다. 이즈음 베네수엘라의 문학을 선도하는 잡지 ≪코스모폴리스 Cosmópolis≫의 사람들과 친분을 맺었다.

한편, 1894년 중반에 콜롬비아의 잡지 ≪강독 La Lectura≫은 실바의 시「야상곡」을 실었다. 이 시의 형태는 이제껏 사용되지 않은 새로운 것이었다. 4음절, 8음절, 12음절, 16음절, 20음절의 시행이 혼합된 탄력있는 이 작품은 독자들을 당혹시키기에 충분한 것이었다. 「야상곡」은 보고타와 카라카스의 문학 동호회에서 열띤 논쟁을 불러일으켰다. 기존의 시형태를 신성한 것으로 생각하고 그 틀에서 벗어난 시를 이해하지 못하는 이들은 실바의 시를 기괴한 것으로, 일종의 탈법행위로 몰아붙였다. 반면, 새로운 것에 보다 개방적인 정신을 가진 이들은 실바의 시에서 보이는 새롭고 우아하고 조화로운 형식뿐만 아니라 매 행마다 배어나는 깊은 서정적 감동을 발견하였으며 그의 숭고한 표현 속에 진정한 시가 존재함을 지적했다. 그러나 「야상곡」이 중남미 전역에 즉시 알려진 것은 아니었다. 2년 후 그의 자살소식이 널리 퍼지기 직전까지도 실바는 그다지 알려진 인물이 아니었다. 콜롬비아에서조차 한 시선집에 그의 이름이 훌리오 플로레스, 곤살레스 까마르고 등 당대의 다른 시인들과 함께 올라 있었음에도 불구하고 한 신문은 그의 사망소식을 알리면서 〈그가 시를 썼던 것 같다〉고 덧붙일 정도였다.

그러나 어쨌든 실바의 이름은 「야상곡」과 더불어 알려지기 시작했으며, 모데르니스따 동호회에서 환영을 받았다. 섬세한 감각과 산뜻하고 숭고한 감동을 보여주는 이 시의 음악성은 한결같은 경탄과 열광을 불러일으켰다. 실바는 이 작품에서 상징을 거의 사용하지 않고 낭만주의적 방식으로 자신의 심리를 반영하는 풍경을 묘사한다. 그의 독창성은 이미 지보다 형식에서 더욱 두드러지는데, 그는 다리오보다 훨씬 더 과감하게 전통적 율격과 시형식을 거부하면서 유려한 음악성을 획득한다. 「야상곡」은 중남미 현대 서정시의 걸작으로 평가되었으며, 특히 그의 탄력 있는 형식은 루벤 다리오, 호세 산또스 초까노 등 당대의 거장들에 의해 채택되기도 하였는데, 루벤 다리오의 「승리의 행진 Marcha triunfal」이 그 좋은 예이다. 「야상곡」의 우수는 시인이 좋아했던, 3년 전에 죽은 누이 엘비라에 대한 회상에 기초한 것이다. 실바의 또 다른 시 「야경」 역시 죽은 여인을 회상하는 것이지만 이 시가 1889년 11월에 씌어진 것이고 엘비라가 1891년 1월에 죽었으므로 엘비라와는 무관하다. 또한 「야경」에는 「야상곡」과는 반대로 육체적 사랑이 표현되어 있다. 흔히 실바가 「말해 다오……Dime……」라는 제목을 붙인, 감각적 유희가 두드러지는 시작품은 제1야상곡으로 불리며, 「야경」은 제2야상곡, 그리고 진짜 「야상곡」은 제3야상곡으로 간주된다.

1895년 1월 실바는 아메리께호를 타고 보고타로 향했다. 그러나 이 배의 난파로 그는 아직 출판되지 않은 작품을 몽땅 잃어버렸다. 이것들은 실바가 가장 훌륭한 것이라고 평가한 것들로 『검은 이야기들 Cuentos negros』, 『육신의 시 Poemas de la carne』, 『죽은 영혼들 Las almas muertas』, 그리고 후에 다시 쓰게 될 그의 소설 『식후에 De sobremesa』가 여기에 속한다. 보고타에 돌아온 그는 다시 한번 자신의 사업수완을 시험해보고자 시멘트와 포석 공장을 세웠으나 사업은 번창하지 못했다. 이 시기에 속하는 작품으로는 볼리바르의 영광에 바치는 「동상 앞에서 Ante la estatua」가 있으며, 이 작품은 그의 시 중 유일하게 영웅적 토운을 지니고 있다.

1896년 5월 24일 실바는 침대에서 자살한 채로 발견되었다. 그는 일생 고통과 재난밖에 알지 못했다. 부유한 집안의 장남으로서 가세가 기우는 것을 지켜보았고 그의 노력은 번번이 실패로 끝났다. 그의 형제들 중 셋은 어린 시절에 이미 죽었으며 사랑하는 누이 엘비라는 한창 젊은 나이에 세상을 떠났다. 이후 그의 가장 훌륭한 문학작품들이 조난 속에 상실되었다. 그러나 그 어느것도 그의 자살 결심의 결정적인 동기가 될 수 없다. 분명한 것은 실바가 죽음에 대해 강박관념을 가졌으며 그의 시에 이것이 드러나 있다는 점이다. 이 강박관념은 암울한 비관주의와 결합되어 끊임없이 그의 시에 나타난다. 그 때문에 이따금 그는 자신보다 훨씬 열등한 바르뜨리나의 발자취를 따르는 것이다. 그가 테니슨을 번역하면 이는 바로 고인들의 고요한 목소리를 기억하기 위해서였다. 마찬가지로 포로부터 영원히 빛나는 죽은 여인의 눈에 대한 아이디어를 받아들였다. 그러나 포가 그 눈을 삶 속에서 빛나는 것으로 보았다면 실바는 그것을 무덤으로부터 보았다.

모데르니스모 운동에서 운율의 혁신자로서 실바의 의미는 크다. 다양한 율격의 사용은 이제까지 스페인어에서 꿈꿀 수 없었던 음악성을 획득하였다. 그러나 무엇보다 실바는 스페인어 시에서 현대적 비관주의의 최고봉을 의미한다. 삶의 고뇌와 내세에 대한 불안은 모데르니스모에서 부단히 표명되고 있다. 루벤 다리오와 훌리안 델 까살 같은 시인들의 경우에는 그러한 비관주의가 열정적으로 표출된 반면, 실바에게서는 심오한 철학을 담은 환멸로 정점에 달하는데 이는 19세기 후반의 사상적 동향의 반영이다. 19세기가 마감될 때까지 이 같은 동향 내에서는 두 개의 우상이 숭배되었다. 하나는 유일한 진리라고 믿었던 과학이며, 다른 하나는 인류 앞에 무한한 가치를 보여준 유기적 진보였다. 실바는 흥미있게 분트를 연구했으며 철학에서는 콩트, 스펜서, 쇼펜하워, 니체의 열렬한 독자였고 시에서는 하이네, 보들레르, 베를렌, 말라르메의 작품을 즐겨 읽었다. 반식민지적 상황에 적응하지 못했던 실바는 현대 정신의 격렬한 고뇌와 불안의 표현을 결정적으로 모데르니스모에 결합시킨 장본인이었으며, 이로 인해 모데르니스따들 중에서 낭만주의의 뿌리에 가장 근접한 시인으로 평가되기도 한다.

2.4 훌리안 델 까살

훌리안 델 까살 Julián del Casal(1863~1893)은 아바나에서 사탕수수 농장
을 경영하는 바스크계 스페인인의 가정에서 태어나 농장이 파산할 때까
지 매우 안락한 환경에서 성장하였다. 어머니는 그의 출생 이후 급격히
쇠약해져 그가 다섯 살이 되었을 때 세상을 떠났다. 까살은 예수회 학교
에서 고등학교를 마쳤는데 그의 예수회 학교 동료들은 모두가 부유했다.
이러한 성장배경은 그에게 시에 대한 예찬과 더불어 귀족적인 태도를 부
여한 원인이 된 듯하다. 열여섯 살 때는 급우 아르뚜로 모로와 함께
≪학생 El Estudiante≫지의 편집을 맡으면서 여기에 자신의 초기 시와 산
문을 발표하였고, 2년 후에는 ≪수필 El Ensayo≫지에 시작품을 실었다.
마누엘 데 라 끄루스는 까살의 시교육이 누네스 데 아르세의 조형적 시
와 더불어 시작되었다고 지적하였지만, 사실상 까살의 시에서 누네스
데 아르세의 흔적을 찾아보기란 어렵다. 반면, 그의 청년기 후반에 발표
된 시작품에서는 호세 소리야의 영향이 보인다.

까살이 초기 시를 쓸 무렵에는 제1차 쿠바 독립전쟁이 끝나가고 있었
으며, 그의 시에서도 간헐적으로 들리는 정치적 격동의 메아리를 발견
할 수 있다. 그의 정신적 태도는 독립주의적인 것이었고, 비록 내성적이
고 우수에 찬 시인이었지만 구띠에레스가 말하는 소위 〈시의 칼〉을 휘두
르는 데 주저하지 않았다. 고등학교를 마친 까살은 법학을 공부하기 위
해 대학에 입학했으나 1년 후 공부를 중단하였다. 그 같은 규율에 필요
한 성향을 갖추지 못한데다 가세가 기울고 1885년 아버지의 죽음을 맞았
기 때문이다. 이즈음 그의 시는 문인들의 주의를 끌기 시작했다. 그는
일간지 ≪우아한 아바나 La Habana Elegante≫에서 절친한 친구인 시인 엔
리께 에르난데스 미야레스와 함께 일했으며, 1886년 이후에는 시인 마누
엘 세라핀 삐차르도와 함께 ≪엘 피가로 El Fígaro≫지에서 일했고 대중지
≪캐리커처 La Caricatura≫에서 일하기도 했다.

까살은 자신의 환경에 잘 적응하지 못하였다. 그는 식민체제를 배척하고 쿠바의 독립을 염원했으며, 군인장교들 주변 세계의 경박한 삶에 혐오를 느꼈고, 파리를 동경했다. 또 그는 ≪누벨 리뷰 La Nouvelle Revue≫의 한결같은 독자였으며, 파리, 페테르부르크, 런던, 베를린, 마드리드, 로마 등 유럽의 주요도시들에 대한 서적에 강한 흥미를 보였다. 이국적인 아바나에서 그는 자신의 시를 통해 일본 여인들을 노래하고 동양적인 분위기를 창출함으로써 이국적 특성을 길렀다. 그는 아득한 이국적 문명의 관능적인 감각에 둘러싸이고 싶어했고 그것을 흡수하고 그것에 몰두하고 싶어했다. 그러나 실제로 그는 어떠한 도피도 시도할 수 없었으며, 딱 한 번 마드리드에 갔을 뿐이다. 질병은 그의 생활 전반에 큰 영향을 미쳐 자신이 〈끝없이 자동차의 소음을 들으면서, 높은 벽과 포장된 도로에 둘러싸인〉 포로와 같은 존재라는 느낌을 더욱 강화시킨 듯하다. 이처럼 까살에게 있어 일상적 체험의 거부는 죽음에 대한 예감과 맞닿아 있었던 것이다.

까살은 세 권의 시집을 발표했는데, 『바람에 날리는 잎새 Hojas al viento』(1890), 『눈 Nieve』(1892), 그리고 그의 사후에 나온 『흥상과 서정시 Bustos y Rimas』(1893)가 그것이다. 루벤 다리오가 스페인 여행길에 잠시 아바나에 들렀을 때 개인적으로 그를 알게 되었으며, 다리오의 시와 같이 그의 시에서도 에로틱하고 감각적인 요소가 눈에 띈다. 까살의 시는 감각적 유혹과 가시적 세계에 대한 거부 사이를 끊임없이 방황하고 있다. 모데르니스모 계열의 다른 많은 시인들처럼 까살이 경험에 대해 가지고 있는 시각은 이상주의적인 것이었다. 그에게 있어 가시적 세계는 너무나 불완전하며 도피해야 할 대상이다. 그러므로 상상의 세계는 존재의 유일한 목적으로 화하며, 인간사회는 투쟁과 야망, 질투로만 이해될 수 있다. 이처럼 보편적 삶에 참여하는 것을 혐오한 그의 정신적 태도는 죽음을 다루고 있는 그의 시에 반영되어 있듯이 그의 질병에 기인한다. 그는 젊은 나이에 결핵으로 죽었으며, 그의 시는 자신의 죽음에 대한 예견으로 어두운 색채를 띠고 있다.

죽음과의 대면 속에서 순수함이나 신앙은 사라지고 그는 다만 신을 저주할 뿐이다. 그러나 비록 부정적인 측면으로 나타나기는 하나, 이같은 신성모독 속에 일종의 신앙이 함축되어 있다. 죽음과 질병과의 고독한 투쟁 속에서 나날을 살아간 그가 겪어야 했던 정신적 황폐 속에서 예술은 그에게 남아 있는 유일한 종교였다. 이처럼 까살은 현대의 삶을 거부하는 모데르니스모의 경향을 가장 극단적으로 보여주며, 예술을 통해 자연에 도전함으로써 스스로가 창조해 낸 이국적 세계로 도피했던 모데르니스모의 대표적 시인이다.

2.5 살바도르 디아스 미론

디아스 미론 Salvador Díaz Mirón(1853~1928)은 베라끄루스 지방에서 출생했으며 일찍이 정치에 참여하였다. 그는 스스로를 대중의 정치적, 문학적 목소리를 대변하는 멕시코의 빅토르 위고라 생각했다. 따라서 그에게 있어, 시인이 된다는 것은 미래의 보다 광대한 시각을 위해 자신을 희생한다는 것을 의미했다. 이러한 역사주의적 시각은 모데르니스모 시 전반을 지배했던 반역사주의적 시각과는 근본적으로 다른 것이다. 따라서 언뜻 보아서는 디아스 미론이 왜 모데르니스따 시인에 포함되는지 이해하기 어렵다. 그를 모데르니스모에 포함시키는 데는 그의 글쓰기 방식보다는 그가 19세기 말에 창작활동을 했다는 시기적 요인이 더 크게 작용했다고 보는 것이 타당할 것이다. 그의 시는 수사적이며, 테마는 곧잘 자연주의로 흐른다. 그는 이 시기의 모든 시인들 중 사실주의 혹은 자연주의 소설의 정신에 가장 근접해 있으며, 결정론적 세계관은 그러한 소설작가들의 시각과 유사하다.

1892년에 디아스 미론은 그의 생애에서 결정적인 사건을 맞게 된다. 선거전에서 그의 경쟁자들 중 한 사람을 살해하여 4년간 투옥되었던 것이다. 이 4년의 결실이 바로 『돌멩이 *Lascas*』(1901)이다. 이 시집에서는 이전의 그의 시에서 보였던 낙천적, 수사적 언어가 커다란 변화를 보인다. 인간은 이제 더 이상 삶이란 경기장에서 승리를 쟁취하는 로마인이 아니며, 죽음과 밤, 감옥은 그의 시에서 끊임없이 등장하는 테마가 되었다.

그러나 디아스 미론을 그의 동시대인들과 차별화시키는 가장 큰 특성은 그가 주관적인 예술의 세계로 도피할 수 없었다는 데 있다. 그는 환상을 가지지 않은 채로 인간을 바라본다. 「목가 Idilio」라는 제목의 시에서 그는 충만한 자연, 베라끄루스 지방의 열대풍경 속에 있는 한 하녀를 묘사하고 있는데, 아이러니컬하게도 시인은 그녀도, 그녀를 둘러싸고 있는 사물도 결코 자연의 목가라는 시각에서 보고 있지 않다. 자연은 전혀 품위 없는 것이며 더러운 숫양은 가장 깨끗한 암양과 교접한다. 동물들 사이에서 자라난 처녀는 성욕을 느끼자마자 맨 처음 만난 남자와 성행위를 한다. 성적 차원에서 〈자연적인 것〉을 수락함은 생존경쟁을 받아들임을 의미한다. 약한 짐승은 결국 거대한 새의 발톱에 잡히고 만다는 것, 이는 디아스 미론의 비관적 시각을 반영한다.

2.6 마누엘 구띠에레스 나헤라

루벤 다리오의 『푸름』을 읽고서 환 발레라는 이 시집에 프랑스적 정신성이 용해되어 있다고 말했다. 그러나 발레라는 이 프랑스적 정신성이 마누엘 구띠에레스 나헤라에게서 먼저 나타났음을 알지 못했던 것 같다. 구띠에레스 나헤라 Manuel Gutiérrez Nájera(1859~1895)는 젊은 시절 언어의 탄력을 다스림에 있어 발레라와 뻬드로 안또니오 데 알라르꼰의 발자취를 따랐으므로 그의 스페인어는 세련되고 정확했다. 그러나 그의 유창하고 세련된 산문 및 운문의 정신에는 프랑스적 악센트가 지배적이다. 이같은 두 가지 영향의 혼합으로부터 순수함과 균형과 조화로 가득 찬 그의 문체가 생겨났다.

루벤 다리오는 자신이 〈파리의 단편〉이라 부르는 것을 스페인권 문학에 도입했음을 공표했다. 그러나 장식이 풍부한 『푸름』의 산문은 상당부분 구띠에레스 나헤라에게서 유래한 것이다. 구띠에레스 나헤라의 『덧없는 이야기들 Cuentos frágiles』(1883) 중 어떤 것은 비록 무대는 파리가 아니었지만 바로 그러한 경향이 싹트고 있음을 보여주고 있으며, 서간문 형식으로 씌어진 「어느 합창단원의 이야기 Historia de una corista」의 경우도 마찬가지다.

당대의 거장이었던 후스또 시에라 Justo Sierra는 구띠에레스 나헤라에게 뛰어난 재능이 있음을 지적하고 그것을 우아함 gracia으로 정의했다. 그에 따르면, 그것은 날렵하고 경쾌한 리듬을 작품 전체에 전하는 일종의 영혼의 미소로서 빛과 같이 무형의 물결을 타고 문체 구석구석까지 침투하여 마치 쉽사리 극복된 역경과 같은 인상을 영혼에 유발함으로써 환희와 매혹을 느끼도록 하는 마술을 걸어온다. 다시 그의 말을 빌리면, 구띠에레스 나헤라는 〈행복에 대한 열망으로 괴로워했던 시인〉으로 비록 자신이 태어난 멕시코를 벗어난 적은 없지만 모데르니스모 시인들 중 가장 세계주의적인 인물이었다.

구띠에레스 나헤라는 1859년 멕시코시티에서 출생하였으며, 어렸을 때부터 산따 떼레사, 산 환 데 라 끄루스, 프라이 루이스 데 레온, 환 데 아빌라, 프라이 루이스 데 그라나다, 뻬드로 말론 데 차이데, 그리고 그 밖의 스페인 신비주의자들의 작품을 탐독하는데, 이는 그가 성직에 몸담는 것이 어머니의 소망이었기 때문이다. 그러나 열두 살 때부터는 다른 고전작가들과 더불어 뻬드로 안또니오 데 알라르꼰, 호세 소리야, 베께르, 누녜스 데 아르세, 환 발레라, 뻬레스 갈도스와 같은 스페인 현대작가들을 두루 섭렵하였다. 또한 어린 시절 이미 프랑스어를 익혔으며, 라틴어 역시 막힘 없이 읽을 수 있었다. 그 덕분에 고전작가들뿐만 아니라 빅토르 위고, 라마르틴, 뮈세, 그리고 생 빅토르, 고티에, 보들레르, 베를렌 등은 그에게 매우 친숙한 이름이었다. 어쨌든 그는 고전 독서에 상당한 애착을 가지고 있었으며, 후에 프랑스 작가들만을 집중적으로 탐독하는 호세 환 따블라다에게 고전작품들을 소홀히 하지 말 것을 충고하기도 한다.

구띠에레스 나헤라는 어머니의 소망에도 불구하고 성직자의 길을 걷지 않았으며 다만 어머니로부터 얼마간의 신비적 영향만을 물려받았다. 그가 태어나던 해에 멕시코에 개혁법이 공포되었으며 대중교육이 확립되었다. 또 그가 청년기에 이르렀을 때 멕시코에 실증주의가 세력을 뻗치고 있었다. 오귀스트 콩트, 르낭, 그리고 그 밖의 사상가들의 독서는 그가 물려받은 신비적 성향에 상처를 주었으나 18세의 젊은 나이에 그는 심오한 종교적 영감의 시 「십자가 La cruz」, 「마리아 María」, 「신 Dios」, 「내 어린 시절의 신앙 La fe de mi infancia」 등을 쓰기도 했다. 이후 그의 정신에 의혹이 생겨났고 그가 새로운 독서에 몰두할수록 의혹은 커져갔다. 그러므로 어린 시절 그의 믿음을 뒤흔들었던 지적 드라마가 그의 시에 널리 퍼져 있음은 전혀 이상한 일이 아니다.

또한 그는 20세가 채 안 되어 언론에 입문하였으며, 이후 평생 그 일을 계속했다. 그는 《미래 El Porvenir》, 《자유주의자 El Liberal》, 《목소리 La Voz》지의 동인이자 유명한 모데르니스모 잡지인 《푸름지 Revista Azul》의 창간인이었으며, 휘트먼, 톨스토이, 고티에, 도데 등을 번역하여 출판하기도 했다. 1888년 프랑스계 여인 세실리아와 결혼하였으며 여기서 두 딸을 얻었다. 그는 19세기 말 파리의 호화로움과 세련됨을 멕시코 땅에 이식하였다. 그의 『시전집 Poesías completas』 서문에서 그의 친구이자 예찬자인 후스또 시에라는, 멕시코의 상류층이 프랑스와 프랑스 문화를 통해 교육받는 경향이 있다는 사실을 염두에 두고, 자연스러움이야말로 구띠에레스 나헤라의 프랑스화라고 설명했다. 그는 짧은 국내여행을 제외하고는 여행을 해본 적이 없었으니 한 번도 파리에 가보지 않은 파리지앵이라 할 수 있을 것이다.

또한 그는 멕시코 여행을 통해 장식적이고 회화적인 문체의 기행문을 탄생시켰는데, 이 글은 『공작 욥 경의 특별한 여행 *Viajes extraordinarios de Sir Job, Duque*』이라는 제목으로 불리게 되었다. 욥 공작은 다름아닌 그의 가명으로, 구띠에레스 나헤라가 태어난 1859년 파리에서 상연된 바 있는, 오늘날에는 잊혀진 레온 라야라는 프랑스 작가의 희곡 제목에서 따온 것이다. 기행문 외에도 욥 공작은 〈설교 sermones〉라 불리는 기발하고 독창적인 글을 쓰기를 좋아했다. 그의 첫 작품집은 『덧없는 이야기들 *Cuentos frágiles*』(1883)이며, 그 밖에 1890~1894년에 대부분 신문에서 빛을 본 『연기빛 이야기 *Cuentos de color de humo*』가 있다. 또 그의 생애 말기의 기록문은 1893년 12월에서 1895년 1월에 ≪세계 *El Universal*≫지에 일요일마다 퍽 Puck이라는 가명으로 실렸다.

1894년 까를로스 디아스 두포는 ≪푸름지 *Revista Azul*≫를 창간하였는데, 이 잡지는 모데르니스모 운동의 울타리 역할을 했다. 여기서 그는 후스또 시에라, 이그나시오 마누엘 알따미라노, 그리고 젊은이들에게 존경받고 있던 아마도 네르보, 마누엘 호세 오똔, 살바도르 디아스 미론 등과 함께 일했다. 구띠에레스 나헤라는 잡지를 창간한 다음해에 사망하였으며, 이 잡지는 많은 극작품과 『힘찬 이야기들 *Cuentos nerviosos*』(1901)의 작가인 디아스 두포의 주도 아래 1896년 10월까지 계속해서 발행되었다. 잡지명은 파리에서 발행되었던 ≪리뷰 블뢰 *Revue Bleue*≫를 그대로 따랐으나 틀림없이 루벤 다리오의 『푸름』을 비롯하여 다른 상황들이 그 이름의 선택에 영향을 미쳤을 것이다. 구띠에레스 나헤라는 아마도 색채에 대해 각별한 관심을 가진 최초의 아메리카 시인이었을 것이다. 그의 시 「하얀 뮤즈 Musa blanca」, 「백. – 창백. – 흑 Blanco. - Pálido. - Negro」, 「백색에 관하여 De blanco」나 그의 흥미로운 기록문 「하늘은 몹시 푸르다 El cielo es muy azul」, 「장미빛 연대기 Crónica color de rosa」, 「비터 색깔의 연대기 Crónica color de bitter」, 「천가지 빛깔의 연대기 Crónica de mil colores」, 「죽음의 빛깔의 연대기 Crónica color de muerto」 등은 색채에 대한 그의 관심이 어느 정도였는가를 잘 보여준다. 그 밖에도 그는 『푸른 책에 대하여 *Del libro azul*』라는 제목으로 젊은 시절의 글을 엮기도 했다. 그의 작품의 이 같은 면모에서 고티에의 영향을 명백하게 확인할 수 있다.

19세기의 정신적 위기와 더불어 신앙의 갈등에 시달렸던 구띠에레스 나헤라는 무엇보다 낭만적 기질의 소유자였으며, 그에게 미친 뮈세의 영향은 심오한 것으로, 그의 시작품 전부를 지배한다 해도 과언이 아니다. 그 밖에도 다른 영향들이 이따금 눈에 띄지만 그다지 지속적으로 나타나지는 않는다. 코페, 빅토르 위고, 멘데스의 작품 등을 번역했으나 그의 작품에는 이들 세 작가의 직접적 흔적은 나타나지 않는다. 또한 스승이었던 후스또 시에라도 그에게 영향을 주었다. 후스또 시에라는 당시 많은 작가들의 길잡이였는데, 시인으로서 탁월한 인물은 아니었으나 율동적이고 음악적인 리듬의 시작품을 만들어냈다. 구띠에레스 나헤라는 바로 후스또 시에라가 사용했던 방법(5음절 + 5음절로 구성된 10음절 시행)에 호감을 가졌으며, 때문에 「프롤로그 Prólogo」, 「사랑에 대하여 De amores」, 「세실리아에게 A Cecilia」, 「초록빛 요정 El hada verde」 등의 작품에서는 종종 이 방식이 눈에 띈다. 또 다른 형태의 10음절 행 역시 그가 선호하는 것으로 애국적, 전투적 내용의 노래 「죽음의 물결 Ondas muertas」 등의 시에 사용되었다. 이 운율을 사용한 작품은 기법의 구사라는 측면에서 앞의 시작품들을 능가한다. 이전의 작품들에서도 구띠에레스 나헤라가 만물의 영혼 깊숙이 숨겨진 조화로운 메아리를 들려주기는 하였으나, 이처럼 깊고 섬세한 암시를 통해 그 효과를 달성하지는 못했다. 이 운율을 사용하면서 그 같은 암시에 의성어의 효과까지 덧붙여짐으로써 비로소 영혼의 메아리는 보다 완성된 형태로 독자에게 전달될 수 있게 되었다. 또한 14음절 시행도 사용하였다. 그러나 그가 즐겨 사용한 것은 무엇보다도 11음절과 8음절 시행이었다. 그의 160여 작품 중 35개가 8음절 행을, 90개가 11음절 행을 사용하였음이 이를 증명해 준다.

이미지의 독창성, 새로운 서술방식, 평범하지 않은 운율조합으로 구띠에레스 나헤라는 문학 쇄신에 기여하였다. 그러나 그의 시의 가장 커다란 장점은 애조 띤 음악적 토운이 그의 기본적 재능, 즉 우아함gracia과 짝을 이룬다는 데 있다. 그가 중남미 문학에 미친 영향은 나양하다. 모데르니스따이건 아니건 많은 작가들이 그를 모방함으로써 〈구띠에레스 나헤라식〉 글쓰기가 유행하였으며, 그의 시적 아이디어 중 상당수가 다른 시인들의 영감의 출발점이 되었다. 또한 셰익스피어 비극의 주제들이 당시 중남미 시에서 유행한 것도 상당부분 구띠에레스 나헤라의『햄릿이 오필리아에게 Hamlet a Ofelia』(1888)에서 비롯된 것이었다.

이처럼 구띠에레스 나헤라의 시가 끼친 영향은 매우 컸으나 그의 산문이 모데르니스모 내에서 갖는 의미에 비하면 미약한 것이었다. 시의 경우 대담성과 자유로운 율격의 혁신에 있어서 상당수의 시인이 그를 능가했다. 하지만 산문의 혁신에 있어서는 오로지 호세 마르띠에게 길을 비켜주었을 뿐이다. 우리가 〈파리풍〉이라 부를 수 있는, 그리고 다리오의『푸름』에서 절정에 달하는 모데르니스모 산문은, 비록 더 세련되어 보이기는 하지만, 구띠에레스 나헤라에게서 싹튼 것이다. 모데르니스모에서 혁신을 불러일으키는 데 결정적 역할을 했던 호세 마르띠의 산문의 영향은 재치 있게 언어를 다루는 방법을 가르쳐주었던 구띠에레스의 영향과 어깨를 나란히 한다. 모데르니스모 시기의 산문작가들에게서 이같은 두 가지 영향이 융합된 흔적을 발견하는 것은 그리 어려운 일이 아니다.

2.7 루벤 다리오

루벤 다리오Rubén Darío(1867~1916)의『푸름Azul』이 발표된 1888년과 그가 사망한 1916년은 각각 모데르니스모의 절정과 쇠퇴를 의미한다. 그는 모데르니스따라는 말을 만들어냈으며, 중남미와 유럽을 부단히 여행함으로써 다양한 국적의 시인들을 모데르니스모라는 하나의 흐름으로 묶어주는 연결고리로서의 역할을 했다. 또한 다른 시인들에게서는 서로 분리되어 등장하는 세련되고 정제된 것에 대한 경탄, 신앙에 대한 회의, 종교의 대체물로서의 시, 상호 모순된 것을 하나의 미적 조화로 변화시키는 능력 등 모데르니스모 운동의 다양한 양상들이 루벤 다리오라는 한 인물 안에서 합류하고 있다. 하나의 원칙만을 고수했던 마르띠와 달리 다리오는 국민시인에서 고독한 추방자가 될 수도 있었고, 관능적 사랑을 노래하는 시인에서 종교적 죄책감으로 괴로워하는 시인이 될 수도 있었다. 또한 그는 〈세계인〉으로서의 자신의 위치를 반영하듯, 고답파에서 상징주의까지, 빅토르 위고와 고티에로부터 르콩트 드 릴르와 카스트로Eugenio de Castro에 이르기까지 많은 영향을 흡수하였으며, 고풍스런 시형식의 모방에서부터 16음절의 소네트까지 모든 유형의 시를 시도하였다.

　루벤 다리오는 1867년 니카라과의 메따빠에서 출생하였고, 어린 시절 부모의 별거로 할머니의 손에서 자랐으며, 곧 수도 마나구아로 이주하여 시인으로서의 길을 걷게 된다. 얼마 후 산 살바도르에 초청되어 프랑스 시, 특히 빅토르 위고의 시를 많이 접하였다. 그러나 그의 삶이 지역적 한계를 벗어나게 된 것은 1886년 칠레의 산띠아고를 방문하게 되었을 때였다. 이즈음 그는 아직 자신의 시의 정확한 방향을 잡지 못한 채, 「어느 노동자에게 A un obrero」와 같은 사회시와 빅토르 위고에게 바치는 시들 사이에서 동요하고 있었다. 그러나 그가 시와 단편모음집인 『푸름』(1888)을 발표한 것은 바로 산띠아고에서였다. 그리하여 마침내 국제적 명성을 지닌 스페인 비평가 환 발레라의 주목을 끌게 되었다. 당시의 루벤 다리오의 시를 단 한마디로 정의하기는 힘들다. 그는 다양한 특성을 동시에 지니고 있었다. 오늘은 감각적 사랑을 노래하고 내일은 종교적 죄의식에 압도될 수 있는 인간이 바로 그였다. 어쨌든 산띠아고는 그에게 결정적인 체험을 가져다주었다. 바로 이곳에서 그는 대도시에서만 얻을 수 있는 정제된 삶과 이상을 획득한 것이다. 1898년에 씌어진

「바닷일 Marina」이라는 시에는 이제 잃어버린 환상으로서의 지방색이 등장할 뿐이다. 이 시는 다리오의 작품 중 그리 많이 알려진 것은 아니며, 인어들익 노랫소리를 듣지 않기 위해 귀를 막은 이가 율리시즈가 아니라 아킬레스라고 쓰는 오류를 범하고 있다. 그럼에도 불구하고 우리는 〈시인의 적, 바위〉와 〈포도가 익어가는〉 해안과 작별하고 과거의 기억에 귀기울이지 않은 채 경쾌하게 시떼라로 항해하는 배의 이미지에서 그의 가장 내밀한 모습을 발견할 수 있다. 결국 남루한 차림으로 칠레의 수도에 상경했던 촌사람 루벤 다리오는 먼 기억 속으로 사라지고 이제 국제적 명성을 획득한 인물이 그 자리를 메운다.

그는 두번째 결혼 이후 중남미의 가장 중요한 신문 ≪국가 La Nación≫에서 일하며 부에노스 아이레스에서 5년을 보냈다. 1900년에는 그가 첫눈에 반한 도시 파리에 정착했으며, 1907년에는 마드리드 주재 니카라과 대사로 임명되었다. 이 시기에 그는 유럽과 아메리카를 빈번히 왕래했으며, 이 무렵 그에게 남아 있던 유일한 지방색은 빈한한 집안 출신의 스페인 여인 프란시스까 산체스와의 사랑이었다. 그가 목적지로 삼았던 대도시 시떼라는 유럽, 특히 90년대의 파리로 상징되었다. 그러나 이즈음 그는 이미 알콜중독자였으며 마요르까에서 평화를 구하는 병자였다. 거기에다 말년에는 상당한 경제적 궁핍까지 겪어야 했다. 마지막으로 중남미에 돌아왔을 때 그는 패배한 영혼이 되어 있었으며, 니카라과에 도착한 얼마 후인 1916년, 보다 젊은 세대를 통해 유럽의 황혼이 내포했던 가치가 변모되는 것을 채 보기도 전에 죽음을 맞았다.

다리오의 초기작은 대부분 냉소적 성격을 보여주며, 『푸름』 이후 그의 주요 작품집으로는 『세속적 영송 Prosas profanas』(1896), 『삶과 희망의 노래 Cantos de vida y esperanza』(1905), 『방랑의 노래 El canto errante』(1907), 『가을의 시와 그 밖의 시들 Poema del otoño y otros poemas』(1910), 『아르헨티나에 바치는 노래 Canto a la Argentina』(1914) 등이 있다.

모데르니스모는 『푸름』과 더불어 비로소 정의되었다 해도 과언은 아닐 것이다. 젊은 다리오가 칠레에서 출판한 이 작품집은 당시 프랑스 시의 모든 경향을 담고 있으며 시와 단편이 번갈아 등장하는 구조를 가지고 있다. 『푸름』의 시들은 그 영감에 있어 아직 낭만주의적 흔적을 보여주며, 육체적 사랑을 우주의 조화와 연관된 어떤 것으로 찬양하고 악을 삶에 대한 투쟁으로 묘사한다는 점에서 위고의 영향을 많이 받았음을 알수 있다. 또한 시를 「봄의 노래 Primaveral」, 「여름의 노래 Estival」, 「가을의 노래 Autumnal」, 「겨울의 노래 Invernal」 등 사계절의 주기에 맞춘 것역시 낭만주의적이다. 이 중 첫번째인 「봄의 노래」에서, 봄은 삶의 환희이며 삶은 예술보다 우월한 것으로 나타난다. 시인은 인위적인 것을 거부한다. 또한 성애는 신성한 것이며, 신의 사랑의 체현이다. 「여름의 노래」에서는 살바도르 디아스 미론이 보여주었던 동물성의 추한 이미지와는 완전히 다른 방식으로 동물의 사랑을 노래한다. 「여름의 노래」의 비극은 동물이 자신의 본능에 굴복한다는 데 있는 것이 아니라 인간이 동물을 죽인다는 데 있으며, 이는 자연의 조화 파괴를 의미한다. 「가을의 노래」는 향수를 노래한다. 또 「겨울의 노래」는 사계에 도전하는 현대적사랑의 속임수를 노래한다. 이 네 시는 사랑의 네 가지 양상으로 함께고찰되어야 할 것이다. 그럼에도 불구하고 첫번째 시에서만 본능과 그만족감이 자연의 주기와 완벽한 조화를 이루고 있다.

환 발레라는 푸름이라는 빛깔을 빅토르 위고의 〈예술은 푸르다 L'art c'est l'azur〉와 말라르메의 〈나를 사로잡네! 푸름! 푸름! 푸름! 푸름! Je suis hanté! L'Azur! L'Azur! L'Azur! L'Azur!〉이라는 구절과 연결시켰다. 『푸름』에 들어있는 시와 단편에서 다리오는 푸름이라는 빛깔을 이상적인 것, 영원한 것, 무한한 것과 연결시키고 있다. 『파랑새 El pájaro azul』의 작가 가르신은 자살함으로써 자유를 찾는 새를 떠올렸으며 이 새의 빛깔은 다름아닌 푸른빛이다. 1886년 칠레의 ≪시대 La Epoca≫지에 실린 「푸른 나라에서 온 편지 Carta del país azul」에서 다리오는 〈어제 나는 푸른 나라를 방황했다〉고 쓰고 있다. 다리오의 작품에서 이 빛깔은 프랑스어에서 따온 새로운 시어로서 모데르니스모 미학에서 명백한 상징적 의미를 지니고 있다. 푸른 빛은 자연 외의 어떠한 현실과도 무관한 것으로 예술적 상상에 문을 열고 있다. 시인은 성스러운 탑과 같은 존재로 일상생활에서 떨어져 예술가들이 창조한 나라를 향해 나아간다. 그리하여 〈예술은 바지를 입지 않으며 부르주아 언어로 말하지도 않고 모든 i에 점을 찍지 않는다. 예술은 8월이며 황금 망토 또는 불꽃 망토를 걸치거나 혹은 벌거벗은 채 다니며 열로써 점토를 빚고 빛으로 채색한다〉는 새로운 미학을 선언하기에 이른다.

환 발레라는 『푸름』에 프랑스적 정신성이 존재함을 지적했다. 그러나 그는 루벤 다리오가 이 책을 쓰기 전에 파리에 산 적이 없다는 사실에 놀랐다. 그럼에도 불구하고 『푸름』은 파리풍으로 씌어졌으며, 고답파나 상징주의 시인들처럼 언어의 예술이 음악적, 회화적 효과를 획득하도록 하는 데 성공하고 있다. 칠레에서의 젊은 시절 그는 열정적 독서를 통해 자신의 문화적 지평을 넓히고 당대 유럽 최고의 문학들을 섭취할 수 있었으며, 그 중에서도 프랑스는 그가 가장 소망하는 모델이었다. 이는 새로움 안에서 살지 않고서는 모던해질 수 없다는 그의 믿음과 맞닿아 있다. 다리오는 자신이 읽은 모든 것을 스스로의 머릿 속에서 정제하여 나름의 독창성을 획득하기 시작했다. 그 결과 프랑스적 정신성이 두드러짐에도 불구하고 프랑스적 표현성은 존재하지 않으며, 오히려 스페인어의 유연성에 대한 정확한 인식과 세계적 정신으로 충만해 있다는 평가가 가능해진다.

한편, 1896년 부에노스 아이레스에서 『세속적 영송』이 출판됨으로써 모데르니스모 운동은 결정적인 승리를 거두게 된다. 이 시집은 서른세 편의 시를 담고 있으며, 1901년 파리에서 발행된 재판에는 여기에 스물한 편이 추가된다. 『세속적 영송』은 예배의식에서 특정한 의미를 지니는 단어 영송 prosas과 비종교적 특성을 나타내는 형용사 세속적 profanas을 결합시킴으로써 제목에서부터 당시의 통념적인 형식과 테마를 파괴하고

자 하는 열망을 담고 있다. 독창성에 대한 열망은 예술을 삶보다 우위에 두는 그의 가치관에서 시작되는데, 그는 일상적인 모든 것을 거부하고 다양한 테마와 운율의 혁신을 보여준다. 다리오는 여기에서 조형적 색채 감과 신축성 있는 문체, 새로운 리듬의 사용을 통해 순수예술을 추구했다.

이 시집에서 시인은 자신을 피리 부는, 그러나 아무도 듣는 이 없는 그리스 목동에 비유한다. 이것은 부르주아 사회를 거부하고 세계 속에서의 자신의 삶을 부인하는 미학적 태도에서 오는 고독을 의미한다. 이러한 태도의 결과로서 다리오는 이국적 특성에 새롭게 문을 연다. 다리오에게 있어 시인은 숨겨진 우주의 조화를 포착할 수 있는, 이상적 신의 세계와 가시적 세계 사이의 중개자로 간주된다. 그의 시의 또 다른 중요한 테마인 사랑은 그를 먼 나라에의 여행으로 인도한다. 그리스, 로마, 프랑스, 독일, 스페인, 중국, 일본 등 각각의 나라에서 요정과 그리스 여신들, 비단, 황금, 융단, 연 등의 회상이 이루어진다. 이들 먼 나라들의 특징에 대한 다리오의 지식은 책을 통해 얻어진 것이며, 특히 아름다움의 영광으로 가득 찬 그의 정신은 시간과 공간을 초월한 여행으로 그를 초대한다.

『세속적 영송』은 운율의 혁신뿐만 아니라 언어와 상상력 간의 완벽한 조화로써 독자의 감탄을 자아낸다. 다리오는 이 시집에서 언어의 조화와 색감, 암시성을 완벽하게 지배하는 데 성공하였다. 「머리말 Palabras liminares」에서 다리오는 각각의 단어는 영혼을 가지고 있다고 말하고 있는데, 그는 시적 유희를 통해 이를 입증하고 있으며 이 유희 속에서 언어는 탄성을 얻고 빛을 발하게 된다. 『세속적 영송』이후 모데르니스모는 형식과 문학적 내용성에 있어서 최대의 혁신적 총합을 보여주며, 이 영향은 큰 반향을 불러일으켜 모데르니스모 제2세대를 형성하는 계기가되었다.

『삶과 희망의 노래』(1905)에서는 세련된 시어에 집착하던 다리오의 태도가 변화를 겪게 된다. 보다 사색적이고 깊이 있는 미학이 탄생된 것이다. 이 시집은 자전적 고백(「나는 어제 더 이상 말하지 않았던 그 사람이다 Yo soy aquel que ayer no más decía」)에서부터 「승리의 행진 Marcha triunfal」에 이르기까지 열네 편의 시를 기본으로 하며, 여기에 「백조들 Los cisnes」이라는 제목으로 네 편의 시와 〈그 밖의 시들〉 40편이 이어진다. 그리고 이들 시에서는 서정적 테마와 사회적 테마가 번갈아 다루어진다.

이 시집은 다리오의 인간적 성숙을 드러내는 두 편의 시로 시작되고 끝을 맺는다. 첫번째 시(「나는 어제 더 이상 말하지 않았던 그 사람이다」)는 시인의 문학적 기호에 대한 자전적 기술이며, 마지막 시(「숙명성 Lo fatal」)는 인간의 운명에 대한 고뇌에 찬 의혹을 다루고 있다. 이 두 편의 시에서 다리오는 어떤 절대적인 것 앞에 서 있다.

「나는 어제 더 이상 말하지 않았던 그 사람이다」에서 독자는 백조들의 왕국에서부터 내면의 왕국에 이르기까지 시인이 행했던 여행을 하나하나 알 수 있다. 이 시에는 그의 문학과 인생에서의 변화와 갈등이 언급되고 있으며, 조화되지 않는 요소들이 동시에 존재한다. 베르사유, 고대 그리스, 근대 대도시들이 공존하며, 내용면에서는 빅토르 위고의 낭만주의가, 그리고 음악적 표현에 있어서는 베를렌의 상징주의가 존재한다. 이제 그의 초기 작품의 유쾌한 어조는 사라졌다. 가령 「야상곡 Nocturno」에서 시인은 스스로가 덧없는 존재임을 느끼는 데서 오는 고뇌와 불가피한 것 앞에서의 공포를 이야기하고 있다. 〈성스러운 보물〉인 젊음은 이제 다시는 돌아오지 못할 길로 떠나갔으며, 삶의 환희에 이어 죽음에 대한 괴로운 의식이 이어진다.

마지막 시인 「숙명성」은 삶의 불가사의 앞에서 느끼는 성숙한 인간의 고뇌의 절정으로 죽음과 내세에 대한 의문을 제기한다. 이 시에는 수사적 문구나 이국적, 신화적 풍경은 존재하지 않으며, 감정과 지성의 환상에 쫓기는 인간의 황폐함이 묘사되어 있다.

『삶과 희망의 노래』에서는 또한 정치적 성격도 찾아볼 수 있다. 수년 간 외교관 생활을 했으며 아메리카를 두루 돌아보았고 많은 정치가들을 친구로 둔 그는 자신이 태어난 곳의 역사적 현실과 접촉할 기회가 많았다. 중남미의 사회적 문제를 민감하게 느끼고 있던 다리오는 「백조들」에서 북미 팽창의 위험과 북미의 영어 및 실용주의 철학에 대한 우려를 나타냈으며, 「루즈벨트에게 A Roosevelt」라는 시를 쓰기도 했다. 이후 다리오는 미서전쟁을 계기로 촉발된 중남미 사상의 친스페인적 흐름에 발맞추어 언어와 종족의 선조인 스페인에 더욱 애착을 느끼게 되었으며 스페인적 주제에 열중한다. 때문에 그는 아메리카의 아들, 스페인의 손자로 불리기도 했다.

루벤 다리오는 당대의 다양한 혁신적 흐름들을 섭렵했으며 예술을 상업화와 핍진성의 한계로부터 구제하려 했다. 어떤 의미에서는 새로운 영역의 감정들에 다가서기 위해 이국성을 토착화했다는 점에서 가르실라소의 작업을 연상시킨다. 또한 다리오는 그 시대의 한 인간으로서 당대의 종교적, 윤리적 위기를 심도 있게 고발했다. 이로 인해 그의 시는 단순히 유행의 굴종적 모방에 머물지 않고 회의와 고뇌의 진정한 반향이 될 수 있었다.

그는 자신의 내면적 삶을 표현할 필요성뿐만 아니라 백조, 공주, 신화 등의 문학적 전통에 자신을 결합시킬 필요성을 절실히 느꼈다. 그가 중남미인이라는 사실 또한 그를 절충주의자로 만든 요인이었다. 그는 고답파 시인이자 상징주의자였고 퇴폐주의자였으며, 결코 한 학파에 몰두하지 않은 채, 이 모든 것에서 영감을 얻기 위해 자유롭고자 하였다. 그의 개성, 그의 광범위한 활동영역, 그리고 국제적 명성 등을 고려할 때 그를 당대의 예술적 요소들의 촉매적 존재로 규정할 수 있다. 그는 중남미 최초의 진정한 직업작가였으며, 그와 더불어 중남미 문학은 비로소 형식과 언어에 대해 보다 깊은 관심을 가지게 되었다. 이런 의미에서, 현대 중남미 소설의 풍성한 결실도 형식적인 면에 있어서 다리오가 주도했던 모데르니스모에 상당 부분 빚지고 있다.

2.8 레오뽈도 루고네스

레오뽈도 루고네스 Leopoldo Lugones(1874~1938)는 루벤 다리오, 하이메스 프레이레 등과 더불어 모데르니스모의 가장 중요한 시인이다. 사회주의에서 초국가주의적, 군국주의적 견해로 이행해 간 루고네스의 정치적 삶은 작가로서의 그의 이미지를 흐리게 하는 결과를 낳았으나, 그의 문학작품은 격찬 받을 만한 것이었다. 다리오의 친구였던 그는 다재다능함, 정열, 다변, 덕망을 지닌 인물이었으며, 미적 영역과 정치사상의 영역 모두에서 추종자들과 적대자들을 끌어들이는 능력이 탁월했던 인물이다. 그는 스스로를 사상가요 예언자라고 주장하는 특이한 예술가였다.

루고네스는 『황금산 *Las montañas de oro*』(1897)의 발표로 시인으로서 첫발을 내디뎠다. 고답파, 상징주의, 다리오의 영향에도 불구하고 이 시집에는 빅토르 위고처럼 선지자적인 아르헨티나의 목소리가 살아 있다. 이후 『정원의 황혼 *Los crepúsculos del jardín*』(1905), 『감상적 달력 *Lunario sentimental*』(1909) 등의 시집을 잇달아 발표했는데 이들은 그의 시 창작 활동에서 하나의 주기를 구성한다.

『정원의 황혼』에서 루고네스는 용어의 세련주의가 약화되고 에로틱한 관능성과 개인적인 내면성이 두드러지는 시들을 통해 새로운 면모를 보여준다. 그러나 그가 독창적인 시세계를 구축하고 결정적으로 모데르니스모 미학의 혁명을 일으킨 것은 『감상적 달력』을 통해서였다. 기묘한 메타포, 과감한 각운, 아이러니, 기발한 언어유희 등 전위주의 시의 혁신적 분위기가 느껴지는 이 시집은 라몬 로뻬스 벨라르데와 같은 많은 시인들에게 영향을 주었다. 운문과 산문, 심지어 〈가공적 희곡〉이 복합된 대화체 언어의 이 시집에는 반시적 요소가 존재한다. 또한 이 시집에는 군더더기 없는 아주 간략한 서문이 들어 있으며, 여기서 제시되고 있는 그의 시론은 간단명료함, 유머, 그리고 격언에 가까운 근엄한 간결성에 중점을 두고 있다.

루고네스 시의 두번째 주기는 『세속적 송가 *Odas seculares*』(1910), 『충실한 책 *El libro fiel*』(1912), 『풍경에 관한 책 *El libro de los paisajes*』(1917), 『황금빛 시간 *Las horas doradas*』(1922), 『민요집 *Romancero*』(1924), 『옛시들 *Poemas solariegos*』(1927), 『세꼬강의 민요 *Romances de Río Seco*』(1938) 등의 시집을 포함한다. 이들 시에서 루고네스는 전통적 운율을 버리지 않은 채 소박한 주제, 고향풍경 등에 접근했으며 익명의 인물과 그가 정치적으로 이상화했던 조국과의 융합을 시도했다. 특히, 『세속적 송가』는 프랑스 시의 영향을 받은 모데르니스모의 서정주의로부터 벗어나 그의 시가 토착적 사실주의로 복귀하는 전기를 마련하였다. 시인은 앙드레스 베요의 『열대 농업에 관한 시』에서처럼 들판에서의 노동을 노래하고 있으며, 토착적 모티브를 고양시키기 위해 송가라는 신고전주의적 틀 속에 음악성, 메타포, 색채, 빛 등 모데르니스모적 문체 수단을 삽입하고 있다. 자살로 인한 그의 죽음 이후에 출판된 『세꼬강의 민요』 또한 이러한 정신적 긴장을 잘 보여주는 작품집이다.

2.9 훌리오 에레라 이 레이식

우루과이의 가장 훌륭한 모데르니스모 시인이었던 에레라 이 레이식 Julio Herrera y Reissig(1875~1910)은 귀족적 출신 성분을 가졌으며, 어린 시절부터 심각한 심장질환에 시달렸고, 그가 전경의 탑 Torre de los Panoramas이라 이름 붙인 다락방에 틀어박힌 채 방종한 예술가적 삶을 살았다. 교양 있고 세련되었으며 광범한 독서로 다져진 그는 모데르니스모 시에 깊은 영향을 주었던 상징주의자들과 알베르 사맹의 작품을 번역하였으며, 다리오를 격찬하였고, 『감상적 달력』의 루고네스를 모방하였다. 모데르니스모에서 전위주의로의 이행기에 위치하는 그의 시는 자신의 병약한 세계, 불만, 권태, 그리고 거의 초현실주의적 시각으로 인공적 낙원을 향해 도피하려는 욕망을 표현하고 있다. 그에게 있어 시는 기만과 환멸에서 빠져나갈 수 있는 일종의 은신처였다. 이런 의미에서, 앤더슨 임버트 Enrique Anderson Imbert는 〈그는 시를 호흡하고, 시를 먹고, 시 위에서 거닐었다〉라고 말한다. 그에게 있어 시는 일용할 양식이었던 것이다.

『시간의 부활절 *Las pascuas del tiempo*』(1900), 『밤 근행 *Los maitines de la noche*』(1902), 『산의 무아경 *Los éxtasis de la montaña*』(1904~1907), 『바스크 소네트 *Sonetos vascos*』(1906) 등의 작품에서 그는 이상화되었지만, 그럼에도 불구하고 그로테스크한 세계를 창조해 낸다. 이들 시에서는 거의 모든 긴장이 표면화된다. 시인은 신의 죽음에 대해 이야기한다. 그러나 이는 교회의 공허함에 대한 묘사 속에서 이루어진다. 삶에는 교회가 존재하지 않으며, 교회 밖 자연 속에 에네르기가 존재한다. 그는 또한 종종 과거, 특히 지나간 시골생활의 순수함에 대한 향수를 보여주기도 하지만 완전히 변화에 심취해 있다. 이따금 그는 변화된 자신의 시를 영원한 현재 속에 위치시킴으로써 변화를 폐기하고 전형에 집중하려 한다. 그러나 그 자신도 가버린 과거는 이미 돌이킬 수 없음을 충분히 의식하고 있다. 『버려진 공원들 *Los parques abandonados*』(1908)이라는 제목은 무언가가 사라져버렸음을, 현대사회가 분리와 부재, 고통의 세계임을 암시한다. 이 밖에 잘 알려진 시집으로 『스핑크스의 탑 *La torre de las esfinges*』(1909)이 있다.

2.10 리까르도 하이메스 프레이레

볼리비아의 시인 하이메스 프레이레 Ricardo Jaimes Freyre(1868~1933)는 루벤 다리오와 함께 《아메리카지 *Revista de América*》를 창간, 주도했다.

이 잡지의 수명은 짧았으나(세 권이 발행되었을 뿐이다) 그 영향력은 대단했다. 그 의도는 새로운 모데르니스따 세대를 통합하고 파괴 없는 개혁을 이루며 중남미 스페인어권 국가들의 지식인층에 봉사하는 것이었다. 하이메스 프레이레는 원래 러시아와 톨스토이에 대한 시를 썼던, 사회주의 사상을 지닌 젊은이였다. 그러나 이 같은 사유방식은 혁명의 열정 속에서 사라졌으며, 그가 생을 마칠 무렵에는 조국 볼리비아의 보수 정치가들에게 봉사하였다. 그러므로 그의 영광은 정치적인 것이 아니다.

시인으로서의 하이메스 프레이레는 『야만의 까스딸리아 *Castalia bárbara*』(1899)로 명성을 얻었다. 이 작품은 북구풍의 신화와 풍경을 연상시키는데, 르콩트 드 릴르의 『야만의 시 *Poèmes barbares*』와 유사성이 있으며, 이 작품이 그의 시의 영감의 원천이 되었던 것 같다. 이 작품의 주제는 이교도의 세계와 기독교적 가치 사이의 갈등이다. 에레라 이 레이식처럼, 하이메스 프레이레도 현대세계를 인간적 온기와 접촉의 위안이 사라진 사막 혹은 눈으로 뒤덮인 초원으로 바라본다.

이교도의 세계는 우리들의 세계와 유사하나 보다 영웅적이다. 발라야 Valhalla의 전사들이 주는 웅대한 감동은 비록 부활에 대한 희망은 없으나 영웅적인 그들의 죽음에 근거한다. 예컨대, 『야만의 까스딸리아』에서 〈아바말 Havamal〉은 구원의 신이 배제된 그리스도의 이미지이다. 그의 죽음은 그 고뇌가 해결책이 없는 것이라는 사실 이외에는 예수의 수난과 유사하다. 그리스도처럼 그는 창에 찔리며 먹을 것도 주어지지 않는다. 그러나 부활은 존재하지 않을 것이다. 이 시에서 긴장은 영웅적 이교와 기독교 간의 불가피한 대비 때문에 생기는 것이며, 이 둘은 서로 갈등상태에 있는 가치를 대변한다. 이교도의 세계는 호전적이고 거칠다. 반면에 기독교적 관점은 복종과 사랑을 강조한다. 그럼에도 불구하고 그것은 두려운 경험이다. 또르의 딸은 〈팔을 활짝 벌린 고요한 신〉의 출현 앞에 피가 얼어붙음을 느낀다. 아마도 영웅시대와 〈노예들의 종교〉의 신과의 대립에서 니체의 메아리를 들을 수 있을 것이다. 하이메스 프레이레는 후에 『꿈은 인생이다 Los sueños son vida』(1917)라는 시집을 통해 북구적 분위기를 청산하였으나 새로운 시적 관점을 정립하지는 못하였다. 그의 시작품은 1944년 『시 전집 Poesías completas』으로 묶여졌다.

모데르니스모 내에서 폭넓은 율격에 토대한 자유시의 선구자로 평가되는 하이메스 프레이레는 또한 훌륭한 역사가이기도 했다. 그는 『뚜꾸만의 역사 Historia de Tucumán』를 저술하였으며, 두 편의 극작품과 단편 몇 편, 그리고 『까스띠야어 시작법 Leyes de la versificación castellana』(1912)이라는 논문을 발표하였다.

2.11 아마도 네르보

멕시코의 모데르니스모를 대표하는 시인 아마도 네르보 Amado Nervo (1870~1919)는 성 프란시스꼬 데 아시스나 타고르가 되고자 했다. 그의 시에서는 음악성과 밝은 이미지가 두드러지며, 주로 시인 자신의 종교적 위기와 체험을 다루고 있다. 네르보의 이러한 초월주의적 경향에 주목한 마누엘 두란 Manuel Durán은 그를 모데르니스모 시인 중 가장 철학적이고 가장 형이상학적인 시인으로 규정한다.

그의 초기작들인 『흑진주 Perlas negras』(1898), 『시편 Poemas』(1901), 『실내 정원 Jardines interiores』(1905)에서는 이국적 특성, 쾌락, 어휘적 기교가 지배적이다. 이후의 시작품으로는 『낮은 목소리로 En voz baja』(1909), 『고요 Serenidad』(1914), 『상승 Elevación』(1917) 등을 들 수 있는데, 이들 시에서는 풍부한 어휘구사를 포기하고 눈에 나타나지 않는 색채를 추구하는 내면주의적 특성을 보인다. 아마도 네르보는 불교의 영향을 깊이 받았는바 『고요』는 그 대표적인 작품이라 할 수 있다.

또한 정신적 위기와 외교관으로서의 활동은 그를 신중하고 침착한 성품과 온화한 미학의 소유자로 만들어주었다. 그의 시집 제목 『연못 El estanque de los lotos』(1919), 『움직이지 않는 연인 La amada inmóvil』(1920),

『신의 궁병 *El arquero divino*』(1922)은 그의 이러한 성향을 잘 나타내고 있다. 한 편의 극작품과 소설, 단편, 시, 수필, 문학비평 등을 포함하는 그의 작품들은 서른 권 이상의 책으로 엮어져 있다.

2.12 호세 산또스 초까노

주세뻬 벨리니 Giuseppe Bellini의 적확한 지적대로, 색채의 힘이나 중남미를 자랑스럽게 찬양하는 토운 등도 무시할 수 없지만 산또스 초까노 José Santos Chocano(1875~1934)의 시는 무엇보다 모데르니스모 시의 가장 수사적인 흐름을 보여준다.

산또스 초까노는 무질서와 혼합, 그리고 남성적이고 공격적인 시경향에 있어서 월트 휘트먼과 비교된다. 이와 관련해 『서인도 제도의 황금 *El oro de Indias*』에서 시인 스스로 〈월트 휘트먼은 북미를 가지고 있다. 그러나 나는 남미를 가지고 있다〉라고 선언하고 있다. 혼란한 삶을 산 그는 젊었을 때부터 독재자에 대한 음모와 충성, 군주와 혁명가들 사이에 휩싸여 지냈다. 초기작들인 『성스러운 분노 *Iras santas*』(1895), 『마을에서 *En la aldea*』(1895), 『밀감꽃 *Azahares*』(1896)에서 그는 지방적 테마를 웅변적으로 노래하였으나 이후 주제를 확장하여 세계로 눈을 돌렸으며 스스로를 아메리카의 서사시인으로 규정하였다. 그의 비평가들 중 한 사람은 그를 〈보스의 독단성과 선동가의 폭포와 같은 언변을 지녔다〉고 평하였다. 시인으로서 그는 경이로운 존재였으나 그의 시는 대개 묘사적이고 피상적이며 경박한 것이었다. 이러한 점을 볼 때, 산또스 초까노는 다리오보다 디아스 미론의 영향을 더 많이 받은 듯하다.

그의 가장 유명한 작품집으로 『아메리카의 영혼 *Alma América*』(1906), 『서인도 제도의 황금』(1941) 등이 있다. 특히 『아메리카의 영혼』에서는 발부에나, 앙드레스 베요, 에레디아, 올메도 등으로 이어져 온 중남미적 테마의 전통을 이어 중남미의 자연과 역사를 묘사하고 있다. 모데르니스

모의 선구자들이 고답파와 상징주의의 혁신을 바탕으로 언어의 개혁을
시도하였다면, 산또스 초까노는 레오뽈도 루고네스와 더불어 모데르니
스모의 후기 흐름, 즉 중남미적 뿌리로의 복귀를 대변한다. 그래서 그의
가장 훌륭한 시들은 대부분 식민지 시대의 페루를 회상하는 것들이다.

유럽 체류를 마치고 페루로 돌아온 이후 그는 말다툼 중 한 기자를
살해하게 되었다. 그는 투옥되었으나 특사로 풀려나 칠레의 산띠아고에
살다가 전차에서 살해되었다.

2.13 기타 시인들

루벤 다리오를 정점으로 변모된 모습을 보이던 모데르니스모의 분화
양상은 20세기에 들어 더욱 심화되었다. 까를로스 뻬소아 벨리스 Carlos
Pezoa Velis(1879~1908)에 이르러 〈예술적〉 모데르니스모는 후기 모데르니
스모를 향해 약간의 변화를 보인다. 뻬소아 벨리스는 백조, 공주 등 고
답파의 상징을 버리고 새로운 이미지와 국가적 풍경에 대한 감정을 다루
기 시작했다. 떠돌이들, 게으름뱅이들, 시골사람들, 광부들, 집시들이
국민시인인 그의 눈을 통해 시 속에 나타난다. 결핵을 앓았던 그는 그다
지 많은 작품을 쓰지는 못했다. 그의 사후에 출판된 『칠레의 영혼 Alma
chilena』(1911), 『황금종 Las campanas de oro』(1920)은 그가 속한 세대와 이
후 칠레 시인 세대를 이어주는 다리 역할을 하였다. 현대 비평은 뻬소아
벨리스를 독창적 시인으로, 모데르니스모의 개혁자로 평가하고 있다.

우루과이에서는 훌륭한 여류시인 델미라 아구스띠니 Delmira Agustini
(1886~1914)가 등장하였다. 그녀는 성애의 테마에 집착하였는데, 이 시
기의 여류시인에게는 드문 현상이었다. 『빈 술잔 Cálices vacíos』에서는 성
의 상징들이 명백히 드러나며 전능한 남성에 순종하는 성적 대상으로서
의 자신의 역할을 시인하고 있다. 그러나 그녀의 이름은 시작품보다는
남편에게 살해되었다는 사실로 더 유명하다.

모데르니스모에서 역시 간과할 수 없는 중요한 시인으로 라몬 로뻬스 벨라르데 Ramón López Velarde(1888~1921)를 들 수 있다. 그는 먼저 전원 생활의 감동을 시로 옮겼다. 이후 「다정한 조국 La suave patria」에서 생생한 색채감으로 조국에 대한 조화롭고 독창적인 시적 개괄을 시도하였으며, 귀족적인 시적 표현이 허용하는 한도 내에서 일상적이고 보편적인 것을 언급함으로써 놀라운 효과를 얻었다. 〈내 뼈의 연소에서 탄생되지 않은 어떠한 어휘도, 어떠한 음절도 내게서 추방하기를 갈망한다〉고 말하는 로뻬스 벨라르데의 시 기법은 무엇보다 시가 전달해야 하는 기본적 성실성을 기본으로 한다. 이 뼈의 연소를 달성하기 위해 시인은 강렬한 감정을 체험하고 관찰해야 하며, 본질적이지 않은 모든 것들을 배제해야 한다. 그는 언어가 자신의 느낌에 충실할 것을 요구한다. 로뻬스 벨라르데의 시에는 그의 세련된 감각을 드러내는 미적 이미지가 있다. 그러나 또한 그의 영감은 전율에 유혹되기도 한다. 때때로 전율적인 그의 바로크적 표현이 얼마간 모데르니스모를 떠올리게 하지만, 그의 어투는 전혀 새로운 어떤 것이다. 그리고 그가 출판한 단 두 권의 시집 『숭고한 피 La sangre devota』(1916), 『비탄 Zozobra』(1919)은 그의 사후에 출판된 『심장소리 El son del corazón』(1932)와 더불어 후기 모데르니스모라는 새로운 항로를 가리키는 이정표이다.

로뻬스 벨라르데와 동등한 위치를 차지했던 아르헨티나 시인으로 발도메로 페르난데스 모레노 Baldomero Fernández Moreno(1886~1950)가 있다. 스페인 태생인 그는 반도에서 살았던 어린 시절의 이상화된 스페인에 대한 이미지와 가난하고 헐벗은 신대륙의 이미지 사이에서 방황하며 살았다. 그의 언어는 소박하고 단순했다. 그의 시는 로뻬스 벨라르데의 것보다 강도가 훨씬 떨어지는 것이었으며, 신세계에 뿌리내리지 못하는 자신을 반영하고 동시에 전통적 생활양식이 그에게 가져다준 안정에 의지할 필요성을 역설한다. 이 점이 바로 페르난데스 모레노가 시기적으로 전위주의에 근접해 있음에도 불구하고 전위주의 시인이 아닌 모데르니스모 시인으로 분류되는 근거이다.

그 밖에 많은 시인들이 새로운 방향에 동참하는 가운데 모데르니스모는 새로운 흐름에 문을 열었고 서서히 혁신적인 전위주의의 물결을 타기 시작했다.

3 모데르니스모 산문

모데르니스모 산문의 양상은 예술적 언어의 강화와 사실주의 및 자연주의의 테마에 대한 혁신으로 집약된다. 모데르니스모에 이르러 자연의 묘사는 그 자체가 목적으로 향유되도록 이루어졌을 뿐, 메시지를 포함하거나 테마에 직접적으로 복무하지는 않았다. 따라서 사실주의 소설이 정확한 메시지를 동반하는 반면 모데르니스모 산문은 종종 암시적이다. 이러한 유형의 모데르니스모 산문은 산문의 도구화와 기능성에 치우쳤던 사실주의 소설과 상반된 전통을 낳기에 이르렀다. 한편, 이 같은 경향은 지나치게 용어의 세련주의로 흐르는 부정적 측면을 노정하기도 했다. 가령, 뻬드로 쁘라도의 알레고리 소설 『알시노 Alsino』(1920)나 아브라함 발델로마르(1888~1919)의 단편들에서는 읽기 어려울 만큼 의식적으로 다듬어진 문체를 발견할 수 있다. 그러나 다른 한편으로는 모데르니스모 산문이 언어의 본질적 가치에 주의를 기울이는 동시에 보다 섬세한 효과를 위한 감각을 지녔음을 의미한다. 이런 의미에서 산문의 방향을 기능주의적 양상에서 형식적 가치의 탐색으로 전향시킨 것은 바로 모데르니스모이며, 이러한 모데르니스모의 도약이 없었다면 호세 레사마 리마나 알레호 까르뻰띠에르 같은 현대작가들의 작품은 태어나지 못했을 것이다.

3.1 단편

19세기 말에는 단편이 본원적인 의미를 상실하는 것처럼 보인다. 즉 장편소설과의 유사성이 제기되면서 장편을 위한 스케치로 전락하게 된다. 그러나 그 전통은 구띠에레스 나헤라, 루벤 다리오, 호세 마르띠, 레오뽈도 루고네스 등의 작가들에게 생생하게 남아 있다. 모데르니스모를 주도했던 시 장르에서처럼 광대하고 심오하지는 않았지만 단편에서도 이국 취향, 문체적 혁신과 서정성, 심미주의 등 모데르니스모의 미학원리에 의거한 혁신이 일어났다. 특히 모데르니스모의 세계주의는 시간적 공간적 한계를 극복하는 테마의 확대를 가져왔다. 모데르니스모 산문은 풍속주의에 대한 반동을 의미하기 때문에 중남미 현실과 거리가 먼 이국적 분위기 속에서 보편성을 추구했던 것이다. 그러나 사실상 많은 경우 모데르니스모는 시기적인 중첩으로 인해 사실주의 및 자연주의가 뒤섞였다.

한편, 모데르니스모 단편의 흐름은 매우 광범위한 것이어서 아마도 네르보의 공상과학 단편, 루벤 다리오의 초자연적 세계의 이야기로부터 레오뽈도 루고네스의 과학자들의 이야기, 라파엘 아레발로 마르띠네스의 동물 심리 이야기, 그리고 오라시오 끼로가의 전율적 단편에 이르기까지 다양한 유형을 포함한다. 모데르니스모 산문은 실험단계를 넘어서지 못했지만 20세기의 중남미 소설의 토대가 되는 뚜렷한 이정표를 세웠다. 그리고 이국 취향과 심미주의적 태도에도 불구하고 중남미 현실은 잊혀지지 않았다. 또한 모데르니스모 시기 동안 광범위하게 창작이 이루어진 단편은 시와 더불어 모데르니스모 아래에서 이루어진 문체적 혁신의 확대에 기여했다.

3.1.1 레오뽈도 루고네스
문학적 흥미를 끄는 주요 산문작품으로 『가우초 전쟁 *La guerra*

gaucha』(1905),『이상한 힘 *Las fuerzas extrañas*』(1906),『빠야도르 *El payador*』(1916),『숙명적 이야기들 *Cuentos fatales*』(1924),『어둠의 천사 *El ángel de la sombra*』(1926) 등이 있으며, 역사적 성격의 작품으로는『예수회 제국 *El imperio jesuítico*』이, 그리고 교훈적 단편으로는『교육개혁 *La reforma educacional*』이 있다. 그 밖에 언어학과 관련된 산문으로『상용 스페인어 어원 사전 *Diccionario etimológico del castellano usual*』이 있으며, 수필로는『사르미엔또 이야기 *Historia de Sarmiento*』가 있다.

『가우초 전쟁』은 루고네스의 가장 주목받는 작품으로 중남미적 소재를 다룬 모데르니스모 산문의 가장 좋은 본보기이다. 독립전쟁의 서사적 이야기가 중심 테마로 기능하며, 1814~1818년에 스페인군에 대항해 싸웠던 반란군의 이야기를 담고 있다. 구에메스라는 이상화된 인물을 중심으로 한 익명의 영웅들에 대한 스물두 편의 이야기로 구성되어 있는 이 작품은 아주 새로운 미학을 담고 있다. 루고네스는 이 작품에서 세련된 용어에 대한 집착을 버리고 서사적 요소에 관심을 두고 있다. 루벤 다리오가 상상의 풍경을 창조하거나 실재의 풍경을 미화시킨다면 루고네스는 묘사의 토운을 고양시키기 위해 간헐적으로 은유를 사용하면서 핍진성을 획득하고 있다. 그리고 루고네스의 풍부한 어휘와 수사적 능력, 예술적 어휘는 가우초들의 무훈 서술에 적절한 서사적 어조를 만들어 낸다.『빠야도르』에서 본질적 언어는 음악과 은유일 뿐이라고 말한 바 있는 루고네스는『가우초 전쟁』에서 전문적 어휘의 부족으로 자신이 직접 만든 신조어를 통해 이 본질을 자유로이 구사하고 있으며, 작품의 풍경에 활기를 불어넣는 가능한 모든 리듬을 활용하였다.

3.1.2 루벤 다리오

루벤 다리오의 작품은 처음부터 풍요로운 예술을 향해 문을 열고 있으며, 〈언어 음악가〉인 그가 단편에서도 예술적 산문을 추구했음은 당연한 일이다. 열린 이미지 혹은 리듬으로, 때로는 대담한 간결성으로, 때로는 은유적 장문으로 이루어진 그의 예술적 산문에서는 빈틈없이 정제된 언어가 줄거리 이상의 비중을 차지하고 있다. 그의 문장 하나하나에는 가장 풍부한 감각적 이미지를 옮길 수 있는 시인의 빛나는 눈동자가 숨어 있다. 독자의 눈앞에서는 파리풍의 우아한 모임이 열리고(「요정 La ninfa」), 사회로부터 경멸을 받는 시인이 발견되며(「부르주아 왕 El rey burgués」), 요정들의 축제가 펼쳐진다(「맙 여왕의 베일 El velo de la reina Mab」).

시와 산문으로 구성된 『푸름』에서는 모데르니스모 단편의 본질적 특성이 발견되는데, 시에서와 같이 세련된 언어가 이야기의 중심을 이루며 화자는 독자를 가공의 세계로 인도한다. 인물들은 이국적이고 비현실적인 공상적 분위기 속에서 움직이며, 줄거리는 불연속적이고 작가는 종종 시적 여담으로 서술의 흐름에서 벗어난다. 또한 묘사가 풍부하며, 사회적 긴장이나 심리적 갈등이 결여되어 있다.

루벤 다리오의 단편들에서는 그의 모데르니스모적 세계관에 상응하는 가장 의미 있는 테마가 눈에 띈다. 이들은 예술작품의 독서, 전설, 신화적 지식, 신지학 등에 관한 것으로 거의 항상 세련된 분위기를 자아내며, 그 속에는 초자연적 존재가 살아 숨쉰다. 그럼에도 불구하고 이 같은 이미지의 향연 아래 다리오는 두 개의 상반된 세계를 반영하고자 한다. 시인의 세계와 부르주아의 세계가 바로 그것이다. 따라서 그의 단편은 물질주의 사회의 증인이 되는 동시에 그 사회를 비판한다. 시인들은 상아탑 안에 거주하는 이상주의의 화신을 대변한다. 내적 풍요로움에 대해 자부심을 가지고 있는 이들 몽상가군에 대립해 물질주의와 경박성에 젖어 있는 부유한 상인들의 세계가 존재한다. 「부르주아 왕」, 「황금의 노래 La canción de oro」, 「이것은 다이아몬드 공주의 미소에 대한 이야기이다 Este es el cuento de la sonrisa de la Princesa Diamantina」, 「맙 여왕의 베일」은 바로 이러한 내용을 담고 있는 단편들이다. 또한 사랑도 테마로 등장한다. 「하얀 비둘기와 검은 해오라기 Palomas blancas y garzas morenas」에서는 싱싱하고 감각적인 사랑을 다루었고, 「중국 여제의 죽음 La muerte de la emperatriz de la China」에서는 예술가와 그의 창조물에 대한 여인의 사랑과 질투를 다루었다.

이처럼 루벤 다리오의 단편은 비사실주의 문학의 새로운 문체를 가져왔지만 환상에 기초한 단편들과는 대조적인 사실주의적 이야기도 있다. 어느 항구 노동자의 죽음을 다룬 비극적 이야기 「짐꾸러미 El fardo」와 리까르도 빨마의 『페루의 전설』에 따라 씌어진 「대령의 고기단자 Las albóndigas del coronel」가 바로 그것이다.

3.1.3 라파엘 아레발로 마르띠네스

시인이자 단편작가요 소설가였던 라파엘 아레발로 마르띠네스 Rafael Arévalo Martínez(1884~1975)는 과테말라의 가장 중요한 작가 중 한 사람이다. 그의 문학활동은 시집 『마야 Maya』(1911)로 시작되어 『엔가디의 장미 Las rosas de Engaddi』(1914)와 『이렇게 길을 Por un caminito así』(1947)로 이어진다. 그러나 그의 문학적 명성은 상징주의적 기법을 사용하여 현대인의 복잡한 심리세계를 다룬 단편을 통해 얻어진 것이다. 예술적 모데르니스모에서 지역주의 Regionalismo로의 이행을 대표하는 오라시오 끼로가와 더불어 아레발로 마르띠네스는 심리적, 환상적 흐름의 선구자 역할을 하였다. 『말처럼 보였던 사람 El hombre que parecía un caballo』(1915)으로 시작된 순수한 상상의 이야기 이후, 반은 사람이고 반은 지능을 가진 동물인 그의 인물들은 작가가 비판하고자 하는 현대의 인류이다. 『모니토트씨 El Sr. Monitot』(1922)에서는 호전적이고 육식을 좋아하는 인물인 호랑이가 호세 바르기스라는 가명 아래 에스뜨라다 까브레라라는 독재자의 이름을 숨긴다. 이런 식으로 작가는 환상적 픽션의 세계를 정치적 차원으로까지 확장시켰다. 아레발로 마르띠네스의 초기 독자 중 한 사람이었던 루벤 다리오는 그를 에드가 엘런 포도 로렌 Lorraine도 아닌 새롭고 경이적인 존재로 평했다.

『스핑크스의 기호 *La signatura de la esfinge*』(1933)에서는 주인공 센달이 엘레나 앞에서 자신의 운명과 삶의 비밀을 털어놓는다. 이때 인간세계에서 여인의 기호는 호랑이이며, 화자는 동물의 기호와 인간의 심리적 행위 간의 관계에 대한 자신의 견해를 과학적 언어를 통해 피력한다. 이에 따르면, 네 가지 기호를 사용해 인간을 분류할 수 있는데, 첫번째 기호의 인간은 황소로 이들은 본능적이고 수동적인 인간들이며, 두번째 기호의 인간은 사자로 거칠고 정열에 지배되는 인간들이다. 또 세번째 기호의 인간은 독수리로 지적인 인간과 예술가들이 여기에 속하며 정신이 지배하는 인간들이다. 마지막 네번째 기호의 인간은 사람으로, 이들은 의지에 지배되는 우월한 인간들이다. 이처럼 동물을 이용한 인간의 분류를 통해 작가는 인간의 무의식의 세계와 이를 대표하는 동물의 기호 사이의 완벽한 결합을 달성하였다. 그의 단편의 열쇠인 이들 동물 인간의 가면 뒤에는 신과 내세, 운명과 인간과의 관계에서 본 인간의 정열과 심리에 대한 심오한 성찰이 숨어 있다. 그러나 그의 산문에서는 과테말라의 외적 현실이나 풍경에 대한 예리한 눈은 거의 발견할 수 없다.

3.2 수필

3.2.1 호세 마르띠

루벤 다리오의 말을 빌리면, 호세 마르띠 José Martí(1853~1895)는 세상에서 가장 아름다운 산문을 썼다. 마르띠는 새로운 산문, 즉 예술적 산문을 창조한 장본인으로 모데르니스모 운동 이후 많은 산문작가들이 그를 모범으로 삼았다. 마르띠의 산문에서는 의식적으로 정제된 어휘를 찾아볼 수 없다. 각각의 단어는 적절한 장소에 배치되며, 대개 치환 불가능하다. 그러나 명료하고 표현력 있는 단어들이다. 그렇지만 동시에 발따사르 그라시안의 산문과 유사한 바로크적 산문이다. 그는 신조어가 필요할 때는 주저없이 이를 만들어내지만 그의 바로크성은 어휘를 애써 탐색하는 데 있지 않으며, 개념의 복잡성에 있지도 않다. 다만 이따금씩 보이는 아주 풍부한 장식적 문장, 그리고 총괄적이고 새로운 이미지에서 바로크성이 발견될 뿐이다.

마르띠는 문학과 혁명을 공동선상의 문제로 간주하여 언어의 변혁을 통한 태도의 변혁을 모색하였다. 또한 자연과 역사에 대한 낙관주의적 신뢰 위에 가치체계를 세웠기에 모든 거짓, 비겁, 배반은 당대가 아니면 후세에 가서라도 결국 밝혀질 것을 굳게 믿으면서 볼리바르, 산 마르띤, 빠에스 등 과거의 영웅들과 고메스 장군, 월트 위트먼, 에머슨 등 당대의 인물들에 대한 수필을 썼다. 수필 「세실리오 아꼬스따 Cecilio Acosta」에서는 한 영혼과 인물의 자화상을 보여주며, 「볼리바르 Bolívar」에서는 쿠바인들이 아직 독립을 달성하지 못했음을 상기시키면서 볼리바르에게 경의를 표한다. 또 「에레디아 Heredia」에서는 쿠바 독립의 이상을 최초로 옹호했던 한 인물을 찬양한다.

중남미의 사회 정치적 미래에 대한 견해에 있어서도 마르띠는 동시대인들과 달랐다. 그는 직접적인 미국 체험을 통해 미국의 물질문명이 지니고 있는 장단점, 즉 개인이 누리는 기회의 균등과 이미 중남미에 위협이 되고 있는 공격적 의도를 간파할 수 있었다. 수필 『우리의 아메리카 Nuestra América』(1891)에서 마르띠는 스페인어권 국가들이 허약한 이유를 지식인 지배계층과 민중을 가르는 심연에서 찾고 있으며, 원주민들과 흑인들도 국가에 통합되어야 하고 소박한 사람들도 〈수입된 서적〉을 통해 지식을 얻는 자들에게 많은 것을 가르쳐줄 수 있다고 보았다. 이러한 마르띠의 입장은 문명과 야만이라는 이분법적 틀로 중남미 현실을 재단했던 사르미엔또의 문명론과는 상당히 다르다. 사르미엔또와 달리 마르띠는 복수인종사회의 미래에 대해 비관하지 않았으며, 신대륙발견 이전 문명과 같은 비유럽적 문화의 가치를 높이 평가했다.

마르띠는 보기 드문 연설가였으며, 스페인어를 구사함에 있어 그를 능가할 사람은 거의 없었다. 또한 마르띠에게는 웅변적 문장과 화려한 이미지가 거짓 없이 숨쉬고 있다. 이런 의미에서 〈내면으로부터 마르띠의 말을 들어보지 않은 자는 인간의 말에 포함될 수 있는 매력을 깨닫지 못한다〉라고 말한 디에고 비센떼 떼헤라의 지적은 예리하다. 비록 시간에 쫓겨 쓰기는 했으나 쿠바 독립을 지지하는 내용의 서간문의 경우도 마찬가지다.

마르띠의 산문이 스페인의 고전, 특히 그라시안과 산따 떼레사의 영향 그리고 환 몬딸보의 영향을 적지 않게 받기는 했으나 강렬한 리듬감과 풍부한 이미지에 주목하면 그가 새로운 문체로써 새로운 산문을 도입했음을 인정하지 않을 수 없다. 그의 산문은 당대 스페인 작가들의 산문과 어떤 유사성도 없다. 뻬드로 안또니오 데 알라르꼰의 산문은 순수하고 깔끔하며, 호세 마리아 데 뻬레다의 산문은 소박하지만 색채가 풍부하다. 또한 베니또 뻬레스 갈도스에게서는 강렬함과 간결함이, 에밀리아 빠르도 바산에게서는 암시적이고 세련된 멋이, 그리고 레오뽈도 알라스에게서는 기백이 느껴진다. 그러나 이들은 모두 별로 다양하지도 풍부하지도 못한 리듬에 묶여 있다. 환 발레라의 산문에는 보다 날렵하고 우아한 리듬이 있으며, 앙헬 가니벳의 산문은 좀더 새로운 구조를 가지고 있다. 그러나 마찬가지로 마르띠나 마르띠를 추종하는 모데르니스따들의 산문과는 아무런 관련이 없다.

스페인에서 산문의 진정한 개혁은 1894년 바예 잉끌란의 『여성 *Femeninas*』의 출판과 더불어 시작되었다. 그러나 중남미에서는 그즈음 마르띠를 모범으로 삼아 새로운 산문, 소위 예술적 산문을 개척한 작가가 적지 않았다. 그 첫번째 인물이 루벤 다리오였다. 유럽에서 다리오가 기록문을 쓸 때, 그 모델이 된 작가는 수많은 미국 기록문의 저자인 마르띠였다. 다리오의 기행문은 소재의 유사성뿐만 아니라 산문의 리듬과 그 분배에 있어 마르띠의 영향을 명확하게 보여준다. 이처럼 당대 중남미의 산문작가들에게 미친 마르띠의 산문의 영향은 대단한 것이었다. 쿠바 독립의 달성이라는 숭고한 과업 속에서 평생 안온함을 모르고 살았던 마르띠의 산문은 하나의 원형이 되었으며, 그는 중남미의 지적, 정치적 삶에서 누구도 능가할 수 없는 작가였다.

3.2.2 호세 엔리께 로도

모데르니스모 시기의 가장 위대한 수필가는 중남미 젊은이들의 윤리적 지침서가 된 『아리엘 *Ariel*』(1900)의 작가 호세 엔리께 로도 José Enrique Rodó(1872~1917)이다. 로도는 몬테비데오에서 태어나 자랐다. 그는 교수이자 기자요 정치가였으며, 동시에 수필가이자 비평가였다. 1895년에는 ≪문학 및 사회과학 국민지 *Revista Nacional de Literatura y Ciencias Sociales*≫를 창간하였는데 이는 곧 우루과이 젊은이들에게 문학 혁신의 대변자가 되었다. 후에 국립대학에서 문학교수로 재직하였으며 국립도서관장을 역임하기도 했다. 말년에는 유럽을 두루 여행하였고, 일간지 ≪국가 *La Nación*≫와 잡지 ≪얼굴과 가면 *Caras y Caretas*≫에 관여하였다.

로도와 모데르니스모 산문과의 관계는 루벤 다리오와 시의 관계와 같다. 『세속적 영송』 2판 서문에서 『아리엘』의 저자는 자신도 역시 모데르니스따임을 선언하면서 자연주의 문학과 실증주의 철학에서 출발하여 이들을 보다 차원 높은 개념 속에 용해시키고자 하는 모데르니스모 흐름에 혼을 다 바쳐 동참할 것임을 표명한다. 1897년에는 공고라적 데카당티즘과 푸른 데카당티즘의 수수께끼와 같은 말에 만족하는 이들, 즉 모데르니스모의 추종자들을 질책하고, 문학작품에 대해 사상에 복무하는 형식미를 요구하였다. 같은 맥락에서 그는 1900년 우나무노에게 문체 없이는 진정한 문학이란 존재하지 않으나 사상적 토대와 인간적 목적이 없는 문학의 학파란 사소하고 덧없는 것이라는 내용의 글을 쓰기도 했다. 이러한 그의 문학관의 결실이 바로 『아리엘』이다.

중남미 모데르니스모의 역사적 전개과정은 미국이 중남미와의 관계에서 점진적인 정략성을 보였던 시기와 일치한다. 문화적인 면에서 가장 중요한 역사적 사건은 1898년의 미서전쟁이었다. ⟨1898년의 대재난⟩은 구식민지 종주국 스페인을 치욕과 불명예의 수렁으로 떨어뜨렸으며, 반면에 북미 대국인 미국에게는 세계지배를 향한 문을 열어주었다. 미국의 승리는 앵글로색슨족에게는 우월성을, 중남미의 혼혈인종사회에는 열등성을 부여하는 현대의 인종이론을 뒷받침하는 것처럼 보였다. 그러나 회의주의와 패배주의가 팽배한 이러한 상황 속에서 일찍이 볼 수 없었던 정신적 반동이 일어난다. 19세기를 통해 식민 모국에 대한 전통단절적 자세를 견지해 왔던 중남미가 이제는 자신들의 위대한 문화적 가치와 역사적 업적에 대한 정신적 자각을 촉구하면서 자기방어적 자세를 취하게 된 것이다. 즉, 미국의 가공할 힘과 물질주의에 큰 위협을 느낀 중남미인들은 새로운 승리자 미제국주의에 일종의 거부감을 느끼기 시작했으며, 로도의 『아리엘』은 미국의 사상적 침투에 대항해 이스빠니아 문명을 지키려는 이러한 흐름에 결정적 계기를 마련하였다. 이제 중남미 사상계에서는 비로소 스페인의 정신적 전통과 미국의 물질적 번영의 조화 속에서 중남미 대륙의 미래를 개척하려는 움직임, 즉 진정한 정체성의 추구가 시작된 것이다.

학생들에 대한 쁘로스뻬로 선생님의 강의가 3부 6장으로 나뉘어 전개되는 구조의 이 수필에서 로도의 출발점은 사르미엔또의 파멸이다. 그는 사르미엔또가 제시했던 미국식 민주주의가 긍정적 결과에 이르지 못한 원인을 이스빠니아 세계의 특성에 대한 중남미인들의 몰이해에서 찾았다. 로도는 여기에서 중남미는 진리애를 추구했었던 위대한 지중해 문화에 공통된 뿌리를 두고 있기 때문에 더 나은 미래를 지향할 수 있으며, 교육의 기회 균등이라는 민주주의적 원칙이 정착되기만 한다면 여기에서 탁월한 엘리트가 육성돼 대륙을 영광된 미래로 이끌 것이라는 낙관적 견해를 피력한다. 즉, 〈실용주의와 잘못 이해된 민주주의〉의 대표적인 국가로서의 미국에 대한 비판 후에, 로도는 칼리반 Calibán으로 상징되는 북미의 실용주의와 아리엘 Ariel로 상징되는 중남미의 이상주의의 상보적 결합이라는 조화로운 해결책을 제시하고 있다.

〈중남미의 젊은이들에 바친〉로도의 이 유명한 수필은 몇 년 만에 우루과이를 비롯한 중남미의 여러 나라들과 스페인에서 무수한 재판 발행이라는 성과를 거두었으며, 미국으로 대표되는 앵글로색슨족의 실용주의 및 과학적 실증주의에 대한 윤리적 저항의 깃발로서 라틴적 이상주의를 우뚝 세웠다. 아리엘리즘 Arielismo으로 알려지고 확산된 이 거대한 사상의 흐름은 북미 앵글로색슨족에 대한 중남미의 정신적 우월성이라는 개념을 통해 1930년대까지 중남미의 수많은 지식인들에게 영향력을 행사했으며, 중남미의 정체성에 대한 광범한 문제제기를 불러일으켰다. 로도에게 바친 『삶과 희망의 노래』에서 확인되는 루벤 다리오의 태도변화가 이를 단적으로 입증하고 있다. 이제 초국가적 이상이 커다란 중요성을 획득하기 시작했으며, 작가들은 의식적으로 중남미 대륙의 지적인 통합을 주창하기 시작했다. 『아리엘』과 더불어 19세기가 종언을 고하고 비로소 각성된 20세기가 시작된 것이다.

그러나 다른 한편, 로도의 주장은 실제로 축적되고 검증된 객관적 사실이 아닌 관념에서 논의를 출발했으며, 이상적인 목표를 설정했을 뿐 구체적인 성취수단을 제시하지 못했다는 한계를 지닌다. 또한 주로 정치경제적인 문제에 대해 문화적인 해결을 시도했다는 점과 스페인성 Hispanidad이라는 보편성의 추구 속에서 중남미의 원주민, 메스티조, 흑인을 위한 공간이 배제되고 있다는 점도 한계로 지적될 수 있다.

『아리엘』이후 로도의 수필은 갈수록 깊이를 더해 『프로테우스의 모티브 Motivos de Proteo』(1909)로 절정에 달한다. 이 작품은 문체의 아름다움과 사상의 깊이에 있어 그가 이제 중남미 지성의 길잡이가 되었음을 보여준다.

3.2.3 엔리께 고메스 까리요

로도가 모데르니스따 수필가라면, 엔리께 고메스 까리요 Enrique Gómez Carrillo(1873~1927)는 모데르니스모 운동의 역사 속에서 유럽 주재 대사의 역할을 수행했다고 할 수 있다. 1873년 과테말라에서 태어난 그는 젊은시절부터 일간지와 잡지의 편집인으로 알려졌으며, 17세에 루벤 다리오의 주목을 받았다. 당시 ≪오후의 우편 El Correo de la Tarde≫의 주필이었던 그는, 다리오의 말에 의하면, 유망한 수필을 쓰는 빛나는 눈동자와 열대의 태양처럼 밝고 감각적인 얼굴의 젊은이였다. 과테말라의 대통령은 그가 유럽에서 활동할 수 있도록 연금을 주기도 했다. 1895년에 조국에 돌아왔으나 곧 파리에 정착해 그곳에서 1925년 사망하였다.

그의 작품세계에 포함되는 스물일곱 권의 수필과 번역, 단편, 소설은 그가 지칠 줄 모르는 모데르니스따 산문가였음을 보여준다. 그는 해박한 지식과 유창한 프랑스어 실력 덕분에 유럽과 중남미 작가들 사이의 다리 역할을 했던 많은 선집들을 출판할 수 있었다. 21세의 나이에 두 권의 단편선집 『프랑스 단편선 Cuentos escogidos de autores franceses』과 『스페인 단편선 Cuentos escogidos de autores españoles』을 출판하였는데, 후자에는 마누엘 구띠에레스 나헤라, 루벤 다리오, 훌리안 델 까살의 단편들이 포함되어 있다.

여행 중 얻은 현대 유럽 작품에 대한 그의 해박한 지식은 파리에서 가장 손꼽히는 문학 동호회에 참가할 수 있는 길을 열어주었다. 베를렌, 삐에르 로티, 르콩트 드 릴르, 베니또 뻬레스 갈도스, 환 발레라의 친구였던 그는 아메리카, 유럽, 러시아, 인도, 중국, 일본, 아프리카, 이집트, 그리스, 중동 등지를 신구 대륙 일간지의 통신원으로 다니면서 더욱 성장해 갔다. 이 같은 계속적인 방랑 속에서 여행심리에 대한 수필과, 수필장르의 모범이 될 만한 많은 책들이 탄생되었다. 『마르세유에서 동경까지 De Marsella a Tokio』(1905), 『현재의 러시아 La Rusia actual』(1906), 『그리스 Grecia』(1907), 『예루살렘과 성지 Jerusalem y la Tierra Santa』(1913), 『부에노스 아이레스의 매력 El encanto de Buenos Aires』(1914), 『전장과 폐허 Campos de batalla y campos de ruinas』(1916), 『이집트에 대한 느낌 Sensaciones de Egipto』(1918), 『영웅적이고 상냥한 일본 El

Japón heroico y galante』(1922) 외 다수의 작품이 여기에 속한다.

죽기 얼마 전 그는 『나의 30년 인생 *Treinta años de mi vida*』이라는 제목으로 자신의 회고록을 냈는데, 여기에는 그가 살면서 겪었던 여러 가지 사건과 모험, 그리고 세 번에 걸친 결혼 이야기도 빠지지 않고 들어 있다. 이 회고록의 이야기는 널리 알려져 그의 전기를 풍요롭게 하기는 했지만, 다른 한편 우아하고 가치 있는 모데르니스모 산문으로 간주되는 그의 문학적 성과를 평가하는 데 부정적으로 작용하기도 했다. 맑고 조화로운 리듬을 가진 예술적 산문 쓰기에 대한 그의 정성은 그의 수필 『산문 창작 기술 *El arte de trabajar la prosa*』에 잘 나타나 있다. 여기서 그는 플로베르와 프랑스 산문작가들을 모범으로 삼고 있으며, 동시에 중남미 작가들을 가장 훌륭한 혁신의 전형으로 간주한다. 고메스 까리요에게 산문이란 〈레이스처럼, 칠보처럼, 조각처럼〉 공을 들여야 하는 예술이었다.

3.3 소설

3.3.1 엔리께 라레따

엔리께 라레따 Enrique Larreta(1875~1961)는 부에노스 아이레스에서 우루과이인 양친 사이에서 출생하였다. 국립 부에노스 아이레스 대학을 졸업한 그는 1896년에 프랑스 상징주의자들의 영향이 엿보이는 첫 단편집 『아르떼미스 *Artemís*』를 발표했다.

1903년 유럽여행 중 후에 발표될 그의 소설 『돈 라미로의 영광 *La gloria de Don Ramiro*』에서 보이는 아빌라와 똘레도의 고풍스런 분위기 연출에 필요한 자료들을 수집하였다. 아르헨티나 모데르니스모 소설의 걸작으로 꼽히는 이 소설은 펠리뻬 II세 시대의 주인공 라미로의 운명을 통해 종교적, 정치적 가치의 위기를 맞은 스페인의 사회적, 문화적 환경을 반영하고 있는 역사소설이다. 주인공의 나약한 정신에는 검과 십자가, 교회와 반종교개혁, 기사 세계와 신에의 복무가 혼재한다. 때로는 이루어지지 않는 무훈을, 때로는 그의 정열을 꺾는 금욕주의를 꿈꾸는 라미로는 마침내 배신과 죽음으로 얼룩진 그의 양심에 빛을 던진 산따 로사의 존재를 발견한다. 종교재판이 성행하던 스페인에서 이제 라미로 는 루렌소 바르가스 오로스꼬 신부와 더불어 사교에 맞서 투쟁하는 교회 의 편에 선다. 『돈 라미로의 영광』은 모데르니스모 문체로 씌어진 예술 적 산문의 가장 좋은 본보기이다. 즉, 현실과 동떨어진 테마의 선정에서 부터 예술적 감각이 지배하는 섬세한 문체에 이르기까지 모데르니스모 적 특성이 나타나 있으며, 인상주의적 이미지, 벨라스께스의 그림에서 영감을 얻은 묘사는 풍요로운 극적, 시각적 효과를 보여준다. 또한 사실 주의 소설의 명백한 메시지와는 달리 그의 산문은 암시적인데, 이는 산 문의 도구화와 기능성에 주목했던 사실주의 전통과 정면으로 대립된다. 시집 『삶과 죽음의 길 La calle de la vida y de la muerte』(1941) 역시 이러한 모 데르니스모적 성격을 분명하게 보여준다.

프랑스에서 외교관 생활을 했던 그는 고국에 돌아와 토착적 분위기의 소설 『소고이비 Zogoibi』(1926)를 발표했다. 이전의 작품에서처럼 라레따 는 인상주의적 기법에 있어서 상당한 성과를 올렸으나 그의 작중인물인 가우초들은 리까르도 구이랄데스의 『돈 세군도 솜브라』에서와 달리 사실 성이 결여되어 있다. 이후 라레따는 『부에노스 아이레스의 두 개의 재단 Las dos fundaciones de Buenos Aires』(1933), 『깨우침의 시간들 Tiempos ilumina-dos』(1939), 『헤로니모와 그의 베개 Jerónimo y su almohada』(1945), 『헤라 르도 혹은 여인들의 탑 Gerardo o la torre de las damas』(1953), 『팜파에서 En la pampa』(1955) 등의 작품을 발표하였다.

3.3.2 아우구스또 달마르

저명한 비평가 에르난 디아스 아리에따는 1963년 칠레 문학의 4대 거 장에 대한 논문을 발표했는데, 여기에는 뻬드로 쁘라도, 가브리엘라 미스뜨랄, 빠블로 네루다와 더불어 아우구스또 달마르 Augusto D'Halmar (1880~1950)가 포함되어 있다.

아우구스또 달마르는 자연주의 소설『환 루세로 *Juan Lucero*』(1902)를 발표한 지 얼마 지나지 않아 칠레를 떠나 캘커타에서 영사로 활동하게 된다. 그는 인도에서의 정신주의적 경험과 상징주의 산문작가들의 영향을 통해 에밀 졸라의 자연주의에 가까운 자신의 사실주의적 시각을 수정하여 보다 가공적이고 환상적인 작품을 발표하게 된다. 이 같은 경향 내에서『물레방앗간의 등불 *La lámpara en el molino*』(1914),『거울에 비친 연기 그림자 *La sombra del humo en el espejo*』(1924),『배 없는 선장들 *Capitanes sin barco*』(1934),『새끼 암코양이 *Gatita*』(1935)가 탄생하였다. 또한 1924년에는 그의 최고작 중 하나로 꼽히는 소설『데우스또 신부의 삶과 열정 *Vida y pasión del cura Deusto*』을 발표하였다.

그가 발빠라이소 시립미술관장으로 재직 중이던 1934년 칠레에서 출판된 그의 전집은 모두 25권으로 되어 있으며, 특히 환상적 현실과 복잡한 심리를 창조하는 산문가로서의 그의 능력이 유감 없이 발휘되어 있다.

3.3.3 마누엘 디아스 로드리게스

베네수엘라의 모데르니스모에서 손꼽히는 소설가 중 한 사람인 마누엘 디아스 로드리게스 Manuel Díaz Rodríguez(1871~1917)는 이국적 특성과 민족주의를 토착적 테마 속에서 잘 융합시킨 작가이다. 1871년에 오늘날의 카라카스인 차까오에서 태어난 그는 1896년 의학박사 학위를 받았으나 자신의 직업을 포기하고 문학과 정치에 전념하였다. 그는 잡지 ≪코스모폴리스 *Cosmópolis*≫와 ≪학식 있는 절름발이 *El cojo ilustrado*≫에 글을 기고했으며, 이들 주변에 모이는 다수의 베네수엘라 모데르니스따 작가들과 친교를 맺었다. ≪코스모폴리스≫는 1894년 세 명의 젊은 작가 뻬드로 에밀리오 꼴, 뻬드로 세사르 도미니시, 루이스 우르바네하 아체뽈에 의해 창간되었으며, 당시 모데르니스모 운동의 확산에 힘쓰던 루벤 다리오의 협조를 받았다. 한편, 마리아 에레라 이리고옌이 창간한 ≪학식 있는 절름발이≫는 ≪코스모폴리스≫보다 더 오래 지속되었으며 (1892~1911), 루피노 블랑꼬 폼보나, 로물로 가예고스, 구띠에레스 나헤라, 아마도 네르보, 알마푸에르떼, 루벤 다리오, 기예르모 발렌시아 등 국내외의 주요 문인들이 관여하였다.

모데르니스모의 다른 작가들처럼 디아스 로드리게스의 작품에서도 심미적인 동시에 중남미적인 태도가 발견된다. 이 같은 이중성을 그는 신비주의, 자연으로의 회귀라고 정의했다. 후자와 관련해 그는 그것을 모데르니스모만의 특성이 아니라 모든 예술혁명이 공유하는 전통적 경향으로 보았다.

그의 작품활동은 이탈리아와 프랑스 도시들의 방문을 기술한 『여행의 느낌 Sensaciones de viaje』(1896)으로 시작되어 여섯 편의 심리학적 이야기로 이루어진 『정신의 고백 Confidencias de Psiquis』(1897), 모데르니스모의 성격이 농후한 『색깔 있는 이야기들 Cuentos de color』(1898)로 이어진다. 『색깔 있는 이야기들』에 실린 아홉 편의 이야기들은 상징주의의 영향을 받았으며 그 중에서도 사랑의 감정을 정신화하고 자신의 서술양식을 정의한 「검은 이야기 Cuento Negro」, 「회색 이야기 Cuento Gris」, 「하얀 이야기 Cuento Blanco」가 두드러진다. 한편, 1898년 『나의 순례에 대하여 De mis romerías』를 끝으로 그의 작품세계 제1단계가 막을 내린다.

제2단계는 『깨어진 우상 Idolos rotos』(1901), 『귀족혈통 Sangre patricia』 (1902), 그리고 그의 대표작으로 꼽히는 『뻬레그리나 혹은 마법에 걸린 우물 Peregrina o el pozo encantado』(1922)을 포함한다. 『깨어진 우상』은 파리에 사는 젊은 카라카스인 조각가인 알베르또 소리아의 이야기이다. 그에게 있어서 파리는 자신의 예술적 번민을 위한 도피처이다. 간혹 고국에 돌아오면 유럽에서의 그의 경험과는 대조되는 비관적이고 야만적인 현실에 직면할 뿐이다. 『귀족혈통』은 인물의 처리에 있어 심리소설이며, 언어적 측면에서는 모데르니스모 소설이다. 뚤리오 아르꼬스는 파리에서 사랑하는 여인 벨렌을 기다리나 그녀는 바다에서 목숨을 잃는다. 이 고통스러운 비극은 베네수엘라 청년을 병들게 하며, 그는 잠재의식 속에서 죽은 아내와 상상의 시간을 살게 된다. 이후 카라카스에 돌아온 주인공은 바다에서 스스로 목숨을 끊는다. 『뻬레그리나 혹은 마법에 걸린 우물』은 여인 뻬레그리나를 동시에 사랑하는 형제 브루노와 아마로의 이야기로서, 뻬레그리나는 두 형제 중 동생의 버림을 받아 죽는다. 이 이야기는 카라카스의 계곡을 배경으로 하며, 풍경과 풍속의 묘사에 있어 토착주의적 가치가 높이 평가되는 작품이다.

3.3.4 리까르도 구이랄데스

리까르도 구이랄데스 Ricardo Güiraldes(1886~1927)는 아르헨티나 시골의 부유한 가정에서 태어났다. 1887년에는 양친과 파리에 가서 프랑스, 독일 작가들의 작품을 접하며 어린 시절을 보냈다. 또한 아버지의 농장 라 뽀르떼냐에서 청년기를 보냈으며, 이곳의 환경 속에서 그의 작중인물이 탄생한 것으로 보인다. 부에노스 아이레스에서 건축과 법학을 공부했으나 중단하고, 1910년 파리로 돌아가 단편과 시를 쓰기 시작했다. 이즈음 그의 첫 소설 『라우초 Raucho』(1917)가 탄생되었으나 발표된 지 2년 후인 1917년에 출판되었다. 작품의 주인공 라우초는 작가와 마찬가지로 농장과 파리에서 삶을 배운다. 그러나 결국은 농장으로 돌아온다. 이같이 시골에서의 삶과 도시의 지적 삶과의 갈등은 『돈 세군도 솜브라 Don Segundo Sombra』에서도 나타난다. 여기서 파비오 까세레스는 『라우초』의 인물과 마찬가지로 결국 시골의 삶에서 찾을 수 있는 만족을 이해하는 지식인이 된다.

그의 최초의 시집 『유리방울 El cencerro de cristal』은 최초의 산문집 『죽음과 피의 이야기들 Cuentos de muerte y de sangre』과 함께 1915년 출판된다. 전자는 모데르니스모에서 전위주의로의 이행기에 위치하며, 후자는 자신의 시골 경험을 총괄한 것으로 이후 소설작품의 토대로 평가된다. 프랑스 상징주의 작품의 독서와 레오뿔도 루고네스의 『감상적 달력』의 대담한 은유에 경도된 구이랄데스는 불일치를 특징으로 하는 자신의 작품세계를 열었다. 이 같은 불일치는 전위주의 시의 가공적 형태와 가우초 테마에 대한 그의 애착 때문에 생겨난 것이다. 『유리방울』이라는 제목에서부터 모데르니스모 세계와 국민적 전통, 산문과 운문을 융합하고 유머를 통해 비이성주의의 길을 탐색하려는 그의 의도가 드러나 있다.

1918년 그는 소설 『계절의 목가 Idilio de estación』를 발표하는데, 여기서 그는 도시의 헛된 삶과 대조되는 시골의 소박한 삶과 사랑 이야기를 다루고 있다. 1919년 그는 다시 파리에 가며 그를 문학 동호회에 따뜻이 맞아준 유럽 작가들에 힘입어, 이듬해에 그의 대표작 『돈 세군도 솜브라』의 전반부를 쓸 수 있었다. 1926년에 출판된 이 작품은 가우초 문학의 눈부신 결정체이자 20세기 국민소설의 최고봉으로 평가된다. 주인공은 실제의 농부 세군도 라미레스를 모델로 삼았으며, 산 안또니오 데 아레꼬에서의 작가의 경험을 토대로 쓰어졌다. 그러나 이 소설은 사실주의적, 풍속주의적 성격을 띠지 않으며, 어느 가우초 곁에서 자란 한 젊은이가 고아에서 상당한 재산의 상속자가 되기까지의 정신적, 육체적 성장과정이 화자인 파비오 까세레스의 시점에서 그려지고 있다. 소설은 파비오의 회상으로 시작되며, 돈 세군도 곁에서의 자유롭고 행복했던 삶에 대한 향수가 작품 전체를 물들이고 있다. 두 인물은 흘러간 시간 속에서 하나의 짝이 되어 움직이고, 화자의 맹목적인 존경의 시각 속에서 돈 세군도는 독자 앞에 이상화되고 신비화된 존재로 나타난다. 이 소설의 성공은 무엇보다 과거에 상실된 신화로서의 가우초에 대한 개념에 근거하며, 또한 암시와 아이러니, 현란한 이미지 등을 통해 소설에 활기를 불어넣는 언어의 시적 서정성이 소설의 높은 질적 수준을 담보한다. 『돈 세군도 솜브라』와 더불어 19세기에 시작된 가우초 문학은 찬란하게 막을 내린다. 사르미엔또의 『파꾼도』와 호세 에르난데스의 『마르띤 피에로』에서 형상화되었던 문명과 야만의 갈등은 이제 가우초의 신화와 이상화를 통해 새로운 서정적 시각으로 대체된다.

제7장
후기 모데르니스모

1 시대 개관

루벤 다리오가 1915년 『삶과 희망의 노래』에서 겉만 번지르르한 모데르니스모의 문체주의에서 벗어나 좀더 심오하고, 사회적 형이상학적 관심을 갖춘 시를 지향함으로써 후기 모데르니스모의 맹아는 싹튼다. 1911년 엔리께 곤살레스 마르띠네스는 이미 불이 붙기 시작한 변화의 함성이된 「백조의 목을 비틀어라……」라는 유명한 소네트를 쓴다. 비록 모데르니스모가 중남미의 문학적 문화적 삶의 근대화에 공헌하긴 했지만, 새로운 역사의 진전은 그것을 쇠퇴시키고 중남미 문학을 다른 방향으로 흘러가게끔 한 것이다.

이 새로운 시대는 중남미 역사에서 가장 중요한 사건의 하나를 시작으로 한다. 이는 바로 농지개혁, 사회정의, 민주체제를 쟁취하기 위한 멕시코 민중의 투쟁으로 고무된 멕시코 혁명(1910~1921)이다. 그것은 사회혁명, 농민혁명으로 전화한 최초의 중남미 혁명이었다. 혁명전쟁은 1910년에서 1921년까지 계속되었으나, 전쟁 종료 4년 전 사회정의라는 공리를 채택한 1917년 헌법이 제정됨으로써 멕시코 혁명은 러시아 혁명보다 이른 최초의 사회혁명으로서의 임무를 완수하게 된다. 그 후 1934년에서 1940년까지 정권을 잡은 라사로 까르데나스는 유명한 6년 계획을 실행하여 경제적 사회적 측면에서 근본적인 변화를 일으켰다. 그러나 멕시코만이 급격한 변화를 겪은 유일한 나라는 아니다. 1911년부터 1927년까지 우루과이에서는 매우 급진적인 정치적, 사회적, 그리고 경제적인 개혁이 있었고, 아르헨티나는 1912년 선거개혁, 1918년 대학개혁을 성공시켰다. 1914년에는 멕시코에서 아야 데 라 또레에 의해 아메리카 민중혁명동맹(APRA)이 탄생하였다. 이는 원래 페루의 인권운동과 사회개혁을 위한 단체였으나 대륙 전체에서 큰 반향을 얻게 된다. 몇몇 국가에서는 이러한 개혁이 진행되었으나, 다른 나라에서는 독재, 내전, 경제 침체, 정치불안 등의 상황이 계속되었다. 페루에서는 1919년부터 1930년까지 레기아의 독재정치가 지속되었고, 과테말라의 에스뜨라다 까브레라는 1898년에서 1920년까지, 베네수엘라의 환 비센떼 고메스는 1908년에서 1935년까지 장기집권하였다. 파라과이에서는 1920년에서 1935년까지 여러 차례 쿠데타가 발생하고, 쿠바의 공화주의 운동은 1902년에서 1933년까지 부침을 계속한다. 제1차 세계대전은 이러한 나라들의 경제 뿐만 아니라, 사상과 문학에도 직접적인 영향을 미쳤다. 한편 중남미 대륙 자체 내의 결속을 강화하려는 움직임이 대두되어 범대륙적인 수차례의 회의가 열리게 된다. 미국의 영향 또한 무시할 수 없다. 니카라과(1912, 1916~1932), 산또 도밍고(1914~1924), 쿠바(1906, 1917, 1919~1923), 온두라스(1924), 파나마에 대한 미국의 개입은 중남미 지식인들의 반미주의를 부추겼지만, 1933년 루즈벨트 대통령이 제창한 선린정책은 중남미 제국에 의해 환영받았고, 중남미 제국와 미국과의 관계가 돈독해지는 계기가 된다.

이 시기에 중남미 지식인들의 이데올로기를 형성한 것은 범라틴주의, 범스페인주의, 인도-아메리카주의, 범아메리카주의, 그리고 민족주의 등으로 다양하다. 또한 사회주의, 무정부주의, 공산주의, 그리고 다른 급진적 사상들이 혁명을 위한 이데올로기를 제공하였다.

이러한 모든 내·외적 사건들은 서로 혼합되어 1905년 이후 중남미 문학의 발전양상을 규정한다. 후기 모데르니스모는 이제 모데르니스모의 가능성이 쇠진해 버린 상황에서 보다 간결하고 고전적인 형태로의 복귀를 꿈꾼다. 문학은 좀더 지적으로 바뀌게 되고, 젊은 지성인들과 문학인들에 의해 씌어진 수필과 소설은 중남미의 제반문제에 대한 커다란 관심을 보여준다. 특정 국가의 문제점과 중남미 일반의 문제점을 해석하려는 열망이 존재하고, 정치적, 경제적, 사회적 문제들의 기원과 전개 그리고 향방에 대해 심사숙고하게 된다.

즉 일반적으로 후기 모데르니스모는 모데르니스모의 극복이라는 의의를 가지고 있다. 민중의 교육과 문화의 중요성이 점점 인식되고, 중남미 문화가 서구문화에 미친 공헌이 최초로 논의되게 된다. 모데르니스모의 외적인 측면이 사라지고 보다 주관적인 시가 탄생한다. 소설에 있어서는 중남미적인 것에 대해 많은 관심을 기울이는 지역주의 성향이 우세하고, 문체적 요소는 상당부분 무시된다. 작가들은 작가의 진정한 역할에 대해 보다 더 자각하게 되고, 민중의 삶이 문학에 점점 더 많이 반영된다.

2 후기 모데르니스모 시

후기 모데르니스모란 용어는 1910년에서 1930년 사이에 모데르니스모와 전위주의 사이에 성장한 작가세대를 지칭하는 용어이다. 후기 모데르니스모 시의 맹아는 다리오의 『삶과 희망의 노래』, 루고네스의 『정원의 황혼』, 그리고 마르띠의 『자유시가』 등에서 나타나는 반짝이는 그리스 보석에 대한 경멸에서 찾아볼 수 있다. 1911년 엔리께 곤살레스 마르띠네스의 소네트 이전에 마르띠와 다리오의 위 시집에서도 장식적인 시와 그에 대항하는 상징적인 새와의 대조는 존재했었다. 따라서 후기 모데르니스모 시는 하나의 단절이라기보다는 모데르니스모의 인간적인 면모의 계승이며, 그러한 경향의 승리이다. 물론 오늘날까지도 모데르니스모의 추종자는 잔존한다. 그러나 시는 차차 일상적인 것을 향해 나아가고, 본래의 풍경을 회복하게 되었다. 후기 모데르니스따들은 다리오의 추종자들이 언어를 지나치게 세련되게 표현하는 데 집착함으로써 간과한 인간의 감정과 감동을 회복시키고자 하였다. 후기 모데르니스모의 미학은 정제된 형식 속에 인간적 감정을 숨김 없이 표현하는 간결주의이다. 전통적인 시형식을 어느 정도 사용하기는 하지만, 주제에 있어서 내면적 간결함의 추구가 강조된다. 이러한 신토착주의를 지칭하는 것이 칠레인 프란시스꼬 꼰뜨레라스가 말하는 문도노비스모 mundonovismo이다.

후기 모데르니스따란 말을 사용한 페데리꼬 데 오니스는 이 조류를 6개 그룹으로 정의하고 있다. 이 그룹은 서정적 간결함, 고전 전통, 낭만주의, 감정적 산문주의, 감정적 아이러니, 여류시의 추구 등을 특징으로 한다. 그러나 후기 모데르니스모의 경계는 쉽게 설정되지 않는다. 왜냐하면 모데르니스모를 폐물로 만들어버린 전위주의가 후기 모데르니스모의 잔존을 막지는 못했기 때문이다. 많은 후기 모데르니스모 작가들이 최후에는 전위화되긴 했으나, 두 경향은 오랫동안 공존했다.

2.1 대표적인 후기 모데르니스모 시인들

2.1.1 엔리께 곤살레스 마르띠네스

엔리께 곤살레스 마르띠네스 Enrique González Martínez (1871~1952)는 소네트 「가증스런 깃털을 가진 백조의 목을 비틀어라」로 후기 모데르니스모의 특징인 성찰과 내면화의 길을 열었다. 그는 『숨은 길 Los senderos ocultos』(1911), 『바람의 말 La palabra del viento』(1921), 『부재와 노래

Ausencia y canto』(1937), 『바람에 날리는 솜털 *Vilano al viento*』(1948), 『새로운 나르시스와 다른 시들 *El nuevo Narciso y otros poemas*』(1952) 등의 방대한 작품을 통해 이러한 경향을 지속적으로 추구했다. 이렇게 제목을 나열하는 것만으로도 조금은 단조롭긴 하나 결코 인간적인 열기를 잃지 않는 토운으로 존재의 불안을 분석하는, 지혜와 신중함으로 가득 찬 목소리를 들을 수 있다.

2.1.2 라몬 로뻬스 벨라르데

후기 모데르니스모의 내밀한 흐름을 따른 대표적인 시인이다. 벨라르데 Ramón López Velarde(1888~1921)는 흔히 〈지방시인〉으로 알려졌는데, 그는 그가 잘 알고 있고 사랑하는 이 테마에 자주 접근하였다. 곤살레스 마르띠네스가 그의 유명한 소네트에서 후기 모데르니스모의 초석을 마련했다면, 멕시코에서 이 운동의 발전은 라몬 로뻬스 벨라르데에 힘입은 바가 크다. 그에 의해 지방이 이러한 시경향의 구성요소로 등장하게 된다. 알렌 필립스는 그 지방적 요소를 종교적 감동, 감정적 정감, 완만한 삶, 전통에의 애착, 지방적인 것의 찬양, 고향의 운치 등으로 분류하고 있다. 이러한 것들과 순결하고 이상화된 사랑 같은 주제들이 첫 시집 『경건한 피 *La sangre devota*』(1916)에 나타난다. 이 시집에는 멕시코 지방의 가장 내밀한 삶이라는 새로운 시세계가 보이고 있다. 그는 본질적인 세부를 취하고 그것을 상징의 범주로 승화시킴으로써 현실을 시화해 내고 있는데, 「내 사촌누이 아게다 *Mi prima Agueda*」가 대표적인 시이다. 여기에는 벨라르데 자신의 여덟 살 연상의 이모에 대한 어린 시절 철부지 사랑의 기억과 함께 한 가족의 일화적인 그림이 현실을 암시적으로 심화시키는 이미지에 집약되어 있다. 이후 멕시코시에 거주하면서 『비탄 *Zozobra*』(1919)이라는 두번째 시집을 펴낸다. 이제 그의 문체는 주제와 더불어 보다 복잡하게 되는데, 예측할 수 없는 메타포, 아이러니, 기괴한 동사 유희 등 루고네스의 표현방식과 에레라 이 레이식 등의 영향이 명백히 나타난다. 그는 이제 보다 성숙하고 의식 있고 관능적이며, 세계와 악마와 육신에 대해 고민하는 시인으로 등장한다. 그는 본질적인 종교심을 버리지는 않았으면서도 루벤 다리오가 경험한 것 같은 에로틱한 것의 자극에 위협을 느낀다. 이미 이 책은 감정의 고백이 아니라 영혼과 고뇌의 고백이다.

그의 유작 『심장의 소리 *El son del corazón*』(1932)에서는 주제의 동기에 있어서는 초기의 경향으로 돌아가나 바로 이전 단계의 복잡한 문제는 버리지 않는다. 그의 가장 유명한 시 「부드러운 조국 La suave patria」은 바로 이 시기의 것이다. 이 시에는 벨라르데의 멕시코주의, 즉 승화된 동시에 사실적인 멕시코에 대한 관점이 완벽하게 나타나고 있다. 그는 소박하고 일상적인 것에서 멕시코주의를 추구했는데, 동시에 이러한 요소를 본질적인 상징의 범주로 승화시키는 능력을 발휘하고 있다.

2.1.3 발도메로 페르난데스 모레노

스페인계 이민으로 이상화된 스페인과 신세계의 괴리감을 노래한 시인이다. 간결주의 sencillismo의 가장 특징적인 대표자인 모레노 Baldomero Fernández Moreno(1886~1950)의 시어는 검소하고 소박하며 단순하다. 그의 시구는 친밀하고 고즈넉한 정서를 불러일으키는 기억, 일상적인 삶의 기록에 편향되어 있다. 그는 모데르니스모의 신화에는 분노하지만, 천재적인 슬픈 방랑자인 다리오를 숭배하고 그의 음악성을 받아들인다. 사소한 결혼생활이나 자애로운 어머니를 얘기할 때는 산문주의로 빠지는 듯하지만, 이 모든 것에 최후의 순간 적절한 서정성을 부여하는 능력으로 거기에서 벗어난다. 그의 작품에는 부드러운 멜랑콜리와 이해로 이루어진 삶의 철학이 스며나오지만, 동시에 흥겹고 아이러니컬한 우스운 순간들도 있다. 작품의 정점에선 번뜩이는 이미지를 즐기기도 하나, 전반적으로는 항상 중용을 택한다.

시집으로는 『전원의 간주곡 *Intermedio provinciano*』(1916), 『아르헨티나

의 들판 *Campo argentino*』(1919), 『스페인의 마을 *Aldea española*』(1925), 『로만세 *Romances*』(1936), 『부에노스 아이레스(도시, 마을 들판) *Buenos Aires (ciudad, campo pueblo)*』(1941), 『노적가리 *Parva*』(1949) 등이 있다.

2.1.4 기타 시인들

그 밖의 시인들로는 다음과 같은 인물들을 들 수 있다.

까를로스 뻬소아 벨리스 Carlos Pezoa Véliz(1879~1908)는 칠레인으로 비록 연대상으로는 모데르니스모 시기에 속하지만 후기 모데르니스모의 첫 세대이다. 사후에 출판된 그의 시들은 종종 사회적인 테마, 교외나 시골의 소외된 인간에 대한 접근을 보여준다. 그의 시 『병원에서의 오후 *Tarde en el hospital*』는 아직 베를렌의 냄새가 나긴 하지만, 이러한 테마가 비탄에 젖어 생생히 드러난다.

루이스 요렌 또레스 Luis Lloren Torres(1878~1944)는 푸에르토리코인으로 고향의 풍경을 회복한 후기 모데르니스모의 훌륭한 예가 되는 시인이다. 그의 창작의 면모는 매우 다양하여 한편으로는 푸에르토리코에서 모데르니스모의 대표자이면서 또 한편으로는 후기 모데르니스모의 대표자이며, 또한 전위주의적인 면모도 보인다. 즉, 1898년 이후 푸에르토리코의 문화계는 이 모든 조류를 빠른 시일 안에 축적해 나갔고, 요렌 또레스는 바로 이 기간의 생생한 증인인 것이다. 그는 카리브의 훌륭한 지적 기관인 ≪안띠야스 제도의 잡지 *Revista de las Antillas*≫를 만들었고, 독특한 이론으로 시를 모든 사물을 포괄하는 현상으로 이해했다. 그의 안띠야스 제도 풍경에 관한 비전은 대담하고 반짝이는 이미지로 조직된 감각적인 이해에 바탕하고 있다. 시집으로는 『교향악 소네트 *Sonetos sinfónicos*』(1914), 『안띠야스섬의 노래와 다른 시들 *La canción de las antillas y otros poemas*』(1929), 『아메리카의 산정 *Alturas de América*』(1940) 등이 있다.

우루과이인 까를로스 사밧 에르까스띠 Carlos Sabat Ercasty(1887~1982)는 조국의 자연을 직접 관찰하여, 바다와 강이라는 찬미할 만한 요소를 발견해 내었다. 또한 고양된 어조로 인간을 노래하기도 했는데, 월트 휘트 먼의 강력한 영향을 받은 중남미인 중 하나이다. 그는 또한 네루다에게 영향을 주기도 했는데, 네루다는 그에게서 인간만이 아닌 자연, 그 숨 겨진 힘까지 포용하는 시, 우주의 신비와 인간의 가능성 앞에 서있는 서 사적 시라는 자신의 야망이 실현된 것을 보았다고 인정한다. 『인간의 시 Poemas del hombre』라는 연속시집 외에, 『의지의 책 Libro de la Voluntad』 (1921), 『사랑의 책 Libro del Amor』(1940), 『몽상의 책 Libro de la Ensoñación』(1947), 『호세 마르띠의 책 Libro de José Martí』(1954)의 시집들 이 있다.

엔리께 반츠 Enrique Banch(1888~1968)는 23세에 절필했기에 작품이 매 우 적은 아르헨티나의 시인이다. 그의 시집 4권 - 『배 Las barcas』(1907), 『찬양집 El libro de los elogios』(1908), 『매 방울 El cascabel del halcón』(1090), 『납골함 La urna』(1911) -은 표현의 정확함을 추구하는 점진적인 시도이 다. 이 시도는 신고답주의적인 맛을 풍기며 순수시의 강령에 가까운 소 네트집인 마지막 시집에서 완성되었다. 그에 있어서 표현적인 모든 장식 의 배제는 어떤 사조에 대한 계산된 관심에서 나온 것이 아니라, 하나의 높은 시적 숙련의 수준을 보여주는 것이다.

모데르니스모에 대해 적대적인 태도를 취한 예외적인 후기 모데르니 스따의 하나인 루이스 까를로스 로뻬스 Luis Carlos López (1883~1950)는 농 담을 좋아하며 풍자적인 기질로 인해 반(反)모데르니스따가 되었다. 그 는 고향인 까르따헤나에 정주하여 거기에서 세계를 비판적으로 바라보 아, 로사스 데 오껜도, 델 바예 까비데스, 떼라야로 이어지는 위대한 중남미 풍자가의 연장선상에 서게 되었다.

멕시코의 위대한 인문주의자인 알폰소 레예스의 시인으로서의 면모는 그의 방대하고도 중요한 비평과 수필 작품으로 인해 빛을 잃고 있는 것 처럼 보인다. 그의 시집들은 너무나 산발적으로 나타났고, 또한 산문으 로 된 작품들에 압도되어 구하기도 어려울 뿐만 아니라, 스타일, 테마

그리고 멜로디에 있어서 너무나 변덕스러워서 시인 레예스에 대한 명확한 인상을 가진 독자는 거의 없는 형편이다. 레예스의 시의 가장 큰 특징은 다양성이다. 그는 고답주의와 상징주의에서 시작하여 거의 모든 시적 조류들을 탐구하였다. 그런 그에게서 결코 변하지 않는 요소는 형식적 완성과 모호한 암호로 된 언어에의 선호이다. 또한 스페인 고전시에도 끝없는 애착을 가졌다. 그는 때로는 전위주의자이기도 했으나, 결코 비인간화에 빠지지는 않았으며, 교묘하고 특별한 산문주의를 구사하였다. 그의 두번째 시집인 『잔인한 이피헤니아 *Ifigenia cruel*』(1924)는 극시집으로서 레예스가 자신의 주관성을 신화를 통해 어떻게 객관화했는가를 보여주는 작품이다. 여기서는 또한 공고라와 깔데론의 영향이 엿보이는 과식주의적인 민중주의를 발견할 수 있다.

　『에네로강의 로만세 *Romances de Río Enero*』(1933), 『페데리꼬 가르시아 로르까의 무덤에서의 칸타타 *Cantata en la tumba de Federico García Lorca*』(1937), 『숲 *La Floresta*』(1945), 『광야와 삼림 *La vega y el soto*』(1945), 『새로운 호젓한 로만세 *Nueve romances sordos*』(1954) 등의 시집이 있다. 이 시집들은 1959년 『시적 기록 *Constancia poética*』이라는 책으로 묶여져 다양한 표현을 통해 다면적인 현실을 포착해 내는 그의 놀라운 재능을 보여준다.

2.2 여류시인군

2.2.1 여류시인군의 등장배경

　여류시인군의 등장배경에는 모데르니스모 운동이 후기 모데르니스모로 이어지면서 모데르니스모 본연의 몰개성, 냉혹성에 대한 비판이 대두하게 되고, 이에 따라 여성적인 감성을 주무기로 독자층을 파고들었다는 점도 있었지만, 중남미의 산업화로 생활수준이 상승하여 여성이 가사에서 해방되어 교육을 받게 되고, 지성 함양을 할 수 있는 부르주아

계급이 형성되었다는 경제사회적 배경을 들 수 있다. 이것은 이들 여류 시인군이 당시 중남미에서 가장 선진적이던 칠레, 우루과이, 아르헨티나 등의 비교적 유복한 가정에서 산출된 것으로 입증된다.

델미라 아구스띠니와 마리아 에우헤니아 바스 페레이라에 의해 모데르니스모에서 시작된 이러한 시들에 여류라는 호칭을 붙이는 것에 반대 의견도 있을 것이다. 그러나 이들의 시에서 작가가 여성이라는 조건은 너무나 명백히 영향을 미치고 있고, 또한 이를 최근의 경향에 맞추어 여류라는 용어 대신 페미니즘이라는 용어를 사용할 수도 있을 것이다. 실제로 이들의 두드러진 특징은 격렬한 에로티시즘적인 표현까지도 포함하는 여성으로서의 자각과 강한 진지함이다. 이 여류시인들은 후기 모데르니스모의 한계 내에서 그 정신과 형식을 유지하고 있다. 다만 몇몇의 예외적인 경우도 있는데, 화나 데 이바르부루의 경우 전위주의에 대한 실험적인 접근을 시도하기도 하였다. 이들의 작품활동은 후기 모데르니스모와 함께 끝나는 것이 아니라 중남미 시문학사에 있어 합법성과 중요성을 차지하고 있으며 후기 전위주의 및 현대에 이르기까지 중남미 시문학의 일부분을 뚜렷이 형성하고 있다.

2.2.2 델미라 아구스띠니

아구스띠니 Delmira Agustini(1886~1914)는 창작활동의 평가로뿐만 아니라, 모순과 수수께끼에 가득 찼던 비밀스러운 삶을 산 것으로도 유명하다. 1886년 10월 24일 우루과이 몬테비데오의 한 유복한 부르주아 가정에서 태어난 그녀는 일찍부터 개인교습으로 프랑스어, 음악, 회화 등을 배웠으며, 16세가 되던 해 ≪여명 *La Alborada*≫에 산문을, ≪적과 백 *Rojo y Blanco*≫에 시를 발표함으로써 문단에 데뷔하였다. 1907년 최초의 시집 『순백의 책 *El libro blanco*』이 출간되며, 이어 1910년에는 두번째 시집 『아침의 노래 *Cantos de la mañana*』가 출간된다. 한편 1912년 몬테비데오를 여행 중이던 루벤 다리오가 그녀의 시적 재능을 발견하고 찬사를 하는데, 이 글이 곧 그녀의 세번째 시집 『텅 빈 성배 Los cálices vacíos』(1913)의 서문이 되며 이로써 그녀의 영광과 사랑과 행복의 시기가 시작된다.

1913년 엔리께 욥 레예스와 5년간의 약혼 끝에 결혼식을 올린 그녀는 신혼 두 달을 넘기지 못하고 친정의 어머니품으로 돌아온다. 자신에 대한 남편의 애정에도 불구하고 그녀의 시적, 지적 관심과는 동떨어진 그와의 일상을 인내하지 못했던 그녀는 아버지에게 그러한 통속적인 것을 견딜 수 없다라고 고백하여 이혼수속을 끝낸다. 이 후 델미라는 2년 전 우연히 알게 되었던 아르헨티나의 작가 마누엘 우가르떼와 사랑의 서신들을 교환한다. 알 수 없는 것은 그런 상황에서도 이제는 전남편이 된 엔리께를 이번에는 정부로 삼아, 갓난아이 la Nena라고 서명한 친밀한 편지들을 보내면서 그와의 빈번한 밀회를 시작한 것이다. 1914년 그녀는 세간에 엄청난 센세이션을 불러일으킨 최후를 맞게 된다. 여느 때와 다름없던 전남편과의 밀회는, 엔리께가 두 발의 탄환을 그녀의 머리에 발사하고 자신도 곧이어 자살함으로써 영원히 끝나버린 것이다. 그녀의 아버지가 비통해 한 갓난아이 최후의 날은 이렇게 비극적으로 찾아왔다.

이와 같이 아구스띠니의 삶은 그녀의 이중적인 인격을 드러내는 분열적인 모습의 것이었다. 타인의 눈에 비친 그녀의 모습은 전형적인 몬테비데오 부르주아 가정의 부드럽고 얌전한 처녀에 지나지 않았으나, 그녀의 비밀스런 불타는 듯한 기질은 내면을 고백하는 에로틱한 불안으로 작품을 가득 메우게 하며, 그 속에는 로베르또 데 라스 까레라가 지적한 반짝이는 여류시인이라는 대가적 자질과 훌리오 에레라 이 레이식이 지적한 중남미의 새로운 뮤즈신으로서의 자질이 엿보인다. 매우 절박한, 거의 몽유병적인 상태에서 글을 썼던 그녀의 작품에는 지각과민, 밤의 고독, 직관의 비상한 침투가 드러난다. 루벤 다리오의 일부에서 나타나는 관능과 에로티시즘을 극단으로 몰고 간 그녀는 중남미뿐 아니라 서구유럽의 그 어느 여성도 시도하지 못했던 새로운 내용의 시를 씀으로써 동시대 동향인들에게 엄청난 경악을 불러일으켰다.

최초의 시집 『순백의 책』은 당대 선풍적 인기를 끌며 중남미의 뮤즈 신이라는 우나무노의 호평을 얻어내나, 그녀의 후기시에 나타나는 낭만 주의적 내면 고백보다는 구태의연한 모데르니스모적 언어가 지배적이다. 반면 때때로 나타나는 사랑과 삶의 격정적 표현들이 돋보인다. 시집 『아침의 노래』에서부터는 모데르니스모를 탈피하여 독창적인 그녀 시의 주요 테마를 확장시킨다. 이제 작품에는 주제적 깊이, 사용된 상징의 심 오함 등이 발견된다. 그 첫째는 자신의 비극적 최후를 예견이나 한 듯이 죽음 앞에서의 초자연적 고통을 포착하여, 내면의 심연을 고백하는 것이다. 두번째 특징적인 테마는 꿈의 환상으로 왕지렁이, 흡혈귀가 관능 적인 밤의 상징으로 등장하며 그녀의 잠재의식적 욕구를 드러내고 환기 시킨다. 꿈, 환영, 그것의 모양, 형상, 소재 등이 인상적으로 드러나 며, 작가의 어두운 내면이 그것을 지탱하는 강한 에로틱한 함성과 환영 으로 표현되는 것이다. 세번째의 테마는 삶을 에너지의 원천으로 파악하 는 것으로, 아구스띠니는 영육합일의 기원, 욕망으로서의 삶이 있는 디 오니소스적 세계를 원한다. 한편 『텅 빈 성배』에서 시인은 에로스신의 여사제로 등장하며 시를 에로스에게 바치는데, 여기에서 네번째 테 마, 즉 욕망으로 그늘진 세계가 등장한다. 몽상적 환상에 사로잡힌 자신 이 겪는 고통스런 이미지, 미스테리한 감각의 비극이 드러나는 것이다.

그녀가 발표했던 세 권의 시집을 살펴보면 그녀와 더불어 여류시의 새로운 유형이 시작되었음을 알 수 있다. 그녀가 모데르니스모적 수사장 치를 완전히 탈피하지 못했음에도 불구하고 평가를 받는 것은, 자신의 시에 관능성과 영적 요소를 조화시킴으로써 여성으로서의 욕구, 갈 망, 고독, 긍지 따위를 세밀히 표현했다는 데 있다. 즉 환상의 세계에 서만 표출될 수 있는 에로틱한 여인의 염원을 실존적으로 대담하게 드러 낸 것이다. 이러한 아구스띠니의 시에는 보들레르의 것에 견줄 만한 퇴 폐주의의 특징들이 나타난다. 그녀가 늘 꿈꾸어오던 환상은 근본적으로 이원적인 것이었다. 에로스에게 바치는 시 「책을 헌납하며」에서 아구스띠니는 에로스를 기쁨과 고통의 에로스라고 묘사하며 자신을 타오르게도 또 동시에 좀먹게도 하는 그 이중성, 이원성을 빛나는 영혼과 어두운 육체를 가진 것이라고 규정한다. 그녀의 시는 항상 이러한 보들레르적 양극단—기쁨과 고통, 염원과 불능, 선과 악, 사랑과 죽음, 삶과 죽음 등—을 방황한다. 로드리게스 모네갈은 더불어 그녀의 작품에 나타나는 새디즘, 매저키즘적 암시들을 지적하며 이러한 퇴폐주의적 경향은 시인 내면세계의 분열에 기인한다고 파악하였다. 프로이트식으로 말하자면 그녀의 자의식 과잉이 자아의 분열을 초래했고 이 분열은 다시 콤플렉스를 일으켜 꿈과 히스테리 증상이 생겨났다는 것이다. 한편, 도리스 스테판은 아구스띠니가 죽음의 쾌락성을 믿었고 이에 따라 의식적으로 고통과 파괴를 추구하였으며 작품에 나타나는 심상들도 자연 새디즘, 매저키즘적 양상들을 지니게 되었다고 주장한다.

작품의 요소요소에서 발견되는 아구스띠니 고유의 상징인 조상(彫像)은 이러한 이중성을 집약한 시어로 이해되는데, 이는 그녀의 강한 욕망과 그것을 규제하는 사회관습 사이의 갈등을 의미하는 것이다. 육신의 감각에서부터 그것의 절대적 초월까지의 총체적 사랑의 경험이야말로 아구스띠니의 시 전반에서 찾을 수 있는 테마이다. 알폰시나 스또르니는 아구스띠니의 시가 격렬한 여성성을 표현하는 것으로 그녀의 에로티시즘은 단순한 피상적 감각의 본능이 아니라 상징을 통해 그것의 형이상학적이고 지고한 초월을 획득한다고 평가하였다. 순수한 내면적 직관, 자기방기(自己放棄), 상상으로 신과 합체하여 최고 실재, 혹은 진리를 직접 체험하려는 종교적, 철학적 입장을 신비주의라고 한다면, 아구스띠니는 시적 관능을 통해 어떤 최고 실재를 추구한 것처럼 보인다. 바로 이러한 맥락에서 그녀의 관능주의의 신비적 요소, 형이상학적 요소에 대한 활발한 논의가 있어온 것이다.

델미라 아구스띠니는 중남미 문학사에 있어 화나 데 이바르부루, 알폰시나 스또르니, 가브리엘라 미스뜨랄로 이어지는 여류시인 계보의 시작을 알린다. 금세기 초 막 깨어나기 시작한 여성집단의 선두주자로서 아구스띠니는 여성으로서의 감성, 성적 욕구, 인간으로서의 소망 등을 사회 앞에서 소리치는 것이다. 그녀는 여자도 정서와 본능에 있어서는 남자와 동등함을 인정받고자 했고, 이러한 그녀의 외침은 그 비극적 삶으로 인해 낭만적 정조를 더하면서 호소력을 더해 많은 독자 대중의 공감을 사게 된 것이다.

2.2.3 화나 데 이바르부루

1895년 우루과이의 주 세로 라르고에서 스페인인 아버지와 토착민인 어머니 사이에서 태어난 이바르부루 Juana de Ibarbourou (1895~1979)는 어릴 때부터 거만하고 한편 아주 요염한 소녀였다고 한다. 20세에 육군 대위 루까스 이바르부루와 결혼하여, 2년 후 외아들 훌리오 세사르를 낳고, 1918년 몬테비데오로 이주했다.

1919년 첫 작품집 『다이아몬드의 언어 Las lenguas de diamante』를 출간해 즉시 명성을 얻게 되었다. 『다이아몬드의 언어』에서 가장 두드러지는 면모는 자연, 생명력, 삶의 기쁨에 대한 감수성이다. 이 시집은 열렬하면서도 신선한 사랑 고백의 모음이다. 그녀에게 있어서 남성으로부터의 독립이라는 문제는 알폰시나의 경우에서처럼 문제시되지 않았다. 그녀는 미스뜨랄이나 스또르니와 마찬가지로 사랑의 경험이 기본 테마가 되는 이 시집으로 그녀의 작품활동을 시작하였다. 그러나 이 경험은 『비탄』이나 『장미의 불안』에서처럼 좌절로 인해 혼란스럽지는 않다. 그녀는 사랑을 서로간의 솔직한 교류를 요구하는 충만함으로 파악한다. 어둡거나 병적인 면모가 없는 이러한 신선한 에로티즘으로 인해 우나무노는 그녀를 신선하면서도 동시에 열정적인 시의 발가벗은 순정한 영혼으로 자신을 놀라게 했다고 칭찬한다. 우리는 여기에서 어떠한 심리적인 세련화 없이 감각적 기쁨과 자연에 마주선 여자의 숨김 없는 초상화를 발견할 수 있다. 열정적이면서 굴종적인 사랑의 고백은 시집 전체에 걸쳐 반복되며, 마침내 저주와 애원에까지 이르게 된다. 사랑에 대한 그녀의 이러한 태도는 마치 아가(雅歌)에서 나오는 신에 대한 절대적 귀의를 연상케 한다. 그러나 그녀의 경우 이 복종은 남편 루까스 이바르부루에 대한 것이고, 따라서 정신적인 것이 아니라 육체적인 것이다. 그러나 이러한 복종에도 불구하고 그녀의 시는 또한 어쩔 수 없는 나르시즘의 색채를 띠고 있다. 세계는 그녀의 정감뿐 아니라, 그녀 자신의 아름다움 그것도 육체적인 아름다움을 중심으로 선회하는 것이다. 자신의 매력에 대한 확신에 찬 그녀는 정열과 자기 관조를 통해 자신의 내부를 자연에 투영한다. 이 시집에서 그녀는 모데르니스따란 호칭을 얻기는 하지만, 그것과는 약간 거리가 있는 직접적이고 구체적인 어휘를 구사한다. 즉, 그녀의 즉흥적으로 분출된 감정은 미화되지 않은 채, 뜨거운 피의 리듬을 따라 표출되는 것이다. 한 해 뒤에 나온 시적 산문인 『신선한 항아리 El cántaro fresco』는 그녀의 명성을 확고히 해주고, 1922년의 『야생의 뿌리 Raíz salvaje』에서는 청춘의 열정이 약간의 신중함에 자리를 양보해 주는 것같이 보인다. 범신론적인 해결책을 제시하는 죽음에 대한 성찰, 우울한 풍경이 자아내는 슬픔, 과일냄새에서 비롯된 그녀의 유년시절 고향에 대한 향수 등이 나타난다. 그녀는 자신을 야생의 소녀라고 단정한다. 그러나 자연은 여전히 불가사의하고 사랑 역시 영원한 번민으로 존재한다.

1929년 화나 데 이바르부루는 환 소리야 데 산 마르띤과 알폰소 레예스의 후원으로 아메리카의 화나 Juana de América라고 불리는 커다란 영예를 얻게 된다. 그러나 그러한 칭찬이 화나의 아름다움과 나르시즘을 좀먹는 적인 시간의 흐름을 막아주지는 못한다. 1930년의 『바람 속의 장미 La rosa de los vientos』는 그녀의 시세계의 변모를 보여주는 시집이다. 매너리즘에 빠질 위험이 사라진, 전위주의적 실험시집이라고 할 수 있는 이 시집에서는 쉽고, 간결하고, 부드럽고, 음악적인 시에서 벗어나 불규칙하고 자유로운 리듬이 나타나고 초현실주의적인 대담한 이미지가 등장한다. 시에서 이제 비행기, 헬리콥터 등의 시어가 나타나고 수학, 기상학, 환각 등을 암시하기도 한다. 한편 초기의 기쁨에 넘친 나르시즘은 이제 슬픔에 빠져, 감성보다는 사고에 우위를 두게 된다. 모든 것이 좀 더 심각해진다. 현실의 분석은 더 복잡해지고, 그녀는 이제 시간에 대해 생각하고 시드는 육체에 대해 생각한다. 젊음은 이미 잃었고, 아름다움도 잃어가고 있다는 슬픈 자각으로 인해, 전기의 찬란함은 빛을 잃을 수밖에 없는 것이다. 아마도 그녀가 받은 명예로운 호칭으로 인해 중압감을 가졌음직한 시인은 자신의 시를 「아메리카의 밝은 길 Claros caminos de América」로 유도한다. 이는 『바람 속의 장미』의 2부 제목인데, 그러나 여기에는 바라던 만큼의 대륙적인 요소가 삽입되어 있지는 않다. 우루과이의 밖으로의 여행 경험이 매우 제한되었기 때문에, 화나 이바르부루의 시는 그녀의 고향땅에 의존하고 만다. 또한 여기에는 1부에서 보이는 실험주의가 상당히 후퇴되어 있다.

이 시기의 시작으로 인해, 화나는 중남미에서 세계대전이 끝난 후 표현주의에서 다다이즘의 영향을 받은 작가 중 하나라고 일컬어진다. 그러나 이러한 전위주의적인 새로운 표현, 정화된 악센트, 느린 리듬은 그녀에게 있어서 결코 성공적이었다고는 할 수 없고, 이 시집 이후의 긴 공백기간이 이를 증명해 준다. 사실상 그녀는 전위주의의 방향으로 더 이상 나아가지 않았고, 화나 스스로 전위주의의 태풍 속에서 안식을 찾기 위해 다시 산 환 데라 끄루스, 루이스 데 공고라 등의 원초적인 규범으로 눈을 돌렸다고 얘기한다. 그러나 화나 데 이바르부루가 전위주의의 오염을 전혀 받지 않고 빠져나온 것은 아니다. 원초적인 규범으로 돌아가려는 그녀의 열망도 시적 언어에 약간의 대담함이 침투하는 것을 막을 수는 없었다. 한동안 『성모마리아 찬미 Loores de Nuestra Señora』(1934), 『성경의 면모 Estampas de la biblia』(1934), 『소년 까를로 Chico Carlo』(1944), 『나따차의 꿈 Los sueños de Natacha』(1945) 등의 산문집만 내놓던 그녀는 『상실 Perdida』(1950)을 시작으로 다시 시를 쓰기 시작한다. 1942

년 남편과 사별한 후의 고통은 화나의 시를 보다 침착하고 자기성찰적이 되게 하여, 『상실』은 원숙하고 침착한 애가조의 완벽한 표현을 구사하는 화나의 모습을 보여준다. 이제는 열정과 자유의 시기와는 멀리 떨어진 생을 수용하고 그것에 굴복하는 시기이다. 『상실』은 무엇보다도 추억과 향수의 모음집이다. 여기에는 또한 사물의 아름다움에서 멀리 떨어져 있는 궁극적 현실을 탐구하고자 하는, 그리고 애매한 상징적인 언어로 사색하고자 하는 형이상학적 열망이 존재한다.

1953년의 새로운 시집 『새매 Azor』에서 그녀는 복잡한 이미지, 종교적, 철학적 주제를 활기가 아닌 수수함과 품격을 가지고 다루게 된다. 열정은 아직 남아 있으나 사려 깊은 내성적인 열정이다. 도라 이셀라 루셀의 말에 따르면 여기에는 그칠 줄 모르는 시인으로서의 소명의식이 나타나며, 『상실』에서의 굴종적인 목소리와는 멀리 떨어진 더 단호하고 반역적인 악센트가 보인다. 화나 데 이바르부루의 시에 등장하는 상징적인 동물 중 가장 의미심장한 것의 하나인 새매는 확실함과 차분함에의 추구를 표현하는 데 사용된다. 시인은 여기에서 하늘의 수호인으로서 그녀의 정신적 평온을 보장해 주는 프라이 루이스의 보호 아래 안주한다. 도라 이셀라 루셀이 언급하는 반란은 젊은 날의 반란과는 다르다. 그것은 오히려 불길한 시간의 숙명 앞에서의 투쟁을 의미한다. 따라서 화나는 영원한 새벽의 기쁨을 회복하려 하고, 꿈에서 안식을 취하려 하며, 모든 사물에서 신성의 발현을 찾으려 한다. 이러한 정신적인 평화의 결과로, 1953년 출판된 그녀의 전집에 실린 『랍비의 메시지 Mensajes del escriba』는 안온한 태도를 나타낸다. 종교적인 신앙으로 굳게 뒷받침된 기쁨이 이 시들에 흘러넘친다. 운율은 전통적인 톤을 크게 벗어나지 않고, 예외적으로 마지막 시에서만 그녀의 감각을 지성화하려는 욕구로 인해 운율상의 불균형과 리듬을 무시하는 경향이 나타나게 된다. 운을 준수하지 않은 것은 단지 우연한 일이지만, 그 효과는 상당히 크다.

같은 해 나온 『이원주의 Dualismo』는 젊은 날에 씌어진 출판되지 않은 시들과 원숙한 단계의 시를 모아놓은 이질적인 시집이다. 1955년의 『운명의 로만세 *Romances del destino*』에서는 서술적인 서정시를 선택하였다. 이 시 중 첫번째인 「화니따 페르난데스의 자신의 로만세 Autorromance de Juanita Fernández」는 자신의 사춘기를 회상해 놓은 작품이다. 그러나 이러한 로만세들은 루고네스의 『세꼬 강 *Río Seco*』의 것과 같이 엄격하고 살풍경하지는 않다. 비록 죽음과 절망이 존재하긴 하지만, 소탈함을 추구하는 속에서 높은 비상의 이미지, 쾌활한 수다스러움도 여전히 남아 있다.

화나 데 이바르부루의 다른 시집에 관해서도 같은 평가를 내릴 수 있다. 『상실』 이후 그녀의 시를 특징짓는 내성적이며 고백적인 어조는 주위에 대한 관심을 잃지 않은 채, 『금과 폭풍 *Oro y tormenta*』, 『애가와 여행자 *Elegía y La pasajera*』에서도 투영된다. 범신론과 거의 닿을 듯한 신의 섭리에 자신을 맡기는 일, 반짝이는 자연, 초현실주의적인 알레고리 그리고 향수와 공포심을 주는 고통이 이 시들의 요소이다.

화나의 시를 테마적으로 접근해 보면, 가장 먼저 눈에 띄는 것으로 작품 전체를 관통하는 관능주의와 나르시즘을 들 수 있다. 젊고, 애교 있고, 선정적인 여류시인이었던 그녀는 그녀의 아름다움의 힘을 육체에서 느꼈다. 그녀는 스스로가 남자에 의해 원해진다는 사실을 잘 알고 있었고, 또한 그 남자를 위해 벌거벗은 채 진술하게, 아름다움이 최고조로 고양된 순간에 대한 확신에 차서 시를 썼다. 이에 관련된 테마로서 죽음의 테마를 들 수 있다. 자신의 아름다움에 대한 확신에 찬 여인으로서 화나는 죽음보다는 늙음을 더 무서워한다. 따라서 초기의 그녀는 죽음 앞에서도 감각적인 제스처를 취하고, 그것을 육체의 힘으로 극복하려 한다. 그러나 그녀의 이러한 자신만만한 태도는 시간의 흐름, 어쩔 수 없는 노쇠 앞에서 무력해진다. 『상실』에서 그녀는 죽음 그 자체를 조용히 받아들인다. 또한 중요한 테마의 하나는 기독교적 신비주의이다. 화나는 독실한 카톨릭 신자로서, 독자적인 종교관을 보여준 미스뜨랄과

는 달리, 교리적이고 제의에 충실한 신도였다. 이러한 제의주의는 그녀
의 정신과 문학형태에 잘 맞는 것으로서, 그녀의 시와 산문에는 세련주
의의 요소도 보인다. 그러나 그녀의 시세계에서 이러한 정서는 결국 인
간적인 사랑, 육체에 대한 찬미 주위를 선회하는 것이었다. 숨 펠데는
화나의 신비주의는 영혼의 불멸성에 대한 사랑이기보다는 일차적으로
육체의 불멸성에 대한 사랑이라고 평가한다. 그녀에게 있어서는 가장 경
건한 종교심도 결국은 관능주의와 연관되고 마는 것이다. 모데르니스모
의 특징 중 하나가 당대의 정신적 혼란을 극복하기 위하여 여러 관념론
적 이데올로기를 혼합한 것이었다면, 화나의 시는 그것의 후기 모데르
니스모적 세속화를 잘 보여주는 예가 아닐까 싶다. 한편, 그녀의 시에는
과일, 꽃, 밀, 영양, 종달새 등의 어휘가 매우 풍부한데, 이것은 그녀
의 존재의 기쁨이 식물적, 동물적 이미지로 표출된 것으로서, 자연을
대하는 범신론적 태도를 엿볼 수 있다. 그녀의 시의 변천에도 불구하고
그녀에게 있어서 가장 인상적이고 의미 있는 것은 초기시에서 보이는 감
각적인 싱싱함이다. 감각과 자연에 대한 사랑의 표현에서 그녀는 그녀의
천진성을 마음껏 드러내고 있는 것이다. 사랑과 삶을 바라보는 그녀의
낙관적 자세는 중남미의 다른 여류시인과 그녀를 구분하는 근본적인 특
징이 된다.

2.2.4 알폰시나 스또르니

아르헨티나인 부모 사이에서 스위스에서 태어났고, 거기서 유년기와
청소년기를 지낸 알폰시나 스또르니 Alfonsina Storni(1892~1938)는 그녀의
고통스러운 삶과 사랑의 좌절, 본질적인 비통함을 시에 도입하였다. 따
라서 그녀의 첫 시집 제목이 『장미의 불안 La inquietud del rosal』(1916)인
것은 그리 이상한 일이 아니다. 이제는 색이 바랜 모데르니스모에서 나
온 약간은 허식적인 이 시집의 효과주의는 종종 아무 거리낌없이 즉흥적
으로 터져나오는 표현적인 악센트로 보충된다. 게다가, 약간의 산문주

의를 사용하여 직접적인 것에 접근하려는 의지와 지속적인 자기분석으로 인해 이 시집은 모데르니스모와 차별성을 가진다.

부에노스 아이레스의 문학 동호회에서 기꺼이 받아들여지고 신문기자와 교육자로서 만족할 만한 활동을 벌이고 또한 작가로서 점점 명성을 쌓았음에도 불구하고, 자신의 내면적 불만을 달랠 수 없었던 알폰시나 스또르니의 시의 역사는 최후에 가서야 완성된 때때로 비틀거리며 후퇴하기도 한 시적 언어를 추구하는 정화과정이었다. 그러나 아마도 역설적으로 이러한 동요와 불안 속에 알폰시나 스또르니의 창작의 힘이 존재할 것이다.

첫번째 시집에 나타나는 반란의 정신과 에로티즘은 『달콤한 상처 *El dulce daño*』(1918)에서 더욱더 교묘하게 취급된다. 여기에 실린 유명한 시 「당신은 내가 순결하기를 원합니다 Tú me quieres blanca」는 그 날카로운 6음절에 오늘날까지 페미니즘의 시적 발호로서 상당한 힘을 발휘하고 있다. 또한 이 시집에서 부에노스 아이레스는 비인간적이고 무인칭적인 공간으로 나타나는데 이러한 시각은 그녀의 다른 작품에서도 계속 견지된다. 자아와 에로틱한 경험의 열정적인 성찰, 그리고 남성으로부터의 독립은 『어쩔 수 없이 *Irremediablemente*』(1920)에서의 지속적인 테마가 된다. 이 시집의 대표적인 시 중 하나인 「바다 앞에서 Frente al mar」는 이러한 요소가 작가에게 미치는 매혹을 극적인 형태로 드러낸다. 같은 해에 발간된 『권태 *Languidez*』의 서문에서, 알폰시나 스또르니는 주목할 만한 변화를 선언한다. 그녀는 이제 자기가 말해야 할 것은 다 이야기했다고 선언하고 주관적인 시를 포기한다고 말한다. 그럼에도 불구하고 그 약속은 지켜지지 않았다. 『권태』에는 외부의 사물들로 접근하려는 시도가 크게 드러난다는 것은 사실이다. 그러나 외부의 사물들은 실제적으로 시인의 냉혹한 자아중심주의의 결정적인 요소로서 시인의 메아리에 불과하다.

『황토 *Ocre*』(1925)는 다리오의 시를 패러프레이즈한 시로 시작한다. 그것은 다리오의 성찰적인 분석과 희망어린 종결과는 거리가 먼, 죽음을 인간 고통의 해결방법으로 생각하는 허무주의적인 시이다. 한때는 멀고, 어둡고, 암담했던 바다가 다시 평화와 망각의 원천으로서의 조건을 회복한다. 바로 직전의 작품과 크게 다른 점을 가지고 있지 않은 이 시집에서, 그녀의 시에서 특징으로 간주되는 불안과 모순이 반복된다. 진정한 스타일의 변화는 『일곱 개의 우물로 된 세상 Mundo de siete pozos』 (1934)에서 나타난다. 여기에서 알폰시나 스또르니는 이미 상당히 공고해진 전위주의에 접근하려는 열망을 드러내는 대담한 이미지와 압축으로 이루어진 언어를 정립한다. 알폰시나는 극단주의적인 모험을 뒤늦게 시도한 시인으로서, 실험이라는 행위 자체가 언제나처럼 비관주의적인 그녀의 시에 즐거움을 제공해 준다는 사실을 알 수 있다. 운율을 차단하고 리듬을 거부하는 것은 압축을 요구하는 시적 담화에서 놀랄 만한 결과를 발생시키는 요소들이다. 낭만주의에서 잃어버린 것들이 아이러니에 의해 제시되는 건전한 기지주의에서 회복된다. 그러나 에로틱한 긴장과 그 결과로 인한 고통은 이 모두에서 사라지지 않고 어떤 경우에는 다시 강조되기까지 한다. 여기에도 또한 냉혹한 도시와 시인의 비극적인 최후의 제스처를 예견하게 해주는 바다가 존재한다.

알폰시나 스또르니가 마르 델 쁠라따 Mar del Plata의 한 해변에서 자살한 해에 나온 시집이 『데드마스크와 클로버 Mascarilla y trébol』(1938)이다. 이 시집은 이미 여러 이즘에 결정적으로 뿌리박고 있다고 느껴지는 시인의 성향을 판단하게 한다. 시인은 독자에게 이해와 참여를 부탁하는데, 이른바 수용자의 상상적 협력은 현대문학에서 창작의 원칙으로 너무나 친숙한 개념으로서, 그녀가 근대적인 흐름에 아주 개방적이라는 사실을 드러낸다. 그럼에도 불구하고 『데드마스크와 클로버』의 형식적 자유는 상당히 제한되어 있다. 비록 운이 없긴 하지만 11음절로 되어 있는 몇몇 소네트들은 이미 이 시기에는 그다지 놀라움의 대상이 되지 못했다. 그러나 난해주의를 수용함으로 인해 반(反)소네트들이 만들어진다. 알폰시나 스또르니는 여기에서 마침내 완전한 자신의 언어, 오랜 동안의 시도 끝에 깔끔하게 주조된 언어를 발견한다. 큐비즘적인 가락으로 인해 더욱 무르익은 인상주의로 시작하는 이러한 시들은 광범위하게 다양화된 세계에 대한 비전을 반영한다. 일화적인 요소가 더욱 강화되고, 표현은 지나치게 단호하지 않으면서도 명확하다. 사랑에 대한 성찰보다 풍경을 선호하고, 세계의 여러 면모들을 수집해 놓으려는 의지를 보이는 이러한 지적인 시는 이미 겉보기에는 허물어져 보이지만 그녀가 끝없이 건설하고자 했던 피난처로서 결정적인 형태를 취하게 된다. 그러나 때는 이미 늦어 있었다. 그녀의 자살 하루 후에 부에노스 아이레스에서는 반소네트 『자러 갈테야 Voy a dormir』가 출판된다. 이는 시인의 진정한 유언으로서, 세계와 화해한 그녀는 본질적인 것을 절대적인 것의 품안에 진입시킨다. 그러나 그녀의 시는 평온한 꿈을 방해하는 외부세계를 격렬하게 거부한다. 후기 모데르니스모의 불행한 목소리였던 알폰시나 스또르니의 시를 마무리짓는 것은 노골적으로 산문적인 톤으로 대상물을 언급함으로써 메타포의 유희성과 단절하는 시이다.

2.2.5 가브리엘라 미스뜨랄

모데르니스모의 지나친 장식적이고 수사적인 문체에 대한 반동으로 일어난 간결한 문체의 대표자이다. 그녀는 평이한 일상어의 사용을 통하여 어휘의 투명성을 추구하였으며 형식에 있어서 전통적인 운율과 형식을 사용하였다. 그녀의 문학사적 의의는 중남미 시의 지평을 확장시켰고 독신여성이 지니는 상실감, 명사로서의 사명감과 개인적 삶의 희생 등 새로운 주제를 도입한 데 둘 수 있으며 그녀에 의해 시작된 간결주의는 당시 쿠바의 아프로꾸비스모 Afrocubismo 등 전위주의 작가에게도 큰 호응을 일으켜 주었다.

그녀는 칠레 북부의 바예 데 엘끼에서 태어났고, 본명은 루실라 고도이 알까야가이다. 그녀의 활동적인 삶은 바예 데 엘끼의 시골 선생님으로 시작되었는데, 이곳의 성서적인 자연과 유창하면서 의고적인 말투는 항상 그녀를 따라다녔다. 그녀는 오랫동안 칠레의 여러 지역에서 교편을 잡았고 칠레 남부 뿐따 아레나스, 떼무꼬, 산띠아고에까지 다니게 되었다. 떼무꼬에서는 젊은 학생이었던 네루다와 알게 되어, 그에게 러시아 문학을 소개하는 등 많은 영향을 주었으며 그 후 그들은 자주 만나게 된다.

그녀의 문학활동은 1905년 무렵에 가브리엘라 미스뜨랄 Gabriela Mistral (1889~1957)이란 이름으로 지방신문에 시를 기고함으로써 시작되었다. 1913년에는 파리에서 다리오가 이끌던 잡지 ≪우아 Elegancias≫에 단편 하나와 시 한 편을 발표했다. 그것은 1914년 깐떼라에서 사귀었던 한 자살한 철도노동자에게 바친 시 「죽음의 소네트 Sonetos de la muerte」로 후에 고스 플로랄레스 데 산띠아고 상을 받으면서 진정한 시적 정진을 이루기 시작하였다. 1922년 멕시코의 교육장관 호세 바스꼰셀로스의 초청으로 멕시코로 이주해 멕시코 교육개혁을 위한 공동작업에 참여하게 된다. 같은 해 페데리꼬 데 오니스가 운영하는 뉴욕 스페인 연구소의 후원으로 그녀의 첫 시집인 『비탄 Desolación』을 펴내게 되었다. 이 시집은 이미 발표되어 널리 알려진 여러 시들을 포함하고 있었으나, 그것이 하나의 책으로 묶여 나오자 그 영향이 전대륙에 퍼지게 되었다. 1923년 『여성을 위한 교양 강의 Lecturas para mujeres』를 출판하여 스페인어권의 공훈 교사라는 칭호를 받았다. 칠레와 중남미 문학에 대한 강연 쇄도로 푸에르토 리코, 미국, 유럽 여러 나라의 초청을 받아 여행을 다니게 된다. 1932년 총영사로 인정받은 그녀는 이탈리아, 스페인, 포르투갈, 브라질, 과테말라 등 여러 곳에 거주하게 되고 말년에는 칠레 대표로 유엔에서까지 일하는 활약상을 보여주게 된다. 그러나 역시 그녀에게 있어서 가장 기억에 남는 해는 노벨 문학상을 수상한 1945년일 것이다. 그녀는 수상소감에서 〈이 수상은 나의 것이 아니라 중남미의 것〉이라고 밝혔는데, 이는 바로 그녀가 중남미 대륙의 모든 사람들을 직접적인 언어로 그려낸 보편적인 특징을 지닌 시작품을 써왔다는 사실을 대변해 주는 것이다. 『비탄』 이후의 작품으로는 『정감 *Ternura*』(1924), 『벌채 *Tala*』(1938), 『압착기 *Lagar*』(1954)의 시집과 유고작인 산문집 『칠레를 생각하는 전갈 *Recados contando a Chile*』(1958), 시집 『칠레의 시 *Poema de Chile*』(1967)가 있다. 『비탄』은 무엇보다 고통스런 사랑의 경험에서 나온 시집으로 자살한 한 철도노동자를 통해 사랑과 비탄을 설정하고 있다. 작품의 후반부로 가면서 개인적인 측면에서 보편적인 측면으로 옮겨가며, 그 외 다른 주제로는 이루지 못한 모성에의 환멸, 유년기, 사물에 대한 범신론적 접근 등을 들 수 있다. 여기서 범신론적 접근은 성서에 바탕을 둔 심오한 아메리카니즘의 첫 신호이다.

『정감』은 『비탄』에서 유년기를 주제로 한 시들을 다시 모은 시집으로, 1945년 이 책의 2판은 세번째 시집 『벌채』의 비슷한 부분에 편입되었다. 절단, 폐지를 암시하는 제목 『벌채』는 두 가지의 해석을 가능케 한다. 사아베드라 몰리나는 그 제목이 〈살아 있는 내장쪼가리로서의 시〉라는 개념에 기초한 것이라고 주장한다. 이는 고통스런 시 창작 과정을 기술한, 『압착기』의 「말 한 마디 Una palabra」라는 시에 잘 드러나 있다. 보다 명확한 해석은 정열은 인식을 방해한다는 옛 경구에 진실이 담겼음을 인식한 미스뜨랄이 『비탄』을 가득 채우고 있는 감수성을 제거하기로 한 것이라는 것이다. 그녀는 이제 신앙, 향수, 인간의 희망이라는 이름으로 세속적이고 삽화적인 주제는 버리고 있다. 여기에는 중남미인들의 풍경과 풍속의 전형적인 양상들이 4부로 구성되어 있다.

3 후기 모데르니스모 산문: 지역주의

3.1 중남미 지역주의에 대한 개관

산문의 경우에는 시에 있어서처럼 모데르니스모에 대한 강한 반동을 모태로 시작한 것은 아니다. 왜냐하면 모데르니스모 산문은 시만큼 절대적인 지위를 차지하지는 못했기 때문이다. 그럼에도 불구하고 후기 모데르니스모 산문은 모데르니스모의 그것과는 다른 특정한 양상을 보여주고 있는데, 그것은 바로 사회현실을 기반으로 중남미주의에 대한 자각과 현실 제반문제에 초점을 맞추었다는 것이다. 따라서 이는 각 지역마다 상이한 문제에 천착할 수밖에 없었고 이를 일컬어 흔히 지역주의 El regionalismo라고 한다. 지역주의의 흐름은 사회문제를 다룬 멕시코 혁명소설과 토착주의 소설, 가우초 소설, 그리고 전능한 중남미 자연이 어떻게 인간 속에 침투하고 그를 정복하려 하는가에 대한 인간과 자연의 상호작용을 주요 테마로 한 대지와 자연에 대한 소설이 있다. 이러한 작품들은 이제 중남미 특유의 환경을 19세기적 풍속주의적인 세밀함을 극복하여 묘사하고 있다.

지역주의의 문학사적 의의는 무엇보다도 산문에 있어서 유럽에의 굴종적 모방에 종지부를 찍었다는 것이다. 이 소설들은 유럽과는 너무나도 상이한 자연환경, 정치 사회체제와 인간 간의 관계를 통해 중남미인의 진정한 정체성을 추구한 붐 이전의 과도기적인 단계에 해당한다. 비록 1940년 이후의 세대에 의해 기록문학, 지나치게 단순화된 고발문학이라고 비판받기는 하였으나, 역사적 조망 아래서 살펴보면 이러한 정체된 상태도 당대의 지배 이데올로기와 밀접히 연관된 것이다. 유럽보다 훨씬 더 결정론적인 실증주의의 영향을 받은 사실주의 소설들은 처음으로 적대적인 자연, 이국적 유형, 사회 부정의 묘사로 미국과 유럽 독자들의 관심을 불러일으켰다. 그러나 이 시기의 중남미주의는 유럽계의 후예들인 끄리오요의 정서를 대변하는 끄리오이스모 Criollismo의 그것보다 한층 높은 차원의 것이었으나 문제의 보편화에는 실패했다고 볼 수 있다. 작가들은 지나치게 지엽적인 지리적, 정치적, 사회적 문제에 고심하였고 어휘 역시 지나친 방언 사용으로 인해 주석이 필요할 정도였다. 결국 이 시기 작가들의 사회적 인식은 미학적 토대 없이 정치 선전화했으며, 소설이 하나의 예술작품이기보다는 명제의 전달수단으로 전락한 감이 있다. 이러한 한계들은 붐소설에 의해 극복되게 된다.

3.2 멕시코 혁명 소설

3.2.1 멕시코 혁명의 문학사적 의의

중남미에서 문학과 사회 운동과의 연계는 상당히 일찍부터 있어왔다. 이 현상은 독립한 여러 국가들의 정치 사회적 진통이 심각한 지경에 이른 낭만주의에서부터 더 강화되었다. 1910년 발생한 멕시코혁명은 비교할 수 없을 만큼 방대한 문학 작품을 발생시킨 대사건이다. 멕시코 혁명을 소재로 한 문학작품은 혁명의 발발 직후부터 호세 레부엘따스, 까를로스 푸엔떼스, 엘레나 포니아토부스카에 이르는 현대까지 그야말로 폭포수처럼 쏟아져나왔다. 이미 1941년에 이 테마에 관련된 소설이 300편이 넘는다고 한다. 이 통계는 계속 증가할 것이다. 멕시코 혁명은 러시아 혁명보다 7년 앞선 최초의 사회혁명으로, 20세기 서구사회에 일어난 거대한 격변의 시발점을 이룬다. 그것은 비록 뚜렷한 이데올로기를 바탕으로 시작한 것은 아니었으나 혁명이 진행되어 가면서 농민혁명, 사회혁명으로 전화하여 경제, 사회, 문화적 변혁에 대한 의식을 획득함으로써 멕시코인 뿐 아니라 중남미 대륙 전체에 큰 반향을 불러일으키게 된다. 오늘날 중남미에서 일어나고 있는 사회구조의 변화는 이 혁명의 영향을 입은 바 크다. 이것이 불충분하게 끝난 이유는 많은 전문가들이 지적하듯, 라사로 까르데나스 대통령 때에 사회주의적 단계에서 개발주의적 단계로 이행하면서 발생한 위기 때문이다. 그러나 혁명의 완전한 실현을 방해한 외적, 내적 요인은 이미 초기부터 작동하고 있었다.

옥따비오 빠스가 현실의 폭발이라고 규정한 이 혁명은 단순히 물질적인 것에만 기반을 둔 사회운동이 아니었다. 그것은 뽀르피리오 디아스 대통령 시기를 지배한 실증주의의 기반을 파괴한 이데올로기와 철학을 가지고 있는 지식인 세대의 존재로 확인할 수 있다. 이 지식인 그룹이 바로 〈청년의 집〉이다. 1910년 말 전권을 휘둘렀던 뽀르피리오 디아스는 프란시스꼬 마데로가 이끄는 군사 쿠데타에 의해 공격을 받게 된다. 그러나 지주계급에 속하는 마데로는 후아레스 시에서 구체제와 협상을 맺는 실수를 저지르게 된다. 그로 인해 승리의 기세는 약화되고, 빅또리아노 우에르따에 의해 지도된 반혁명으로 인해 암살당한다. 그럼에도 불구하고 개혁의 바람은 다시 시작되어, 민중세력을 대표하는 빤쵸 비야와 에밀리아노 사빠따, 자유주의 세력을 대표하는 베누스띠아노 까란사가 등장하게 된다. 치열한 세력다툼 끝에 결국 까란사가 정권을 잡고 1917년 헌법으로 혁명을 제도화시킨다. 이 헌법은 의심할 여지 없이 개혁적인 성격의 것이었지만 그 실현은 자기 본위주의와 보수주의의 잔존으로 인해 수많은 어려움에 부닥치게 된다. 혁명 그 자체의 중요성은 문학에 불러일으킨 영향만으로도 설명된다. 그러나 혁명의 모순과 불충분한 실현으로 말미암은 소설가들 사이의 비판의식이 없었다면, 이 흐름은 이렇게 광범위한 형태로 발전하지는 못하였을 것이다. 즉, 완성된 혁명은 이렇게 생동적이고 고통에 가득 차 있으며 인간적인 무훈시의 원천이 되지는 못하였을 것이다. 멕시코 혁명은 미완성의, 배반당한 혁명이기에 그렇게 다양한 이야기거리를 작가들에게 제공할 수 있었던 것이다.

혁명으로 인한 새로운 의식의 자각으로 인해 멕시코 문학계는 그전의 모데르니스모적인 색채를 일소하고, 형식적 아카데미즘을 멀리하면서, 민중들을 서술의 대화 속에 참여시켰다. 게다가 혁명소설의 자서전적, 현장적 성격으로 인해 서술에 쓰이는 스페인어 자체가 멕시코적인 스페인어로 변하게 된다. 또한 테마에 있어 토착민적 요소를 경시하는 초기의 입장 대신 그레고리오 로뻬스 이 푸엔떼스서부터 인디오는 혁명에 기여했으나 혁명이 인디오의 상황을 개선시키지는 못하였다는 인식을 하기 시작했고, 마우리시오 막달레노는 노골적으로 토착민에 대한 착취를 비난하고 나선다. 결국 까를로스 푸엔떼스에 가서 그는 혁명 자체를 부정하고 만다.

멕시코 혁명 소설은 이러한 비판의 열기에 힘입어 멕시코인의 본질적인 불안의 피난처가 되었다. 혁명에 대한 탐구는 멕시코 자신의 정체성과 그 문화의 운명에 관한 탐구로 변화했던 것이다.

3.2.2 마리아노 아수엘라

1) 생애와 작품

마리아노 아수엘라 Mariano Azuela(1873~1952)는 멕시코 혁명 소설의 창시자이다. 그는 의사이자 신문기자로서 마데로 혁명에 참여하였고 또한 비야 당원과 함께 반우에르따 운동에 참여하였다. 결국 그는 미국의 엘 빠소로 망명하게 되고 이러한 경험에서 얻은 혁명에의 심오한 인식이 그의 소설에서 분출하게 된다.

마리아노 아수엘라의 최초의 작품은 『마리아 루이사 María Luisa』(1907)이다. 이 작품은 당시 유행하던 자연주의 스타일로 씌어진 것으로 여기에서는 아직 기법상의 미숙함을 보여준다. 『좌절한 사람들 Los fracasados』(1908)은 작은 도시공동체의 비판적인 제시이고, 『독초 Mala Yerba』(1908)에서는 지주계급의 독재적인 폭정을 비난하며, 가난하고 불행한 사람들에 대한 관심을 여실히 보여준다. 여기에는 뽀르피리오 디아스 독재 당시 시골 지주의 횡포가 생생하게 그려져 있다. 1911년의 『앙드레스 뻬레스, 마데로 당원 Andrés Pérez, maderista』은 최초로 혁명의 테마를 다룬 작품인데, 이는 이념의 제시에 그침으로써 특별한 감동을 불러 일으키지는 못한다. 그 후 『북쪽으로 가는 길목 El paso del Norte』(1915) 을 시발로 하여, 본격적인 혁명소설에 속하는 『천민들』, 『토후들 Los caciques』, 『파리떼들 Las Moscas』, 『한 경건한 가족의 고난 Las Tribula-ciones de una Familia Decente』 같은 작품들을 발표한다. 이러한 작품에서는 어떤 사회개혁조차 보여주지 못하면서 군중들을 계급투쟁으로 몰고 가는 혁명 그 자체의 잔인함에 책임을 묻고 있다.

후기에 가서 그는 외적 행동, 대화를 통한 묘사 등 직접적인 표현을 사용하여 혁명 후의 사회적인 침울함을 그리고 있다. 거기에는 혁명 전 보다도 더 부패하고 타락된 강력한 중앙집권으로 국민을 공포의 위기로 몰고 가는 사회의 폭력성이 잘 나타나 있다. 『토후들』(1917)은 우리에게 마데로가 처형되는 며칠간의 도시 분위기를 보여준다. 혁명은 여기에서 배경으로 작용한다. 사람들은 보수주의의 강력한 힘에 지배당하고 있다. 여기에서의 기법은 줄거리의 분절적 구조라는 『천민들』에서 쓰인 기법에서 크게 벗어나지 않고 있다. 거기에 덧붙여 아이러니가 효과적인 수단으로 쓰이고 있다. 다른 한편으로 아수엘라는 고발을 즐기지는 않고 있다. 긴장된 상황을 연장시키지 않고 필요한 것만을 말하려는 의도가 느껴진다. 도시 내로 혁명군이 진입하고 추장들의 집에 불을 지르는 최후의 장면은 독자들의 기대와 완전히 상반된다. 『파리떼들』(1918)은 우에르따의 실각기에 새로운 상황에 적응하려는 생각을 즐기고 있는 기회주의적인 부르주아지에 대한 풍자이다. 『도미띨로는 선출되고 싶어한다 Domitilo quiere ser diputado』(1918)는 아수엘라 작품의 제 1기를 마무리짓는 작품이다. 이후의 작품들은 이제 당시에 생기기 시작한 전위주의적 기법에 접근하고자 하는 작품들로, 여기에 속하는 것이 『나쁜 시간 La malhora』(1923)과 『개똥벌레 La luciérnaga』(1932)이다. 이러한 새로운 길을 걷기 시작한 아수엘라가 그의 이전 스타일을 완전히 거부할 필요는 없었으리라는 것은 확실하다. 『파리떼들』을 마무리할 때 나오는 〈가루 투성이의 사팔뜨기 달〉과 같은 이지러진 이미지, 강렬한 인상을 주는 대담한 장면들의 몽타주에의 취향이 이미 이전 작품들에도 존재하는 것이다. 따라서 브러쉬우드 같은 평자들은 아수엘라가 이미 전에 개발한 이러한 기법으로 멕시코 산문에 있어서 전위주의로의 길을 열었다고 생각한다.

『나쁜 시간』에서는 장 사이의 접속을 완전히 없애버리고 짧은 장들을 연결시킨 기법이 평가할 만하다. 그리하여 멕시코 산문에서 전혀 새로운 것이 아닌 멜로드라마적인 테마가 리얼리즘적인 기법에서와는 다른 방식으로 다루어지고 있다. 여기에서도 『개똥벌레』에서와 마찬가지로 혁명은 거대한 환멸에 불과하다. 아수엘라는 자연주의적인 옛 필치를 새롭게 변혁된 도식 안에서 사용하고 있다. 고통스러운 이야기 속에서, 『개똥벌레』의 꼰치따만이 자비와 희망을 발산하고 있다.

그 후의 작품들로는 『폭도 뻬드로 모레노 *Pedro Moreno, el insurgente*』(1935), 『새로운 부르주아 *Nueva burguesía*』(1941), 『애인 *La marchanta*』(1944), 『저주 *La maldición*』(1955), 『그 피 *Esa sangre*』(1956) 등이 있다. 이 작품들에서는 기본적으로 전통적인 서술기법을 개발하기 위해 실험주의를 버리고 있다. 그는 회의주의적인 시각에서 멕시코 사회를 계속 분석해 나간다. 그의 혁명분석은 그 안에 있는 모든 인간적인 측면, 너무나도 지나치게 인간적인 측면들을 취합할 수 있었다는 중요성을 가지고 있다.

2) 『천민들』과 혁명소설적 위상
『천민들 *Los de abajo*』은 1915년 엘 빠소의 한 신문에 연재소설 형태로 발표되어 그 다음해에 책으로 출판되었다. 비록 그의 작가로서의 재능은 다른 후기 작품에서 원숙한 단계에 이르게 되지만 이 작품은 마리아노 아수엘라의 대표작이면서, 동시에 초기 혁명소설의 전형적인 작품으로 혁명적 상황에 대한 생생한 증언을 담고 있는 작품이다. 여기에서는 혁명이라는 폭풍에 휘말려 침몰하고 마는 한 하층민 출신의 데메뜨리오 마시아스의 이야기를 다루고 있다.

작품은 선적 구조, 자유와 애매모호함을 지닌 존재로서가 아닌 보편적 법칙의 특수한 전개로서의 등장인물 파악, 자신의 이데올로기를 표명하는 절대화자의 개입, 독자의 기능은 작가에 의해 미리 설정된 결론을 수용하도록 강요받은 수동적 관찰자라는 특징을 가지고 있는 폐쇄된 사실주의 계열에 속한다. 대다수 인물들의 운명은 폐쇄되어 있고, 결정론적 구조를 가지고 있다. 작품의 구조는 몇 개의 작은 에피소드들을 연결하여 이루어졌는데, 각 에피소드는 각 사건을 이야기하고 있고 서술 방법은 매우 단순하다. 문체 역시 간결하고 경제적이며 각 인물의 언어는 그가 속한 계급의 언어를 반영한다.

작품은 앞으로 진행되는 모든 이야기를 풀어나가는 요소로서 기능하는 높은 극적 효과를 지닌 에피소드, 즉 데메뜨리오 마시아스가 당하는 모욕에서 시작한다. 그는 여기에서 전사로서의 삶을 시작하고, 개인적인 보복인 동시에 다른 천민들과 연대한 반란을 의미하는 전투를 벌여나간다. 그는 일자 무식의 농부지만 용기와 위엄을 갖추어 따르는 무리가 많다. 지리에 밝은 이점을 이용하여 우에르따 축출전인 사까떼까스 전투에서 승리한 후 마시아스는 스스로를 장군이라고 선언하는데, 그러나 곧 그의 몰락이 찾아오게 된다. 우에르따를 물리치자 혁명파 내부에 분열이 발생하며 이제 그들은 마시아스의 용기를 필요치 않게 된 것이다. 마시아스는 비야 편에 가담하지만 결국 첫 전투에서 승리했던 바로 그 장소에서 죽게 된다. 작품은 이렇게 역사적인 상황 아래서 전개되지만, 작가는 결코 당대의 큰 에피소드들을 그려내려고 하지는 않는다. 그는 작가로서의 명민함을 가지고 우리로 하여금 자신이 처한 상황에 대한 비전도 없이 맹목적으로 그리고 비극적으로 이끌려가는 인물들을 직면하게 한다. 혁명은 그들에게 있어서 모호한 이상이다. 그들은 이상에 의해서라기보다는 본능적으로 싸운다. 데메뜨리오는 자신이 동일한 대의명분을 가진 동지라고 얘기하는 가짜 이상주의자 루이스 세르반떼스 앞에서 우리가 어떤 대의명분을 위해 싸우는가라고 반문한다. 그리고 소설 마지막에서 이렇게 계속 싸우는 이유를 묻는 아내의 질문 앞에 이제는 멈추지 못하게 된 저 돌을 보라고 하면서 그는 돌 하나를 벼랑 밑으로 던질 뿐이다. 마시아스의 죽음은 혁명의 흐름을 따라가지 못하는 민중의 본능이 몰락함을 의미하며, 이는 곧 혁명의 이상의 좌절이자 진정한 혁명정신의 사망이다. 이에 반해 의학도로 등장하는 루이스 세르반떼스는 혁명의 흐름을 판단하여 기회주의적인 태도를 취함으로써 큰 재산도 모으고 끝내 미국으로 도망함으로써 생존하게 된다.

아수엘라는 전지적 작가로서 이 모든 것을 자유롭게 서술하며 동시에 민중적 대화를 많이 삽입해 놓았다. 그는 아무것도 신화화하지 않는다. 중심인물인 대장은 카리스마를 가지고 있고, 영웅의 모험이라는 도식에 잘 맞아떨어지긴 하지만, 그는 결코 흠잡을 데 없는 영웅은 아니다. 천민들 또한 때로는 잔인하고 비이성적이어서, 대량 학살과 같은 일을 저지르기도 한다. 그럼에도 불구하고, 혁명은 그 맹목적인 추종자나 기회주의자들의 야비함 위에 존재하기에 폭력적인 분위기에서도 설명할 수 없는 특별한 위대함이 깃들어 있다. 데메뜨리오 마시아스가 꽃으로 뒤덮이고 안개가 낀 계곡에서의 우연한 전투에서 죽게 될 때, 우리는 아직 이야기가 끝나지 않았다고 느낀다. 데메뜨리오 마시아스는 영원히 눈을 감은 채 그의 총구를 계속 겨누고 있다는 표현은 다른 많은 사람들이 특별한 자각도 없이 계속 추구해 나갈 유토피아를 시사해 준다.

3.2.3 마르띤 루이스 구스만

구스만 Martín Luis Guzmán(1887~1976)은 아수엘라 이후의 소설가 중 가장 위대한 작가로 간주된다. 〈청년의 집〉의 일원이었던 구스만은 혁명의 격변을 처음부터 겪어나간 인물이다. 빤쵸 비야의 편에서 전투에 가담했다가 미국과 스페인으로 망명해, 스페인에서 그의 대표작 『독수리와 뱀 El águila y la serpiente』(1928)과 『대장의 그림자 La sombra del caudillo』(1929)를 발표하였다. 그로 인해 그 격변의 시기의 대장들 중 가장 전형적인 인물, 즉 빤쵸 비야가 멕시코 혁명 소설에 생생하게 들어오게 되었다. 멕시코에서 ≪시대 El tiempo≫지와 스페인에서 ≪태양과 목소리 El Sol y La Voz≫지를 편집하기도 한 훌륭한 신문기자였던 구스만은 그의 소설에서 이러한 재능을 유감 없이 발휘했다. 『독수리와 뱀』은 무엇보다도 객관성과 날카로움을 겸비한 관찰자에 의해 작성된 뛰어난 보고서로서 악자소설의 서술양식을 사용한 작품이다. 이야기는 1인칭 화법으로 기술되고 매우 생동감 있으며 직접적이고 날카로운 리듬으로 진행된다. 그는 여기에서 유의미한 세부상황을 포착하고자 했으며, 중요한 전쟁이 아닌 혁명의 생생한 모습을 보여주는 일화를 선택해 독자에게 제시한다. 혁명에 대한 현미경적 시각을 소유한 작가는, 훌륭한 보고서 작성자로서 총체적인 것보다는 세세한 부분에 더 많은 주의를 기울이고 있다. 제1부는 우에르따의 쿠데타 이후 멕시코시티에서 탈출하여 뉴욕까지 가는 역정을 그리고 있다. 2부에서부터 북부의 군대를 찾아나선 방랑생활, 비야, 까란사와 같은 혁명군의 여러 대장들과 함께 겪은 그의 모험이 등장한다. 그는 빤쵸 비야의 말투를 구어체 그대로 묘사함으로써 잔인함과 용기, 그리고 인간적인 뛰어남이 혼합된 인물상을 독자에게 생생히 보여준다. 구스만은 바스꼰셀로스, 까란사, 오브레곤 같은 인물들, 정치 회합, 도시의 풍경 등 모든 것을 관찰하고 기록하였다. 또한 소설의 원동력을 뒷받침해 주는 강력한 수단인 열차가 등장한다. 아수엘라의 『파리떼들』에서 이미 중요한 역할을 수행한 바 있던 열차는, 여기에서 혁명이라는 격동기의 상징으로 등장한다.

이 소설은 몇몇 연대기의 연속으로서, 그 의도는 진실에게 환상의 옷을 입히는 것이 아니라, 꼭 필요한 장치 외에는 모든 것을 발가벗겨 그것을 드러내는 것이다. 어떤 연대기는 우리에게 정치의 내막을 보여주기도 하고, 또 어떤 것은 비야의 명령에 의한 군인 300명의 처형과 같이 시민전쟁의 가장 고통스러운 부분들도 주석 없이 냉혹하게 제시하기도 한다. 때로 구스만은 역동적인 서술의 리듬을 잠깐 멈추어 차분하게 주위를 돌아보기도 한다. 예를 들어 2부를 시작하며 잠시 멕시코시의 전경을 제시하는데, 이는 알폰소 레예스와 까를로스 푸엔떼스가 그린 멕시코시를 연상시킨다. 그러나 다시 행위의 축으로 돌아가면, 그것은 다시 끝없는 사건들의 연속으로 가득 차게 된다. 이 사건들을 구조화시키는 방법은 단 하나, 즉 서술자-인물의 회상에 맡기는 것이다. 따라서 작품은 그 자신이 비야와 결별하여 엘 빠소로 여행을 떠나는 장면에서 별다른 앞뒤 설명도 없이 끝나버린다. 『대장의 그림자』의 구조는 훨씬 더 계산된 조직적인 것이다. 멕시코시에서 벌어지는 정치적 음모가 이그나시오 아기레 장군과 다른 사람들의 잔인한 처형 장면으로 그 정점에 이르러 소설은 종결한다. 소설가는 객관적으로 사실 자체를 보여줌으로써 혁명의 부정적인 측면을 다시 한번 강조한다. 1951년 『빤쵸 비야의 추억 *Memorias de Pancho Villa*』이라는 제목 아래 묶어진 다섯 개의 소설은, 감정을 여과한 채 혁명을 정리하는 작업에 몰두했던 구스만의 면모를 잘 보여준다.

3.2.4 루벤 로메로

루벤 로메로José Rubén Romero(1890~1952)는 중요한 사례가 되는 인물 유형들을 창조한 작가이다. 초기에는 『한 촌사람의 소묘 *Apuntes de un lugareño*』(1932)같이 어린 시절의 기억이 농축되어 있는 자서전적 소설을 썼으나 『나의 말, 나의 개, 나의 소총 *Mi caballo, mi perro y mi rifle*』에서부터 자서전적 요소가 악자소설 형식에 흡수되었다. 이 작품의 주인공은 소도시의 삶을 지배하는 과두제를 미워하면서도 그것을 표현조차 못한 채 우울하게 살아가는 한 미망인의 아들이다. 그는 혁명이 발발하자 자신의 부인과 아들을 남겨둔 채 혁명군에 가담하기 위해 떠난다. 그는 생전 처음 기동성과 도피의 상징인 말과 힘의 상징인 소총, 그리고 우의의 상징인 개를 소유한다. 혁명이 끝나 집으로 돌아온 그는 자신이 대항하여 싸웠던 바로 그 세력이 여전히 지배하고 있는 것을 보고 극도의 환멸을 느낀다. 그리고 혁명이 그에게 제공했던 말과 개, 총을 잃고 무일푼으로 고통받으며, 부자들을 증오하면서 비참한 삶을 영위해 나간다.

루벤 로메로의 또 다른 작품은 『삐또 뻬레스의 쓸모없는 삶 La vida inútil de Pito Pérez』이다. 여기에서 주인공은 도시의 술주정뱅이인 동시에 사회에 대한 도전의 상징이고 모든 억압과 파멸을 상기시켜 주는 히피이다. 억압과 통제 속에서 살던 도시인들은 그가 나타났을 때 침묵을 강요받던 감정을 폭발한다. 그들은 그에게 잔인하게 장난을 치고, 그의 시체는 하숫구멍에 버려지지만 그의 눈은 도전적인 자존심으로 창공을 여전히 응시하고 있다. 작품에서 삐또는 17세기 악자소설의 삐까로와 같은 유형이다. 그러나 그는 삐까로와는 달리 자신을 둘러싼 사람들보다 더 신성하다. 소박함과 순진함으로 그는 십자가에 못박힌 예수의 이미지를 갖는다. 『로센다 Rosenda』에서 루벤 로메로는 악자소설의 인물 중 가장 매혹적인 여성 인물의 하나를 보여준다.

3.2.5 그레고리오 로뻬스 이 푸엔떼스

1932년의 『땅 Tierra』은 뽀르피리오 시기부터 사빠타의 죽음까지를 다루는 광범위한 조망의 소설이다. 여기에는 혁명의 또 다른 영웅 사빠타의 모습이 잘 드러나 있다. 비록 그는 죽지만 민중의 상상력에서 영원히 살아 있고 사람들은 그가 언제건 다시 출현하리라는 기대감을 가지고 있다. 『땅』의 분량은 매우 적어 사건들의 농축적인 제시가 불가피하다. 따라서 이야기하고자 하는 바의 극적 효과가 두드러진다. 작가는 제목에서부터 시사하는 바와 같이 멕시코에서의 농업혁명이라는 거대한 문제를 다루려 했고, 따라서 농민들이 당하는 가혹한 억압과 비야의 열정적인 투쟁이 다루어진다. 『나의 장군 Mi general』(1934)은 호르헤 페레띠스의 소설 『돈끼호테가 살이 찔 때 Cuando engorda el Quijote』와 마찬가지로, 한때의 이상을 망각하고 살아가는 전형적인 고리대금업자가 주인공인 소설이다.

로뻬스 이 푸엔떼스Gregorio López y Fuentes(1897~1966)는 『움직이지 않는 순례자 Los peregrinos inmóviles』(1944)에서 다시 농촌문제를 다루고 있다. 이 소설은 토착주의 소설의 기본체계를 만들어낸 소설이기도 하다. 인디오들은 적절한 장소에 거주지를 구하려 하나 결국은 전멸하고 만다. 로뻬스 이 푸엔떼스는 혁명에 의해 이용당한, 노예화된 원주민의 비극을 계속 강조하고 있다. 이러한 의미에서 『인디오 El indio』(1935)라는 작품도 중요성을 띤다. 여기에서 익명의 대중들은 강력한 백인들과 교회 그리고 새로운 민중세력에 복종한다. 새로운 민중세력들은 그들의 부정에 대한 반란의 열망에도 불구하고 이전 압제자들보다 결코 더 자비롭지 않다. 이렇게 로뻬스 이 푸엔떼스가 형성한 인디오 개념은 종족적인 개념이 아니라 사회개혁 그 자체를 의미한다. 사실상 로뻬스 이 푸엔떼스 이전의 문학은 인디오의 문제를 부권적인 자세에서 다루어 왔다. 이 작가에 이르러 드디어 인디오 문제가 중요한 사회적 문제의 하나로 다루어지게 된 것이다. 이후 안데스 지역 국가에서 토착주의 소설이 크게 성행하게 된다.

3.2.6 기타 작가들

라파엘 무뇨스Rafael F. Muñoz(1899~1971)는 『빤쵸 비야와 함께 가자! Vámonos con Pancho Villa!』에서 잔인성에도 불구하고 사람들을 무조건적으로 따르도록 만든 신화적인 지도자 비야의 매력을 그리고 있다. 라파엘 무뇨스의 또 다른 작품은 혁명소설에 등장하는 인물 유형에서 빼놓을 수 없는 존재인 소년이라는 유형을 다룬 『바침바로 대포를 가져갔다 Se llevaron el cañón para Bachimba』(1941)이다. 소설의 주인공 알바리또 아바솔로는 이미 성년이 되어 혁명기의 자신의 유년시절을 회상한다. 그는 자신의 집에 침입한 군대를 따라 마데로에 대항하는 오로스꼬 장군의 반란에 가담한다. 그의 시종 아니세또의 우연한 죽음은 그의 모험의 시작을 알리는 증거이다. 그는 혁명의 의미도 알지 못하고, 오로스꼬의 존재도 싫어한다. 단순히 그는 혁명이란 아름다운 것이라는 느낌만으로 만족할 뿐이다. 그런 와중에서 그가 던지는 질문들은 혁명의 이유와 원인을 캐는 본질적인 것들이다. 마침내 해산하게 되고 집에 돌아왔을 때, 이 소년은 결코 깨어지지 않는 희망을 가지게 된다.

마우리시오 막달레노 Mauricio Magdaleno(1906)는 『광채 *El resplandor*』 (1937)에서 강도 있게 농업개혁 문제를 다루고 있다. 이 작품은 혁명이 가장 비참한 민중에게 불러일으킨 권리회복의 희망이 고뇌와 반란의 비극으로 해체되어 버리는 것을 보여준다. 서두에 등장하는 재로 변한 황무지, 깡마른 사람들은 환 룰포에서도 볼 수 있는 동일한 풍경이다.

페르난도 로블레스 Fernando Robles(1897)의 『끄리스떼로스의 성모 La Virgen de los cristeros』(1934)에서는 1927년에서 1930년 사이 블루따르꼬 엘리아스 까예스의 반종교정치에 대항해 일어난 이른바 끄리스떼로스 전쟁을 반영하고 있다. 아마 이 전쟁을 얘기하지 않고는 혁명의 다양한 에피소드를 상세히 분석했다고 할 수는 없을 것이다. 여기에서는 다시 한번 자의적이고 우연한 경우를 많이 당한 사람들의 맹목적인 잔인성의 발휘가 드러나고 있다.

소녀시절 혁명을 겪은 넬리 깜뽀베요 Nellie Campobello(1909)는 자신의 기억을 소설로 형상화한 작가이다. 그녀는 『탄약통 *Cartucho*』에서 잔인한 몇몇 장면들을 짧은 삽화로 기술하고 있다. 서술자의 목소리는 비록 어른의 것으로 수정되어 있긴 하지만 유년의 음색을 유지하고 있다.

환 룰포에서 시작하는 혁명을 다룬 현대소설 이전에 두 명의 중요한 이정표가 있다. 호세 레부엘따스 José Revueltas(1914)와 아구스띤 야네스 Agustín Yáñez(1904~1980)가 그들이다. 아구스띤 야네스의 소설 『폭풍전야 *Al filo del agua*』(1947)는 상복을 입은 여자들의 마을, 멍한 사람들과 거리, 축제가 없는 마을, 영원히 사순절인 마을 등의 정체되고 닫힌 사회를 심오하게 탐구하려는 의도를 가지고 있다. 이러한 마을이 바로 멕시코를 구성하는 대다수의 마을이고, 이 마을 사람들은 혁명 소식을 그것이 마치 중국이나 터키에서 일어난 일이기라도 한 것처럼 무관심하게 읽는다. 진정한 승리를 방해하는 이러한 무기력증의 원인을 이해하기 위해 이러한 분석은 중요하다. 과거에 닻을 내린 심성을 폭로하는 이 목소리는 조이스와 포크너에 의해 시도된 새로운 소설 작법을 사용하여 이루어졌다. 여기에서부터 혁명은 멕시코인의 가장 내면의 강박관념과 연결되어, 또한 현대소설의 전형적인 실험적 시도에 의해 더 활성화되어 멕시코 소설에서 계속 살아남게 된다.

3.3 토착주의 소설

중남미 인디오 문제의 시발은 스페인의 정복과정에서 비롯된 것이다. 중남미의 인디오는 북미의 인디오와는 달리 대부분이 생존했는데, 그것은 스페인의 독특한 식민체제로 인해 가능해진 것이었다. 즉, 도시의 중심에 스페인인이 거주하고 이들은 시골에 대농장을 소유하고 있었는데, 이 농장에서 인디오들은 고유문화를 유지하며 생존할 수 있었던 것이다. 이 인디오 문제는 특히 인디오 인구가 많은 멕시코, 과테말라, 페루, 에콰도르, 볼리비아 등지에서 심각하다. 인디오의 테마는 그들이 사회에서 가장 착취당하는 영역인 동시에 외부세력에 대항하고 저항하는 상징이라는 점에서 중남미 문학에서 지속적으로 사용되어 왔다. 특히 후기 모데르니스모 산문의 지역주의는 인디오의 비참한 현실에 항거하는 문학으로서 토착주의를 발현시켰다.

문학작품에서 인디오에 대한 시각은 라스 까사스 등의 몇몇 선지자들을 제외하면 대략 다음과 같이 변화해 왔다. 첫째는 연대기 작가에게서 나타나는 묘사적인 자세이다. 그들은 중남미 생활의 독창성을 세계에 알리려는 의도에서 원주민 생활 그대로의 모습을 그리고자 했다. 한편 그것과 동시적으로 그리고 그 후에 나타나는 귀족적 어조의 부왕문학에서 인디오는 매우 부차적인 영역으로 밀려났다. 거의 유일한 예외는 돈 환 데 빨라폭스 이 멘도사의 『인디오의 본성과 덕성에 관하여 De la natu-raleza y virtudes del indio』이다. 두번째는 낭만주의 작가들의 이국주의적 자세이다. 그들은 루소의 선한 야만인 Buen Salvaje이라는 낭만적인 시각을 받아들여 문명의 침략을 받기 전에는 평화로운 자연인이었던 인디오의 모습을 부각시켰다. 여기에 속하는 작품이 호세 호아낀 데 올메도의 『후닌 찬가 Oda a Junín』와 헤르뜨루디스 고메스 데 아베야네다의 『구아띠모신 Guatimozín』과 환 레온 데 메라의 『꾸만다 Cumandá』이다. 낭만주의 시기에는 인디오를 좀더 심각하고 기록적인 차원에서 다룬 작품에서조차도, 예를 들어 마누엘 데 헤수스 갈반의 『소년 엔리께 Enriquillo』등, 작가들은 현실 도피적이고 이국적인 것을 쫓는 자세로 인디오를 그려내었다. 19세기 후반 실증주의 철학의 영향을 받으면서 작가들의 태도는 또 바뀌게 된다. 즉 그들은 인디오를 교육해서 서구문화의 문명적 진보에 동참시키자고 주장했는데 이러한 태도를 부성애적이라고 할 수 있다. 한편 가우초의 호전성으로 말미암아 19세기 말까지도 백인사회를 지속적으로 위협했던 아르헨티나에서는 토착적인 세계를 이해하려는 의지가 있는 문학작품이 거의 나타나지 않았다.

앞에서와 같이 정복자의 입장에서 인디오 문제를 다루려는 인디아니스모 Indianismo 단계에서 벗어나, 인디오의 입장에서 인디오의 문제를 생각하는 진정한 토착주의 Indigenismo 단계의 시발점이 되는 작품은 끌로린다 마또 데 뚜르네르의 『둥지 잃은 새 Aves sin nido』(1889)이다. 즉 이제 문학에 인디오의 진정한 존재가 반영되기 시작한 것이다. 비록 모데르니스모에서 다시 한번 인디오에 대한 왜곡이 이루어지긴 했으나 그것은 이미 시작된 토착주의의 흐름을 막을 수는 없었다. 즉 후기 모데르니스모의 지역주의에서 멕시코 혁명 소설의 한 주제로서 비인간적 대우를 받는 인디오의 상황에 대한 다큐멘터리적 노출을 볼 수 있게 된다. 로뻬스 이 푸엔떼스의 『인디오』, 『야영』, 페루의 작가인 로뻬스 알부하르 López Albújar의 단편 등과 같은 작품들이 그 선구자라고 할 수 있다. 이는 사회, 경제, 문화적으로 열악한 상황에 처한 인디오의 권리를 회복시키자는 고발과 항거의 자세에서 비롯된 것으로, 여기서 나온 토착주의 소설 La novela indigenista이 프롤레타리아와 같은 문제를 안고 있는, 미래의 무력혁명의 원천으로서의 인디오를 다룬 이까사와 알레그리아의 작품들이다.

그 후 붐소설기에 인디오에 대한 자세는 또 한번의 변화를 겪게 된다. 작가들은 이제 신화나 시 전설 등을 통해 인디오 정신에 다가가려고 시도하며, 인디오적인 것이 결코 서구문명에 뒤지지 않는 가치 있는 것이라고 주장한다. 이것이 바로 중남미 정체성을 추구하려는 인디오에 대한 재평가인 것이다.

3.3.1 알시데스 아르게다스

볼리비아인 알시데스 아르게다스 Alcides Arguedas(1879~1946)는 외교관 출신으로서 인디오에 대한 부성애적 자세와 토착주의 사이의 경계에 놓여 있는 작가이다. 그는 볼리비아의 후진성은 인디오의 지나친 겸손함, 비천함, 체념에서 비롯되며 그들의 원시신앙은 발전에 장애가 된다고 파악하였다. 그러나 사회고발적 성격과 더불어 억압받는 인디오의 생활상을 그리는 등 토착주의적인 성격 또한 가지고 있다. 즉 앞에서 말한 한계에도 불구하고 작가의 부인할 수 없는 목표는 인디오의 생활조건을 향상시키려는 것이고 그의 작품은 이에 상당한 공헌을 하였다.

19세기 말부터 많은 중남미의 실증주의 사상가들은 원주민 문화를 사회학적으로 분석하여 평가하려 하였다. 이 운동의 지도자였던 곤살레스 쁘라다 외에 다른 많은 사상가들이 중남미의 현실을 비관주의적으로 생각하였고, 그 문제는 기본적으로 인종의 혼혈과 인디오의 유전적 열등성에서 기인한다고 추론하였다. 이러한 임상의학적 해석으로 아르헨티나인 아구스띤 알바레스의 『정치적 병리학 편람 Manual de patología política』(1899), 베네수엘라인 세사르 수메따의 『병든 대륙 El continente *enfermo*』(1899), 아르헨티나인 까를로스 옥따비오 분헤의 『우리의 중남미 *Nuestra América*』(1903), 역시 아르헨티나인인 마누엘 우가르떼의 『사회적 병폐 *Enfermedades sociales*』(1905), 페루인 프란시스꼬 가르시아 깔데론의 『중남미의 라틴식 민주주의 *Les democraties latines de l'Amerique*』(1912) 그리고 알시데스 아르게다스의 『병든 민중 *Pueblo enfermo*』(1909)이 있다.

　바르셀로나에서 나온 『병든 민중』의 서문을 쓴 라미로 데 마에쭈는 이 작품과 식민지를 잃었을 때 그들 98세대가 쓴 작품 사이의 관계를 강조하고 있다. 마찬가지 생각으로 우나무노는 중남미와 스페인의 심리학적 분석을 꾀하는 데 있어서 이 작품을 그의 주요한 참고도서로 삼고 있다. 여기에서 아르게다스는 대서양 이편과 건너편의 스페인계 사회 모두에 적용되는 공통 특징으로 선망의식을 들고 있다. 『병든 민중』은 수없는 병폐들을 치료하려는 목적을 가지고 한 나라를 직접적으로 분석한 작품이다. 볼리비아 역시 그 자신의 98세대를 가졌다는 것을 잊어서는 안 된다. 1세기에 걸친 무정부상태와 혁명을 거쳐, 1879년의 칠레와의 전쟁으로 인해 볼리비아는 안또파가스따 항구와 전 해안지역을 잃어, 내륙지방으로 그 영역이 축소되었다. 유일한 보상은 1904년의 협약으로 이루어진 아리까 항구로의 철도뿐이었다. 따라서 오랜 기간의 국가적 성찰기가 있었고, 아르게다스는 이때 비록 심한 검열을 받기는 하였으나 잘못 이해된 애국심에 빠지지 않고 국가적 병폐를 철저히 탐구하고 해결 방안을 제안하였다. 볼리비아의 현실을 해부함에 있어서, 아르게다스는 모든 면을 다 고려한다. 먼저 물질적인 측면과 그 영향이 거론된다. 비록 풍요롭긴 하지만 개발되지 않은 천연자원, 불행한 격세유전과 불충분한 심지어 전혀 없다고 할 수 있는 교육으로 인한 국가적 병폐, 완전히 이질적이고 심지어 적대적이기까지 한 인종적 요소 등 진보하기 위하여 필요한 안정성과 조화를 찾을 수가 없다고 해석한다. 여기에서부터 책은 국가적 불행의 나열로 변화한다. 무엇보다도 인종적 문제가 언급된다. 흑인은 아무것도 의미하지 않는다. 야만적이고 짐승처럼 사람을 싫어하는 인디오는 비참하게 착취에 시달리며 사는 고원지대의 거친 땅에서 사라져야 한다. 그들은 때때로 반란을 일으키지만 잔인하게 진압되고 만다. 혼혈인들의 장점은 은퇴한 족장의 교조주의에 끌려다니는 경향으로 인해서 상쇄되고, 게다가 그들은 백인처럼 의지의 시험을 거부하며, 노력을 요구하는 모든 것에 반감을 느낀다. 백인들은 앞서 말한 것 외에, 소견이 좁고, 의무감과 자기규율이 부족하다. 다음에 계속되는 장에서, 아르게다스는 심리학에 접근해 국가적 병폐의 하나로 과대망상증을 들고, 육체적 쇠약의 원인들 특히 알코올중독을 열거하고 있다. 폭력과 추장정치, 그리고 부도덕에 의해 지배되어 온 볼리비아의 역사를 검토하면서 지적 불모성의 원인을 성찰하고 있다. 이 책은 교육과 연대 의식의 창조, 선택적인 이민수용, 경제적 방법 등의 치유방법을 결론적으로 제시한다. 아르게다스는 스페인인 호아낀 꼬스따의 개혁 프로그램을 인용하면서 끝을 맺고 있다. 이 작품은 1937년 판에서 수정을 겪는다. 그러는 동안 작가의 또 다른 주요 연구 『볼리비아의 역사 *Historia de Bolivia*』(1922)가 나오고, 이는 『박식한 족장 *Los caudillos letrados*』(1924)과 『야만적 족장 *Los caudillos bárbaros*』(1929)으로 확장된다. 1934년 『그림자의 춤 *La danza de las sombras*』을 출판하는데 이는 나중에 『병든 민중』의 마지막 장으로 편입된다. 이러한 저작들에서 행해진 국가적 병폐의 해석이 아르게다스의 주요 소설 『청동 종족 *Raza de bronce*』(1919)의 이데올로기적 기반이 된다.

『청동 종족』 이전에 아르게다스는 세 권의 소설을 발표하였는데, 『삐사구아 *Pisagua*』(1903), 『와따 와라 *Wata Wara*』(1904) 그리고 『끄리오요의 삶 *Vida criolla*』(1905)이다. 감상주의적 성향의 첫번째 소설은 시민전쟁의 몇몇 면모와 칠레와 대면하게 된 에피소드를 바탕으로 하고 있다. 두번째 소설은 『청동 종족』에서 펼쳐지는 주제적 요소들이 나타나 있고, 『끄리오요의 삶』은 모데르니스모 산문의 특징적인 인물인, 평범한 일상을 거부하는 지적 관심을 소유한 남자의 이야기로서 자서전적 소설이다. 『청동 종족』은 의심할 여지 없이 아르게다스의 가장 뛰어난 작품이다. 작가의 보고적인 의도는 가혹한 현실을 풍요롭게 하는 작가의 상상력에 의해 숨겨진다. 줄거리는 토착주의 소설의 특징적인 체계를 갖추고 있다. 제1부 「계곡」에서는 인디오 처녀 와따 와라와 그녀의 연인 아히알리를 소개한 후에 아히알리와 다른 인디오들이 티티카카 호수를 지나 그들이 일하는 농장이 있는 계곡으로 여행하는 장면이 묘사된다. 아르게다스는 상당히 많은 부분을 풍경묘사에 할애하고 있다. 상당히 조형적인 이러한 장면으로 인해 책의 분위기가 매혹적이 된다. 그럼에도 불구하고 힘든 여정으로 인해 이러한 목가적인 분위기는 쇠퇴한다. 그들이 건너야 하는 강에서 빠져 죽는 인디오 마누노는 역경의 시작을 알리는 징조이다. 제2부 「황야」에서, 아르게다스는 늙은 족장 멜가레호와 그 가족의 가혹한 행위를 묘사한다. 이러한 박해는 토착민들의 분노가 증가할 수밖에 없는 정당한 기반이 된다. 여기에 옛 족장의 협력자였으며 그의 그늘 밑에서 부자가 된 농장주 마누엘 빤또하가 등장한다. 그는 착취자의 전형적인 인물로서 모든 토착주의 소설에 나타나는 유형이다. 서술자는 그에 의해 약탈되는 인디오들에게 행하는 그의 전횡적인 행위를 기술한다. 전지전능한 서술자로서 아르게다스는 모든 측면을 다 고려한다. 그 후 고원지대의 친숙한 풍경을 바라보며 황홀경에 빠진 아히알리의 모습이 그려지는데, 이는 농장주의 행위를 더욱 가증스럽게 만들려는 의도에서 나온 일종의 〈선한 야만〉류의 묘사라고 할 수 있다. 농장주는 와따 와라를 폭행하고, 원주민들은 처음에는 그들에게 익숙해진 체념의 몸짓을 보이나 곧 권리회복운동에 나서게 된다. 그들이 분노에 차서 농장의 과일을 없애버리는 행위는 토착민의 순박한 이미지에 전혀 해를 입히지 않게 묘사된다. 여기서 이러한 소설에 또 한 특징적인 인물유형인 자비로운 추장 초께우안까가 등장한다. 2부의 7장 이후부터 사건들이 급격히 발생한다. 농장주가 새를 남획하는 모습은 그의 자연에 대한 멸시를 반영한다. 이에 대해 인도적이고 생태학에 관심이 많으며 토착민의 옹호자 그룹에 속하는 지식인 수아레스가 등장해 그것을 비난한다. 그러나 그는 토착민의 옹호자 그룹 가운데서 인디오를 제대로 알지 못하면서 단순히 문학의 쉬운 테마로서 그들을 옹호하는 자세를 취하는 인물에 속한다. 아르게다스는 이 인물을 모데르니스모 문학에 의해 비롯된 광란을 고발하려는 의도로 사용한다. 빤또하에게 있어서 인디오들은 위선적이고 엉큼스러우며 도둑질 근성을 가지고 있으며 거짓말을 잘하고 잔인하며 보복심에 불타는 사람들이다. 아무리 수아레스가 그들을 변호해도 그의 태도를 바꿀 수는 없다. 수아레스는 결과적으로 미적지근하고 수동적인 고발자로서 그의 언동을 찡그린 채 바라만 볼 뿐이다. 수아레스가 와따 와라가 다시 한번 폭행당하는 동굴 밖에 머물기로 결정하는 장면은 무척 의미심장하다. 그는 다른 모든 백인, 혼혈인 들과 마찬가지로 인디오들이 농장에 불을 지르며 그들의 분노를 폭발시킬 때 그것을 피할 수 없다. 정화하기 위한 복수의 의미를 띤 이 서사적 최후는 『청동 종족』의 발견 중 하나이다. 이 상황의 전율적인 위대성에 빠진 아르게다스는 그들의 무자비한 대응을 기록할 수밖에 없다.

3.3.2 시로 알레그리아

안데스의 와마추꼬에서 태어난 페루인 시로 알레그리아 Ciro Alegría (1909~1967)에게는 토착주의 소설의 새로운 위치를 개척하는 임무가 주어져 있었다. 그는 일찍부터 안데스 지역 인디오의 법칙과 고통을 알고 있었고 그들과 밀접한 연계를 가지고 있었다. 젊은 시절 아메리카 민중 혁명동맹(APRA)에 참여했던 그는 인디오를 주요 관심사로 두면서 사회적 권리회복운동과 정치투쟁에 참여하였다. 투옥도 당하고 추방당하기도 한 그에게 있어서 문학은 사회적으로 소외된 인디오의 해방시키는 임무의 효과적인 도구였다. 그는 이렇게 하여 결정적으로 토착주의로의 길을 열었고, 구이랄데스가 가우초에 대해 한 것과 마찬가지로 적어도 미학적으로 인디오와 흑백혼혈아를 구원하였다. 이러한 미학적 구원은 그

후 실질적인 구원에 있어서 아주 중요한 역할을 수행한다.

그의 소설 중 첫번째 것인 『황금뱀 *La serpiente de oro*』(1935)은 그 구성의 허약함으로 인해 비난받기도 하지만, 그것이 채택하고 있는 구조적 분절주의는 서술되는 이야기의 의미에 아주 적합하며 이야기를 효율적으로 이끌어나가고 있다. 서술적인 요소보다 묘사적인 요소가 더 큰 비중을 차지하고 있는 첫 장「강, 사람들, 그리고 뗏목」에서는 실제적으로 소설의 모든 주요 요소가 제시된다. 그것은 깔레마르라는 장소와 거기에 동화된 인간형의 찬미이다. 뗏목은 존재의 영웅적 의미를 나타내는 기호이다. 두번째 장에서는 행위요소의 움직임이 더 큰 중요성을 차지하게 된다. 늙은 마띠아스 로메로로 대표되는 토착민과 리마에서 온 엔지니어인 돈 오스발도로 대표되는 이주민이라는 두 가지의 인물유형이 나타난다. 리마는 토착민에게 있어서 아주 먼 외부세계를 의미한다. 여기에서부터 등장인물들이 많이 나타난다. 밀림의 불가사의함을 충고해 주는 백인 농장주에 맞서서, 오스발도는 그의 개혁적인 의도를 실행에 옮기려 한다. 이때 격렬한 마라뇽강의 두 명의 뗏목 타는 사람이 거기에 빠져 죽게 된다. 자연과 인간의 심오한 연계라는 이야기 전체의 긴장 함수가 고정되어 나타난다. 강은 토착민들의 길이며 그들이 생존하기 위해 필요 불가결한 요소인 동시에 그들의 잔인한 적이기도 한 것이다. 소설은 이처럼 다양한 면모를 선회하며 분기한다. 강에서 일어나는 여러 사고들, 인생 유전, 축제, 엔지니어의 성찰과 진보적 행위, 뱀에 물려 끝나게 되는 그의 인생, 잔인한 농장주를 살해한 도망자, 사랑의 이야기 등등 이 모두의 비연관성은 바로 현실 자체에서 유래한 것이다. 처음부터 자신을 흑백혼혈인이라는 인종의 일원으로 규정하는 주요 서술자가 존재한다. 즉 그는 비록 줄거리와 특별한 관련을 맺고 있지는 않으나 줄거리 가운데서 서술하는 존재이고, 결국 또 다른 서술자가 그를 루까스 빌라라고 호칭함으로써 익명성이 깨어진다. 서술자 둘 다는 조용하고 침착한 태도를 고수한다. 예를 들어, 엔지니어의 죽음에 관해서도 그가 설립하고자 했던 회사의 이름이 바뀌었다는 것을 아이러니하게 암시할 뿐이다. 그 이름은 바로 황금뱀으로서 엔지니어를 죽음으로 몰고 간 노란 살모사를 의미하는 것이다. 서술자들의 침착한 태도로 인해 소설에 나타나는 사회적 성격의 가치평가는 도전적인 어조와는 거리가 멀게 보인다.

이 소설은 대지와 자연에 관한 소설의 분류에 들어갈 수도 있다. 알레그리아의 다른 작품에서처럼, 인간의 주거지에 대한 친밀한 평가를 대할 수 있다. 서술자는, 여기에서는 존재한다는 것은 아름다운 것이며, 죽음조차 삶을 풍요롭게 한다고 이야기한다. 깔레마르 계곡의 주민들은 그들의 대지와 그들의 강을 있는 그대로 사랑한다. 그들은 그 대지와 강의 가혹함을 숨기려 하지도 않고 거기에 필사적으로 저항하려 하지도 않는다. 이 소설에는 문명 대 자연이라는 이분법적 구분을 하게 하는 많은 자료가 있고, 균형이 잡히게 잘 조절되어 있다. 또한 여기에서 혼혈인들과 인디오가 대립적으로 제시된다는 것도 빼놓을 수 없는 일이다. 인디오들은 산맥의 사람들로서 낮은 지대에서 살기에는 적합하지 못하다. 알시데스 아르게다스가 그들은 평가절하한 데 비해, 알레그리아는 그들을 보다 잘 대표하려고 노력하였다.

『굶주린 개들』(1939)에서 시로 알레그리아는 전 작품과는 달리 페루의 높은 계곡이라는 새로운 세계로 진입하고 있다. 칠레의 정신병원에 있는 개들이 밤에 울부짖는 소리에서 예전의 굶주림의 기억을 상기해 낸 시로 알레그리아는 개들에게 매우 특별한 역할을 부여하며 이러한 뼈대에 살을 입히고 있다. 이전 소설에서와 마찬가지로 몇몇 장면들의 연계라는 체계로 구성 되어 있지만, 『굶주린 개들』은 더 분절적인 서술적 문장기법을 사용하고 있다. 개들과 사람들이 함께 사는 거의 전원적인 하나의 세계가 몇몇 끔찍한 사건들로 인해 갑자기 붕괴되기 시작한다. 몇몇 개들은 죽고, 다른 개들은 사람처럼 침략과 불의를 겪는다. 가뭄과 배고픔이 그 전경을 어둡게 한다. 굶주린 개들은 인간의 처참한 운명을 공유하며 살아남기 위해 피할 수 없는 잔인성을 발휘한다. 이로 인해 인간 세계와 개의 세계 모두에서 계급간의 증오가 싹튼다. 은혜로운 비가 다시 질서를 회복하게 하고, 주인에 의해 다시 잡힌 암캐 왕카에 의해 이 조화가 대표된다. 다시 한번, 대지와 인간의 융합이 근본적인 것으로 느껴진다. 그것은 항상 정립되어야 하는 하나의 계약이다. 알레그리아는, 아르게다스와는 달리 자연 앞에서 인디오의 감수성을 부인하지 않는다. 『황금뱀』에서 흑백혼혈인들에게 경멸의 눈초리를 받았던 산지의 인디오들은, 여기에서 그들의 권리를 광범위하게 회복한다.

『굶주린 개들』의 줄거리에서 가장 기본이 되는 사실인, 토착민 공동체가 그들의 대지에서 추방되는 일은 시로 알레그리아의 가장 유명한 세 번째 작품 『세상은 넓고 멀다 El mundo es ancho y ajeno』(1941)에서 뚜렷이 부각되어 나타난다. 안데스 산맥을 배경으로 작가는 우리에게 추장 로센도 마끼에 의해 자애롭게 지배되는 루미 공동체를 제시한다. 소설의 진정한 주인공은 집단적 주인공인 루미 공동체이고, 이는 서술된 이야기 전체에 서사적인 느낌을 부여하고 있다. 소설은 3부로 구성되어 있다. 1부는 루미 공동체에서의 목가적 생활을 그리고 있는 임박한 사건의 준비기이다. 리듬은 천천히 서정적으로 전개되며 서술의 선적 구조를 유지하고 있다. 소설 시작에서 마끼가 가는 길에 나타난 불운의 상징인 뱀은 한 세계의 총체성이 파괴될 수밖에 없는 숙명적인 과정을 예감하게 한다. 로센도는 고지에서 고즈넉한 공동체를 바라보고, 작가는 천천히 공동체를 구성하는 상이한 면모에 접근해 간다. 동시에 인디오의 소유권에 대한 위협으로 제시되는 법적인 문제가 제기된다. 소유권을 박탈하기 위한 농장주 돈 알바로 아메나바르의 포위망은 점점 좁혀져 가고, 이런 경우에 항상 있게 마련인 교회를 포함한 여러 권력과의 결탁이 드러난다. 이 모두는 마끼의 투옥으로 절정을 이룬다. 2부에서는 감옥에서의 로센도 마끼의 자살과 더불어 공동체의 해체가 피할 수 없는 일로 제시된다. 도주하는 공동체원을 따라가면서 이야기가 전개되는데, 그들은 그들 삶의 터전에서 쫓겨나 광산, 고무 채집 등의 새로운 작업장에 가게 되고 결국 착취로 인해 비극적 종말을 맞게 된다. 여기에서는 두 명의 인물이 두드러진다. 한 명은 상황에 의해 악당으로 변모할 수밖에 없었던 야스께스이고, 또 다른 하나는 로센도의 추장자리를 차지하게 된 베니또 까스뜨로이다. 원주민을 불의에서 보호하기 위해 노력했던 전자는 의심스러운 상황에서 시체가 된 채 나타난다. 까스뜨로는 원주민에게는 선지자로 백인 농장주에게는 혁명분자로 인식되는 인물로서, 3부는 그가 잉카의 행복했던 세계에 대한 동경에서 싹튼 자발적인 반란을 사회혁명으로 변화시키고 끝내는 실패하는 과정을 담고 있다.

이 작품은 아주 면밀히 짜여져 있다. 알레그리아는 인디오를 억압하는 여러 상황을 상당히 많이 모아놓고 있고, 그 박해자의 행위를 통렬히 비난하고 있다. 작가는 자신의 이러한 의도가 페루에서는 반페루적이며 분열적이라고 비난받는다는 사실을 잘 알고 있다. 그러나 그는 오백만의 인디오가 비참하게 착취당하며 살고 있는 끔찍한 현실을 직시하고 자신의 역할을 다할 것임을 다짐한다. 그리하여 『세상은 넓고 멀다』는 갖가지 현실의 모습이 삽입되어 있는 콩들인 틀짜기로서의 면모를 갖추고 있다. 그 기법의 하나로 과거의 일을 현재와 교차시키는 방법이 사용되기도 한다. 중심 줄거리에 과거의 에피소드, 다양한 이야기, 민중 서정시들이 섞여 있다. 그리고 인디오 문화의 본질적 기반을 형성하는 신화들이 이전의 작품들에서보다 더 많이 삽입되어 있다. 이 작품의 이데올로기적 배경을 살펴보면, 그것은 두 가지 점에서 아메리카 민중혁명 동맹의 정치 프로그램을 반영하고 있다. 먼저 근대적 의미의 사회주의 노선적 경향으로서, 원주민 공동체 정신의 중요성을 강조한다는 것이다. 그리고 또한 교육과 원주민 밖의 세계에 대한 경험의 중요성 또한 강조된다. 이 두번째 요소는 도시에서 교육받고 마끼에 의해 양자로 길러진 까스뜨로에 의해 대표된다. 마끼가 인디오 권리회복투쟁에서 실패했을 때, 그는 노동조합운동을 시도하나 실패하고 만다. 그러나 알레그리아는 이것을 미래에 가장 효과적이고 성공가능성이 높은 투쟁으로 믿은 듯하다. 이러한 이데올로기는 알레그리아의 작품에서 유치하고 시대착오적인 팜플렛투의 말투를 극복하고 있다. 이 소설은 전통적인 리얼리즘 기법을 사용하여 혁명의식과 계급투쟁을 고양시키려는 의도로 씌어진 것으로 보인다. 작가는 인간적인 애정을 가지고 인디오를 묘사하며, 그 반면 과두제나 제국주의에 봉사하는 백인과 그 기구는 비인간적으로 나타난다. 기법상으로는 3부에서의 동시적 행동의 전개와 같은 희미한 혁신의 기미도 보이나 전반적으로 작가의 전지적 시점과 개입이라는 지역주의 소설 공통의 한계를 가지고 있다.

알레그리아의 다른 작품으로는 유고작인 미완성작 『라사로 *Lázaro*』(1973)와 단편 모음집 『신사의 결투 *Duelo de caballeros*』(1963), 『빤끼와 전사 *Panqui y el guerrero*』(1968), 『돌 공물 *La ofrenda de piedra*』(1969)이 있다.

3.3.3 호르헤 이까사

에콰도르인 호르헤 이까사 Jorge Icaza(1906~1978)는 『산맥의 수렁 *Barro de la sierra*』(1933)이라는 단편 모음집에서 토착주의적 주제를 다루기 시작하였다. 여기에는 이미 그의 첫 소설이자 가장 유명한 소설인 『자영 소작지 *Huasipungo*』(1934)의 맹아를 보이는 잔인하고 고통스러운 현실의 면모가 윤곽을 잡고 있다. 자영 소작지라는 것은 에콰도르 산지에서 농장주의 광활한 농장에서 일하는 대가로 인디오에게 양도하는 작은 소유지를 말하는 것으로, 원주민 최후의 땅이자 최후의 생존기반을 상징한다. 지주 알폰소 뻬레이라의 딸이 임신을 하자 출산을 위해 시골로 물러나온 가족들은 돈을 얻기 위해 석유 채취의 목적으로 도로를 건설하려는 미국회사와 계약을 하게 된다. 이에 뻬레이라는 제국주의 침투를 위한 주구가 되고, 이는 곧 원주민들의 최후 소유지인 자영 소작지의 상실을 의미한다. 원주민을 상징하는 인물인 앙드레스 칠리낑가는 온갖 착취를 당하며 숲에서 일하다 절름발이가 되고, 또한 이로 인해 수확에 폐를 끼쳤다는 이유로 벌금까지 물게 된다. 가족들이 아사 직전에 이르자 썩은 고기를 구해서 먹게 하나 그로 인해 그의 부인이 죽는다. 이에 그는 인디오를 선동하여 혁명적 봉기를 일으키나 인디오 착취자인 농장주, 농장감독, 사제, 미국기업, 행정부, 군대 등에 의하여 결국 실패하고 만다.

이 소설은 전통적인 구조를 가지고, 사전이 필요할 정도로 원주민 어휘를 사용하여 사건을 전개시켜 나가고 있다. 작품은 완곡과는 거리가 먼 직접적이고 노골적인 표현을 사용하고 있고, 인물의 분석과 깊이는 부족하다. 그는 개인으로서의 인디오를 그리려고 하지 않았고, 한 계급으로서의 전형적인 인디오의 모습을 반영하고자 했다. 이까사에 의해 그려진 인디오들은 인간적인 존재로서의 조건에 도달하지 못하고 있다. 그들의 반응은 본능적이며 거의 동물적이기까지 하다. 파란만장한 세상사에 굴복한 그들은 깊은 동정을 일으키기는 하지만, 그 비참함으로 인해 작가나 독자하고는 너무나 멀리 떨어져 있는 존재이다. 이까사는 이러한 모든 상황을 직접적으로 그려나가고 있다. 그리하여 이 작품은 색조가 부족하며, 손질이 덜되어 있고, 묘사의 섬세함이 모자라며, 인물의 심리적 측면이 허약하다는 비난을 받고 있다. 그러나 이러한 비난은 불의와 불운을 큰 소리로 외치는 이 산문의 효율성 앞에서 빛을 잃는다. 이까사의 의도는 교훈을 주는 것이 아니라 불감증을 깨뜨려 감동을 주기위해 직접적 이미지를 독자에게 던져주고자 했던 것으로 보인다. 이 작품은 오늘날 가장 유명하며 전형적인 토착주의 소설로 평가받고 있다.

이까사의 다른 작품들은 흑백혼혈인이라는 인간형의 탐구에 바쳐지고 있다. 실제로 이들에 대한 이해 없이 에콰도르의 사회현실의 해석을 심화시키기는 힘들 것이다. 『거리에서 En las calles』(1935)는 인디오와 더불어 이 인간형을 등장시킨다. 몇몇 혼혈인들이 소송 문제로 수도에 가지만, 수도의 권력기구는 농부들의 정당한 요구를 억압하고 그들 중 몇몇을 투옥하기까지 한다. 이 작품은 아직 『자영 소작지』와 마찬가지로 미학적으로는 큰 가치가 없다고 할 수 있다. 『흑백혼혈인 Chulos』(1938)은 이 점에서 의미심장한 변화가 시작되는 작품이다. 이 작품의 주인공은 혼혈아 알베르또 몬또야이다. 그는 전통적인 지주의 역할을 잘 익혀 그가 죽었을 때 그러한 지주의 모습으로 변모한다. 몬또야는 전 농장주의 아들의 급사로 변신하면서 자신의 힘을 키워나가게 된다. 그러나 그는 결국 자신의 야망의 희생자가 되고 만다.

또한 이까사는 『현혹된 반쪽 인생 *Media vida deslumbrados*』(1942), 『와이라빠무시까스 *Huairapamushcas*』(1948), 『중류층 로메로 이 플로레스 *El chulla Romero y Flores*』(1958), 『붙잡힌 사람들 *Atrapados*』(1972) 등의 작품을 통해 계급의 분리에서 생겨난 사회적 갈등을 고발하고 있다. 또한 표현형식에의 관심을 보여주면서도, 동시에 서술자로서의 원천적인 활기를 잃지 않고 있다. 그의 소설들은 다양한 공간을 배경으로 서로 상충하는 힘들로 가득 찬 끓어오르는 그림들이다. 갈로 레네 뻬레스가 이까사의 가장 매력적인 소설이라고 평가한 『중류층 로메로 이 플로레스』에서 단어들은 정확하고 우아하며, 문장은 조화로우면서도 가볍다. 계급의 벽을 넘기 위해 노력하지만 결국 실패하고 마는 사생아 출생의 혼혈아인 로메로 이 플로레스의 삶을 감상적인 측면을 엄격히 배제한 채 묘사하고 있는 훌륭한 소설이다.

3.4 가우초 소설

20세기의 아르헨티나 지역주의 산문에는 시에서와 마찬가지로 가우초가 자주 등장한다. 이러한 흐름에 중요한 기여를 한 사람이 『가우초의 전쟁』(1905)과 『가우초 노래꾼』을 쓴 레오뿔도 루고네스이다. 베니또 린치와 리까르도 구이랄데스 이외에도 로베르또 빠이로 Roberto J. Payró (1867~1928), 마르띠니아노 레기사몬 Martiniano Leguizamón(1858~1935), 마누엘 우가르떼 Manuel Ugarte(1878~1951), 알베르또 헤르추노프 Alberto Gerchunoff(1883~1949)와 마누엘 갈베스 Manuel Gálvez(1882~1962)의 몇몇 작품들이 가우초 소설에 속한다. 또한 하비에르 데 비아나 Javier de Viana

(1868~1926), 까를로스 레일레스 Carlos Reyles(1868~1938)와 엔리께 아모림 Enrique Amorim(1900~1960) 등의 우루과이 작가군 역시 제외해서는 안될 것이다.

3.4.1 베니또 린치

1916년 『플로리다의 카라카라새 Los caranchos de la Florida』를 발표하여 마누엘 갈베스로부터 가우초 소설의 고전 중 하나라는 평가를 받았다. 지주 가문 출신으로 어린 시절을 보낸 팜파의 농장 분위기에 친숙한 베니또 린치 Benito Lynch(1885~1951)는 이러한 분위기를 그의 소설의 중심 모티브로 변화시켰다. 카라카라새란 썩은 고기를 먹는 새이면서, 동시에 서로의 상이한 기질로 인해 심각한 갈등을 겪는 바스코 출신의 돈 프란시스꼬 수아레스 오로뇨와 유럽에서 교육을 받은 그의 아들 빤치또를 가리키는 명칭이기도 하다.

이미 플로렌시오 산체스는 그의 연극 『내 아들 의사』에서 항상 전원적이지만은 않은 농장을 폭로한 바가 있다. 린치의 등장인물들은 거기에서 한걸음 더 나아간다. 돈 빤쵸는 산체스 연극의 늙은 올레가리오가 가지고 있는 도덕적 위대성과는 거리가 멀고, 그 아들 빤치또 역시 올레가리오의 자손이 지니고 있는 자긍심을 결여하고 있다. 또한 여기에는 어떠한 결말부의 화해도 없다. 그들은 마르셀리나라는 한 소녀의 소유를 둘러싸고 격렬한 논쟁을 벌이며 끝내 파멸을 피할 수 없다. 작품은 한 혼혈 하인이 젊은이의 몸뚱이 위에 이제는 소용 없게 된 마르셀리나의 편지를 놓는 장면으로 끝난다. 그것은 복수심으로 가득 찬 빈정적인 제스처이다. 그러나 이 작품은 도식주의라는 심각한 결점을 안고 있다. 적어도 아버지와 아들의 갈등은 결과적인 면에서 약간 억지스러운 감이 없지 않다. 그러나 어떤 경우에서도, 특히 하비에르 데 비아나와 까를로스 레일레스에 의해 잘 규정된 이 작열하는 팜파라는 문맥 속에서는 일정 정도의 핍진성을 획득하고 있기는 하다.

『뼈만 남은 영국인 *El inglés de los güesos*』(1924)에서 린치는 이러한 결점을 많이 극복하고 있다. 농장의 흑인 소녀 발비나와 유적을 탐사하러 온 영국인 인류학자 사이의 사랑의 싹틈은 어떤 경우에서도 거짓으로 느껴지지는 않는다. 영국인은 물론 전형화된 인물이기는 하다. 그러나 그것은 작가의 기술상의 조잡함 때문이 아니라 그것이 당시 농부들이 외국인에 대해 가지고 있던 이미지이기 때문이다. 마르셀리나와 같은 유형의 흑인 소녀는 동정과 공감대를 불러일으키는 잘 발전된 인물형이다. 그러나 린치는 사회적으로 볼 때 불가능한 두 사람의 관계를 묵인하지 않았다. 격정의 끝에까지 이른 영국인은 이제 상투적인 모습에서 벗어나, 원초적인 팜파의 매혹 앞에 유럽인 특유의 신중함으로 반응한다. 따라서 마을의 여마술사에게서 배워 소녀가 사용하는 주문은 아무 소용이 없게 된다. 기적은 일어나지 않고, 영국인은 여마술사 자신이 죽었다는 소식을 접한 채 마을을 떠난다. 결말부분은 린치의 숙련도가 최고에 달한 부분이다. 한 마리의 동물, 암캐 디아멜라가 독자에게 흑인 소녀의 자살에 관계된 정보를 전달해 주는 기능을 맡는다. 그리고 그것은 매우 애매모호하다. 마지막 장은 이상한 소리를 듣고 암캐가 깜짝 놀라며 땅 위에 떨어진 매듭과 엎어진 의자, 소녀의 구두를 발견하는 것으로 끝난다. 마침내 소녀가 영국인을 유혹하기 위한 주문에 사용했던 두꺼비가 우연히 뛰쳐나오게 된다. 이 모든 상황적인 자료들은 오라시오 끼로가가 『사망자』에서 사용했던 유사한 방법, 그러나 더욱 암시적인 방법으로 비극적 사실을 함축해 준다.

　『가우초의 로만세 *El romance de un gaucho*』(1930), 『부에노스 아이레스의 벌판에서 *De los campos porteños*』(1931)에서는 이전 작품에도 사용되던 가우초 언어가 완벽해져 마치 팜파 사람에 의해 씌어진 것같이 보인다. 또한 작가의 비관적인 시각으로 인해 팜파는 보르헤스가 말한 사막-미궁으로 변화되어 나타난다.

3.4.2 리까르도 구이랄데스

1) 생애와 작품

가우초 문학을 최고봉으로 올려놓은 리까르도 구이랄데스 Ricardo Güiraldes(1886~1927)는 무정부주의적인 그러나 풍부한 문화적 소양을 쌓은 사람이었다. 그는 아르헨티나의 시골 귀족 출신으로 어렸을 때 가우초들 사이에서 성장하였다. 1887년 파리로 가서 어린 시절을 보내면서 프랑스와 독일 작가의 작품과 접촉하였고, 청소년기는 아버지의 농장에서 보내면서 후에 자기 작품 속의 등장인물들의 원형을 얻게 된다. 그는 이렇게 지역적으로는 부에노스 아이레스와 파리, 시대 조류에 있어서는 유럽주의와 중남미주의를 오간 작가였다. 또한 프랑스 상징주의를 찬양하여 그의 작품에 전위주의 형태로 나타나기도 한다.

그의 최초의 작품은 1915년 출판된 『유리방울 El cencerro de cristal』과 『죽음과 피의 이야기 Cuentos de muerte y de sangre』이다. 이들 작품에서 그는 충분한 재능을 갖춘 서술가로서 루고네스의 『감상적 달력』의 대담성을 모방하고 있다. 『죽음과 피의 이야기』는 농촌에서의 경험과 관련된 종합적인 시각을 완성하여 후기 산문작품의 맹아가 된다. 산문과 운문을 통합한 형태의 『유리방울』은 표현상으로는 전위주의를 사용하고 주제상으로는 가우초를 택한 작품집이다. 구이랄데스가 아르헨티나뿐만 아니라 중남미 전위주의의 선구자라는 사실은 이제까지 그다지 강조되지 않았었다. 여기 나타나는 전위적 시는 비센떼 우이도브로의 『물거울』보다 1년이, 그리고 호르헤 루이스 보르헤스의 『부에노스 아이레스의 열기』보다는 8년이 빠른 것이었다. 1917년 자서전적 성격의 단편소설 『라우쵸 Raucho』를 발표하였다. 이 작품의 토착주의적이고 자연주의적인 시도는 인상주의적인 구성으로 인해 근대성을 획득하기에 이른다. 여기에서, 젊은 주인공의 배움의 장이 되는 친밀한 배경은 이야기의 기본요소로 제시된다. 반면 헤르마이네가 니나와 더불어 천박한 사랑놀이를 벌이는 파리가 대조적으로 나타난다. 결국 주인공은 고향으로 돌아와 정신과 육체의 건강을 회복하게 된다. 구이랄데스의 힘차고 튼튼하며 종합적인 산문은 다중적이고 놀라운 이미지로 인해 더욱 풍요롭다.

1919년 다시 파리로 여행하고, 유럽 작가들의 영향을 받아 『돈 세군도 솜브라』를 쓰기 시작하였다. 감상적인 톤의 단편소설 『로사우라 *Rosaura*』(1922)는 작은 시골 지방의 어두운 분위기에 사로잡힌 부드럽고 감상적인 여주인공을 다루고 있다. 소설의 구성은 이 소녀의 내적 반응을 반영하는 계속적인 표현실험으로 인해 아주 섬세한 형태가 된다. 시적 산문을 향한 구이랄데스의 취향은 그의 다음 소설인 『사이마까 *Xaimaca*』(1923)에 집중된다. 이미지 구성에 있어 자유분방한 결합이 더욱 심해진다. 이에는 1921년 스페인에서 돌아와 극단주의를 퍼뜨린 보르헤스의 영향도 많이 작용한 것으로 보인다. 보르헤스와 더불어 구이랄데스는 1924년 ≪마르띤 피에로≫지의 젊은 작가군과 합류하였고, ≪뱃머리≫지를 열정적으로 주관하기도 하였다. 『사이마까』는 부에노스 아이레스에서 자마이카까지 육지와 바다 여행을 걸쳐 전개되는 끝내 실패한 사랑 이야기이다. 여기에는 많은 울트라이즘적 시들이 삽입되어 있는데, 이것을 서정적 그레게리아라고 해도 될 듯하다. 작가는 이제 서술자로서 그의 가능성의 정상에 도달한 듯하다.

2) 『돈 세군도 솜브라』와 가우초 문학의 신기원

파리에서 씌어져 1926년 출판된 그의 걸작 『돈 세군도 솜브라 *Don Segundo Sombra*』는 그의 작품에서 또 하나의 진전된 모습을 보여준다. 이 것이 파리에서 씌어졌기 때문에 놀라울 정도의 정화와 문체화가 이루어졌고, 또한 고향 풍경 앞에서 작가의 감수성이 더욱더 깊이 있게 표현되었다. 구이랄데스는 이 소설을 작중인물의 모델이 된 실제인물인 돈 세군도 라미레스, 많은 친구와 동향인들, 그리고 자신의 표현에 의하면 마치 성궤가 성체를 지니고 있는 것처럼 가슴속에 신성하게 품고 다니던 가우초에게 바쳤다. 그는 이렇게 자신과 팜파의 현실을 일체화하면서 또한 그 세계를 재창조하기를 원하였다. 사실상, 『마르띤 피에로』의 중요성을 간과하지 않고서도, 가우초와 팜파의 세계가 영원히 시들지 않는 신화의 세계로 결정적으로 진입하기 위해서는 구이랄데스의 이 작품이 필요했던 것이다. 이는 작가가 어떠한 형태의 회피주의에 빠지지 않고서도 달성되었다. 『돈 세군도 솜브라』에서의 팜파는 에르난데스의 시가 우리에게 보여주는 것만큼 사실적이고 때로 이것을 능가하기도 한다. 에르난데스가 물고기, 여우, 늑대, 비둘기, 새매 등의 관습적인 동물군을 다루는 데 반해, 구이랄데스는 미국 참새, 테루테루새, 차하해오라기, 카부레, 커다란 독사 등 수백 종의 부에노스 아이레스 지방 특유의 동물군을 언급한다. 그의 관찰은 가치 있고 의미심장한 것이며, 다른 영역에 있어서도 에르난데스가 가우초의 생활을 반영한 것 못지않게 정확하고 광범위하다. 이 작품은 파비오 까세레스란 인물이 가우초 생활을 하면서 팜파를 옮겨다니는 것을 그린 것으로 팜파가 사건과 일화의 중심 요소가 된다. 여기에는 리까르도 구이랄데스의 금욕적 무위주의, 근대성에의 저항, 팜파에의 사랑이 총체적으로 드러나 있다.

주제적인 측면에서 『돈 세군도 솜브라』는 특히 『이야기』와 『라우초』에서 이미 시도된 많은 면모들을 다시 조합하고 확장하고 있다. 『라우초』에서와 마찬가지로 주인공은 소년이다. 이 고아 소년 파비오 까세레스는 가우초인 사생아로 자그마한 벽촌에서 독신인 이모들의 손에서 자란다. 그는 일종의 아르헨티나판 허클베리핀으로 학교를 가기 싫어하고 낚시나 술집에 찾아가는 일을 즐긴다. 그러던 중 동물들을 운반하고 훈련시키는 일에 종사하고 있는 돈 세군도 솜브라를 만나게 되는데 그와 함께 집을 떠나 가우초에 섞인다. 그는 이 자연 속에서 돈 세군도 솜브라를 통해 인생을 배우며 가우초 특유의 여러 기술들을 익히고 완전한 남성으로 성장한다. 즉 파비오는 그를 통해 저항력과 불굴의 의지, 일어난 일을 불평 없이 받아들이는 순응주의, 도덕적 힘, 여인과 술에 대한 불신, 외지인들 사이에서의 신중함 그리고 친구들 사이의 믿음을 배우는 것이다. 이 과정에서 가우초의 노동, 오락 등이 풍속주의적 기법으로 묘사되고 있다. 그 후 그는 우연히 부자가 되고 전에는 무시했던 책에 접근하게 되며, 그의 대부와의 영원한 이별을 받아들이게 된다. 이야기는 돈 세군도와 헤어질 때까지의 그의 인생을 회상하는 파비오 자신에 의한 1인칭 시점에서 서술되고 있다. 그의 방황하는 어린 시절을 회상하는 데는 단 1장만이 사용되고 있다. 2장에서 그의 스승이 되는 돈 세군도와의 첫 만남이 서술되고 그의 배움의 나날들이 시작된다. 행위는 거의 흐르지 않는 시간 속에서 천천히 진행된다. 그럼에도 불구하고 9장을 끝마칠 때, 계속 걸어간다는 말을 반복함으로써 행위를 매우 광범위한 기간 내로 잠수시킨다. 10장에서 우리는 파비오가 그의 모험을 시작한 지 5년이 지났음을 알게 된다. 여기서부터는 다시 이야기의 리듬의 정체된 톤으로 되돌아간다. 25장에서 파비오는 죽음에 이르러서야 그를 아들로 인정한 부유한 농장주로부터 받게 된 유산 소식을 알게 된다. 27장과 마지막 장은 또 여기에서부터 3년이 지난 후를 다루고 있다. 총 8년이 되는 이 두 번의 휴지기로 인해 필요한 만큼 시간이 흐르면서, 동시에 작가의 묘사적 기법을 마음껏 펼칠 수 있는 완만한 리듬으로 사건이 전개될 수 있게 해준다.

풍요로운 이미지로 구성된 이러한 묘사들은 소설 전체에 걸쳐 심오한 원동력을 창조한다. 어떤 경우에 이미지는 구체적인 자료가 거의 환각 효과를 자아낼 정도로 많이 축적된 결과이기도 하다. 어떤 때는 의인화와 공감각적 표현이 발견되기도 한다. 구이랄데스의 표현방법들을 여기에서 모두 종합하려고 시도하는 것은 무의미한 작업이 될 것이다. 주인공 서술자의 정신에 투영된 그의 주관성은 모든 경우에서 풍경과 사물, 그리고 사람들에서 가장 빛나는 시적 효과를 추출할 수 있게 작동한다. 『돈 세군도 솜브라』는 대지의 부름과 동시에 문학적 정화과정의 요청으로 심오하게 연결된, 현실과 현실의 번득임으로 이루어진 하나의 거대한 시이다. 그의 동시대인들이 현실의 사진을 찍는 동안 그들과 마찬가지의 열정으로 구이랄데스는 현실에 독특한 스타일을 부여한 것이다. 이렇게 이 작품은 여러 면에서 기존의 지역주의 소설과는 다른 전위주의적 모습을 드러내고 있다. 먼저 구조면에서 전통적 선적 구조를 탈피하고 있다. 독자들은 작품 끝에서야 모든 내용이 이미 성인이 된 파비오의 회상이었음을 알게 된다. 즉 작품의 구성은 일종의 교양소설적인 것으로서 가우초가 사라지기 직전 가우초 생활을 했던 파비오 까세레스의 배움과정으로 구성되어 있다. 언어 또한 직설적인 언어가 아닌 직유, 은유, 비유, 대담한 메타포를 사용하여 시적 형상화를 이룩하고 있다. 어휘는 역시 광범위하여 모든 동식물군, 노동현장용어, 지역적 생활용어 등이 등장한다. 즉 구이랄데스의 언어는 문학적 수양과 가우초 구어의 종합이라고 할 수 있다. 이러한 언어 속에 서정주의의 본질이 존재한다. 이에 따라 작품의 사회고발적 성격이 사라지고, 다만 문명사회를 맞은 한 인간이 옛 가우초 시절을 향수에 젖어 회상하는 형태가 된다. 이 작품은 인물 설정상 스페인 문학과의 관련이 종종 논의되고 있다. 즉 주인공은 악자적인 성격을 가지고 있고, 파비오 까세레스와 돈 세군도의 모습은 마치 돈끼호테와 산쵸 판사를 연상시킨다. 이 두 인물은 여러 면에서 나머지 인물보다 무척 특출나다. 파비오는 돈 세군도 곁에서 10장에 명시되어 있는 배움의 과정을 완성한다. 이러한 사실은 이 이야기에는 즉흥적인 요소가 없음을 증명해 준다. 실제적으로 파비오는 기법적인 인물이다. 그의 개성은 강력하지도 못하고 심오하지도 않다. 그의 역할은 작가의 반영이며 세계를 탐구하고 소설의 단락들을 결합시키는 역할을 충실히 수행하고 있다. 모든 것, 사람들과 공간들이 그를 통해 우리에게 전달된다. 그러나 파비오는 그 이외의 목소리들이 즉흥적으로 그리고 개인적으로 분출하는 것을 방해하지는 않는다. 이를 통해 두 개의 언어적 측면이 생성된다. 하나는 1인칭으로 회상하는 고상한 파비오의 언어이고, 또 하나는 그 자신의 과거의 인물로서 팜파의 다른 인물들과 공유하는 민중적 언어이다.

돈 세군도는 주제적인 인물이다. 구이랄데스는 아득한 옛날 인물 산또스 베가와 혼동될 수 있는 전설상의 가우초와 뼈와 살을 가진 인간 사이의 균형을 항상 유지하려고 힘쓴다. 이러한 균형이야말로 이 소설의 커다란 성취 가운데 하나이다. 등장하는 순간부터 그는 현실적인 존재이면서 동시에 사람들의 상상력 속에서 성장하는 인물이다. 즉 돈 세군도는 전통적인 팜파와 도시간의 이분법을 파괴시키는 가상적인 야만인의 늠름한 대답이다. 돈 세군도가 소설의 말미에서 황혼 속으로 사라져갈 때, 파비오는 그는 사람이라기보다는 차라리 하나의 관념이라고 단정짓는다. 한 인물의 이러한 승화는 이 서술적 텍스트를 시적으로 독해할 수 있게 해주면서 동시에 그것의 사회적 의미를 무화시키지 않는다. 이 두 가지는 서로 밀접하게 융합하여 이 작품이 사회적 의미가 부족하다는 비판을 상쇄시킨다. 기법상 전통적인 구조와 어휘를 탈피하여 현실의 시화를 이룩한 이 작품은 범세계주의적인 분위기를 풍김으로써 붐소설에 근접하고 있다고 평가되고 있다.

이 작품으로 인해 20세기의 가우초 문학은 그 정점에 달하는 동시에 막을 내리게 된다. 구이랄데스는 『파꾼도』, 『마르띤 피에로』에서 보여주었던 문명과 야만의 갈등을, 신화 그리고 새로운 서정적 전망 아래서의 가우초의 이상화를 통해 해결하고자 했다. 그의 가우초는 이상화된 가우초로서, 평원에 사는 사람들이 가지고 있는 미덕들을 모두 가지고 있고, 직접적인 역사적 상황 너머에 있는 존재이다. 소설에서 농경의 기계화와 사회 경제적인 문제들과 같은 진보로 인한 변화는 나타나지 않는다. 『돈 세군도 솜브라』의 성공은 과거에 상실된 민족적, 보편적 가치의 고양으로서 제시된 가우초 개념에 기초를 두고 있다.

3.5 대지와 자연에 대한 소설

1940년대 이전 중남미 문학의 주요 테마 중 하나는 자연에 대한 인간의 투쟁이다. 비록 자연의 파괴력은 종종 사회정의에 대한 관심이라는 맥락 속에서 파악되지만 주위 환경에 대한 적대감, 찬란한 문명의 허망함에 대한 인식은 중남미인들의 중요한 영역이다. 난폭하고 무자비한 자연, 주위 환경에 대한 냉혹한 적대감을 잘 나타낸 작가들이 에우스따시오 리베라, 로물로 가예고스, 오라시오 끼로가이다.

3.5.1 호세 에우스따시오 리베라

1) 생애와 작품

호세 에우스따시오 리베라José Eustacio Rivera(1888~1928)는 콜롬비아 출신으로 같은 나라 출신인 이삭스와는 달리 『소용돌이 *La vorágine*』(1924)에서 중남미 자연의 또 다른 면을 보여주었다. 이 두 명의 소설가가 매우 비슷한 지리적 환경에서 소년기와 청년기를 지냈다는 것을 지적할 필요가 있을 것 같다. 리베라가 태어난 네이바 계곡의 풍요로운 자연은 까우까 계곡에 결코 뒤떨어지지 않는다. 리베라는 이 자연을 『약속의 땅 *Tierra de promisión*』(1921)이라는 토착화된 모데르니스모적 분위기의 시집에서 그려내었다. 일방적인 시각에서 너무나 많이 찬양되어 온 끔찍한 열대의 밀림은 『소용돌이』에서 단순한 서술공간이 아니라 가장 활력 있는 주인공이다.

법학을 전공한 그는 행정관으로 콜롬비아의 평원지대와 베네수엘라와 브라질 인근 밀림을 여행하면서 소설적 영감을 획득하였다. 그는 시에 있어서는 고답파요 삶에 대한 태도는 낭만주의적인 작가였다.

2)『소용돌이』와 밀림소설

밀림소설의 전형이라고 알려져 있는 이 작품은 3부로 구성되어 1부는 평원을 배경으로 2, 3부는 밀림을 배경으로 씌어져 있다. 인간은 그 환경과 유전에 의해 철저히 지배당한다는 텐느의 결정론적 법칙을 그대로 적용시키고 있는 작품으로서 적대적 자연에 의해 철저히 파괴된 패배주의적 인간상이 그려지고 있다. 아주 민감하고 모순적인 중심인물 아르뚜로 꼬바는 어느 정도 작가의 개인적 모습을 닮은 것 같다. 작가는 소설 첫판의 시작 페이지에 자신의 초상화를 위치시키기까지 한다. 줄거리는 아르뚜로 꼬바와 알리시아가 가족의 보복을 피하여 보고타를 도망쳐 까사나레의 평원으로 숨는 것에서 시작한다. 그러나 여기에서 그의 삶을 살아가려는 의도는 실패하고 만다. 아르뚜로 꼬바가 목축장사에 전념하는 동안, 알리시아와 다른 여인 그리셀다는 부두노동자 바레라에게 강간을 당한다. 이에 좌절한 아르뚜로 꼬바는 평원을 헤매다가 다른 동료들과 함께 밀림에 들어가 거의 동물 같은 생활을 하는 부류들과 어울리게 된다. 여기에서 끝없는 방랑의 단계가 시작되고, 고무채집인들처럼 비참한 생활을 영위하거나 영혼이 결여된 다양한 사람들이 나타나 이 무시무시한 세계의 모습을 전달해 준다. 밀림에서 아르뚜로 꼬바는 점차 엄청난 자연의 괴력에 따라 인성, 자신의 정체성을 상실하고 그 내면세계까지 밀림에 물들게 된다. 마침내 아르뚜로 꼬바는 그가 완전히 정상에서 벗어난 인물로 변모했을 때에서야 알리시아를 만나게 된다. 기다리던 아들이 태어나고 그들이 밀림 속으로 흡수되어 완전히 사라짐으로써 소설은 끝난다.

리베라는 소설의 실마리를 풀어나가는 방법으로서 그다지 독창적이진 않지만 상당히 효과적인 기법을 사용하고 있다. 즉 그는 자신이 아르뚜로 꼬바가 그의 인생을 기록한 원고의 소유자라고 선언하고 이것을 출판하기 위해 약간 수정했다고 이야기한다. 이런 식으로 서술은 주인공 자신에 의해 1인칭으로 행해지고, 작가는 단순한 필경사로 남는다. 그는 소설 끝에서야 아르뚜로 꼬바와 알리시아 그리고 그 동료들이 완전히 사라졌다는 정보를 전달하기 위해 다시 나타날 뿐이다. 이렇게 하여 실제의 서술자는 전지전능성을 포기하면서 완벽한 중립성을 획득하게 된다. 독자는 이야기의 침입자가 되고, 겉으로 드러나는 독자는 아르뚜로 꼬바의 옛 동료인 라미로 에스뻬바네스가 된다. 아르뚜로 꼬바는 그에게 행동을 촉구하기 위해 이것을 쓴 것이다.

아르뚜로 꼬바의 균형이 잡히지 않은 성격은 많은 경우에 드러난다. 독자는 그가 기이한 운명에 의해 끌려가는 변덕스러운 인물이라는 것을 곧 알게 된다. 아마 작가가 겪은 신경쇠약을 반영한 것으로 보이는 이러한 불균형은 이야기의 리듬과 현실의 초점에서 느껴지는 불쾌함의 원인 중 하나가 된다. 아르뚜로 꼬바는 자연주의에서 추출한 전형적인 좌절한 인물 중 하나이다. 프롤로그 전에 그가 쓴 편지에서, 그는 자신을 기억하는 사람들이 자신의 실패를 생각해 보고 왜 그렇게 되지 않을 수 없었는가를 질문해 봐 달라고 호소한다. 그는 사람들에게 어쩔 수 없는 운명에 굴복한 자신이 정당하다고 인정해 주기를 요청한다. 그는 강한 과대망상증적인 경향을 가지고 있고, 때때로 낭만적 영웅으로 자처한다. 그의 현실에 대한 비전은 대부분 이러한 생각에 의존해 있다. 알리시아의 경우, 그녀는 불투명한 성격과 제한된 사고를 가진 성미가 급하고 중심을 잡지 못하는 여인이다. 이 둘 사이에는, 처음부터 알 수 있듯이, 진정한 사랑이란 존재하지 않는다. 그들의 삶은 굳건한 기반 없이 상황적으로 연결된 것이고, 그들에게 있어 소용돌이는 밀림에 들어오기 훨씬 이전, 그들이 보고타를 떠날 때부터 시작된 것이다. 이리하여 행위는 너무나도 터무니 없는 기반 위에서 전개된다. 이들의 도망은 아무런 의미를 가지고 있지 못하고, 그들은 도망 중에 서로 이질적인 일련의 사람들과 접하게 된다. 그들을 배신하는 말도둑 삐빠, 아르뚜로 꼬바 아버지의 옛 친구인 돈 라포, 피델 프랑꼬와 그의 부인 그리고 그리셀다 소녀, 나르시소 바레라 등이 그들이다. 아름다운 평원의 대지는 도망자들에게 안정적인 도피처를 제공해주기를 거절한다. 밀림으로의 진입은 지옥으로의 하강이라는 신화를 독창적으로 재현한 것이다. 그러나 에우리디세를 찾아나선 이 새로운 오르페오는 그의 절망 외에는 아무런 무기를 지니고 있지 못하다. 초록색 미궁의 적대적인 오솔길을 헤매는 그의 순례는 그 자신의 감정과 연관을 맺고 있다. 마침내 그가 알리시아와 그의 아들을 다시 찾았을 때는 이미 모두에게 너무 늦은 시기이다. 운명은 마지막으로 그들을 이 저주받은 장소 한복판에 영원히 밀어넣는 것이다.

아르뚜로 꼬바와 피델 프랑꼬, 그리고 마음을 고쳐먹은 삐빠는 밀림에 들어간 직후 한 인디오 부족과 만나게 된다. 그들이 여는 주신제는 밀림이 대표하는 카오스의 느낌을 더욱 강화시킨다. 또한 이에는 또 다른 함축적 의미가 있다. 주신제가 끝날 때 아르뚜로 꼬바는 이 행사가 정복된 종족의 절망을 가지고 있고 자신의 오열과 비슷하다고 탄식한다. 그가 밀림을 헤매고 다니는 동안, 다른 사람들의 이야기도 섞이게 되는데 그 서술적 기능은 이러한 끔찍하고 미궁 같은 세계에 대한 비전을 확대하는 것이다. 먼저 엘리 메사가 유괴당한 여자들의 상황에 대한 정보를 제공하고, 밀림의 여마법사인 마삐리빠나에 대해 이야기한다. 그 후 작품에는 늙은 끌레멘떼 실바가 등장한다. 그는 그의 아들을 찾아나섰던 오랜 동안의 방황과 그리고 그의 뼈를 지키려는 강박관념에 대해 기술한다. 이 이야기는 어느 정도 아르뚜로 꼬바 자신의 모험을 생략한 형태이며, 또한 최후의 비극을 예감하게 하는 전조이기도 하다. 물론 실바가 이야기하는 것은 소설의 내용에 새로운 요소를 도입하기도 한다. 이는 고무채집인들의 삶과 그들이 당하는 잔혹한 착취의 묘사를 통해 사회적 문제를 제기하는 것이다. 그리고 아르뚜로 꼬바 스스로가 늙은 실바가 겪은 인생역정을 이야기하기도 한다. 따라서 그는 언제나 주서술자로서의 위치를 지키게 된다. 그 후 아르뚜로 꼬바의 이야기가 씌어지게 된 동기가 되는 인물 라미로 에스떼바네스가 등장하여 또 다른 끔찍한 사건을 서술한다. 이는 베네수엘라의 마을 산 페르난도 데 아따바뽀에서 일어난 학살사건이다. 이렇게 소설에는 밀림이라는 무자비한 공간의 많은 지역에서 일어난 일들이 섞이게 된다. 이로써 소설은 더욱 깊이를 갖게 된다.

실제로 알리시아와 아르뚜로 꼬바의 이야기는 작품의 진정한 주인공인 밀림, 즉 자연을 드러내기 위한 수단에 불과하다. 야만적인 자연과 유럽화된 주인공인 시인의 사상 사이의 극적 충돌은 결국 모든 인물의 완전한 파멸, 즉 인간의 패배로 끝나게 된다. 낭만주의에서는 자연적인 인간이었던 원주민들은 이제 본능의 노예에 가깝고, 인간의 나쁜 본능은 극단으로 나아가 상이한 고무채집인 집단 사이의 피튀기는 전쟁이 발발하기까지 한다. 이는 중남미에서 자연에 대한 유럽의 낭만주의적 개념이 끝났음을 보여주는 명백한 증거라고 할 수 있다. 그러나 『소용돌이』를 인간에 대한 밀림의 힘을 보여주기 위한 소설이라고 말하는 것만으로는 충분하지 않다. 물론 이것은 사실이지만, 본질적인 것은 이러한 밀림을 세상의 은유라고 간주한다는 점이다. 세상은 인간에게 있어서 자신의 환상을 버리게끔 하는 저주받은 공간이며 잔인한 덫인 것이다. 소설의 마지막 문장인 〈밀림이 그들을 삼켜버렸다〉에서 우리는 이러한 존재론적 함축을 알 수 있다. 밀림에 대한 부정적 관점은 아르뚜로 꼬바가 밀림과 접촉하는 순간부터 생겨나는 것에 유의해야 한다. 평원을 마지막으로 바라보는 그의 시선은 야자나무들이 작별하는 달콤한 구름을 보여준다. 평원이란 공간은 비록 거기에서도 많은 역경을 겪긴 했으나 아직도 희망이 남아 있는 공간이다. 덤불 속으로 들어오자마자 꼬바는 자신의 황폐함을 보여준다. 잡초소리는 그의 영혼의 신음소리와 섞이고, 그는 밀림을 감상적인 시각에서 바라보며 긴 독백을 한다.

『소용돌이』에서의 긴장감은 효과적인 언어적 형태로 표현된다. 중심 인물과 관계되는 텍스트의 낭만적인 억양과 더불어 묘사와 대화에서 보이는 힘차고 튼튼한 톤을 지적해야 할 것이다. 짧고 날카로운 문장들은 마르몰의 『아말리아』를 연상시킨다. 영웅 같은 태도를 취하는 아르뚜로 꼬바의 메시아적 의미, 그의 잦은 자기분석, 그 자신의 냉소주의는 그를 이러한 문학적 측면의 중심부에 위치시킨다. 특히 1부에서는 묘사적인 담화가 때때로 격앙된 활기에 넘치는 토착주의적 사실주의라는 확고한 기법과 잘 조화를 이루고 있다. 이런 측면에서 가장 핵심이 되는 순간의 하나는 1부에 나타난 투우 장면이다. 거기에서 잘 통제되지 않은 투우 하나가 기수를 들어올려 그의 머리를 잘라 멀리 던져버리고 그의 몸에 뿔질을 한다. 이것은 에스페반 에체베리아의 『도살장』에서의 한 장면과 유사한 매서운 표현력을 지니고 있다. 반면에 모데르니스모적 미학주의 역시 서술자가 감각에 기초한 대담한 서정주의에 빠질 때 자주 감지된다. 표현주의적인 것과 모데르니스모적 섬세함의 결합에서 또한 심리주의에 의해 영향을 받은 이미지 유형이 출현한다. 이는 오라시오 끼로가의 『단편집』과 마술적 사실주의를 예견하는 유형의 것이기도 하다. 이러한 이미지는 아르뚜로 꼬바가 어두운 숲속을 헤매며 알리시아를 찾을 때 꾸는 꿈에서나 또는 끌레멘떼 실바가 나무를 인간과 전투를 벌이는 심술궂고 공격적이며 때로는 최면을 거는 존재라고 생각할 때 나타나는 자연의 의인화된 해석에서 특히 잘 나타난다. 이 작품은 비록 전위주의가 융성한 시기에 나타났음에도 불구하고 전위주의 특유의 이미지는 없다. 다양한 기법의 소유자였던 리베라는 전위주의에까지 기댈 필요성을 느끼지 못한 것이다. 마지막으로 어휘와 상황 구조에 있어서의 교양주의가 존재한다. 리베라는 이 작품에서 2인칭 복수 대명사와 그에 상응하는 동사형을 자주 사용하였다. 이 점에서는 또한 호르헤 이삭스의 작품과 유사하다. 이의 수사학적 함축은 허공에 던져져 운명과 우연의 장난감이 된 인간들의 운명을 서술하는 이 소설에 새로운 불안정성을 도입한다는 점이다.

3.5.2 로물로 가예고스

1) 생애와 작품

베네수엘라 출신인 로물로 가예고스 Rómulo Gallegos(1884~1969)는 붐 세대에 의해 오랫동안 잊혀져 온 것이 사실이다. 그러나 문학사는 지역 주의를 마무리하고 새로운 소설에의 길을 연 그에게 정당한 위치를 찾아 줄 의무가 있다. 그에 이르기까지 20세기 중남미 산문은 실패한 탐구자 라는 유형을 반복하여 다루고 있었다. 베네수엘라에서는 모데르니스모 에서 자양분을 섭취한 로메로 가르시아 Romero García의 『작약 Peonía』 (1890)과 디아스 로드리게스 Díaz Rodríguez의 『파괴된 우상 Idolos rotos』류 의 잔연이 남아 있는 좌절의 시기가 오랫동안 계속되었다. 가예고스는 『깐따끌라로 Cantaclaro』(1934)라는 이런 형태 최후의 위대한 소설을 썼 고, 『도냐 바르바라』(1929)와 『까나이마 Canaima』(1935)에서는 숙명주의 적 도식을 완전히 극복하였다. 그의 나머지 작품들은 위 세 소설의 성취 에 이르지 못한 다양한 면모를 보이고 있다.

그는 유전과 환경의 결정론을 베네수엘라의 환경에 위치시키면서 중 남미 전체의 문제로 확대시켰다. 그러나 그는 국가 개혁을 위한 염원이 절대적이었으며 이를 위해 정신적 개혁이 필요하다고 주장하면서, 리베 라와는 달리 열악한 환경은 교육에 의해 극복 가능하다고 파악해 문학을 주장의 전달도구로 삼았다. 따라서 그의 초기 작품이 교육의 문제를 다 루고 있다는 것은 우연이 아니다. 그의 작품은 사실상 국가 개혁을 위한 그의 염려의 결과이다. 카라카스 출신의 이 작가는 이렇게 하여 중남미 에서 융성했던 교육자이자 작가군에 속하게 되며, 교육자로서의 조건이 결코 작가로서의 역할에 흠이 되지 않은 사람이었다. 그는 문명과 야 만, 전통, 신조류, 제민족의 분석 등을 통해 중남미 정체성을 추구한 사람으로서 실증주의의 영향을 받았으며, 인상주의적 기법으로 자연환 경을 그려내었다.

1909년 창간된 ≪여명 La Alborada≫지는, 19세기에서 20세기로 가는 과도기의 베네수엘라 문학계를 파악하기 위해 가장 중요한 출판물인 『유식한 절름발이 El cojo ilustrado』와 더불어 로물로 가예고스의 불안감을 전달해 주는 도구였다. 1913년 출판된 단편집인 『모험가 Los aventureros』가 그의 첫 저작물이다. 1920년에는 그의 첫 소설인 『마지막 땅 El último Solar』이 출판되었고, 『덩굴 La trepadora』(1925)이 그 뒤를 이었다. 바르셀로나에서 1929년 출판된 『도냐 바르바라 Doña Bárbara』에서 그의 문학적 정진은 완성을 이루었다. 그 후 그는 환 비센떼 고메스 독재와 타협하지 않고 스페인에 망명하여 『깐따끌라로』와 『까나이마』를 썼다.

2) 『도냐 바르바라』의 상징성

이 작품은 중남미 문학의 커다란 성과 중 하나이며, 지역주의 소설이라는 하나의 단계를 끝내는 작품이다. 이 소설은 사르미엔또에 의해 시도된 문명 대 자연이라는 낡은 변증법적 도식을 다시 사용한다. 여기에서는 『모험가들』에 나오는 악당 무리와 결탁한 비열한 법학박사인 하신또 아빌라와는 정반대되는 지식인이 지성과 질서가 지배하는 미래의 기반을 닦는 역할을 담당한다. 카라카스 출신의 젊은 변호사 산또스 루사르도는 도냐 바르바라에 맞서서 이성과 정의라는 무기로 그녀가 지배하는 평원의 공포의 제국을 붕괴시키고 그녀 자신이 그곳에서 사라지게 만든다.

작가는 이분법 개념을 적용하여 작품을 형상화시키고 있는데, 주인공 바르바라와 루사르도의 이름에서부터 그것이 드러난다. 도냐 바르바라의 이름은 야만(바르바로)을 연상시키고 그녀의 거주지는 엘 미에도(공포)이다. 그녀는 폭력, 문서위조, 매수 등의 평원의 법칙을 고수하나 전근대적인 그녀의 행위는 끝내 실패로 끝나고 만다. 그녀에게서 폐쇄적이고 야만적인 중남미를 형성하는 모든 부정적인 요소들을 찾아볼 수 있다. 그녀는 중남미 문학의 여성 인물 중 누구와도 대응되지 않는 인물로서, 단지 17세기 칠레에 실제했던 라 낀뜨랄라라고 알려진 리스뻬르게르 강의 도냐 까딸리나와 비교할 수 있다. 폐쇄적인 중남미의 잔인함과 도냐 바르바라의 잔인함을 정당화시킬 수 있는 공통요소는 그들이 겪은 능욕으로 인해 무차별적인 복수를 추구한다는 점이다. 이러한 의미에서 도냐 바르바라와 그녀와 야만적인 면에서 쌍벽을 이루는 다른 인물들이 지니고 있는 전율주의적 요소들은 정당화될 수 있다. 사악한 집사 발비노, 도냐 바르바라와 마음이 일치하는 외국인 미스터 데인저, 부패한 권력의 상징인 노 뻬르날로떼 등의 인물은 정화를 위한 대학살 같은 의미를 지니고 있는 최후의 싸움에서 패배하고 만다.

반면 루사르도의 이름은 루스(빛)에서 나온 것으로, 그의 거주지는 알타미라이다. 주지하다시피 알타미라는 인류의 문명이 시작된 곳이고 그는 문명을 상징한다. 그는 문명의 법칙을 지키고 근대적 기술, 과학지식을 도입하여 도냐 바르바라에 대항하여 성공을 거둔다. 작가는 이렇게 상징적인 두 인물을 등장시켜 자신의 의도를 드러내고 있다. 그렇다면 도냐 바르바라의 딸과 루사르도의 결혼은 야만의 힘과 문명의 덕의 결합으로서 작가가 꿈꾸는 이상적인 모습이라고 할 수 있다. 희생자의 역할을 수행하는 사람들 중, 산또스 루사르도가 정화작업을 시작할 때 이미 파괴된 인물로 나오는 로렌소 바르께로는 자신의 운명에 저항할 힘이 없는 사람이다. 그러나 그와 도냐 바르바라 사이의 딸 마리셀라는 그녀의 인간성이 많이 파괴된 시점에서도 구원된다. 용감한 평원 주민들은 때로 짐승화된 면모를 보이기는 하지만, 구원의 가능성과 위대성의 가능성이 남아 있는 인물군으로 소설의 활기 있는 목소리를 형성한다.

또한 중요한 인물 하나는 서술의 기본공간인 거대한 평원지역이다. 이는 다루기 어려운 중남미 자연을 대표하는 사명을 띠고 있는, 상징의 차원이 아닌 중남미 자연의 살아 있는 화신이다. 무자비한 날씨에 의해 불타오르는 평원, 오리노꼬강에서 수로로 밀려드는 미국 악어의 방문을 받는 평원, 사람들과 짐승들을 삼켜버리는 늪지로 가득 찬 평원은 리베라의 밀림과도 같은 공간이다. 그러나 가예고스는 이러한 결정론적인 시각에 굴복하지 않는다. 여기에서의 평원은 아름다움과 풍요로움을 포괄할 수 있다. 여기에는 또한 비교할 수 없을 정도로 아름다운 일출과 황혼이 있고, 풍요로운 수확과 가축들, 일하고 노래하는 단순한 사람들이 있다. 중요한 것은 무기력에 맞서 행동을 촉진시키는 일이다. 광대한 평원에 대한 이중적인 파악은『소용돌이』에서 보여주는 자연에 대한 관념과는 많이 동떨어져 있다.

사실상『도냐 바르바라』는 끄리오요이스따들의 관점인 자연에 대한 정적인 해석뿐만 아니라 낭만주의적이고 실증주의적인 옛 금기들을 깨뜨린 소설이다. 중남미는 아마도 소설 마지막에 확언하듯이 선한 종족이 사랑하고 고통받으며 기다리는 이 열려진 국경의 대지에서 그 미래를 가지게 될 것이다. 루사르도 자신이 이 대지 위에 그의 뿌리를 가지고 있다는 것은 중요한 사실이다. 그가 근대화시키려고 하는 알타미라 농장은 오래전에 성실한 평원 주민인 돈 에스떼반 루사르도에 의해 설립되었다. 이는 의미심장한 절충주의적 공식을 보여준다. 이 젊은 문명인은 토착민의 피가 흐르는 끄리오요인 것이다. 기법적으로 로물로 가예고스는 전통적 체계 내에서 움직이고 있으나, 동시에 그 방법 하나하나를 풍요롭게 사용하고 있다. 가예고스는 대화체 삽입, 선적 구조, 표제가 딸린 장 설정 등 완전히 고전적인 기법을 사용하는 동시에 색채감, 음악성, 서정성, 신화 삽입, 인상적 기법 등 모데르니스모적인 요소도 도입하고 있다. 그가 사용하는 어휘는 광대하고 다양한 의미망에 걸쳐 있으며, 문장 구조는 베네수엘라 구어체에 맞도록 적절히 각색되어 있으면서도 고전적인 맛을 지닌다. 소설의 구조는 잘 짜여져 있어, 바르바리따가 행한 모욕과 도냐 바르바라의 패배와 사라짐이라는 최초의 클라이막스와 최후의 클라이막스 사이에 줄거리가 능수능란하게 배열된다. 인물들의 기능과 의미는 명백하고, 사건의 결말도 예견 가능하다. 줄거리의 긴장과 이완이 반복되면서 독자들의 기대감을 충족시켜 준다.

3.5.3 오라시오 끼로가

오라시오 끼로가 Horacio Quiroga(1878~1937)는 집안 식구들과 부인의 자살 그리고 자기 자신의 자살 등 비극적 운명으로도 유명한 우루과이 태생의 작가이다. 루고네스 시의 서정적인 힘과 프랑스 퇴폐주의의 영향을 받은 모데르니스따로서 작품활동을 시작했고, 파리편력까지 하였으며 몬테비데오로 돌아와 오발탄으로 친구를 죽인 우연한 사고 전까지 모데르니스모 계열에 속하는 시를 썼다. 1901년에는 산문과 운문이 섞인 『산호초 Los arrecifes de corala』를 발표하여 과격한 모데르니스따로서의 면모를 보여주었다. 그러나 그 후 경제적인 실패, 여러 가지 다양한 경험, 러시아 작자들, 에드가 앨런 포의 발견으로 그의 전망에 변화가 일어났다. 이 시기의 작품이 「추적자 El perseguidor」, 「목 잘린 닭 La gallina degollada」, 「타인의 범죄 El crimen del otro」 등이다. 이는 포를 모방하고자 하는 의도가 명백히 드러나는 작품들로 기묘한 것, 잔인한 것, 광기에 대한 선호가 나타나 있다. 1904년 씌어진 『타인의 범죄』에는 이국주의적인 모데르니스모에서 벗어나 환상문학의 경향을 보이고 있다. 그는 20세기 초를 지배하던 과학적, 실증주의적 물질주의에 반발하여 신비적이고 비합리적인 취향으로 이끌렸다. 포와 도스토예프스키의 영향 아래, 병리학과 연결된 심리적인 상태의 심오함에 빠져든다. 그 후 산 이그나시오의 폐허 속에서 자연의 힘에 이끌림을 느낀 그는 부에노스 아이레스를 떠나 아르헨티나 북부와 열대지방에 있던 예수회 선교단의 폐허를 탐험하면서 열대를 발견하고, 인간이 자연력과 맺고 있는 관계에 대한 그의 금욕적 시각을 정확히 표현하는 수수한 산문을 발전시켰다. 그리하여 그는 밀림에 관한 많은 단편들을 쓰게 된다. 밀림의 발견은 문체에 있어서도 기본적인 변화를 가져온다. 즉 모데르니스모의 상징주의적이고 고답적인 수사학을 점차 버리고 자기 고유의 언어를 구축하게 되는 것이다. 오라시오 끼로가는 세계 문학의 유명한 작가들 로렌스, 헤밍웨이, 말로와 같이 삶의 경험을 미학적으로 승화시킨 것이다. 그의 주 테마는 자연

속에서의 진실한 인간의 모습과 자연에 대한 경외이며, 즐겨 다룬 배경은 밀림이고, 동물을 등장인물로 많이 다뤄 중남미의 키플린으로도 알려져 있다.

그의 대표적인 밀림소설인 『석탄 제조자 *Los fabricantes de carbón*』에서의 테마는 자연의 위험과 대치하는 인간을 진실로 가치 있게 하는 것의 탐구와 인간의 이성과 의지로 통제할 수 없는 자연의 예견불가능성을 제시하는 것이다. 두 주인공 드레베르와 리엔소는 숲을 만들기 위한 방법을 찾아내는 데 전념하나, 드레베르 딸의 병, 극단적으로 변화가 심한 기온 등으로 실패하고 마침내는 원주민 노동자의 실수로 목재마저 타버린다. 이 이야기는 인간이 자신보다 절대적으로 우월한 자연에 이성과 의지로 도전하려 하는 비극이 아니라, 인간의 무력함과 자연현상의 변덕스러움을 받아들이는 주인공의 금욕성이 그 주안점이다. 작품은 비극의 원인과 결과를 세심하게 구축한다는 점에서 닫혀진 리얼리즘에 근접하나 인간 생활에 있어서 우연과 우발적 사고에 중요성을 부여한다는 점에서 차별성을 지니고 있다. 본의 아니게 가시철사투성이의 담을 오르다 자신의 낫에 치명적인 상처를 입은 사람의 탄식과 음성 그리고 걱정으로 구성되어 있는 「사망자 El hombre muerto」에서 문제는 좀더 심각해진다. 작가는 이제 자아의 본질을 탐구하고자 하며, 죽음의 순간에 주체로부터 객체로의 전환을 통해 객관적인 세계를 소유하고 그것을 지배하려고 하는 인간 의도의 무의미성을 폭로하고 있다. 오라시오 끼로가는 이성과 의지 대 우연과 자연의 투쟁을 극화시키는데 항상 후자에 우호적이다. 그는 세심한 심리분석보다는 극단적인 상황에서 인간의 행동에 관한 연구에 뿌리박은 리얼리스트이며 일상적인 것보다는 기묘한 것에 대한 관심이 더 많은 작가였다.

4 기타장르

4.1 수필

16세기에 탄생한 중남미 수필은 20세기에 이르러 그 풍부한 내용에서뿐만 아니라 표현의 아름다움에서 가장 높은 수준에 이르게 된다. 수필은 가장 많이 개발된 장르 중 하나로서 그것을 연구하는 것은 중남미의 문화적 지적 발전의 자취를 쫓는 데 있어 매우 중요하다.

이 시기의 수필은 이전 시기의 그것과 비교해서 몇 가지 특징적인 면모를 보인다. 첫번째로 두드러지는 특징은 견고함과 이데올로기적이고 교의적인 면에서의 풍요로움이다. 비록 이 시기에도 여전히 몇몇의 실증주의자들이 글을 쓰긴 했지만, 이에 대항하는 흐름이 보다 광범위하게 존재하였다. 이는 주로 멕시코, 아르헨티나, 우루과이에서 발생하여 베르그송의 직관주의와 형이상학으로 향하는 경향을 보였다. 유럽과 스페인 그리고 미국에서 유행하는 철학 흐름과 사상가들의 영향을 반영하여, 베르그송, 칸트, 신칸트주의자, 베네데토 크로체, 지오반네 젠틸레, 니체, 쇼펜하워, 우나무노, 오르테가 이 가셋트, 라미로 마에뚜, 에우헤니오 도르스, 마누엘 가르시아 모렌떼 등을 숭배하고 추종하였다. 이데올로기적인 측면에 있어서 고유의 사상들과 새로운 철학 조류들이 혼합되는 반면에, 문체에 있어서는 모데르니스모와 전위주의 같은 최근의 조류에 의한 미학적 혁신의 직접적인 자취를 발견할 수 있다. 이 장르는 그 다양한 서정적 색조와 언어에 있어서의 미학적 관심에 의해 특징지워진다. 수필가들은 심오하게 사고하면서 동시에 그의 사색을 가능한 가장 아름답고 우아한 형태로 표현하려고 한다.

비록 아직까지는 수필의 중심주제가 중남미와 각국의 민족적인 것이 되지만, 일반적인 인간과 사회의 문제 그리고 철학적 형이상학적 관심역시 발견된다. 특히 인간의 기원과 가치 그리고 운명에 대한 보편적 관심이 점점 커져간다. 이 장르는 철학적 수필, 정치적·경제적·사회적 수필, 역사·사회학적 수필, 문화적 수필, 문학 비평 등으로 분류될 수 있다.

한편에서는 철학적 수필을 집중적으로 개발하는 동안, 다른 그룹은 각국의 기원, 문화, 정치·경제·사회 문제들을 파헤치며 국가적 현실을 탐구하고자 했다. 이는 국가의 장래와 문제의 진정한 동기를 찾으려고 하는 수필들이다. 또한 중남미적인 것을 탐구하고자 하는 사람들도 적지 않다. 알폰소 레예스, 뻬드로 엔리께스 우레냐같이 문화적, 지적, 문학적 발달에 대해 쓴 사람들도 적지 않다. 이러한 수필들로 인해 중남미 대륙은 서구문화에 많은 공헌을 하게 된다. 정치적 사회적 어조의 수필들도 상당한데, 이들은 일반적으로 당시 중남미에서 커지고 있던 민족주의를 대변하는 것들이다.

일반적으로 수필의 사색적 어조가 더 강해진다. 일단의 지식인과 작가들이 사색하고 숙고하는 작업에 참여하였고, 그 결과가 바로 심오한 사상과 아름다운 표현으로 가득 찬 수필들이었다. 여기에는 심오한 분석, 박학다식함, 정확한 관찰 그리고 비판이 섞여 있다. 수필은 민족적인 또는 대륙적인 것이 거의 유일한 주제였던 다른 시기보다 훨씬 더 보편적인 방향을 지향하게 된다. 이리하여 수필은 이 시기에 중남미가 이룩한 지적, 문화적, 문학적 성숙함의 가장 명료한 증거가 된다. 한편 알폰소 레예스와 뻬드로 엔리께스 우레냐는 문학 비평이나 문화적인 수필을 쓴 반면, 대부분의 수필가들은 다양한 주제를 섭렵하였다.

4.1.1 호세 바스꼰셀로스

후기 모데르니스모 기간 동안 중남미에서 가장 명성을 누린 수필가 중 하나인 호세 바스꼰셀로스 José Vasconcelos(1882~1959)의 삶은 모순적이고, 열정적이며 극적인 것이었다. 오아사까에서 태어나서 멕시코시에서 고등교육을 받고 〈청년의 집〉에 운집한 지식인 작가 그룹에 합류하였다. 안또니오 까소, 알폰소 레예스 그리고 뻬드로 엔리께스 우레냐가 멕시코의 지적 예술적 삶의 혁신에 지대한 영향을 미친 이 그룹에서의 동료였다. 그는 혁명에 능동적으로 참여하였고, 국립대학을 마친 후 성공적인 변호사 생활을 수행하였다. 그 후 혁명 이데올로기에 동조하여 정치인으로서의 화려한 경력이 시작되는데, 1920년에서 1925년까지 문교장관을 역임하여 교육개혁을 촉진하고, 농촌교육을 진흥시켰으며, 새로운 학교들을 설립하고, 문학과 예술을 장려하였다. 그 시기에 회화를 비롯한 예술이 융성하여, 리베라와 오로스꼬 같은 세계적 명성을 얻은 최초의 멕시코 화가들이 탄생하였다. 그는 후에 멕시코 국립대학의 총장으로 재직하기도 한다. 그는 항상 미국의 대외 정책의 격렬한 비판자였었는데, 후에 루즈벨트 대통령의 선린정책에는 호감을 표시하고 범아메리카주의에 열렬한 숭배자가 되었다. 1925년 정부가 취한 반종교정책에 대한 항거로서 여러 해 동안 유럽과 중남미 제국에서 망명생활을 하며 많은 강연회를 개최하여 자신의 사상을 전달하였다. 다시 멕시코로 돌아와서는 열렬한 카톨릭교도가 되어 이전의 혁명적 견해들을 수정하는 모순적인 모습을 보이게 된다.

시, 희곡, 단편, 수필, 자서전 그리고 소설에 걸친 바스꼰셀로스의 전집은 30권이 넘는다. 『마술적 소나타 *La sonata mágica*』(1933)와 『약속 *La cita*』(1945)이라는 두 개의 훌륭한 단편집을 냈고, 희곡으로는 『승리자 프로메테우스 *Prometeo vencedor*』(1920), 『유괴범들 *Los robachicos*』(1946)이 있다. 그럼에도 불구하고 가장 가치 있는 작품을 남긴 분야는 역시 수필과 사상 그리고 철학적 사색 분야이다. 바스꼰셀로스는 작가로서의 활동을 『돈 가비노 바레다와 현대 사상 *Don Gabino Barreda y las ideas contemporáneas*』(1910)에 관한 강연으로 시작하였다. 그 후 수필의 전영역을 섭렵하였고, 특히 철학적 수필로써 명성을 얻었다. 이에 속하는 것으로는 『미학적 일원론 *El monismo estético*』(1918), 『피타고라스 *Pitágoras*』(1921), 『힌두스탄 연구 *Estudios indostánicos*』(1922), 『형이상학론 *Tratado de* metafísica』(1929), 『윤리학 Ética』(1932), 『미학 Estética』(1936), 그의 총체적 이데올로기를 표현하고 있는 『철학 사상사 Historia del pensamiento filosófico』(1937), 『철학 편람 Manual de filosofía』(1942), 『일체론 Todología』(1952)등이 있다. 바스꼰셀로스에게는 그의 전 사상을 통합하는 종교적 의식이 있다. 그에게 가장 많이 영향을 미친 철학가는 초인사상의 니체와 의지의 철학자 쇼펜하워이다. 그의 사상체계에서 물질은 정신과 마찬가지로 끝없는 변화과정에 있다. 인간의 삶에 있어서 본질적인 것은 윤리에 바탕을 두고 있는 행위이다. 인성은 행동에 의해 완전해지고, 윤리적 가치는 이 과정에서 미학적 범주를 얻는다.

바스꼰셀로스의 수필 중 중남미 전체에서 가장 많은 반향을 얻은 것은 사회학적 문화적 수필이다. 사실상 『우주인종 La raza cósmica』(1925)과 『원주민학 Indología』(1926)은 중남미의 인종적이고 문화적인 콤플렉스에 관해 가장 빼어난 통찰력을 보여주는 수필이다. 바스꼰세로스는 『우주인종』에서 혼혈의 결과로 중남미에서 출현한 제5인종, 즉 〈우주인종〉은 펠리뻬 II세의 무적함대가 패한 이래 세계를 지배해 온 셈족에 맞설 역사적 역할을 담당하고 있다는 이론을 전재한다. 그는 여기에서 중남미라는 새 대륙의 존재이유를 고립된 채 역사를 만들어온 제4인종을 대체할 제5인종의 요람을 제공해 주는 데서 찾는다. 『원주민학』에서 그는 다시 한번 순수한 혈통에서 생긴 것이 아니라 혼혈에서 생긴 이 인종에 대한 기대를 피력한다. 이 인종은 혼혈로 인한 것이기 때문에 미래 종족의 교량 역할을 할 수 있고, 단일한 뿌리에서 나온 민족보다 더 강한 혈통을 창조할 수 있다. 중남미 지역에 살고 있는 사람들의 가능성에 대한 희망을 체계화한 이러한 사상은 자연스럽게 중남미 전체에서 긍정적인 반응을 얻는다.

바스꼰셀로스는 또한 『볼리바르주의와 먼로주의 Bolivarismo y monrismo』(1934)와 『혁명이란 무엇인가? ¿Qué es la revolución?』(1936) 등의 정치적 수필에서도 큰 성공을 이룬다. 『볼리바르주의와 먼로주의』에서는

미국의 약진에 대한 그의 공포심을 볼 수 있고, 『혁명이란 무엇인가?』에
서는 진정한 혁명과 그렇지 않은 것을 구별하면서 혁명과정에 대한 실제
적인 개념들을 제공하고 있다. 그는 또한 자서전적 회상으로 가득 찬 허
구적 산문들도 개발하였다. 『토착민 율리시즈 *Ulises criollo*』(1935), 『폭풍
La tormenta』(1936), 『재난 *El desastre*』(1938), 『총독직 *El proconsulado*』
(1939)은 자서전적 요소와 허구적 요소 그리고 정치적 의도가 섞여 있는
이러한 형태의 시리즈이다. 바스꼰셀로스는 관찰의 정확성과 감수성에
있어서 부정할 수 없는 재능을 가지고 있었기에 이들 작품은 재미있게
읽힌다. 창작물로서 『토착민 율리시즈』는 작가의 대작이며 멕시코 혁명
소설 중 가장 잘된 작품 중 하나로 꼽힌다. 이 작품은 혁명과정에 관해
다른 작가들의 작품 속에서는 찾아볼 수 없는 많은 내부사정들을 제시하
고 있다. 반면 『멕시코 역사 *Historia de México*』(1937)는 냉정함이 결여되
어 있고, 총체적 파노라마를 제공하기에는 지나치게 짧은 작품이다. 그
러나 그럼에도 불구하고 멕시코의 역사 전반에 대해 굉장히 개인적인 해
석을 가해 대중적으로 인기 있는 작품이 되었다. 이는 국민성에 대한 친
스페인적인 해석으로서 그가 주장하는 명제 중 몇몇은 상당한 논쟁과 토
론을 불러일으켰다.

　바스꼰셀로스는 그의 기질처럼 정력적이고 융통성이 있고 활기찬 문
체를 소유하였다. 그는 지칠 줄 모르는 투쟁가이자 동시에 중남미의 사
회학적 기반과 인간의 본질적 문제들을 설명하려고 하는 커다란 지적 야
심가였다. 때때로 그에게는 논리의 일관성이 부족하고, 사상보다 수사
가 더 현란하기도 하다. 일반적으로 그의 사상은 심오하기보다는 독창적
이며 그의 생각에는 많은 모순들이 발견된다. 그러나 그가 일반독자에게
강력한 설득력을 가지고 있다는 것을 부정할 수는 없다. 그는 인종
적, 문화적, 역사적 그리고 사회적 문제에 관한 광대한 비전으로 인해
대륙에서 가장 강력하고 독창적인 사상가 중 한 명으로, 그는 중남미 이
데올로기 형성에 대한 영향과 공헌으로 인해 중남미의 주요 수필가 중의

하나로 손꼽힌다.

4.1.2 알폰소 레예스

중남미에서 가장 뛰어난 작가 중 하나인 알폰소 레예스 Alfonso Reyes (1889~1959)는 멕시코에서 존경의 의미로서 학자로 간주된다. 그는 멕시코에서 가장 비옥한 결과를 낳았던 지식인 운동 가운데 하나인 이른바 1910년 세대에 속한다. 신레온주의 수도인 몬떼레이에서 태어나, 1913년 멕시코 국립대학 법대를 졸업하였다. 그는 이 대학 인문대의 스페인 문학사와 어학사 강의의 교수이자 창설자였다.

1914년부터 1924년까지는 외교관으로 스페인에서 체류하였다. 체류 도중 마드리드의 역사연구원에 참가하여 라몬 메넨데스 뻬달의 지도 아래 문헌학 연구에 힘썼다. 이때의 연구는 황금세기에 대한 심오한 인식과 더불어 연구자로서의 자세를 정립하는 데 기초가 되었다. 또한 ≪태양 *El sol*≫지 등에 기고도 하고, 오르떼가 이 가셋트 같은 위대한 작가들과 친분을 쌓았다. 1925년부터 1927년까지는 프랑스에서 외교관 활동을 했고, 그 후 1938년까지 아르헨티나, 브라질, 칠레, 우루과이에서 보냈다. 1939년 멕시코로 돌아와 외교관직에서 사임하고, 전적으로 학문연구와 문화교육의 진흥자로서의 역할에만 전념하였다. 이제 알폰소 레예스라는 이름은 뻬드로 엔리께스 우레냐, 안또니오 까소, 호세 바스꼰셀로스 등과 함께 세운 〈청년의 집〉에서부터 1940년의 멕시코 대학에 이르기까지 멕시코의 지적 문화적 삶에 가장 큰 영향을 미친 작업에 연결된다. 1941년 멕시코 국립대학 인문대의 교수가 되어, 문학 연구 세미나의 지도역을 맡게 된다. 1945년 국가문학상과 멕시코 서적연구소 문학상을 수상한다. 1955년 여러 대학과 연구소에서 영예로운 50년 학술제를 가지고, 멕시코의 여러 대학과 캘리포니아대, 하버드대, 프린스턴대 등에서 명예박사 학위를 수여받았다. 스페인 한림원의 통신회원이기도 하였고, 1956년에는 중남미의 많은 지식인 작가 그룹으로부터 노벨상 추천을 받기도 하였다.

레예스는 시인, 극작가, 소설가, 연구자, 문화사가로 방대한 작품을 남겼다. 그러나 특히 중요한 것은 사상가와 수필가로서 그의 활동이다. 그의 사상에 두드러진 영향을 준 인물들은 메넨데스 이 뻴라요, 메넨데스 삐달, 쇼펜하워, 니체, 베르그송, 플라톤, 칸트, 월터 페이터, 크로체, 부트루, 제임스 브랜드, 버크하트이며, 그의 전 작품은 건강함과 충만함 그리고 낙관주의로 넘친다.

그의 가장 두드러진 장르는 수필로서 그의 수필은 전영역에 걸쳐 있다. 그가 쓴 수필은 짧은 코멘트 또는 서문에서부터 박학함과 교훈을 겸비한 방대한 것에까지 걸쳐 있다. 그가 다룬 주제들은 고전, 유럽, 스페인, 영국, 그리고 중남미 문학, 비평, 미학, 사회학, 지리학, 문화 철학, 연대기 등 거의 모든 것들이다. 중남미 문학과 그리스 비평 등 특정한 문화에 관심을 가졌지만, 그것의 전개를 범세계적인 견지에서 관찰하였다. 그는 학자이자 비평가로서 광대한 시각을 갖춘 세계인이자 멕시코인이다. 그의 모든 수필들은 진지하고 체계적인 연구자, 다양한 분야에 정통한 사람, 분별력 있는 사상가, 언어 사용의 명수로서의 레예스의 면모를 보여준다.

가장 중요한 그의 수필들은 미학적, 철학적, 문학이론에 관한 수필, 역사적 수필, 문화철학과 문학비평에 대한 수필, 중남미적인 주제, 일반적으로 중남미 문화의 가치평가에 대한 수필로 나누어볼 수 있다. 처음 그룹에 속하는 수필로는 다음과 같은 것들이 중요하다. 21세 때 써서 최초의 명성을 얻은 『미학적 문제 *Cuestiones estéticas*』(1911), 『자살자 *El suicida*』(1917), 『비르질리우스론 *Discurso por virgilio*』(1931), 『아테네 시대의 비평 *La crítica en la edad ateniense*』(1941), 그리고 무엇보다도 가장 뛰어난 수필인 『경계 설정 : 문학이론 서론 *El deslinde : Prolegómenos a la teoría literaria*』(1942) 등이다. 이 수필은 사상가이자 문체가로서 절정에 이른 레예스의 모습을 보여주는 것으로, 문학행위에 대해 스페인어로 씌어진 것 중 가장 심오한 연구 중의 하나이며, 문학창조와 관련된 모든 문제를 심오하게 탐구한 작품이다. 레예스같이 방대한 경험과 교양을 갖춘 수필가만이 이러한 규모의 작품을 정상에 올려놓을 수 있을 것이다.

그의 역사 수필 또한 유명한데, 『해시계 El reloj de sol』(1926)와 멕시코 혁명이 멕시코의 문화와 의식 전반에 걸친 영향을 분석한 『직전 과거와 다른 수필들 El pasado inmediato y otros ensayos』(1941)이 있다. 문학비평과 문화철학에 대한 수필로는 저명한 스페인 작가들에 관한 5권의 시리즈인 『공감과 차이 Simpatías y diferencias』(1921), 『공고라풍의 문제들 Cuestiones gongorinas』(1927), 『스페인의 해거름 Las vísperas de España』(1937), 『장으로 엮어진 스페인 문학 Capítulos de la literatura española』(1939), 『유쾌한 동료 Grata compañía』(1948), 『시도와 방향 설정 Tentativas y orientaciones』(1948), 『괴테의 행적 trayectoria de Goethe』(1954) 등이 있다.

중남미 문학과 문화의 가치를 새로이 평가한 수필들로는 『19세기 멕시코 시에서의 풍경 El paisaje en la poesía mexicana del siglo XIX』(1911), 멕시코의 자연을 서정적으로 회상하여 유명해진 『아나우악의 시각 Visión de Anahuac』(1917), 『정치학회 Atenea política』(1932), 멕시코 문학의 전개에 대한 필수서 『멕시코의 문학 Letras de la Nueva España』(1948), 서양 문화에 중남미 대륙의 발견이 미친 충격을 분석한 『최후의 북극나라 Última Tule』(1942)가 있다. 이러한 수필들에서 그는 중남미가 서구문화에 끼친 공헌을 재평가하고자 하였다. 레예스는 바스꼰셀로스와 마찬가지로 중남미에 대한 낙관주의적 시각을 견지하였고, 그것을 미래의 인류를 위한 희망이라고 생각하였다. 또한 그는 체호프, 체스터튼, 스턴, 스티븐슨, 코울, 로멩의 작품들을 훌륭히 번역하기도 하였다.

레예스의 문체에는 박학함과 재치 그리고 비판적 통찰력이 조화롭게 결합되어 있다. 스페인어적인 면모를 갖고 있으면서도 프랑스적인 날렵함을 과시하며 또한 영국적인 아이러니도 보인다. 특별한 노력이나 과식 없이 그의 사상이 흘러가는 대로 자연스럽게 글을 써 형식주의나 문체주의와는 거리가 멀다. 레예스는 마치 이야기하고 있는 것처럼 글을 쓰기 때문에 여기에서 그의 산문의 자연스러움과 우아함이 발생한다. 그러나 그의 작품은 결코 즉흥적으로 씌어진 것은 아니다. 모든 것은 심각하고 고요한 성찰에 기인하며, 체계적인 연구의 산물이다. 그의 언어는 고어, 현대어, 그리고 멕시코 민중어의 혼합이다. 이렇게 복합적인 언어를 사용함으로써, 어려운 주제들을 깊이를 잃지 않으면서 독자에게 이해가능한 형태로 전달할 수 있었다. 그는 사상을 압축적으로 표현하기 위해 필요한 경우에는 대담한 은유도 사용하였다. 이리하여 그의 문체는 스페인어의 가장 정화된 형태에 속한다. 이렇게 레예스가 표현력을 가지고 있었기에, 비록 그의 의견들은 항상 심사숙고된 것이지만 결코 무미건조하지 않다.

레예스는 좀처럼 찾아보기 힘들 정도로 드문 지적 호기심을 가진 사람이다. 인간에 관한 모든 것은 그의 관심을 끌었고, 따라서 그의 연구는 풍요로워질 수밖에 없다. 많은 주제에 대한 피상적인 정보보다는 제한된 재료에 대한 깊이 있는 인식을 선호하였고, 인생에 대한 깊은 이해를 가지고 있었다. 그의 작품은 고통과 비관주의, 숙명주의와는 거리가 먼 생에 대한 희망으로 가득 차 있다. 세계적인 광대한 시각에도 불구하고, 중남미적 주제는 그의 수필에서 가장 선호하는 주제이다. 그의 수필은 중남미 문화의 심오한 의미를 발견해 서구문화 내에서의 적절한 위치를 돌려주려고 한다.

레예스는 중남미 문화에서 유럽적인 조류를 가장 잘 대표하는 인물이다. 그는 지성과 정신의 영원한 가치의 굳은 신봉자이고, 스페인과 멕시코, 그리고 중남미적인 것에 뿌리를 두고 있는 코스모폴리탄이다. 그는 이제 다른 대륙을 지향하는 중남미 문학의 완전한 성숙함을 대표한다.

4.1.3 기타 작가들

까를로스 바스 페레이라 Carlos Vaz Ferreira(1873~1958)는 우루과이 문단

에서 가장 번성했던 운동 중 하나인 레예스, 로도, 끼로가, 에레라 이 레이식이 형성하는 900세대에 속하는 수필가이다. 바스 페레이라는 교수, 철학자, 강연자, 수필가 그리고 사상가로서 유명하다. 그는 그의 현실적이고 실제적인 철학사상의 깊이에 의해 우루과이의 3대 사상가 중 하나로 손꼽힌다. 이 사상가는 단순히 철학적인 사색에만 그치지 않고, 그것을 현실적으로 적용시키려 노력하였다. 1953년 우루과이 한림원은 그의 사상.궤적을 꿰뚫는 에밀리오 오리베의 연설과 더불어 이 위대한 스승에게 뜨거운 경의를 표한다.

그의 주요 작품으로는『진화론 미학 고찰 *Ideas sobre estética evolucionista*』(1896), 12판 이상이 나온『경험 심리학 *Sicología experimental*』(1908), 가장 많이 읽힌 수필 중 하나이며 인간에 대한 탁월한 심오한 인식을 보여주는『교육학 연구 *Estudios pedagógicos*』(1921), 간결함과 정확함으로 그의 사상 실체의 모델이 되는 짧은 수필 모음집인『페르멘따리오 *Fermentario*』(1938),『사람의 불안의 신호는 무엇인가 *Cuál es el signo de la inquietud humana*』(1938), 그리고『이성적 관점에서 본 현 세계의 위기 *La actual crisis del mundo desde el punto de vista racional*』(1940)등이다. 바스 페레이라는 그의 철학여정을 실증주의, 그것도 스튜어트 밀적인 실증주의에서 시작하였다. 그러나 후에는 베르그송의 직관주의로 진화해 나갔다. 그는 비록 그의 사상을 완벽히 체계화하지는 못했지만, 철학가라는 이름에 걸맞은 중남미에선 흔치 않은 사상가 중 하나이다. 그는 거의 모든 철학의 영역을 섭렵하였고, 정치학, 교육학, 예술과 문학에도 관심을 보였다. 그는 이 모든 영역에서 심오하며 고귀하고 명확하게 숙고할 수 있었다.

이 작가의 사상이 무게와 논리를 가지고 문제점을 심도 있게 꿰뚫었다면, 그의 명료하고 표현적인 기법 역시 탁월하고, 문체는 강력하고 세련되었으며 간결하다. 즉 그는 완벽한 문체주의자인 동시에 철학가였으며 이러한 그의 면모가 가장 잘 나타나 있는 작품이 바로『페르멘따리오』이다. 그의 명쾌한 사상은 그에게 국제적인 명성을 안겨다주었다. 미겔 데 우나무노는 그를 탁월한 우루과이 사상가로서 언급하였으며, 1912년 그의 수필 『이것과 저것에 반하여 Contra esto y aquello』에서는 그를 자신이 알고 있는 가장 심오하며 강력한 철학가 중의 하나라고 평가하였다.

루피노 블랑꼬-폼보아 Rufino Blanco-Fomboa(1874~1944)는 비록 기질적으로는 낭만적인 인물이었지만, 산문에 있어서는 사실주의를 추구하였고, 한편 시에 있어서는 모데르니스모의 추진자이기도 하였다. 그의 수필은 풍부하고 다양하다. 그러나 아마도 가장 흥미가 있는 것은 비평과 정치적 사회적 성격의 수필들일 것이다. 비평에 대한 그의 지대한 공로는 『중남미의 문학과 문인들 Letras y letrados de Hispanoamérica』(1908), 『아메리카의 위대한 작가들 Grandes escritores de América』(1917), 『모데르니스모과 모데르니스모 시인 El modernismo y los poetas modernistas』(1929)에 집약되어 있다. 그는 앙드레스 베요, 사르미엔또, 곤살레스 쁘라다 등의 몇몇 작가에 관해 심도 있게 연구하였다. 그는 문학적 범아메리카주의, 즉 토착적 요소를 고양하는 주의의 옹호자라고 공언한다. 때때로 선별에 있어서 개인적인 취향을 드러내어 이것이 약간 흠이 되긴 하지만, 그럼에도 불구하고 중남미 문학의 가치를 용감히 전파한 사람 중의 하나이다.

그의 수필 중 그에게 명성을 안겨다준 것은 정치적이고 사회적인 수필들이다. 여기에서 그는 베네수엘라와 중남미의 상황의 가장 중요한 원인들을 분석하고, 그가 미제국주의라고 부르는 것에 대한 가혹한 비판 태도를 견지하고 있다. 이 분야에서 유명한 작품들은 『중남미의 정치·사회적 변화 Evolución política y social de Hispano-América』(1911), 독재자 환비센떼 고메스에 대한 격렬한 혹평인 『카피톨리움의 유다 Judas capitolino』(1912), 『알라딘의 램프 La lámpara de Aladino』(1915), 『16세기 스페인 정복자 El conquistador español del siglo XVI』(1922)이다. 또한 역사에도 관심을 가져 볼리바르에 관한 그의 수필들은 매우 유명하며, 볼리바르의 편지들을 출판하기도 하였다. 그의 격정적이고 모험에 가득 찬 인생은 자서전적 풍의 책들에 나타나는데, 1906년에서 1914년에 씌어진 비망록적 성격의 『내 인생의 일기 *Diario de mi vida*』와 1933년에 출판된 『미완성의 길 *Camino de imperfección*』이 있다. 블랑꼬-폼보아는 대단한 자질을 갖춘 작가로서 스페인과 중남미에서 커다란 권위를 누렸다. 그는 이 시기에 비평가이자 사상가로서 두드러진 역할을 하였으며, 비록 그의 개별적인 책들은 대작이 되지는 못하지만, 그의 작품 전체는 중남미 문학에서 특별한 중요성을 가진다.

도미니카 공화국의 유명한 학자 집안에서 태어난 뻬드로 엔리께스 우레냐Pedro Henríquez Ureña(1884~1946)는 조국이 겪었던 정치적 불안과 뜨루히요의 오랜 독재로 인해 대부분의 삶을 외지에서 보내야만 했다. 그러나 그는 자신의 조국을 잊지 않았으며, 중남미의 다른 나라들에서 조국에의 애정을 발견하였다. 21세에 쿠바에 도착해 거기에서 전적으로 문학에 정진하였다. 1906년 멕시코로 이주해서 젊은 멕시코 지식인들과 함께 이 나라의 정신적, 예술적, 지적 개혁에 지대한 공헌을 하는 기관 청년의 집을 설립하였다. 또한 멕시코 국립대학 인문대학의 전신인 고등교육학교를 세우기 위해 노력하였다. 1917년과 1920년 사이에는 스페인에 거주하면서 라몬 메넨데스 삐달의 지도 아래 역사 연구 센터에서 문학과 문헌학 연구에 전념하였다. 이 센터에서 알폰소 레예스를 만났고, 여기에서 인문학도로서의 자세를 정립해 갔다. 멕시코에 다시 체류한 후, 엔리께스 우레냐는 부에노스 아이레스로 이주하여, 오랫동안 부에노스 아이레스 대학의 문헌학 연구소의 핵심으로 일하면서 많은 젊은 아르헨티나 지식인들을 지도하였다. 1940년 하버드 대학에서 열린 중남미 문화와 문학에 대한 일련의 강연회 연사로 초대받아, 이 연설이 후에 『중남미의 문학 조류 *Literary Currents in Hispanic America*』(1945)라는 제목으로 출판되기도 한다.

엔리께스 우레냐는 시인, 극작가, 박학가, 역사가, 비평가, 수필가, 젊은이들의 지도자이자 문화 장려자로서 탁월한 인물이다. 그는 중남미에서 유럽적인 그리고 스페인적인 조류의 가장 저명한 대표자 가운데 하나로 간주된다. 그는 허구문학에서 탁월한 재능을 발휘할 수도 있었지만, 자신의 재능을 문학비평과 문화연구에 바쳤고, 양 영역에서 분석의 예리함, 냉정한 판단 그리고 우아하고 경쾌한 문체로 인해 고전이라 간주되는 작품들을 남겼다. 그는 인간 지식의 모든 영역을 탐구한 진정한 인문주의자였고, 그의 강연과 연구는 완전한 조화를 이루며 특히 그의 지식을 젊은이에게 전달하고자 열망하였다. 『비판적 수필 Ensayos críticos』(1905)에서는 유럽과 스페인 문학에 대한 그의 박학함을 과시한다. 더욱 성숙해진 시기에 씌어진 작품 『연구시간 Horas de estudio』(1910)에는 철학적 연구와 문학연구가 섞여 있다. 엔리께스 우레냐는 스페인어권 세계를 하나의 문화적, 사회적, 정신적 단위로 이해하였다.

『연변에서, 나의 스페인 En la orilla, mi España』(1922)은 몇몇 대표적인 작가에 대한 연구를 통해 스페인 문화의 가치를 재평가하려는 의도로 씌어진 작품이다. 모레노 비야, 환 라몬 히메네스, 아소린 그리고 스페인 르네상스의 여러 면모에 관한 비평은 그의 판단의 정확함을 보여주는 훌륭한 본보기이다. 중남미의 문화, 사상 그리고 문학을 정확히 해석한 기본적인 작품으로는 『우리의 표현을 탐구하는 6개의 수필 Seis ensayos en busca de nuestra expresión』(1928)이 있다. 이 책은 이 주제에 관한 한 가장 진지하고 심오한 연구서 중의 하나이다. 그는 중남미 문학을 정의하고 특성을 규정할 뿐만 아니라, 고유 문화와 세계 문화의 합류를 변호하였는데, 이는 앙드레스 베요나 엔리께 로도에 매우 근접한 자세이다.

그는 조국의 문화에 대한 사랑을 『산또 도밍고의 식민 문화와 문학 La cultura y las letras coloniales en Santo Domingo』(1936)에서 보여주었는데, 이는 도미니카 문학의 기원을 이해하는 데 있어 필요불가결한 수필이다. 스페인 문학에 대한 심오한 인식과 그것을 전파하려는 욕구로 인해 『스페인의 절정 Plenitud de España』, 『문화사 연구 Estudios de historia de la *cultura*』와 같은 저서가 나왔다. 중세와 아르시쁘레스떼 데 이따, 리오하, 로뻬 데 베가 등에 바쳐진 연구는 꼭 참고해야 될 자료들이다. 그는 이렇게 스페인, 중남미 그리고 가치 있는 세계문학에 대한 수많은 기사, 코멘트 그리고 짧은 수필들을 남겼다. 그의 가장 큰 관심은 중남미 문화의 성질이 어떻게 표현되었는지에 대한 연구에 있었다. 여기에 속하는 저서들이 『아메리카의 로만세 *Romances en América*』(1913), 『아메리카 소설에 관한 노트 *Apuntaciones sobre la novela en América*』(1929) 그리고 『식민시대 아메리카의 연극 *El teatro de la América Española en la época colonial*』(1936)이다. 그의 작품 중 가장 많이 보급된 것은 앞서 언급한 『중남미의 문학 조류』와 중남미 문명에 관한 뛰어난 해석을 담고 있는 『중남미 문화사 *Historia de la cultura en la América Hispánica*』(1947)이다.

엔리께스 우레냐는 앙드레스 베요의 비판적 인문주의적 전통의 계승자이다. 그의 핵심적인 수필들은 경제 또는 역사를 통해서가 아니라 문화와 예술을 통해 중남미의 모습을 해석해 주고 있다. 베요와 비슷하게 지적 스승의 역할을 수행해 중남미 젊은이들에게 문학적, 예술적 그리고 지적 소양을 제공해 주었다. 리까르도 로하스 같은 뛰어난 비평가들이 한 국가의 문학만 다룬 반면, 엔리께스 우레냐는 전 중남미 문학에 대한 총체적 비전을 지니고 있다. 그는 국가에 따른 구별을 거의 하지 않는데, 왜냐하면 그가 관심을 기울인 분야는 중남미 문학의 총체적 발달과정이기 때문이다. 그는 예술에 관한 심오한 인식에 있어서뿐만 아니라, 그것을 인식함으로써 온 사랑의 깊이에 있어서 진정한 인문주의자였다. 그가 많은 시간을 수업에 빼앗겼기 때문에 그의 작업이 약간 단편적이라는 결함을 가지고 있긴 하지만, 그의 존재만으로도 중남미 비평의 전 단계를 포괄하고 있다.

그는 항상 정확한 글을 썼으며, 모든 경우에 지칠 줄 모르는 연구의 결과로 나온 정보의 출처를 기록하였다. 방대한 교양과 문학의 가치를 전파하려는 열정을 가지고 있었고, 긴 문학사를 통합시킬 수 있는 재능을 소유하였다. 그리하여 그는 짧은 글들 속에 본질적인 것을 압축해 넣을 수 있었다. 그의 판단은 항상 신중하고, 객관적이며, 모나지 않고, 정확하다. 문체는 표현적이고 잘 정제되어 있으며, 조화롭고 균형이 잡혀 있어 간결하면서도 진실된 글을 쓸 수 있었다. 그는 중남미 문학에 관한 한 가장 존경받는 비평가 중 하나이다.

4.2 연극

사실주의 연극을 확립한 산체스의 전통은 이 시기에도 계속된다. 1920년대에는 거의 모든 나라들에서 민족적인 기반을 가지면서 동시에 세계적인 관심사를 다루는 연극을 창조하기 위한 다양한 그룹들의 활동이 시작된다. 여기에는 중남미의 현실을 보편적인 형태로 제시하려는 열망이 존재한다. 과다한 에피소드와 멜로드라마적인 또는 낭만주의적인 수단들이 제거되어, 좀더 간결하며 균형잡힌 연극으로 향한다.

산체스의 훌륭한 계승자는 아르헨티나 태생의 사무엘 에첼바움 Samuel Eichelbaum(1894~1968)이다. 그는 도밍게스에서 태어난 기자이자 단편작가, 일류 희곡작가로서, 7세 때 이미 짧은 희곡을 쓰기 시작한 것으로 유명하다. 그의 작품 중 처음으로 공연된 작품은 『온순한 늑대 El lobo manso』라는 제목의 사이네떼이며, 부에노스 아이레스에서는 『대중의 정적 안에서 En la quietud del pueblo』(1919)로 첫선을 보였다. 그는 작가로서뿐만 아니라 연극 진흥을 위한 협회의 조직가로서도 크게 공헌하였으며, 1930년 희곡 『아가씨 Señorita』로 시장상을 수상하였다. 그 후 1933년에는 자키 클럽상, 1953년 아르헨티나 문화원에서 수여하는 게르츠노프상을 1957년에는 『두 개의 숯불 Dos brasas』로 국가문학상을 수상하기에 이른다.

그의 희곡은 인물들의 영혼의 현실을 제시하려는 경향을 띠고 있다. 여기에서 극적인 요소는 인물들의 열정과 욕망 그리고 고통의 유희에서 나온다. 그는 자신의 관심을 인물에서 가장 두드러진 요소-탐욕, 체념, 사랑, 증오, 두려움, 용기-에 집중시키려는 경향을 가지고 있다. 가장 뛰어난 그의 희곡집은 『고양이와 그의 밀림 *El gato y su selva*』 (1936), 『900년의 미남자 *Un guapo del 900*』(1940), 『진흙새 *Pájaro de barro*』(1940), 『이혼 *Divorcio nupcial*』(1941), 『어떤 세르반도 고메스 *Un tal Servando Gómez*』(1942)이다. 비록 『심한 갈증 *La mala sed*』(1920)에서 볼 수 있듯이 입센의 영향 아래에서 작품을 쓰기 시작했지만, 고대 그리스 연극, 셰익스피어, 체호프, 스트린베르그, 르노망 그리고 오닐의 영향도 받아들였다. 에첼바움은 외부 현실을 기록하기보다는 인간 행위의 보편적 측면을 그리고 싶어했기 때문에, 그의 연극에는 철학적이고 심리적인 요소가 풍부하다. 그의 연극의 윤리적 의미는 인간은 자기 자신과 대면함으로써만 자유를 찾을 수 있다는 그의 신념에서 나온다. 그는 의식의 갈등과 잠재의식을 세밀하게 분석한 탐구자이자 작가로서 중남미의 가장 훌륭한 희곡작가의 하나로 꼽힌다.

제8장
현대문학

1 전위주의 시

1.1 전위주의 예술의 일반적 특징

　제1차 세계대전을 전후해 유럽의 예술과 문학에서는 전위주의로 일컬어지는 근본적인 변혁이 일어났다. 서구문화와 서구예술의 전통적 토대와의 의도적이고 근본적인 결별이란 의미를 내포하는 전위주의라는 포괄적인 개념 아래 큐비즘, 미래파, 표현주의, 다다이즘, 초현실주의, 순수주의 등 당대의 제반 문학풍조가 결합된다. 에즈라 파운드의 말을 빌리면, 〈새롭게 만드는〉 일에 착수한 전위주의 예술가들은 자기 자신들을 기성질서에서 소외된 사람들로 자처하고 그 질서에 항거하여 그들 자신의 자율성을 주장했다. 그들의 목표는 전통적 독자의 감수성에 충격을 주고 부르주아 문화의 규범과 경건심에 도전하는 데 있었다. 오르떼가의 『예술의 비인간화』(1925)에서 예언적으로 드러난 바 있었던 새로운 미학은 이성과 실재에 바탕을 두고 있던 기성세계의 파괴로부터 창출되었다. 따라서 새로운 미학의 정립은 예술에 있어서 비합리주의의 승리를 의미한다고 할 수 있다. 예술의 독립성이라는 원칙에 입각하여 일체의 전통규범을 타파하고 예술적인 구조와 표현방법들을 변혁시키고자 하는 열의는 형식상의 과감성으로 귀결되었으며 문학에서는 메타포가 문학활동의 가장 중심적 위치를 점하게 되었다. 이러한 제사실을 고려하여 당대의 탁월한 비평가였던 기예르모 데 또레 Guillermo de Torre는 일찍이(1930) 새로운 미학의 양상을 국제주의, 탈중심주의, 반전통주의란 개념으로 특징지우고 있다.

이러한 예술에 있어 새로운 흐름은 스페인에 있어서는 극단주의를 통해 구체화된다. 이 극단주의는 1919에 나타나 곧 사라졌으나 연대기적 한계를 초월하는 반향을 불러일으켰다. 중남미 대륙에서는 우이도브로에 의해 주도된 창조주의를 필두로 빠른 속도로 자신의 다양한 이즘들을 제공하고 발전시켰다. 단시간 내에 과격하고 충격적으로 전개된 중남미 전위주의에 대한 적확한 고찰은 불가능하지만 모데르니스모의 흔적을 일소하고 새로운 감수성의 시대를 열었음에 틀림없다. 이 새로운 감수성은 후기 전위주의에까지 이르는 광대하고 풍성한 결실을 맺게 된다.

우이도브로에 의해 시작된 창조주의에 이어 전개된 중남미의 전위주의 시의 시대는 1930년대였으며 그 특징은 당대의 모든 문학에서 감지되는 공통의 것이었다. 유희의 정신과 어휘의 비일관성, 독창성에 대한 열정, 새로움과 그에 따른 놀라움이 특징이었으며, 내용면에서는 반서정주의, 반일화주의, 반수사주의가 두드러졌는데 여기에는 구시대의 주제인 줄거리의 논리적 전개에 대한 부정적 태도가 들어 있다. 도시, 기계, 공장, 비행기에 더하여 혁명적 이데올로기의 모티브인 노동자, 사회체제 부정, 프롤레타리아 계급의 복권이라는 새로운 소재가 시로 유입된다. 전위주의는 이런 의미에서 정치적 혁명의식의 미학적 표현이라고 평가할 수 있다. 또한 예술을 은폐해 왔던 엄숙함의 가면을 일그러뜨리기를 갈망하는 움직임으로 유머와 쾌활함의 분위기를 감지할 수 있다.

이는 형식적인 규범이나 언어에서 요구되는 논리성에 대한 절대적 무관심을 반영한다. 가장 중요한 것은 이미지에 대한 거의 절대적이고 종교적인 예찬으로, 이것이 서정성에서 수사학적인 순수실험으로 극단적인 변화를 결과한다. 결국 심상과 은유 사이의 전통적 구별이 무의미해지고, 이러한 반항적 요소의 결과로서 시의 한계와 윤곽이 철저히 파괴되고 시는 하나의 이미지의 총화로 귀결되었다. 은유의 마술적인 힘은 중남미의 많은 시인들로 하여금 항상 심상과 시적 진실, 표현과 전달 사이에 존재해야 하는 균형을 무시하도록 했다. 새로운 현실을 창출하고자 하는 열망 속에서 전위주의적 교만은 이러한 기본적 공리를 잊게 한 것이다. 중남미에서 전위주의의 극단적인 도그마를 가장 성공적으로 구체화시킨 예를 들면 〈시인의 가장 첫번째 사명은 창조하는 것이고 두번째도 창조하는 것이고, 세번째도 창조하는 것이다〉라는 말로 대변되는 중남미의 가장 일관성 있는 전위주의적 표명인 창조주의를 정착시킨 우이도브로와 두번째 시집인 『뜨릴세』(1922)에서 당대의 모든 대담한 혁신을 두려움 없이 전개한 세사르 바예호를 들 수 있다.

이 시기에는 문학지가 커다란 중요성을 지니고 있는데, 이것들은 진정한 전위주의의 기관지 성격을 띠고 있었으며 몇몇은 높은 수준을 견지하고 있었다. 아르헨티나의 ≪뱃머리 Proa≫, ≪마르띤 피에로 Martín Fierro≫, 멕시코의 ≪현대 Contemporáneos≫, 쿠바의 ≪전진 Revista de Avance≫ 등이 그 대표적인 잡지들이다. 중남미 시에 있어서 20세기는 1922년에 시작한다. 왜냐하면 바로 이 해에 세사르 바예호가 『뜨릴세 Trilce』를 발간하기 때문이다. 그리고 2년 뒤에는 빠블로 네루다가 『스무 편의 사랑의 시 Veinte poemas de amor』를 발간한다. 『뜨릴세』는 아이러니컬하고 실험적이며 신비적인 시로 상당한 기간 독자들의 관심을 끌지 못한 반면 『스무 편의 사랑의 시』는 주관적이며 낭만적인 표현으로 곧 많은 인기를 얻는다. 이러한 일면적인 차별성에도 불구하고 그들은 도시문명 속에서 20세기 진보에 대한 신뢰와 낙관주의가 무너지는 것을 보았으며 과거 전통에 대해 아이러니컬한 관계성만을 유지할 수밖에 없는 시인이라는 점에서 현대인이라는 공통점을 지닌다. 그들은 새로운 이미지, 새로운 언어의 창조, 인습적 형식과 구문의 해체, 독자와 시인 사이의 거리의 축소를 열렬하게 갈망하였다. 이러한 새로운 정신은 큐비즘, 다다이즘, 울트라이즘 등의 유럽 전위주의 운동에 기인하는 바가 크다고 할 수 있지만, 이들을 특정 학파나 운동으로 분류할 수는 없다. 즉 큐비즘, 다다이즘의 전범을 교조적으로 따르기보다는 자유화의 도구로 주체적으로 사용한 것이다. 20년대 시에 나타나는 유럽 운동들의 영향은 일반적인 것으로서 하나의 혁신성 추구 경향을 의미한다. 그 예로 큐비즘은 비유럽적 예술의 연구에 활기를 불어넣어 주었는데 이러한 활력소가 없었다면 아프로꾸비스모 afrocubismo에 대한 흥미도 발생하지 않았을 것이다. 미래주의는 현대 공예세계의 언어를 시에 도입시켰다. 이 두 운동은 자연과 유기적 성장의 모델로부터 결별하였고 시를 공시적 사건 등의 도시적 분위기 내에 배치시켰다. 또한 다다이즘으로 예술과 문학은 신성한 사건이나 기성문화의 일부분이 아니라 혁명적 반란적 자기파괴적인 것으로 탈바꿈하게 되었고, 초현실주의로 인해 예술은 창의성 뒤에 감추어진 힘들을 자유롭게 하면서 인간과 사회를 변화시킬 수 있는 존재로 변화되었다. 20년대 시인들은 문학운동들뿐만 아니라 새로운 과학의 영향도 깊게 받았다. 이는 심리학의 영향, 플래쉬백의 사용, 상이한 장소에서 같은 시간에 일어난 사건들의 제시, 낱말 대신 시각적 기호 등을 이용한 새로운 기법의 사용으로 나타난다. 이러한 시적 혁명의 초기 징후들은 유럽과 미국에서 발생하고 있던 미학적 혁명이 매우 민감한 몇몇 후기 모데르니스따들에게 은근히 나타나고 있었다. 그 예로 라포르게의 경쾌함과 아이러니의 반향이 엿보이는 작품 『감상적 달력』을 발간한 레오뽈도 루고네스, 『엉겅퀴』에서 새로운 형태의 이미지들을 시도한 칠레 시인 뻬드로 쁘라도, 휘트먼의 영향으로 리듬과 연들을 변형시킨 까를로스 사밧 에르까스띠 등이 있다. 네루다의 시에 나타나는 율동적인 긴

문장을 처음 시도한 사람도 바로 이 우르과이 시인 까를로스 사발 에르까스띠이다. 한편 멕시코인 호세 환 따블라다 José Juan Tablada(1871-1945)는 일본을 방문하여 하이쿠 hai-kais와 사상화 ideogramas를 스페인어로 번역했는데, 그의 하이쿠는 대단한 조형성을 지닌 이미지들을 가진다.

1.2 중남미 전위주의 문학

1.2.1 창조주의와 비센떼 우이도브로

초기 전위주의자들 중 가장 대표적인 인물이 비센떼 우이도브로 Vicente Huidobro(1893~1948)이다. 비센떼 우이도브로는 부유한 가정환경으로 인해 유럽을 자주 여행함으로써 형성된 광범위하고 코스모폴리탄적 세계관과 기존의 것에 반대하고 새로운 것을 추구하는 그의 열정을 결합하여 시의 새로운 길을 모색하였다. 초기 작품은 상징주의와 모데르니스모의 영역에 속하고 이 시기의 작품으로는 『영혼의 메아리 *Ecos del alma*』 (1911), 『밤의 노래 *Canciones en la noche*』(1913), 『침묵의 동굴 *La gruta del silencio*』(1913)이 있다. 우이도브로는 이 시기의 핵심인물로 새로운 것과 세련된 것의 창조에 관심을 보인 최초의 인물이라 할 정도로 정력적으로 전위주의에 참여하였다. 많은 중남미 모데르니스따들을 공격하면서 자신이 창조주의 El creacionismo의 창조자라고 천명하였다. 그러나 20년대 말의 그의 전위주의에 대한 시각은 프랑스, 스페인, 영국 등의 동시대 인들과 같은 선상에 위치하고 있다. 일반적으로 전위주의운동은 기성적인 것과의 단절로부터 출발하고 전례자의 부재를 천명하는데, 이 점에서 볼 때 우이도브로는 이러한 전형에 충실했다고 할 수 있다. 창조주의를 통해 시인은 현실세계의 모방과 신성한 질서의 반영을 중지하게 되고, 이제 의사소통의 수단이라는 효용성에서 자유롭게 된 낱말들은 마술적 자질을 획득하게 된다. 따라서 낱말들은 암시하고 놀라움을 일으키며 서로 모순되고 가장 돌발적인 방식으로 새로운 낱말들을 결합시키면서 시인의 새로운 영역의 체험을 암시한다. 이러한 언어의 해방은 20년 대 전위주의의 많은 운동들의 공통된 기초가 되었다. 우이도브로가 자기 자신을 선구자적 존재로 주장해 왔음에도 불구하고 프랑스 방문 이전의 그의 시행들에서 진정한 독창성은 매우 드물다. 이런 점에서 초기시인 『닫힌 지평선』이 대부분 프랑스어로 씌어졌음은 의미심장하다. 그것은 그가 자유로운 방식으로 작품활동을 한 것이 아니라 이미 존재했던 전위 주의 모델들 특히 아뽈리네르의 시들을 모방하였기 때문이다. 1914년 『넘고 넘어서 *Pasando y pasando*』를 통해 전통주의, 상징주의, 고답주 의, 모데르니스모와의 단절을 꾀하면서 순수하고 독립적인 창조로 가기 위하여 처음부터 다시 출발하고 있음을 보여주고 있다. 이러한 생각은 1914년 산띠아고의 협회에서 그가 낭독한 선언문 「봉사하지 마시오!」를 뒷받침하는 것으로서 그는 이 선언에서 시인이란 정신의 배타적인 창조 를 제시하기 위한 재능을 부여받은 존재라고 파악하면서 자연을 모방하 는 단계에만 머물러 있지 말 것을 역설하였다. 이 선언문의 개념이 창조 주의의 출발점이 된다. 창조주의의 첫단계는 1916년부터 1918년에 이르 는 기간으로 1916년 우이도브로는 부에노스 아이레스에서 강연을 통해 그의 미학적 사상의 이론적 구성을 주창하게 된다. 주된 내용은 시는 고 유한 힘을 생성해 내며 따라서 자율적인 실체이며, 시인의 궁극적인 목 적은 그러한 새로운 독립적 우주를 창조해 내는 데 있다는 것이다. 이러 한 창조의 필요성을 역설함으로 해서 그 강연회 참석자들은 우이도브로 가 전파시키기 시작한 이론을 창조주의 이론으로 평가하게 되었다. 〈자 연이 나무를 만들듯이 시를 만들어라. 시란 사물의 양상을 그대로 모방 해서는 안 되고 그 정수에 포함된 창조의 법칙을 따라야 한다〉라는 창조 주의 법칙에 따라 씌어진 첫 작품은 『물거울 *El espejo de agua*』(1916)로 1915~1916년 사이의 9편의 시로 구성되어 있다. 제일 처음을 장식하고 있는 시는 「시작법 Arte poético」으로 창조주의 원칙을 잘 보여준다. 〈시인 이여! 왜 장미를 노래하기만 하는가? 시 속에서 그것을 꽃피게 하라. ……

시인은 작은 신이니〉, 이 시를 통해 볼 때 그에게 영향을 미친 에머슨의 미학사상, 즉 시인이란 사물에 대한 심오한 지식을 가진 자로서 자연 깊숙이 감춰진 비밀을 해석할 수 있는 능력을 지녔다라는 시인의 역할에 대한 관점을 극복하고 있다. 1916년 말 파리로 간 우이도브로는 그곳에서 삐에르 레베르디를 알게 되고 미래주의 잡지인 ≪멋 Sic≫의 동인들과도 교류하게 된다. 비록 미래주의가 우이도브로를 매혹시키지는 못하였으나 그의 이론과 미래주의 이론 사이에는 전통과의 단절, 창조적 행위에 대한 최고의 가치부여, 주관적 감정과 과거에의 향수 억제, 쓸데없는 형용사의 제거라는 점에서 많은 유사점이 있다. 그러나 미래주의자들이 그 자체의 창조물을 찬양한 데 반하여 우이도브로는 새로운 현실을 발견 또는 창조하기 위해 수단으로서의 과학에 더 큰 관심을 두었다.

1917년 미래주의 계열에서 벗어난 그는 레베르디, 막스 야콥, 아뽈리네르와 함께 입체주의 잡지 ≪북·남 Nord-Sud≫을 창간하게 되는데 그는 시를 고유한 생명을 지닌 폐쇄적인 구조로 보면서 그의 창조주의를 더욱 확대시켰다. 입체주의 화가 데로네 Delaunay의 동시주의에 영감을 얻은 그와 다른 입체주의 작가들은 그들의 시에서 그림에서와 똑같은 입체적 효과를 얻고자 시도하였다. 따라서 그는 시의 선적인 배치를 감소시키면서 수직 또는 대각선 방향으로 시행을 배치하여 동시성의 감각을 얻고자 시도하였다. 새로운 활자체 기법에 의해 영향을 받은 초기의 것으로는 『물거울』의 6편의 시들로 이들 시는 잡지 ≪북·남≫에서 수정되어 나타난다. 즉 프랑스어로 배치된 대문자로 된 시행을 보여준다. 1917년에 나온 『닫힌 지평선 Horizón carré』(1917)은 제목에서도 볼 수 있듯이 주제 형식면에서 입체주의를 잘 반영하는 작품이다. 시각적 이미지가 지배적이며, 시가 파편화된 시구로 구성되어 있고 마침표가 없는 등 나열적인 특성을 지닌다. 활자체에 다양함을 부여하고 공간을 시 속에 도입시켜 독특한 효과를 가져온다. 『닫힌 지평선』과 『북극시편 Poemas árticos』(1918)은 순수한 창조를 이룩하기 위한 우이도브로의 노력을 잘 보여주는

데, 이들 시의 기법은 순수한 이미지로 종합된 개개경험들의 축적 및 겹치기superposición에 기초한 입체주의 시의 원칙과도 일맥상통하고 있다. 인과, 시간, 공간 관계의 부재뿐만 아니라 접속사의 억제 및 어휘의 간결화는 대상물체가 비물질화하는 비현실적인 분위기를 일깨워준다. 그러나 무엇보다도 두드러진 형식적 특징은 이것들이 전통적인 마침표를 대체하면서 결정적으로 기능화한다는 데 있다. 그러나 그는 곧 그의 창조적 원칙의 엄격함에 지치게 되고 ≪비약 L'Elan≫, ≪새로운 정신 L'Espiritu Nouveau≫ 같은 전위주의 잡지와 빈번히 접촉하게 된다. 아뽈리네르와의 친교를 통하여 그의 예언자적인 시에 관심을 가지게 되고, 상드라Cendrars와의 친교를 통해 예언적 시의 새로운 내용에 적용된 입체적 스타일의 합치를 발견함으로써 보다 완화된 시 원리에 눈을 뜨게 된다. 그는 이 두 시인들에게서 에머슨의 영향 아래서 느꼈던 무언가를 발견하게 된다. 그것은 시의 예언적인 힘의 진실이 삶의 진실로 된다고 믿으면서 시인은 자신의 영감을 통해 시간이 흘러감에 따라 현실로 바뀔 새로운 신화를 항상 만들어내야 한다고 주장한 아뽈리네르의 견해에 우이도브로가 동의한 데 기인한다. 따라서 이제 그는 초의식의 지적 산물로서 창조주의 원칙 대신에 영감의 낭만주의적 뿌리를 받아들이게 되었다.

이 시기에는 상드라의 영향을 받아 동시적 기법을 보여주고 이미지에 있어서는 자연의 의인화나 구체적인 것의 추상화 혹은 추상적인 것의 구체화를 특징으로 보여준다. 주제는 주로 인간과 언어에 미치는 전쟁의 결과에 대하여 다루고 있다. 『닫힌 지평선』에 나타난 고즈넉하고 소심한 어조를 버리고 낙관주의로 충만한 환희와 긍정적인 어휘가 나타나고 있기는 하지만, 같은 해에 발발한 전쟁의 피해와 연결된 창조력의 상실 앞에서 번뇌와 두려움을 나타내고 있다. 이들 시의 기조는 이미 창조주의에서 벗어나 있고 단지 이미지의 기법 및 공간적인 배치만이 창조주의의 명맥을 유지하고 있을 뿐이다. 이 시기 이후로 창조주의는 이론의 순수성과 창작현실 사이의 괴리를 극복하기 어려워진다.

1918년 이후 우이도브로는 창조주의의 무리한 원칙을 점차 포기해 나가게 된다. 결국 순수한 시의 지상명령으로서 창조주의는 그가 아뽈리네르의 예언자적 문체에 접근할 때 변화하기 시작하여 그 뒤 몇 년 후 공간적이고 시각적인 변형에서 벗어나 다시 선적인 분포를 취하는 좀더 유창한 어조를 수용함으로써 끝나게 된다. 일단 창조주의가 끝난뒤 가장 두드러진 현상으로는 우이도브로의 전 작품에 나타나는 이미지의 변화 양상이다. 창조주의의 변형은 그가 매우 비판했던 초현실주의에 가까운 몽환적 환상의 출현, 두려움, 번뇌, 신비화된 주관적 내용, 이전의 창조주의적 이미지의 쾌활함과는 상반되는 존재에 대한 쓸쓸한 시선 등으로 특징지워진다.

대표작을 일별해 보면 다음과 같다. 1925년에 나온 시집인 『가지런한 가을 Automne régulier』에서는 반쯤 열리거나 닫힌 문, 의식 내면의 흐름을 암시하는 움직이는 거울과 물 등 기존의 상징이 새로운 상징, 즉 계절의 흐름, 난파, 풍차와 같은 상징들과 결합되었다. 그는 여기서 시간의 냉혹함을 통해 시와 세상에 대한 다소 부정적인 관점을 보여주고 있으며, 초현실주의의 자동기술법과 유사한 문체를 통해 무의식의 층위를 드러내고 있다. 『갑자기 Tout à coup』(1925)는 분리, 미리 계획되지 못한 것, 전위(轉位)를 암시하며 이 제목은 작품의 구조를 나타낸다. 그는 새로운 음악적 감수성을 이용해 이성이 도달할 수 있는 심오한 현실에의 언급과 암시로 이 작품을 가득 채우고 있다. 창조주의가 이론적 계획과 시적 실현 사이에서 최고의 긴장에 도달한 작품인 『알따소르 혹은 낙하산 여행 Altazor o El viaje en paracaídas』(1931)은 7개의 시로 구성된 장시로 질서와 무질서사이에서 추락해 가는 현대인을 묘사한다. 『알따소르』는 깊이를 알 수 없는 심연 및 의식의 공허 속으로의 도약이다. 또한 절대 공간속으로의 자유로운 하강이며 우리들 꿈과 가장 비밀스러운 의지의 심오함으로의 잠수이다. 제1곡에서는 죽음을 향해 투영된 창조적이고 자유로운 인간이 주된 테마로, 우이도브로는 모든 인간행동은 절대적이고 제지할 수 없는 추락의 일부분이며 인간이 된다는 것은 추락하는 것으로 파악한다.

1.2.2 극단주의와 호르헤 루이스 보르헤스

1919년 스페인에서는 라파엘 깐시노스 아센스Rafael Cansinos Assens를 중심으로 하는 몇몇의 문학인들이 극단주의Ultraísmo라는 새로운 문학운동을 일으킨다. 그들은 〈우리들의 구호는 극단Ultra이며 우리들의 신조는 새로운 열망을 표현하고자 하는 모든 사상들을 차별 없이 포용하는 데 있다. 머지 않아 이러한 사상들은 꽃을 피우게 될 것이다〉라고 언명한다. 극단주의에 속하는 젊은 시인들 중에는 스페인의 기예르모 데 또레, 환 라레따, 헤라르도 디에고와 아르헨티나 출신인 호르헤 루이스 보르헤스Jorge Luis Borges(1899~1986)가 있다. 스페인에서 부에노스 아이레스로 돌아온 보르헤스는 1921년 ≪우리들Nosotros≫이라는 잡지에서 서정시에 있어서 그것의 근본요소인 은유로의 복귀 즉 은유의 중요성, 불필요한 구절과 형용사들 그리고 모든 장식적 요소들의 제거, 그리고 둘 혹은 더 이상의 이미지를 하나로 통합하여 암시효과의 극대화라는 내용으로 극단주의의 미학을 설명한다.

1.2.3 기타의 제 이즘

1913년 푸에르토리코의 시인 루이스 요렌스 또레스Luis Lloréns Torres (1878~1944)는 이미 시들어버린 모데르니스모의 시형식을 극복하려는 새로운 문예지인 ≪안띠야지 Revista de las Antillas≫를 발간한다. 여기에 2년에 걸쳐 모든 것은 아름답다를 주장한 빤깔리스모Pancalismo와 모든 것은 시이다를 주장한 빠네디스모Panedismo에 소속된 젊은 시인들의 작품이 발표된다. 한편 쿠바의 시인 마리아노 불Mariano Bull(1891~1956)은 1928년 파리에서 간행된 그의 시『미완성의 시 Poemas en Menguante』를 통해 순수시를 소개한다. 또한 마리아노 불은 아름다운 음향효과를 산출하기 위한 순수기교인 히딴하포라 Jitanjáfora의 창조자이기도 하다.

위에서 열거한 문학운동 이외에도 멕시코에서는 마리네띠의 미래주의
를 모체로 하는 과격주의 Estridentismo와 아르헨티나의 마르띤피에로주의
Martinfierrismo가 탄생하였고 도미니카 공화국, 페루, 코스타리카 등지에
서도 여러 이즘이 탄생하였다. 이러한 일련의 운동들로 인해 문학은 현
대 기술문명의 새로운 언어를 시에 받아들이게 되었으며 예술과 문학이
라는 이미 설정된 문화의 부분이 아니라 혁명적이며 자기파괴적인 성격
을 띠게 되었다.

1.3 세사르 바예호

페루 북부 산띠아고 데 추꼬에서 태어난 세사르 바예호 César Vallejo
(1892~1938)는 화목한 가정의 막내로서 가정환경의 영향으로 전통적인
것의 가치를 소중히 여긴다. 뜨루히요에서 대학과정을 마쳤으나 그는 기
본적으로 독학자이며 가정과 교회가 그에게는 가장 중요한 교육을 담당
한다. 한때 시위사건에 연루되어 투옥되었으며, 조건부 석방이 되자 곧
파리로 갔다가 다시 정치적인 문제로 파리를 떠나 스페인에 체류했다.
그 후 러시아를 여행했고 그곳에서 공산주의 사상을 깊이 체험하게 되었
다. 다시 파리로 돌아가 장기간 체류하다가 1938년 그곳에서 운명했다.
스페인인과 인디언 사이의 혼혈아, 즉 메스티조였던 그는 상이한 두 조
상 사이에서 항상 갈등을 느끼고 있었으며 그의 문학세계에 기억될 만한
중요한 어린 시절의 사건은 그가 어머니와 형을 잃음으로써 가정과 그를
연결해 주던 연대의식의 뿌리를 상실하게 된 충격이었다. 지역주의적 색
채나 지방색이 두드러지게 배어 있지 않으면서도 중남미적인 그만의 독
특한 문체를 만들어낸 그는 중남미의 가장 위대한 시인 중 한사람으로
평가된다. 네루다가 스페인 시의 종결어미인 과거분사형인 ado나 ido를
사용하여 풍부한 리듬감을 표현했다면 바예호의 시에서는 이러한 부드

러운 시의 리듬을 과감하게 파괴한 언어구사가 두드러지게 나타난다. 현대시의 대부분이 무질서한 세계 속에서 질서를 구축하려 한다면 바예호는 자신이 선 자리에서 바로 그 존재기반의 허구성에 천착한다. 따라서 친숙한 어구나 위안을 주는 말들이 그의 시에서는 불안감을 전달하는 기제로 사용된다.

바예호는 네 권의 위대한 시집을 남기고 있는데, 첫번째가 『검은 문장 Los heraldos negros』(1918)으로 습작과정의 작품들을 포함하고 있다. 이 시집에서는 모데르니스모에서 물려받은 전통적인 이미지들이 주로 사용되고 있다. 인디오에 대한 주제도 다루고 있는데 「제국에의 향수 Nostalgias imperiales」가 대표적이다. 이 시는 객관적이고 고답파적인 문체로 씌어져 있어서 이후의 바예호 시에서 보이는 드라마틱한 어조와는 상당한 차별성을 보여준다. 그럼에도 불구하고 이 초기 시집에는 이후의 바예호를 예견할 수 있는 맹아가 잠재되어 있다. 『검은 문장』에서 「가정의 노래 Canciones de hogar」라고 이름 붙여진 일련의 시는 『뜨릴세』에서 보이는 이미지가 나타난다. 이 시들에서 바예호는 이미 자기자신의 삶의 드라마를 관찰하는 관찰자가 된다. 이 관찰자는 자신의 삶이 어떻게 의미를 상실해 가고 있는가를 느끼면서 늙어가는 어머니와 아버지의 모습을 그저 바라본다. 『뜨릴세』는 전통과의 철저한 단절을 보여주는 시집으로 유럽에서 씌어질 수 있는 시보다 더욱 현대적이고 새로운 시의 문법을 구사하고 있다. 일상생활에서 사용되는 숫자, 날짜, 장소, 과학용어 등의 실재적인 언어를 사용하나 그것은 오직 실재적인 것을 파괴하기 위해 사용된다. 문법적으로 허용할 수 없는 구문이 자주 나타나고 있으며, 문법 구조상으로는 아무런 잘못이 없는 경우에도 문장 자체가 아무런 의미를 지니지 못하는 경우가 있다. 그럼에도 불구하고 사용되지 않는 형식을 통하여 분절된 언어들은 표현의 한계를 훌륭히 표현하고 있다. 『뜨릴세』에서는 숫자가 중요한 의미를 지닌다. 충만함을 상징한다고 일상적으로 이해하는 1이 바예호에게는 개인적인 고독을 상징하고, 남성과 여성의 조화로 보는 2가 그에게는 목적 없는 대화의 상징이며, 삼위일체의 상징이자 완벽의 상징인 3은 의미 없는 세대를 뜻한다. 고대에 4원소를 상징하던 4는 감옥의 사면 즉 인간의 한계상황을 상징한다. 이 외에도 임신기간인 9개월, 한 해인 12개월이 애초의 성스러움은 사라진채 전혀 엉뚱한 의미로 사용된다. 수학이나 생물학 그리고 물리학적인 제양상들이 바예호에게는 개인의 정신과 육체 사이의 메울 수 없는 간격을 증명하는 것으로만 비친다. 바예호에게 있어서 신의 죽음보다 더욱 비극적이었던 것은 생명의 근원이던 어머니의 죽음이었는데, 이 사건도 그의 시 속에 황량한 어조로 등장한다. 또한 투옥되었던 시기도 소재로 등장하는데 여기서는 인간의 일상적인 실존의 상태를 강조하고 있다. 18번째 시에서는 감옥이 단순한 애초의 이미지로 그려지는 대신에 종교적인 아이러니를 지닌 채 등장하는데, 이때 감옥은 세상으로부터 도피하여 은둔할 수 있는 장소이며 구원의 문지방으로 비친다. 흰 옷차림은 종교적인 의미를 내포하고 감옥은 정화의 장소이며 스스로 택한, 그러나 빠져나갈 길 없는 금욕의 장소이다. 신에 대한 믿음으로도 빠져나갈 수 없다. 이러한 영원에 대한 갈망과 실존적인 상황이라는 주제는 아주 오래된 주제이지만, 그의 독창성은 이러한 주제를 과거의 가치에 대해 아이러니컬한 시선을 보내면서 그리고 시인 자신의 상황을 드라마화하면서 현대적으로 다룬다는 데 있다.

다음에 나온 시집에서는 소외되고 비인간화되어 가는 인간군상에 대해 이야기하고 있는데 제목은 아이러니컬하게도 『인간시편 *Poemas humanos*』으로 1939년 사후에 출판된다. 『인간시편』은 개인의 고뇌에 찬 시선을 보여준다. 아무런 상관 없는 개인들이 모여 군중을 이루지만 이 집단이 개인의 고독감을 지워버릴 수 없다. 『뜨릴세』에서 주관적인 상황으로 바예호가 드라마의 한가운데 위치하여 시간, 창조, 영원, 죽음이라는 추상적인 것들에 부조리한 언어를 무기로 투쟁하였다면, 『인간시편』에서는 인류를 다루고 있다. 즉 왜소해질 대로 왜소해진 채 부조리하게도 자기와 같은 존재를 재생산하는 일을 유일한 업으로 삼고 있는 그와 다른 사람 모두를 다루고 있는 것이다. 반영웅적이고 왜소하고 노예화된 인간에게 삶이란 죽음을 기다리는 것 이외에는 아무것도 아니다. 바예호에게서 보이는 절망은 인간으로서 자신의 종말뿐만 아니라 진보 혹은 문명이라는 이름으로 불리는 것의 종말마저도 예견한 것이다. 이것은 「아홉 괴물들 Los nueve monstruos」이라는 제목의 예언서적인 시에서 잘 드러나고 있다. 시인은 고통과 악을 증가시키는 것은 불행이 아니라 인간 자신이라는 관점을 가지고 있다. 또한 인간이 시간과 공간에 묶여 있다라는 사실에 주의를 기울이지 않는 어떠한 형태의 진보도 가능하지 않음을 역설한다. 경제공황과 일상화된 파업 그리고 개인의 삶 속에 침투한 허기 등 진보가 진행될 수록 증가하는 한계를 지적하고 있는 것이다. 돌 위에 앉아 있는 실직자의 모습이 진보의 불가능성을 이야기하는 살아 있는 상징으로 등장한다. 인간과 사회 사이에 놓인 위기의식이 『인간시편』에서 그려지고 있으며, 파괴의 드라마화로 바예호의 시는 끝을 맺는다. 많지는 않지만 몇 편의 단편소설도 썼고 특히 프롤레타리아 소설 『텅스텐 Tungsteno』(1937)을 쓰기도 했다.

1.4 니꼴라스 기옌

중남미 전위주의의 두드러지는 특징 중 하나는 민족적 감수성의 발견에 있다. 이러한 점에서 본다면 근본적으로 중남미 전위주의는, 코스모폴리타니즘을 표방했던 모더니즘에 대항해 상아탑으로부터 내려와 중남미적 현실을 문학 속으로 끌어들였던 후기 모데르니스모와 그 방향성에 있어 상당 부분 일치한다고 볼 수 있다. 그리고 이러한 독특한 전위주의 흐름의 결과로 대두된 것이 바로 흑인시 poesía negrista이며, 흑인시는 인종적 구성과 지리적 요인으로 인해 주로 카리브해 국가인 쿠바를 중심으로 전개되었다. 사실상 영어, 프랑스어, 스페인어권을 불문하고 문화적 혼합 현상이 현저한 카리브해 지역의 문학에서는 아프리카적, 흑인문화적 성격이 강하다.

중남미의 대표적인 전위주의 잡지의 하나로 1927년 쿠바에서 창간된 ≪전진 Revista de Avance≫은 쿠바 흑인의 자연성과 생명력을 고양하는 원시주의 primitivismo와 간결한 언어의 결합을 통해 아프로쿠비스모를 쿠바 전위주의의 주도적인 흐름으로 부각시켰다. 초기에는 아프로쿠비스모가 주로 쿠바의 삶에서 발견되는 회화적이고 풍속적인 요소에 주목하였지만 1931년에 있었던 가르시아 로르까의 아바나 방문을 계기로 새로운 전기를 맞게 된다. 이때 로르까는 뉴욕에 체류했던 경험을 바탕으로 이미 미국 할렘가 흑인들에게 바치는 애가라고 할 수 있는 『뉴욕에서의 시인 Poeta en Nueva York』을 써놓은 상태였으며(물론 출판은 1940년 멕시코에서 이루어졌다), 이는 쿠바에서의 흑인문화에 대한 진정한 이해와 관심의 필요성을 촉발시켰다.

로르까는 빠블로 네루다에게 끼쳤던 영향 이상으로 당시 젊은 물라토 시인이었던 니꼴라스 기옌 Nicolás Guillén(1902~)에게 결정적인 영향을 미쳤다. 이제 기옌의 시에서 흑인의 테마는 유럽적 가치에 대한 풍속적 도전 이상의 의미를 지니게 된다. 즉 기옌의 아프로쿠비스모는 쿠바 흑인들의 과거와 그들의 흑인 조상에 대한 당당한 긍정이었다. 20년대까지만 해도 흑인문화는 사장된 채 대다수의 쿠바 지식인들에게 알려지지 않은 상태였다. 인류학자인 페르난도 오르띠스 Fernando Ortiz와 민속학자 리디아 까브레라 Lydia Cabrera에 의해 밝혀지기 전까지는, 아프리카의 민속과 요루바와 같은 언어를 세대에서 세대로 전해 주는 매개가 되었던 흑인들의 전통적 의식이 쿠바의 백인들에게 알려지지 않았던 것이다. 물론 흑인들에 대한 묘사가 문학에 처음 등장한 것은 오래된 일이다. 로뻬 데 베가, 공고라, 소르 화나 이네스 데 라 끄루스의 작품에도 흑인에 대한 언급이 나타나며, 쿠바 문학에도 19세기에 이미 등장한다. 그러나 20세기 이전까지의 문학에서는 흑인들이 경멸의 대상이었거나 현실과는 동떨어진 이국적 대상에 지나지 않았다. 그러나 1920년대에 들어 중남미의 정체성은 〈혼합 mestizaje〉에 있으며 그 본질은 인종적 혼합이 아닌 문화적 혼합에 있다는 인식이 보편화되면서, 비로소 아프로쿠비스모와 더불어 이러한 소재주의적 단계를 벗어나게 된다.

쿠바의 백인들에게 있어, 아프로쿠비스모는 쿠바의 삶 속에 존재하는 아프리카적 요소의 풍요로움과 중요성에 대한 인식을 의미했다. 반면 기엔과 같은 물라토 시인에게 있어, 아프로쿠비스모는 단절된 의식의 목소리를 되돌려주었다. 이제 기엔은 「봉고의 노래 La canción del bongó」에서 아프리카의 음악을, 「쿠바의 흑인 복서에게 바치는 작은 송가 Pequeña oda a un negro boxeador cubano」에서 흑인 종족의 소외된 삶을, 그리고 「흑인 노래 Canto negro」에서 자신들의 고유한 언어인 요루바로 된 노래를 이야기할 수 있게 되었다. 또한 「흑인 벰본 Negro Bembón」, 「물라토 여인 Mulata」 등의 시에서는 흑인 스페인어 방언 afroespañol을 사용함으로써 문맹 흑인들의 감정의 대변자가 되고 있다.

기엔은 경제 대공황이 시작되기 직전에 시를 쓰기 시작했으며, 30년대 초반부터 그의 시는 정치적 테마와 인종적 테마의 상호 결합을 통해 인종적 전망에서 계급적 전망으로 중심이동을 시작한다. 가령 『서인도 주식회사 West Indies Ltd.』(1934)에서는 풍속적인 요소와 결별하고, 식민주의의 유산을 인식하는 현실참여적 열정으로 선회한다. 중남미의 가장 큰 불의, 정체성을 가로막는 가장 큰 장애물이 인종문제였기 때문에 기엔에게 있어 인종문제의 극복은 계급적, 혁명적 성격을 띨 수밖에 없었던 것이다. 이 시집의 가장 중요한 시인 「두 할아버지의 발라드 Balada de los dos abuelos」에서는 자신의 혈통 속에 흐르고 있는 아프리카적 요소와 스페인적 요소를 조화롭게 받아들이는 성숙한 모습을 보여준다. 일찍이 호세 엔리께 로도가 『아리엘』에서 라틴 문명의 정신주의와 엥글로색슨 문명의 물질주의의 조화를 시사하면서 중남미의 새로운 정체성을 제시한 바 있지만, 로도의 주장은 중남미를 이루는 중요한 요소 중 하나인 흑인

과 원주민을 위한 공간을 고려하지 않고 있다는 결정적 한계를 드러낸
다. 이런 측면에서 본다면, 아프리카적 뿌리와 스페인적 뿌리의 만남을
감동적으로 노래하고 있는 기옌의 시는 중남미 문화의 가장 두드러진 특
성인 〈혼합〉을 시의 영역에서 가장 선구적으로 보여주고 있다고 하겠다.
페르난도 오르띠스는 흑인성과 백인성의 완벽한 융합이라는 의미에서
물라토 시 poesía mulata라는 용어를 사용한 바 있는데, 기옌은 그 가장 충
실한 실현자라고 할 수 있다.

　아마도 쿠바 문학에 대한 기옌의 가장 중요한 기여 가운데 하나는 신
화와 아프리카 문화의 중요성에 대한 인식과 그 수용일 것이다. 가령
「센세마야 Sen- semayá」와 「네께의 죽음 La muerte de ñeque」은 모데르니스모
시인들이 고대신화에서 영감을 얻었던 것처럼 아프리카의 의식과 신앙
에서 영감을 얻고 있다. 그러나 흑인문화 négritude 작가들과 달리, 기옌
의 경우에는 이것이 백인문화의 거부를 의미하지 않는다. 당대 유럽에서
유행하던 흑인성은 곧 자연스러움을 의미하였으며, 본능과 생명력의 이
성에 대한 우월성의 상징이었다. 그러나 백인성과 차별화되는 흑인성을
내세우는 과정에서 네그리뛰드 작가들은 백인들이 설정해 놓은 흑백의
이분법적 구도를 인정하는 역설적인 한계를 노정하였다. 기옌을 위시해
카리브해 연안의 시인들에게 있어 흑인의 테마는 쿠바의 뿌리가 노예제
도와 노예들의 문화에 있으며, 아프리카와 스페인이 함께 어우러져 자
신들의 과거를 이룬다는 인식에 토대하고 있다. 결국 기옌은 편협한 흑
인 인종주의보다는 인종적 평등을 통한 형제애의 추구, 반인종주의 사
회에서의 세계인 universal man의 실현을 역설하는 휴머니즘적 자세를 보
인다. 기옌에게 있어 흑인은 더 이상 아프리카인이 아니고 중남미인이
며, 그는 자신의 시를 흑인시 또는 아프로쿠바 시보다는 쿠바 시로 간주
한다. 백인 인종주의에 저항하면서도 궁극적으로 일체의 인종주의를 넘
어서는 진정한 의미의 종합을 추구하는 기옌의 비전은 중남미의 흑인 작
가, 예술가, 지식인들이 백인 미학, 백인성에 저항하는 올바른 모델을

제공하고 있다.

『서인도 주식회사』 이후 기옌의 시는 아프리카적 색채를 잃어가면서 사회, 정치적인 성격이 두드러진다. 그는 1937년 내전 중의 스페인을 방문해 세사르 바예호, 네루다 등과 함께 반파시즘의 선봉에 섰으며, 같은 해에 공산당에 가입한다. 또한 1956년에는 레닌 평화상을 수상한다. 바띠스따 정권의 입국 방해로 혁명이 일어나기까지 망명생활을 한 그는 1959년 귀국하여 혁명정부에서 일하게 된다. 혁명 후의 시는 체제수호적인 경향을 띠며, 이데올로기에 의한 예술성의 침해가 발견되기도 한다.

페루의 사상가인 마리아떼기는 일찍이 인디헤니스따 문학 literatura indigenista에 대해 논하면서 진정한 원주민 문학은 원주민 스스로가 창작의 주체가 될 때에야 비로소 가능하다는 견해를 밝힌 바 있는데, 흑인시에서 이러한 기대에 부응할 수 있는 시인으로 마르셀리노 아로살레노 Marcelino Arozaleno를 들 수 있다. 쿠바에 거주하는 흑인들은 대부분 문맹이었고 생활수준 역시 매우 낮았다는 점을 고려하면 아로살레노 같은 시인들이 극히 드물었다는 것은 당연한 결과라 하겠다. 그는 기옌의 직접적인 영향을 받았으며, 기옌과 마찬가지로 흑인성의 보편성에 대해 확신하였다. 그의 시집 『무채색의 흑인 노래 Canción negra sin color』에는 30년대에 씌어진 시들이 들어 있는데, 「이디오피아의 의식 Liturgia etiópica」을 비롯해 많은 시가 흑인들의 의식에 대해 묘사하고 있으며, 또한 1939년에 씌어졌으나 네그리뛰드 작가들의 도전적인 시보다 시기적으로 앞서는 「무채색의 흑인 노래」처럼 풍자적인 성향을 보이는 시들도 있다.

혁명 이후의 시에서도 이러한 네그리뛰드의 부흥이 있었다. 그러나 뻬드로 뻬레스 사르두이 Pedro Pérez Sarduy의 시에서 보듯, 무엇보다도 전후의 제3세계주의 tercermundismo에 부응해 비유럽적인 새로운 신화를 발굴하려는 시도의 일환으로 이러한 흐름이 형성되었다. 결국 쿠바를 중심으로 전개되었던 흑인시는 〈가장 지역적인 것이 가장 보편적〉이라는 제

3세계문학론의 공리를 가장 전형적으로 실현시키고 있다.

1.5 빠블로 네루다

네루다Pablo Neruda(1904~1973)의 본명은 네프딸리 레예스Neftalí Reyes
이며, 필명은 그가 존경했던 체코의 시인 얀 네루다(1834~1891)에게서
따온 것이다. 칠레의 빠랄에서 철도원의 아들로 태어난 네루다는 일견
바예호와 유사해 보이는 시골 분위기 출신이다. 그러나 바예호가 가족과
교회에 윤리적 질서의 중심을 둔 전통적 공동체에서 교육받은 반면, 네
루다는 어린 시절을 개척자들의 공동체인 칠레 남부의 떼무꼬에서 보냈
다. 바예호의 시는 전통에 저항하고, 언어를 탈구시키며, 옛 신화들을
파괴한다. 반면에 네루다의 시는 전혀 다른 근대문화와의 관계로부터 나
온다. 그의 시는 자연의 힘의 직접적 표현이다. 전통이 결여된 지역에서
살았고 대부분이 비종교적이었던 노동자들 틈에서 자랐기 때문에 네루
다의 어린 시절은 규범에 얽매어 있지 않았다. 반면에 바예호의 어린 시
절은 관습과 신앙의 틀에 의해 견고하게 구축되어 있었다. 또한 바예호
가 표현할 수 없는 것을 표현하기 위해, 즉 전혀 새로운 의미를 창출하
기 위해 인습적인 언어사용을 파기한다면, 네루다는 자연과의 체험에서
직접 우러나오는 어휘를 사용해 붕괴된 사회에 개척자들의 원기와 활력
을 불어넣고자 했다. 또한 네루다의 시가 뚜렷한 이데올로기적 지향을
보이는 반면, 바예호의 시는 구체적인 이념적 지향 없이 〈우리〉라는 연
대의식과 자아 사이의 절묘한 조화를 보여준다. 그러나 네루다와 바예호
가 각자의 고유성을 살리면서 중남미의 후기 전위주의 시기를 풍성하게
수놓았다는 점을 고려한다면 이러한 차별성은 이 시기 중남미 시의 다양
한 목소리를 단적으로 증거한다고 하겠다.

네루다의 시작품은 대단히 방대하며, 그가 스페인어권의 사회시의 대
표적 시인이자 열정적인 사랑의 시인이기도 하다는 점에서 알 수 있듯

이, 작품의 경향 또한 다양하다. 네루다 시의 이러한 다양성과 풍부함은 작품의 일반화를 어렵게 한다. 그의 첫번째 시집인 『황혼 *Crepusculario*』(1923)은 루벤 다리오의 모데르니스모를 모방한 작품으로 아직 시인 자신의 목소리를 내지 못한 채 인습적인 언어와 전통적인 형식을 보여준다. 그러나 1924년에 『스무 편의 사랑의 시와 한 편의 절망의 노래 *Veinte poemas de amor y una canción desesperada*』를 발표하는데, 후일 시인 스스로 밝힌 바로는, 이 작품을 통해 네루다는 도회생활의 고독을 덜 수 있었다. 사춘기의 괴로운 열정이 떼무꼬의 자연묘사와 어우러지는 고통스럽고 목가적인 이 시집은 두 개의 사랑관계를 다루고 있는 일기체 형식을 띠고 있다. 그 하나는 떼무꼬에 남겨두고 온 다갈색 피부의 소녀에 대한 사랑으로, 그녀는 비애감과 부재, 시간, 잃어버린 것 등을 떠올려준다. 다른 하나는 산띠아고의 소녀에 대한 사랑으로 현재 그녀와 더불어 행복하고자 한다. 이 시집의 시들은 진정으로 사춘기적이고 공격적, 자아중심적이며, 뒤에 남기고 온 삶과 현재 살아가는 삶, 어둠과 빛, 부재와 소유 사이에서 끝없이 움직인다. 이 시집의 두번째 시에서 여인은 딸이며, 밤/죽음과 태양/재창조의 주기를 반영하는 시간의 노예이다. 그녀는 자연의 주기, 탄생과 죽음, 불사조처럼 파괴로부터 부활하는 창조와 완전히 동일시되고 있다. 그러나 동시에 우리는 해질 무렵 석양빛을 받으며 홀로 앉아 있는 여인의 시각적 이미지 또한 확인할 수 있다. 시인은 주변에 있다. 즉 여인의 침묵과 고독에 침입할 수 없는 관찰자이다. 이 시의 마지막을 장식하는 쇼펜하우어적 비애감은 이 시집의 많은 시들을 물들이고 있다.

　바예호의 시가 독자 대중을 만나는 데 시간이 걸렸다면, 이 시집은 곧 독자들의 열렬한 환호 속에 중남미 시사에서 유례없는 베스트셀러가 된다. 이 시집의 매력은 그 자유분방함과 자연스러움에 있다. 리듬은 서너 음절 단어의 효과적인 결합, 평이한 내부 각운의 사용, 시어의 반복 등에 기초하고 있다. 대화체적 표현과 자연에서 영감을 얻은 매우 정련된 이미지의 혼합은 시에 두드러지는 자연스러움의 효과를 가져다준다. 이 시집에서는 풍요로운 자연에 비유되는 이상화된 여인에 대한 관념적 사랑이 주조를 이루고 있는데, 이는 『대장의 노래 Los versos del capitán』 (1952)나 『백 편의 사랑의 소네트 Cien sonetos de amor』(1959) 같은 후기시에서 두드러지는 육체적 사랑과 대조를 이룬다.

1925년에는 시집 『무한한 인간의 시도 Tentativa del hombre infinito』와 초현실주의의 영향이 감지되는 소설 『거주자와 그의 희망 El habitante y su esperanza』을 발표한다. 『무한한 인간의 시도』는 실험적인 성격이 강화되었고 그만한 통일성을 지니고 있진 않지만 여전히 『스무 편의 사랑의 시와 한 편의 절망의 노래』를 연상시킨다. 때로 시적 상상력의 충동에 따라 자유롭게 떠다니는 메타포들이 부각되어 나타난다.

몇 년 후 네루다는 칠레 영사로서 랑군과 인도, 자바에 거주하게 되며, 이 엄청난 고독과 고립의 시기에 그는 『지상의 거처 1 Residencia en la tierra I』(1935)과 『지상의 거처 2』(1935)를 쓰게 된다. 이 작품들에서는 대단히 활력있고 힘찬 이미지들이 유일한 모티브를 둘러싸고 흘러넘친다. 시인 스스로 밝히고 있듯이, 이 시집은 단 하나의 강박관념으로부터 나온 것이다. 여기에서 시인은 해체와 데카당스에 대한 자각을 표현하고 있으며, 성장이 없는 무질서는 자연의 중요한 법칙처럼 보인다. 「일치 Unidad」에서 시인은 〈똑같은 것이 나를 에워싼다. 유일한 움직임〉이라고 외치고 있다. 이 시들에서는 현미경적인 탐색적 시각이 시간의 흐름을 인도하는데, 이 시간과의 접촉은 아무리 견고한 대상이라도 오염시킨다. 「화물선의 유령 El fantasma del buque de carga」에서 시 전체는 이 〈유일한 움직임〉의 메타포이다. 화물선은 물의 힘에 저항해 자신의 존재 속에 머무르고자 투쟁한다. 그러나 적은 내부에 있으며, 모든 사물은 〈유령〉의 눈에 보이지 않는 접촉에 의해 부식된다. 그러나 인간의 아이덴티티도 마찬가지로 유약하다. 「꿈들의 말(馬) Caballo de los sueños」에서 시인은 자신의 일상생활을 이루는 하찮은 편린들 속에서 본질적인 자아를 전혀 발견하지 못한다. 삶은 죽음을 향한 엄숙한 전진에 의해 지배되며, 일상적인 삶은 단지 하찮음과 불합리로 포착될 수 있을 뿐이다. 이들 시에서 네루다가 보여주는 가장 뛰어난 시적 능력은 「화물선의 유령」이나 「대양의 남쪽 El sur del océano」에서처럼 아날로지를 증가시키고 확장시킬 수 있다는 데 있다. 「대양의 남쪽」에서 계절의 변화와 시간의 흐름을 상징하는 달은 익사자들의 흩어진 파편을 줍는 일종의 넝마주이로 변한다. 달은 중력처럼 죽음을 끌어당긴다. 이러한 악몽의 이미지는 적확하고 과학적인 사실을 문학적인 전통과 결합시킨다. 옷, 턱수염, 머리, 무릎과 같은 외견상 무질서해 보이는 이미지들은 파편적이라는 인상을 강화시킨다. 죽음이란 온전히 겪는 것이 아니라 하찮은 파편으로서 겪는 것이다. 『지상의 거처』에서 네루다가 보여주는 죽음에 대한 시각은 도시에 대한 시각과 밀접하게 연관되어 있다. 그래서 절망을 상쇄하거나 줄일 수 있는 자연의 삶, 유기체적 성장이 부재하는 곳이 바로 도시이다.

　네루다의 저명한 해석자인 아마도 알론소 Amado Alonso(1940)는 탁월한 문체 분석을 통해 『지상의 거처』에서 카오스는 결정적이며, 묵시록적인 세계 종말의 나열은 그 유일한 메시지라고 결론짓는다. 그러나 로드리게스 모네갈(1985)은 알론소가 문체론적 방법에만 철저히 의존해 시의 감추어진 구조를 찾으려 했을 뿐, 인간 자체에서 열쇠를 찾는 전기적, 개인적 상황에 대한 고려를 도외시했기 때문에 위와 같은 결론에 이르렀음을 지적하고 있다. 이러한 지적에서 알 수 있듯이, 초현실주의적 카오스의 이면에는 그러한 파괴과정을 벗어나려는 네루다의 또 다른 모습이 감추어져 있다. 이렇게 이해할 때 세 권의 시집으로 이루어진 『거처』 시리즈의 통일성이 올바르게 해명될 수 있다.

　『지상의 거처』는 매우 인상적인 성격에도 불구하고 네루다의 시적 진화의 한 양상에 지나지 않는다. 네루다 시의 목소리는 한 곳에 머무르기에는 너무나 다양하고 풍성하기 때문이다. 네루다는 1934년 바르셀로나 주재 칠레 영사로 임명되면서 스페인에 거주하게 된다. 1935년에 네루다는 마드리드에서 전위주의 시잡지 ≪시를 위한 초록 말 *Caballo Verde para la Poesía*≫을 발간하고, 삶의 냄새가 나고 순수시의 무미건조한 추상성이 일소된 〈비순수시 poesía impura〉를 천명하는데, 이는 환 라몬 히메네스의 순수시의 이데올로기에 대항하는 선언적 의미를 지닌다. 일상적인 삶, 인간 존재의 생생하고 구체적인 경험에 대한 추구를 명백하게 보여주는 네루다의 새로운 시 개념은 존재의 구체적인 조건을 배제한 채 관념적 실체를 통해 인간을 설명하려는 히메네스의 시 개념과 선명한 대조를 이루게 된다. 비순수시 개념을 통해 이미 네루다는 내전 이후에 구체화될 시의 사회 정치적 성향을 개괄적으로 제시하고 있다. 1936년 스페인 내전이 발발하자 그는 바예호와 스페인 지원 중남미 단체 Grupo Hispanoamericano de Ayuda a España를 조직하는 등 스페인 민중 편에 서서 적극적인 활동을 벌이며, 정치적 개입을 이유로 영사직에서 파면당하게 된다. 이 시기의 시적 결실이 『제3의 거처 *Tercera Residencia*』(1947)이다. 이 시집은 모두 5부로 이루어져 있는데 앞의 1, 2부에서는 시인의 개인적인 고뇌와 고독감, 그리고 성적인 사랑을, 제4부인 「가슴속의 스페인 España en el corazón」에서는 스페인 내전을 각각 노래하고 있다. 1939년에 네루다는 이 시집의 2부인 「분노와 고통 Furias y penas」(1934년에 쓰어짐)의 내용에 대해 자아비판하는 글을 발표하였는데, 이제 황폐화된 스페인의 현실 앞에서 한줌의 시나 사랑이 아니라 투쟁과 결연한 가슴만이 세계의 분노를 잠재울 수 있다는 것이 그 요지였다. 스페인 내전을 계기로 네루다는 파괴되는 세계 앞에서의 고뇌로부터 멀어지면서 새로운 역사 이해의 단계로 나아가게 된 것이다.

네루다는 이제 정치를 끌어안기 위해 고독과 절망으로부터 멀어져갔다. 1937년과 1938년에 그는 인민전선 Frente Popular을 적극적으로 지원하였으며, 인민전선의 후보 뻬드로 아기레 세르다가 대통령에 당선되었다. 그러나, 결과적으로 시를 쓸 수 있는 시간이 거의 없게 되었다. 이 시기에는 네루다의 과거가 그의 현재와 조화롭게 합쳐진다. 그는 민중을 파괴의 힘에 저항할 수 있는 유일한 힘인 대지의 유기체적 힘과 동일시한다. 그의 공산당 가입(1945)도 이러한 태도의 당연한 귀결이었다. 1938년에 시작해 1950년에 완성된 방대한 시집 『모든 노래 Canto General』(1950)는 그를 역사적 진실의 기록자로 부각시킨 이 시기의 기념비적 작품이다. 아마도 알론소가 부에노스 아이레스에서 『빠블로 네루다의 시와 문체 Poesía y estilo de Pablo Neruda』를 출판한 해이기도 한 1940년부터 3년 동안 그는 멕시코 주재 총영사로 멕시코시티에 거주하게 된다. 멕시코에서 네루다는 ≪현대 Contemporáneos≫지를 중심으로 한 형이상학적 시인들을 비판하고, 시께이로스, 디에고 리베라 등 멕시코의 벽화미술가들과 교분을 쌓는다. 또한 일찍이 그가 탁월한 시적 능력을 발견하여 후원해 주었던 옥따비오 빠스와도 문학관의 차이로 논쟁을 전개하면서 결별하게 된다. 역사적 진실의 기록자이고자 하는 네루다의 시적 태도와 시와 역사와의 관계를 이율배반적인 것으로 파악하는 빠스의 문학관은 양립할 수 없었던 것이다. 1943년 칠레로 돌아오는 도중에 그는 잉카의 유적지 마추삐추를 방문하는데, 후일 여기에서 〈시를 계속 쓰기 위한 믿음의 원리를 발견했다〉고 스스로 밝히고 있듯이 이는 네루다의 인식 지평이 중남미 전체로 확대되는 결정적 전기가 된다. 칠레에 돌아와 1945년 상원의원에 선출된 네루다는 1946년 대통령 선거에서 좌파정당의 지지를 받던 곤살레스 비델라 후보의 선전 책임자를 맡는다. 그러나 비델라가 대통령에 당선된 후 좌파정당의 노선에서 이탈해 억압적이고 반민중적인 정책을 펴자 1948년 네루다는 상원에서 「나는 고발한다 Yo acuso」라는 제하의 연설을 행한다. 이 일로 네루다는 의원 면직당하고 그에 대한 체포령이 내려진다. 1949년 안데스 산맥을 넘어 탈출에 성공할 때까지 그는 도피생활을 계속하며, 이 과정을 통해 행동하는 지식인으로 명성을 얻게 된다.

네루다가 그때까지 썼던 시의 방대한 분량과 높은 질적 수준에도 불구하고, 『모든 노래』는 그의 대표작이며, 더 나아가 휘트먼의 『풀잎』과 더불어 아메리카의 가장 뛰어난 시집으로 평가된다. 자연의 목소리를 가지고 칠레 남부의 숲속에서 산띠아고에 와 도시의 소외를 깨닫고 그것을 몸소 겪었던 사춘기 소년 네루다는 이 시집을 통해 인류의 목소리를 대변하는 민중적 서정주의를 성취한다. 시의 구조는 그의 새로운 역사의식을 보여준다. 시집은 인간 이전의 아메리카에 대한 회상으로부터(「대지의 등불 La lámpara en la tierra」은 인간의 감추어진 의식을 상징한다)「나는 존재한다 Yo soy」라는 제하의 마지막 파트에서 정치적 투사이자 시인으로서의 자신의 책임감을 최종적으로 언명하기까지 모두 15부로 이루어져 있다. 제2부인 「마추삐추 산정 Alturas de Macchu Picchu」에서 시인은 말없는 희생자들, 즉 신대륙 발견 이전 문명의 이름 없는 피억압자들의 목소리가 된다. 또 3, 4, 5부에서는 아메리카의 역사를 만들어온 정복자들과 해방자들, 그리고 반역자들을 각각 회상한다. 제6부인 「아메리카여, 네 이름을 헛되이 부르지 않으리 América, no invoco tu nombre en vano」에서는 아메리카의 이러한 〈밤〉을 요약하고, 노동자들의 형제애의 여명을 노래한다. 제7부인 「칠레의 모든 노래 Canto general de Chile」는 조국 칠레의 대지에 대한 찬양을 담고 있으며, 8부인 「대지의 이름은 환 La tierra se llama Juan」에서는 이름 없는 노동자와 농민을 찬양한다. 제9부인 「나무꾼이여 깨어나라 Que despierte el leñador」에서는 링컨의 혼에게 북미 대륙을 깨워 그들의 상업주의 기질에 맞서 궐기하도록 할 것을 요구한다. 제11부에서 15부까지는 네루다의 개인적인 체험에 뿌리를 두고 있는데, 「뿌니따끼의 꽃들 Las flores de Punitaqui」에서는 파업이, 「위대한 대양 El gran océano」에서는 암흑 속에 있는 조국의 현실이, 마지막으로 「나는 존재한다」에서는 시인 자신의 삶과 신조가 노래되고 있다.

『모든 노래』의 역사적 관점은 새롭다. 그러나 시의 여러 측면들은 앙드레스 베요와 구띠에레스 나헤라를 거쳐 레오뽈도 루고네스로 이어지는 중남미 서사시의 전통에 닿아 있다. 아메리카의 자연을 명명하고, 정직한 연장과 보통사람들의 평범한 삶을 찬양하는 것은 이미 문학 전통의 일부를 이루고 있다. 물론 다른 어떤 시도 『모든 노래』의 장대함과 예술적 높이를 견지하는 데 이르지는 못했다. 무엇보다는 우리는 이 시집에서 뛰어난 파쇄적 구조를 발견한다. 주된 테마들은 제시되고 전개되고 후에 다른 어조로 다시 나타난다. 세계, 국가, 개인, 지리, 대지, 각각의 식물과 살아 있는 유기체는 수없이 새로운 관계 속에서 연관된다. 우주와 소우주는 진화와 발전의 법칙을 따르는 반면, 압제와 사회계급은 인간과 대지를 파괴하고 진정한 풍요를 방해하는 문명의 악이다.

『모든 노래』에서 가장 뛰어난 것으로 평가받는 「마추삐추 산정」은 공허한 개인주의로부터 피억압자들의 목소리를 대변하는 역할을 떠맡기까지 네루다의 정치 사회 의식의 진화를 보여주기 때문에 서사시 속의 소서사시라고 할 수 있다. 열두 부분으로 나누어져 있는 이 시는 자아의 밑바닥으로의 하강, 과거로의 여행이기도 한 마추삐추의 잉카 유적 등정, 그리고 시인이 이름 없는 도시의 건설자들에 대해 가지고 있는 시각을 그리고 있다. 홀로 있음의 이데올로기에 침잠했던 네루다는 이제 끝없이 반복되는 자연의 주기만큼의 중요성도 가지지 못한 자신의 삶의 하찮음과 맞선다. 개인주의도 인간의 고통도 자신의 삶을 세울 토대를 제공해 주지 못한다. 마추삐추는 자연에 맞서는 인간, 〈돌과 말의 영속성〉에 도전하는 인간을 대변한다. 마추삐추에 오른다는 것은 인간의 덧없음에 도전하는 것이요, 죽음의 침묵을 〈가두는〉 것이다. 역설적이게도 성채는 〈네가 매장한 노예〉의 죽음과 착취 위에서 건설되었지만, 시인은 여전히 마추삐추가 〈여명〉을 상징한다고 믿는다. 마추삐추의 건설과 더불어, 인류는 역사 속에, 즉 시간 속에 나타난 것이다. 이것이 바로 유적의 완벽함과 아름다움을 접어두고 시인이 그것을 건설한 인간을 찾고 되살리는 이유이다.

시 속에 나타나는 역사적인 단편들은 공식적인 역사의 거부를 통해 진정한 내역사intrahistoria를 발견하고 있음을 보여준다. 농부들과 어부들, 목수들이 새 역사의 새로운 주인공이 된다. 역사 속의 영웅들은 권위를 도전받는다. 칠레의 정복자인 발디비아는 사형집행인으로 묘사되며, 시인에 의해 찬양되는 것은 정복자들에 의해 희생된 원주민들과 그들의 옹호자였던 바르똘로메 데 라스 까사스이다. 특이하게도, 이 시집에서 가장 유약한 시들은 브라질의 지도자 까를로스 쁘레스떼스 부인의 독가스실에서의 죽음, 시인 자신도 그 대상이었던 곤살레스 비델라의 탄압 등 네루다와 아주 근접해 있는 역사적 사실을 다루는 것들이다. 여기에서 경이로운 어휘는 종종 난삽한 결과를 낳기도 하며, 1940년대에 중요해 보였던 몇몇 사실들은 역사적 가치평가의 척도에서 중요성을 상실했다. 그러나 이것은 이 작품의 가치를 거의 손상시키지 못한다. 시의 대부분은 현대에 와서도 여전히 견줄 수 없는 웅대한 비전을 드러낸다. 자연에 대한 종교적 외경은 「마추삐추 산정」과 거대한 얼음덩어리를 대성당에 비유하고 있는 「남극 Antártica」의 장엄한 연도(連禱) 속에서 표현된다. 이 방대한 시집은 젊은 네루다가 떼무꼬의 들판에서 처음으로 획득했고, 그에게 있어서는 기독교 원리를 대신했던 자연의 종교적 의미에 토대하고 있다. 그래서 「뿌니따끼의 꽃들」 마지막에 나오는 이상사회에 대한 그의 비전이 인간의 자연의 삶으로의 회귀에 뿌리를 두고 있다는 것도 당연하다. 여기에서 노동은 소외의 형태로 나타나는 것이 아니라 인간이 자연과 맺고 있는 관계의 연장으로 제시된다. 네루다는 1954년의 칠레 대학 강연에서, 우이도브로가 주창한 바 있는 〈작은 신 pequeño dios〉으로서의 시인 개념을 거부하고 노동자로서의 시인과 노동행위로서의 시쓰기를 선언하기에 이른다. 이처럼 네루다의 비전에는 일관성이 있으며, 떼무꼬와 아주 흡사한 사회로의 회귀를 함축한다. 즉 네루다의 이념지향적인 정치시도 진정한 인간 해방을 향한 시인의 지난한 몸짓에 다름아니다.

『모든 노래』를 쓸 때 네루다는 이미 소박한 보통사람들을 염두고 두고 있었는데, 이는 그가 중남미의 소수 전위주의 그룹으로부터 멀리 벗어났음을 보여준다. 결과적으로 「마추삐추 산정」처럼 소박하다고 간주하기 어려운 시도 있지만 시어와 문체는 대체적으로『지상의 거처』보다 덜 난해하다. 그의 삶을 통해서 가장 감동적인 체험 가운데 하나는 1938년 노동자 집회에서 처음으로 시를 낭송했던 일이며, 그는 언제나 자기 조국과 민중에게 빚을 지고 있다는 느낌을 가지고 살았다.『모든 노래』를 쓰는 동안 그는 정치집회에서 시의 여러 부분을 낭송하곤 했다. 멕시코에서 옥따비오 빠스와 논쟁하면서 네루다는 〈이 총체적인 위협의 시대에 자유에 복무하지 않는 일체의 창작은 반역〉임을 천명하였다.『모든 노래』에서 정치적 의도는 명백하다. 이데올로기적인 면에서, 이 작품은 마르크스주의 비평가들에 의해서도 거부될 정도의 초보성과 도식성을 보여준다. 그의 역사의식은 브레히트의 경우처럼 마르크스에 토대를 둔 것이 아니라 당대의 급변하는 냉전논리에 가깝다. 한 예로, 스페인과 미제국주의에 대해서는 비판을 가하지만 소련을 위시해 프랑스, 영국 등 스페인을 제외한 유럽 제국주의에 대해서는 비판을 가하지 않는 이분법적 역사 이해를 보여준다. 그러나 이 작품이 철저한 역사적 고증을 요하는 역사물이나 연대기라기보다는 〈상상의 서사시〉라는 점이 간과되어서는 안 된다. 비록 네루다 자신은 연대기 crónica라는 용어를 사용한 바 있지만, 작품 전반을 통해 주관적인 요소와 객관적인 요소, 서정성과 서사성, 연대기와 자전적 요소가 상호 침투함으로써 작품의 내적인 단일성을 획득하는 작품의 독특한 면모를 고려할 때 만족스럽지 못한 정의이다. 네루다의 상상력 속에서 아메리카의 과거 역사와 현실에 대한 시각은 상당히 단순화되었지만, 전반적으로 네루다는 지배자들의 공식적인 역사에 대항해, 역사에서 소외돼 온 이름 없는 민중들을 아메리카의 주인으로 내세우는 새로운 역사 쓰기를 수행하고 있다. 이 시집 속에는 고독의 시인과 인간적 연대성의 시인,『지상의 거처』시기의 초현실주의적 레토릭과 사회시의 간결성이 길항 없이 공존하고 있으며, 이러한 메커니즘을 통해 정치성은 보다 광범위한 인간의 범주 속에 녹아든다.

1950년「나무꾼이여 깨어나라」로 스탈린 국제평화상을 수상한 네루다는 1951년부터 냉전시대의 사회주의권을 여행하며 『포도와 바람 *Las uvas y el viento*』(1954)을 쓰게 된다. 그러나 이러한 새로운 방향성도 그의 해묵은 불안을 잊게 하지는 못하며, 네루다는 나폴리에서 일련의 사랑의 시인 『대장의 노래』(1952)를 익명으로 발표한다. 이 시집에서 그는 후에 자신의 세번째 아내가 된 여인 마띨데 우루띠아에 대한 사랑을 노래하고 있다. 네루다는 결혼한 지 십 년이 지나 이것이 자신의 작품임을 인정했다. 『대장의 노래』는 우루띠아와의 첫 만남의 열정을 노래한 시적 일기이다. 그러나 이 시는 정치시로부터의 일탈을 의미하지는 않는다. 단지 그가 가장 집착하는 것 중의 하나였던 사랑의 시의 성숙된 모습일 뿐이다. 그러나 이제 네루다는 명백한 정치시의 영역에도, 사랑의 시의 영역에도 머무르지 않는다. 1950년대의 네루다는 공적인 영역과 사적인 영역을 조화롭게 화해시키는 방향으로 나아가며, 『소박한 것들에 바치는 송가 *Odas elementales*』(1954)가 이를 극명하게 보여준다. 이제 네루다는 세계의 물질적 현실 속에서 어떤 본질적인 의미, 즉 우리의 존재 속에서 우리가 발견하길 원하는 미와 가치의 흔적을 끊임없이 탐색하면서 구체적인 대상과 세세한 사물에 주목한다. 대다수의 시들은 목재와 공기, 납, 가난, 나태함 등을 노래하는 짧막하고 경쾌한 시행으로 이루어져 있다. 그리고 시는 〈소박한 사람들〉에게 바쳐지고 있는데, 네루다에게 있어 소박한 사람들이란 거의 언제나 공장의 전문 노동자들이 아니라 오래된 직업으로 대변된다. 네루다는 『지상의 거처』의 비극적 어조와 매우 대조를 이루는 「세 편의 물질시 *Tres cantos materiales*」를 통해 이미 1930년대에 소박한 사물들의 환희를 노래한 바 있다. 『소박한 것들에 바치는 송가』에서 엉겅퀴와 양파와 토마토에 바쳐진 시들은 식물의 세계에 존재하는 감각적 기쁨을 표현한다. 물질세계에 대한 이러한 세심한 관찰은 시인들이 추상화와 일반화의 유혹에 빠져 있는 대륙에서 수정자의 역할을 한다. 시인은 여기에서 독자 속에 하나의 시적 체험을 유발시키기 위해 단순한 하나의 메시지가 되는 것을 지양하면서 주제를 제시하는 시적 재능을 보여주고 있다. 한편, 「나태함에 바치는 노래 A la pereza」와 같은 시에서 보이는 네루다의 유머 또한 건강하다.

이러한 유머는 그의 가장 매혹적인 작품인 『에스뜨라바가리오 *Estravagario*』(1958)에서 자유롭게 분출된다. 제목이 시사하듯이 환상에 바쳐진 이 시집에서, 네루다는 「화물선의 유령」에서 이미 표현되었던 창조적 상상력을 새로운 테마에 적용시킨다. 이 시집의 가장 뛰어난 시 중 하나인 「인어와 술취한 사람들의 이야기 Fábula de la sirena y los borrachos」는 시인 자신에 대한 알레고리로 간주될 수 있다. 인어는 알바트로스와 같으며 시인의 이미지이다. 인어는 자신의 자연세계 밖에 있으며, 자기를 이해하지 못하는 사람들의 증오와 멸시의 대상이다. 이 흥미로운 알레고리에서 인어는 술집의 추잡스러움과 몰이해를 받아들이기 전에 순수함과 죽음을 선택한다. 소박하고 자연적인 삶은 술집의 추잡함과 갈등을 일으킨다. 다시 한번 떼무꼬의 개척자의 아들은 도시와 대립한다. 『에스뜨라바가리오』 후에 네루다의 시는 이전 작품의 구도를 반복하는 경향을 보인다. 언제나 세가지의 중심적인 관심 영역이 존재하는데, 소박한 사물들에 대한 송가, 『백 편의 사랑의 소네트』(1959)에서 다시 노래하는 사랑, 『새들의 재주 *Arte de pájaros*』(1966)에서의 자연이 그것들이다. 그러나 새로운 요소가 존재한다. 네루다는 1939년에 처음으로 방문한 바 있는 이슬라 네그라섬의 바닷가에 집을 지어놓았었다. 점점 더 이슬라 네그라와 바다 풍경이 말년의 그의 시를 지배하게 된다. 『칠레의 돌들 *Las piedras de Chile*』(1961)에서는 그의 집을 둘러싸고 있는 돌투성이의 풍경을 노래하고 있다. 다양한 테마에 관한 미셀러니를 모아놓은 『의식(儀式) 노래 *Cantos ceremoniales*』(1961)에서도 바다와 섬이 지속적으로 등장한다. 1964년에 네루다는 다섯 권의 얇은 책자로 된 『이슬라 네그라의 추억 *Memorial de Isla Negra*』을 발간하는데, 이는 그의 전생애를 집약해 놓은 시적 전기이다. 그 이후의 시집인 『모래 위의 집 *La casa en la arena*』(1966) 과 『뱃노래 *La barcarola*』(1967)에서는 거의 종교적인 체념에 도달한다.

네루다의 시는 언제나 삶의 자연스러운 리듬과 아주 밀착해 있다. 그의 시는 사춘기에는 공격적이었고, 청년기에는 죽음에 대한 강박관념에 사로잡혔으며, 성숙기에는 정치 사회적이었다. 노년기에는 시가 시간의 어둠과 마주치면서 자유분방하게 흘러간다. 그러나 총체적인 각성과 끝없는 꿈 속에서 여전히 희망의 빛을 보고 있다. 개척자들의 자유롭고 순수한 세계에서 자란 네루다에게 근대적 삶은 언제나 자연적 삶의 유기적 힘과 대립되는 어떤 것이었다. 인간도 살아남을 수 있기 위해서는 나무와 식물처럼 뿌리와 가지를 가져야 하고 자연과 접촉해야 한다. 이것이 바로 자본주의의 산업사회가 인간에게서 앗아간 것이다. 네루다에게 있어 공산주의는 이러한 자연상태의 회복을 의미했다. 그는 1969년 대통령 선거에서 공산당의 후보로 지명되었으나 인민연합의 단일후보로 살바도르 아옌데가 지명되도록 후보를 사퇴해 결국 아옌데가 대통령이 된다. 1971년 노벨 문학상을 수상하였으며, 1973년 삐노체뜨의 쿠데타에 의해 아옌데 정부가 붕괴한 직후 사망할 때까지 계속해서 시를 썼다. 그의 최후작들 중의 하나가 논쟁적인 성격의 『닉슨 암살 선동과 칠레 혁명의 찬양 *Incitación al Nixonicidio y alabanzas de la revolución chilena*』(1973)이며, 그의 사후에 『인생 고백 *Confieso que he vivido*』(1974)이 발간되었다. 상징적이게도 네루다의 장례식은 삐노체뜨 군사정권에 대한 최초의 군중시위가 되었다.

2 전위주의 이후의 시

2.1 새로운 시적 동향

넓은 범위에서의 후기 전위주의에는 연속적으로 발생했던 양대 흐름을 살펴볼 수 있다. 그 첫째는 1898년에서 1910년 사이에서 태어났던 작가그룹에 의해 주도되었던 것으로 그들의 대부분은 양차 대전 사이에 창작활동을 시작했으며 초기 활동기엔 전위주의를 거치고 후기엔 대개 그것을 초월하였다. 대표적인 작가들로는 브룰, 바예호, 보르헤스, 고로스띠사, 몰리나리, 네루다, 빨레스 마또스 등을 들 수 있다. 두번째 경향은 1910년 이후에 태어났던 작가들에 의해 주도되었으며 전위주의의 영향을 거의 받지 않은 그룹으로 호세 레사마 리마, 옥따비오 빠스, 니까노르 빠라 등을 들 수 있다. 이들은 이전까지의 시적 기능의 의미를 쇄신하여 과거의 시와는 판이한 시 개념을 주장했지만 어떤 시 경향에서나 이전 세대와의 완벽한 단절은 있을 수 없듯이 이들에게도 전세대와의 완벽한 단절은 존재하지 않는다. 이 두번째 경향을 특징지워 주는 것은 그들이 시를 현실의 초월적 투영을 위한 폭넓은 도구로 이해했음이다. 물론 이러한 이해가 이 시기에 유일한 것은 아니지만 그 급진 정도에 있어 이 새로운 시 경향은 후기 전위주의의 극복자인 동시에 스페인어권 시사에 있어서 새로운 시대의 창도자라고 규정짓게 하는 것이다. 문제가 되는 것은 현재 우리 시대까지 도래할 그 시기의 성격규정과 명명, 그리고 경계긋기이다. 이러한 어려움은 다음 두 이유에서 온다. 우선, 복잡하고 모순적인 그 시기 자체의 성격 때문이다. 두번째 이유는 역사적인 성격 때문으로 바로 코앞에서 펼쳐지는 현상들을 조망하고 정립하고 분석할 만한 충분한 거리의 부족 때문이다.

1940년 이후의 시인들은 직전 시기의, 즉 후기 전위주의나 전위주의의 시에 지나치게 지적인 노력이 깃들어 있음을 지적하고 그 심미주의와 냉정성을 비판한다. 이 새로운 시인들은 존재라는 심각한 문제 앞에서 그들의 직관과 감정들에 자유로운 출구를 부여할 것을 주장, 신낭만주의적 성격을 지닌다. 그들은 이제 보다 심오하고 즉흥적이며 동시에 초월적인 감동을 열망하는 것이다. 이를 위해 이들은 초현실주의적 표현수법을 계속 채용한다. 이들의 초현실주의적 경향은 잠재의식의 해방과 명백히 대치되는 정치적 선동을 위한 수단으로서의 역할을 해왔다. 그러나 이러한 형태의 시는 오히려 그 메시지 전달의 효과를 감소시킬 뿐이다. 우나무노, 오르떼가, 마차도 등 서문학적 전통과 하이데거, 사르트르 등 보다 직접적인 영향에 힘입어 존재의 수수께끼, 무의 인식, 삶의 비애 등의 실존적 모티브들은 초현실주의적 기법과 종종 연결되었다. 그러나 은유, 이미지, 상징의 상관관계는 인간 언어에 대한 믿음을 전제로 하고 그 구체적 가능성을 상정하는 지평을 열게 되는 것이다. 따라서 양자의 양립 또한 문제를 내포하고 있었다. 다른 한편 현실을 인식하면서도 현실의 한계를 극복하거나 해석하려는 차원의 것이 아니라 그 최후의 형이상학적 단계를 찾아 현실을 초월하고자 하는 시적 경향이 있었다. 고로스띠사, 보르헤스 등이 인간의 상상력에 관심을 두면서도 이성의 시인들이었던 반면 그 이후에 오는 시인들은 이성 혹은 지성의 경계 자체를 뛰어넘어 그 자체로 절대적인 언어 우주의 창조를 꿈꾼다. 그러나 호세 레사마 리마의 시에서 볼 수 있듯이 이들의 극단은 언어의 분절, 난해한 연금술적인 표현 등을 가져와 소통가능성의 상실이라는 대가를 치르게 되면서 문학으로부터의 이탈을 초래한다. 참여시의 경우 사르트르가 1940년을 전후하여 제창한 것으로 시를 인간에 직접적으로 봉사시키거나 시적 표현성을 손상시키지 않으면서 인간세계의 제 국면을 감싸안으려 하기도 하고 시를 하나의 선전수단으로 이해하는 경향도 있었다. 그러나 이런 경향에는 시의 인식론적 기능만을 주장하는 한계가 존재하고 있는 것도 사실이다.

과장된 음악성이나 정련된 이국성으로의 도피를 거부한다는 점에서 모데르니스모와 변별되고 현실의 산문적인 복사에 대해서도 저항한다는 점에 있어서 후기 모데르니스모와도 다르며 과거의 모든 문학적 전통에 대한 무시와 반란으로 대변되는 전위주의와도 거리를 둔 사조라고 할 수 있는 후기 전위주의의 새로운 감수성은 현실의 어떠한 형태도 거부하지 않는다. 몇몇에게는 현실은 초월적인 탐구를 위한 수수께끼 또는 시화할 수 있는 재료로 여겨지고 또 몇몇은 자신의 내부로 눈길을 돌려 인간적인 내면적 현실을 표현하려 하였다. 또한 고통과 불의로 가득 차 있는 직접적인 사회현실로 관심을 집중시킨 사람도 있었다. 후기 전위주의의 모든 시인들에게 현실은 부정될 수 없는 존재로서 필요한 것은 현실을 예술의 범주로 승화시키는 것이었다. 후기 전위주의의 특징으로 질서, 엄숙함, 냉정함으로의 복귀와 전위주의의 시적 기법을 유지했다는 것을 들수 있다. 비센떼 우이도브로가 『알따소르 Altazor』에서 전위주의의 거만함을 지칭하여 〈분별의 나라로부터 추방당한 천사〉라고 하였고 레오뽈도 마레찰은 『소피아를 위한 소네트 Sonetos a Sophia』의 한 시 「분별에 대하여 De la cordura」에서 감정과 더불어 질서를 가지고 있는 예술로의 지향을 선언하였다. 이런 맥락에서 후기 전위주의는 데카르트적인 이성에서 해방된 언어를 사용하여 마술적인 현실에 대한 심오한 발견을 섬세하고 정확하게 표현할 수 있었다. 그 기법은 비논리적인 언어의 사용, 신속한 감정연합에 기초한 이미지의 사용 등이다. 즉 후기 전위주의는 엄숙함의 무게를 잃지 않으면서 논리의 간격을 뛰어넘을 수 있는 결정적인 특성을 지니고 있었다.

전위주의자들이 은유를 시의 거의 유일한 요소로 생각한 반면에 후기 전위주의자들은 그것을 세계에 대한 시각이나 특정한 직관적 감각을 명백하게 하는 기능으로 축소시켰다. 전위주의자들에게는 이미지가 시의 외적 형태를 잠식해 버리는 반면에 후기 전위주의자들은 형태구조에 다시 의미를 부여하였다. 이는 〈연(連)으로의 복귀 la vuelta a la estrofa〉로 불리는 현상으로서 동시대에 27세대의 대가들이 공고라나 가르실라소 등의 고전으로 복귀한 사실과도 밀접한 연관을 갖는다.

후기 전위주의의 태도를 네 가지 정도로 분류해 볼 수 있다. 첫번째로, 순수시로 마리아노 브룰이 대표한다. 철저한 객관적 정화를 통한 외부현실에 바탕을 둔 시적 기초에 대한 관심을 보인다. 두번째, 형이상학시로 호세 고로스띠사, 호르헤 루이스 보르헤스가 여기에 해당되며 변화, 소멸할 수밖에 없는 현실의 본질을 발견하기 위한 초월적 관심을 보여준다. 세번째, 신낭만주의시와 초현실주의시로 세사르 바예호와 빠블로 네루다가 여기에 해당된다. 내면적이고 정신적 현실에 대한 배타적인 관심을 보여준다. 네번째, 사회의 불의를 폭로하거나 혹은 그 우연성을 반영하기 위해 사회적 현실로의 관심을 집중하는 경향으로 이야기시 혹은 민속적인 시로 니꼴라스 기옌이 대표되고 사회시 혹은 정치시로 빠블로 네루다가 해당된다. 하지만 이런 시적 경향들은 서로 분리되지 않고 나타난다고도 볼 수 있다. 예를 들면 세사르 바예호는 우리에 대한 자각이 항상 시인인 나와 함께 개인적인 양상을 띠면서 나타나고 특정한 이데올로기에 의존하지 않고 위기에 처한 사회를 반영한다. 빠블로 네루다의 경우에는 바예호의 확고하게 정립된 내면성의 자유로운 표현보다는 이데올로기적 색채를 강하게 띠고 있다는 점에서 약간 타협적이다. 또한, 심지어 완전한 정치적 편향을 지닌 기옌조차 순수한 서정주의 면모를 가지고 있다.

이 시기에는 끌라우디아 라르스Claudia Lars, 홀리아 데 부르고스Julia de Burgos, 엔리께따 아르벨로Enriqueta Arvelo, 라리바Larriva, 사라 데 이바녜스Sara de Ibáñez 등 여성 시인들도 활발하게 작품을 발표한다.

2.2 옥따비오 빠스

멕시코 시인인 옥따비오 빠스 Octavio Paz(1914~)는 외교관으로서의 그의 공직생활과 시인으로서의 생활이 상당한 조화를 이룬 시인이다. 인도와 파리의 유네스코본부에서 대사로서 외교관직을 수행했는데, 특히 장기간의 인도 대사생활은 그의 동양적 시세계에 결정적인 기초를 마련해 준 시기였다. 그에게 있어서 시는 예술과 모든 인간의 행위를 통치하는 것이었으며 시의 목적은 언어와 사물을 지배하는 것이 아니라, 그들을 해방시켜 원초적인 상태로 되돌려보내는 것이었다. 시의 사회적 역사적 관점을 도외시한 것은 아니었지만 그것보다는 초현실주의를 포함한 현대의 시 경향에 보다 깊은 관심을 가지고 있었다. 그의 초기시는 경험에 대한 독신자적 입장에서 혹은 인간의 고독이라는 내부적 잠재성에서 나오는 것이었다. 그는 인도의 델리에서 외교관생활을 하면서 동양철학에 대한 깊은 관심을 가지게 되었고 이것은 곧 그의 시세계에 표출되는데, 그의 시론이나 작품 속에서도 명백히 불교와 힌두교의 교리와의 유사성을 엿볼 수 있다. 말년에 그는 오히려 회화적이며 음악적인 시로 방향을 바꾸고 있지만, 그가 중남미의 젊은 시인들에게 미친 영향이란 실로 지대한 것이었다. 그의 작품들 중『인간의 뿌리 *Raíz del hombre*』(1937),『세계의 가장자리 *La orilla del mundo*』(1942) 등을 초기 작품으로 들 수 있다. 그의 역작으로 일컬어지는『언어하의 자유 *Libertad bajo la palabra*』는 1949년에 발표되었다. 그는 또한 시뿐만 아니라『매 혹은 태양? *¿Águila o sol?*』과 같은 단편소설이나 여러 가지 철학적 문학적 주제를 담은 수필을 쓰기도 했다. 그 중에서도 그의 시론을 가장 함축되게 표현한『활과 칠현금 *El arco y la lira*』(1956)은 그의 독특한 시세계를 잘 표현하고 있다. 50년대에 나온 시 중에서 가장 극치를 이루는 것은『태양의 돌 *Piedra de sol*』이고 1967년에는『공백 *Blanco*』을 발표한다.

옥따비오 빠스는 현재 중남미 문단에서 비중이 큰 시인이며 동 지역의 시이론에 크게 기여한 중요한 시이론가이다. 시이론가로서 그리고 사상가로서의 빠스의 사상은 그의 유명한 저서『활과 칠현금』에 잘 집약되어 있다. 이 책은 고전적인 전통과 새로운 문학사상이 놀라우리만큼 잘 조화되어 있다는 데 그 특징이 있다. 이 조화는 높은 창조적 재능과 탐구노력에 의해서만 이루어질 수 있다는 것은 두말할 나위도 없다. 이 저서의 주류를 이루는 사상적 원천은 우파니샤드, 불교철학, 유학의 주역, 노자의 도, 말라르메의 시론, 레비스트로스의 구조주의, 롤랑 바르트의 〈문자의 영도〉, 다다이즘의 염세주의, 초현실주의, 비트겐시타인의 언어철학 등으로 매우 광범위하다. 결과적으로『활과 칠현금』은 현대의 가장 영향력 있는 시이론에 관한 쟁점을 모두 포함하고 있다. 이 저서의 또 다른 중요성은 빠스의 창작활동에 있어 그 성격을 달리하는 두 기간을 연결해 주는 교량역할을 하고 있다는 점이다. 첫 기간은 1950년 대로서 초현실주의와 실존주의의 영향 아래 있으면서 멕시코 토착적인 요소를 버리지 않고 동양사상을 받아들이기 시작한 기간이고, 그 둘째 기간은 60년대로 구조주의와 기호학의 도입기간이다. 그는 1945년 파리에서 브르통, 벤자민 페레 등과 초현실주의운동의 제일선에서 활약하였고 1952년에는 1년간 인도와 일본에서 동양문학을 연구했다. 그러나 빠스가 결정적으로 동양사상을 받아들이게 된 동기는 물론 그의 내적 성향이 가장 중요한 요소이긴 하지만 1962~1968년의 기간 중에 인도 주재 멕시코 대사였다는 사실이다. 60년대에 발표된『불도마뱀』,『동쪽 산기슭』은 동양, 특히 인도의 사상에 흠뻑 젖어 있는 작품들이다. 1958년에 출판된『태양의 돌』로부터 빠스 시의 제2기가 시작된다고 볼 수 있다. 그러나 전기의 자유, 운명, 죽음, 에로티즘 등의 주제가 사라지는 것은 아니다. 즉 제2기란 빠스에 있어 새로운 감수성, 새로운 우주관이 형성된 시기를 말한다.

　『태양의 돌』은 나선형, 아니 원심운동 속에서 끝없는 반복과 영겁회귀의 리듬을 보여주고 있으며, 시의 구조는 마술적이고 비밀스런 천문학적 배치를 연상시킨다. 또한 11음절 584행으로 이루어져 있는데 이는 금성과 태양이 결합하는 데 걸리는 날의 숫자이며 고대 멕시코인들의 순환적인 달력의 분할을 연상시키는 숫자이다. 서구문명의 관행적인 시공간 관계를 뛰어넘는 신비로운 이러한 관계와 기원은 빠스가 동시성을 전개시키는 것을 가능하게 해준다. 신화의 순환적인 시간 위에 한 세대, 한 국가, 한 시대에 속하는 한 인간의 되풀이될 수 없는 역사가 세워지는 것이다. 동시에 부단히 처음으로 회귀하는 운동이기 때문에 시는 쉬지 않고 끝없이 흐른다. 그러나『태양의 돌』은 신비시, 역사시이기에 앞서 또한 사랑의 시이기도 하다. 이 시는 차이들의 종언, 조화로운 균형, 최초의 기원으로의 회귀의 시이다. 마지막 연이 제1연과 동일하다는 점은 이 사실을 상징적으로 보여주고 있으며, 따라서 시는 자기완결적이며 적절하게 보완적인 유인과 반발의 세계를 포함하는 균형된 총체를 구성한다. 시에 쓰여진 동사는 모두 반복 동사이며 순수행위 동사이거나 끝없는 변화의 산물인 상태의 동사이다. 이제 시는 기원을 찾는 방랑자의 기호이며 탐문은 결합과 분산의 기호가 된다. 다시 말해 그에게 있어 시는 아득한 기원적인 시간으로 향하는 길로 나아가는 과정인 것이다. 빠스의 새로운 우주관이란 역사의 주기성, 순환성, 영원한 귀환 등을 바탕으로 한 우주관을 말하며 이런 사상은 『태양의 돌』, 『격렬한 계절』, 『공백』, 『동쪽 산기슭』에서 구조주의의 이원적 체계와 함께 나타난다. 1962년에서 1968년에 씌어진 『동쪽 산기슭』은 빠스 시에 있어서 동양세계의 편입을 이야기해 준다. 그것은 유사성, 신비함, 양적 시간의 거부, 순간의 고양, 이분법의 거부에 기초한 세계이다. 빠스는 그에 걸맞은 형식으로 시 그 자체의 순수공간과 시간을 결합시켜 단일성이 아닌 총체성을 성취한다. 시에서의 담론은 사라지고 공간적 분포, 구두점 제거, 동시성과 대구성의 요소가 남는다. 독자와 시와의 관계는 직선적이고 담론적인 개념에서 순간적이고 순환적인 비전으로 넘어간다. 독자들은 시에서 경험을 읽는 단계에서 읽을 대상으로서의 시를 보는 단계로 넘어간다. 그 자체로서 가치가 있는 기호들은 하나의 가능성을 가지며 여백으로 남겨진 공간이나 기호로 채워진 공간 모두 일련의 의미 있는 상응성을 지켜나간다. 여백으로 남은 공간은 침묵이다. 그러나 침묵은 부정이 아닌 그의 상대물의 존재에 의해 정당화되는 존재이다. 한편 〈기호가 쓰인 표면은 시라는 언어구조를 지탱해 주는 시간의 표현이다〉라고 시간성을 강조하는 데에서 그가 글쓰기와 회화를 동일시하지 않았음을 보여준다. 불교적 부정, 공허, 침묵의 개념이 빠스 시의 최후의 단계를 대표한다. 반대물의 제거는 시 진행의 기본이 되는 이중적 상보물을 낳는다. 동양적 경험을 직접적인 형태로 흡수하기 위해 그의 시는 에로티즘의 테마를 유지한다. 몸은 그 원래 세상을 기술할 수 있는 가능성을 가진 투명한 것이다. 이 에로틱한 것도 상보물의 합류를 나타내는 적절한 이미지이며 총체성이 완벽하게 성취되는 조화로운 균형이다. 여기서도 마찬가지로 직선성과 담론성이 거부되고 기호들은 몸과 감각의 순간적 관계를 선회한다. 또한, 시에 있어서 목소리들의 동시성, 텍스트의 중첩성이 고려되어야 하며, 독자는 수동성을 버리고 시공간의 다양한 결합에서 생겨난 해석상의 어려움을 뚫어나가야 한다.

작가 자신이 가장 암시적이라고 간주한 작품 『공백』의 테마는 언어이다. 그 언어는 우주적 유추에 끌려 분절되고 또 합쳐지는 몸체이다. 따라서 『공백』은 다양한 일련의 읽기를 허용하는 움직이는 시이다. 시적 글쓰기에 있어서 요소간의 관계는 성애에 있어 몸들의 관계와 같다. 각 부분 하나하나가 전체로 느껴지는 것, 전체가 각 부분에 퍼져 있는 느낌, 여기서 다시 에로티즘은 글쓰기의 동력이 된다. 이 시집에서는 침묵이 소리와 같은 중요성을 가진다. 시의 요소들은 마치 악보처럼 완벽하게 고려되고 수학적으로 배치되었다. 이러한 기호의 배치는 감각, 지각, 상상, 인식을 통해 변주되고 있으며, 이는 감각적 접촉으로 시작하여 이해와 인식으로 끝난다. 이 시집의 다양한 읽기는 서로 보충적이며 밀접한 관계를 가지고 있다. 시의 구조는 두 개의 독립적인 그러나 동시적인 얼굴로 이루어져 있다. 또한 시는 4개의 독립된 텍스트로도 볼 수 있고 이들 사이에 밀접한 연관과 긴장이 유지된다.

빠스의 작품은 우리에게 시란 일련의 경험전달 이상이라는 점을 보여주어 왔다. 즉 그의 시적 성취는 언어를 형식에서 해방시켜 지속적인 언어의 창조를 시도한다는 점이다. 언어를 의사소통의 도구라는 기능적인 역할에서 해방시키는 행위는, 의사소통의 근간을 이루는 선적 시간축을 파괴하여 독자에게 본질적인 시간을 경험하게 하는 것을 의미한다. 이점에서 빠스는 네루다나 바예호와는 시에 대한 견해가 상당히 다르다. 네루다가 시를 자연의 소리로 파악하고 바예호가 언어를 해방시키기 위해 탈선이 필요하다고 보는 데 반해서 빠스는 시의 리듬을 음과 양, 결합과 해체에 연관지어 가며 고찰한다. 시를 종교나 사랑의 표현과정들과 일치시키는 것이다. 빠스는 시의 역사적 측면을 무시하지는 않으나 블레이크, 횔덜린, 네르발, 랭보 등에서 초현실주의에 이르는 근대적인 경향에 더욱 관심을 기울인다. 결국 시인은 사회에서 소외된 존재이고 사회를 파괴시킬 만한 가치를 옹호하는 인간이라는 입장을 고수하고 있는 것이다. 시적 시간은 생활 속의 시간과는 다르고, 시는 존재론적이며 시적 언어는 경험의 모순까지를 포함한 거대한 차이를 수용해야 한다는 것이 그의 찰나개념이다.

　에로티즘은 빠스 작품의 지속적인 테마이며 그의 시에서 에로티즘은 고양된 에로티즘적 영역에만 국한되는 것이 아니라 그의 모든 시 활동을 가득 채우고 있다. 보편적인 아날로지에 대한 믿음을 통해 빠스는 반복과 결합이 주재하는 세계를 생각한다. 모든 존재는 자신의 겹존재, 즉 짝을 가지고 있다. 따라서 운동은 항상 이러한 차이와 대립을 무화시키지 않은 채 화해시키는 방식이다. 그래서 운동은 시간을 〈통해서〉가 아니라 시간 〈속〉에서 이루어지며 연속적인 시간의 질서는 폐기된다. 사물이나 영혼과 마찬가지로 육체 또한 별을 주재하는 인력의 법칙과 동일한 법칙을 따라 결합되고 헤어진다. 그런데 시간적 연속성을 폐기하는 동시에 개체성과 위계질서 역시 폐기하기 때문에 에로티즘의 리듬에 토대한 질서, 우주의 법칙은 특권과 권위적인 힘과 명백하게 대립한다. 이것이 바로 초현실주의자들이 전개하는 에로티즘, 즉 차이를 무화시킬 수 있는 힘으로서의 에로티즘이다. 아메리카의 또 다른 에로티즘의 시인 네루다와의 차이는 명백하다. 네루다는 고양, 분출하는 감각성, 에로티즘의 외형화된 헌신의 시인으로 네루다에게 있어 언어 즉 시는 사랑의 고양을 표현하기 위한 수단이다. 반면 빠스에게 있어 에로티즘은 체험의 결과가 아니고 체험 그 자체이다. 세계는 조화로운 균형을 이루고 기호들의 거대한 체계이다. 요약하면 여인에게 배타적으로 집중된 네루다의 에로티즘에 비해 빠스의 에로티즘은 육체적 관계라는 전통적인 의미의 에로티즘 개념을 벗어나 모든 것을 조화로운 균형의 완성인 에로틱한 육체관계로 환원시킨다. 빠스의 에로티즘은 신비주의적인 색채를 지니며 관련된 형태를 무한히 만들어내는 운동인 끝없는 윤회로 나타난다. 에로티즘은 단지 감각적인 방식으로만 증명되는 것이 아니라 기호들에 대한 추구와 탐문, 시공간 속에서의 관계를 암시하며 또한 윤회하는 기호들의 세계 즉 에크리튀르의 세계를 포함한다. 『태양의 돌』은 에로티즘으로 충만된 빠스의 시세계를 이해하는 데 있어 근본적인 작품이다. 에로티즘에 대한 명시적인 언급이 나올 뿐만 아니라 시의 구성과 구문 자체가 순환적인 개념과 완벽하게 조화를 이루기 때문이다.

동양사상이 가장 잘 나타나는 『불도마뱀』, 『동쪽 산기슭』의 두 작품은 그 작품을 흐르는 동양사상에 있어서 상호 보충적인 관계를 가지고 있으며, 그렇다고 해서 동양적인 영향이 그의 멕시코, 스페인적 배경을 상실하게 하는 것은 아니다. 〈찰나〉는 빠스의 시에서 중요한 비중을 차지하고 있으며 그의 동양적인 우주관과 직결되어 있는 문제이다. 빠스에 의하면 동양인들은 2000여 년 전에 〈찰나〉, 즉 순간을 발견하였는데 서양인들은 이제 와서야 그것을 발견할 단계에 있다는 것이다. 동양에서 말하는 찰나의 개념은 고대 그리스 로마인들의 쾌락주의적인 뜻도 아니요, 18세기 쾌락주의자들의 개념과도 다른 것으로서 이는 상반적인 요소 간의 용해로서 연속의 소멸로서의 순간을 말하며, 지금이라고 하는 이 순간에 대한 메타포는 생과 사의 상대성이 용해되어 에로틱한 합일을 한 상태이다.

빠스는 그의 시론에서 그리고 시에서 〈피안〉의 문제를 많이 다루고 있다. 이 문제에 관하여 『활과 칠현금』에서 빠스는 그 나름의 해설을 하고 있다. 〈피안에 도달한다는 것은 죽음에의 도약으로서 이루어지며 동시에 성품 자체의 변화를 초래하게 된다. 즉 죽어서 다시 탄생하는 것이다.〉〈그러나 피안이란 우리 자신 속에 있는 것이다. 우리는 몸을 움직이지 않고 외부로부터 불어오는 돌풍에 의해 자신이 휩쓸림을 느낀다.

동시에 우리 속으로 향하여 우리를 밀어내는 것이다.〉 그런데 이런 피안의 예를 빠스는 『지타 *Gita*』 등 동양 고전은 물론 서구문학에서 찾아내고 있다. 띠르소 데 몰리나, 레위스 캐롤, 루도르프 오토, 보들레르 등의 작품에서 피안의 개념을 발견하고 있으니 파라미타, 즉 피안과 같은 문제인 타(他), 타인(他人), 남들을 다루고 있는 것이다. 타라는 것은 우리를 배격하고 또 현혹하게 한다. 또 우리를 어지럽히고, 우리를 상실케 하는 타락으로 이끈다. 그런 연후에 우리는 타와 합치되어 하나가 되는 것이다. 우리를 공하게 하는 것은 무가 되는 것이며 동시에 공이 되는 것이다. 그 합일체가 다름아닌 우리라는 것, 그리고 타인은 〈나〉라는 결론에 도달하게 된다. 우리가 타와 융합함으로써 우리는 박탈당했던 그것, 뭐라 설명하기 어려운 합일체를 되찾게 되는 것이다. 그때 이원성은 끝을 맺고 우리는 피안에 서 있게 되는 것이다. 즉 우리는 우리 자신과 화합한 것이다. 또 반대로 타와의 융합, 화합이 결핍될 때 고독이라는 감정이 생성된다. 진정한 고독이란 자기 존재로부터 자기가 분리된다는 것을 말한다. 우리와 화합한 뭐라 설명하기 어려운 그것, 즉 타란 이차적인 우리이다. 〈타인〉은 언제나 우리의 밖으로 튀어나가 있으며 우리 인간은 그 타인을 찾기 위해 끝없이 헤매고 절망한다. 이상에서 지적한 피안 혹은 타에 관한 빠스의 개념은 많은 평론가들이 입모아 말했듯이 〈나는 너〉라는 형식에 집약된다. 실제로 빠스에게 있어서 일상적으로 사용되는 대명사들이란 그 억양과 어미 변화를 통해 미묘하게 다른 대명사를 비밀스럽게 반영하고 있는 것이다. 그는 『시인의 작업』에서 일상적인 대명사간의 분리를 제거하려는 시도를 하고 있다. 여섯개의 서로 다른 대명사를 묶어서 하나의 단어로 만들고 있다.

옥따비오 빠스에게 있어서 언어의 문제는 그의 관심의 핵심을 이루는 문제 중의 하나이다. 그는 언어문제의 중요성을 지적하기 위해서 나라를 다스리는 데 있어 언어의 중요성을 역설한 공자의 언어관을 도입한다. 공자의 언어관은 시작의 경우 언어의 선정에 적용될 수 있겠다. 그러나 위의 공자의 말은 모든 일상의 일들은 언어와 직접 연관되어 있음을 뜻하고 있다. 즉 언어는 우리 자신이다라고 하는 결론에 이를 수 있다. 그러나 공자의 언어관과는 다른 차원에서 언어의 한계성을 살펴보자. 주지하는 바와 같이 동양사상 즉 유·불·선 3대 사상에서는 도를 언어로 표현함이 불가능하다는 공통적인 결론에 도달하고 있다. 즉 태극(太極), 공(空), 도(道) 등은 언어로는 그 설명이 도저히 불가능하다는 것이다. 여기에서 소위 태극은 무성취(無聲臭), 무형체(無形體), 선(禪)에서의 불립문자(不立文字), 도가(道家)에서의 도이무명(道而無名) 미묘현통(微妙玄通), 심불가의(心不可議) 등의 표현이 나온 것이다. 노자의 지자불언(知者不言) 언자부지(言者不知)란 말도 같은 맥락에서 쓰여진다. 시간의 초월이란 개체가 전우주와 결합하여 역사의 테두리 밖에서 하나가 되는 것으로, 존재가 전체와 합일할 때 이를 아트만 혹은 무라고 한다. 그러나 무는 침묵 이외의 어떠한 다른 언어로도 그 표현이 불가능한 것이다. 즉 침묵 자체는 무라는 메시지를 표현하는 최상의 표현법인 것이다. 옥따비오 빠스에 의하면 부처의 침묵은 단순한 지식이 아닌 지식 다음에 오는 지혜이다. 그리고 시인으로서 그 지혜의 경지에 도달하려면 언어순화와 그 투명화의 과정을 거쳐야 한다. 그 후에야 시인들도 피안에 도달할 수가 있다는 것이다. 피안이란 19세기 서구작가들이 말하던 〈절대〉 그리고 초현실주의자들에게 있어서의 〈최상의 점〉과 동일한 것이다. 나가르쥬나(용수보살)와 마드야미카 불교에 의하면 침묵에는 두 가지의 침묵이 있다. 첫째는 언어 이전의 침묵이니 무엇을 말하려는 의도를 지닌 침묵이요, 둘째 침묵은 말하고자 하는 바를 말할 수 없다는 것을 깨달은 침묵이다. 옥따비오 빠스가 항상 말하는 침묵은 바로 후자이다. 빠스가 추구하는 것도 힌두교나 불교의 원초적인 논리와 같이 세계의 시초가 되는 시의 창조를 꾀하는 것이다. 즉 우주의 율동과 일치하는 인간의 호흡에서 생성하는 시의 추구이다. 음소를 통한 가장 계시적인 단어로서 대표적인 예로 빠스는 산스크리트의 반야바라밀다 Prajñaparamitá를 들고 있다.

이 단어에 대해 빠스는 다음과 같이 설명하고 있다. 〈아! 라는 음절은 분출하는 모음과 자음으로 구성된 것으로 완전한 지혜, 즉 마지막이면서 시초인 공을 뜻하는 동시에 여성을 대신하는 에로틱한 함축성을 가지고 있기도 하다.〉도란 상징적인 절대로서 시와 같이 정의될 수는 없다. 무의미, 침묵과 같은 무의미, 또 침묵 자체 속에서 깨달음을 얻어 피안에 도달하려는 빠스의 노력은 지금도 동양사상의 본류를 헤엄쳐 피안에 향하고 있다.

빠스는 한자와 같이 표의문자적인 시를 창조하고 이것을 공간시라 명명하고 있다. topo(地)+poema(詩)=topoema란 시간과 언어를 넘어선 공간시이다. 이 시는 일반적인 언어구성 요소에 시각적인 기호를 첨가하여 만든 것으로서 대화체 및 문어체 언어로부터 탈피해 있다. 그런데 기호라는 단어의 원천을 살펴보면 천상의 신호, 〈성좌〉의 뜻을 가지고 있다는 것이다. 그러니까 공간시에서는 천체의 성좌를 나타내려 하고 있는 것이다. 그러면 이 시 형태의 전신을 살펴보자. 동양의 한자를 바탕으로 하는 서예법, 하이쿠 또 서구에서는 말라르메의 시악보인 『주사위놀이』와 아폴리네르, 마리네티 등도 들 수 있다. 아폴리네르는 〈우리는 분석사변적인 것을 넘어서서 종합 표의적으로 사물을 이해할 수 있는 습관이 필요하다〉고 강조하고 있다. 스페인어 사용권에서는 비센떼 우이도브로가 처음으로 표의문자적인 요소를 도입하여 『밤의 노래』에서 사용하였다. 다음은 1900년에 일본을 방문하여서 하이쿠를 배워온 환 따블라다이다. 따블라다를 통해서 처음으로 하이쿠를 접하게 된 빠스는 그 후 일본을 직접 다녀와서 근대 하이쿠의 시조인 마쓰오 바쇼오를 스페인어로 번역하였다. 빠스는 동양의 서예나 하이쿠에서 의미의 집중과 격언적인 간결성을 배워 스페인어의 번역에 그대로 이용한 것이다. 이 시는 구두로 옮기기에는 불가능하며 어디까지나 시각을 동원해야만 한다. 공간시의 감상은 수평하향적인 서구 전통시의 관습에서 벗어나 수직하향, 상승, 곡선하향, 상승, 순곡선, 귀향형, 분산형, 회전형 등의 형태를 구분하여서 이루어져야 한다. 빠스의 시집 『시각의 원반』에는 많은 시가 그 구성에 있어서 주기적인 변환과 동시성에 그 이치가 있는 주역팔괘의 구조적 체계를 따르고 있다. 일반적으로 시의 생명, 즉 리듬은 그 시의 음률과 의미에 의하여 좌우된다. 그러나 이 공간시는 음률과 의미 이외에도 외적으로 나타나는 공간적인 요소에 의하여 그 리듬이 좌우되는데 특징이 있는 것이다. 빠스는 주역과 자신의 공간시와의 관계를 다음과 같이 말하고 있다. 〈나는 여러 가지 이유로 하여 주역을 내 시의 모델로 삼기를 결심한 바 있다. 우선 주역은 변환이라는 사상을 표현하기에 용이하다. 변화하고 있는 기호를 변환하고 있는 상황에 적용시킴은 어떤 정해진 범주와 개념을 통해서 이해하려는 것보다 훨씬 용이하다. 더구나 나는 이분법을 시험을 통하여 체험했다. 실제로 시를 쓰는 데 나에게 도움이 되었다.〉

옥따비오 빠스의 70년대 작품으로 연가가 있다. 이 작품은 그가 동양의 연가 형식에 착상을 한 것으로 파리의 갈리마르사에서 스페인어, 프랑스어, 이탈리아어, 영어의 4개국어로 출판되었다. 옥따비오 빠스는 이 작품을 쓰기 위하여 자크 루보, 에도아르도 상기네티와 함께 파리에서 5일 동안 함께 공동작업을 하였다. 시의 연쇄, 시와 시인의 연쇄, 혹은 연쇄의 연쇄라고 빠스가 정의하는 이 합작시의 서구적인 원천을 찾는다면 노발리스와 시란 한 사람이 아닌 모든 사람에 의해 창조되어야만 한다고 주장한 바 있는 로트레아몽을 들 수 있다. 빠스는 주장하기를 연가란 불교, 유교, 도교에서의 〈나〉의 제거를 위한 노력에서 그 근원을 찾을 수 있다고 하였다. 이 점은 19세기 서구의 미학에서도 크게 강조되었던 것이다. 연가는 독백이 아닌 대화이기 때문에 여러 시인들의 공동작업의 결과로 시가 더욱 풍성하게 되는 것이다. 또 여러 시인의 다양한 사상이 서로 균형 있게 작용할 수도 있는 것이다. 다시 말하면 한 존재가 자신의 재발견을 위해서 잠시 자신을 망각하는 것이다. 여러 종류의 인간 정신이 잠시 만나 각기 자신의 정신을 쏟아놓아 서로 연결지워진다. 이런 면은 초현실주의의 특징과도 유사하다고 하겠다. 이러한 뜻에 서 이 연가에 대한 시도는 빠스에게 있어서 중요하고도 값진 체험이었 다. 포르투갈의 평론가인 몬티수마 디 카르발료의 〈빠스에게 있어서 나 를 상실한다고 함은 아마도 존재를 상실함이 아니라 참다운 존재를 얻는 것일 것이다〉라는 진술은 연가에 대한 적절한 평가이다.

2.3 니까노르 빠라

근년에 중남미 시의 새로운 흐름을 이루고 있는 니까노르 빠라Nicanor Parra(1914~)의 작품은 인간 상황의 가장 외적이고 비시(非詩)적인 현실 로부터 서정시의 문을 열었다. 모든 것이 시의 소재가 될 수 있다는 인 식은 창작의 자유에 적지 않게 기여했다. 빠라는 토착성과 보편성을 동 시에 지니는데 현대인이 자기 내부에 있는 악마로부터의 해방자이자 은 밀하고 죄많은 얼굴의 폭로자라고 느끼는 체험들과 형식들의 무한한 종 합, 블랙유머, 번민 등의 강한 지배에 기반하여 반시의 정형화를 이루 게 된다.

그의 시에 영향을 준 요소는 우선 신낭만주의의 좌표를 따라가면 중 세 로만세로들을 거쳐 아리스토텔레스와 까뚤로에게까지 이를 수 있는 데 반시에서 중세시의 심술궂은 쾌활함과 혼합된 고전 유머의 정수를 찾 을 수 있다. 또한 돈끼호테의 아이러니와 패러디, 상류계급 언어와 속담 의 통합, 로르까의 민중시의 광맥, 안데스 산맥의 꾸에까 무용과 음유 시인들의 노래 사이에서 토착화된 로르까의 천사, 뻬소아 벨리스의 합 법적인 상속자인 일화적이고 우수어린 색조의 리얼리즘들도 그 범주에 포함될 수 있다. 또 영국 형이상학 시인들의 수수함, 미쇼의 블랙유 머, 카프카의 실존주의적 요소들, 팝아트적 요소, 그리고 산문이나 신 문기사, 심문기사, 팜플렛 등의 정형화된 메케니즘들이 반시가 차용한 요소들이다. 그러나 반시의 구체적인 형상화는 언어적 실험에 의해서라기보다 빠라 자신의 불완전하면서도 실제적인 그리고 단독적인 노력에 의해 이루어져 있다.

반시도 물론 하나의 시인데 모든 신화가 제거된 시이다. 빠라 자신의 말을 빌리면 〈최후에 그것은 초현실주의의 수액으로 풍부해진 전통시에 다름아닌 것〉이며 〈진정한 시적 이상으로 간주되기 위해서는 국가의 사회 심리적 관점으로부터조차도 자유로워져야 한다.〉유럽 초현실주의의 부정적인 요소들인 기교성, 음울함, 삶의 뿌리뽑힘 등을 인간의 실제체험과 일상언어가 결합된 국부적 해결을 통해 정화시키고자 한다. 이 구체적 체험과 언어는 시적 화자를 일반대중으로 확대시킬 것을 요구하게 된다. 반시는 시의 역사에서 언제나 존재해 왔다. 타성과 상투성에 젖게 되면 거기에 대한 반대의 움직임이 생겨나게 되는 것이 시의 내적 생명 법칙이므로 시와 반시의 대립은 주기적으로 늘 새로운 개념이 될 수밖에 없다. 여기서 주의할 것은 이 대립에 일반적으로 존재하게 마련인 갈등의 메커니즘이다. 내용과 조화를 이루는 순수한 형식, 완벽한 언어를 꾀하는 고전주의에서부터 언어는 수사적 방법으로 장치화되어 부동의 계율로 굳어졌으나 체험면에 있어 인간 집단이나 개인의 존재방식이 바뀌어가면서 후자가 전자를 넘어서게 되고 그 과정을 통해 다시 새로운 언어가 생겨난다. 이 방식들을 단순화하면 디오니소스적인 것과 아폴로적인 것, 낭만적인 것과 고전적인 것, 아이러니와 서정성, 실존적 문제와 근원적 완벽성 사이의 긴장과 갈등으로 시상에 나타나고 있다.

빠라의 반시는 언어형식과 인간체험의 최대의 균형에서 생겨나는 고요하고 아폴로적인 창작물이 아니다. 횔덜린이 말하는 이 궁핍의 시대에는 신성의 광채가 두드러지는 고전주의의 조화가 더 이상 적절하지 않은 시대이다. 이미 자연을 노래할 수도 인간을 축복할 수도 신들을 찬양할 수도 없게 되어버린 시대에 반시가 그 해답이 될 수 있는데 이것은 잃어버린 현실을 말을 통해 회복하는 것이며 새로운 언어형식들의 바탕이 된다. 반시는 다른 시로부터 영향을 은밀히 흡수하여 그것과의 변증법적인 관계에서만 존속하기 때문에 반시라는 이름으로 불리게 된다. 반시 작품은 두 가지 기본적인 메커니즘을 통해 작용하는데, 숭고한 체험을 문제화하거나 탈신화화하는 아이러니와 산문형식에의 접근이 그것이다.

빠라에게는 그 자신이 극복하고자 했던 순수형식과 고상한 감정들에 대한 친화성이 포착된다. 그의 시들이 이미 그가 「선언문」에서 폐기한 바 있는 내용상 낡은 경험들과 형식상 예전의 전위주의적 환상들로 이루어졌다고 볼 수도 있다. 그러나 그런 형식들, 내용들과 빠라와의 공범관계는 애매한 것이다. 빠라는 그런 기법장치들이나 감성들에 지배당하지 않고 공유할 수 있는 방법으로 보편적 아이러니를 사용한다. 이는 곧 시인과 그의 감정, 시인과 그의 표현수단들 사이의 익살스러운 거리를 중개하는 〈비신화적 아이러니〉인 것이다. 극이나 산문의 대화자들이 작가와 동일시되지 않는 것처럼 시의 주체도 빠라 자신과 필연적으로 일치하는 것은 아닌데, 그것은 아이러니가 작가와 1인칭 시 속의 인물 사이에 거리를 설정하기 때문이며 이 거리로 인해 빠라는 동시에 극도의 낭만주의자와 고전주의자가 될 수 있으면서 또한 풍자적 의도를 수행할 수 있게 된다.

반시인이란 그의 인물들 모두이지 그들 중 어느 하나가 아니다. 시적 자아로부터 자신을 배제시키고 자유롭고 다양한 관점에서 모든 가능한 인물형을 취하여 그 모두를 패러디화할 수 있는 작업방법을 사용하기 때문이다. 반시인은 인간과 시의 역사 안에 존재하면서 그 자신도 이미 그 안에 묻혀 존재한다. 패러디의 근본적 애매함 때문에 모든 소외의 내부와 외부에 위치할 수 있는 것이다. 내용면에 있어서 이데올로기적 체계에 비추어 시를 밝음과 어두움으로 양분하여 해석하는 시도는 납득이 안 된다. 반시인은 당이나 단체를 위해 도구화되기를 저항하며 그러기에는 너무 자유롭고 개인적이다. 내용에 있어서의 탈신화화는 더 혼란스럽고 동시에 더 인간적인 방법으로 신앙, 관습, 제도 들과 시인과 그 이웃을 둘러싼 모든 문화와 자연물들의 총체와 관련되어 있다. 시인의 아이러니의 대상이기도 한 그 존재들은 매우 자주 공범관계 또는 사랑이라는 비밀스러운 열망의 목적이 되기도 한다. 흰색, 검은색의 양분이 방임될 수 없는 시적 세계이며 그리고 주체로서의 시인 자신의 상황이 극도로 불안정하고 모순적이며 인간적인 곳에서 다른 방법이란 있을 수 없다. 탈신화화의 객체와 주체의 부정확성은 작가와 시적 화자들이 일치하지 않기 때문이다. 아이러니에 의한 이러한 폭로의 명백하고 표면적인 표적은 현대세계의 사악한 것들이다. 세상의 타락한 것과 우월한 것들의 혼합, 경제력, 투기, 상대성 이론, 남근예찬, 유성영화, 정책, 고상한 것을 추구하는 질서, 성당 지하실의 쥐들이 쏠아놓은 지식들이 유머의 칼날 아래 있다. 시인의 견해에 따르면 하늘도 조각조각 내어질 수 있다. 그러나 신성한 질서에 대한 비판적인 입장이 신성한 높은 곳을 향한 그의 열렬하고도 절망적인 탐색을 절대로 방해하지는 않는다. 편협한 이데올로기의 시각에서 반시에 명백한 사회참여나 사회구조에 대한 총체적 고발이 부재한다고 비판하는 비평가들은 아마도 탈신화화의 진정한 수준을 인식하지 못할 것이다. 확실히 내용면에 있어 국가의 정치 이념적 현실의 구체적 언급이 드문 건 사실이지만 이것이 시적 혁명의 본질인 것은 아니다. 빠라의 시들도 인습적인 정신적 관습들을 파괴한다. 모든 관습적인 시각, 사유의 논리구조, 기존질서를 유지하는 언어들, 부르주아 지배를 지키는 일련의 보장책들 이 모든 것의 공허함이 반시의 충격에 의해 내부로부터 폭로되는 것이다. 빠라는 혁명을 말하는 것이 아니라 시인으로서 혁명을 생산해 낸다. 가장 파괴적인 방법으로 경제체계, 사회관계, 정치구조 등의 외부현실이 기대고 있는 내적구조를 분해하면서 언어 내부로부터 그리고 총체적인 체험으로서의 언어로부터 시를 짓는다.

형식적으로 볼 때 모든 상투적 구문들, 언어관습들, 사물에 이미 붙여진 이름들은 탈신화화의 우선적 대상들이 되는데 사전계획에 따라 그것들을 사용함으로써 그것들을 무화시킨다. 숭고하기만 한 자연 자체도 같은 취급을 받게 되며 총체로서의 삶 자체도 고통스럽게 드러내 보여진다. 모든 익살스러운 것, 모든 미심쩍은 것들은 반시의 끈질긴 시선에 의해 탐색되게 마련이다. 즉 반시를 위해 모든 것은 의심될 수 있고 익살스러워질 수 있으며 곧 탈신화화할 수 있다. 내용적 측면에서 작가 자신이 번득이는 아이러니의 첫번째이자 마지막 희생자이다. 반시가 깨뜨리는 신화는 종교, 가족, 문화, 정치 등 도처에 널려 있으나, 시인 자신도 화자들을 통해서 도처에 편재할 수 있다.

아이러니와 패러디가 이러한 해방의 보편적 무기이므로 반시의 내용과 형식 간의 경계선 없이 시인은 이것들을 사용하게 된다. 형식적 측면에서 보면 이는 빠라에게 주어지기만 하면 관습적인 표현수단들도 내적 분해, 동일한 공범관계에 기여할 수 있다는 것을 의미한다. 즉 모호한 의도와 자유를 위한 거리두기에 의해 사용되기만 하면 인습적인 언어도 탈신비화의 수단이 될 수 있다. 이러한 특징은 빠라의 초기 로망스에서조차도 나타나고 후기 작품에서는 작가 자신이 시를 노래하는 것이 아니라 다른 화자들을 제시함으로써 이런 거리 유지가 더 흔해진다. 그래서 시인조차도 시의 화자가 될 수 있다. 아이러니는 자신이 너무 인간적임을 그리고 대지에 기반해 있고 죽게 마련이고 약점이 있으며 모든 심연에 이끌릴 수 있음을 아는 시인 자신의 자기방어이다. 그것은 자신을 인식하게 될 때 익살스러워지면서도 객관적이고 자기 조롱을 가능하게 하는 고뇌이다. 시인은 창조적이며 따라서 카타르시스적인 의미에서 자신의 고뇌를 대상화하는 거리를 유지하면서 삶의 비애감에 몰두하고 있다. 이는 인간의 숨은 힘이나 우주의 신비를 밝히고자 하는 것이 아니라, 더 냉정하고 통렬하게 우연을 즐기고 고상함으로 덧칠하지 않은 채 익살스러운 것을 증가시키고 싶어하기 때문이다.

빠라는 또한 고전운율에 대해서도 탐닉하는데 특히 가장 유려하고 문학적 시행인 11음절에서 매우 뛰어나다. 그러나 같은 정도의 신랄함으로 창작자 자신과 그를 유혹하는 음악 사이에 익살과 일상적 사소함의 여지를 남겨둔다. 빠라는 끊임없이 소리의 문학적 완벽성과 내용의 평범함 사이에 두드러지는 대조와 이미지의 서정성 혹은 개념의 장중함과 의미의 불일치 혹은 평범함 사이의 대조를 통해 즐긴다. 이때 물론 애매함이 남아 있게 되는데, 물론 그것은 형식 또는 감성에 대한 취향과 조소사이의 균형이다. 이 애매모호함은 반시의 핵심적 요소이다. 그래서 빠라를 단순한 익살꾼 혹은 우상 파괴주의자로 보는 사람들은 현실에 대한 그의 비밀스러운 공감을 포착하지 못한다. 따라서 빠라는 바로크 시인, 고전주의자, 상징주의자, 순수시인, 초현실주의자, 신대중시인, 혁명시인, 부르주아, 기독교 신자, 불경한 자, 신중한 사람, 미친 사람 등 다양한 평가를 받고 있다. 패러디는 무엇보다도 그를 구원하는 요소이다. 아이러니의 진지하지 않은 자세조차 진지함 더 나아가서는 고뇌의 형식이다. 빠라는 관습적인 시의 인습적인 장중함에 대해 해방과 대체의 가능성을 제공한 것이다. 그러나 그것이 보편적인 척도가 될 수는 없으며 여기에 그가 갖는 위험성이 있다.

서술, 연대기, 보도기사, 서간문, 대화체 등의 메커니즘을 보강하여 오늘날의 시는 산문처럼 씌어지는 경향이 있다. 이는 독설가들이 말하듯이 산문주의로의 단순한 추락이 아니다. 이것은 단어와 이미지들의 위태로운 접합, 엉뚱한 메타포들의 겹침, 객관적 언어로 검증할 수 없는 심오한 것들의 암시 등을 통해 평범한 것까지도 신비화하여 언어를 정화시키는 것이다. 1940~50년대에 빠라는 민중시의 명확성이라는 틀 속에서 소크라테스적 회의주의와 로르까의 어휘적 마술의 경향을 포함하고 있었다. 1948년 초 빠라에 의한 반시의 출현으로 음유시인의 악의 없는 시에서 배태된 반시의 전통이 다시 전면에 드러나게 된다. 단어는 화자의 실존상황에서 사물들의 존재를 드러내야 한다. 그런데 시사(詩史)에서는 실제경험이 상징이나 이미지, 천재적 어휘 등에서 폭로되기보다는 파괴되는 일이 많았다. 빠라의 의도는 말장난 속에 현실을 옮겨놓는 것이 아니라 언어 속에서 현실을 획득하는 것, 경험과 괴리가 없는 시를 쓰는 것이다. 여기에서 상징, 알레고리, 그 외 말들을 경험으로부터 멀어지게 하는 함축적인 것들에 대한 빠라의 의도적인 적대감이 생겨난다. 경험은 자체로서 시적 충격을 갖고 있고 어휘 저 너머의 시화가 필요하지 않다.

반시의 이상은 형식적 실체성의 순수시나 지각할 수 없는 것의 자발적인 폭로라는 초현실주의적 글쓰기의 이상만큼이나 불가능하다. 또한 시와 삶, 시와 현실, 시와 일상의 선언적 이론은 시적 경험이 어휘 속에서 어휘를 통하여 소리나 이미지 등의 표현적 수단 안에서 나타나게 된다는 것을 생각할때, 불가능한 이상일 수 있다. 그러나 직접적인 삶의 경험과 반시와의 합일은 어휘에 대한 재정복을 통해 실현되는데 이것은 곧 시어의 산문경계선으로의 접근을 말한다. 이 단호한 산문주의가 시로 남을 수 있을 때 그것은 경험의 시적 가치를 보증해 줄 것이며 이는 다시 말하면 시의 섬광을 가리기 위해 어휘조합이라는 수사나 이미지 장식 안에 그것을 붙들어 둘 필요가 없다는 걸 의미한다. 시는 더 이상 시적인 것, 문학적인 것, 현학적인 말의 수식 안에 있는 것이 아니라, 발가 벗겨진 산문의 잔해와 소박함이라는 더 내적이고 진정으로 더 언어적인 미덕에 있는 것이다. 빠라만큼 그렇게 멀리 산문주의로의 모험을 시도하지는 않았지만 엘리어트, 에즈라 파운드, 고트프리드 벤, 앙리 미쇼, 쟈크 프레베르 등도 산문적 방식에 포함시킬 수 있다. 반시의 비밀은 언어의 모호함이나 은유의 장치들에게로 도피해 가는 대신에 그 섬세한 말의 우아함을 거스르기 위해 그것들을 배제하는 데 있다. 그렇게 기존 시의 난해성과 대조적인 명징성, 즉흥적 대치, 자연스런 빛이 시에 돌아오게 된다.

그러나 대화체나 연대기, 르포르타주, 산문 등의 표면 아래에는 정확한 창조적 의도가 있다. 비록 실습 중인 반시가 때로 그 반대의 것을 보여주더라도 이런 각도에서 씌어진 시는 하나의 창조적 감성으로 가득 차 있기 마련이다. 또한 시적 직관이 없는 반시들은 심오한 시적 충전으로써 일화적인 산문의 표피를 활기 있게 하는 데 실패하고 단순한 산문의 가장자리만을 거닐게 된다. 그러므로 현대세계의 일상적인 것들과 인습적인 모든 소재들은 그것들을 표현수단화하는 충분한 직관만 있다면 시를 현실의 문으로 들어가게 할 수가 있다. 시형식 하나하나가 아니라 시전체의 총화적인 효과를 위해, 즉 다른 것들을 부각시키기 위해 때로 몇몇 단편적인 부분은 인습적인 것의 심연으로 떨어질 필요가 있는데 빠라 자신도 종종 그 추락을 시도하곤 한다. 그는 무엇보다도 언어의 원초적인 힘을 언어에게 되돌려주기 위해 산문, 팜플렛, 경구 등을 시에 도입하기도 한다. 이때 언어의 원초적인 힘이란 시인의 초월적인 능력보다는 우리의 일상적인 체험에 존재하는 힘에 가깝다.

반시가 경험의 시이고자 하고 언어 속에서 직접적인 삶을 드러내고 싶어한다면 반시인의 우선적인 경험, 즉 인간과 운명 그리고 환경 사이의 가장 깊은 접점이 무엇인가를 물어야한다. 빠라가 아무런 방해도 받지 않고 경작해 낸 민중시의 광맥은 칠레적인 특성의 즉흥적인 유머로 나타난다. 나무 판자집들과 말몰이하는 빠야도르, 도시 노이로제에 걸린 삶, 형이상학적 재담꾼, 죽도록 괴로워하는 사람 등은 빠라의 시에서 당황스러운 합일을 이룬다. 그래서 반시의 일상성에도 불구하고 비극적이고 고뇌스러운 유머의 내면과 실존적 경험이 시 속에서 형상화되는 것이다. 삶은 일상적인 것과 실존적인 것, 희극적인 것과 비극적인 것이 섞여 있는 인간이라는 형이상학적 시의 불행한 왕복운동이며, 그래서 진정한 문제는 사회의 변증법이나 선악의 문제가 아니라 실존적인 것이다. 인간은 죄없는 죄인이라는 명제는 반시와 카프카 사이의 유사점을 느끼게 한다. 부조리한 반시의 세계에도 불구하고 빠라는 추상적 선언보다는 시 고유의 운동이 외적인 혼동을 드러내는 것, 즉 시적 실천을 선호한다.

빠라가 시 속에서 제시하고 있는 구원의 문은 한정되어 있다. 우선유년의 흠없는 순수함과 그 알 수 없는 행복감이 있다. 성에 의한 구원이 있는데 성애의 추구는 영속적이고 근원적이다. 육체의 보이지 않는 광채와 막연한 아름다움, 해방의 약속은 타락한 성의 악화를 공공연히 방임한다. 또한 사회적 해방, 정치적 행동, 혁명이 있다. 그는 「선언문」에서 〈광장의 시/ 사회저항의 시〉라고 부르짖으나 반시의 중심적 가치는 사회구조적 측면에서의 파괴가 아니라 인간 실존 내부에서의 파괴이므로 이 투쟁이 전적인 구원이 되지는 않는다. 마지막으로 종교적 간청이 있다. 해방으로서는 아니지만 적어도 어두운 세계 내의 희망으로서 내적 합일의 실마리를 제시하는데, 그것은 타락하고 훼손된 인간에게 주는 기묘하고도 무한한 애정이고 타락한 어른의 파괴되지 않은 유년이다. 악마에 홀린 가련한 인간은 그 비웃음의 바탕에 절대적인 것이 신비스럽게 보존되어 있기 때문에 경멸이 아니라 사랑을 받을 만한 것이다.

빠라의 종교성은 그것을 인정한다는 것이 이상스럽게 느껴지긴 해도 기독교적 의미를 신비주의적 작품에 부여한 랭보나 신의 죽음을 선언한 니체, 단말마적인 신자 우나무노 등의 것보다 종교적 색채가 짙다. 도덕 의식의 끈질긴 목소리와 죽음에 대한 불안한 기대 속에서 초월에의 집념은 그의 시에 계속적으로 나타난다. 신이 존재하지 않는다는 가정 하의 공허하고 부조리한 세계에서의 전형적인 종교체험은 회의적 물음을 통해 그 고통스러운 깊이를 드러낸다. 믿는다는 것은 신을 믿는 것이다라고 빠라는 말한다. 우리 시대의 세속화된 인간의 행동은 진보, 인간, 사회라는 새로운 신화 위에 여전히 영혼에 남아 있는 과거의 종교적 내용을 일시적 메시아니즘의 형태로 암암리에 계획한다. 그러나 정치적 구원도 땅에서의 위안도 과학적 확실성도 신앙에서만 진정으로 안식할 수 있는 종교적 인간에게 그것들은 믿을만한 내용물이 아니다. 이는 빠라의 〈마르크스주의자? / 아니요; / 무신론자〉라는 표현에서도 보인다. 작가의 명백한 종교성은 다양한 허구적 화자, 특히 신에의 탐색자라는 연출상의 설정이 주는 가장 아이러니한 형태에서 드러난다.

반시인의 종교적 환상이 모든 사물에 대한 척도로서의 개인의 시각이 단편적이고 분해된 데에서 비롯된다는 것에 반대한다. 유한적 존재의 죽음과 부조리에의 체험은 빠라에게 수직적 개인의 초월에의 향수를 유발하는데 그 향수는 영원히 종교적 의상을 두를 수 있는 것이다. 그래서 모든 것은 역사의 진정한 주인공인 사회적 주체의 형이상학에서는 극복 가능한 죽음에 대한 개인의 부정확한 체험으로 한정된다. 빠라에게 있어 종교적인 것은 모든 종교행위가 그러하듯이 하나의 환상인데 종교적인 것은 사실들을 '설명하는 것이 아니라 선행된 이데올로기 체계 안에 그것들을 분류하는 것이라고 믿는다. 유한성과 죽음에의 체험은 개인주의적 시각의 오류가 아니라 인간의 한 구성물이며, 인간과 종교와의 관계는 인간이 인간이라는 것만큼이나 본래적이다. 시인의 존재, 회의양식, 예배를 희화하고 하늘에 침을 뱉고 신의 권능 앞에 항변하는 것은 빠라식의 종교적 경험의 특정한 양식이라고 할 수 있다. 숨은 사랑과 조소가 공존하고 종교적 독설은 신성에 대한 의식의 한 형태이다.

『시와 반시』에서는 존재의 불안정함을 먼저 우울한 평정으로 그리고는 고통스러운 아이러니로 수동적으로 동시에 탄식하는 듯한 동정조로 서술한다. 그러나 시인은 자신의 상황을 창작의 재료로서 객관적으로 바라봄으로써 이런 감정이 직접적인 영향을 끼치지는 못한다. 『살롱의 시』 이후에 간헐적인 인물로 나타나서 시를 작용과 반작용의 형태로 서술한다. 더 이상 수동적이지 않으며 다만 말에 있어서 지나치게 격렬한 심리적 에너지를 배제한다. 이 인물을 〈악마에 홀린 사람〉이라고 부른다. 이 시집은 이 인물의 아우성으로 가득하다. 『러시아의 노래』에서의 화자는 수동적이고 철학적인 평온을 지니며 『강제조끼』에서는 불규칙한 형태지만 〈악마에 홀린 사람〉이 다시 나타난다. 빠라의 후기시에서 가장 특징적인 것은 감정적 형이상학적 결과를 달성하는 단순성이다.

2.4 에르네스또 까르데날

루벤 다리오 이후 니카라과 시의 전통을 이어가는 시인이 까르데날 Ernesto Cardenal(1925~)이다. 까르데날이 1943년부터 1945년까지 쓴 시를 묶은 시집이 『까르멘과 다른 시들』인데 풍부한 이미지와 은유 등이 특징이다. 「이 시가 그대의 이름을 지닌다 Este poema lleva su nombre」는 모두 4부로, 1부는 남녀간의 관계에 대한 것으로 연인들이 자주 들렸던 장소나 대상들을 구체적으로 열거한다. 2부는 역사 속의 위대한 연인들에 대한 이야기를 한다. 3부는 물질적인 것을 초월하는 종교적 성격을 가진 에로티즘을 나타낸다. 4부는 애인에 대한 회상이다. 「정복자의 포고령 La proclama del conquistador」의 주제는 니카라과의 역사이다. 니카라과의 역사에 대한 구체적인 암시는 없으며 다만 지리에 대한 대한 직접적인 언급이 이를 시사할 뿐이다. 여기에서는 과거 시각에 기초한 채 앞으로 일어날 일을 언급한다. 『폐허의 도시 La ciudad deshabitada』(1946)에서는 불행한 사랑의 기억에 대한 망각의 염원과 이의 불가능성을 노래한다. 여인의 탐색은 신세계의 탐색과 동일화된다. 여기서 여인은 약속된 땅인 가나안을 상징한다. 이 시집에 대하여 까르데날 자신은 마르띠네스 비바스의 영향을 받았다고 말하나 비평가들은 네루다와의 유사성을 지적한다. 한 행의 끝에 동사를 사용한다거나 mente형의 부사를 즐겨 사용하고 현재분사형을 사용하여 강한 표현성을 나타내려 한 점, 그리고 여인의 몸을 지리적 특징과 비교하는 것이 유사한 점으로 지적된다.

1947년 도미한 까르데날은 미국 시와 직접적인 접촉을 시작한다. 그가 많은 영향을 받은 시인은 에즈라 파운드이다. 그는 이미지즘의 첫번째 성명서에서(1913)에서 세 가지 원칙을 제시하는데, 첫번째 주관적이든 객관적이든 대상의 직접적인 취급이고, 두번째 불필요한 어휘를 배제하고 세번째 메트로놈이 아닌 음악적인 흐름을 따라 작시한 것이다. 그의 입장에서 보면 시는 과학이며 시인은 언어의 과학자이다. 파운드의 영향을 받은 시인의 면모가 가장 잘 드러나는 시집은 『랄레이 *Raleigh*』로 까르데날에게 있어서는 새로운 시기의 시작을 알린다. 까르데날에 대한 파운드의 영향은 기법면에만 국한되고 시와 시인에 대한 까르데날의 생각은 파운드와는 거리가 있는 종교적이고 정치적 신념에 기초를 둔 것이다.

연대기상 역사적 성격의 시들 다음에 오는 시집은 『경구 *Epigramas*』로 1952년부터 1957년에 걸쳐 씌어졌다. 이는 까르데날에게 있어 시작형식의 변화를 의미하는데, 즉 다른 작가들의 역사적 산문에서 파생된 다소 광범위한 시에서 풍자시의 간결성으로의 변화이다. 이 풍자시들에는 번역된 것도 있고 독창적인 것도 있다. 까뚤로나 마르샬의 라틴시를 원천으로 삼는다. 모두 49수로 이루어져 있는데 기본적으로 사랑의 주제와 정치적 주제가 주류를 이룬다. 일반적으로 마르샬에게 보이는 유머감각이 까르데날에게는 결여되어 있는데 이는 소모사 정권의 니카라과와 사랑의 환멸이라는 까르데날의 현실 때문이었다. 그의 어조는 오히려 고통스러우며 때때로 묘사나 시형식적 기발함이 없는 시들도 있다. 첫번째 경구는 까뚤로나 마르샬이 첫번째 시에 예외 없이 사용하고 있는 헌사라는 고전적인 형식이다. 여기서의 헌사는 끄라우디아와 미래의 모든 연인들에게라는 이중적인 의미를 갖는다. 여인에 대한 태도는 시인에게 사랑의 영감을 주기 때문에 사랑받을 만한 존재로 그려지지만, 그녀의 지성은 칭찬할 만한 것이 아니므로 시인이 시를 쉽게 쓴다는 식으로 여인에 대한 멸시의 태도가 보인다. 가장 훌륭한 것은 정치적인 주제를 다룬 것들이다. 11이나 13에서는 사랑의 주제에 종속되어 나타나고 18에서는 니카라과 정치현실이 전면에 나선다. 현실에 대한 구체적인 언급이나 묘사가 시에 나타나지 않으며 시 전체는 마지막 행에 종합되는데 앞부분은 이 마지막 행을 위해서만 의미를 갖게 된다. 어휘상의 신중한 선택이 엿보이며 7, 11음절이 두드러지는 불규칙한 리듬으로 동류음운 rima asonante 의 사용은 독자들에게 사이렌소리가 계속 들리는 효과를 준다. 직설법 현재시제의 사용은 사이렌소리를 직접적으로 들려주고 현재분사의 사용은 그 소리가 우리 귀에 계속 남아 있게 한다. 30에서는 소모사에 대한 경멸이 극에 달하는데 민중의 증오의 대상인 독재자 자신이 시적 화자로 등장한다. 시형식으로 경구를 사용한 것은 사회현실 비판이라는 중남미 시의 전통에 새로운 형식을 도입시킨 것이다. 그는 파운드가 영어로, 루고네스가 스페인어로 시를 썼듯이 자기 나라의 모든 이가 사용하는 언어로 시를 써야 한다는 생각을 갖고 있었다. 31에서는 헌법에서부터 사랑에 이르기까지 사회의 모든 필요에 사용할 수 있는 공통어에 대한 시인의 의지가 명백히 드러난다. 까르데날 시의 사실주의적 성격은 개인적 경험뿐만 아니라 역사의 집단경험에 대한 증언에 해당한다고 말할 수 있다.

『0시 Hora 0』는 『경구』를 출판한 다음부터 쓰기 시작한 시들이다. 주제는 중미와 니카라과 현실을 다루고 있으며, 소모사 정권을 무너뜨리려는 개인적인 의도가 어느때보다 두드러진다. 이 시는 중미의 정치 경제적 현실과 그 현실에 대한 민중적 반란을 공통분모로 하는 4개 텍스트의 모음이다. 민중은 독재가 행하는 폭력 앞에 무방비상태인 집단적 존재로 나타나고, 독재자는 민중에 폭력을 행사하며 미국이라는 외부세력에 종속되어 있다. 이 민중 속에서 영웅이 나오는데 그는 보다 깊은 정체성을 획득하여 민중과 함께 한다. 이러한 영웅의 이미지는 아스뚜리아스의 소설에서도 나타나는데 지하에서 눈을 뜬 채 살아 있다는 믿음이 대중적 전설이 되어 모든 민중의 의식에 남아 있다. 다시 태어난 이 영웅들이 소모사 정권에의 투쟁을 계속할 것이며 혁명은 언젠가 성취될 것이라는 희망을 보여준다.

1957년 까르데날은 기독교와 재회하고 캔터키의 트라피스트 수도원에 들어간다. 세속에서 어느 정도의 성공과 명예를 거둔 그의 이러한 선택은 모르는 이들에겐 이해하기 힘든 일이다. 까르데날 자신은 이에 대해 자신의 내부에서 세상의 일에 대한 무관심과 고독에의 욕망, 기도생활을 통해 신과 만나고자 하는 강한 요청이 있었다고 이야기한다. 이 수도원에서 그는 종교적 경험뿐만 아니라 문학적 경험까지 하게 되는데 그것이 바로 토마스 머턴Thomas Merton과의 만남이었다. 트라피스트수도회는 전적으로 기도에 바쳐지는 생활과 복음서적 가난의 실천이라는 개념에 영향받은 나름의 예술관을 가지고 있었는데, 그것이 바로 〈간결성의 미〉라는 개념이었다. 토마스 머턴에 따르면 그들의 문학관은 견고함과 기쁨이었고, 이는 〈신에의 사랑, 성찰 속에서 신의 깨달음, 덕과 겸양 그리고 복종의 생활〉을 중심으로 한 것이었다. 이 시기의 까르데날은 메모 등의 방법으로 글쓰기를 계속해 나갔는데 그 결과가 『게세마니와 사랑의 생애 Gethesemani, y Vida en el amor』였다.

토마스 머턴의 영향은 시작 기법에 관한 것이라기보다는 관념의 영역에서라고 믿어지는데, 왜냐하면 머턴은 시인이기 이전에 수필가였고 반면 까르데날은 1957년에 이미 파운드에게서 전수받은 나름의 시작법을 갖추고 있었기 때문이다. 머턴은 세계에 대한 총체적, 정신적 시각이라는 면에서 까르데날에 영향을 끼쳤고 이제 까르데날은 정치적 관심조차 종교적 시각 내에 위치시킨다. 머턴이 시와 명상생활의 조화를 꾀한 첫 출발점은 창작의 중심에 신을 놓는 것이다. 따라서 신은 모든 예술의 근원이며 기독교 시인은 교회와 성령의 목소리가 되어야 한다. 즉 시는 신을 능동적으로 성찰하는 하나의 방법이다. 이의 위대한 예가 시인이며 신비주의자였던 산 환 데 라 끄루스이다. 결국 까르데날도 시를 능동적 성찰의 도구화함으로써 시인이기를 포기하지 않은 것이다.

트라피스트 수도원에서 씌어진 『게세마니 나라』는 이 시기의 내적 경험을 표현하고 있다. 그 특징은 모든 고통과 불안, 향수에서 벗어나 부활과 관련한 희망, 기독교적 즐거움이 존재한다는 것이다. 이 시들의 기저는 시인이 수도원에서 겪은 개인적 경험이다. 『경구 Epigramas』에서 사용된 직접적인 언어, 파운드에서 유래하는 이미지스트적 자세가 이 시기 시의 특징이다. 30수밖에 안 되는 시들은 모두 짧고 평범하고 대화적인 언어를 사용하여 수도원에서의 단순한 생활과 신에의 추구를 그린다.

이전에 역사적 성격의 광범위한 시를 선호하던 시인은『경구』에서 단순한 형태로 전환하기 시작하여 이 시집에서 완전히 선회한다. 형태는 단순하지만 생생한 개인적 경험에서 우러나온 기독교인의 삶을 다룬다는 점에서 내용은 풍요롭다. 이 시기에 그는 정신적인 주제에만 집중하여『경구』에서 보여지는 정치적 관심은 배제된다. 즉 그는 일시적이고 정치적인 측면과 종교적인 측면을 구분하여 후자를 확실한 우위에 놓는다. 이 단계는 후에『시편 Salmos』에서 볼 새로운 정신성과 종교성의 관념에 이르기 위한 과정인 것이다. 까르데날은 부활을 기독교 신앙의 중심에 위치시킴으로써 정도를 따른다. 이 시기는 까르데날의 정신적 발전과 동시에 시인으로서의 발전에 중요한 시기로서 트라피스트 수도원 생활의 간결함과 빈궁함은 그의 언어에 때로 혼동스러울 정도의 명징성을 부여하였다. 그는 어떠한 독창적 작업도 시도하지 않았으며 빛이자 동시에 어두움인 신앙의 표현을 위해 전통적인 기독교적 주제를 다루었다.

『시편』이 작가의 완전한 인정 아래 출판된 것은 1969년에 이르러서였지만, 이전에 이미 콜롬비아의 안띠오끼아 대학이나(1964) 아빌라의 대알바공작 협회 Institución Gran Duque de Alba(1967)에서 출판된 적이 있다. 『시편』이 지니는 중요성은 우선 이전의 모든 시의 정점, 시작업을 통해 형상화시켰던 문학적 정신적, 사상적, 원천의 정점이라는 데 있다. 그러므로『시편』은 한 단계를 종합하면서 동시에 새로운 단계의 막을 여는 작품이다.

이전의 작품은 다음과 같이 정리해 볼 수 있다. 첫번째로 시적인 나(Yo poético)가 지배하는 텍스트로 초기시들 중『폐허의 도시』까지로 낭만주의적인 경향이 보이는 시기이며 특히 빠블로 네루다의 영향이 두드러진다. 두번째, 초기시들 중 역사적인 경향의 시들로『랄레이』『니카라과에서 월커와 함께 Con Walker en Nicaragua』가 여기에 해당하는 예로 좀더 지적인 성격의 우리를 이야기한 시기, 세번째는『경구』로 정치적인 성향의 나를 표현한 시기, 네번째는『0시』로 정치적인 우리의 시기, 다섯번째는『게세마니와 사랑의 생애 Gethesemani, y Vida en el amor』로 까르데날의 시 진화과정에서 결정적인 시기라고 할 수 있고 이를 정신적인 나의 시기라고 명명할 수 있다. 여섯번째로『시편』은 이 모든 시기의 종합으로서 문학적인 것, 정치적인 것, 정신적인 것을 결집시킨 우리의 표명에 해당된다. 이러한 도식은 단지 도식에 불과할 뿐 언제나 변화하는 복잡한 현실을 한정하거나 틀지우고자 하는 의도는 아니다. 그러나 이러한 도해는 까르데날에 의해 지속된 문화적 정신적 정치적 삶의 여정을 이해하기 위해 유효하다. 그의 책들은 주제를 혼재하여 내포하고 있으며 이전의 요소를 간직한 채 미래를 예고하고 있다.

까르데날의 텍스트를 연구하기 위해서는 그에게 자양을 제공했던 환경을 유리시킨 채 그의 시를 이해할 수 없다. 기독교적 성향을 지닌 문학작품에 대한 엘리어트의 지적처럼 문학의 위대성은 문학적 기준에 의해서만 한정되어 판단되지는 않는다. 엘리어트는 이러한 문학을 비평하기 위해서는 신학적이고 윤리적인 기준이 필요하다고 제안한다. 까르데날의 경우에 이러한 윤리적 신학적 기준은 인류의 구체적이고 물질적인 역사에서 유래한 기독교 교리의 계시 안에서 탄생한 것이다. 까르데날은 제2차 바티칸 성회 이후 카톨릭 교회를 혁신한 신학적 조류들에서 유리되어 있지 않다. 독자에겐 시로 다가오는 이 작품이 신자에게는 기도이고 신의 말씀이 된다. 단지 지적인 관심사를 표현하는 데 그치지 않고 기독교 삶의 좀더 심오한 차원을 반영한다.『시편』은 문학형식으로 표현된 기도, 청원, 양심이다. 이 시집의 주제는 억압자의 힘, 피억압자의 고통, 신의 위대함과 전지전능함이다. 이때 억압자 계열에 속하는 것은 정당, 독재자, 사악한 지도자, 군부, 매스컴, 전쟁 등이고 피억압자 계열에 속하는 것은 죄수들, 고아들, 고문당하는 자들, 양심수, 가난한 자들, 실업자들, 소외된 자들이다. 세번째로 분류된 신은 가난한 자들, 착취당하는 자들, 고아들, 미망인들의 신이다. 이 시에서는 남미의 피억압자들의 물질적인 상황을 반영하고 있다. 정당은 억압자의 이익을 대변하며 독재자들의 결집장소이다. 그는 전통적인 정당뿐만 아니라 민족주의 정당, 극소수의 부르주아 정당, 마르크스 좌파 정당, 소수 지식인 정당까지를 모두 비판한다. 정치나 상업적인 선전도 사라져야 할 지배의 수단으로 언급된다. 한편 신의 새로운 형상이 등장하는데 신은 인간에게 확실함을 주는 유일한 샘이다. 억압받는 자들 편에 선 신으로 시편 21에서는 신의 목소리와 가난한 자들의 목소리가 동일시된다. 이 시집은 성경으로부터 직접적인 영향을 받았고 그 외에 토마스 머턴의 시나 트라피스트 수도회 그리고 이전의 시집인 『게세마니와 사랑의 생애』의 형식적인 간결함에 영향을 받았다. 표현의 간결성은 시인의 예언자적인 소명과도 연결되는 기법이다. 〈표현수단으로서의 시에 흥미를 느낀다. 부당함을 고발하고 신의 나라가 가까이 왔음을 알리기 위하여〉라고 시인은 직접 언명한다.

까르데날의 시 전체를 놓고 볼 때 1970년 이후의 종교적 선택과 동일시된 정치적 진화의 연속성을 명백하게 발견할 수 있다. 초기부터 시에 있어서 까르데날의 기본적인 목표는 니카라과의 현실을 시화하는 데 있었다고 할 수 있다. 여기서부터 시작하여 중남미의 모든 소외된 계층으로까지 그 범위를 확대한다. 에르네스또 까르데날에게 시란 개인적인 것뿐만아니라 사실주의적이며 집합적인 주제를 표현하기 위한 수단이다. 이러한 의미에서 시인으로서의 면모를 유지하면서 까르데날은 그의 예술을 좀더 존중할 만한 요소들에 봉사하기 위해 사용하였다. 즉 그의 기독신앙과 마르크스-레닌주의 혁명을 위해 사용하였다. 그의 모국이나 중남미의 가난한 자들에 대한 옹호는 시간의 흐름과 함께 점차 명백해졌다. 처음에 이상주의자로 시작하여 점차 사회의식에 눈떠 갔고, 후일 정치적이나 시적으로 효과적인 실천을 표방하면서 이론적인 확고한 기초를 가진 참여의 성격을 획득했다. 그의 기독신앙이 그를 좌익으로 이끌었다. 다시 말해 성경의 급진적 방식의 해석으로 그는 공산주의자가 되었다. 따라서 까르데날에게서 당대의 증언자로서의 시인의 면모를 읽을

460

수 있다.

2.5 기타 시인들

모데르니스모 이후 신의 죽음은 언어에서 종교적인 색채를 탈색시켰고 시인들은 자신의 존재를 확인하기 위해 물질세계를 향해 시선을 돌렸다. 감각적인 인지는 자각을 위한 가장 중요한 문으로 등장했다. 이러한 새로운 객관적 세계관의 대표적인 인물로 에콰도르 사람인 까레라 안드라데Carrera Andrade를 들 수 있다. 그는 사물의 시각적 충격과 현실에 대한 열린 창인 시각세계의 경이를 시에 도입한다. 안드라데는 외교관으로 동양에서 살면서 하이쿠를 스페인어로 번역했는데, 동양의 시가 그에게 깊은 인상을 남긴 것은 무엇보다도 감각적인 세계의 가치를 인정한다는 데 있었다. 시인은 기존의 시에 대한 신념들에 확신을 느낄 수 없었으며 세계는 사상의 유령들로부터 자유로워져야 한다는 신념을 갖고 있었다. 그의 시는 존재의 어두운 면들을 배제하는데 시란 타락한 세계 안에 남은 구원의 영역이라고 믿었기 때문이다. 이러한 자세는 2차 세계대전기나 냉전기의 시인에게서 자주 발견된다. 세상의 삶이 지극히 공포스러워서 개인적인 세계나 경험의 세계로 피신하게 된다. 이 시기에는 초현실주의 영향이 극에 달하여 시인들은 개인의 진정성을 정치적 지위나 이데올로기에서 찾지 않는다. 결국 논리적 구속에서 해방된 시적 언어의 창조에 심혈을 기울이고 내면의 진실을 추구한다.

멕시코에서는 마르꼬 안또니오 몬떼스 데 오까Marco Antonio Montes de Oca가 이러한 경향을 가장 충실히 반영한다. 그는 경이로운 것lo maravilloso에 눈을 뜬다. 냉전의 시기와 전쟁기간 중에는 시단의 활동이 활발했는데 칠레에서 ≪연꽃 Mandrágora≫이라는 잡지가 발간되어 브라울리오 아레나스Braulio Arenas와 초현실주의에 근원을 두고 있는 곤살로 로하스Gonzalo Rojas의 작품을 실었다. 브라울리오 아레나스는 ≪연꽃≫과의 관계를 청산하고 새로운 잡지인 ≪동기 *Leitmotiv*≫를 발간한다. 한편 부에노스 아이레스에서는 라울 구스따보 아기레 Raúl Gustavo Aguirre가 〈초현실주의와 창조주의 그리고 그 파생은 역사적인 과정의 정점을 의미하며 그것을 통해 시어는 인습적인 논리어와 분리된다.〉라고 선언한다. 여기에서 신초현실주의가 중요한 의미를 지닌다. 잡지 ≪영으로부터 *A partir de cero*≫는 초현실주의의 재발견을 의미한다. 일 년 후에 아르헨티나에서 알도 뻬예그리니 Aldo Pellegrini가 같은 운동을 벌인다. 알베르또 히리 Alberto Girri는 초현실주의의 입장을 가장 잘 받아들인 시인 중의 하나로 그의 내적인 관점을 드러내기 위해 초현실주의를 확산시켰다.

아바나에서는 ≪기원 *Orígenes*≫지가 40년대에 발간되어 호세 레사마 리마 José Lezama Lima, 엘리세오 디에고 Eliseo Diego, 신띠오 비띠에르 Cintio Vitier의 시를 싣는다. 그러나 초현실주의만이 유일한 영감의 샘이었던 것은 물론 아니다. 레사마 리마는 신플라톤주의의 전통을 계승했고 다른 많은 시인들도 이를 추종했다. 아르헨티나 시인인 리까르도 몰리나리 Ricardo Molinari와 멕시코 시인인 알 추마세로 Al Chumacero 그리고 루벤 보니파스 누뇨 Rubén Bonifaz Nuño가 그들이다.

니까노르 빠라 이외에 다른 칠레 시인으로 엔리께 린 Enrique Lihn이 있는데 그도 또한 세상에 대한 조소적인 자세를 보여주었다. 이러한 경향은 아르헨티나의 현대작가들에게서도 나타나는데 세사르 페르난데스 모레노 César Fernández Moreno가 대표적이다. 페루에서 개인적인 고뇌의 테마는 까를로스 헤르만 베이 Carlos Germán Belli에게서 잘 나타나는데 그의 첫 시집은 이에 적절하게 『목 위의 발 *El pie sobre el cuello*』이라는 제목이다. 베이는 고풍스러움을 지니고 있다. 그의 시는 황금세기의 시어와 형식을 연상시킨다. 그러나 께베도와 공고라의 갈등이 종교적인 틀 안에서 용해되었다면 베이의 고통은 대책이 없는 것이었다. 그의 시는 공포와 절망의 도가니로 화하기에 이른다. 같은 부류로 멕시코 시인 하이메 사비네스 Jaime Sabines를 포함시킬 수 있다. 그러나 그는 베이만큼 어두운 어조를 지니고 있지는 않다.

1959년 쿠바 혁명은 시에 지대한 영향력을 행사했다. 어떤 시인들은
게릴라활동에 가담하기도 했다. 페루인 하비에르 에라우드Javier Heraud는
게릴라전에서 목숨을 잃었다. 이 시대의 열기를 가장 잘 반영하고 있는
잡지가 멕시코인 세르히오 몬드라곤Sergio Mondragón에 의해 발간된 ≪봉
인된 산수유나무 El Corno Emplumado≫이다. 이 잡지에 까르데날의 시가
실렸다. 혁명 후 쿠바에서는 새롭게 시가 등장하기 시작했다. 새로운 시
인들중에 아프리카 신화를 차용하여 혁명의 새로운 상황에 적용하고자
하는 시도가 행해졌는데 빠블로 아르만도 페르난데스 Pablo Armando
Fernández의 『영웅에 대한 책 El libro de los héroes』(1963)이 대표적인 시집이
다. 혁명은 초기시기에 직설적인 언어를 선호했고 에베르또 빠디야
Heberto Padilla의 시에서처럼 때로 직접적인 비판으로까지 이어졌다.

1967년 체게바라의 죽음은 게릴라에 의한 급속한 해결에 걸고 있던 희
망을 물거품으로 만들어버리는 결과를 초래하였다. 이따금씩 자기비판
의 강력한 내용과 함께 전투적이고 사회적인 시의 수사법은 좀더 조용한
어조에 자리를 넘겨주었다. 이는 특별한 양식으로 페루인에게도 적용할
수 있다. 안또니오 시스네로스Antonio Cisneros는 이러한 변화를 동시대인
에게 헌사한 뛰어난 시 「기억 속에서 In Memoriam」에서 묘사한다. 시스네
로스에게 있어서 진정한 적은 파시스트의 군화발이 아니라 가장 사랑스
러운 수단을 통해 살해하기에 이르는 부르주아 세계의 편리함이다. 이
모든 것의 상징은 영원한 안개 속에 싸인 도시 리마이다. 참여시를 다른
나라에서 한창일 때조차 거의 보기 드물었던 멕시코에서는 순수로부터
더욱 비판적인 위치로 명백한 변화를 보여준다. 예를 들어 호세 에밀리
오 빠체꼬José Emilio Pacheco의 시세계는 「밤의 요소들 Los elementos de la
noche」이라는 지적인 시에서부터 「시간이 어떻게 흐르는지 내게 묻지 마
오 No me preguntes cómo pasa el tiempo」 같은 비판적이고 성명적인 성격의
시로 바뀐다. 첫 시집에서 그의 시는 삶의 본래적인 재앙의식을 드러낸

다. 그럼에도 불구하고 우리가 그것에 괴로워하는 최초의 세대가 아니라는 것을 상기시킨다.

3 현대소설

3.1 소설의 새로운 변화

중남미의 현대소설은 지역에 따라 그리고 동일한 작가도 시기에 따라 매우 다양한 편차가 존재하는 까닭으로 문학사적으로 일반화시키는 데에는 많은 난점이 존재한다. 중남미 문학사에서 현대산문이 시작하는 시기는 일반적으로 전위주의 산문이 등장하는 1940년대라고 파악되지만 전위주의와 그 이후 등장하는 붐 Boom세대와의 차별성은 명확하게 구획되지 않는다. 이에 따라 전위주의 산문을 초기붐 protoboom으로 간주하여 전위주의적 성격보다는 붐과의 연장선상에서 파악하려는 시도나, 1940년대 이후 등장한 일련의 소설을 신소설 Nueva novela이라고 통칭하는 시도가 존재한다. 그러나 붐소설을 일반적으로 1960년대에 등장한 일군의 중남미 작가들을 지칭하는 데 사용하는 것이 일반적이므로 여기에서는 먼저 전위주의 소설이 이전의 문학사적 경향과 어떤 차별성을 지니고 있는가와 그것이 붐세대의 창작론에 어떤 영향을 끼쳤는가를 개괄적으로 이해하고, 중남미 현대산문의 주된 흐름은 다음 장의 붐소설에서 구체적으로 다루기로 한다.

전위주의라고 명명되는 산문은 현대시의 제 주의의 경험을 수용하여 전시대의 지역주의적 성격의 사실주의를 극복하기에 이른다. 이러한 경향은 주제와 형식이라는 두 가지 면에서 발견된다. 전위주의 소설과 지역주의 소설 사이의 차이점은 작가에 의해 창조된 상상공간이 어디에 놓이느냐에 존재한다. 지역주의에서는 공간이 자연이나 풍경에 밀착된 전원과 밀접하게 연관되어 있는 반면에 전위주의에서는 이와 반대로 도시를 주무대로 하여 도회적인 성격을 지닌다. 지역주의 소설에서 주제는 사회적인 함축성을 지니며 거기에는 문명과 야만 사이의 해묵은 갈등이 기저에 자리하고 있다. 즉 광대하고 텅 빈 지역공간, 다스릴 수 없는 자연의 힘, 땅의 힘에 종속된 인간에 의해 상징화된 진보의 가능성과 침체의 가능성 사이의 갈등인 것이다. 전위주의 소설에서는 지역주의의 자연 혹은 자연과 인간의 갈등 등 자연과 관련한 주제에서 도시에 사는 인간으로 관심이 이동된다. 두 번의 세계대전, 스페인 내전, 전체주의 출현, 30년대 경기침체 등으로 인해 파생되는 도덕과 문화의 위기 속에서 비탄과 고뇌라는 인간실존의 문제를 다루게 되는 것이다. 실존의 문제를 직시한 현대인은 까를로스 푸엔떼스가 지적한 신소설의 인물들처럼 잠재의식 영역에까지 침투하는 현대심리학의 발견과 부조리한 세계에서 인간존재의 상황을 분석하는 실존주의 같은 철학조류에 의거하여 자기 자신에 침잠해 간다. 이런 상황 아래서 이성적이고 논리적이며 안정된 이전의 작품과는 다른, 현대인의 세계를 탐구하는 새로운 영역에 도달한 작가들이 등장하는데 마르셀 프루스트, 프란츠 카프카, 제임스 조이스 등이 대표적이다.

전위주의 소설에서도 초현실주의와 표현주의의 영향을 발견할 수 있는 새로운 시흐름의 언어요소인 이미지, 은유, 상징 등이 대거 등장한다. 미겔 앙헬 아스뚜리아스에게 새로운 소설은 〈언어의 위업 una hazaña verbal〉이었고, 거기에서 언어는 개념을 전달하기 위해서가 아니라 형태의 왜곡을 통해 삶의 불합리를 표현하기 위해 사용된다. 이전의 소설경향에서 지방색이 짙은 어휘가 많이 등장하였다면, 전위주의 소설은 해체된 언어를 선보인다. 의미에 구속되지 않은 채 초현실주의적이며 입체주의적인 그림 속에서 비현실적인 것의 애매함을 표현하면서 다양한 해석가능성을 독자에게 제시하는 문체를 사용하는 것이다. 언어의 울림은 이미지의 자유로운 결합과 함께 현실의 현란한 유희 속으로 서술자를 이

끌고 간다. 제임스 조이스의 『율리시즈』로부터 시작된 내적 독백은 언어를 그의 내포로부터 해방시키고 인물들의 의식에서 나온 직접적인 말을 통해 자유스러운 언어형태의 사용을 허락한다.

새로운 소설은 인과관계에 기초한 전통소설의 서사문법을 세 가지 면에서 변형시킨다. 첫째, 모든 것을 다 아는 절대화자는 더 이상 존재하지 않으며 다른 인물의 행위에 대해서는 무지한 증인이자 인물인 서술자가 등장한다. 둘째, 연대기적 시간이 아니라 다양한 층위로 파편화되고 시간의 순서를 분절시킨다. 전통소설에서는 서술되는 사건의 전개과정 동안에 일어나는 일을 시간의 경과순서에 따라 보여주지만, 전위주의 소설은 차별화된 시간의 동시적 기법을 채택하여 과거, 현재, 미래 사이의 경계를 지운다. 셋째, 인물심리를 통해 상황을 제시한다. 인물심리는 독자 앞에 의식의 흐름에 의해 지배된 제시를 통해 표현되고, 내적 독백에서 소설가는 인물의 내면을 제시하는 기법을 사용한다.

3.2 붐소설

1960년 이후 중남미 산문에는 새로운 경향이 자리를 넓혀나가게 된다. 이 새로운 경향의 등장은 이 시기에 집중적으로 등장한 젊은 작가들의 활발한 창작활동과 이들의 작품을 수용할 광범위한 독자층의 형성을 그 배경으로 들 수 있다. 또한 스페인을 중심으로 한 외국 출판 자본의 영향도 무시할 수 없다. 붐소설의 주요 특징들은 우선 전통적인 서사형태의 파괴에서 찾아볼 수 있다. 전통적인 소설의 기록적이거나 자연주의적인 서술방식에서 벗어나 새로운 서사양식을 모색한다. 이에 따라 독자의 역할도 이전 소설의 수동적인 독자에서 텍스트 형성에 직접 관여하는 적극적인 독자로 바뀌게 되어, 시간과 인물이 실제장면과 상상의 장면 속에 혼합되는 픽션 속에 참여해야만 한다. 훌리오 꼬르따사르의 『원반놀이 *Rayuela*』(1963)는 이것을 보여주는 대표적인 예라고 할 수 있다. 즉 독자들에게 그 소설의 이름인 게임의 비약을 본따, 1장에서 시작하고 56 장에서 결론을 맺는 독서법과 73장에서 시작하여 1, 2, 116 등의 장들을 읽어가는 또 다른 독서법을 선택할 수 있는 가능성들을 지닌 텍스트 읽기방법을 제시해 준다. 이런 전통적인 읽기형식들의 붕괴는 마치 텍스트가 광범한 콜라주인 양 텍스트의 동시 독서법을 독자에 대해 요구하게 되고, 독자는 스스로 텍스트를 구성할 수 있는 적극적인 역할을 부여받게 된다. 다음으로 들 수 있는 것이 서술언어의 변화이다. 이전 소설에서 서술자가 직접적이고 문학적인 언어를 통해 등장인물들의 사실적 언어를 구사했다면, 새로운 소설에서는 다양한 언어의 사용을 통해 현실의 단면이 아닌 총체성을 경험할 수 있도록 실험적 언어의 사용이 모색된다. 이러한 언어의 실험은 일상어, 영상매체, 다른 문학작품, 다른 장르작품 등의 패러디를 통해 진행된다. 쿠바인 기예르모 까브레라 인판테의 『세 마리의 가련한 호랑이들 *Tres tristes tigres*』(1967)은 제목에서 보여주듯이 새로운 소설의 가장 대표적인 서술적 언어구조를 보여주는 작품이다.

중남미 붐소설의 본질적인 또 다른 특징은 현실과 환상의 구별이 사라지고 있다는 점이다. 이들에게 환상적이라고 하는 것은 현실과 구별되는 추상적인 것이 아니라 현실을 구성하고 있는 또 다른 리얼리티로 변모하게 되고, 그만큼 그들이 이해하는 현실이라는 개념 자체도 복합적이고 중층적인 것으로 변하게 된다. 이제 이전 시기의 사실적 소설과 환상적 소설의 구별은 더 이상 불가능하게 되고, 새로운 소설가들은 구체적인 사회 역사 정치 상황을 환상적인 요소의 결합을 통해 그려내는 새로운 현실전유의 방법을 모색하게 된다. 이에 따라 마리오 바르가스 요사, 가브리엘 가르시아 마르께스 또는 세베로 사르두이 이후 소설은 현실적인, 신화적인, 그리고 상징적인 다양한 각도에서 현실을 종합하는 상상세계로 변모되었다. 이런 스타일의 가장 대표적인 작품이 가브리엘 가르시아 마르께스의 『백년 동안의 고독』(1967)이다.

지금까지 개괄적으로 붐의 성격을 정의했지만 서두에서 말한 바처럼 그것의 명확한 정의는 매우 어렵다. 따라서 붐을 둘러싼 논의를 통해 좀 더 구체적으로 접근해 보도록 하자. 붐이란 용어는 명확한 정의 없이 중남미 문학의 한 흐름을 정의하기 위해 사용되고 있지만, 그 명칭은 일반적으로 소비사회에서 일정한 상품판매의 폭발적 신장을 가리키기 위한 근대 미국 마케팅의 어휘에 그 기원을 두고 있는 것으로 파악된다. 2차 대전 이후 성장하기 시작한 중남미 대륙의 몇몇 도시들에서 광범위하게 성장한 독자층이 책을 대량 소비의 대상으로 삼았음을 의미하는 것이다. 이러한 현상은 국내 대중들의 새로운 요구에 맞추어 60년대 초반 이후 중남미에서 유럽이나 미국의 주간지 월간지를 모방한 잡지나 출판사에 의해 시작된다. 많은 젊은 작가들에게 의존하고 있었던 이들 잡지들의 편집인들은 그러한 책들과 더 나아가 작가들에게 관심을 기울이게 되었고, 이전에 정치나 스포츠 또는 대중스타들을 평가하는 기준으로 작가들을 평가하게 되었다. 이렇게 하여 제한된 지식계층의 독자들을 겨냥한 전문화된 출판물보다는 대중적 출판물들이 주목을 받게 되고, 대중의 기호와 요구에 결합한 경향이 주된 흐름으로 등장하게 된다. 이러한 변화는 시처럼 엘리트석인 장르보다 소설이라는 보다 대중적인 장르에서 두드러졌다는 점에서도 살펴볼 수 있다. 1967년의 미겔 앙헬 아스뚜리아스의 노벨상 수상과 마르께스의『백년 동안의 고독』의 상업적 성공을 통해 이런 경향은 더욱 가속화된다.

　그러나 붐을 제대로 정의하기 위해서는 붐의 의해 분류되는 작가들의 의견을 들어보는 것이 더욱 중요하다. 왜냐하면 붐이 그들에게 어느 정도 영향을 미쳤는지 보면서 동시에 그들의 견해로 붐을 조명해 볼 수 있기 때문이다. 처음은 아니지만 붐에 관한 광범위한 토론은 몬떼 아빌라 Monte Avila 출판사의 초청에 의해 1972년 7월에 카라카스에서 개최된 책에 대한 간담회 Coloquio del Libro에서 이루어졌다. 여기에서는 다소 모호하고 참가자들 사이에 불일치가 보이기도 하지만 붐의 긍정성을 강조하는 방향으로 결론지어진다. 마리오 바르가스 요사는 자신도 붐이라 불리는 것이 무엇인지 모르고 있으며, 또 아무도 정확히 알 수는 없지만, 대중의 확대과정 중 일어난 하나의 역사적 사건accidente histórico이라고 풀이했다. 이러한 역사적 사건은 잡지뿐만 아니라 텔레비전, 광고, 영화 등 대중매체의 발달과 인구증가, 2차대전 후의 중남미의 산업화, 초중등교육의 비약적 발전과 긴밀하게 연관된 새로운 환경을 창출하는 변혁의 소용돌이에 기인한다고 분석한다.

반면, 훌리오 꼬르따사르는 중남미 독자대중의 확대현상을 강조하면서 그들의 정체성을 추구하는 과정으로 몇몇 작가들의 작품을 분석하고 붐 속에서 다소 정치적인 내용에 주목한다. 꼬르따사르는 붐이 출판사들의 산물이라는 주장에 대해, 새로운 독자대중의 출현과 그들의 실체를 찾으려는 노력이라는 점을 부각시킨다. 이러한 새로운 대중은 중상층의 부르주아층들에 의해 광범위하게 증가한 대학지역들에 근거를 두고 있다. 그러나 가장 활동적인 이들이 새로운 독자대중 모두를 형성할 수는 없었으며, 나아가 그들 중 다수도 점할 수 없었다라는 한계가 존재한다. 붐에 대한 세번째 정의도 역시 1972년의 것으로 호세 도노소José Donoso가 고백형식으로 쓴 재미있는 책『붐에 대한 개인적인 이야기 Historia personal del boom』이다. 1962년에서 1968년 사이 6년 동안 이전의 불모지였던 산문의 영역에 12권 가량의 소설들이 두드러지고 있다는 점에 붐의 기원을 두고 있다고 그는 주장한다. 도노소의 개념은 엄격히 문학적이지만, 중남미 산문의 대량 소비 그 자체였던 붐의 가장 결정적인 특징을 전혀 고려하지 않았다는 한계 역시 존재한다.

붐에 대한 일치된 견해는 아니지만 붐의 긍정성을 강조하는 경향 외에도 비판적인 견해도 존재한다. 마누엘 뻬드로 곤살레스로 대표되는 붐이 단순하게 유럽 또는 미국의 전위주의 형태의 고루한 모방이라고 파악하는 경향과 붐세대 작가들의 지나친 상업주의적 성격에 대한 비판 등이 그것이다. 그러나 비록 붐에 대한 비판들이 존재한 것은 사실이지만 붐

세대의 작품들 중 다수가 높은 예술적 평가를 받을 만한 가치가 있다는 데는 의심의 여지가 없다. 또한 붐세대 작가들을 설정하는 기준도 논란의 여지가 있는데, 일반적으로 붐세대 작가는 전통적인 문학장르 구분상 산문작가를 대상으로 하고, 얼마나 많이 팔렸는가라는 대중성이라는 기준, 그리고 이런 외형적 조건 외에 일정한 문학적 가치라는 심미적 기준을 제시할 수 있다. 브루쉬우드Brushwood의 견해처럼 새로운 형식실험이라는 측면에서는 보르헤스의 초기 작품까지, 엄격하게 소설작품에 한계를 정한다면 『뻬드로 빠라모』가 출판된 1955년까지 소급될 수 있지만 위에서 언급한 기준들을 적용하여 60년대와 70년대를 붐시대라 일반적으로 칭한다.

주요작가와 작품으로는 환 까를로스 오네띠의 『짧은 생 *La vida breve*』(1950), 훌리오 꼬르따사르의 『맹수사 *Bestiario*』(1951), 『원반놀이 *Rayuela*』(1963), 환 룰포의 『불타는 평원 *El llano en llamas*』(1953), 『뻬드로 빠라모 *Pedro Páramo*』(1955), 호세 마리아 아르게다스의 『깊은 강들 *Los ríos profundos*』(1958), 『귀족여우와 하층여우 *El zorro de arriba y el zorro de abajo*』(1971), 아우구스또 로아 바스또스의 『사람의 아들 *Hijo de hombre*』(1960), 『나 지존 *Yo el Supremo*』(1967), 에르네스토 사바또의 『영웅들과 무덤들에 관하여 *Sobre héroes y tumbas*』(1961), 『몰살자 아바돈 *Abaddón el exterminador*』(1974), 까를로스 푸엔떼스의 『아르떼미오 끄루스의 죽음 *La muerte de Artemio Cruz*』(1962), 『허물벗기 *Cambio de piel*』(1967), 알레호 까르뻰띠에르의 『빛의 세기 *El siglo de las luces*』(1962), 『바로크식 콘서트 *Concierto barroco*』(1974), 마리오 바르가스 요사의 『도시와 개들 *La ciudad y los perros*』(1963), 『녹색의 집 *La casa verde*』(1966), 호세 레사마 리마의 『천당 *Paradiso*』(1966), 기예르모 까브레라 인판테의 『세 마리의 가련한 호랑이들 *Tres tristes tigres*』(1967), 가브리엘 가르시아 마르께스의 『백 년 동안의 고독 *Cien años de soledad*』(1967), 마누엘 뿌익의 『리따 헤이워드의 배반 *La traición de Rita Hayworth*』(1968), 『루즈 바른 예쁜 입술 *Boquitas pin-*

tadas』(1969) 등이다.

3.3 호르헤 루이스 보르헤스

작가로서의 보르헤스 Jorge Luis Borges(1899~1986)의 편력은 매우 특이
하다. 그는 1920년대에 가장 활발하게 활동했던 전위주의 시인으로「부
에노스 아이레스의 열정 Fervor de Buenos Aires」(1923), 「산 마르띤 노트
Cuaderno San Martín」(1924), 「정면의 달 Luna de enfrente」(1925) 등의 시를
발표하였으며, ≪프리즘 *Prisma*≫, ≪뱃머리 *Proa*≫, ≪마르띤 피에로
Martín Fierro≫ 등 당대의 전위주의 잡지 창간에 적극적으로 참여했다.
또한 창조주의와 더불어 전위주의를 대변했던 극단주의의 가장 대표적
인 시인이었다. 그런데 부에노스 아이레스를 중심으로 한 이 시운동은
스페인 극단주의의 단순한 분파가 아니었다. 스페인의 극단주의가 근본
적으로 문학적 유행의 산물이었던 반면, 보르헤스에 따르면, 부에노스
아이레스의 극단주의는 스페인어권 문학 전통의 자연스런 진화의 산물
이었다.

보르헤스의 전체 작품 속에서 시가 차지하는 비중은 산문에 비해 비
교적 작다고 할 수 있으나 정확성, 단정함, 영속성 등을 추구하는 보르
헤스의 문체 미학은 그의 전 작품세계를 관류하고 있다. 그러나 이러한
문체적 기준이 산문에 적용되기까지는 시간이 걸렸다. 직접적으로 산문
장르를 개척하는 대신에, 보르헤스는 『탐문 *Inquisiciones*』(1925)이라는 제
목으로 묶인 에세이들을 통해 픽션에 접근했다. 이 에세이집에서는 시간
과 존재에 대한 형이상학적 고뇌, 리얼리티, 우주의 의미 등 보르헤스
의 주된 관심사가 되는 인간의 본질적 테마들이 뚜렷하게 제시되고 있으
며, 독자를 기상천외의 미궁으로 인도한다. 이러한 측면에서 에세이는
중요한 장르이다. 소설은 특수화하고 구체화하는 반면, 에세이는 추상
화하고 일반화한다. 때때로 보르헤스의 픽션은 거의 수학적인 논증의 형

식을 취하며, 에세이의 구조를 연상시키는 지적이고 형이상학적이고 서정적인 특성을 보여준다. 그리고 논리와의 유사성을 유지하지만, 고의적인 거짓 논리인 경우가 빈번하다. 흥미로운 것은 에세이에서도 동일한 현상이 종종 일어난다는 사실이다. 즉 하나의 이론을 개진하는 듯하지만 실제로는 불합리한 어떤 것을 향하고 있다.

보르헤스의 전작품을 총괄적으로 살펴보면 그의 문학에는 철학과 신학이 두드러진 두 개의 축을 이루고 있음을 확인할 수 있다. 그의 작품 세계에서 우리는, 인간에 의해 지상에서 창조된 무수한 형이상학 체계를 통해 우주를 이해하고 해명하려는 인간정신의 불굴의 의지를 발견하게 된다. 보르헤스에 의하면, 수천 년의 역사를 통한 수많은 형이상학적 체계의 축적은 바로 우주를 이해하려는 인간 노력의 결과물에 다름아니다. 그래서 그의 형이상학적 문학을 고찰하기 위해서는 먼저 그가 작품 속에서 빈번히 다루고 있는 우주에 대한 개념을 이해할 필요가 있다. 즉 보르헤스의 세계관과 문학관은 긴밀한 상관성을 지니므로 그의 우주관의 해명을 통해 그의 문학의 형이상학적 내용성도 이해될 수 있다.

보르헤스는 〈세계는 한 어린 신이 구상하여 만들다가 자기 작품에 수치심을 느껴 중도에서 포기한 것〉이라는 흄의 말을 인용하면서 우주를 카오스적 상태로 규정한다. 그래서 그는 「뜰뢴, 우끄바르, 제3의 세계 Tlön, Uqbar, Orbis Tertius」에서, 만일 불완전한 신에 의해 이루어진 세계에 질서가 있다면 그것은 비인간적인 신의 법칙에 조응하는 질서이기 때문에 리얼리티의 합법칙성을 주장하는 것은 무용하며, 본질적으로 인간 정신을 통해 우주를 이해한다는 것도 불가능하다고 단정한다. 우주에 대한 이러한 입장은 그의 작품 속에 빈번히 등장하는데 주로 도서관, 원형의 폐허 같은 상징을 통해 제시된다. 「바벨의 도서관 La biblioteca de Babel」에서 보르헤스는 〈도서관도 역시 우주다〉라는 말을 하고 있다. 즉 도서관의 전체 형식을 총체적으로 파악한다는 것은 인간이 우주를 파악하는 것과 마찬가지로 불가능하다는 것이다. 따라서 이 작품에서 바벨

이 상징하는 것은 그의 또 다른 작품 「바빌로니아의 복권(福券) La lotería en Babilonía」속의 바빌로니아와 마찬가지로 혼돈과 무질서이다.

그러나 이러한 우주의 불가해성이 인간 나름 대로 우주를 이해하려는 노력을 중단시키지는 못한다. 바로 이러한 불굴의 정신의 산물이 철학과 신학이며, 이런 의미에서 인류의 모든 문명사는 카오스에서 코스모스를 찾으려는 노력의 역사에 다름아니다. 결국 우주의 신적인 세계를 포착하지 못하는 인간은 환상적이고 상상적인 동시에 인간적인 새로운 우주를 창조하는 것이다. 그런데 보르헤스에게 있어 인간이 만들어낸 형이상학은 인지할 수 없는 세계에서보다 인간의 상상력과 꿈의 소산인 문학에서 더욱 그 존재의미를 갖는다. 예술작품은 인간에게 더욱 인간적인 세계를 창조할 가능성을 부여하기 때문이다. 이런 의미에서 언어로 구성된 비현실적 세계인 문학이야말로 진정한 리얼리티가 되는 것이다. 그래서 보르헤스는 사실주의보다는 관념주의에 더 매력을 느낀다. 그 이유는 후자가 더 많은 상상력과 창조적 사색의 가능성을 지니고 있기 때문이다. 보르헤스는 비현실적 관념주의를 가지고 새로운 리얼리티, 새로운 형이상학 체계를 구축하고 있다. 다시 말해 관념주의적 논리에 의해 구축된 세계 속에서 환상적, 상상적 세계를 재창조하고 있는 것이다. 그러나 보르헤스가 명확하게 예술의 길을 선택하기까지는 어느 정도 시간이 흘러야 했다. 픽션 쪽으로 방향을 선회하기 전에 그는 『탐문』에 이어 『논쟁 Discusión』(1932), 『영원의 역사 Historia de la eternidad』(1936) 등의 에세이집을 발표했다.

결국 보르헤스는 에세이, 관념주의와 형이상학적 문제에 대한 관심, 직관으로서의 예술 개념, 영화에 대한 관심, 그리고 시창작을 통해서 픽션에 이르렀다. 그는 1935년과 1936년에 최초의 단편들을 썼지만 1941년에 이르러서야 『끝없는 갈림길의 정원 El jardín de los senderos que se bifurcan』이 출간되었고, 이 책은 후에 『픽션집 Ficciones』(1944)의 증보판에 포함된다. 그리고 이어 『알레프 Aleph』(1949)와 『제작자 Hacedor』

(1960)가 출간되었다.

『픽션집』속의 단편들은 하나하나가 독자들을 끊임없이 문제 속에 뒤얽히게 하는 작은 걸작들이다. 이 작품들은 매우 심오한 차원을 통해 인쇄문화에 도전하며, 아마도 그 불가능성을 시사하는 듯하다. 「뜰뢴, 우끄바르, 제3의 세계」에서 얘기하듯이 도서관은 우리에게 하나의 질서, 즉 불가해한 인간의 질서를 제공한다. 이 작품에서는 상상력에 의한 현실의 침해를 얘기한다. 이 작품은 학자들의 비밀결사가 만들어낸 가공의 세계를 다루고 있는데, 학자들은 이 세계의 모든 것을 은밀히 백과사전에 기록해 두고 있다. 그런데 백과사전 속에 기록된 언어와 상상력의 힘은 점점 리얼리티 속으로 파고들어가 결국에는 리얼리티 자체가 된다. 결국, 보르헤스는 관념주의가 가능한 혹성을 하나 건설하고 나서 우리에게 그것이 인간의 작품, 즉 현실 위에서 작업하며 현실 자체를 변형시키는 철학자 그룹의 장난임을 보여준다. 지적인 삶과 문화가 언제나 역사와 역사법칙의 영향을 받는다는 마르크스주의적 견해와는 달리, 보르헤스는 때때로 역사와 사실의 허구적 가능성에 관심을 가진다. 이런 점에서 인쇄된 문자와 말은 대단히 중요하다. 인쇄문자는 하나의 의미를 시사하며, 선적인 배치를 지닌다. 바벨의 도서관은 진열장을 가진 좌우대칭의 열람실들로 이루어져 있으며, 진열장들에는 같은 행과 같은 페이지 수를 가진 정확히 같은 수의 책들이 꽂혀 있다. 각 페이지의 문자들은 단지 우연히 의미를 형성하는 것이지만, 책들의 단순한 존재 자체는 하나의 의미를 시사한다. 책의 선적인 구조는 어떤 부분, 즉 궁극적 의미로 우리를 이끈다는 것을 시사한다. 그러나 실제로는 단지 우리를 책의 마지막, 즉 침묵으로 이끌 뿐이다. 결국 인간을 엉뚱하게 절대의 탐색으로 이끄는 유인제는 책이다. 『돈끼호테』는 삐에르 메나르로 하여금 완벽한 해석을 달성하려는 의도 속에서 토씨 하나까지 완벽하게 재현하도록 유혹한다. 「죽음과 나침반 La muerte y la brújula」에서 살인자를 추적하는 형사는 다음과 같은 메시지를 발견한다. 〈이름의 첫 글자는 이미 조

474

음되었다.〉 그는 카발라에 정통하기 때문에 신비로운 오선보를 이루기 위해 네 개의 문자가 더 조음되어야 한다는, 즉 네 건의 살인이 더 저질러져야 한다는 걸 생각해 낸다. 그러나 그의 순진함은 그를 함정에 빠지게 한다. 네번째 희생자는 바로 그 자신인 것이다. 이야기는 책의 독서와 유사하다. 우리는 첫 줄에서 우리의 탐색을 시작해 그것이 완결되기를, 즉 우리의 독서가 끝나기를 열망한다. 그러나 책을 끝내는 것은 우리의 자발적인 꿈을 끝내는 것이다. 완료 즉 종료는 일종의 죽음이다.

「끝없는 갈림길의 정원」에서 명확하게 드러나듯이 보르헤스의 상상력에서 책은 미로와 흡사하다. 미로의 최종목표는 중심에 도달하는 것이다. 그래서 중심은 노정의 끝, 순서나 도식의 이해를 제외하고는 아무것도 의미하지 않는다. 여기에는 결승점이 곧 죽음인 인간 존재와 명백한 유사성이 있다. 결승점에 도달해 달려온 길을 이해한다는 것은 곧 죽음이다. 보르헤스의 단편들 대부분은 이 점에서 절정에 이른다. 즉 주인공은 전체를 이해하고 이러한 이해의 행위를 통해 또한 자신이 처단되었음을 깨닫게 된다. 「죽음과 나침반」에서 형사 뢴로트는 자신이 죽음을 당하려는 바로 그 순간에 일련의 살인이 복잡한 함정이었음을 깨닫는다. 「끝없는 갈림길의 정원」에서 주인공인 중국인은 자신에게 해결의 열쇠를 제공해 준 앨버트를 죽여야 하는 순간에 이르러 자기 조상의 위대한 작품의 의미를 깨닫는다. 「죽은 자 El muerto」나 「따데오 이시도로 끄루스의 전기 Biografía de Tadeo Isidoro Cruz」에서처럼 종종 이해와 죽음은 동시적이다.

「시간에 대한 새로운 반증 Nueva refutación del tiempo」에서 작가 스스로 밝히고 있듯이, 픽션은 〈은밀한 기쁨 consuelo secreto〉으로 변한다. 그러나 시간의 흐름을 가로막을 수는 없다. 시간은 〈나〉를 강탈하는 강이지만 〈나〉 역시 강이며, 세상은 불행하게도 현실이고, 〈나〉는 불행하게도 보르헤스인 것이다. 사실주의적인 소설이 이러한 시간의 흐름을 동반한다면, 보르헤스의 픽션은 시간의 연속성으로부터 우리를 멀어지게 한다.

그래서 이미 보르헤스는 「서술기법과 매직 El arte narrativo y la magia」(1932)에서 소설은 〈경계심과 메아리와 친연성을 필요로 하는 유희〉가 되어야 하며 〈용의주도한 이야기에서는 에피소드 전체가 드러나지 않는 하나의 궁극점을 향해 투사되어 있다〉고 갈파하고 있다. 여기에서 핵심이 되는 단어인 유희 juego는 단지 유쾌한 활동으로서만 이해되어서는 안 되고, 그 요소들이 파괴되고 재구성될 수 있는, 그래서 새로운 비전을 제시할 수 있는 대상들의 총체로 보아야 한다.

만일 시간 속의 존재가 환영이 아니라면, 환상과 인간적 오류의 원천인 개체화 individualización의 원칙 또한 환영이 아닐 것이다. 쇼펜하워처럼 보르헤스도 개체적 차이가 의지의 세계에 속한다고 본다. 그에게 있어 〈나〉는 타자들이고 어떤 사람이 되었건 그는 모든 사람들이다. 이러한 보르헤스의 생각이 잘 나타나는 「검의 형상 La forma de la espada」에서는 실제로는 자신이 반역자인데도 자신이 희생자인 것처럼 이야기를 전개하는 사람을 다루고 있다. 「신학자들 Los teólogos」에서는 평생을 바쳐 이단논쟁을 전개한 경쟁관계의 두 신학자가 하늘에 가서 신의 눈으로 볼 때는 동일인임을 깨닫게 된다. 〈정통파와 이단자, 증오자와 증오의 대상, 고발자와 희생지〉는 동일한 한 사람이었던 것이다. 「독일 진혼곡 Deutsch Requiem」에도 나치즘을 비난하는 동시에 교묘하게 옹호하는 듯한 쇼펜하워적 사고가 투영되어 있다.

어둠과 무지와 개체들이 만들어내는 절망적 산물들은 복잡성과 다양성이라는 환영을 낳는다. 보르헤스는 「자신의 미로에서 죽은 아벤하깐 엘 보하리 Abenjacán el Bojarí, muerto en su laberinto」에서 〈시간은 어둠 속에서 더 길게 느껴졌다〉라고 쓰고 있다. 또 「죽음과 나침반」에서 뢴로트가 수색하는 집은 그 대칭과 거울, 그리고 자신의 피로 때문에 더 크게 보인다. 보르헤스 픽션의 중심 이미지인 미로는 「아벤하깐」, 「끝없는 갈림길의 정원」, 「아스떼리온의 집 La casa de Asterión」 등에서 마치 거미줄과 같다. 그러나 이 거미줄은 인간의 손으로 만들어져 결국 인간 자신의 죽음의 원인이 된다. 단지 독자와 작가만이 그 모든 계획을 알 뿐이다.

보르헤스의 『픽션집』은 가장 높은 문학적 성취를 보여준다. 『제작자』 역시 높은 문학적 수준을 보여주지만, 산문으로 된 서술은 지극히 응축되어 산문으로 된 시라고 말할 수 있을 정도다. 여기에서는 숙명과 무의미한 반복의 개념이 더욱 강화된다. 거울은 『픽션집』에서의 미로처럼 『제작자』의 핵심적인 상징이다. 「계략 La trama」에서 어느 가우초는 살해당할 때 뭔지 알지도 못하면서 다음과 같은 시저의 말을 되뇌인다. ⟨사람들이 그를 죽이고 그는 하나의 장면을 되풀이하기 위해 자신이 죽는다는 것을 알지 못한다.⟩ 현실의 복제와 증가에 대한 공포를 가져오는 거울은 쉽게 지워지는 현재의 이미지이다. 명멸하는 수많은 이미지들 중에서 소수만이 살아남아 신화가 되고 돈끼호테가 되고 지옥이 된다. 「보르헤스와 나 Borges y Yo」라는 짤막한 글에서 보르헤스는 ⟨그래서 내 삶은 일종의 도피요, 나는 그 모든 것을 잃으며, 모든 것은 망각과 타인의 것이다⟩라고 쓰고 있다. 「보르헤스와 나」에서 제시되고 있는 자연인 ⟨나⟩와 작가 ⟨보르헤스⟩ 사이의 거리에 대한 인식은 저자의 권위상실과 새로운 기능에 주목하는 푸코 및 작가의 죽음을 통한 독자의 탄생이라는 열린 텍스트 개념을 제시한 롤랑 바르트의 언술과 더불어 작가의 죽음을 논의하기 위한 중요한 전거가 된다.

보르헤스의 픽션은 가공스러운 리얼리티를 더 이상 재현할 수 없는 시대의 ⟨고갈의 문학⟩이 봉착한 한계를 뛰어넘는 새로운 글쓰기 방식을 보여준다. 위에서 언급했듯이, 보르헤스는 「돈끼호테의 저자, 삐에르 메나르」에서 20세기에 『돈끼호테』를 다시 쓰는 니메의 기호학자 삐에르 메나르의 얘기를 통해 글쓰기에 대한 심오한 메시지를 전달하고 있다. 이 작품 속에서 메나르는 사실 세르반떼스의 작품을 토씨 하나 틀리지 않게 그대로 베끼고 있다. 그러나 보르헤스는 세르반떼스의 17세기와 메나르의 20세기는 시대상황이 다르기 때문에 메나르의 작업은 더 풍요로운 새로운 창작이 될 수 있다고 말한다. 여기에서 주목해야 할 것은 메나르가 세르반떼스의 작품을 전사하거나 모방하지 않고 창조한다는 사실이다. 보르헤스의 논리에 따르면, 이 세상에 진정한 의미의 독창성이란 존재하지 않으며, 새로 씌어지는 모든 작품은 이미 존재했던 작품의 주석이거나 불완전한 번역에 지나지 않는다.

보르헤스가 구축한 뜰뢴의 상상세계에서도 문학적 관행에 있어서 유일 주체의 관념이 강력한 힘을 행사한다. 그래서 책에 서명하는 것은 드문 일이다. 모든 작품은 유일한 한 작가의 작품이며, 이 작가는 무시간적이고 익명이라는 생각이 정착되어 있으므로 뜰뢴에는 표절의 개념이 존재하지 않는다. 이러한 글쓰기 개념은 「바벨의 도서관」에서도 찾아볼 수 있다. 글을 쓴다고 하는 것은 과거로부터의 모든 기록이 소장되어 있는 끝없는 도서관에 이미 존재하고 있는 기록들을 해독하고 거기에 주석을 다는 작업에 지나지 않는다. 그래서 ⟨dhcmrlchidj⟩라고 몇 개의 문자를 제멋대로 조합해 놓아도 그것은 신성한 도서관에 이미 예비되어⟩ 있으며, 보르헤스가 쓰고 있는 글조차도 ⟨헤아릴 수 없이 많은 진열실 중 어느 한 열람실에 있는 다섯 개의 서가에 꽂혀 있는 서른 권의 책 중 어느 한 권의 책 속에 이미 존재하고⟩ 있는 것이다. 이런 의미에서 모든 텍스트는 일종의 양피지 Palimpsesto이며, 여기에서 모든 텍스트는 상호 관련되어 있다는 상호텍스트성 Intertextualidad의 이론이 도출된다.

이러한 보르헤스의 전언은 텍스트에 대한 기존의 관념을 뒤흔들어, 문학사는 개별작품이 연대기적으로 축적되는 귀납적 과정이 아니라 순환적, 연역적 과정이라는 인식을 가져온다. 보르헤스는 「카프카의 선구자들 Kafka y sus precursores」에서 모든 작가들은 자신의 선구자들을 창조한다⟩고 선언함으로써 인과성의 원리를 결정적으로 전복시킨다. 따라서 글쓰기란 영원히 추구되어야 할 미완성의 작업일 수밖에 없다. 앞에서 지적했듯이 우주질서를 이해하려는 인간의 노력은 좌절을 전제로 한다. 그러나 더욱 인간적인 리얼리티를 구축하려는 노력은 포기될 수 없으며, 그 노력의 핵심적인 부분인 글쓰기작업도 끝없이 계속되어야 하는 것이다.

3.4 호세 레사마 리마

호세 레사마 리마 José Lezama Lima(1912~1977)는 그의 대표작 『낙원 *Paradiso*』(1966)이 쿠바 혁명 이후에 나타났다고 할지라도 혁명 전 시기에 속하는 작가이다. 그는 40년대에 시인이 되었는데 이 시기에 ≪기원 *Orígenes*≫이라는 잡지를 주관했고 기독교적 신비주의가 스며있는 신비시를 썼다. 이 시기의 쿠바는 폭력과 독재 아래 놓여 있어서 많은 작가들이 망명을 해야 했고, 레사마 리마처럼 국내에 머무른 사람들은 포위된 느낌속에서 살아야 했다. 따라서 그는 신화와 전통문학의 세계로 은닉하였다. 부정한 사회의 한계들에 직면하여 그는 예술을 자유의 영역으로, 시인을 이미지의 생산자로 간주하면서 신화와 전통문학의 세계를 은닉하였다. 마레찰처럼 그도 작품에 신화를 도입하였다. 이 소설은 어린 시절과 청년기를 다루지만 연대기적인 자서전적 구조는 사용하지 않는다. 이 시적이고 응축된 작품에는 주인공이자 작가인 호세 세미 José Cemi와의 관계에서 나타나는 지속성만이 존재할 뿐이다. 그의 어린 시절 병을 앓았던 기억, 어머니가 어릴 때 살았던 미국의 잭슨빌로의 이사, 다시 그의 부모의 약혼기의 아바나, 학우들간의 긴 대화도 나타난다. 그러나 이러한 사건들은 단지 시적인 묘사와 회상이자 창조적 과정에 대한 토론이기도 한 보다 본질적인 것을 위한 출발점일 뿐이다. 이 소설은 끊임없이 진기한 lo maravilloso 영역으로 도피한다. 예를 들면 한 기타연주자가 차의 윗부분을 건드리자 자연의 세계가 변화를 일으키는 기적과도 같은 장면도 나온다. 간단한 대중가요 한 곡으로도 우리는 신화창조의 환상의 세계로 인도될 수 있다. 이 환상의 세계는 언제나 소설의 표면에 근접해 있으며, 언제든지 우연한 발견을 통해 낱말이나 사건의 돌연한 병행이 발견될 수 있다. 반면 현실은 난폭하기 이를데 없다.

기타연주자가 노래하고 환상을 불러일으키는 동안, 그들이 타고 가는 자가용차는 웅덩이에 빠져 같이 타고 가던 알베르또는 사망한다. 이 소설은 호세 세미의 병에서 출발한다. 대령인 그의 아버지는 갑자기 감기로 인해 죽고, 어머니는 섬유종의 제거를 위해 수술을 한다. 알베르또의 형제 안드레스는 바이올린 연주를 한 뒤 엘리베이터에서 죽는다. 프로네네시스와 포시온의 대화는 점점 격렬해지는데 군대가 이 대학의 학생들을 공격한다. 현실의 폭력성은 신화처럼 꿈처럼 변한다. 꿈은 모든 현실을 알려주고, 소설은 끊임없이 세계가 범주화되기 이전의 상상과 행위, 개인과 우주가 분리되기 이전의 원시적 단일성을 상기시켜 준다. 꼬르따사르가 레사마 작품의 천진함과 자유를 예찬하고 있는 것처럼, 그의 문학의 규범적 범주를 초월하는 신비한 영역을 점유하는 작품을 이해하기 위해서는 새로운 비평적 태도가 요청되는 것이다.

3.5 미겔 앙헬 아스뚜리아스

과테말라 출신의 노벨 문학상 수상작가인 아스뚜리아스 Miguel Angel Asturias(1899~1974)는 주로 신화를 토대로 하여 소설을 썼다. 그러나 내체적으로 서구의 신화가 아닌 정복 이전의 원주민 신화가 주를 이룬다. 학생이었을 때 그는 과테말라 원주민에 관한 글을 썼고 파리에서 인류학을 공부하였다. 그의 처녀작은 마야와 식민지 시대의 민담을 시적으로 재창조하고 있는 『과테말라의 전설 Leyendas de Guatemala』(1930)이다. 호르헤 우비꼬의 독재기간 동안 아스뚜리아스는 그의 대표작 『대통령 각하 El señor presidente』(1946)의 집필을 시작한다. 독재와 무정부 사이에서 변화를 겪었던 중남미의 현실 속에서 아스뚜리아스는 기자, 작가, 교수, 외교관이라는 다채로운 활동을 통해 적극적으로 현실에 참여한다. 그래서 그는 투옥과 망명이라는 고통을 겪기도 하지만 이것이 그를 현실로부터 멀어지도록 하지는 못한다. 그는 어머니로부터 마야의 피를 이어

받은 인디오였다. 판사였던 아버지와 교사였던 어머니가 정치적 이유로 인해 수도에서 축출된 적이 있고 다시 수도로 돌아온 뒤에도 당시에 지배적인 공포 분위기로 인해 그는 어린 시절부터 인디오에 대한 사랑과 독재에 대한 증오심을 키웠다. 법대 학생시절 독재자에 대한 투쟁을 전개하였고 졸업 후에도 사회운동에 헌신한다. 독재를 피해 1923년부터 10년동안 파리에서 망명생활을 하게 되는데, 그곳에서 초현실주의자 및 중남미 작가들과 친분을 나눈다. 또한 조르주 페르난도Georges Fernando 의 지도로 소르본 대학에서 마야인들의 종교와 사회를 공부하고 마야인의 성전인 『뽀뿔-부 Popol-Vuh』를 번역하였다. 1933년 조국으로 돌아와 그는 정계에 투신하지만, 1944년 우비꼬 독재정권이 무너지자 아스뚜리아스는 그와 함께 정치활동을 했다는 이유로 다시 조국을 등져야 했다. 그러나 총선에 의해 선출된 아레발로는 그를 외교관에 임명한다. 그러나 아레발로가 미국의 개입으로 실각하자 다시 파리로 망명하게 되며 1974년 스페인에서 사망하게 된다. 이렇게 파란만장한 일생을 산 그답게 작품은 모두 사회참여적이며 정치적인 성향을 띠고 있다. 〈우리 소설은 민중의 삶을 좇아야 한다. 우리는 상아탑 속으로 도피해서도 안되며 순응주의자나 탐미주의자가 되어서도 안 된다〉라는 말에서 보이는 바와 같이 그의 문학은 모두 사회참여적, 정치적인 것이며 우리에게 자유를 억압하고 본성을 차단시키는 것의 본질과 직면케 함으로써 감동을 주고 있다.

『대통령 각하』 이외의 또 다른 걸작으로 『옥수수 인간 Hombres de maíz』(1949)이 있는데 이 소설은 주제는 완전히 달라도 『대통령 각하』와 많은 공통점을 지니고 있다. 『대통령 각하』처럼 『옥수수 인간』도 빛과 어둠, 닫힌 눈과 열린 눈, 잠듦과 깨어남, 꿈과 불면증 등의 대립을 토대로 구성되어 있다. 자신들의 이익을 위해 옥수수를 경작할 목적으로 원주민들의 공유지에 침입한 스페인인과 원주민의 혼혈인인 라디노들 ladinos에 의한 유기적 삶의 체계의 파괴가 이 소설의 주제다. 원주민들은 군대의 월등한 힘과 마초혼 가족의 배반 앞에 굴복할 수밖에 없다. 그러나 백인과 메스티조로서는 상상조차 할 수 없는 무기를 사용하는데 그것은 마술과 신화의 무기이다. 저항하던 인디언 대장은 신화적 영웅으로 변모하고 원주민을 배신했던 마초혼 가족에게는 저주가 내린다. 그러나 옥수수 재배자들이 시작한 파괴는 제지되지 않는다. 자연에 불균형의 요소를 들여왔을 때 옥수수재배자들은 일종의 원죄를 저지른 것이다. 다시 말해 원주민 세계는 유기적이고 통합되어 있었다. 옥수수재배자가 이러한 균형을 깨뜨렸을 때 악마를 풀어놓은 것이다. 이러한 원죄의 등장과 함께 황금시대는 종말을 고한다. 이제 공동체는 쇠퇴하기 시작한다. 장님인 고요익은 그의 부인 마리아 떼꾼을 잃는다. 그는 그녀를 찾고자 시력을 회복하지만 부인을 한번도 직접 본 적이 없기 때문에, 볼 수 있다는 것도 그녀를 찾는 데 아무 소용이 없다는 것을 깨닫는다. 마리아 떼꾼의 신화는 원주민의 상실과 소외의 신화이다. 밀주를 팔기 위한 고요익의 여행, 그리고 그와 그의 친구가 술에 취해 감옥에서 최후를 맞는다는 사실은 이윤추구에 있어서 원주민의 무능력을 상징한다. 늑대로 변해 본능적인 지혜를 되찾게 되는 배달부 니초의 이야기는 또한 근대적인 사회조직에의 적응에 있어서의 원주민의 무능력을 보여주는 한 예로 니초는 자신에게 배당된 편지를 태워 버린다. 그러나 위정자의 눈에는 이들이 신화적인 인물들이 아니라 해안의 감옥에서 형의 집행을 통해 최후를 맞게 되는 단순한 범죄자들일 뿐이다. 결국 승리하는 것은 지배조직 체계이고 삶은 본래의 유기적인 의미를 상실한다.

『옥수수 인간』이후 아스뚜리아스는 바나나 대농장을 무대로 한 3부작 『강풍 Viento fuerte』(1950), 『호색가 교황 El Papa verde』(1954), 『매장된 자의 눈 Los ojos de los enterrados』(1960)을 썼으며 과테말라의 침략과 아르벤스 정부의 몰락을 다룬 『과테말라에서의 주말 Weekend en Guatemala』(1956)을 출간하기도 했다. 『아무개의 물라따 Mulata de tal』(1963)에서는 근대적인 신화를 창조하려는 새로운 시도를 보여준다. 이 작품의 각 장은 마치 요정이야기처럼 〈부인의 복수에 의해 난쟁이로 변한 위대한 마술사 브라게 따 Gran Brujo Bragueta Convertido en enano por venganza de su mujer〉, 〈거인의 무도회와 남편들의 전쟁 La danza de los gigantes y la guerra de los esposos〉 등의 제목을 가지고 있다. 『대통령 각하』와 『옥수수 인간』에서는 문체와 주제 가 잘 융화되어 있는 반면 『아무개의 물라따』는 효과의 단순한 전시에 지나지 않는다. 아스뚜리아스는 신화의 구조를 잘 알고 있었기 때문에 새로운 신화적 인물을 창조해 낼 수 있었으며, 이것을 통해 그는 마술적 인 것 lo maravilloso을 사실적인 것 lo real과 분리시키고 있다.

아스뚜리아스의 소설세계는 그 내용에 있어서 오늘날 중남미 대부분 의 국가가 가지는 공통적 현상인 정치적 독재체제와 사회의 부조리 등 인간의 존엄성을 위협하는 모든 형태의 악에 대한 저항의식의 폭로이 며, 표현수법에 있어서는 앙드레 브레똥의 영향에 의한 초현실주의나 누보 로망에 속하는 특성을 지니고 있으면서도 그 뿌리는 곤살레스 데 멘도사와 공역한 바 있는 마야의 성전 『뽀뿔-부』나 기타 원주민의 전 설, 설화 등의 종교적 언어이다. 그는 원주민 문명의 단절된 전설을 현 대 중남미 민중의 생활 속에 살아 있는 민담으로 부활시키는 작업을 수 행하고 있는 것이다. 그의 작품 속에서는 중남미 소설의 가장 독창적이 고 근대적인 특징들이 모두 나타나고 있다. 그는 까를로스 푸엔떼스의 말대로 중남미의 위대한 개척자 중의 하나로 사실적인 것과 마술적인 것 의 결합을 통해 마술적 사실주의라는 독특한 영역을 확보하고 있다. 마 술적인 것은 언어기술면에서 민간전설, 신화, 환상적인 시각을 일상적 인 현실에 가미함으로써 획득되며 마술적 사실주의는 원래 시에 속하는 문체적 수단을 산문에 적용하고자 한 시도로 파악할 수 있다. 그런데 그 의 언어적 기교는 주제의 사실성을 약화시키는 것이 아니라 활성화시킨 다. 그의 이 새로운 소설 속에서는 현실과 허구, 객관적인 것과 주관적 인 것이 교차하고 있는데, 이것은 토착 원주민들의 설화와 깊이 관련된 것들이 작가의 끝없는 상상력에 의해 수정되고 재창조된 결과이다. 그의 이러한 소설적 특성은 가르시아 마르께스, 바르가스 요사, 까를로스 푸엔떼스 등 현대 중남미의 대표적인 작가들에 의해 지속되고 있다. 마술적 사실주의로 대표되는 중남미의 시적 소설학은 내용과 형식의 탁월한 조화를 이루어내면서 제3세계 문학의 커다란 가능성으로 부각되고 있다. 사르미엔또가 우리는 누구인가라고 문제제기한 후 이제 비로소 문학의 영역에서 정체성을 찾게 된 것이다.

아스뚜리아스의 대표작이자 그에게 노벨 문학상 수상의 영광을 안겨준 『대통령 각하』는 매우 우연한 살인으로 시작된다. 어머니란 소리를 들으면 발작을 일으키는 얼간이 뻴렐레를 대통령의 측근인 대령 빠랄레스 손리엔떼가 놀려주다가 오히려 이 얼간이로부터 죽음을 당하게 된다. 그러나 이 사건을 대통령은 까날레스 장군과 변호사 까르바할을 제거하는 데 이용하기로 하고 자신의 심복 까라 데 앙헬을 시켜 까날레스 장군을 설득하여 도주하도록 유도하고 그때 그를 사살하려는 계획을 꾸민다. 앙헬은 지시에 따라 까날레스 장군을 설득하고 그날 밤 까날레스의 집에 도둑이 든 것처럼 가장하여 그 혼란을 틈타 까날레스의 딸인 까밀라를 납치한다. 한편 바스께스의 친구로 얼간이를 사살하는 광경을 목격했던 로다스는 끼날레스의 도주계획, 까밀라의 납치사건 등에 대한 소식을 아내 페디나에게 알려준다. 그녀는 자기 아이의 대모가 될 까밀라가 납치된다는 소식을 듣고 다음날 이를 알려주러 가지만 경찰에 의해 체포되어 탈출을 도와주었다는 구실로 갖은 고문을 당하게 되고, 자신의 어린 아이는 배고픔으로 죽게된다. 그녀가 혐의가 없다는 사실을 안 법무관은 그녀를 사창가로 팔아 넘겨버린다. 한편 까밀라는 자신을 숙부에게로 데려다줄 것을 요구하나 그녀 숙부들은 자신들이 당할 피해에 대한 두려움으로 그녀에게 문을 열어주지 않게 되고 실의에 빠진 그녀는 중병을 앓아 눕는다. 앙헬은 그녀를 간호하면서 점차 사랑에 빠지게 되고 혼수상태에 있는 그녀와 결혼을 하게 된다. 까밀라는 기적적으로 소생하여 처음의 경계심을 풀고 앙헬과 행복한 신혼생활을 하며 도망친 까날레스는 인디오의 도움으로 국경을 넘어 혁명을 준비한다. 그러나 장군은 혁명 직전 그의 딸이 대통령의 주례로 앙헬과 결혼했다는 신문기사에 충격을 받아 사망하게 되고 따라서 혁명은 무산되고 만다. 한편 그의 파괴적인 지배체제로부터 벗어날 궁리를 하며 적의 딸인 까밀라와 결혼한 앙헬에 대한 대통령의 복수가 시작되는데, 그는 앙헬에게 외교적 임무를 띠고 워싱턴을 다녀오라고 한 후 그가 떠나기 직전 그를 체포하여 감옥에 넣은 다음 까밀라가 대통령의 정부가 되었다는 거짓말을 그에게 유포시켜 그를 완전히 파괴시킨다.

이 소설은 독재의 몰락 이후인 1946년 출판되었지만 그 문체와 주제의 처리방법으로 인해 기록장르와는 구별된다. 사실상 이 작품이 우비꼬와 그의 전임자 에스뜨라다 까브레라의 독재기에 바탕을 둔 것이긴 하지만 구체적인 역사적 인물에 관한 소설이라기보다는 독재를 다룬 소설Novela de la dictadura이라 하겠다. 『대통령 각하』는 억압받는 도시의 만화경 속으로 우리를 인도한다. 모든 자연적 관계는 왜곡되었고 가족은 분리되었으며 독재자와 시민을 결합시키는 단체를 제외한 모든 단체는 파괴되었다. 인간의 삶이 행복하게 전개되었던 예전의 자연세계는 그 구조상 독재자에게 철저히 지배당할 수밖에 없는 도시에 자리를 내준 채 사라져갔다. 이 소설은 유기적인 공동체로부터 도시화된 근대적 공동체로의 참담한 변화를 반영하고 있다. 우리는 중남미의 한 공화국이라는 소우주에 위치하고 있는 셈이다. 까르뻰띠에르처럼 아스뚜리아스는 빛의 세력과 어둠의 세력 사이의 투쟁에 토대를 둔 신화적 구도를 가지고 소설을 구성하고 있는데, 이러한 빛과 어둠의 투쟁은 보편적인 신화에서뿐만 아니라 중남미의 신화 더 구체적으로 말해 마야의 신화에서도 나타나고 있다. 이 소설은 우리에게 어둠의 세계를 보여주고 있는데 실제로 성당의 현관 앞에서 잠자는 거지들을 이야기하면서 밤에 시작된다. 이 거지들 중에는 어머니에 대한 기억으로 인해 강박관념에 사로잡힌 한 얼간이가 있었는데 그는 어머니에 대한 영원한 격리감을 느끼고 있었다. 압박과 어둠의 남성적인 힘, 나쁜 세상을 창조한 조물주에 대항하여 어머니와 대지 그리고 유기적인 것의 이상이 봉기를 일으킨다. 이성이 결여된 얼간이는 그런 상태에도 불구하고 잠재의식적인 이러한 진리를 포착한다. 그리고 그의 이름으로 호세 빠랄레스 대령을 죽인다. 독재자는 진범을 처벌하기 위해서가 아니라 반란을 일으킬 가능성이 있는 에우세비오 까날레스를 제거하기 위해 이 살인사건을 이용하기로 결정하기 때문에 음험한 범죄망이 움직이기 시작한다. 까날레스의 파멸의 도구는 까라 데 앙헬이다. 사실주의 소설이 가지는 합리적인 원인과 결과의 연쇄가 이 소설에서는 고의로 파괴되고 있다. 거지들은 얼간이가 빠랄레스를 죽였다는 사실을 자백하기 위해서가 아니라 대통령의 편집증을 인정하기 위해서 고문당한다. 모기리Mosco처럼 대통령의 편집증에 동조하지 않은 자는 고문당하다가 결국 죽게 된다. 일단 이성적인 버팀대가 제거되자 소설의 인물들은 어둠과 무분별함의 희생자가 된다. 이 소설의 문체는 이러한 어두운 시각이라는 최대의 효과를 거두고 있다. 짧막한 장들은 〈대통령 각하〉에 대한 모든 사람들의 두려움이라는 단일성 아래 사건에서 사건으로 인물에서 인물로 옮겨간다. 비합리주의는 부조리에까지 이르기 때문에 충복들조차 처형에서 자유로울 수 없다. 대통령의 한 비서가 사소한 실책으로 인해 맞아 죽는 일도 일어난다. 이러한 문맥 내에서 까라 데 앙헬의 반란을 살펴봐야 한다. 그가 도피하도록 해준 까날레스 장군의 딸 까밀라와 사랑에 빠졌을 때 앙헬은 가장 큰 죄를 저지르고 만다. 그는 대통령에게 불복했을 뿐 아니라 까밀라와 결혼함으로써 대통령과 맺었던 관계를 자연적인 관계로 대체하려고 시도한다. 이 소설의 제2부에서는 까라 데 앙헬이 걸려드는 범죄망과 그에게 도주가능성이 주어졌을 때 이해하게 되는 잔인한 환상, 그리고 인간이 단순한 숫자화하고 마는 포로수용소에서의 점차적인 개성상실에 대해 다루고 있다. 까밀라가 부정하다는 거짓정보를 받았을 때 그는 죽는다. 예전에 그가 목숨을 구해 준 바 있는 사령관 파르판이 그의 구류와 고문을 책임진다. 아스뚜리아스는 기괴한 공포의 효과를 얻기 위해 만화나 과장의 기법을 이용하기도 하고 인간을 동물이나 꼭두각시의 수준으로 격하시키기도 한다. 그러나 우리가 이 소설에서 발견하는 것은 단순히 독재의 역사가 아니다. 그것은 인간 사이의 관계가 억압당했을 때 인간에게 나타나는 현상의 예증인 것이다. 이때 가족단위나 종교적 신앙을 대신하기 위해 가능한 것은 독재체제에의 밀착뿐이며, 이것도 근대적인 도시에서만 이루어질 수 있는 것이다. 그래서 모든 사람들과 사물들은 근원에서 분리되어 이용된 후 버려지는 단순한 대상으로 화한다. 사진과 영화가 인간관계를 대신한다. 전화가 대화를 대신하고 음란이 사랑을 대신하며 마치 꿈이 유일한 자유의 공간인 것처럼 감옥이 대화할 수 있는 유일한 장소로 변한다. 그러나 도시 밖에는 까밀라와 까라 데 앙헬이 밀월을 즐긴 목가적인 계곡인 희망의 장소 들판이 있다. 까밀라의 아버지는 이곳에 피신해 혁명을 꿈꾸고 있으며 까밀라 자신도 아들을 키우기 위해 마침내 거기에 은거한다. 『대통령 각하』는 이처럼 주제의 이미지와 줄거리에 기인한 통일성을 유지하면서 도시와 전원, 어둠과 빛 그리고 공포와 꿈 사이를 오르내린다. 이 작품은 3부로 구성되어 있으며 1부는 11장, 2부는 16장, 3부는 14장으로 나뉘어 있으며 끝에 에필로그를 갖는다. 1부는 4월 21, 22, 23일의 이야기이고 2부는 4월 24, 25, 26, 27일의 이야기로 연대기의 순서를 쫓는 형식으로 되어 있으나 3부는 주, 월, 년……으로 제목이 부여되어 있으며 1, 2부의 이야기들을 마무리하면서 자연스럽게 연대기적 시간에서 신화적 차원의 시간으로 끌어들인다. 이같이 제3부에 가서는 구체적인 시간이 사라지는 이유는 독재체제 아래서는 마치 시간이 정지된 것처럼 서술된 사건들이 계속 반복된다는 것을 상징하는 효과를 보여주고 있다. 독재자와 앙헬의 이야기가 소설에서 두 개의 대립되는 축을 이루고 있다.

　전체적으로 볼 때 전지적 작가의 시점이지만 부분적으로 서술자의 시각이 바뀐다. 예를 들면 앙헬이 작품내에서 처음 등장할 때는 한 나무꾼의 시각으로 그가 묘사되며 얼간이 뻴렐레의 시체를 옮기는 장면은 꼭 두각시 극장 주인인 돈 벤하민의 눈으로, 까날레스 장군의 집의 습격은 차벨로나라는 그 집 유모의 눈을 통해 서술된다. 언술에 있어서 주어가 정확히 주어지지 않은 사람들에 의해 말해짐으로써 현실적인 사건의 범주를 벗어난다. 또한 인간의 타락, 비참, 공포감을 드러내기 위해 의성어, 반복, 자동기술법, 은유, 직유, 상징 등이 사용된다. 소설에서의 인물은 권력의 중심부에서 압권을 휘두르는 자와 그 폭정 아래서 신음하는 다수로 나누어진다. 대통령은 인간의 삶을 파괴시키는 힘의 총체이며 불모성과 파괴를 상징한다. 구조상 일곱 번밖에 등장하지 않지만 마치 작품의 전 장을 지배하며 사방으로 그의 존재를 확대해 나간다. 그는 신적이며 초자연적인 존재로서 묘사된다. 이렇게 은밀히 사람들의 내부를 파고드는 대통령은 다른 인물들의 가장 고통스러운 순간에 환각이나 악몽으로 나타나기도 하며 더욱이 그의 신비한 모습은 앙헬의 환상을 통해 마야의 불의 신인 토일과 동일시된다. 그는 대통령의 서재에서 그를 외교적인 사건처리를 위해 워싱턴으로 보낸다는 명령을 받고는 창문으로 시선을 돌리는데 이때 그는 갑작스럽게 들리는 원주민 북소리와 함께 환상의 세계로 인도된다. 그러나 초자연적이며 신화적인 존재로서의 대통령 자신도 점차 두려움에 떨고 있는 나약한 존재임을 보여주고 있기도 하는데, 그 부정적인 모습은 만취하여 앙헬의 몸에 오물을 쏟는 것에 이르러 극에 달한다. 한편 폭력이 모든 세상을 지배하는 상태에서는 피지배자는 세상의 법칙, 즉 지배자의 법칙에 따라 자신의 생존을 추구할 수밖에 없다. 따라서 대중을 지배하는 것은 열등감, 무력감이다. 그 예로 대통령 서류에 잉크를 엎지른 죄로 곤장 200대를 맞는 그의 비서는 그것에 반항하는 것이 아니라 오히려 당연한 것으로 받아들인다. 독립 이래 중남미의 진정한 해방의 걸림돌로 작용해 온 중남미 독재정치에 대한 고발을 주제로 볼 수 있다.

아스뚜리아스는 중남미 문학에서 흔히 등장하는 독재정치의 실상을 고발하면서도 구체적인 국가와 시간 및 독재자의 이름을 밝히지 않음으로써 지역성을 탈피하여 보편성을 획득하고 있으며 이전의 다큐멘터리적인 정치소설의 범주를 벗어나 그때까지 사용되어 오던 선적 시간으로부터의 탈피, 다양한 언어적 실험, 서술자 시각의 다각화, 신화적 전설적 요소의 도입 등으로 새로운 소설에로의 장을 열었다는 점에서 높이 평가할 수 있을 것이다.

3.6 환 룰포

환 룰포 Juan Rulfo(1918~1986)는 소외된 사람들이 살아가던 불모의 땅, 멕시코의 할리스꼬 지방에서 태어났다. 그는 빼어난 단편집인 『불타는 평원 *El llano en llamas*』(1953)과 소설 『뻬드로 빠라모 *Pedro Páramo*』(1955)를 발표했으며, 신화적인 마을 꼬말라 Comala는 소설 『뻬드로 빠라모』와 여러 단편들의 무대가 되고 있다.

그의 단편은 주로 시골생활의 강렬하고 극적인 모습을 묘사하며, 그 구조는 단순하고 도식적이다. 결코 비가 오지 않는 광활한 평원, 불타는 계곡, 멀리 보이는 산들, 죄악과 복수를 키우는 고독한 사람들이 거주하는, 지옥의 입구를 연상시키는 외딴 마을로 언제나 동일하다. 이 사람들에게 있어, 삶은 결코 지금 여기에 존재하는 것이 아니라 미래나 과거의 어딘가에, 또는 평원이나 산 너머 어딘가에 존재한다. 또한 그들은 끊임없이 쫓기거나 쫓는 자들이다. 이 사람들에게는, 마치 감방에 있거나 병든 사람에게 일어날 수 있는 것처럼, 시간이 서로 다른 차원을 획득한다. 가령, 「그 남자 El hombre」에서는 상이한 시간대가 결합되고 있다. 그래서 한 명의 적을 추적해 그와 그 가족을 몰살한 사람은 이번에는 자신이 추적당하는 처지에 놓인다. 눈에 보이지 않는 복수자와 대화하는 동안 그는 추적하는 동시에 추적당하는 사람으로 그려진다. 그 사람은 달아나지만 벗어나지 못하기 때문에 이야기는 마치 짧은 악몽과도 같다. 지평선은 결코 더 가까워지지 않는다. 강을 통해 도망칠 수 있을 것으로 믿고 들어간 협곡은 그가 되돌아오지 않을 수 없게 한다. 그리고 그에게는 미래도 지평선도 없기 때문에, 시간 역시 그가 되돌아오는 것을 불가피하게 만든다. 결국 룰포의 인물들의 운명은 이런 식으로 사회의 범주를 넘어 자기자신의 죄악의 그물에 갇히는 것이다. 「딸빠 Talpa」에는 불륜의 남녀가 등장하는데, 그들은 함께 잠자는 동안 여자의 남편을 죽게 한다. 그런데 이 불륜의 남녀는 결코 자신들의 죄악에서 벗어나지 못한다. 죽은 여자의 남편이 늘 그들 사이에 끼어든다. 「나를 죽이지 말라고 그들에게 말해 줘 Diles que no me maten」에서는 어떤 사람이 35년 전에 범한 죄값을 치른다. 그의 복수자는 그 자신만큼이나 사건의 포로가 되어 있어, 희생자에 대해 전혀 증오를 느끼지 않으면서도 그를 살해해야만 한다.

추궁당하고 추궁하는 인간의 고독은 때로 이야기의 틀을 이루는 독백이나 고백 속에서 탈출구를 마련한다. 독자는, 사건의 원래 동기가 시간과 어둠 속에서 잊혀져 그 의미를 밝힐 수조차 없는 수형자의 최후 진술을 듣기 위한 고해신부의 귀가 된다. 이러한 어둠은 종종 물리적인 것이다. 가령, 「새벽에 En la madrugada」에서는 에스떼반이 자신의 고백을 시작하는 동안 안개가 마을을 둘러싼다. 그는 자신이 기억하는 것을 얘기한다. 자기를 구타했던 주인 돈 후스또, 어미소에게서 떼놓고 싶지 않았던 송아지…… 그러나 자신이 수감된 이유인 돈 후스또의 죽음에 관해서는, 그것이 사실임을 납득하면서도 기억하지 못한다. 사실상 살인은 무의식의 영역으로부터 나온 것이므로 그 원인과 해명을 구한다는 것 자체가 부질없다. 난폭한 사람들은 전혀 자기 감정을 표현하는 데 익숙지 못한 농부들이다. 그들의 행동을 범죄로 규정하고 그들을 난폭한 사람들로 구분짓는 것은 외부세계이다. 「대모(代母)들의 고개 La cuesta de las comadres」에서 화자는 마을에서 도적인 또리꼬 형제와 좋은 관계를 맺고 있는 유일한 사람이다. 그러나 그 역시 끝내는 어느 날 그들에게 반기를 들고 대항한다. 또리꼬 형제들 중의 한 사람이 범죄를 저질렀다고 그를 거짓 고발한다. 이처럼 룰포의 단편에는 마치 건널 수 없는 틈처럼 언제나 말 되어진 것과 행해진 것 사이에 심연이 존재한다. 비록 고백이 아무것도 명백하게 밝혀주지는 못하지만 바로 여기에서 고백의 필요성이 생긴다. 심지어 바보 마까리오조차 어둠이 그에게 주는 위안과 펠리빠의 가슴, 낮의 밝은 빛에 대한 그의 두려움, 그에게 돌을 던지고 침을 뱉는 외부세계에 대해 털어놓고 얘기할 필요성을 느낀다. 내부에는 편안한 마음과 안락함이 있다. 그러나 밖에는 판결하고 분류하는 세계가 있다. 〈밖〉은 또한 정의로운 경우가 거의 없는 사회를 의미한다. 「그들은 우리에게 땅을 주었다 Nos han dado la tierra」에서는 심지어 혁명 후의 정부조차 농민들의 심오한 감정과는 동떨어져 있다. 말은 하지 않지만 농부들은 그들이 원하는 땅은 계곡에 있는데 그들에게 주어진 것은 물이 없는 평원이라는 걸 알고 있다.

룰포의 단편에 등장하는 인물들에게 있어 사회질서란 곧 추상개념이다. 그들에게 있어 삶이란 사회계급이 아니라 가족관계나 봉건적 관계와 같은 관계에 의해 조직되어 있다. 「불타는 평원」에서 뻬드로 사모라는 혁명군 대장이라기보다는 도적에 불과하지만, 바로 보호를 해준다는 이유로 인해 좋은 사람으로 인정받는다. 이것은 사람들과 카리스마적 대장, 즉 보호자 사이의 원시적인 관계이다. 대체로 사실주의 소설이 억압자와 피억압자의 흑백구도를 보여주었다는 점을 고려하면, 이러한 견인적 관계를 받아들이는 룰포의 태도는 엉뚱하다. 그러나 룰포는 직관을 통해, 가난한 사람들이, 희망을 걸어보지만 결코 다다르지 못하는 막연한 〈하늘〉이나 〈지평선〉보다 훨씬 더 현실적인 강력한 아버지를 절실하게 필요로 한다는 것을 이해하고 있다. 「우리는 무척 가난하다 Es que somos muy pobres」에서 이러한 지평선은 매우 제한적이다. 오직 따차만이 자기 자매들처럼 창녀가 되지 않고 품위 있는 삶을 영위하길 원한다. 그러나 그녀의 재산인 소는 홍수에 휩쓸려가고, 냉혹한 물의 범람은 마치 그녀 자신의 삶을 쓸어갈 무자비한 힘처럼 보인다. 자연은 파멸의 편이 므로 지옥의 영향력이 천국의 그것보다 훨씬 더 강력하다. 마을과 풍경들은 모두 룰포의 우주 속에서 지옥의 나락으로 떨어진다. 가령, 루비나는 꽃은 말라비틀어지고 공기는 늘 시커먼 상태인 유령의 마을이다. 그래서 사람들은 시간의 흐름을 헤아리지 못한 채 연옥 속에서 살아간다. 그곳은 비애가 서식하는 장소이고, 거리에는 인적이 끊겼으며, 시간은 한없이 길다. 젊은이들은 떠나버리고 거리에는 여자와 노인들만 보인다. 룰포의 지도에서 루비나는 연옥이다. 천국은 멀리 있고 보이지 않는다. 그래서 기다림은 단지 끝이 없거나 파멸로 귀결될 뿐이다. 그러나 룰포의 세계 속에는 갑자기 비극이나 폭력이 휩쓸고 지나갈 때까지 계속해서 황량한 상태로 남아 있는 이런 유의 공간이 많이 등장한다. 결국 룰포의 단편들은 인간 존재의 근본적인 고통과 고뇌, 그리고 그것에 대항하는 인간의 행위를 그리고 있으며, 그 속에서 주관적인 잠재의식의 세계와 객관적인 세계, 환상과 실재가 결합된다.

룰포의 언어는 양식화된 지역언어이다. 그러나 그는 결코 지역주의적인 작가는 아니다. 그의 풍경은 실제적인 풍경이며, 그의 인물들은 할리스꼬의 농부들이다. 그들에게는 보편적으로 자신들의 진정한 요구와 진정한 감정을 소통할 수 있는 능력이 부재한다. 아마도 그의 단편이 보여주는 가장 지역적인 면모는 머리털이 곤두서는 오싹한 장면까지도 조명하는 독특한 블랙유머일 것이다. 혁명도적인 뻬드로 사모라는 기괴하게 변형된 처형으로 죄수들을 괴롭힌다. 단편들 중에서 가장 흥미로운 작품인 「아나끌레또 모로네스 Anacleto Morones」에서는 배경의 끔찍스러움이 극에 달해 있다. 아나끌레또 모로네스의 살해범인 화자는 시체를 자신의 집 뒤뜰에 매장한다. 그리고는 바로 그 장소에서 아나끌레또의 살해사실을 모른 채 그의 열성식을 위해 자신에게 도움을 청하러 온 일단의 여인들을 맞는다. 이렇게 음산한 배경에도 불구하고, 멕시코적인 잔인한 익살의 어조를 유지하고 있어 이야기의 재미를 잃지 않고 있다. 대부분 못

생기고 나이 든, 검은 옷 입은 여인들은 아나끌레또를 성인으로 숭배했는데, 그가 돌팔이 의사라는 자신의 직업을 구실로 그녀들에게 뚜쟁이 역할을 해주었기 때문이다. 여인들이 죽은 이에 대해 느끼는 존경심과 화자가 야바위꾼이자 위선자에 대해 간직하고 있는 억누를 수 없는 기억 사이의 대조에서 유머가 나온다. 그러나 이러한 유머는 이야기 장면의 비애감을 약화시키는 것이 아니라 강화시키는 쪽으로 작용한다. 룰포의 단편들은 지극히 독창적이다. 그것들은 멕시코의 한 지역이 아니라 광대한 윤리적 우주의 비전이다.

룰포의 대표작은 꼬말라의 지옥에서 끝나는 파라다이스의 탐색을 다루고 있는 소설 『뻬드로 빠라모』이다. 화자인 환 쁘레시아도는 어머니의 유언에 따라 어머니의 고향으로 돌아간다. 그런데 그의 어머니는 죽어가면서 그곳을 푸른 초원과 풍요가 넘치는 곳으로 기억했다. 단테와 마찬가지로 쁘레시아도는 노새꾼인 아분디오에 의해 마을까지 인도된다. 아분디오는 그를 〈지옥의 입구 la boca del infierno〉인 꼬말라의 불타는 계곡까지 인도하는데, 이곳의 사람들은 모두 다 빠라모의 자녀들이고, 빠라모를 포함해 모든 사람들은 죽어 있으며, 이곳에선 삶이란 하나의 기억에 불과하다. 그러나 쁘레시아도가 마을의 죽음을 깨닫기까지는 약간의 시간이 걸린다. 다만 그는 노새꾼인 아분디오는 죽었으며 그의 집에 거주하는 에두비헤스가 자살했다는 것을 점차 알게 된다. 과거의 소리에 질식당해 환 쁘레시아도 역시 죽어가며, 그는 도로떼아와 무덤을 같이 쓰게 된다. 그녀는 아들을 갖기를 열망하며 일생을 보냈지만 환영 속에서 천국을 방문해 거기에서 자신의 꿈이 결코 실현되지 못할 거라는 걸 확인하고 희망을 잃는다.

꼬말라에서는 도로떼아의 불만족한 삶과 헛된 희망을 모든 사람들이 공유한다. 모두들 자신을 있는 그대로 보지 못하고 소망하는 대로 보는 것이다. 도로떼아는 자기자신에게 어머니로 보여진다. 폭력적이고 억압적인 과정을 통해 가난한 소년에서 부유한 지주로 탈바꿈한 뻬드로 빠라모는 자신이 부정한 억압자라는 걸 깨닫지 못하고 오히려 언제나 자신을 수사나 산 환을 꿈꾸는 젊은 낭만주의자로 바라본다. 그는 결국 그녀와 결혼하게 되나 결코 그녀를 소유하지는 못한다. 수사나 산 환이라는 이름은 카톨릭 교회의 상징적 의미를 암시한다. 여기서 흥미로운 것은 종교적 믿음의 환영적 성격을 지각하고 있는 뻬드로가 자신의 무의식적 욕망의 구조를 통해 스스로 똑같은 신기루에 희생된다는 사실이다. 우리가 홀로 태어나고 홀로 죽듯이 뻬드로에게 있어 사랑은 항상 고독이었고 아름다움에 대한 환상일 뿐이었다. 그러나 뻬드로가 강력한 지주가 된 후에 결혼하는 수사나 산 환 자신은 이 소설에서 상대적으로 정상적이고 억압되지 않은 유일한 인물이다. 이것이 바로 다른 모든 사람들이 그녀를 미쳤다고 여기고 그녀를 그러한 상태로 몰고 가는 이유이다. 그녀는 죽은 첫 남편 플로렌시오를 갈망한다. 그녀는 모든 것이 왜곡되고 전복되어 있는 소설의 공간에서 이상적 환상에 희생되지 않은 유일한 인물이며, 구체적으로 어둠과 빛이 교호하는 자연의 리듬과 조화를 이룬 여성성을 대표한다. 그 밖의 인물들은 모두 심각한 좌절을 겪으며, 독자는 그들의 체험을 공유한다. 꿈은 남자들과 여자들을 떼어놓고, 그들 사이의 의사소통을 불가능하게 하며, 이 마을의 고통과 부정에 관심을 기울이지 못하게 한다. 돈이 없는 사람들에게 사죄(赦罪)를 거부하고, 미겔 빠라모가 자기 조카딸을 유혹했다고 의심하면서도 그를 사죄하는 렌떼리아 신부의 모습은 하늘이 신도들이 길을 잃도록 만든다는 자신의 믿음을 집약한다.

이 소설에서 룰포는 전통적인 장의 배치를 포기하고, 마치 오케스트라 편성법과 유사한 배치를 보여준다. 텍스트에는 짤막한 단편들이 삽입되고 있는데, 때로 그것들을 둘러싸고 있는 것과 관련이 없다. 또 독자들이 단지 그 정체를 추측할 수밖에 없는 마을사람들의 목소리인 대화와 독백이 작품의 본질적인 부분을 이룬다. 때로는 서로 다른 단락 사이의 연결이 하나의 어조, 반복되는 말 한마디 또는 기억들의 조합에 지나지 않기 때문에 소설의 구조는 논리적이라기보다는 차라리 시적이다. 다양한 시간과 심리상태와 사건의 층위가 먼지처럼 마을 위에 쌓여 있다. 가령, 첫 장에서 환 쁘레시아도는 꼬말라를 자기 어머니가 기억하고 있었던 파라다이스로 상상한다. 그러나 아분디오의 눈에는 그저 지옥의 입구로 보일 뿐이다. 소설은 사람들의 희망과 실제적으로 일어나는 사건 사이를 끝없이 오간다. 그래서 쁘레시아도가 꿈꾸는 활기 있는 삶은 꼬말라에 도착해서 그가 실제적으로 확인한 황량한 마을과 뚜렷한 대조를 이룬다. 물리적인 세계는 이러한 몽상과 상상의 세계와는 완전히 동떨어져 있는 것처럼 보인다. 그의 상상력은 이러한 현실을 인정하기를 거부하지만 그의 발걸음은 계속해서 움직이고, 그의 눈은 바라본다. 결국, 보르헤스의 「뜰뢴, 우끄바르, 제3의 세계」에서 가상의 세계 뜰뢴이 현실세계를 침범하듯이, 환상의 세계가 현실세계를 정복한다. 쁘레시아도는 질식상태를 느낀다. 일단 환 쁘레시아도가 죽자 이제 그를 인도하고 그에게 목소리들의 주인공을 알려주는 것은 도로떼아다. 그녀는 꿈꾸는 동안 하늘나라에 갔었고 그래서 이미 이승에서의 믿음과 희망이 무의미하다는 걸 알고 있는 인물이다. 그녀의 무덤에 숨어서 그녀와 쁘레시아도는 빠라모의 생의 말년을 다시 산다. 그들은 수사나 산 환과 결혼하겠다는 빠라모의 꿈이 어떻게 실현되는지를 목격하며, 수사나가 여전히 죽은 그녀의 첫 남편을 못 잊어 빠라모에게 몸을 허락하기를 거부하는 것을 본다. 그녀가 죽었을 때 빠라모의 생을 지탱했던 유일한 존재이유도 사라진다. 이제 그는 땅이 황폐하도록 내버려둔 채 끝까지 양도하기를 거부하는 숨이 꺼져가는 왕이다. 자기 아내를 매장할 돈을 요구했다가 거부당하자 그의 외아들인 아분디오가 그를 살해한다. 그러나 이 범죄행위 역시 꿈과 같다. 뻬드로도 아분디오도 살인이 이루어지는 동안 실제로 그곳에 있지 않았던 것으로 보이며, 독자들은 단지 하녀 다미아나의 반응을 통해 일어난 사건을 추측할 뿐이다. 기억과 상상과 현실이 뒤섞이는 가운데, 삶을 지배하는 것은 열정과 탐욕, 질투, 분노와 같은 어두운 힘이고, 빛의 힘은 단지 환상의 세계에만 존재할 뿐이다. 이러한 애매성의 공간, 지각 영역의 아이러니컬한 병치는 단선적인 소설기법에서는 불가능하며, 이 점이 바로 룰포의 소설에 진정한 의미를 부여한다.

『뻬드로 빠라모』에서는 외디푸스적, 단테적 탐색 같은 모든 모티브들이 신화적 힘에 의해 통합되어 멕시코 전체, 나아가 대륙 전체의 식민적, 봉건적 유산의 은유적 제시라는 중심을 향해 완벽하게 수렴되고 있다. 아스뚜리아스의 『옥수수 인간』(1949)에서처럼, 룰포의 소설은 국가적(멕시코적/중남미적) 차원과 동시에 개인적(보편적) 차원에서 작동하며, 마르크스 및 프로이트와 양립할 수 있는 비판적 시각이 소설의 담화 전체를 지배한다. 이러한 구성이 없다면, 이 소설은 읽힐 수 없을 것이고, 마술과 미스터리의 미로 속으로 빠져들 것이다. 이처럼 작품은 역사와 신화의 융합을 보여주며, 〈메아리와 중얼거림〉으로 가득 찬 세계에서 독자는 마치 고고학자나 탐정처럼 실마리와 증거를 수집하고, 암호해독과 상상적 재구에 토대한 해석을 수행하게 된다. 여기에서 룰포는 실질적으로 인물들의 세계관에 따라 소설의 전망을 구축하고 있으며, 환상적인 소설의 공간을 지배하는 것은 인물들 간의 사회적 관계이다. 이 점은 마술적 사실주의와 관련해 매우 중요한 의미를 지닌다. 『뻬드로 빠라모』는 『백년 동안의 고독』이상으로, 중남미는 마술적이고 신비롭고 불합리하며 그 문학은 이러한 이상한 리얼리티를 고양한다는 믿음을 정당화시키기 위한 전거로 이용되어 왔기 때문이다. 룰포는 이 작품에서 전위적인 문학적 실험을 통해 피상적 리얼리즘에 반기를 들고 잠재의식과 마술, 철학 속으로 파고드는 새로운 차원의 소설쓰기를 보여준다.

『뻬드로 빠라모』는 흔히 비관주의적이라고 평가되어 왔다. 룰포는 혁명이 가져온 정치사회적 현실에 대해 비관적인 관점을 견지하고 있으며, 꼬말라는 인간의 죄가 만연하고 미래에 대한 전망이 결여된 지리적 공간을 대표한다. 또한 혁명의 결실은 특정한 집단에 의해 전유되었고 마을 주민들의 혁명의식은 희박하다. 그래서 혁명은, 아수엘라의 『천민들』에서처럼, 회의주의적인 시각으로 조명되고 있는 것처럼 보일는지도 모른다. 이상과 꿈의 좌절을 경험했던 멕시코의 과거 역사를 반영하는 작품에서 다른 식의 결론을 발견하기란 쉽지 않을 것이다. 그러나 불행했던 과거의 상징적 인물인 뻬드로는 살해당한다. 그리고 간접적인 방식이긴 해도, 지주의 사생아인 아분디오가 복수를 하며, 뻬드로의 기반인 황폐한 불모의 바윗더미는 마침내 무너져내린다. 이 작품은, 까를로스 푸엔떼스의 『아르떼미오 끄루스의 죽음』과 더불어, 마리아노 아수엘라에서 시작된 멕시코 혁명 소설이 현장기록적, 증언적 차원을 벗어나 역사적 전망을 획득하는 과정을 증거하며, 무엇보다도 중남미의 소위 붐 소설 시기를 시작한다는 의미를 지닌다.

3.7 환 까를로스 오네띠

환 룰포의 소설이 꼬말라를 주무대로 설정하고 있는 것과 마찬가지로 환 까를로스 오네띠 Juan Carlos Onetti(1909 ~)의 몇몇 작품은 멀리 떨어진 하항puerto fluvial인 산타 마리아Santa María를 배경으로 하고 있다. 이곳에서는 희망이 사라졌으며 사람들은 맥빠진 평범한 생활을 영위한다. 오네띠의 단편소설이나 소설에서는 하나의 지속적이고 공통되는 특성을 발견할 수 있는데 그것은 작중인물들의 공통된 성격, 즉 모든 희망이 무너지고 어쩔 수 없는 절망 속에 빠져들지만 그 좌절 속에서도 최후의 인간적 몸짓을 잃지 않는 것이 그것이다. 오네띠의 첫 소설 『우물 El pozo』(1939)에서는 사랑하는 연인과 한 매춘부 그리고 한 친구에게 자신의 생각을 이야기하고자 하는 고독한 인간을 다루고 있는데 이는 오네띠의 전형적인 인물이다. 그가 이야기할 수 있는 모든 것은 의사소통의 좌절에 관한 것뿐이다. 그에게는 꿈을 같이 나눌 사람도 없고, 실현할 이상도 없는 까닭으로 소설 끝 부분에서 절대고독을 인정하지 않을 수 없게된다. 결국 인간은 희망을 잃게 되면 절망적인 파멸의 길로 들어서게 되는 것이다.

오네띠의 단편과 소설작품은 크게 두 부류로 나눠볼 수 있다. 『우물』, 『이 밤을 위하여 *Para esta noche*』(1943), 『무인도 *Tierra de nadie*』(1941), 『짧은 삶 *La vida breve*』(1950) 등이 첫번째 부류에 속하는데 여기에서 인물들은 사회속에서 꿋꿋이 서고자 노력하나 이를 성취하지 못한다. 『이 밤을 위하여』에서는 독재와 오사리오의 탈출기도가 그려지고 있는데, 실제로 탈출은 꿈 속에서 실현된 것이다. 그러나 살과 뼈를 가진 실재세계의 사람들을 조종한다는 것도 역시 거짓된 환상이다. 『무인도』도 마찬가지로 뿌리뽑히고 비도덕적인 사람들이 거주하는 부에노스 아이레스의 실재 사막을 무대로 하고 있다. 많은 평자들이 지적하듯이 『짧은 삶』은 과도기적인 작품인데 이 소설의 주인공인 브라우센도 실재세계가 아닌 꿈 속에서 자신을 긍정하고 있다. 「이루어진 꿈 Un sueño realizado」이라는 단편에서 이미 이와 유사한 상황이 그려진 바 있는데 한 미친 여인이 그녀를 위해 꿈을 공연하도록 하기 위하여 두 명의 배우를 고용한다. 『짧은 삶』에서 이러한 징후는 복잡한 구조를 가져올 정도로 발전한다. 이 작품의 중심인물인 브라우센은 변태성욕자이다. 그에게 삶이란 막 유방암 수술을 마친 충실한 아내와 함께 하는 무미건조한 것이다. 그의 진정한 삶은 옆집인 라 꾸엥까 La cuenca에 있다. 평소 브라우센은 매너리즘적이지만 환 마리아 아르세 Juan María Arce라는 이름으로 바꾸고 옆집에 들어가면 그는 〈다른 나 otro yo〉 즉 하나의 범죄를 구상하는 과격하고 훨씬 더 남성적인 인물로 변한다. 그러나 브라우센은 의사 디아스 그레이 Díaz Grey라는 또 다른 인물로의 변화를 추구한다. 다른 인물이 되고자 하는 그의 욕망은 헤르뜨루디스의 잘린 젖가슴이 브라우센에게 불러일으키는 물리적 존재의 공포로부터의 해방을 추구하는 것에 다름 아니다.

오네띠의 후기 소설은 가공의 도시 산타 마리아를 무대로 하고 있다. 『이름 없는 무덤 *Una tumba sin nombre*』(1959), 『조선소 *El astillero*』(1961),

『시체 모임 *Juntacadáveres*』(1964)과 몇몇 단편들이 여기에 해당된다. 여기에 제시되는 공간인 산타 마리아는 절망의 덫이자 진정한 의사소통과 존재의 걸림돌이다. 오네띠의 가장 인상적인 인물로『시체 모임』과『조선소』의 주인공인 라르센은 인간적인 실체, 즉 개체이며 산타 마리아는 사회적인 것이다. 어떤 의미에서는 둘 다 추상적인 개념이다.『시체 모임』은『조선소』보다 나중에 씌어졌지만 시간상 그 이전의 사실, 즉 산타 마리아에 사창가를 세우겠다는 꿈을 실현시키겠다는 확신에 차 있던 시기의 일을 다루고 있다. 산타 마리아의 거주자들은 사창가를 원하는 사람(약제사 Barthé)과 원하지 않은 사람(사제 Bergner), 그리고 좋은 사람(마리아의 딸들)과 나쁜 사람(라르센이 중시하는 창녀들)으로 구분되어 있다. 산타 마리아는 외견상으로 보면 전통적 가치들의 대립의 장처럼 보이지만, 도덕적인 갈등의 장이다. 그러나 도시에서는 현상적으로 이러한 구별이 유지되고 있다. 창녀들은 사창가에 갇혀 지내야만 하고 한가로운 오후에 시내에 나가려고 하다가는 학대를 받게 된다. 모두가 자신들의 신념이나 이데올로기에 따라 무리를 이루고자 애쓰는 이러한 사회 속에서 진정한 양극화는 라르센의 절대적 환멸과 사춘기 소년인 호르헤의 미숙함 사이에 주어진다. 이 소설에서 산타 마리아는 일종의 윤리의 수렁으로 여기에서는 아무도 자신이 처해 있는 상황을 인정하지 않으며 법률이나 제도도 별 효력이 없다. 그래서 선술집, 사창가, 집, 거리 등은 우리 존재의 변함 없는 상징으로 변한다는 점에서 형태를 가진 모든 것의 허위성을 객관화시킨다.

오네띠의 대표작은『조선소』인데 여기서는 라르센이 오랜 공백 끝에 산타 마리아로 되돌아오는 것을 다루고 있다. 그것은 그가 인간으로서 설정한 목표였으나, 그는 죽는 순간까지 마지막 환상을 키우면서 살아간다. 사기혐의로 기소된 뻬뜨루스 소유의 조선소는 텅 빈 채 멈춰 있다. 라르센은 다시 거래를 재개하려 하면서 또한 뻬뜨루스의 실성한 딸을 보살피는 데 전념한다. 이러한 시도는 발자크 소설에 등장하는 기회주의자의 그것과 유사하다. 배경이 되는 환영의 도시에서 분별없는 더 나아가 불합리하기까지 한 활동을 보게 된다. 옛날 서류철을 읽고 있는 마지막 두 고용자 쿤스와 갈베스를 제외하곤 텅 빈 사무실에서 라르센은 이미 오래전에 그곳을 거쳐간 선박들의 체류일정표를 들여다보고 있다. 즉 그는 뻬뜨루스가 사기혐의로 수감되었다는 것을 아는 순간 사라져버 릴 꿈 속에만 존재하는 거대한 현대적 기업의 중심부에 서 있는 것이다. 룸펜이며 범죄자였던 그는 조선소에서부터 사업, 순수한 사랑, 다른 사 람과의 친교, 쾌락 등 모든 그의 삶의 구도를 만들어낸다. 그러나 조선 소 자체가 실재하는 기업에 대한 조소인 것과 마찬가지로 이것들 각각은 그로테스크한 캐리커처일 뿐이다. 그러나 이러한 모든 것에도 불구하고 라르센의 이야기는 진정한 비극이다. 왜냐하면 그를 죽인 것은 바로 좌 절의 그로테스크한 반복이기 때문이다. 인간의 삶, 특히 오네띠 인물들 의 삶에서 변화는 피할 수 없고, 순수한 사람들은 젊어서 죽는다. 즉 인 간에게 새로이 삶을 시작하도록 허용하는 통로는 존재하지 않는다. 오네 띠의 작품의 가장 난해한 면 중의 하나는 농밀하고 불투명하며 간접적인 문체이다. 그는 간접적인 양식을 선호한다. 그의 문체는 항상 새로운 사 건의 제시와 이해에 어울리며, 산타 마리아의 창조와 같은 그의 시각에 매우 적합한 독창적인 문체이다. 「그녀만큼이나 슬픈 Tan triste como ella」 (1979)에서 남편은 사랑과 공감의 상징인 정원을 고의로 파괴한 후 시멘 트로 땅을 덮어버리며 절망한 부인은 자살한다. 「그토록 두려운 지옥 El infierno tan temido」이라는 단편에서는 불성실한 아내가 남편을 가두고 결국 자살을 한다. 오네띠는 제시된 인물들이 어떻게 증오와 절망의 웅덩이로 추락하는가를 설명하지 않고 단지 추락의 과정을 묘사할 뿐이다. 따라서 그의 산문은 부패와 음모 앞에 놓인 인간에 대한 관찰이라고 할 수 있다.

3.8 훌리오 꼬르따사르

꼬르따사르 Julio Cortázar(1916~1984)는 1914년 벨기에 수도 브뤼셀에서 아르헨티나의 한 경제사절의 아들로 태어났다. 네 살 때 부에노스 아이레스에 돌아왔으며, 교육학을 전공하여 문학석사 학위를 받았다. 그 후 고등학교 교사로 재직하였으나 페론 정권과 충돌, 파리에 유학하여 유네스코본부에서 번역일을 하였다. 그의 초기 작품은 모두 단편의 형식을 취하고 있는데, 『맹수사 Bestiario』(1951), 『놀이의 끝 Final del juego』 (1956), 『비밀병기 Las armas secretas』(1959)등이 단편작품집이다. 그의 단편들은 독창적인 상상력의 단초는 보이지만 장편에서 보이는 것처럼 명백한 기교의 혁신은 보이지 않는다. 가장 널리 알려진 『비밀병기』에 실린 「악마의 무기 Las badas del diablo」에서 사진작가이자 소설가인 꼬르따사르-미셸은 내가 왜 이것을 이야기해야 하는가, 아무도 누가 진실되게 이야기하고 있는지를 알지 못한다 등의 진술을 통해 현실 재현의 문제에 회의하면서 사실처럼 보이는 것을 쓰고 기록한다. 작가와 사진작가는 당연히 그 직업의 위선적인 속성에 맞닥뜨리게 된다. 즉 그가 현실을 기록할 때는 이미 현실을 변형시키는 것이다. 따라서 충실한 재생은 인간의 개입되지 않은 자연의 경우에만 가능하다. 그러나 철저하게 미학과 인식의 문제만을 다루고 있는 것은 아니라 요사처럼 그에게 가장 중요한 문제는 문학의 진정성 autenticidad이었다. 그는 속성상 예술은 그것의 진정성이라고 하는 것이 급격하게 타락할 수 있는 경계선에 위치하고 있다고 파악한다. 『추적자 El perseguidor』에서 바로 이런 상황이 전개된다. 이 작품은 브루노라는 관찰자에 의해 씌어진 재즈음악가 조니에 관한 이야기로, 조니의 생생한 체험과 상업적인 성공 속으로의 안주 등이 해석자, 설명자, 구원자 그리고 종국에는 파괴자로 기능하는 브루노를 통해 그려지고 있다.

꼬르따사르의 예술세계는 느린 속도로 발전하는데, 37세까지 아르헨티나에서 살면서 시, 수필, 다른 작품 등을 자주 훌리오 데니스 Julio Denis라는 가면을 사용하여 발표했다. 꼬르따사르의 작품세계는 상상력과 자유가 거의 배제된 구조화되고 형식화된 영역과 상상력과 자유로 이루어진 창조적 영역이 있다. 문제는 파괴 없이 창조하고 과도하게 구조화하지 않고 구성하는 것이다. 이 문제는 매우 변화 가능한 요소 중의 하나인 관찰자와 독자의 존재에 따라 더욱 복잡해진다. 「도롱뇽 Axolotl」에서 화자는 수족관 유리를 통해 열대어를 지그시 바라보다가 스스로 도롱뇽으로 변하여 자기자신을 유리를 통해 다른 측면에서 쳐다본다. 그러나 이것은 창조자에게 시선을 돌려 바라보는 완결된 창조의 산물이기도 하다. 창조주, 창조물, 관찰자는 「놀이의 끝 Final del juego」의 테마이기도 하다. 이 작품에서는 기찻길 옆에서 3명의 소녀가 조각을 갖고 등장한다. 그들은 자신 나름대로의 규칙을 정하나 기차로부터 아리엘이라는 소년이 지켜본다는 것을 알고 놀이는 점점 복잡해진다. 관찰자가 존재한다는 사실이 놀이를 변화시키고 소녀들 중 한 명으로 하여금 모조품 대신에 진짜 보석을 사용하게 하지만, 마찬가지로 결국에는 장난으로 끝나게 된다. 이처럼 꼬르따사르의 작품에는 순수에의 탐구가 가득 차 있다.

꼬르따사르의 단편들에는 작가의 역할과 연관된 자의식의 추구가 나타난다. 『맹수사』에는 일화적인 요소들이 많이 나타나고 있으며, 『악마의 무기』에서 보이는 언어에 대한 자의식은 이후의 작품세계에서 나타날 일상적이고 상투적인 것에 대한 거부라는 측면에서 그의 지배적인 관심사가 된다. 작가는 독자가 등장인물과 동일시하거나, 현실과 예술을 혼동할 기회를 박탈한다. 이런 과정이 장편소설에서도 보인다. 첫 소설작품의 후기에서 작가는 해설을 거부하지만, 이는 부록의 형태이지 책의 일부를 이루지는 않는다. 그럼에도 불구하고 형식에 대한 깊은 자각을 드러내고 있는데, 이것은 이 작품이 소설형식을 사용하고 있는 것이 아니라는 것을 암시하는 〈후작 부인이 5시에 외출했다〉라는 구절로 시작하는 데서 알 수 있다. 『상 Los premios』의 언어와 구조는 상투성과 관련된 요소를 많이 가지고 있다. 복권에서 바다여행에 당첨된 여행객들이 부에 노스 아이레스에서 출발하여 예측하지 못한 고난에 부딪친다는 내용이 다.

꼬르따사르의 가장 대표적인 작품은 『원반놀이 *Rayuela*』(1963)이다. 『원반놀이』는 서양문명의 부정이며 정면도전으로 서구문명의 토대를 이루고 있는 이성중심적 사유체계에 대한 치료법을 제시한 임상학적 서적이기도 하다. 600면에 달하는 이 소설은 작가와 언어와의 사이에 일어나는 격렬한 갈등의 장이다. 꼬르따사르는 의식적인 표현을 사용하여 인간이 구사하는 각 단어마다 언어의 기만이 숨어 있음을 지적하면서 그것들을 파괴하려 한다. 주인공들은 언어야말로 인간과 그의 가장 심원한 본질과의 사이에 놓여 있는 가장 큰 장애물이라는 것을 철저히 믿고 있다. 꼬르따사르는 〈만일 우리가 일정한 현실을 언어로써 용이하게 표현할 수 있다고 단정하지 않는다면 이 현실을 능히 파악할 수 있는데도 불구하고 이 용이하다는 그릇된 판단으로 해서 우리는 어느 사실을 설명하는 데 전혀 피상적인 언어를 사용, 사물의 본질로부터 점점 멀어져가는 오류를 범하게 된다. 이것이야말로 언어 생명에의 치명적인 적이다〉라고 말한다. 물론 언어와의 투쟁을 생명으로 하는 작가들에게는 무서운 역설이며 자살행위이다. 그러나 〈언어 전체와 그 본질에 대하여 반기를 드는 것이 아니다. 단 일정한 형태의 언어구사와 나에게 허위로 보이는 타락된 언어활동에 대한 투쟁이다〉라는 그의 진술처럼 꼬르따사르는 자기 고유의 언어 형태를 창조하게 된 것이고 『원반놀이』는 이의 시험대이다. 그에게 있어 창조란 관습적인 언어 형식과 구조, 상투적인 표현수단을 철저히 제거하는 것이다. 실제로 이러한 그의 시도는 『원반놀이』에서 일단 성공을 거두었다. 『원반놀이』에서 모든 작품의 형식은 현실과의 관계에서 일반적인 문학과 예술에 대한 거부이며, 구조 또한 전통적인 소설 기법과 전혀 다르게 〈저쪽에서 Del lado de allá〉, 〈이쪽에서 Del lado de acá〉와 인용문과 모레이의 글, 그리고 다른 자료들로 이루어진 〈다른 쪽에서

De otros lados〉세 부분으로 나누어져 있다. 꼬르따사르는 이 마지막 부분을 〈버릴 수 있는 장 Capítulos prescindibles〉이라고 부른다. 『원반놀이』는 작가가 읽는 법을 두 가지 방법으로 제시하여 출판 초기부터 화제가 되었다.

『원반놀이』는 어떤 의미에서는 백과사전이다. 즉 백과사전이 18세기의 모든 현상과 행위에 포괄적 가치를 부여했다면 『원반놀이』는 문화와 도덕을 구성하는 모든 것의 해체와 사상, 문학행위를 구성하는 인습적 성격의 드러냄을 나타낸다. 이 작품의 기본적인 역설은 이것이 본질적으로 인습을 형성하는 언어를 통해 이루어져야 한다는 점이다. 중심인물인 올리베이라는 모든 언어화 verbalización에 대해 의심한다. 따라서 꼬르따사르의 다른 인물들처럼 올리베이라는 계속해서 사용하는 언어를 의심하고, 언어가 그를 그의 의도와는 다른 방향으로 이끌어감을 인식한다. 이제 언어를 주된 도구로 하는 문학은 단순히 무질서를 질서화하는 기만적 방법으로 간주된다. 직관적으로 포착하는 올리베이라에 대한 마가의 매력의 원인이 여기에 있다. 또한 문학, 언어, 철학에 강요된 가치의 위계는 패러디, 신조어, 소설에서의 우연을 통해 지속적이고 직접적으로 공격받는다. 또한 일반직인 의미에서 술거리나 진전되어 가는 일련의 사건은 존재하지 않을지라도 소설은 두 개의 지역적 축을 중심으로 구성되고 있다. 파리와 부에노스 아이레스가 두 축 역할을 하고 있는데, 파리에서는 올리베이라가 마가와 뽈라와 벌이는 애정관계, 뱀클럽에서 올리베이라의 친구들과의 만남, 로까마두르라는 마가의 아들의 죽음 등이 일어나고, 부에노스 아이레스에서는 여행자와 따리따에 대한 올리베이라의 우정, 그레켸트켄과의 연애관계 등이 일어난다. 이러한 사건과 대화 속에는 패러디, 아이러니, 언어에 대한 계속적인 반론이 제기되어 인습파괴의 역할뿐만 아니라, 현실의 날카로운 단편들에 대한 방어막을 형성한다. 파리는 은유적으로 묘사되고 있으며, 올리베이라는 도시의 모든 골목들이 삶과 그것의 부조리에 대한 아날로지를 제공한다고 생각한다. 그러나 유머와 패러디는 오직 자살에 의해서만 끝나는 비극적인 이해를 미루기 위해 필요한 도구로 보인다. 파리 장면에서 베르뜨 뜨레빠의 음악회, 로까마두르의 죽음 등이 패러디의 전략에 의해 쌓여 있다. 베르뜨 뜨레빠는 전위주의 작곡자이자 피아니스트로 올리베이라는 비가 오는 날 우연히 그의 연주를 듣는다. 그의 작곡은 『원반놀이』의 것과 음악적 상동성을 갖는다. 예를 들면 전통구조와의 단절, 작품 속에 침묵의 도입 등이다. 그리고 이 모든 새로운 요소들은 가능한 어떤 해석으로부터도 자유롭게 부유한다. 베르뜨 뜨레빠의 연주회와 올리베이라의 대응은 상투적으로 둘 다 애매모호하다. 올리베이라는 음악회가 마음에 들었다고 말하면서 그를 집에 데려오고, 그의 감상적이고 인색한 삶에 휩쓸린다. 공포는 기의significado를 결여한, 부조리한 구조 뒤에 존재하는 공허로부터 유래한다. 로까마두르가 죽었을 때 올리베이라와 오십이 대화하는 동안에 사건이 발생한다. 마가에게 소식을 전할 겨를조차 느끼지 못한 채 그들은 죽음과 현실에 관해 토론하고, 친구들이 도착하는 동안 축음기에 디스크를 올려놓고 있고 위층 노인은 천장을 두드린다. 어린아이의 부패된 시체가 모든 장면을 가득 채우고 농담조차 가장 절망적이다. 올리베이라가 그들의 행동을 파리의 행위에 비교하는 것도 지나친 것은 아니다. 분명히 올리베이라는 비록 하늘에 있지는 않을지라도, 현실적이지 않은 대상이 존재한다고 믿었다. 또한 센 강변에서 엠마누엘이라는 방랑녀와 동침하던 중 체포되어 두 명의 동성연애자와 함께 경찰서로 연행되어 간다. 경찰차 속에서 동성연애자들 중 하나가 갖고 있던 만화경의 색을 지그시 바라본다. 올리베이라에게 그것은 세계에 대한 인식과 노력의 이미지였다. 그러나 현실 구성방법이 전적으로 변화되었을 때만 목표는 달성되고 만화경은 가장 빛나는 조화를 이루게 된다. 〈버릴 수 있는 장〉에서 모레이는 장벽처럼 존재했던 소설의 마지막 구절을 상상한다. 〈내심으로 더 멀리 갈 수 없음을 안다. 왜냐하면 그 길은 존재하지 않기 때문이다.〉 이처럼 『원반놀이』는 극도로 절망적인 상황 앞의 장벽처럼 서 있기 때문에 우리 시대의 가장 비극적인 소설 중 하나라고 할 수 있다.

『원반놀이』는 고도의 형이상학적 작품이다. 이 작품에서 말하는 미로는 피안으로 통하는 길이며 불가의 열반에 해당한다. 꼬르따사르는 자기 작품에서 하늘과 땅의 결합에의 초대를 하고 있으며 영원에의 도달을 위한 시간으로부터의 이탈을 종용한다. 인간이 시간을 발명한 것은 〈하나의 큰 실수〉라고 그는 말한다. 때문에 이 시간으로부터의 초탈을 위하여는 죽음, 즉 인간의 운명을 포기하는 길밖엔 없다는 것이다. 『원반놀이』에서 작가는 동양의 지혜인 선(禪)사상을 창작의 거름으로 쓰고 있으며 작품 인물들로 하여금 선에 관한 많은 찬사를 하게 한다. 또한 현대 서양 선사(禪史)에서 빼놓을 수 없는 스즈키 교수, 비트겐슈타인, 비이트 시인인 페르링 게티 등의 이름도 자주 인용하고 있다. 그에겐 데카르트의 〈나는 생각한다. 고로 존재한다〉라는 명제는 무의미하며 유대교와 기독교의 전통을 이어받아 서양문명이 오늘날 세계를 이 지경으로 만들어 놓았다고 개탄한다. 꼬르따사르는 선의 유머와 역설에 흥미를 느꼈고 공감을 하였다. 선 대화 중 별안간 제자의 뺨을 후려친다든지 혹은 발길로 찬다든지 하는 선사들의 폭력행위, 죽음에 임하여 앉아서 혹은 나무 밑에 서서 혹은 거꾸로 서서 현세를 떠나는 불승들의 유머러스한 태도, 『서유기』에서 미천한 동물인 원숭이와 부처가 지혜를 다투게 하면서도 모독감을 느끼지 않는 동양인들의 여유 있는 마음가짐이 서구 선 전문가 블리드, 와트, 린센 등과 일반 선 애호가의 논평대상이 된다. 이들이 이 점을 높이 평가함은 카톨릭이나 유교에서 중시되는 권위, 엄숙성이 없이도 사물의 본질에 도달케 한다는 점이다. 해학, 조소, 비논리로 가득 찬 이 작품은 독자로 하여금 큰 혼란을 체험하게 하나 이면으로는 이러한 요소를 통하여 저자는 독자를 문제의 핵심으로 이끄는 데 성공하고 있다. 이 작품은 조이스의 『율리시즈』와 비교되었는바 선의 입장에서 보면 타당한 관찰이라 하겠다. 또한 『원반놀이』는 콕토와 자리에도 빛을 지고 있으나 그 주된 영감은 선에서 받고 있다. 그러나 이 작품의 성공은 어디까지나 저자의 뛰어난 창작능력에 돌려야 한다. 또한 꼬르따사르는 미국의 일부 비이트 시인들과는 달리 선을 바르게 보았다. 선의 체계를 응용한 이러한 작품이 서양사회에서 베스트셀러가 될 수 있다는 사실은 이 사회가 그들의 전통적인 사고체계와는 다른 동양의 선 사상을 받아들이기에 크게 성숙했음을 말하고 있다. 이오네스코나 베케트에게도 선의 대화가 흡사한 점이 있음을 움베르토 에코 같은 문학평론가가 지적하고 있음은 우리에게 새삼스러운 놀라움이 아니다. 오늘날 서양에서의 선의 이해와 그 성공은 탁월한 동양학자의 많은 노력도 큰 몫을 하였으나 이 길은 이미 쇼펜하워나 니체가 닦아놓은 것임을 잊어서는 안 될 것이다.

『80세계를 하루 만에 돌기 *La vuelta al día en ochenta mundos*』와 『마지막 라운드 *Último round*』라는 수필집과 비평집이 현실의 문제를 다루고 있다면, 세번째 소설 『무장을 위한 62모델 *62 Modelo para armar*』에서는 삶이 문학으로 변하는 지점과 창조행위를 내포한 우연성과 가능성을 다룬다. 그러나 이 작품은 또한 인식적으로 아는 것들 이상의 사물을 작가는 작품에 이용할 수 있다는 확신으로부터 씌어진다. 그는 어떻게 소설을 전개해 나가야 할지 알 수 없다고 고백한다. 그러나 모든 경우에 소설을 쓸 때 작가와 독자와의 관계를 변화시켜야 한다고 생각한다. 『무장을 위한 62모델』에서 마라스뜨, 뽈랑꼬, 깔락, 니꼴 등의 인적 요소, 런던, 파리, 비엔나 같은 도시들, 차도, 기차, 전철 등의 교통수단이 나타난다. 이러한 모든 요소들이 도식으로 제시되고 그 틈에서 창조하고 분출하고 탐구하는 사람이 바로 독자이기를 바란다. 그럼에도 불구하고 독자는 이러한 고려의 이유를 질문하게 된다. 형식의 포기와 독자가 스스로 작품을 구성할 수 있게 한 배열이, 인간은 각자 자신의 경험만에 의존한다거나, 보다 가치론적으로 우월한 시각은 없다라는 생각을 내보이는 것처럼 보인다. 그러나 최종적으로 이 텍스트는 『원반놀이』보다 더 비극적인 결론을 보여준다. 즉 『원반놀이』에서 작가는 삶에 대한 공포에 대하여 우리에게 방패를 주지만 또 한편으로 우리들이 공포에 직면하도록 허용한다. 그렇지만 『무장을 위한 62모델』에는 단지 우리에게 방패의 조각만을 주고, 우리가 그것을 조립해야 한다고 가정된다. 의심할 여지 없이 이 작품은 창조자와 창조된 대상으로부터 독자에게 소설의 관심이 이전된 논리적 귀결로 간주될 수 있다.

3.9 호세 마리아 아르게다스

페루출신인 아르게다스 José María Arguedas(1911~1970)는 민담이나 께추아 표현을 토대로 작품활동을 한다. 그의 초기 단편집인 『물 *Agua*』(1935)에서는 께추아의 관용어와 구문을 토대로 새로운 스페인어를 창조하려고 시도한다. 첫 소설작품인 『야바르 축제 *Yawar fiesta*』(1941)는 보다 더 서정적이긴 하지만 인디언소설이나 사회저항소설과 관련을 맺고 있으며, 그의 두 대표작 『깊은 강들 *Los ríos profundos*』(1958)과 『모든 피 *Todas las sangres*』(1964)에서도 아르게다스는 민중적 원천의 서정성과 사회성 있는 주세를 결합하고자 하는 시도를 계속한다. 『깊은 강』은 대부분 아반까이의 기숙사가 있는 학교에서 보내게 되는 에르네스또의 청년기를 다룬 1인칭소설로 자전적 요소에 기초하고 있다. 에르네스또는 원주민 문화와 스페인 문화 사이에서 분열되어 있었으며 스스로 양쪽에 다 속한다고 느낀다. 처음부터 독자는 삶의 표층 아래로 관류하는 두 개의 서로 다른 가치체계의 존재를 인지한다. 소설의 도입부분에서 에르네스또와 그의 아버지는 꾸스꼬에 살고 있는 인색하긴 하지만 경건한 노인의 집을 방문한다. 노인은 그들을 원주민들이 일상적으로 사용하는 소형 접침상에서 자도록 한다. 이런 식으로 노인은 그들과 한마디 말도 나눠보기 전에 그들을 분류하고 있는 것이다. 이러한 차별은 도시의 건물이나 비석에서조차 명백히 드러나는 종족적 감수성의 심층구조의 피상적인 표명에 지나지 않는다. 작품 속에서 잉카의 유적은 자연의 활력에 훨씬 가까운 반면 스페인 문화는 충동과 변화를 억제하고 있다. 또한 잉카의 신앙체계가 스페인의 카톨릭과 연결되어 있듯이, 잉카의 신앙과 결합된 일종의 신앙체계도 존재하지만 다양한 요소들로 인해 둘은 양립할 수 없다. 아르게다스가 인디언소설보다는 훨씬 심오한 수준에서 양자의 차이를 추구하고 있다는 것은 명백하다. 에르네스또는 불의 괴물과 바위와 섬에 부딪칠 때 가장 아름다운 음악을 연주하는 커다란 강들로 가득 찬 영적인 세계와 접촉하고 있다. 이러한 영적인 생활은 운동과 휴식, 강과 돌에 관한 광범위한 개념 속에서 그리고 노래와 음악, 원주민 아이들의 장난감에 내재한 문화적 수준에서 이해된다. 에르네스또의 세계는 제도의 세계와 원주민 문화 사이의 눈에 보이지 않는 소동으로 가득차 있다. 백인과 인디언 사이의 혼혈인 촐로Cholo들은 이러한 숨겨진 그러나 심오한 관계로 구성된 세계의 한 부분을 형성한다. 백인적이고 기독교적인 그리고 스페인적인 세계는 보다 모호한 문화와 정신성을 지니고 있다. 아르게다스는 카톨릭적인 것에도 심오한 이해심을 가진 적이 있기 때문에 원주민과 잔인한 스페인인들로 양분하지는 않는다. 그러나 기숙사가 있는 학교의 구조 자체가 그의 세계관을 상징하고 있다. 그곳은 어둡고 밀폐되고 사악한 도시생활로부터 완전히 분리된 장소이다. 그곳에서 성은 문란해지고 소년들은 부엌에서 일하는 백치하녀의 몸을 통해 억압당한 성을 완화시킨다. 반면에 그들의 벽 저편에서는 촐로 여인들의 봉기가 있었고 군대가 시내로 들어온다. 또한 전염병이 선포되었고, 이제 학교도 이러한 모든 것으로부터 완전히 자유로울 수는 없다. 그래서 에르네스또는 내부의 부패하고 정체된 분위기 앞에서 하나의 주문으로 강을 떠올린다.

『깊은 강들』은 신화의 세계를 도입한다는 점에서 아스뚜리아스의 소설과 많은 공통점을 지닌다. 그러나 아르게다스는 모순을 해결하지 않는다는 점에서 아스뚜리아스의 소설과 차별성을 지닌다. 소설의 전개과정에서 학교와 교장에 대한 에르네스또의 태도는 애매하다. 교장은 지주들에 의해 구축된 질서의 일부를 형성하지만, 그의 내부에서는 기독교적 자비 또한 작용하며 때때로 에르네스또가 필요로 하는 아버지의 역할을 해주기도 한다. 교회와 학교 그리고 그 규율은 존재의 남성적인 일면을 제공하는 반면 소년들로부터 본능과 감정이라는 여성적인 세계를 앗아갔다. 에르네스또는 그의 내면에 있는 두 문화의 평형을 이루려 하는 것과 마찬가지로 이 두 세계의 균형을 이루려고 애쓴다. 따라서 이 소설은 다소간 자전적인 구조를 가졌음에도 불구하고 보다 보편적 진리에 대한 관심은 심리적, 사회적 영역을 뛰어넘는 것이다. 에르네스또의 해답은 색채, 음악, 노래, 언어, 자연스러운 삶 등 심미적이며, 사회계급이나 인종에는 무관심하다. 워즈워드에서처럼 심미적인 응답은 윤리적이고 자연스럽다. 이런 측면에서 그의 모성적이고 인디오적인 측면은 승리할 수 있었다. 즉 분리와 고독은 카톨릭에서도 어느 정도 위안을 얻을 수 있지만 총체성과 고결함은 모성의 영역에서 확보되는 것이다.

3.10 아우구스또 로아 바스또스

1917년 파라과이에서 태어난 로아 바스또스Augusto Roa Bastos(1917~)의 첫 단편모음집은 『나무잎사이의 천둥 El trueno entre las hojas』(1953)로 국가와 민중을 특징짓는 특성과 인간의 조건에 대한 천착을 날카롭게 보여주고 있다. 파라과이에 관한 관심은 이처럼 그의 모든 작품에서 지배적인데, 중남미산문의 가장 의미 있는 작품 중의 하나로 파라과이의 고통을 그려낸 작품이라고 간주되는 『사람의 아들 Hijos de hombre』(1959)에서 잘 나타나고 있다. 이 작품은 19세기 중반부터 차꼬 전쟁에 이르기까지의 100년에 걸친 파라과이인들의 독재에 대한 저항을 다루고 있다. 사건들은 엄격한 연대기적 순서에 따라 전개되는 것이 아니라 몇몇 인물들과 대사건을 중심으로 전개되고 있다. 이 소설의 통일성은 다음 2개의 상징으로 집중된다. 즉 이타뻬 주민들 사이에서 반란의 상징이 된, 한 문둥이에 의해서 새겨진 그리스도와 반란의 현대적인 상징물인 철로가 그것인데, 2000명의 파라과이인들이 무장봉기 중에 정부의 폭탄에 의해 사망한 바 있는 사뿌까이 역의 철로가 바로 그것이다. 여러 세대에 걸쳐 많은 사상자를 냈지만 투쟁은 결코 끝나지 않았다. 이 저항의 중심인물은 거의 신화적인 존재인 끄리산또 하라인데 그는 열차 폭파시 마테 대농장의 고통 속에서도 살아남은 인물로 그의 아들도 투쟁을 하게 된다. 단순한 시각으로 보면 『사람의 아들』은 『자영 소작지』유형의 저항소설로 간주될 수 있다. 그러나 이 작품의 문체를 보면 이러한 비교가 근거 없음을 알게 된다. 가장 잔인하고 난폭한 것까지 포함해서 모든 사건은 부드러움을 가지고 묘사되고 있으며 인간성이 결코 교조적인 논리에 의해 희생되지 않는다. 예를 들면, 하라가 스스로 침목을 놓으면서 객차여행을 하는 장면이 나오는데, 아무도 그를 고발하지 않는다. 이 장면은 로아 바스또스가 어떻게 상투적인 진보의 상징인 기차를 택해서 그것을 완전히 다른 어떤 것으로 변화시키는가를 보여주고 있다. 기차는 반란기간 동안 죽음의 상징이었지만, 끄리산또 하라는 그것을 전 파라과이인이 공범으로 참여하는 경이적인 여행의 도구로 변화시키고 있다. 또한 병약한 상태임에도 불구하고 하라가 보여준 놀라운 생존은 민중의 인내와 희망을 상징하고 있다. 이 소설에는 모데르니스모에서 전위주의까지의 다양한 경험, 즉 프루스트와 카프카, 조이스, 정신분석, 영화의 영향이 나타나고 있다.

『사람의 아들』이후에 몇 개의 단편집이 나오지만 중요한 것은 『나 지존Yo, el Supremo』(1974)이다. 이 작품의 주인공은 파라과이를 반세기동안 지배했던 가스빠르 프란시아 박사이다. 『사람의 아들』에서의 신화적 반향을 가지고 나타난 등장인물은 여기서는 고통스러운 현실의 탐구속에서 구체적 현존으로 바뀐다. 또한 문체뿐만 아니라 내적 구성에 있어서도 새로운 변화를 보이고 있다.

3. 11 에르네스또 사바또

보르헤스, 비오이 까사레스 등과 더불어 아르헨티나의 현대문학을 대표하는 작가인 에르네스또 사바또 Ernesto Sábato(1911~)는 비교적 적은 분량의 작품을 통해 가장 주목받는 중남미의 소설가들 중의 한 사람이 되었다. 더욱이 그의 대표작들인 『터널 El túnel』(1948), 『영웅과 무덤에 관하여 Sobre héroes y tumbas』(1961), 『파괴자 아바돈 Abaddón el exterminador』(1974)은 각각 연작의 형태로 한 편의 소설을 이룰 수 있는 성격의 작품들이다.

사바또는 작가인 동시에 뛰어난 문학이론가이며, 이 점은 그의 소설에 대한 비평적 접근을 상당히 용이하게 한다. 이러한 접근을 위해 그의 가장 두드러지는 에세이집 가운데 하나인 『작가와 그의 환영 El escritor y sus fantasmas』(1963)에 주목할 필요가 있다. 이 책에서 그는 질서와 순수를 통해 자신을 매혹시키는 정밀과학의 세계와 〈어두운 심연〉의 세계 사이에서 선택의 기로에 섰을 때의 당혹감에 대해 얘기하고 있다. 사바또는 프랑스와 미국 등지에서 수년간 과학연구에 몰두한 끝에 그것을 일종의 도피로 산주하여 결별하는 한편, 화가 오스카 도밍게스 Oscar Domínguez를 비롯한 초현실주의자들과 밀접한 관계를 맺는다. 그때 이 후 그의 초현실주의에 대한 천착은 결정적이 되었으며, 그는 초현실주의를 세계의 신비를 통찰하기 위한 가장 효과적인 수단으로 간주하기에 이른다. 후일 시력이 극도로 약화된 사바또는 젊은 시절의 꿈이었던 초현실주의 화가로의 변신을 꾀하는데, 이는 초현실주의에 대한 그의 집착이 어느 정도인가를 단적으로 보여준다. 또한 과학적인 것과의 강력한 접촉역시 계속되며, 이는 사바또가 많은 소설을 쓰지 못하는 것을 설득력 있게 해명해 준다. 그는 적확한 소설, 즉 절대적으로 필요하다고 느껴지는 작품, 억누를 수 없는 내적 욕구를 대변하는 작품만을 쓴 것이다. 사바또는 〈만일 한 사람의 삶 속에 그의 꿈과 악몽을 담고자 한다면〉 자서전적 형식이 필수적이라고 본다. 또한 사바또의 작품은 환 까를로스 오네띠의 작품처럼 절망의 기념비가 아니다. 적어도 『터널』 이후의 작품에서 작가는 인간은, 결국 희망으로 더 기운다는 결론에 다다른 것처럼 보인다. 〈두드러지게 불순한 장르〉라는 그의 소설개념이 절충적이듯 사바또의 사상 역시 폐쇄적인 실존주의가 아니다. 이러한 입장에서 신중과 전위성의 조화에 관심이 많았던 그는 단지 경이로움만을 전달하기 위해 실험적인 기교에 매달리는 작가들에게 비판적인 태도를 보인다. 사바또의 첫 소설인 『터널』은 짧은 분량이지만 이후 작품들의 몇몇 징후를 찾아볼 수 있다. 그러나 이 작품의 중요성은 이 점에 있는 것이 아니라, 유럽의 실존주의뿐만 아니라 로베르또 아를뜨 Roberto Arlt, 오네띠, 에두아르도 마예아 Eduardo Mallea 등 사바또가 의식적, 무의식적으로 영향받고 있는 몇몇 아르헨티나 작가들의 흔적을 미루어 짐작할 수 있는 작품의 본질적 가치에 있다. 유럽에서 중남미 문학에 대한 관심이 미미하던 시기에 까뮈와 그레엄 그린 Graham Greene이 이 작품에 찬사를 보낸 것은 이 소설의 보편주의적 차원을 입증해 준다. 소설의 이야기는 1인칭 주인공—서술자 시점으로 전개되며, 소설의 서두에서 〈내가 마리아 이리바르네를 살해한 화가 환 빠블로 까스뗄임을 밝히는 것으로 충분하리라〉라고 표명함으로써 이미 이야기의 핵심이 어디에 있는지를 선언적으로 드러내고 있다. 즉, 화자는 의식적으로 음모의 진행에 대한 세세한 기술을 포기하고, 소설의 흥미가 범죄를 유발시킨 이유와 상황의 분석에 있음을 우리에게 알려준다. 그러나 이 소설은 전통적인 심리소설의 범주에 들어가지 않는다. 사랑의 체험을 통해 세계와의 실제적인 관계를 맺고자 하는 인물인 까스뗄이 겪는 내적 고통에 대한 고찰에 있어 합리성이 결여되어 있다. 그는 자아 속으로의 유폐에서 벗어나 밖을 향해 자신을 투사하려고 몸부림치지만 소용이 없다. 대화단절 속에 갇힌 채 마리아를 살해했을 때 까스뗄은 희망의 최후 보루를 파괴한 것이며, 이제 그의 고독은 치유 불가능한 것이 된다. 절대적인 사랑의 추구와 그 좌절 앞에서 유일한 자기방어 수단으로 이루어진 것이 범죄이다. 결국 까스뗄과 마리아의 대화 가능성을 시사했던 까스뗄의 그림 〈모성(母性) Maternidad〉 속의 창문은 역설적으로 절대고독을 상징하는 모티브가 되고 있다. 마리아가 〈광활한 세계, 터널 속에 살지 않는 사람들의 끝없는 세계〉에 속해 있다는 것은 위의 명백한 사실과 대립된다. 까스뗄은 타인과 의사소통하지 못할 뿐만 아니라 자신을 유별난 존재로 느끼며, 이는 자신이 새로 변한 것 같은 공포를 경험하는 장면에서 보다 명확하게 은유화되고 있다. 또한 몽상가 까스뗄에게서는 자신의 둘씨네아인 마리아를 꿈꾸는 돈끼호테적 뿌리가 느껴지기도 한다. 마리아 이리바르네는 현실과는 거리가 먼 유토피아적 기능을 부여받은 인물이다. 장님과 결혼한 그녀는 까스뗄과는 단속적으로 이상한 관계를 맺는다. 관계를 유지하면서 그녀는 근본적으로 화가 까스뗄의 공명상자 역할을 하며, 또한 간헐적이긴 하지만 나름대로 복잡한 성격의 징후를 드러낸다. 그래서 자신을 집요하게 따라다니는 까스뗄에게, 나는 당신이 나를 만나서 무엇을 얻을 지 모르겠어요. 나는 나에게 접근하는 모든 사람들에게 해를 끼치지요라고 경고할 때의 마리아는 마치 『영웅과 무덤에 관하여』에 등장하는 복잡하게 뒤엉킨 성격의 알레한드라의 모습을 보는 듯하다. 그러나 이러한 징후는 아주 미미하다. 대체적으로 마리아는 체념적으로 희생자의 역할을 떠맡은 창백한 분위기의 여성인물로 기능한다.

소설은 본질적으로 까스뗄의 고통스러운 독백과 좌절에 이르고 마는 마리아와의 대화 사이에서 전개된다. 마리아의 남편으로 장님이자 수수께끼 같은 인물인 아옌데, 부에노스 아이레스의 속물을 대변하는 사촌 헌터나 미미 같은 그 밖의 인물들은 행위를 연결시키는 부차적 인물에 지나지 않는다. 이들 인물에 대한 미미한, 그러나 충분한 가치부여는 의도적인 것이다. 이 점에서 대화에서 사용되고 있는 언어의 특징에 대해 고찰해 볼 필요가 있다. 이 작품에서는 아르헨티나에서 보편적으로 사용되고 있는 vos나 그에 따른 동사 활용보다는 대명사 tú와 전치격 형태인

ti가 체계적으로 사용되고 있다. 이러한 이례적인 경우는 사바또의 다른 작품들에서 다시 되풀이되지 않는다. 그는 오히려 문학에서의 보세오 voseo 반영을 열렬하게 옹호하는 인물이다. 이러한 사실은 작품에서 지방색을 최소화함으로써 보편성을 획득하고자 하는 작가의 의도 속에서만 해명될 수 있으며, 이는 이야기가 전개되는 공간인 부에노스 아이레스와 교외의 거주지에 대한 정보가 빈약하다는 사실과도 일맥상통한다. 이런 점에서 본다면 이 작품에서 사바또는 중남미 문학에서 비교적 서구지향적, 탈중남미적 색채를 많이 보이는 아르헨티나 문학의 한 단면을 전형적으로 보여주고 있다고 하겠는데, 이러한 양상은 아르헨티나의 역사가 중요한 소설적 공간을 이루고 있는 『영웅과 무덤에 관하여』를 통해 변모된다. 『터널』은 사실에 대한 회상에 바탕을 둔 소설로서 여기에는 두 개의 상이한 시간이 존재한다. 그 하나는 바로 사건이 전개되던 당시의 시간이고, 다른 하나는 화자-인물의 현재에 속하는, 즉 그의 회상이 이루어지는 시간이다. 화자는 이러한 두 개의 시간을 뒤섞어놓음으로써 우리의 감정과 거리가 먼 객관적인 시간이 아닌, 주관적 시간을 만들어내고 있다.

『영웅과 무덤에 관하여』는 중요성에 있어 『터널』에 못지 않으며, 『터널』에 나오는 몇몇 요소를 효과적으로 응축함으로써 만들어진 작품으로 〈총체 소설 novela total〉의 추구에 있어 진일보한 작품으로 평가된다. 인물들 사이에서 이루어지는 소통에 대한 욕망과 그 좌절, 그리고 죽음이라는 전반적 구도는 『터널』과 일치하며, 작품 속에서 『터널』에 대한 직접적인 언급도 이루어지고 있다. 그러나 이 작품에서는 공간의 확대가 두드러진다. 『터널』에서 간단하게 스케치된 부에노스 아이레스는 이제 대도시의 면모를 드러내며, 인간사회는 상이한 층위에서, 광범한 상호관계의 유희 속에서 조명된다. 보다 다양한 관점에서 조명된 존재론적 문제 위에 집중적인 고찰의 대상인 사회문제가 결합된다. 전에는 잠깐씩 지나가며 언급되었던 사회적 성격의 비판이 이 작품에서는 더욱 정치하고 신랄해진다.

앞에서 언급한 바처럼 마리아 이리바르네에게는 『영웅과 무덤에 관하여』의 비뚤어진 인물인 알레한드라를 연상시키는 면모가 있다. 그러나 몰락과 혈통이 공존하는 가문의 마지막 후손인 알레한드라 비달은 화가 까스뗄과 동일한 행위구조를 보여준다. 영광스러운 전통의 무게와 쇠락의 상흔은 그녀에게 압도적으로 투영된다. 그런데 사바또에게 있어 자연주의 소설의 판에 박힌 결정론은 새로운 초현실주의적 요소의 도입을 통해 활력을 얻는다. 순수와 의사소통에 대한 그녀의 절망적인 요구는 그녀 내부의 악마를 통해 어렵사리 길을 열지만 결국 이 악마가 그녀를 파멸시키고 만다. 그녀가 자신과의 근친상간 소문이 떠도는 아버지 페르난도 비달을 살해한 후 불을 지르고 스스로 목숨을 끊는 상황이 소설의 서두에서 화자에 의해 표명되고 있는데, 이는 사건 이해의 장으로 독자를 끌어들이는 대신에 독자의 예상을 제한하는 선제전략에 대한 사바또의 취향을 다시 한번 보여준다. 알레한드라와 사랑에 빠진 젊은 몽상가 마르띤 델 까스띠요는 동시에 그녀의 적대자이기도 하다. 마땅히 그는 그녀를 구원할 수 있는 순수를 대변한다. 그녀는 그것을 원하지만 그것을 취할 수 없기에 동시에 그것을 거부한다. 마르띤의 때묻지 않은 순수성과 알레한드라의 심적 갈등 사이의 기나긴 투쟁은 소설의 중심축을 이룬다. 마르띤 역시, 곧 자신의 현재상태를 폭로한 그녀와 터널을 공유한다는 것이 소용없음을 안다. 그러나 그는 그 고통스런 현실을 받아들이지 못하고 계속해서 접근을 모색한다. 이렇게 해서 마르띤은 절대적 허무주의의 유혹에 대한 사바또 자신의 경계적 태도를 대변하는 인물로 기능하게 된다. 물론 작가의 진정한 분신은 페르난도와 알레한드라, 마르띤 사이의 연결고리 역할을 하는 또 다른 인물 브루노이다. 소설의 말미에서 마르띤은 트럭운전사 부시치와 함께 남부로 떠나는데, 이는 삶에 대한 그의 필사적인 도전과 자신의 순수함을 기필코 지켜내고자 하는 소망을 뚜렷하게 보여준다.

이 소설의 기본적인 서술 담화는 역사적 에피소드의 간헐적인 회상으로 인해 대립적인 두 개의 흐름을 보인다. 독재자 로사스 시대에 연방주의자들의 추적에 쫓겨 볼리비아 쪽으로 도망치는 라바예 장군 휘하 군인들의 지친 발걸음소리는 전체 줄거리와의 조화를 깨뜨리지 않은 채 이야기의 곳곳에서 울려퍼지며, 이를 통해 작품 속에서 과거와 현재가 결합된다. 아르헨티나 역사에 대한 이러한 전망 속에서, 아르헨티나인의 개성은 국가적 현실을 개념화하며 초기국가 시대의 공포와 절망은 사바또 자신의 시대의 신경증적이고 비정상적인 사회현상과 밀접하게 관련된다. 결국 이 작품은 20세기의 인간조건에 대한 성찰인 동시에 로사스 시기부터 뻬론의 시기에까지 이르는 아르헨티나의 역사적 변천과정에 대한 성찰이다. 다른 한편, 사바또는 삽입소설로 간주할 수 있을 만큼 중요한 보충 텍스트를 서술 속에 도입한다. 즉 알레한드라의 아버지 페르난도 비달이 겪는 기이한 일들에 관해 다루고 있는 「소경들에 관한 보고서 Informe sobre ciegos」가 그것인데, 이는 4부로 된 이 소설의 제3부를 이루고 있다. 소경들은 모두 다 강력하고 사악한 종파에 속한다는 강박관념에 사로잡힌 페르난도 비달은 부에노스 아이레스의 어느 낡은 집에 들어가, 잔인무도한 괴물들에 이끌린 채 그 집의 지하실로부터 무시무시한 어둠의 세계 탐사에 착수한다. 이 장면은 로트레아몽의 『말도로르의 노래』나 랭보의 무시무시한 환상에나 비견될 만한 초현실주의적 어둠의 광란이다. 검은 물의 거대한 호수 위를 조각배를 타고 항해하다가 비달은 무서운 새에 의해 눈이 멀고, 그 이후 하수로를 통해 황량한 평원에 다다른다. 혐오스러운 조상(彫像)으로 인도된 후 그가 끔찍한 물고기로 변하자 그는 「알레프 El aleph」에서 보르헤스에 의해 묘사되었던 것과 아주 흡사하게, 믿을 수 없는 우주의 형상을 감지할 수 있는 능력을 지니게 된다. 새로운 변신과 악몽의 체험 후에 비달은 일상적인 자기 방에서 깨어나며, 그 순간 그는 비극적인 운명이 그를 기다리고 있으며, 「보고서」의 작성을 끝낸 후에 죽음이 그를 기다리고 있는 곳으로 달려갈 준비가 되어 있다는 이상한 깨달음을 얻는다. 마리나 갈베스는 이를 분석하면서 지상에서의 악의 지배에 대한 칼 융의 이론과 일치한다는 견해를 보였으며, 사바또에게서 소포클레스와 프로이트와 초현실주의적 요소가 혼합되고 있다고 보았다. 작가는 아마도 「보고서」가 〈밤의 세계에 대한 광대한 메타포〉, 혹은 〈한 인물을 통해서 소위 지옥이라고 할 수 있는 곳으로의 하강〉이 되도록 과감한 시도를 하고 있다. 그러나 확실한 것은 몇몇 평자들이 독립적으로 분리 가능하다고 보는 「보고서」가 이 소설의 가장 핵심적인 부분이라는 사실이다.

『영웅과 무덤에 관하여』에서 사바또의 서술언어는 작품의 내용과 완벽하게 부합한다. 그리고 이 작품에는 근대적 사실주의 언어, 낭만적 언어, 대화체적 언어, 지적 언어, 초현실주의적 언어 등 매우 다양한 차원의 언어가 존재한다. 작가 스스로가 작품 준비과정에서 미리 밝혔듯이, 『파괴자 아바돈』은 앞의 두 소설의 변주라고 할 수 있으며, 이들 작품, 특히 『영웅과 무덤에 관하여』에 대한 사전 지식 없이는 완전하게 이해될 수 없다. 현대 중남미 소설의 에세이적 경향은 누누이 지적되어 왔는데, 『파괴자 아바돈』은 이런 경향의 가장 대표적인 작품 가운데 하나일 것이다. 또한 작품 구성과 관련된 기교의 자유가 이 작품보다 더 극에 달한 경우는 찾아보기 힘들 것이다. 이 소설에는 다양한 서술 축이 존재한다. 먼저, 화자-인물로 변한 사바또 자신이 주인공으로 등장하는 에피소드와 관련된 것이 있고, 다음으로 『영웅과 무덤에 관하여』에 등장하는 마르띤의 변주된 인물인 나초, 죽을 때까지 고문당하는 부르주아 혁명청년 마르셀로, 계시록적인 아바돈을 연상시키는 붉은 괴물을 부에노스 아이레스 하늘에서 보게 되는 알콜중독자 나딸리시오와 관련된 것 등이 있다. 소설의 이야기는 매우 빠른 속도로 다른 인물들을 우리에게 보여주며, 이들의 연속적인 등장은 주된 줄거리로 예상되는 것들을 희석시켜 간다. 여기에는 까스뗄, 알레한드라, 페르난도 비달, 브루노처럼 이미 사바또의 독자들에게 알려진 인물들도 등장한다. 결국, 이 작품은『영웅과 무덤에 관하여』에서 전개된 거대한 인간 희극에 극적인 긴장을 더하고 있으며, 소설의 구조는 극에 달한 무질서를 보여준다.

3.12 까를로스 푸엔떼스

소설가, 단편작가, 시나리오 작가, 극작가 등으로 매우 많은 작품을 쓴 푸엔떼스 Carlos Fuentes(1928~)의 작품은 조국에 대한 분노의 감정을 보여준다. 외교관인 아버지를 따라 어린 시절부터 여러 곳을 여행하던 그는 여러 외국어를 구사할 수 있었고 조국을 떠나서 살아봄으로 인해 조국에 대한 비판적인 시각을 지닐 수 있게 되었다. 그는『가려진 나날들 *Los días enmascarados*』(1954), 『장님의 노래 *Cantar de ciegos*』(1964), 『산들바람 *Aura*』(1962) 등 단편집에서 보여주듯이 매우 뛰어난 단편작가이기도 하지만, 그의 진면목은 장편에서 드러난다. 여기서 그는 선적 서술을 극복하기 위해 모든 노력을 경주한다. 그의 소설 중 전통적 서술구조를 가진 것은 왜곡된 사회가치들을 향한 한 시골 젊은이의 반항과 패배의 이야기인『양심 *Las buenas conciencias*』(1959)이 유일하다.

첫 소설인『가장 투명한 지역 *La región más transparente*』(1959)의 주인공은 멕시코시티로 당시 멕시코의 종합으로 묘사되며, 짧은 기간 동안에 멕시코시티의 다양한 삶을 혼합하면서 공시적인 것과 통시적인 것을 통합하고자 한다. 신화적 인물인 이스까 시엔푸에고스가 기회주의자 로베르또 레굴레스, 리브라도 이바라, 부유한 신흥은행가 페데리꼬 로블레스, 속물근성에 젖은 그의 부인 노르마 라라고이띠 등 멕시코의 전형적인 인물들 사이에서 다양한 요소들을 종합해 내는 힘이다. 이 소설에서 푸엔떼스의 고민은 그의 비판적인 자세에 기인한다. 그는 누가 멕시코 혁명을 살해했는가라는 질문을 하고 이 질문에 대답하기 위해 과거에 침잠해서 어떻게 과거의 인물들이 현재의 모습이 되었는가, 그리고 어떻게 멕시코가 진실과 진정성을 상실하기에 이르렀나를 보여준다. 푸엔떼스의 대표작들의 특징은 허위와 따분함의 그물 속에 갇힌 인물들과 여기에 대한 그의 비판적 시선이다.

『아르떼미오 끄루스의 죽음 *La muerte de Artemio Cruz*』(1962)은 자기분석이 왜 행동으로 연결되지 못하였는가를 보여준다. 주인공은 혁명 후에 권력을 지닌 인물들 중의 한 명으로 백만장자이다. 그는 소설의 시작부터 끝까지 침대에 누워 다시 과거를 회상하거나 그의 과거 시각을 수정하지만 그것을 변화시킬 아무런 능력을 갖고 있지는 못하다. 소설 시작에 그의 아내의 가방에 반사된 이미지조차 제대로 알아보지 못하는 늙고 병든 주인공이 등장한다. 잠시 동안 시력을 회복하는 핏발 선 눈에 비치는 것은 낯선 사물인데 마치 녹음기에서 들려오는 자신의 목소리가 그러한 것과 마찬가지이다. 환자의 낯설고 새로운 인격은 부인에게조차도 충분한 권위를 가지지 못한다. 또한 육체의 여러 작용을 통제하지도 못한다. 그에게 유일하게 남은 것은 정신을 차리는 일이다. 수술을 기다리는 동안 사제의 의견을 거스르고 식구들의 방문을 맞이하지만 그의 지각과 기억과 이해는 서로 분리된다. 아르떼미오 끄루스인 나는 성공과 승리의 시기를 회상한다. 혁명 동안 처벌을 피한 시기, 혁명 후의 부유한 지주의 딸인 까딸리나와의 결혼, 까에스의 집권 동안 내통령의 총애를 지키려는 그의 의도, 미국 자본과 결탁한 재산의 급속한 증가 등이 그것이다. 그럼에도 불구하고 이러한 승승장구의 세월은 사랑, 우정, 아들과의 관계 등 개인적인 행복을 희생하여 얻어진 것이었다. 아르떼미오를 〈너 *tú*〉라 부르는 제2의 자아alter ego가 이러한 희생과 상실을 기록하고, 3인칭으로 서술되는 진술은 다른 양상, 즉 주관적인 〈나〉도 아니고 비난하는 의식도 아닌 인간으로서의 아르떼미오 끄루스의 객관적인 투영이 등장한다. 이렇게 다양하고 영화적인 시점은 아르떼미오의 영혼에 혼재한 다양한 힘들의 내적 전망과 윤리적인 생존의 우월을 우리에게 제시해 준다. 생존에의 요구는 보다 강력하고, 사랑이나 동정보다도 그를 지배한다. 따라서 생존에의 요구는 타자에 대한 폭력과 타자를 대상으로 취급함을 내포한다. 그리고 성적 남성다움이 쇠퇴함에 따라 권력의 다른 형식으로 승화된다. 의미심장하게도 생애의 마지막 순간까지 그의 곁에 머무는 여자는 그가 돈으로 샀지만 그를 배반하고 같은 연배의 소년과 몰래 사랑을 하는 여자인 릴리아이다. 이러한 강한 남성macho에서 변태 성욕자 voyeur로의 변모는 의미심장하다. 왜냐하면 변태성욕자는 타인의 삶에 의존하기 때문이다. 이것이 고심한 흔적이 역력한 이름인 끄루스를, 혁명시기의 젊은 혁명가에서 부자이자 무기력해진 노인으로 변한 혁명 후 멕시코의 화신으로 만든다. 여기서 푸엔떼스는 어느 지점에서 개인의 책임과 사회적 책임이 만나는가를 우리로 하여금 묻게 하고, 만약 인간이 성실성과 자기희생의 더욱 여성적인 자질을 받아들여 자신을 변모시켜 나가는 대신에 청년기의 남성다움과 용감함만을 맹신한다면, 사회는 성숙한 사회가 될 수 없다고 암시한다. 이를 위해 손쉬운 해결책을 제시할 수 있다고 암시하기에 작가는 지나치게 총명하다. 아르떼미오는 소설말미에서 죽게 되고 〈너〉, 〈나〉, 〈그〉는 죽음 속에 통합된다.

후에 그는 『신성한 지역 Zona sagrada』, 『생일 Cumpleaños』라는 두 편의 단편집을 출간하고 『허물 벗기 Cambio de piel』(1967)라는 장편소설을 발표한다. 이 작품에서 한 멕시코 교수, 애인이자 제자, 아내 엘리자베스, 독일 친구 하비에르 등 네 명의 인물은 함께 자동차로 멕시코시티로부터 촐룰라까지 여행한다. 촐룰라의 호텔 방에서도, 그들 위로 무너져내리는 피라미드 위에서도 함께 있는 그들을 발견할 수 있다. 푸엔떼스는 변화가능성 있는 인물들을 통해 일종의 추상소설을 의도하나 아르떼미오 끄루스처럼 파멸이라는 본질적인 고민으로부터 자유로워질 수 없었다. 이 작품의 뛰어난 부분은 육체의 불안, 붕괴되는 도시, 늙어가는 몸을 묘사하는 것들로, 『피부의 변화』는 일종의 해프닝이 되도록 기획되지만 쇠퇴의 관계에 대한 세밀한 관찰로 변화한다.

3. 13 알레호 까르뻰띠에르

알레호 까르뻰띠에르Alejo Carpentier(1904~1980)는 프랑스인과 러시아인의 피를 이어받은 쿠바 제2세대로서 1904년에 태어난다. 쿠바 음악사를 썼고, 그의 여러 소설이나 단편의 음악적인 주요동기에서도 반영되듯이 작곡에 항상 관심을 가진 전문적인 음악이론가이다. 그는 20년대에 정치활동에 적극적으로 참여한 쿠바 지성인들의 모임의 일원이 되었는데 이로 인해 1928년에는 감금당하기도 한다. 이 시기에 그는 아프로쿠바운동movimiento afrocubano과 연관을 맺어 여러 편의 시와 다큐멘터리적인 성격의 소설을 한 권 쓴다. 그리고 그의 후기 문체의 특징은 별로 보이지 않지만 당대를 기록했다는 면에서 관심을 끄는 『에꾸에-얌바-오 Ecué-Yamba-O』를 쓰기도 한다. 이 작품을 발간한 뒤 몇 년간은 거의 창작을 하지 않은 듯하다. 다시 소설과 단편들을 쓰기 시작했을 때, 작품들은 여행을 기초로 하고 있으며 탐색의 구조를 지닌다. 이 중 제일 처음 나타난 작품은 『씨 속으로의 새로운 여행 Nouvelle viaje a la semilla』인데, 이 작품에서는 시간적인 순서가 무너져 한 지주의 일생이 임종에서 탄생으로 그리고 인간이 존재하기 이전의 근원으로까지 거슬러 올라가면서 펼쳐진다. 이 작품에서는 그의 전형적인 특징이 될 열거와 세부묘사가 나타나기는 하지만 긴 재담처럼 재미있는 이야기이다.

1943년 하이티를 방문하여 18세기 말의 노예들의 혁명과 그들의 흑인 왕인 앙리 끄리스또프에 흥미를 느낀다. 1949년 그는 『이 땅의 왕국 El reino de este mundo』을 발간하는데, 이 작품의 배경이 프랑스 혁명 전후로 설정되어 있긴 하지만 일반적인 의미의 역사소설은 아니다. 즉 구체적인 역사적 사실에 얽매이지 않고 자유롭게 펼쳐진다. 전혀 뚜생 루베르뛰호의 집권과 쇠망은 언급하지도 않은 채, 맥켄달의 반란에서 앙리 끄리스또프의 이야기로 돌연히 넘어간다. 이 소설은 왜곡된 질서에 대한 까르뻰띠에르의 비판을 부각시키기 위해 선별된 네 개의 시기로 나뉜다. 첫번째는 맥켄달이 프랑스인들에게 반란을 일으키는 1760년 이후의 10년간, 두번째는 프랑스 혁명 초기부터 1802년까지, 세번째는 1820년 앙리 끄리스또프의 쇠망, 네번째는 끄리스또프의 죽음 직전의 기간이다. 흑인 띠 노월의 등장과 주제의 단일성이 이 네 개의 시기를 연결하는 고리이다. 그래서 사건들은 작가의 도식에 종속되어 나타나며, 작품은 유럽인과 아프리카인 사이에서의 동요를 보여준다. 사건들은 띠 노월의 주인집인 레노르망드 메시 집안의 세계와 반란을 획책하는 자인 맥켄달의 아프리카 세계라는 두 세계의 주변에 위치하는 띠 노월의 의식을 통해 펼쳐진다. 그러나 매우 비판적인 초점 아래서 제시되는 이 작품의 세계는 그 첫 페이지에서부터 프랑스 문화의 이성적이고 합리적인 세계이다. 이는 띠 노월이 이발소 진열장의 납으로 된 네 개의 유럽인의 머리를 관조하는 데서도 나타난다. 최신유행의 가발을 쓴 머리들과 송아지들의 머리는 동일시된다. 마침내 혁명이 승리하고 이와 더불어 즉흥성의 꿈들, 좋은 야만인을 모방하려는 꿈들도 승리하게 된다. 하지만 이 꿈은 괴이하게 보인다. 빠울리나 보나빠르트는 장군 렉레르크와 결혼하여 낭만적인 꿈으로 가득 찬 채 섬에 도착한다. 폭력과 죽음은 이 꿈을 파괴하고 빠울리나로 하여금 급하게 프랑스로 돌아가게 한다. 마침내 앙리 끄리스또프의 꿈인 그의 제국과 상수시의 성이 앙시앵 레짐처럼 그의 신념과 흑인신하들의 강제노역 덕분에 이루어진다. 그의 죽음과 잇따른 약탈 뒤에 제국은 사라지고 띠 노월이 입고 있는 왕의 오래된 연미복만이 남는다. 띠 노월이 레노르망드의 비어 있는 농장으로 돌아가고 새로운 계층인 물라또가 도착하여 그 농장을 소유하면서 이 작품은 막을 내린다. 『추적 El acoso』(1958)은 억압과 폭력만이 난무하는 50년대 쿠바의 분위기를 가장 충실하게 반영하는 작품이다. 그러나 그의 작품 대부분이 그렇듯이 기록소설과는 거리가 멀다. 추적당하는 주인공이 체포되는 거미줄과 유사한 도식을 보여준다. 그리고 이 이야기는 이 추적당하는 주인공이 자신에게 배반당했던 학생들의 손에 의해 죽음을 당하면서 끝난다.

『잃어버린 길 *Los pasos perdidos*』(1953)은 역사소설이라고는 할 수 없지만 탐색의 주제를 다시 다룬다. 작가가 베네수엘라에 체류하는 동안 경험한 여행을 바탕으로 하는데, 『추적』처럼 폐소공포증과 바띠스따 체제의 실패를 반영하는 작품이다. 까르뺀띠에르의 모든 작품이 그렇듯이 알레고리에 가깝다. 이 작품에는 거대한 산업도시의 영화음악을 제작하는 세련된 음악가와 끝이 없는 작품 하나를 해석하는 성공한 여배우인 그의 아내 그리고 천문학을 직업으로 하는 그의 정부 무셰가 등장한다. 세 사람은 서구세계의 예술의 타락을 상징한다. 주인공 음악가는 원시악기를 찾아 이름 없는 중남미의 한 나라로 여행한다. 이 여행은 잃어버린 발자취의 탐색이 되는데 처음에 그는 혁명의 조짐이 보이는 중남미의 한 도시에 들어가고, 파업과 투쟁이 일어나자 혁명을 피해서 향수를 가득 담고 파리에 대해 이야기하는 소외당한 원주민 화가들이 있는 산 속의 혁명과는 동떨어진 한 예술가의 은신처로 가게 된다. 그리고 마지막으로 문명과 동떨어진 유토피아를 건설할 곳을 찾고자 하는 한 탐정대를 동반하여 셀바로 간다. 이 음악가가 머무는 이름 없는 세 곳은 이 음악가가 속해 있는 유럽과 유럽 문명, 자연의 리듬과는 다른 도시의 리듬을 지니며 파편들의 모자이크가 되어버린 문화를 지니는 북미, 그리고 소위 야생이라 불렸던 삶조차 이제는 굉장히 복잡해져 원시적 세계라고는 할 수 없지만 창조적 활기와 다양함을 아직 보존하는 세계인 셀바를 각각 상징한다. 그러나 정글탐험대의 다른 일원들과는 달리 이 음악가는 문명에서 떨어져서는 살지 못한다. 그래서 헬리콥터는 그를 셀바에서 구제한다. 몇 달 뒤 그는 탐험대 일원 중의 한 명으로 그가 사랑에 빠졌던 로사리오를 만나기 위해 정글로 돌아가려 하지만 결국 실패한다. 그리고 그는 그녀와 역사에 의해 분리됨을 깨닫게 된다. 음악가는 과거가 아닌 현재와 미래에 자기자신을 위치시켜야 한다. 다시 말해 전위주의자가 되어야 한다. 그러나 전위주의자가 유기적인 것과 원형적인 것과의 접촉을 잃어버릴 때 갈등이 발생한다. 이런 점에서 유럽과 북미는 위험을 대표한다.

음악가가 상기시키는 유럽은 단순히 베토벤의 유럽이 아니라 2차대전을 겪은 유럽이다. 감정과 예술이 이성과 행위로부터 유리된 것이다. 북미는 창의력과 완전히 유리된 황량하고 도시적이며 산업화된 문화이다. 그러나 〈잃어버린 길〉로 돌아간다는 것 또한 해결이 될 수 없다. 왜냐하면 예술가는 과거 속에 살 수 없기 때문이다. 이 문제는 소설이 끝날 때까지 해결되지 않는다. 이 문제는 바로 까르뺀띠에르 자신의 딜레마였고 더 나아가서는 쿠바인들의 딜레마였기 때문이다. 이 시기의 아바나는 유럽과 강한 연계성을 지님과 동시에 점차 확산되어 가는 흑인 노예의 지하문화를 지닌, 미국 도시의 하나의 모방물이었다. 이 흑인노예의 지하문화는 창조적 활기를 띠는 것으로서 이런 의미에서 『잃어버린 길』은 창조력은 과거로 돌아가지 않고 현실속에서 보존되어야 한다는 작가의 자신을 향한 경고라고 할 수 있겠다.

이 작품이 발간되고 조금 후에 쿠바는 혁명에 의해 근본적인 변화를 겪게 되는데, 과거의 구조들은 완전히 무너지고 북미와 유럽의 영향은 봉쇄에 의해 제거된다. 이제 쿠바의 예술가는 자신들의 장치만을 사용하게 된다. 혁명 후의 이 시기에 까르뺀띠에르는 최고작인 『빛의 세기 *El siglo de las luces*』(1962)를 발간하는데 이 작품은 프랑스 혁명기를 배경으로 한다. 그의 다른 소설들이 그렇듯이 이 작품도 탐색의 구조를 지니며 『이 땅의 왕국』처럼 프랑스 혁명과 〈빛의 세기 siglo de las luces〉의 붕괴를 주제로 한다. 그러나 역사적 사건들은 한 가정의 흥망과 관련되어 전개된다. 한 쿠바 상인의 아들과 딸 그리고 조카는 왕정붕괴로 프랑스인들이 힘을 잃게 되었을 때, 이 상인이 죽자 고아가 된다. 까를로스, 소피아 그리고 사촌 에스떼반은 아버지의 상점의 유일한 주인이 되자 이들은 아무 물건이나 사들이며 거대한 집에 쌓아놓는다. 자유가 방종으로 변화하자 빅또르 위고가 구언자로 등장한다. 프랑스 혁명이 일어날 때 그는 소피아와 에스떼반과 함께 아이티를 떠나려 하지만, 소피아는 다시 돌아가게 되고 이 두 남자만이 유럽으로 가게 된다. 에스떼반은 프랑스 혁명에서 의미를 찾으려 하지만 곧 혁명이 관료사회를 타락하게 만듦을 목격하게 된다. 빅또르 위고는 혁명과 함께 타락한다. 에스떼반과 함께 과다루뻬의 지도자가 되기 위해 안띠야스로 떠날 때 빅또르 위고는 노예해방 칙령을 함께 가져가는 것으로 합리화하면서 단두대도 가져간다. 로베스삐에르가 몰락한 뒤에도 상황은 변하지 않는다. 빅또르 위고는 그 섬의 왕관 없는 왕이 되어 해적질을 일삼으면서 점점 더 환멸을 느끼게 되는 에스떼반을 꼼짝 못하게 하지만 에스떼반은 까옌나로 임무를 띠고 보내질 때 자유를 되찾는다. 에스떼반은 프랑스 혁명에서 사회적 유토피아를 발견하지 못한다. 단지 해적들이 있는 섬과 자연의 놀랍고도 불가사의한 창조력을 볼 때만 창조라는 일시적 차원에서 보여진 인간의 업적은 진정한 의미를 획득하는 것이다. 빅또르 위고와 함께 나눈 경험에 종말이 올 즈음 에스떼반은 조개껍질 또는 구름들의 완만한 변형 등 바다의 생활을 신의 시선으로 관찰하기 위해 일상의 삶을 감도는 나선의 폐쇄에서 벗어나 자신을 자연적인 시간경과에 위치시킨다. 소설의 2부에서 소피아도 그와 유사한 희망과 환멸의 체험을 겪는다. 까르뻰띠에르의 소설에는 심리적 분석이 없다. 왜냐하면 그의 시각은 인간 삶의 세부까지 포괄하기에 너무 광범위하기 때문이다. 그는 우리에게 개인들보다는 해방자, 압제자, 희생자 등으로 대표되는 원형적인 인물들과 하나의 인생보다는 모든 역사를 이야기한다. 소설의 문체 또한 구체적인 것의 보편적인 개념의 언급을 암시한다. 그 예로 에스떼반과 소피아가 가지고 놀던 공은 상업과 항해의 상징이 된다. 까르뻰띠에르는 끊임없이 세계를 범주화하고 있는데, 이것을 통해 사물들의 수많은 이름들을 재정립한다. 이렇게 하여 매우 다양한 인상들도 많은 역사적 체험들이 흔히 그러하듯 오직 하나의 구조로 응축될 수 있다.

『산띠아고의 길 El camino de Santiago』(1967)에서는 반종교개혁과 종교전쟁이 다루어지는데 간결하게 표현되는 끔찍한 인간의 고통들과 함께 매우 잘 집약되어 있다. 작가의 목적은 독자의 관점을 변경시키는 것이다.

즉 독자를 단 하나의 생명을 지닌 한 사람의 조망에서 끌어내어 보다 확대된 시각과 시간의 경과 속에 배치시키는 것이다. 까르뻰띠에르로 인해 우리는 우주적 시간을 살 수 있고 그 결과로 개인적 불행은 보다 거대하고 간결한 총체 내의 단순한 하나의 세부에 불과하게 되는 것이다.

3.14 마리오 바르가스 요사

마리오 바르가스 요사 Mario Vargas Llosa(1936~)는 페루의 소도시 아레끼빠에서 태어나, 수도 리마에 있는 마르꼬스 대학에서 문학석사 학위를 받고 마드리드에서 박사 학위를 받았다. 그리고 몇 년 동안 파리에서 거주하다가 스페인의 바르셀로나에서 자리를 잡기도 했다. 한때 가르시아 대통령이 내각을 구성할 때 국무총리로 취임할 것을 제의받기도 했으나 거절했으며, 1991년에는 대통령 후보가 되기도 했다. 그는 1952년 열여섯 살이 되던 해에 삐우라시에서 연극작품으로 문단에 데뷔한 이래 많은 작품을 출간했으며, 1992년에는 노벨문학상 후보로도 거명되었다.

그는 붐의 초기에 이름이 알려지기 시작했음에도 불구하고, 그 발주자로서의 역할을 계속 유지해 옴으로써 붐의 대가들 중의 한 사람으로 꼽힌다. 그러한 상황을 만들어준 요인들로는, 거대한 출판량과 여러 젊은 작가들의 지지, 작가들이 빠지기 쉬운 매너리즘의 위험으로부터 자신을 지켜내는 능력, 그리고 최근의 정치참여를 둘러싼 논쟁으로 유발된 작품에의 새로운 관심 등이 거론될 수 있다.

요사는 창작자로서의 위치와 문학이론가로서의 위치를 결합시켰다. 플로베르와 그의 대표작인 『마담 보봐리』에 대한 에세이 『영원한 주신제 *La orgía perpetua*』(1975)에서 그는 예술적인 요구와 모험, 형식적 혁신을 유지하는 실험적이고 비전(秘傳)적인 〈지하무덤의 문학 literatura de catacumbas〉에 대해 언급하고 있다. 그는 전문화되고 파당적이며 거리감이 있는 지식으로서의 문학을 거부하는데, 그렇다고 하여 그 대척점에 있는, 산뜻한 현대적 치장을 하여 베스트셀러가 되도록 마련된, 소비를 위한 문학, 즉 모든 면에서 순응주의적이고 상투적인 문학을 거부하지 않는 것은 아니다.

소설가로서 그의 작업의 근본이자 그의 광대한 작품들에 대해 흥미를 주는 바탕이 되는 점들은 다음과 같이 나눌 수 있다. 첫번째로 들 수 있는 것은 의사소통의 필수불가결성에 대한 믿음인데, 요사는 이를 문학이 사회에 대한 하나의 기능임을 확신할 수 있는 유일한 요소로 본다. 둘째로 그는 원칙과 목적을 가진, 엄격하고 균형잡힌 질서로 만들어진 작품에 대해 선호하는데, 이러한 작품들은 우위성과 종결성의 인상을 주기 때문이다. 또한 그는 문학작품이 그 창작자의 개성적, 역사적, 문화적 정령(精靈)들의 반영이란 확신을 갖고 있다. 마지막으로 소설은 하나의 형식이므로 주제의 좋고 나쁨은 단지 형식을 다루는 데 달렸다는 믿음을 가지고 있다.

요사의 소설들은 『세계 종말전 La guerra del fin del mundo』을 제외하면, 모두 페루의 현실에 근거하고 있다. 이는 그의 소설들이 중남미의 과거와 현재 사이의 구조적 괴리와 모순을 다루고 있기 때문이며, 작품들의 제목에서 나타나는 건물 이름들은 복합적으로 조직되어 있는 일종의 유기체적 사회를 상징한다. 이러한 사회구조의 모순을 파헤치기 위해 요사는 복합적 시점과 다양한 서술자, 이중적 시공간, 객관적 대화와 내면독백의 혼합 등의 기법을 꾀하며, 특히 이 복합성을 단 하나의 서술단위 내에 연결시키는 장치를 사용함으로써 전통적인 선적 구조를 파괴하는 것이다. 그의 작품들은 『빤딸레온과 위안부들』(1973)을 기점으로 구별되는데, 이전의 소설들에는 리얼리즘적 엄숙함이 지배했다면, 이 소설에서부터는 유머가 나타나고 있다.

첫번째 소설인 『대장들 Los jefes』(1959)은 작가 자신의 경험과 관련된 단편집으로서, 작가로 하여금 레오뿔도 알라스 상을 수상하게 해주었다. 이 단편집은 이후 작품들의 바탕을 이루는 요소들로 이루어져 있으며, 특히 주된 인물인 사춘기 젊은이들은 『도시와 개들』에 등장하는 젊은이들을 예견케 한다. 이 작품은 요사의 또 다른 특징인 도시공간에서 일어나는 반역과, 남성우월주의 Machismo와 절망감에 대한 이야기라고 할 수 있다.

1962년에 출간된 『도시와 개들 La ciudad y los perros』은 요사의 대표작 중 하나로서 작가는 출간된 해에 세이스 바랄 출판사의 간이도서관상을 수상하게 되었고, 이듬해에 스페인 비평가상을 받았다. 이 소설에서 작가는 자신이 리마의 레온시오 쁘라도 사관학교에서 보낸 학창시절의 경험을 복잡한 정제과정에 맡기고 있다. 작품 안에서 학교와 도시는 행위가 이루어지는 중심공간으로서, 이들 사이에는 밀접한 연결이 있다. 도시와, 그것의 농축된 반영체인 사관학교는 변화가 불가능한 하나의 구조체로서 정해진 법칙들을 강요한다. 소설에서의 〈개들〉이란 신참 사관 후보생들을 말하는데, 이는 상급생들이 하급생들을 인격적으로 대하지 않고 마치 개처럼 취급한다는 것을 비유하고 있다. 이들 하급생들은 자신들을 자유로이 통제할 뿐더러 자신들이 속해 있는 사회를 움직여가는 타락이라는 메커니즘의 메아리처럼 행동한다. 가장 심각한 것은 이 젊은 사관 후보생들은 파괴된 이상주의의 선두적 담지자로서의 흔한 젊은이들이 아니라는 점이다. 일반적으로 그들은 어른들이 부과한 추악한 놀이 규칙들을 언제나 받아들여왔다. 그리고 모든 경우에 그 규칙을 위반하려는 어떠한 소심한 시도도 쉽게 통제될 터이다.

소설의 사건은 하급생들 그룹인 〈개들〉이 엘 하구아르의 주도 아래 화학 시험지를 훔침으로써 발단된다. 비회원인 엘 에스끌라보가 외출을 얻기 위해 이 일을 밀고한 뒤 암살당한다. 미스터리는 풀리지 않고 알베르또는 엘 하구아르를 범인으로 지목하게 되며, 이 둘 사이의 대립으로 사건은 전개되어 나간다. 1부의 일반적인 설정에 대해 소설 2부는 이 시험지 유출사건으로 인해 구체적인 일련의 사건들을 풀어가게 된다. 즉 밀고와 그에 따른 밀고자의 암살, 사건의 누설에 대한 공포와 알베르또에 의해 깨어지는 그 공포, 중위 감보아에 의한 밀고의 준비와 소란이나 명예상실을 피하기 위해 침묵을 강요하는 고위층, 사건을 그런 식으로 결말짓는 데 대해 결국 굴복하고 마는 알베르또의 상징적 태도와 부르주아 사회에 완전히 적응하기 위한 그의 계획들 등이다. 〈열심히 공부하여 훌륭한 공학자가 되어야지. 돌아가면 아버지와 함께 일하고 자가용과 수영장이 딸린 큰 집을 가져야지. 마르셀라와 결혼하고 돈환 같은 사람이 되겠지. 토요일마다 그릴 볼리바르에 춤추러 가고 여행도 많이 해야지. 몇 년 동안은 레온시오 쁘라도에서 있었던 일을 기억조차 않을 거야〉라는 알베르또의 말에는, 윤리의 유혹을 영원히 이겨낸 현실적이고 전형적인 한 인물의 일생이 종합적으로 들어 있는 것이다.

요사는 플로베르의 기법이자 헤밍웨이를 거쳐 온 기법에 동의하여 〈보이지 않는 이야기꾼〉으로 행동한다. 즉 작가는 인물들 및 사건들과 관련하여 완전한 객관성을 유지하는데, 대신 열거된 크고 작은 행동들이 스스로 이야기를 들려주는 것이다. 이 작품에는 두 개의 기본적인 장치가 사용되고 있다. 하나는 다양한 인물들에게 적용되어 서술을 풍부하게 하는 내적 독백이고, 다른 하나는 연대기나 상이한 성격의 에피소드들의 결합이다.

요사에게 결정적인 명성을 가져다준 소설은 『녹색의 집 La casa verde』(1966)이다. 이 소설은 작가가 늘 선언해 온 총체 소설 la novela total의 매우 진전된 예가 되는 작품이다. 현실에 대한 모든 굴절과 공상이 포함될 수 있다는 점에서 총체적이고, 다른 한편으로는 삶의 조각이 아니라 가능한 최대량의 삶이 포함되어 있다는 점에서 총체적이다. 소설의 공간은 크게 페루의 소도시인 삐우라와 아마존 밀림지역으로 나뉜다. 이러한 이중적 공간으로 인해 작품은 처음에는 마치 두 개의 다른 소설처럼 읽히는데, 작가는 이 소설의 창작과정에 관해 『한 편의 소설에 대한 비밀 이야기 Historia secreta de una novela』(1971)에서 다음과 같이 말한다. 〈삐우라의 이야기를 쓰고 있었는데, 문득 선교소 꼭대기에서부터 보이는 마을의 전망이 재현되고 있었고, 밀림의 소설을 쓰고 있었는데 문득 모래와 쥐엄나무와 벽돌 등이 머리를 가득 채웠다…… 그래서…… 이 두 세계를 혼합하여 그 대량의 기억들을 모두 이용하는 한 편의 소설을 쓰기로 결정했다.〉 그러므로 밀림과 삐우라 사이에는 지속적 연결이 있게 되며, 다양한 사회적 현실이 조각들로 나뉘어 기하학적 구조로 나타나는 것이다.

다른 시공간에서 일어난 상이한 성격의 삽화들을 하나의 서사체 안에 연결시키는 기법은 플로베르에 의해 처음 소설에 도입되었는데, 요사는 이를 공명(共鳴)기법 los vasos comunicantes이라고 부른다. 이것은 각각의 삽화에서 일어나는 긴장감과 느낌들을 한 삽화에서 다른 삽화로 넘어가게 하는데, 이 혼합에서 생동감이 싹튼다. 그리하여 이 소설의 기본 인물들-녹색의 집을 지은 돈 안셀모와 망가체리아 거리의 펨프들, 산따 마리아 데 니에바 수녀원의 보니파시아, 아구아루나 추장인 훔, 산띠아고강의 밀수꾼이자 약탈자인 푸시아와 그의 보조자들 및 적대자들-은 어떤 모험소설보다도 더 역동적으로 직조되어 있다.

이 소설에서는 모든 것이 사실적이고 동시에 환상적이며 신비롭다. 현실로부터 작가의 정신으로 옮겨가는 모든 것은 화자의 변화에 의해 소설 고유의 생명을 얻게 된다. 이 이상스런 관계들, 서로 교체되는 양상들, 그리고 서로를 반영해 주는 자료들의 군집들은 총체 소설이라는 하나의 동인 아래 움직인다. 총체 소설이란, 하나의 현실의 울림이 모든 순간과 모든 표현들 안에 있고 그 마지막 울림은 작가의 의식 속에 있는 그런 현실을 포착하려는 소설이다. 이러한 특성들과 반(反)기록주의는 요사를 소위 〈50세대〉로부터 구별시켜 준다. 그리고 인물들의 이분법적 분리에 혐오감을 갖는데, 이는 일반적인 붐의 특징과 일치하는 점이다. 따라서 이 소설의 다양한 이야기들과 사건들 중에 어떤 것이 뼈대가 되는지를 밝히는 것은 무용하다. 다양한 이야기들 사이의 균형은 요사가 특별히 어느 하나를 부각시키려고 하지 않았을 뿐더러 실제로 뼈대란 없다는 점을 보여준다. 요사는 제도가 개인의 삶을 어떻게 규정하는가에 대한 철저한 분석을 시도하는 것이다. 이 국부적이고 전형적인 독서의 실패가 주는 고통으로부터 우리가 유추해 낼 수 있는 것은, 어느 누구도 완전히 책임질 수는 없을 듯한 현실의 총체적인 실패라는 점이다.

매우 역동적인 단편소설 『망나니들 *Los cachorros*』(1967)에서 요사는 다시 한번 리마의 사춘기 학생들을 다룬다. 이러한 설정의 되풀이는, 사회에 통합되어 가는 사람들에 대한 작가의 비관주의적 해석을 반영한다. 학교에 입학한 꾸에야르는 한 마리 개에 의해 거세당하는데 이것은 그의 존재를 불분명하게 하며, 따라서 하나의 파괴의 메타포가 된다. 아이러니가 가미된 동료들의 애정어린 이해심이 그를 둘러싸지만, 남성성의 결핍과 그것이 최상의 가치로 부각되는 분위기 사이의 괴리는 그를 집단과의 관계로부터 점점 소외되게 한다. 결국 자동차 사고로 인한 그의 갑작스런 죽음으로 이 모두는 종결되고, 그 그룹의 구성원들은 꾸에야르가 따라가야 했을 정상적인 삶으로 유도되어 간다. 마치 『도시와 개들』의 알베르또가 계획한 소부르주아적 삶이 실현되듯이 말이다.

이 소설 역시 하나의 사회모델에 대한 문제제기이며, 여기에서 문제되고 있는 것은 남성우월주의와 연대감의 결여와 소외이다. 이 사회의 반역자들은 배반당한 순진한 희생자들이다. 옳은 것, 정직한 것, 영웅적인 것, 또는 단순히 아름다운 것을 추구하는 사람들은 배반당하고 그들에게는 하나의 타락과정이 주어진다.

『까떼드랄에서의 대화 *La conversación en la Catedral*』(1969)에서는 다시 리마가 소설의 기본배경이 되고 있다. 범용하고 종기투성이인 〈끔찍한 리마〉는 혼란스럽고 이질적인 사람들의 도시이다. 작품이 사발리따의 시선에 잡힌 도시의 전망으로 시작하는 것은 다분히 의도적이다. 〈라 끄로니까의 현관에서 산띠아고는 따끄나 거리를 아무런 애정 없이 내려다본다. 자동차들, 고르지 못하고 빛바랜 건물들, 칙칙한 정오의 안개 속에 떠다니는 네온사인 전봇대들. 어느 순간에 페루는 당했던가?…… 그는 페루 같다. 그는 어느 순간 당했었다. 언제더라 하고 생각한다. 그리온 호텔 반대편에서 개가 한 마리 다가와 그의 발을 핥는다. 광견병에 걸렸을지도 몰라. 저리 가. 페루는 당했어, 까를리또들도 당했고, 모두가 당했어. 그는 해결책은 없어 하고 생각한다.〉 소설 전체는 결국 어느 순간에 페루는 당했던가?라는 이 첫번째 물음에 대한, 그리고 작가 자신에게도 해당되는 동일한 질문에 대한 답을 찾아가는 과정이다. 그러나 암브로시오가 사발리따 자신에게 들려주는 대답,〈여기저기서 일하게 되겠지. 혹은 또 한번의 광견병이 도질지 모르고. 아마 사람들이 그걸 불렀겠지. 그리고 나서 여기저기서, 또 그리고 나서는, 글쎄, 그리고 나서는 말야 이미 죽어 있을 거야, 안 그런가, 젊은이?〉를 제외하고는 어떠한 대답도 구할 수 없다.

소설의 제목은 사발리따와 늙은 하인인 암브로시오가 까떼드랄(성당이라는 뜻)이라 불리는 하층술집에서 우연히 만나 오랫동안 이야기를 나누는 것에서 비롯된다. 사발리따는 산 마르꼬스 대학 출신인데, 이곳은 일상 현실의 억압에 의해 결국에는 폐기되고 말 개혁적 반란을 촉진시키는, 하나의 모순적 공간이다. 이는 사발리따의 무미건조한 결혼과 기자라는 회색분자적 직업으로 상징된다. 비굴하고 일관성이 없는, 현대 중남미 소설의 전형적 인물들 중의 하나인 사발리따는 『도시와 개들』에서 이전의 불쾌감들을 잊고 정착하기 위해 사관학교를 떠나는 알베르또와 구조적으로 같은 인물이다. 사발리따는 아내에 대한 어머니의 근본적 편견과 형제들의 이기주의적 순응성 등에서 구역질나는 부르주아적 존재 방식들을 발견해 가는데, 하인이자 운전사인 암브로시오를 상대로 하는 아버지의 동성애를 알게 된 후 그 고통은 극에 달한다. 그는 잠재적 대부르주아로서의 자기 계급을 버리고 무정부적이고 무기력한 소부르주아가 된다.

네 시간 동안 계속되는 사발리따와 암브로시오의 대화는 페루사회를 형상화하는 네 명의 기본인물들-사발리따 자신, 보수적 부르주아의 대표자인 그의 아버지 페르민 사발라, 걱정거리 없는 벼락부자인 까요 베르무데스, 그리고 빈곤한 유년기에 까요의 친구였고 그 빈곤의 결과에서 벗어나지 못하는 암브로시오-과, 이미지만으로 등장하는 일흔 명의 인물들이 연관된 과거 사건들을 이끌어낸다. 그리고 이 모두는 이미 언급한 공명기법과 중국함(函) 기법 las cajas chinas으로 연결되어 있다. 후자는 주된 것과 파생된 것, 기본적인 사실과 부차적인 사실 등이 함께 담겨 있는 이야기 장치로서 주로 〈이야기 속의 이야기〉 기법으로 이해된다. 1, 3부는 3인칭 서술과 대화 속의 대화방식이 결합되어 있고, 2, 4부는 장으로 나뉘고 다시 다섯 개의 이야기가 규칙적으로 반복된다. 이 외에도 영화적인 착상과 관련이 많은 다중적 시점과, 자유간접화법과 직접화법의 동시적 사용이 이 소설의 형식적 특징이 된다. 한편 이 작품은 시대적으로 1948~1959년의 독재정권에 기대고 있지만, 작가는 하나의 연대기 소설보다는 사회적 행장들과 습관적으로 판단을 삼가는 태도들을 포착하는 데 흥미를 갖고 있다. 그리고 이러한 것들이 위기와 전횡의 시대라는 상황 안에서 강조되고 있는 것이다.

비판적 기능을 포기하지 않은 채 형식적 긴장감을 소설에 연결한 하나의 전환기가 요사에게 왔는데, 이는 『빤딸레온과 위안부들 Pantaleón y las visitadoras』(1973)로 나타난다. 이 소설에서는 지금까지 암묵적으로 보이던 요소인 유머가 주된 구성요소로 기능한다. 이 소설은 페루의 동부 밀림에 설치된 수비대의 위안부들을 책임진 빤딸레온이라는 한 장교의 유위변전에 관한 이야기이다. 이 장교가 자기 임무를 수행하는 완벽주의자적 정신은 그 자신의 구체성과 대조되는데, 바로 여기에서 작품 전체를 용해시키는 그로테스크한 힘이 파생된다. 군의 명예에 해가 될 정도로 자신의 임무를 과도하게 수행하는 장교 빤딸레온은 결국 아마존 지역의 사령부로 전출됨으로써 징벌당하게 된다.

이와 함께, 이끼또스 지역의 광신적이고 묵시론적인 포교사이자 〈언약의 궤 교파〉라는 기이한 교단의 창시자인 에르마노 프란시스꼬의 사건들이 섞여 전개된다. 정화를 위한 그 교단의 행위는 동물들에 대한, 나아가 인간에 대한 십자가 형벌을 포함한다. 위안부 봉사조직을 개발에 관한 엄격한 논리에서 역설적으로 산출하는 비합리성과 에르마노 프란시스꼬 및 그 교파의 비합리성은 요사 소설의 전형인 이중적 구성을 형성한다. 그리고 그 상관성과 연결성을 통해 부조리한 사회배경을 그려간다. 요사는 이 이야기를 묘사적인 전달 없이 주인공들의 목소리가 이어지는 하나의 복수적 대화처럼 느끼며, 순전히 구어적인 현실이라고 말한다. 이 소설은 여러 소재들이 개입되는 하나의 콜라주이다. 즉 2, 4, 6장은 군대 부분을 이루고, 3장은 빤딸레온의 아내 뽀치따의 편지이며, 7장은 거의 전부가 라디오 방송이고 9장은 단편적인 신문기사이다. 그러므로 정보전달 통로의 복수성이 이 소설의 기법과 관련하여 가장 특징적인 것이며, 직접화법을 통한 고전적 도입문장들 대신에 동시발생적인 행위에 관한 서사들을 사용하여 강렬한 객관적 상황을 창조한다. 한편, 빤딸레온의 아내가 자기 여동생에게 보낸 통속적 편지글은, 당대의 다른 중남미 소설가인 마누엘 뿌익에게 빚지고 있는 키치적 장치이다. 이 장치는 이어 발표된 소설인 『홀리아 숙모와 작가』에서 전면적으로 사용된다.

『홀리아 숙모와 작가 La tía Julia y el escribidor』(1977)에서는 알베르또나 사발리따 또는 꾸에야르 등으로 변장하지 않은, 자기 고유의 사실적인 이야기를 들려주는 서술자와 만나게 된다. 마리또와 홀리아—이들은 요사와 그의 숙모 홀리아 우르끼디가 형상화된 인물이다—사이의 사랑이라는 감상적인 줄거리가 유명한 라디오 드라마 작가인 뻬드로 까마초의 것과 합쳐진다. 아홉 개로 된 까마초의 창작글은 소설 텍스트와 교대 형식으로 병합되는데, 이 작품 안에는 고전적인 끼어들기나 요사의 다른 소설들에서 전형적이었던 시간적 비약이 없다. 그러나 여전히 공명기법의 체계가 기능하는데, 한편으로는 라디오 드라마의 인물들이, 다른 한편으로는 마리또와 홀리아의 이야기가 서로 섞이는 것이다. 이 두 스토리의 연결은 뻬드로 까마초의 드라마에서 나타나는 아기와 할머니 사이의 사랑에 의해 이루어진다. 이 라디오 드라마의 유일한 동기는 비판적 의도가 아님을 알 수 있다. 만약 그러했다면, 마리또의 할머니가 이 장르의 중요한 매력으로 생각하는 인물들에게 스스로 말하게 하는 방법을 부여했을 터이고, 또한 그토록 집요하게 간접화법을 사용하지 않았을 터이기 때문이다. 따라서 이 라디오 소설이 단지 하위문학으로 유희를 벌이거나 그것을 정화하기 위해서 사용된 것이 아님은 명백해진다.

요사의 대작인 『세계 종말전 *La guerra del fin del mundo*』(1981)은 앞에서 언급했던 반매너리즘적인 태도의 산물이자 다양한 재능의 증거이다. 이 작품을 통해 작가는 명백한 리얼리즘 선상의 소설을 쓰는 대범함을 보여주었으며, 이 오래된 체계의 모든 힘이 이 소설에 투영되고 있다. 주인공인 안또니오 꼰세헤로라는 광신적인 인물의 전례는 이미 『빤딸레온과 위안부들』의 에르마노 프란시스꼬에서도 나타나긴 했으나, 확실한 것은 이 인물과 소설의 테마 자체는 유끌리데스 다 꾸냐Euclides da Cunha라는 브라질의 소설가가 1902년에 쓴 『세르땅 사람들Os sertões』의 것에서 유래되었다. 이 작품의 무대는 정확하게 알려져 있지는 않으나 브라질 북동부라고 추정된다. 공화국의 재건 이후 안또니오 꼰세헤로의 추종자들이 까누도의 요새로부터 브라질 중앙정부에 대해 모반을 일으키는 이야기이며, 정부군의 반복적인 공격에 대한 영웅적인 방어, 그리고 끝내 항복하게 되는 것이 매우 주의를 끈다. 이 소설의 중심 이야기와 많은 하위 이야기들은 전부 4부로 되어 있으며, 2부를 제외하고는 몇 개의 장으로 되어 있고 다시 이들은 하위장들로 나뉘어 있다. 작품의 진정한 복잡성은, 하위장들이 동시적 층위의 독서를 유도하는 하나의 조합으로 마련되어 있어서 단선성의 기대가 불가능하다는 데서 생겨난다. 역사적인 인물들에 창조된 인물이나 다른 지역으로부터 따온 인물들이 합쳐지고 있으며, 전쟁의 공포에 대한 묘사들이 주는 전율적인 표현주의는 차꼬 전쟁에 대한 잊혀진 소설들이나 멕시코 혁명에 관한 소설들을 떠올리게 한다.

『마이따 이야기 *Historia de Mayta*』(1984)는 이미 이전에 사용했던 장치들을 체계화하고 그것을 통해 독창성을 획득한 작품이다. 화자이자 주인공인 한 인물이 과거에 속한 사건들에 대해 조사하게 된다. 마지막 장에서 그는 자신이 조사해 온 혁명의 중심인물인 마이따를 만나게 되는데, 그가 조사해 낸 것은 진실과 부분적으로만 일치한다. 결국 마이따도 사발리따와 마찬가지로 페루를 위한 하나의 해결책을 찾지 못했던 것이다. 이 소설 안에는 두 개의 전제가 있는데, 그 하나는 메타 문학적인 담론으로서 이를 통해 화자는 고유한 표현요소를 알아볼 수 있게 된다. 다른 하나는 사회정치적 숙고라고 할 수 있는데 이에 대한 요사의 태도는 그 어느때보다 회의적이다.

1986년에 나온 『누가 빨로미노 몰레로를 죽였나? *¿Quién mató a Palomino Molero?*』는 강대한 권력구조를 깨뜨릴 수 없다는 불가능성의 드러냄과 그로 인한 비관주의를 다시 한번 바탕으로 삼는다. 이 작품은 한 젊은 군인의 잔인한 살해와 그 사건을 추적해 가는 과정이 주된 소재인데, 시경찰인 실바 중위와 리뚜마 상사는 많은 난관을 극복하고 원인을 발견하지만 결국 오지로 전보발령을 받고 만다. 그들이 사건의 원인으로 찾아낸 것은 공개될 경우 군의 명예에 치명적으로 영향을 주는 것이었기 때문이다.

1958년 마라뇬 고원 여행에 참여한 작가의 개인적인 경험은 『말하는 사람 *El hablador*』(1987)에서 다시 한번 소설화되고 있다. 한편으로는 페루 아마존의 마치구엥가라는 원주민 문화와 이 문화의 전통적 집단기억의 통일성과 직관을 유지하고 있는 〈말하는 사람〉이 존재하고, 다른 한편으로는 이 문화를 받아들여 자신들도 〈말하는 사람〉이 되기로 결심하게 되는 일련의 문명인들이 등장한다. 이 작품은 〈선한 야만인〉의 주제와 문화전이의 주제, 그리고 현실의 형식으로서의 말 자체의 주제를 갖고 있다. 그리고 『계모찬양 *Elogio de la madrastra*』(1988)은 지적인 소품으로서 성애적 소설 novela erótica이라 할 수 있다. 최근에 요사는 연극작품을 쓰는 데 몰두해 있다.

3.15 가브리엘 가르시아 마르께스

마르께스 Gabriel García Márquez(1928~)는 콜롬비아 카리브해 연안의 아라카타카에서 태어나 여덟 살 되던 해 조부가 세상을 떠날 때까지 그곳에서 유년시절을 보냈다. 이 8년 동안 부모와 떨어져 조부모 밑에서 자라면서 할머니로부터 신기하고 마술과도 같은 그러면서도 때로는 두려움에 잠을 못 이루게 하는 이야기들을 들었고, 할아버지로부터는 그가 실제로 경험한 전쟁의 이야기를 들으면서 유년시절을 보냈다. 후에 마르께스 자신도 언급했듯이 이 8년간의 유년시절은 그의 문학활동의 가장 중요한 원천이 된다.

1940년 보고타로 온 그는 그곳에서 법학을 전공하면서 대학 1학년 때 최초로 단편을 쓰기 시작했다. 그는 일간지인 ≪관객 El espectador≫의 특파원으로 유럽에 가지만 독재자 로하스삐니야의 명령으로 그 일간지가 폐간되자 그는 그대로 파리에 머물면서 생애의 가장 비참한 생활을 지내게 된다. 이 당시의 생활에서 영감을 받아 쓴 작품이 『아무도 대령에게 편지하지 않는다 El coronel no tiene quien le escriba』(1956)이다. 그 후 베네수엘라, 뉴욕, 스페인 등을 돌아다니던 그는 요즈음은 멕시코에 거주하면서 작가활동을 하고 있다. 그의 모든 작품의 주제는 고독이라 할 수 있는데, 중남미의 현실은 그 자체가 고독이며 그 고독은 아무리 애써도 벗어날 수 없는 둥근 원으로 반복되고 있다는 그의 시각을 보여준다. 1982년 그는 『백년 동안의 고독』(1967)으로 노벨 문학상을 수상했다. 그 수상동기는 중남미의 현실을 마술적 사실주의로 표현했다는 데 있었다. 여기에서 그는 마꼰도라는 가공의 도시를 통해 사랑이 단절되고 오직 증오만이 남는 그리고 그것이 반복되는 고독의 세계를 그리고 있다.

『낙엽 *La hojarasca*』(1955), 『아무도 대령에게 편지하지 않는다』(1956), 『역경 *La mala hora*』(1962), 『마마 그란데의 장례식 *Los funerales de la Mama Grande*』(1962)에서 증오와 내부의 알력으로 분열된 멀고 황량한 마을이 중요한 역할을 하고 있다. 첫 소설인 『낙엽』부터 그는 자신을 둘러싼 사회 앞에서 증오로 가득 찬 채 살아가는 고립되고 자존심 강한 인물을 설정한다. 첫 소설에서 등장하는 의사는 아직 성격이 명확하게 설정되지 않는다. 그는 외지인으로 작은 도시에 의술을 베풀기 위해 도착하나 환자가 없다는 사실을 알고 동료의사와 바나나 재배공장으로 떠난다. 거기서 그는 스스로 만든 소외의 벽 안에 갇히고, 내란이 일어나자 부상자들을 보살피지 않고 이러한 이유로 코벤트리 Coventry로 보내진다. 여기에서 비롯된 원한은 그가 죽을 때까지 계속된다. 오네띠의 경우에서처럼 마르께스가 제시하고자 했던 가장 근본적인 것은 부정직한 사회 속에서 인간 개인의 진정성이란 문제였다. 이러한 입장은 1948년경에 쓴 「화요일의 낮잠」에서도 재등장하는데, 이 소설에서 작가는 자신의 어린 시절을 기초로 삼는다. 『아무도 대령에게 편지하지 않는다』는 걸작으로 아무런 수사적 기교없이 주인공의 소외와 마주서게 한다. 시민전쟁의 원로인 주인공은 15년 동안이나 연금을 받기 위해 우체부가 도착할 때마다 부두에 나가보지만 그의 희망은 끝내 이루어지지 않는다. 그의 외아들인 아구스틴마저 불법전단을 살포하다가 총살당하게 되자 그에게는 자부심과 자존심밖에는 남지 않게 되고, 자부심이라는 유일한 탈출구는 작품 속에서 닭싸움으로 상징화된다. 작품의 마지막에서 모든 희망은 사라져버리고 허기로 죽어가지만 그는 끝내 자부심을 잃지 않는다.

『백년 동안의 고독』은 요사에 의해 아메리카의 『아마디스』라고 불린 작품으로 이 작품 속에서 마르께스의 모든 것이 결집되어 그 절정을 이룬다. 이 작품은 신화적 요소를 도입하여, 이사벨과 호세 아르까디오의 이주와 마꼰도라는 도시의 건설을 그리고 있다. 이 둘은 서로 사촌간으로 둘 사이의 근친상간으로 인해 돼지꼬리가 달린 자식이 태어날 것을 두려워하여 아무도 닿지 않는 곳에 새로운 도시를 세우기 위해 고향을 떠난다. 초기의 외부와의 접촉은 멜끼아데스를 중심으로 한 집시들의 방문이었고, 이들은 신기한 외부문물을 마을주민들에게 소개하게 된다. 이 신기한 외부문물은 호세 아르까디오에게 외부세계의 과학적인 지식을 받아들이도록 자극하는 기제가 된다. 마꼰도의 고립은 오래 지속되지 않고 시장의 등장, 내전에 휩쓸림, 철도의 건설, 외국인 바나나 공장의 건설 등의 사건을 통해 외부세계와 접촉하게 된다. 그러나 파업에 참가한 공장노동자들이 대량학살로 사망하고, 폭풍우가 농장을 파괴함에 따라 외국인 바나나공장이 철수하고 다시 마꼰도는 고독에 휩싸이게 된다. 이것은 진보와 신식민주의라는 중남미의 상황에 대한 반영으로 읽혀진다. 그러나 단순하게 마꼰도는 사회적이고 정치적인 맥락에서보다 깊은 차원에서의 비극을 나타낸다. 즉 이야기의 끝에서 부엔디아 가문의 마지막 자손이 멜끼아데스가 남기고 간 원고를 해석하고, 이것이 자기 가족의 이야기를 하고 있다는 사실과, 원고를 읽는 동안만 이 이야기가 지속되리라는 것을 발견하는 데 텍스트가 갖는 깊은 의미가 함축되어 있다. 따라서 읽는 행위는 그 자체로 반복할 수 없는 고독한 행위이며 죽음의 행위가 된다. 결말은 비극으로 끝나고 삶 자체는 반복될 수 없으며 한번 지나간 시간을 다시 시작할 수도 없다. 삶의 진정한 불안은 바로 반복할 수 없다는 그 사실에서 기인하고 이 공포를 견디는 유일한 방법은 바로 유머에 의존하는 것이다. 이런 맥락에서 작품에서 죽음은 항상 마술적으로 표현되고 있는 것이 이해된다. 또한 『백년 동안의 고독』의 가장 중요한 점 중 하나가 신화를 이야기 속에 도입하고 환상적인 전개를 통해 사실주의에서 탈피했다는 데 있다.

서구의 서사적 전통은 그것 나름의 정전을 가지고 있고 그것들은 나름대로의 하위전통을 형성한다. 따라서 『백년 동안의 고독』을 처음 접하는 독자는 그것이 라블레스의 『붓덴부르그 일가 *Los Buddenbrooks*』와 유사하다고 느낀다. 무엇보다도 이 작품은 6세대에 걸친 한 가족의 연대기로서 행복하고 건강한 탄생에서 점점 몰락한 상태로 변화해 가는 20세기 초반의 유럽의 연대기와 흡사하다. 그 가문의 첫 인물인 호세 아르까디오 부엔디아가 촌스럽지만 건강한 인물이라면 가문의 마지막 고리인 아우렐리아노 바빌로니아는 단명할 수밖에 없는 지식인이다. 또한 최초의 어머니인 우르술라를 대체할 만한 모성을 가진 인물은 더 이상 등장하지 않는다. 라블레스에 의하여 씌어진 연대기는 토마스 만의 것과 세 가지 점에서 차별성을 지니는데, 이것을 마르께스는 훌륭히 이어받고 있다. 첫번째는 유머이고 두번째는 과도함이고-호세 아르까디오의 성기의 크기, 아우렐리아노 부엔디아의 식사량, 필라르 떼르네라의 나이, 멜끼아데스가 부엔디아 가족의 역사를 쓰기 위해 사용한 방법의 복잡성-마지막 세번째가 육체적인 것이다.

작품은 서술된 주체의 복수성(한 가족의 6세대, 아우렐리아노 대령의 16명의 아들을 제외한 24명의 주요가족, 그들의 친구)뿐만 아니라 서술 주체의 복수성을 가지고 있으며, 작중인물의 변화와 시간의 흐름에 따라 변화하는 청자의 관점이 결합되어 있다. 서술 주체의 변화와 그 복수성의 징후는 여러 측면에서 발견된다. 먼저 작품에는 초현실주의적 요소가 존재한다는 것이다. 아니 존재 그 자체보다도 그것이 다루어지는 방식이 중요하다. 작품 속의 초자연적인 요소는 환상적이거나 현실과 유리된 환상적인 것이 아니라, 즉 카프카나 꼬르따사르의 작품에서 보이는 초현실주의적 요소가 아니라 구체적인 현실과 결합한 현실의 일부로서의 초현실주의적 요소이다. 작품의 초자연적인 요소는 우화적인 요소의 역할을 하고 있는데, 그것은 사람들이 그것을 믿는 한 존재하는 요소이다. 즉 화자가 그가 다루고 있는 인물 그리고 그가 말해 주고 있는 인물의 의견에 참여하며, 이런 의미에서 이 이야기는 그 청중에 의해 씌어진 것이다. 살아 있는 사람 사이를 끊임없이 돌아다니는 주검들의 경우도 마찬가지이다. 프루덴시오 아길라르는 호세 아르까디오 부엔디아를, 멜끼아데스는 아우렐리아노 바빌로니아를 쫓아다니고, 이 가문의 모든 역사의 압축인 아우렐리아노와 아마란타 우르술라는 밤이면 이 집에 살았던 모든 이들의 소동을 듣는다. 마찬가지로 노동자들의 대학살과 같은 사건의 현실성을 부인할 때 그 인물들은 이미 존재하지 않게 되고 따라서 관리는 호세 아르까디오 세군도가 앉아 있는 곳에서 아무것도 발견할 수 없는 것이다. 이러한 일들은 동시대인의 눈에 나타나는 것이고, 이것이 바로 우화적 초자연성이며 이 세계를 이야기하는 목소리는 이 세계 자체만큼이나 변화무쌍한 것이다.

또한 작품의 서술구조를 보다 자세히 관찰하면 발화 주체의 복수성을 확신하게 된다. 서술구조는 처음에는 각각의 테마를 가지고 있는 20장의 연대기적 서술로서 매우 단순하게 보인다. 그러나 한 에피소드는 시작에서 끝으로 서술되는 것이 아니라 중심에서 주변으로 서술된다. 즉 축이라고 할 수 있는 중요 요소에서 시작되어 다양한 정보의 도움으로 발전하고, 이 정보들은 과거와 미래를 무차별적으로 왕복한다. 예를 들면 1장은 예견으로 시작하여 서술의 중심대상이 되는 순간으로 재빨리 이동하고 있는데, 이것은 얼음을 알기 이전의 모든 일들을 회고하기 위한 것이다. 이 일들이 전체 장을 차지하고 얼음이 나오는 장면에서 모여 이 장면은 회상된 과거 또는 미래의 일들을 조직하는 중심이 된다. 또한 네 번째 세대 아우렐리아노 세군도의 삶을 다루고 있는 10장은 그의 죽어가는 자리에서의 성찰로 시작된다. 그리고 재빨리 그의 맏아들의 세례식 장면으로 이동하고 그 후 형제에 대해 회고한다. 사태를 더욱 복잡하게 하는 것은 예견과 회고의 혼재이다. 회고는 여러 갈래로 분기되어 아우렐리아노 대령, 페트라 꼬떼스에 관계된다. 왜냐하면 이 장의 출발점이 아우렐리아노 세군도의 아들의 탄생이 아니고 아우렐리아노와 페르난다와의 결혼이기 때문이다. 따라서 이 장을 구성하고 있는 각 에피소드는 시간이동을 축소하여 반복하고 있다. 이렇게 복잡한 시간유희의 함축된 의미는 다음과 같다. 이 장의 연대기 체계는 아우렐리아노 세군도의 어린 시절, 결혼, 아이 탄생, 아우렐리아노 세군도의 늙음과 죽음으로 단순하게 요약될 수 있다. 이 체계가 중심축을 아들의 탄생으로 잡음으로써 변질된 것이고 이 순간을 이해시키기 위해 아우렐리아노의 어린 시절, 그의 형제의 어린 시절, 전체 가족의 그것으로 거슬러 올라가야 한다. 한 에피소드가 해명되기 위해서는 화자가 시간적으로 앞서 나가야 한다. 다시 말해 수많은 예견은 단순한 시간유희가 아니라 현재를 이해하기 위한 도구인 것이다. 즉 현재가 완전히 이해되기 위해서는 그것이 미래가 위치한 시점에서 과거화되어야 한다.

초자연적인 요소가 리얼리즘에 대한 승리가 아닌 것과 마찬가지로 선적 서사축의 파괴는 연대기적 시간의 초월이 아니다. 이것은 주체의 복수화를 통해 다양한 삶의 단면들을 총체적으로 포착하고자 하는 그의 서사전략이라고 파악될 수 있다. 즉 개인의 삶은 연대기적으로 형성되지만 주체의 복수화는 이러한 선적 시간을 불가능하게 하고 여러 이야기를 동시적으로 말하게 하는 것이다. 결국 작품에서는 끊임없이 연속성의 원칙과 동시성의 원칙이 겹치게 된다. 먼저 작품에는 순환적인 현상들이 존재한다. 집시들은 처음으로 10년마다 3월에 돌아오고, 부엔디아 일가의 집에서는 거의 같은 일들이 일상적으로 반복된다. 이런 일상성 외에도 가족의 일원들의 운명이 되풀이된다. 스스로 회전하는 힘으로 인해 시간은 부서져 정지하고 동시성이 도래한다. 부엔디아 일가의 삶은 동일하고 차이점이 있다면 〈아우렐리아노〉와 〈호세 아르까디오〉의 차이이다. 우르술라는 다른 어떤 인물보다 시간의 이러한 부동성을 이해하고 있다. 그녀의 아들, 손자, 증손자가 모두 같은 행동을 하는 것을 보며 시간은 둥글게 순환한다고 느낀다. 다섯번째, 여섯번째 세대의 아이들을 두번째 혹은 그녀 자신의 유년기와 혼동하고 태아상태에서 그녀의 삶을 마친다. 따라서 호세 아르까디오 세군도나 아우렐리아노 부엔디아가 그랬던 것처럼, 멜끼아데스의 방에서 시간은 문자 그대로 정지되어 있다는 것을 발견하는 것은 놀라운 사실이 아니다. 이것은 첫 시조인 호세 아르까디오 부엔디아의 발견이기도 한 것이다.

연대기의 원칙 위에 세워진 『백년 동안의 고독』은 사실은 연속성보다는 동시성에 중요한 위치를 부여하고 있다. 이는 멜끼아데스의 연대기도 마찬가지다. 개인의 삶은 연속성에 복종하지만 이 책의 변화하는 복수적인 주체는 동시성과 잘 부합한다. 가족 일원간의 유사성은 세대 사이에도 크지만 같은 세대에서는 더욱 커 종종 사랑의 대상을 공유하기까지 한다. 필라르는 형제인 호세 아르까디오와 부엔디아의 연인이고 각각 하나씩의 아들을 낳는다. 자매처럼 자란 레베카와 아마란타는 동시에 피에트로 크레스피를 사랑하게 되고 호세 아르까디오 세군도와 아우렐리아노 세군도는 페트라 꼬테스를 공유한다. 따라서 사랑의 주체와 대상은 한 가족에 속하고 이는 곧 근친상간이다. 근친상간과 그것의 금기는 부엔디아가의 기본적인 틀을 형성한다. 사촌끼리의 결합으로 시작된 가계는 이모와 조카의 결합으로 인해 돼지 꼬리가 달린 아이의 탄생으로 종말을 맞이한다. 그뿐만 아니라 레베카는 친오빠처럼 자란 호세 아르까디오와 결혼하고 아마란타와 아우렐리아노 호세도 근친상간 직전까지 이른다. 부엔디아가의 일원을 가장 뚜렷하게 특징짓는 것은 바로 이 근친상간에의 유혹이다. 그러나 이 근친상간의 내년에는 고독이 존재한다. 이 고독한 인물들을 연결시켜 주는 것은 역설적으로 고독 밖에는 없다. 첫 쌍을 제외하고는 그들 모두는 고독이라는 표지를 붙이고 있다. 결혼에 의해 가족이 된 산타소피아 델라 삐에닫이나 페르난다, 우연히 혈연관계를 맺게 되는 필라르 테르네라, 마우리시오 바빌로니아, 가족의 충실한 친구 멜끼아데스와 헤리넬도 마르께스, 잠시 동안 거주한 메메와 멜끼아데스, 마지막으로 집 자체까지 모두 고독한 존재로 나타나고, 특히 아우렐리아노 대령은 고독의 대표자라고 할 만하다. 근친상간과 고독, 이 두 요소의 연결은 집단적인 것과 개인적인 것의 관계에 대한 문제를 제기한다. 작품에서 서술 주체는 복수화되는 반면, 서술되는 주체들은 모두 고립된다. 그 고독은 그들의 유사성으로 하여 서로의 복사품이다. 따라서 그들 사이에는 가능한 보충성이란 없고 각 일원들이 다른 하나의 총체를 형성하지 못한다. 타인의 다른 점을 인식하지 못하기 때문에 족외혼의 가능성은 존재하지 않는다. 가족 내부의 정열과 결혼은 그들에게 던져진 논리적이고 불가피한 길인 것이다.

『백년 동안의 고독』이 서사시라면 그것은 소설의 시대에 태어나 그것에 의해 붕괴된 근대적인 서사시이다. 우리 시대의 영웅은 개인이고 부엔디아 사람들은 모두 유사하면서도 동시에 각각은 개인적이다. 그러나 이 개성은 고독에 의해 일종의 질병에 이르고 이것은 근친상간이라는 전율할 결과에 이른다. 이는 마치 소설의 인물이 서사시의 세계로 이식된 것과 같아 이 시점의 변화로 인해 그 운명은 비극적일 수밖에 없다. 서사시는 그 소설적 주인공과 동시에 사망한 것이다. 『백년 동안의 고독』은 서사시적 면모와 동시에 소설적 면모를 가지고 있다. 이 책은 두 장르 사이의 이데올로기적 갈등의 산물이다. 이 문학적, 이데올로기적 갈등이 우리 시대, 우리 세계를 특징짓는다. 그렇다면 이 작품에서의 해결책이 유일한 것인가를 생각해 볼 필요가 있다. 아우렐리아노 바빌로니아는, 그의 고향 마꼰도가 소설적 면모를 상징하는 파리적인 분위기에 암암리에 침해받았기에 죽는다면 이 경우 고독과 근친상간에서 정점을 이루는 개인적 정신을 상징한다 할 수 있다.

마꼰도의 파리는 가부장적인 사회의 파괴를 의미한다. 그렇다면 파리에서의 마꼰도는 단순히 몽상적인 자연에의 회귀는 아닐 것이다. 그것은 시골과 대도시 사이의 갈등을 해결하는 방법이자 전체와 개인 집단적 정신과 개인적 정신과의 갈등을 극복하는 방법일 것이다. 이는 가장 어려운 부호, 복수성을 결정적으로 살리기 위함이다.

3. 16 기예르모 까브레라 인판떼

까브레라 인판떼 Guillermo Cabrera Infante(1929~)의 소설 『세 마리의 가련한 호랑이들 Tres tristes tigres』(1965)는 현대소설의 발전에 있어 다른 면을 보여준다. 사회의 패러디로서 언어구조의 사용이 바로 그것이다. 그는 쿠바인으로 바띠스따 시기를 시간적 배경으로 한 책 『평화시나 전시 동일하게 Así en la paz como en la guerrra』(1966)를 출간하고, 『세 마리의 가련한 호랑이들』로 브레바 도서관상을 수상하기도 한다. 혁명 초기에는 ≪혁명의 월요일≫이라는 문학지의 편집자로 있었으나 혁명 후 시기의 경직된 사회분위기에 적응하지 못하고 현재 외국에 체류하고 있다. 『세 마리의 가련한 호랑이들』는 까스뜨로가 권력을 잡기 직전인 1959년의 쿠바의 언어로, 아바나 사람들 사이의 대화가 자료로 사용된다. 거기에 그려진 대부분의 사람들은 야간 생활자로 주변세계에 속하는 가수, 탤런트, 재즈음악가, 부자의 자녀들, 사진작가 등이다. 그들은 재즈에 대한 은어, 아프로쿠바노, 소부르주아적 언어 등 많은 말들을 한다. 이 이야기의 중심에 위치한 것은 지식인 그룹이다. 그러나 스페인어식 영어가 횡행하고 소비문화가 다른 모든 열망을 지배히는 미국에 의존한 섬나라의 천박한 문명, 곧 1959년 쿠바 문화의 충실한 모사가 없었더라면 이러한 모든 것이 그저 장난에 불과했을 것이다. 까르뻰띠에르, 레사마 리마, 기옌 등의 타락한 현실과 비교해 볼 때 매우 부적절해 보이는 세련된 문체에 대한 패러디가 존재한다. 중심인물 중의 한 사람인 아르세니오 뀌 Arsenio Cué는 허튼소리와 말장난을 즐긴다. 그의 생각으로는 유럽 문화는 미개한 쿠바에 가면을 씌운 것에 불과한 것이다. 작품 속에 등장하는 이런 말장난을 통해 까브레라 인판떼는 소비문화에 함몰한 쿠바의 문화를 암시하고 있다. 즉 미국의 경제적 헤게모니에 장악당한 문화와 이러한 헤게모니에 저항하려는 미약한 시도가 나타나고 있다. 결국 쿠바 언어는 존재하지 않고 그로 인해 쿠바 문화 또한 존재하지도 않는다. 단지 외국의 영향과 은어가 존재할 뿐이다. 까브레라 인판떼의 이 소설은 동시대 소설가들이 모데르니스모의 유산을 지니고 있으며, 그들과 민중 사이에는 문화적 심연이 존재한다는 것을 암시한다. 또한 유럽과 미국 문명의 그로테스크한 반영을 제외한 쿠바 문명은 존재하지 않는다는 것, 결국 절망으로 귀결될 수밖에 없다는 작가의 태도를 보여준다.

3.17 마누엘 뿌익

중남미의 붐소설이 1920~30년대의 리얼리즘 소설이 갖는 단선적인 소설구조를 깨뜨렸다면, 60년대 말부터 주로 글을 쓰기 시작한 붐 후세대 boom junior의 소설은 형식에 대한 앞세대의 혁신을 심화함으로써, 소설 장르 자체에 대해 문제를 제기하는 경향을 강하게 보여준다. 아르헨티나의 소설가 뿌익Manuel Puig(1932~1990)은 붐 후세대의 이러한 특징을 보여 주는 대표적 작가로서 작품의 두드러진 대중문화성으로 인해 특히 주목받고 있다. 그런데 그가 대중문화를 선호했던 것은 작가적 실험차원에서 의도적으로 시작되었다기보다는 자신의 개인적 생애와 더 연관되어 있다.

부에노스 아이레스의 북서쪽 헤네랄 비예가스에서 태어난 그는, 문화와 동떨어져 있는 그곳에서 오로지 영화라는 매체를 통해 삶의 활기를 누릴 수 있었다. 그는 어린 시절의 자신에게 있어서 영화는 〈현실〉이라는 것을 대체할 수 있는 하나의 언어체계였다고 회고한다. 1930, 40년대의 아르헨티나 빰빠의 단조로움과 피폐함, 그리고 권력이 사유와 감성을 압도하는 현실에서 영화는 유일한 도피수단이었던 것이다. 영화 속의 세계와 같은 자신이 꿈꾸는 세계가 유럽 어딘가에 존재하리라고 생각한 그는, 대학에 입학한 이후 영화에 대한 동경이 더 커져감을 깨달았는데, 마침내 1956년 이탈리아 협회의 장학금을 받아 로마의 치네치따 실험영화센터에 입학하게 된다. 그러나 영화를 공부하거나 조감독으로 일하는 과정에서 부딪힌 그 세계는 상상했던 꿈의 세계가 아니었다. 결국 그는 대작들의 모방에 불과하던 시나리오를 쓰는 일도 그만두고, 친구의 조언을 받아들여 소설을 쓰기 시작하였다.

이러한 전기적 배경은 그로 하여금 영화와 문학작품을 결합시키는 문제에 관심을 갖게 했던 것이다. 첫 소설 『리따 헤이워드의 배반 *La traición de Rita Hayworth*』(1968)은 엄마와 함께 관람한 영화를 회상하며 여가를 보내야 했던 작가 자신의 고독한 어린 시절을 그대로 형상화한 작품이다. 연재소설의 형식을 딴 『화장한 입술 *Boquitas pintadas*』(1969)에서는 탱고 가사를 제명으로 차용할 뿐만 아니라, 두 여자가 라디오 멜로드라마를 함께 들음으로써 자신들이 겪은 과거를 함께 회상하도록 설정되어 있다. 또한 『거미여인의 입맞춤 *El beso de la mujer araña*』(1976)에서는 영화를 매개로 두 감방동료가 서로를 이해해 가게 되는 방법을 사용함으로써, 대중문화에 대한 관심을 지속적으로 보여주고 있다.

한편, 뿌익에게서 이러한 대중문화의 문학화는 형식적 실험에 그치는 것이 아니라, 뿌익 자신이 현대를 파악하는 데 있어 가장 중심으로 삼은 성의 억압이라는 주제에 결부되어 있다. 즉 중남미 남성우월주의와 나아가 남성성/여성성이라는 이분법적 성 이데올로기에 억눌린 인물들을 통해, 성을 둘러싼 인류의 관습과 유형, 무형의 제도들을 문제화하는데, 작가는 이러한 성적 억압현상이 헐리우드식 영화나 멜로드라마가 최상의 가치인 양 제공하는 〈사랑〉이라는 것의 이름으로 행해지고 있다고 보는 것이다. 이러한 문제의식은 앞에서 든 작품들뿐만 아니라, 『부에노스 아이레스 사건 *The Buenos Aires Affair*』(1973)을 비롯하여 『천사의 음부 *Pubis angelical*』(1979), 『보답받은 사랑의 피 *Sangre de amor correspondido*』(1982) 등 거의 모든 작품에 걸쳐 주된 특성으로 나타나는데, 도널드 쇼오는 뿌익의 이러한 테마를 〈착취의 에로티즘 el erotismo de explotación〉이라고 부른다.

뿌익의 첫 소설 『리따 헤이워드의 배반』은 작품의 언어나 이미지에 있어 지나치게 생경하다고 생각되어 세이스 바랄사에 의해 거부되고 이후 아르헨띠나 출판사에 의해서도 거부되다가, 마침내 1968년 호르헤 알바레스사에 의해 출판되었다. 이 소설의 기본토대는 작가 자신의 소설적 전이라고 여겨지는 또또라는 소년의 성장에 근거를 둔 것으로, 그의 유년기인 1933년에서 1948년의 사춘기를 다룬다. 부에노스 아이레스의 한 소도시의 중산층 가족이 겪는 유위변전이 이 소년의 말과 내적 독백을 통해 드러난다. 엄마, 아빠, 아들, 그리고 고아인 사촌 및 한 무리의 친구들과 친척들이 소설의 인물을 구성하며, 소도시 생활의 평면성에서 유발되는 이들의 감정과 여담들이 소설의 소재가 된다. 각 장의 서술은 상이한 화자들과 문서자료들로 분산되어 있기 때문에 작가는 최소한의 통제력만을 갖는다. 예를 들어 〈미따의 부모님 집에서, 1933년 라쁠라따〉라고 붙여진 첫 장에서 독자는 더 이상의 정보를 제공받지 못한 채 대화 한가운데에 있게 된다. 미따가 누구인지도 말해 주지 않을 뿐만 아니라 누가 말을 하고 있는 건지도 알 수 없다. 그러다가 독자는 대화 속에서 언급되고 있는 것들에 의해 필요한 정보를 점점 누적해 간다. 〈1939년의 또또〉라는 제목의 3장부터는 장소 대신에 서술 목소리가 누구인가를 제목에서 알려주는데, 이는 1, 2장에서 설정된 기본배경을 바탕으로 하여 3장부터는 개체의 성격화에 중심을 두게 하는 효과를 거두게 된다. 무대를 설정하고 나서 주인공을 포함한 인물들을 제시하는 이런 방식은 리얼리즘 전통에 접근하는 것 같지만, 전지적인 작가-화자가 거의 완전히 부재하고 독자가 소설의 단편들을 조립해야 하는 이 작품은 전통적인 리얼리즘과는 큰 차이를 갖는다.

독백에 의한 일련의 장들을 따라가다 보면 구두의 목소리는 사라지고 다섯개의 씌어진 자료들——일기 두 편, 〈내가 가장 좋아하는 영화〉라는 제목의 작문, 누구의 것인지 모르는 메모, 1933년에 형에게 보낸 베르또의 편지——과 만나게 되는데, 이들은 1, 2장에서 보류된 정보를 드러내는 동시에 인물들에게서 나타나는 대화의 부재를 보여준다. 이 대화의 부족은 영화의 메타포를 두드러지게 하는데, 이 소설에 있어 가장 흥미로운 측면은 이 영화의 메타포가 작품의 서술구조 안에서 작용하는 양식이다. 즉 영화에 관한 언급들은 인물들이 자신들의 감정을 드러내기 위해 가장 편안한 상황이 되어주기 때문이며, 이는 또또에게서 가장 심화되어 있다. 이러한 것은 또또의 세상에 거주하는 사람들이 자신들의 진짜 존재와는 분리되어 있으며, 그들이 보는 영화들은 만들어진 세계이고 따라서 그 영화들을 자신의 상황으로 받아들일 때 자신의 참존재를 배신하게 된다는 것을 알게 해준다. 결국 그들 각각은 자기만의 영화 속에 살기 때문에 서로 대화를 하는 대신에 스스로를 고립시키는 것이다.

또레 넬슨에 의해 영화화되기도 했던 『화장한 입술』은 자신들이 본 영화 속의 사랑과 자신의 것을 동일시하거나 그렇게 되기를 꿈꾸는 여자들과 상승하는 중산층의 전형적 태도인 냉철한 계산으로 행동하는 남자 인물들을 통해, 〈위대한 사랑〉이라는 수사를 믿으면서도 실제로는 그에 따라 행동하지 않는 사람들의 현실을 그려낸 작품이다. 이 소설은 연재 소설과 라디오 드라마의 형식을 주된 특성으로 가진다. 이 외에도 상담 기록, 연애편지, 사진첩의 메모, 잡지사 인터뷰 등이 사용되며, 의학 진단서나 법적 지술, 경찰보고서 등의 지료들도 소실을 구성한다. 그런데 이러한 형식의 언어들은 소설 안에서 그것들이 표현하는 사건들과 일치하지 않으며, 오히려 이 언어들은 현실을 감추기 위한 상징체계로 바뀐다. 자신의 행동으로 자신의 언어를 창조하지 않을 때 인물들은 개인성의 분해를 겪게 되고, 언어는 자아의 표현매개이기를 멈추고 자신을 은폐하는 요소로 바뀌는 것이다.

삐론에 대한 객관적인 기술과 노골적인 성 묘사로 인하여 스페인에서 판금조치가 내려지기도 했던 『부에노스 아이레스 사건』은 탐정소설의 패러디를 이용하여 두 남녀 주인공의 왜곡된 성을 보여준다. 여자란 자신을 지배하고 자기 위에 군림할 더 우월한 존재에 의해 어떤 식으로든 통제되어야 한다는 성관념이 굳어진 글래디스는, 자신이 추구해 왔던 더

우월한 존재가 아니라 자신의 매저키스트적 상황에 흥미를 갖는 레오라 는 새디스트를 만나게 될 뿐이다. 글래디스는 일찍부터 자신의 사회적 역할이 부차적인 것이고, 여성이므로 남성 위에 올라서는 것이 허용되어 있지도 않다는 걸 알게 된다. 그리하여 그녀는 자신의 애인이 자신에게 아름다움을 부여하고 난 이후에야 존재하게 되는 여자가 되며, 영화속의 여주인공처럼 아름답게 빛나는 자신이 잡지사 기자와 인터뷰하는 것을 상상하기도 한다. 그러나 레오는 그녀가 상상한, 「숲속의 공주」에서 약하고 어린 공주의 두려움과 공포를 진정시켜 주는 것과 같은 우월한 남성이 아니었다. 그는 어린 시절 하녀와 누나들에 의해 양육되었으며, 누나 올가와의 놀이에서 자신의 성을 발견하게 되었다. 이후 그런 유아적 놀이에 대한 올가의 거부로 인해 그에게 있어 성이란 번민과 실패와 불만의 원인이 되었고, 이러한 외상적·심리적 원인으로 인해 그는 기형적 성을 갖게 된 것이다. 결국 이들은 낭만적 사랑의 허구에 의해, 그리고 서구사회의 음경중심적 담론에 의해 배반당하게 되는 것이다.

1930, 40년대 영화들에서 추출된 단편들이 각 장의 앞머리에 대화로 제시되는데, 이는 두 주인공의 성의 문제를 예견케 하는 반어적 모델이 된다. 주인공들의 전기를 설정하기 위해 작가는 탐정소설의 구조를 빌려오는데, 이는 원칙에 대한 글래디스의 열광, 미스터리, 긴장감, 경찰에 걸려온 익명의 전화, 기이한 격정으로 바뀌어버리는 암살의 시도 등으로 나타난다. 글래디스의 수음에 대한 상세한 묘사와 레오에 의한 새디즘, 계간 등이 보여주는 충격성은, 작가 스스로도 말했듯이 이 소설이 〈성에 있어서 음성적이고 터부시되는 모든 것을 탈신비화하기 위해〉, 그리고 성의 담론인 프로이트 정신분석학에 대한 하나의 패러디로 씌어졌음을 확인시켜 준다.

뿌익의 소설 중 가장 많은 관심을 불러일으킨 『거미여인의 입맞춤』은 여러 나라 말로 번역되었을 뿐 아니라 영화로 만들어지기도 했고, 계속적으로 연극 및 뮤지컬로 무대에 올려지고 있다. 이 작품은 몰리나라는 동성애자와 좌익 게릴라인 발렌띤이 대립적인 주인공으로 등장하는데, 거의 전적으로 이들 사이의 대화에 의해 소설이 전개된다. 이들은 같은 감방에 수감되어 있고, 감옥생활의 무료함을 달래기 위해 몰리나가 자신이 관람했던 영화들을 발렌띤에게 들려주는 동안에 두 죄수 사이에 관계가 진전되어 간다. 처음에, 몰리나의 영화는 이성적이고 정치적인 발렌띤에게 비판의 대상일 뿐이다. 그가 보기에 이것은 부르주아 사회의 하찮은 대중문화의 일종이고 동시에 인간을 비정치적이게 하는 세뇌와 마비의 기능을 하기 때문이다. 그러나 자신이 진보적인 남성임을 자만하면서, 몰리나를 싸구려 감정에 매달리는 여자 같다고 경멸하던 발렌띤은 몰리나에게서 인간의 진정한 애정을 발견하게 된다. 이러한 관계의 진전은 소설의 역동성을 마련해 주는데, 그 관계의 절정은 소설 후반에 이루어지는 두 인물간의 성애에서 완성된다.

작가는 이런 구도를 통해 동성애를 하나의 성도착증으로 터부시해 온 기존관념과, 여성과 남성을 여성성과 남성성의 대비로 가둬두는 성 이데올로기를 문제삼고 있다. 소설 처음에는 몰리나와 발렌띤이 각각 여성성과 남성성을 대표하는 듯하지만, 두 사람 사이에 진정한 이해와 애정이 싹트고 결국 성적인 합일에까지 이르게 되면서는 작가의 의도는 오히려 그러한 관념들의 허구성을 증명하는 데 있음을 알게 되는 것이다. 뿌익은 이러한 의도를 뒷받침하기 위해 정신분석학자들의 성에 대한 이론과 반론들을 각주의 형태로 제시하는데, 독자는 각주로 나타난 학문적 텍스트와 인물 사이의 대화로 나타난 허구 텍스트를 계속적으로 대비하고 비교함으로써 능동적 역할을 증대시키게 된다.

『천사의 음부』에서도 착취의 성이라는 주제가 계속된다. 이 소설은 멕시코에 거주하는 아르헨티나 여자 아나가 암으로 입원해 있는 동안에 겪게 되는 사건들과 그녀의 정신적 상상을 주된 소재로 삼는다. 아나는 병원에서 자신의 짧고 불행했던 결혼생활을 회상하기도 하고, 여성운동을 하는 친구 베아뜨리스와 좌익 페론주의자인 남자친구 뽀시의 방문을 받기도 한다. 이 두 인물 각각과 아나 사이에 이루어지는 대화는, 아나의 내적 독백과도 같은 소설의 전개를 활기 있게 해주는 요소로 나타난다. 실제로 독자는 작가가 부재한 세 가지의 서술유형을 통해 아나를 알게 되는데, 그것은 아나가 쓴 일기와 아나와 두 친구 사이의 대화, 그리고 마지막으로 아나의 상상이거나 그녀가 이전에 접한 영화일 가능성이 짙은 두 개의 삽화이다. 이들 삽화는 비엔나 여배우의 것과 미래세계 성(性)공무원인 W218의 것인데, 아름답고 지적이며 비극적인 이 여주인공들은 감성적, 육체적으로 쇠락한 아나 자신의 보상적인 꿈을 나타낸다. 그녀는 여자들을 착취하는 남성우월주의적인 남자들이 지배하는 이 세계에서 두려움과 불신에 가득 차 있는 자신의 처지를 증오하면서, 초월적 세계를 꿈꾸는 자신의 이상으로서 1930년대 영화들의 틀에 박힌 세계로 도피해 가는 것이다. 그런데 이 두 삽화는 배반당한 여주인공들을 그려내므로 연애소설의 패러디라고 할 수 있다. 이들은 자신을 정치적으로 이용하려 한 자신의 연인에게 복수를 하게 되는데, 뿌익은 타인의 생각을 읽어내는 능력과 점술력이 상징하는 이들의 직관력을, 남성에 의한 지배의 구실이 되는 여성의 〈두 다리 사이의 약한 부분〉과 대조시키고 있다. 그리고 소설 속에서 주인에게 폭행당한 뒤 자신과 같은 여성인 딸을 낳지 않기 위하여 자살을 한 가정부가 아나의 상상 속에서 성기가 없는 천사로 변하는데, 소설의 제목은 이에 바탕을 두고 있다.

다음으로 발표된 작품은 『이 책을 읽는 자에게 영원한 저주를 Maldición eterna a quien lea estas páginas』(1980)로서, 이것은 『리따 헤이워드의 배반』에서 나타났던 가부장적 법칙의 미약성이라는 이미지가 훨씬 명백하게, 그리고 훨씬 큰 정신분석학적 체계를 가진 채 반복된다. 이 작품의 일화는 하나의 순환적이고 상상적인 구조 안에서 아버지와 아들의 역할을 번갈아 맡는 두 남자 사이의 대화이다. 래리에게 라미레스의 과거는 아버지로서의 것이지만, 기억상실증에 걸려 거의 유아적인 라미레스의 무방비상태는 그를 아들로 만드는 것이다. 『리따 헤이워드의 배반』

에서는 베르또가 아버지 같은 자기 형에게 편지를 썼지만, 이 작품에서 라미레스가 쓴 책들은 아버지와 아들의 역할 사이에 변경이 일어나는 축이 된다. 부계(父係)의 메타포는 이 작품 전체의 구조를 결정짓는데, 그 근본 메커니즘은 아버지와 아들 사이의 경쟁과 대체이다. 즉 아버지는 자신의 과거의 공허를 아들의 미래의 공허로 대체시키게 되는 것이다. 그리고 방언이나 비전문어, 중성적 은어를 사용하는 작중인물들의 언어적 공허는 중심적 가족관계로서의 부자관계를 문제삼게 할 것이다.

앞 작품에서 부분적으로 비춰진 말과 남성적 권력의 관계에 대해서는 『보답받은 사랑의 피』(1982)에서 훨씬 잘 드러난다. 이전의 소설들에서 영화를 중심으로 하여 유토피아와 환상의 담론이 기능했다면, 이 작품에서 뿌익은 시선을 태초의 날로 돌려 자신의 잃어버린 발자취를 그려낸다. 즉 자기 고유의 담론을 문제삼고 진리의 본성을 심리하는 한 남자 서술자를 통해, 하나의 새로운 패러디로서 성경을 패러디하고 있다. 특히 원죄와 에덴동산, 최초의 부모, 지식의 나무, 악의 화신인 뱀 등 성경의 모티브들은 이 작품에 간텍스트적으로 병합되어 있다.

또한 뿌익은 니체의 〈닳아 없어지는 메타포들의 환영〉이라는 진리의 개념을 받아들인다. 진리에 대한 해석이 다중화될 때 그 윤곽이 흐려지게 되므로, 유일한 진리가 있는 것이 아니라 진리들, 그리고 진리들의 해석들이 있는 것이다. 진리에 대한 이러한 이해는 소설로 하여금 유일한 진리였던 신에 대한 반항이자, 너무나 오랫동안 〈진리를 이야기하는 것〉을 맡아온 남성적 세계에 대한 고발로 읽히게 한다. 책임감을 갖고 이 역할과 대면하는가의 여부에 따라, 얼마나 남성다운가 또는 얼마나 비겁자인가가 측정되는 것이다. 그러나 호세마르는 꽃과 별에 대한 이끌림을 숨기고 자신의 약점과 불확신, 공포를 감추면서 자신에게 주어진 돈 환, 강한 자, 무자비한 자라는 억압적 역할을 떠맡는 것에 불편함을 느낀다. 그는 남성우월주의 사회의 요구에 의해 짓눌린, 그리고 경제적 상황에 의해 짓눌린 젊은이인 것이다. 성경은 세계는 신에 의해 말씀으로부터 창조되었다고 말하고 있다. 즉, 남성적 인물에 의해 이름이 불리어지자 우주가 생겨난 것이다. 이 아버지는 자신의 담론 속에서 자연의 법칙들을 만들어냈고, 이름을 붙였기 때문에 그는 곧 소유자인 것이고, 그리하여 말의 권력은 여성의 것이 아니라 남성의 것이었다. 호세마르가 자기자신에 대해 3인칭을 사용하는 것은 이 남성적인 말의 권력을 분해시키려는 작가의 의도가 반영된 것으로 볼 수 있다. 즉 이 3인칭을 통해 인물—주체는 탈중심화되고 발화 주체와 독자 사이의 동일화도 깨어지는데, 이는 데리다가 말한 유일한 중심, 유일한 주체, 유일한 기원에 관한 모든 것을 폐기하는 것이며, 이에 따라 인물의 통일성이 교란되고 내적 세계는 파편화와 분해를 겪게 되는 것이다.

뿌익은 이상의 작품들 외에 『열대의 밤은 내리고』(1988)를 마지막 소설로 출판했으며, 희곡작품 『스타들의 망또 아래에서』(1983)와 시나리오인 『서민의 얼굴과 띠화나의 추억』(1985)을 내놓기도 했다.

참고문헌

Abellán, J. L., *La idea de América*, Madrid, Ediciones Istmo, 1972.

Acuña, René, *El teatro popular en Hispanoamérica*. Una bibliografía anotada, México, UNAM(Instituto de Investigaciones Filológicas, Centro de Estudios Literarios), 1979.

Agramonte, Roberto D., *Martí y su concepción de la sociedad*, Río Piedras, Editorial de la Universidad de Puerto Rico, 1984.

Aínsa, Fernando, *Identidad cultural de Iberoamérica en su narrativa*, Madrid, Gredos, 1986.

Alazraki, Jaime (ed.), *Jorge Luis Borges*, Madrid, Taurus, 1974;1987.

Alba-Bufill, Elio, et al., eds., *José Martí ante la crítica actual (En el centenario de "Ismaelillo")*, Montclair, N.J., Senda Nueva de ediciones, 1983.

Albarracín Sarmiento, Carlos, *Estructura del "Martín Fierro"*, Amsterdam, John Benjamins B.V., 1981.

Alegría, Fernando, *Nueva historia de la novela hispanoamericana*, Hannover, New Hampshire, Ediciones del Norte, 1984.

Allen, Richard, *Teatro hispanoamericano : una bibliografía anotada / Spanish American Theatre : Annotated Bibliography*, Boston, Hall, 1987.

Alonso, Amado, *Poesía y estilo de Pablo Neruda. Interpretación de una poesía hermética*, Barcelona, EDHASA, 1979.

Alvarez, Nicolás Emilio, *Análisis arquetípico, mítico y simbológico en Pedro Páramo*, Miami, Universal, 1983.

Alvarez-Borland, Isabel, *Discontinuidad y ruptura en Guillermo Cabrera Infante*, Gaithersburg, Hispamérica, 1984.

Anderson Imbert, Enrique, *El realismo mágico y otros ensayos*, Caracas, Monte Avila, 1976.

_____, *Historia de la literatura hispanoamericana*, México, Fondo de Cultura Económica, 1982, 2 vols.

Arango, Manuel Antonio, *Tema y estrucutra en la Novela de la Revolución mexicana*, Bogotá, Tercer Mundo, 1984.

Arico, J., ed., *Mariátrgui y los orígenes del marxismo latinoamericano*, México, Siglo XXI, 1978.

Bacarisse, S., *Contemporary Latin American Fiction : Carpentier, Donoso, Fuentes, Márquez, Onetti, Roa, Sábato*, Scottish Academic, Edimburgo, 1980.

Baptista Gumuzio, Mariano(ed.), *Alcides Arguedas*, La Paz-Cochabamba, Los Amigos del Libro, 1979.

Barrenechea, Ana María, *La expresión de la irrealidad en la obra de Jorge Luis Borges*, México, El Colegio de México, 1957.

Barrera López, *Trinidad, La estructura de Abaddón el exterminador*, Sevilla, Escuela de Estudios Hispanoamericanos, 1982.

Bellini, Giuseppe, *Historia de la literatura hispanoamericana*, Madrid, Editorial Castalia, 1986.

Benassy-Berling, Marié-Cécile, *Humanismo y religión en sor Juana Inés de la Cruz*, México, UNAM, 1983.

Beutler, Gisela, et al., *César Vallejo: Actas del Coloquio Internacional*, Freie Universitat Berlin 7-9 Junio 1979, Berlín, Niemeyer, 1981.

Bloom, Harold, *Jorge Luis Borges*, New York, Chelsea House, 1986.

Boal, Augusto, *Teatro del oprimido y otras poéticas políticas*, Buenos Aires, Ediciones de la Flor, 1974.

Boldy, Steve, *The novels of Julio Cortázar*, Cambridge University Press, 1980.

Borgeson, Paul, *Hacia un hombre nuevo: poesía y pensamiento de Ernesto Cardenal,* Londres, Tamesis Books, 1985.

Botana, Natilio R., *La tradición republicana; Alberdi, Sarmiento y las ideas políticas de su tiempo*, Buenos Aires, Sudamericana, 1984.

Bratosevich, Nicolás A. S., *El estilo de Horacio Quiroga en sus cuentos*, Madrid, Gredos, 1973.

Bravo, José Antonio, *Lo real maravilloso en la narrativa latinoamericana actual*, Lima, UNIFE, 1984.

_____, *Teatro hispanoamericano de crítica social*, Madrid, Playor, 1975.

Brushwood, John S., *Genteel Barbarism. Experiments in Analysis of Nineenth Century Spanish-American Novels*, Lincoln y Londres, University of Nebraska Press, 1981.

_____, *La novela hispanoamericana del siglo XX*, México, Fondo de Cultura Económica, 1984.

Bueno, Raúl, *Poesía hispanoamericana de vanguardia*, Lima, Latinoamericana Editores, 1985.

Burgos, Fernando, *La novela moderna hispanoamericana*, Madrid, Orígenes, 1985.

Burns, E. Bradford, *Latin America, A concise interpretative history*, New Jersey, Prentice-Hall. Inc., 1986.

Calviño, Julio, *La novela del dictador en Hispanoamérica*, Madrid, Cultura Hispánica, 1985.

Campos, René A., *Espejos: la textura cinemática en "La traición de R. H."*,

Madrid, Pliegos, 1985.

Campra, Rosalba, *América Latina: la identidad y la máscara*, México, Siglo XXI, 1987.

Carilla, Emilio, *La creación del "Martín Fierro"*, Madrid, Gredos, 1973.

_____, *Manierismo y barroco en las literaturas hispánicas*, Madrid, Gredos, 1983.

_____, *El Romanticismo en la América Hispánica*, Madrid, Gredos, 1975, 2 vols.

Carpentier, Alejo, *La novela latinoamericana en vísperas de un nuevo siglo y otros ensayos*, Madrid, Siglo XXI de España, 1981.

Carraciolo Trejo, E., *La poesía de Vicente Huidobro y la vanguardia*, Madrid, Gredos, 1974.

Castedo, Leopoldo, *Historia del arte iberoamericano*, Santiago de Chile, Andrés Bello, 1988, 2 vols.

Chang-Rodríguez, Raquel, *Violencia y subversión en la prosa colonial hispanoamericana (Siglos XVI y XVII)*, Madrid, José Porrúa Turanzas, 1982.

Chao, Ramón, *Palabras en el tiempo de Alejo Carpentier*, Barcelona, Argos Vergara, 1984.

Cheselka, Paul, *The poetry and poetics of Jorge Luis Borges*, Nueva York, American University Studies, Ser. 11, Romance Languages and Literatures, Peter Lang, 1987.

Chiampi, Irlemar, *El realismo maravilloso*, Caracas, Monte Avila, 1986.

Claydon, Ellen, *Juan Ruiz de Alarcón, Baroque Dramatist*, Madrid, Castalia (Estudios de Hispanófila,12), 1970.

Coello Vila, Carlos, et al., *Ricardo Jaimes Freyre*, La Paz, Universidad Mayor de San Andrés, 1979.

560

Collazos, Oscar, *García Márquez: la soledad y la gloria. Su vida, su obra*, Barcelona, Plaza & Janés, 1983.

Concha, Jaime, *Gabriela Mistral*, Madrid, Júcar, 1987.

_____, *Rubén Darío*, Madrid, Ediciones Júcar, 1975.

_____, *Vicente Huidobro*, Madrid, Júcar, 1980.

Coronado, Juan, *Paradiso múltiple: un acercamiento a Lezama Lima*, México, UNAM, 1982.

Corrales Pascual, Manuel, *Jorge Icaza; Fronera del relato indigenista*, Quito, Centro de Publicaciones de la Pontificia Universidad Católica, 1974.

Cortínez, Carlos, *Poesía latinoamericana contemporánea*, Guatemala, Universidad de San Carlos, 1984.

Costa, René de (ed.), *Vicente Huidobro y el creacionismo*, Madrid, Taurus, 1975.

Curiel, Juan Carlos, *Onetti: obra y calculado infortunio*, México, UNAM, 1980.

Dauster, Frank, *Historiaí crítica del teatro hispanoamericano, Siglo XIX y XX*, México, De Andrea, 1973.

Dessau, Adalbert, *La novela de la revolución mexicana*, México, Fondo de Cultura Económica(Colección Popular, 117), 1972.

Diez-Canedo, Enrique, *Letras de América*, México, Fondo de Cultura Económica, 1983.

Diez-Echarri y Roca Franquesa, *Historia de la literatura española e hispanoamericana*, Madrid, Aguilar,1982.

Dill, Hans Otto, *El ideario literario y estético de José Martí*, La Habana, Casa de las Américas, 1975.

Dorfman, Ariel, *Imaginación y violencia en América*, Santiago de Chile, Editorial Universitaria, 1970.

Duncan, J. An, Voices, *Visions and a New Reality: Mexican Fiction Since 1970*, Pittsburgh University Press, 1986.

Durán Luzio, Juan, *Lectura histórica de la novela. El recurso del método de Alejo Carpentier*, Euna, Heredia, 1982.

Earle, Peter (ed.), *García Márquez*, Madrid, Taurus, 1981.

Echavarren, Roberto, y Enrique G., *Manuel Puig: montaje, alteridad del sujeto*, Nueva York, Ediciones del Maitén, 1986.

Eidelberg, Nora, *Teatro experimental hispanoamericano, 1960-80. La realidad social como manipulación*, Mineápolis, Institute for the Study of Ideologies and Literatures, 1985.

Ellis, Keth, *Cuba's Nicolás Guillén. Poetry and Ideology*, University of Toronto Press, 1983.

Escajadillo, Tomás, G., *Alegría y 'El mundo es ancho y ajeno'*, Lima, UNMSM, 1983.

Escobar, Alberto, *Arguedas o la utopía de la lengua*, Lima, Instituto de Estudios Peruanos, 1984.

Espinosa, Enrique, *Trayectoria de Horacio Quiroga*, Buenos Aires, Babel, 1980.

Feijóo, Gladys, *Lo fantástico en los relatos de Carlos Fuentes: Aproximación teórica*, Nueva York, Senda Nueva de Ediciones, 1985.

Fenwick, M. J., *Dependency Theory and Literary Analysis: Reflections on Mario Vargas Llosa's "The Green House"*, Minneapolis, Institute for the Study of Ideologies and Literatures, 1981.

Fernández Latour, Olga, *José Hernández. Estudios reunidos en conmemoración del centenario de El gaucho Martín Fierro, 1872-1972*, La Plata, Universidad de La Plata, 1973.

Fernández Moreno, César, ed., *América latina en su literatura*, México,

UNESCO-Siglo XXI, 1972.

Fernández Sosa, Luis F., *Lezama Lima y la crítica anagógica*, Miami Fla., Universal, 1977.

Fernández, Casto Manuel, *Aproximación formal a la novelística de Mario Vargas Llosa*, Madrid, Editora Nacional, 1977.

Fernández, Teodosio, *La poesía hispanoamericana en el siglo XX*, Madrid, Taurus, 1987.

_____, *La poesía hispanoamericana (hasta final del Modernismo)*, Madrid, Taurus, 1989.

Ferreiro Villanueva, Cristina, *La obra poética de Rubén Darío*, Madrid-Barcelona-México, Daimón, 1986.

Flores, Angel, *Aproximaciones a Ricardo Palma*, Lima, Campodónico, 1973.

_____, *César Vallejo, Síntesis biográfica, bibliografía e índice de poemas*, México, Premiá, 1982.

_____, ed., *Aproximaciones a Nicanor Parra*, Barcelona, Ocnos, 1973.

_____, (comp.), *Aproximaciones a Octavio Paz*, México, Joaquín Mortiz, 1974.

_____, (ed.), *Aproximaciones a Pablo Neruda*, Barcelona, Ocnos, Llibres de Sinera, 1974.

_____, *Nuevas aproximaciones a Pablo Neruda*, México, Fondo de Cultura Económica, 1987.

Forster, Merlin H., *Historia de la poesía hispanoamericana*, Clear Creek, The American Hispanist, 1981.

Foster, David William, *Chilean Literature. A Working Bibliography of Secondary Sources*, Boston, G.K. Hall & Co., 1978.

_____, *Para una semiótica del ensayo latinoamericano*, Madrid, José Porrúa Turanzas, 1983.

_____, *Argentine Literature. A Research Guide*, 2ᵃed. revisada y ampliada, Nueva York / Londres, Garland Publishing Inc. (Garland Reference Library of the Humanities, 338), 1982.

_____, *Mexican Literature. A Bibliography of Secondary Sources*, Metuchen, N.J./Londres, The Scarecrow Press, 1981.

_____, *Peruvian Literature: A Bibliography of Secondary Sources*, Westport, Greenwood Press, 1981.

Franco, Jean, *Historia de la literatura hispanoamericana a partir de la independencia*, Barcelona, Ariel, 1975.

_____, *La narrativa de Juan Rulfo*, México, Sepsetentas, 1974.

Fuentes, Carlos, *La nueva novela hispanoamericana*, México, Joaquín Mortiz, 1969.

Gálvez Acero, Marina, *El teatro hispanoamericano*, Madrid, Taurus, 1988.

_____, *La novela hispanoamericana contemporánea*, Madrid, Taurus, 1987.

García Gutiérrez, Gedrgina, *Los disfraces: la obra mestiza de Carlos Fuentes*, México, El Colegio de México, 1981.

Giacoman, Helmy F. (ed.), *Homenaje a Ernesto Sábato*, Nueva York, Las Américas, 1973.

_____, (ed.), *Homenaje a Juan Carlos Onetti*, Nueva York, Las Américas, 1974.

_____, (ed.), *Homenaje a Juan Rulfo*, Madrid, Ayana-Las Américas, 1974.

_____, (ed.), *Homenaje a Julio Cortázar*, Nueva York, Las Américas, 1972.

_____, (ed.), *Homenaje a Mario Vargas Llosa*, Nueva York, Las Américas, 1971.

_____, (ed.), *Homenaje a Miguel Angel Asturias. Variaciones interpretati-*

vas en torno a su obra, Nueva York, Las Américas, 1971.

_____, (ed.), *Homenaje a Gabriel García Márquez*, Nueva York, Las Américas, 1972.

_____, (ed.), *Homenaje a Carlos Fuentes*, Nueva York, Las Américas-Anaya, 1971.

_____, (ed.), *Homenaje a Alejo Carpentier*, Nueva York, Las Américas, 1970.

Gimferrer, Pere, ed., *Octavio Paz*, Madrid, Taurus, 1982.

Gnutzmann, Rita, *Roberto Arlt o el arte del calidoscopio*, Bilbao, Universidad del País Vasco, 1984.

Goic, Cedomil, *Historia de la novela hispanoamericana*, Valparaíso, Ediciones de Valparaíso, 1972; 1980.

_____, (ed.), *Historia y crítica de la literatura hispanoamericana,* 3 vols, Barcelona, Editorial Crítica, 1988.

González Aníbal, *La novela modernista hispanoamericana*, Madrid, Gredos, 1987.

González Boixo, José Carlos, *Claves narrativas de Juan Rulfo*, Universidad de León, 1983.

Grande, Félix, *Once artistas y un dio*s, Madrid, Taurus, 1986.

Grossman, Edith, *The Antipoetry of Nicanor Parra*, Nueva York, New York University Press, 1975.

Guerrero, G., *La estrategia del neobarroco*, Barcelona, Ediciones del Mall, 1987.

Gutiérrez Mouat, Ricardo, *José Donoso: impostura e impostación. La modelización lúcida y carnavalesca de una producción literaria*, Gaithersburg, Hispam rica, 1983.

Gutiérrez, Sonia (ed.), *Teatro popular y cambio social en América Latina,*

Panorama de una experiencia, San José de Costa Rica, Editorial Universitaria Centroamericana, 1979.

Hahn, Oscar, *El cuento fantástico hispanoamericano en el siglo XIX*, México, Premiá Editora, 1978.

Halda, Chester S., *Melquiades, Alchemy and Narrative Theory: The quest for gold in "Cien años de soledad"*, Lathrup Village, International Books, 1981.

Hamilton, Carlos D., *El ensayo hispanoamericano*, Madrid, Ediciones Iberoamericanas, 1972.

Herbst, Gerhard R., *Mexican society as seen by Mariano Azuela*, Nueva York, Abra, 1977.

Hernández de López, Ana María (ed.), *En el punto de mira: Gabriel García Márquez*, Madrid, Pliegos, 1985.

_____, (ed.), *Interpretaciones a la obra de Gabriel García Márquez*, Mississippi State University, ALDEEU, 1986.

Higgins, James, *The poet in Perú. Allienation and the quest for a super-reality*, Liverpool, Francis Cairns Publications, 1987.

Iñigo-Madrigal, Luis, ed., *Historia de la literatura hispanoamericana*, 3 vols, Madrid, Cátedra, 1982.

Jackson, Richard L., *The Black Image in Latin American Literature*, Albuquerque, University of New Mexico Press, 1976.

Jiménez, José O., *Antología crítica de la prosa modernista hispanoamericana*, Madrid, Hiperión, 1985.

Jrade, Cathy L., *Rubén Darío and the Romantic search for Unity*, University of Texas Press, 1983.

Katra, William H., *'Contorno': Literary engagement in Post-Peronist Argentina*, London, Associated University Press, 1988.

Konetzke, Richard, *América latina*, 3 vols, México, Siglo XXI, 1986.

Lagos, Ramiro, *Mujeres poetas de Hispanoamérica*, Bogotá, Tercer Mundo, 1986.

Lazo, Raimundo, *Historia de la literatura hiapanoamericana: El período colonial*, México, Editorial Porrúa, 1979.

Lazo, Raimundo, *Historia de la literatura hiapanoamericana: El siglo XIX*, México, Editorial Porrúa, 1981.

Litvak, Lily (compiladora), *El modernismo*, Madrid, Taurus, 1975.

Lockart, Washington, *Rodó y su prédica. Sentimientos fundamentales*, Montevideo, Banda Oriental, 1982.

Lope Blanch, J.M., ed., *Homenaje a Andrés Bello. Memoria*, México, UNAM, 1983.

Loveluck, Juan (ed.), *Novelistas hispanoamericanos de hoy*, Madrid, Taurus, 1976.

Mainer, Juan Carlos (compilador), *Modernismo y 98*, Barcelona, Crítica, 1980.

Marban, Hilda, *Rómulo Gallegos, el hombre y su obra*, Madrid, Playor, 1976.

Marco, Joaquín, *Asedio a Jorge Luis Borges*, Madrid, Ultramar, 1982.

Marcos, Juan Manuel, *Augusto Roa Bastos, precursor del post-boom*, México, Katún, 1983.

_____, *De García Márquez al postboom*, Madrid, Orígenes, 1986.

Márquez Rodríguez, Alexis, *Lo barroco y lo real maravilloso en la obra de Alejo Carpentier*, México, Siglo XXI, 1982.

Martin, Gerald, *Journeys through the labyrinth*, New York, Verso, 1989.

_____, *Miguel Angel Asturias, Hombre de maíz*, Edición Crítica, Paris, Klineksieck, and México, Fondo de Cultura Económica, 1981.

Mazziotti, N., *Historia y mito en la obra de Alejo Carpentier*, Nueva York, 1975.

McGuirk, Bernard, y Cardwell, Richard, *Gabriel García Márquez. New Readings*, University of Cambridge, 1987.

McMurray, George R., *José Donoso*, Boston, Twayne Publishers, 1979.

Mignolo, Walter D., *Literatura fantástica y realismo maravilloso*, Madrid, La Murallla, 1983.

Millington, Mark, *Reading Onetti, Language, Narrative and Subject*, Liverpool, Francis Cairns Publications, Liverpool Monographs Hispanic Studies, 1985.

Mora Valcárcel, Carmen de, *Teoría y práctica del cuento en los relatos de Julio Cortázar*, Sevilla, Universidad de Sevilla, 1982.

Nelson, Ardis L., *Cabrera Infante in the Mennipean Tradition*, Newark, Juan de la Cuesta, 1983.

Olivera-Williams, María Rosa, *La poesía gauchesca de Hidalgo a Hernández*, Xalapa, Universidad Veracruzana, 1986.

Ordiz, Francisco Javier, *El mito en la obra narrativa de Carlos Fuentes*, Universidad de León, 1987.

Ordóñez, Montserrat (ed.), *'La vorágine'*, *Textos críticos*, Bogotá, Planeta Colombia, 1988.

Ortega Galindo, Luis, *Expresión y sentido de Juan Rulfo*, Madrid, Porrúa Turanzas, 1984.

Ortega, Julio, *Crítica de la identidad: la pregunta por el Perú en su literatura*, México, Fondo de Cultura Económica, 1988.

_____, *Texto, comunicación y cultura: "Los ríos profundos" de José María Arguedas*, Lima, 1982.

_____, (ed.), *César Vallejo*, Madrid, Taurus, 1975.

Pastor, Beatriz, *Discurso narrativo de la Conquista de América*, La Habana, Casa de las Américas(Premio Casa de las Américas 1983), 1983.

568

Paz, Octavio, *Sor Juana Inés de la Cruz o Las trampas de la fe*, Barcelona, Seix Barral, 1982.

Pearsall, Priscilla, *An Art Alienated from Itself: Studies in Spanish-American Modernism*, Mississippi, 1984.

Pereira, Armando, *La concepción literaria de Mario Vargas Llosa*, México, UNAM, 1981.

Pérez, Trinidad, ed., *Recopilación de textos sobre tres novelas ejemplares. La vorágine, Don Segundo Sombra, Doña Bárbara*, La Habana, Casa de las Américas (valoración múltiple), 1971.

Petrea, Mariana D., *Ernesto Sábato. 'La nada y la metafísica de la esperanza*, Madrid, Porrúa Turanzas, 1986.

Picón Gerald, E., and Schulman, L., *'Las entrañas del vacío' : ensayos sobre la modernidad hispanoamericana*, México, Cuadernos Americanos, 1984.

Planells, Antonio, *Cortázar: metafísica y erotismo*, Madrid, Porrúa Turanzas, 1979.

Prego, Omar, y Petit, María Angélica, *Juan Carlos Onetti o la salvación por la escritura*, Madrid, Sociedad General Española de Librería, 1981.

Pupo-Walker, Enrique, *La vocación literaria del pensamiento histórico en América*, Madrid, Gredos, 1982.

R. Brody, y Ch. Rossman, *Carlos Fuentes: A Critical Review*, The University of Texas Press, 1982.

Rama, Angel, *Más allá del boom: literatura y mercado*, México, Marcha, 1981.

_____, *Rubén Darío y el modernismo. (Circunstancia socioeconómica de un arte americano)*, Caracas, Alfadil Ediciones, 1985.

_____, y Vargas Llosa, Mario, *García Márquez y la problemática de la no-*

vela, Buenos Aires, Corregidor-Marcha Ediciones, 1973.

Ramírez Molas, Pedro, *Tiempo y narración en la obra de Borges, Cortázar, Carpentier y García Márquez*, Madrid, Gredos, 1978.

Rexach, Rosario, *Estudios sobre Martí*, Madrid, Playor, 1986.

Ríos-Avila, Rubén, *The American Gnosis of José Lezama Lima*, Missouri, University of Missouri Press, 1984.

Rodríguez, Luis, *Hermenéutica y praxis del Indigenismo. De Clorinda Matto a José María Arguedas*, México, Fondo de Cultura Económica, 1980.

_____, *La literatura hispanoamericana entre compromiso y experimento*, Madrid, Espiral, 1984.

Rodríguez Monegal, Emir, *El viajero inmóvil*, Barcelona, Laia, 1988.

Rodríguez Padrón, Jorge, *Octavio Paz*, Madrid, Júcar, 1975.

Roggiano, Alfredo A., ed., *Octavio Paz*, Madrid, Fundamentos, 1979.

Roig, Arturo Andrés, *Teoría y crítica del ensayo latinoamericano*, México, Fondo de Cultura Económica, 1981.

Rosas, Yolanda, *Retrado de un poeta:Rubén Vela*, Instituto Literario y Cultural Hispánico.

Rossman, C., y Friedman, A. W. (eds.), *Mario Vargas Llosa. Estudios críticos*, Madrid, Alhambra, 1982.

Roy, Joaquín (ed.), *Narrativa y crítica de Nuestra América*, Madrid, Castalia, 1978.

Sáinz de Medrano, Luis, *Historia de la literatura Hispanoamericana, desde el modernismo*, Madrid, Taurus, 1989.

Sánchez Castañer, Francisco, *Estudios sobre Rubén Darío*, Madrid, Universidad Complutense, 1976.

Sánchez-Boudy, José, *La nueva novela hispanoamericana y "Tres tristes tigres"*, Miami, Universal, 1970.

Santana, Francisco, *Evolución de la poesía chilena*, Santiago de Chile, Nascimento, 1976.

Santí, Enrico, M., *(Pablo Neruda.) The Poetics of Prophecy*, Ithaca, Cornell University Press, 1982.

Schulman, Ivan A., ed., *Nuevos asedios al modernismo*, Madrid, Taurus, 1987.

Shaw, Donald, *Nueva narrativa hispanoamericana*, Madrid, Cátedra, 1983.

Skirius, J., *El ensayo hispanoamericano del siglo XX*, México, Fondo de Cultura Económica, 1982.

Smith, Mark I., *José Asunción Silva. Contexto y estructura de su obra*, Bogotá, Tercer Mundo, 1981.

Solotorewsky, Myrna, J*osé Donoso: incursiones en su producción novelesca*, Chile, Ediciones Universitarias de Valparaíso, 1983.

Sousa, Raymond D., *The poetic fiction of José Lezama*, Columbia, University of Missouri Press, 1983.

Suárez Radillo, Carlos Miguel, *El teatro neoclásico y costumbrista hispanoamericano. Una historia crítico-antológica*, Ediciones Cultura Hispánica, 1984, 2 vols.

Sucre, Guillermo, *La máscara y la transparencia. Ensayos sobre poesía hispanoamericana*, México, Fondo de Cultura Económica, 1985.

Tamargo, María I., *La narrativa de Bioy Casares*, Madrid, Playor, 1983.

Taylor, Martin C., *Sensibilidad religiosa de Gabriela Mistral*, Madrid, Gredos, 1976.

Tittler, Jonathan, *Narrative Irony in the contemporary Spanish American novel*, Ithaca, Cornell University Press, 1984.

Urdanivia Bertarelli, Eduardo, *La poesía de Ernesto Cardenal: cristianismo y revolución*, Lima, Latinoamericana Editores, 1984.

Vegas García, Irene, *Trilce, estructura de un nuevo lenguaje*, Lima, Pontificia

Universidad Católica del Perú, 1982.

Vera, Nora y Bradley A. Shaw, *Critical perspectives on Gabriel García Márquez*, Lincoln, The University of Nebraska, 1984.

Verdugo, Iber H., *Un estudio de la narrativa de Juan Rulfo*, México, UNAM, 1982.

Vidal, Hernán, *Fascismo y experiencia literaria: reflexiones para una recanonización*, Minneapolis, Institute for the Study of Ideologies and Literature, 1985.

Vila-Barnes, Gladys, *Significado y coherencia del universo narrativo de Augusto Roa Bastos*, Madrid, Orígenes, 1984.

Villa, Alvaro de, y J. Sánchez-Boudy, *Lezama Lima: peregrino inmóvil*, Miami, Universal, 1974.

Villegas, Abelardo, *Reformismo y Revolución en el pensamiento latinoamericano*, México, Siglo XXI, 1972.

Villegas, Juan, *Estructuras míticas y arquetipos en el 'Canto General' de Neruda*, Barcelona, Planeta, 1976.

Villena, Luis A., *José Emilio Pacheco*, Barcelona, Júcar, Barcelona, 1985.

Vizcaíno, Cristina (comp.), *Coloquio internacional sobre la obra de José Lezama Lima*, Madrid, Fundamentos, 1984.

Williams, Lorna V., *Self and Society in the Poetry of Nicolás Guillén*, Baltimore, The Johns Hopkins University Press, 1982.

Wood, Cecil, *The Creacionismo of Vicente Huidobro*, Frederickton, York Press, 1978.

Xirau, Ramón, *Poesía y conocimiento: Borges, Lezama Lima, Octavio Paz*, México, Joaquín Mortiz, 1978.

Yamal, Ricardo, *Sistema y visión de la poesía de Nicanor Parra*, Valencia, Albatros-Hispanófila, 1985.

Yáñez, Mirta, ed., *La novela romántica latinoamericana*, La Habana, Casa de las Américas (valoración múltiple), 1978.

Yurkievich, Saúl, *Fundadores de la nueva poesía latinoamericana*, Barcelona, Ariel, 1984.

_____, *La estética neobarroca en la narrativa hispanoamericana contemporánea*, Madrid, José Porrúa Turanzas, 1984.

_____, *La novela de la revolución mexicana*, Madrid, La Muralla, 1983.

_____, (ed.), *Identidad cultural de Iberoamérica en su literatura*, Madrid, Alhambra, 1986.

Zea, Leopoldo, *El pensamiento latinoamericano*, Barcelona, Ariel, 1976.

_____, *Filosofía de la historia americana*, México, Fondo de Cultura Económica, 1978; 1987.

중남미 문학사

1판 1쇄 펴냄 1994년 3월 1일
1판 2쇄 펴냄 2004년 4월 25일

지은이 김현창
펴낸이 박맹호
펴낸곳 (주)민음사

출판등록 1966. 5. 19. 제16-490호
서울시 강남구 신사동 506 강남출판문화센터 5층 (135-887)
대표전화 515-2000 팩시밀리 515-2007
www.minumsa.com

값 18,000원

ISBN 89-374-1045-1 93870